红色经典
励志小说

恰同学少年

黄晖 著

CNS PUBLISHING & MEDIA
湖南人民出版社

图书在版编目（CIP）数据

恰同学少年／黄晖著．—长沙：湖南人民出版社，2007.6（2025.12）
ISBN 978-7-5438-4902-0

I. ①恰… II. ①黄… III. ①长篇小说—中国—当代 IV. ①I247.5

中国版本图书馆CIP数据核字（2007）第096833号

QIA TONGXUE SHAONIAN
恰同学少年

著　　者　黄　晖
出版统筹　黎晓慧
监　　制　傅钦伟
产品经理　姚忠林
责任编辑　廖　铁　李思远　胡艳红
封面插画　段梦然
封面设计　谢俊平

出版发行　湖南人民出版社有限责任公司［http://www.hnppp.com］
地　　址　长沙市营盘东路3号，410005
　　　　　0731—82683357

印　　刷　长沙鸿发印务实业有限公司
版　　次　2007年6月第1版
　　　　　2025年12月第62次印刷
开　　本　710 mm × 1000 mm　1/16
印　　张　22
字　　数　443千字
书　　号　ISBN 978-7-5438-4902-0
定　　价　38.80元

营销电话：0731-82683348　（如发现印装质量问题请与出版社调换）

目录　*Content*

第一章 我叫毛泽东

“人可铸，
金可熔，
丽泽绍高风……
多才自昔夸熊封，
男儿努力蔚为万夫雄！”

一

1913年3月，这一天清晨，长沙城里一阵微雨才过，空气中便溢满了新叶抽芽的清香和浓烈的花香，透亮的阳光掠进湖南省公立第一师范的院子里，照得几树梧桐新发的鹅黄色嫩叶上的雨滴晶莹剔透，院墙外一树桃花含满雨水次第绽放，红如胭脂，艳如流霞。

方维夏匆匆穿过梧桐的绿阴，步子轻快有力，清新的空气令他精神不由一振。这位第一师范的学监主任已然年近四十，背微有些曲，一直性情内敛，举止平和。但经历了1911年那一场旷日持久的血雨腥风之后，他和大多数狂热的年轻人一样没有了分别，都为新生的中华民国所激励和鼓舞，就像这春天一样忽然从寒冬里迸发出了无限生机，充满了无穷活力。

今天是长沙市商会陶会长到校捐资的日子，这位陶会长是长沙首富，向来乐善好施，尤其看重教育，被称作湖南教育界的财神，每到捐资的时候长沙各校都是争相逢迎，其恭敬不下于湖南的都督谭延闿莅临。这一次一师数日前才新换了位校长，方维夏唯恐这位新校长不懂其中的干系，冷落了财神，因此急忙赶来提醒。

他一脚跨进校长室，却见新校长孔昭绶在办公桌后正襟危坐，这位才从日本留学回来的法学学士约摸三十多岁年纪，剃得颇短的头发根根直立，脸上棱角分明，目光锐利，颇有行伍之气，他正端正地在一封聘书上写着字。方维夏见他戴了一顶黑呢礼帽，穿着苏绸的长衫马褂，脚下是老泰鑫的圆口新布鞋，胸前挂一块古铜怀表。在他印象里，这位新校长似乎只在上任的那天，才穿得这样正式，不觉暗自点头，看来孔昭绶对这位财神还是极重视的，他对孔昭绶说："校长，商会的陶会长半个小时后到。"

孔昭绶起身将聘书放进口袋，微笑道："维夏，今天我有要事要出门，客人来了，你就代为接待吧。"方维夏不觉一愣，忙说道："商会陶翁每次来，历任校长都是亲自接待的……"但孔昭绶却摆了摆手说："我今天的事，比钱重要。"说话间径直出了门，扔下方维夏在那里发呆：什么事比财神上门还重要？

出了校门，孔昭绶租了一顶"三人抬"的小轿，只吩咐一句："浏城桥，板仓杨宅。"便微眯上眼睛养神。沿街一线是高高低低的青砖鳞瓦小楼，深黑色的飞檐和素白色的粉壁在阳光里清亮而又明净。各色的招牌和旗幌迎风轻荡，石板街面上微雨渐干，一尘不染，空中天高云淡，往来行人安闲自在。

孔昭绶打量着街头的悠闲，不觉想起一年多前长沙街头的那种惊惶。1911年10月（宣统三年八月）武昌起义爆发，随后焦达峰和陈作新在湖南起义，同时倾力增援武昌。但就在焦、陈抽空身边兵力增援武昌时，从邵阳赶到长沙的新军第50协（团）第二营管带梅馨乘机发动兵变，杀了焦、陈二人。因梅资历不足，派士兵一顶小轿将谭延闿拥上了湖南都督的位置。其时的长沙可谓是一夜数惊，到处在杀人，到处在抢掠。同时袁世凯的军队已经攻占了汉口，大炮的火力隔江控制着革命军占领的汉阳与武昌，近在咫尺的长沙更是谣言不断，人心惶惶，连谭延闿也有朝不保夕之感。随即忽然南北议和，1912 年 1 月 1 日中华民国成立。

民国建立后，谭延闿开始真心实意地裁撤军队，发展经济。其时湖南建立了省议会，颁布了新刑法；兴办了大量的民营及省办的实业，修筑了第一条湖南的公路——长沙至湘潭公路；废除了清朝的田赋制度，减轻了农民的负担；还拿出经费大办教育，选派公费留学生，为湖南的建设培养人才。不到一年，湖南各业都迸发出勃勃生机。

孔昭绶从日本政法大学留学一回来就得到了谭延闿的聘任，就任第一师范校长。这些天来，他感到长沙这个千年古城一夜之间便从寒冬跨进了暖春，人们从新民国看到了民族复兴、国家强盛的希望，都以一种前所未有的热情进行建设。孔昭绶不由热血沸腾，他等这一天等得太久了，当真有一种时不我待之感。

轿夫们穿着草鞋的脚拐进一条青石板的小巷。这时忽然传来一阵喧闹的鼓乐声，前方的小巷被挤得水泄不通。孔昭绶怔了一怔，看时，前方不远处一支仪仗队，开路的 24 人全套西洋军乐队奏着军乐，鼓乐嘹亮，后面紧跟着 48 名法式盛装、绶带肩章、刺刀闪亮的仪仗兵，军容耀眼，步伐整齐，吸引一路的行人纷纷围观，小孩子们更是跑前跑后。领队的那人孔昭绶再熟不过，正是省教育司的督学纪墨鸿。孔昭绶不觉发呆，这分明是湖南都督府专门迎奉贵客的仪仗队，怎么到了这里？又是什么人要教育司的督学亲自出马？

小巷太窄，围观的人却越聚越多，孔昭绶的轿子只得跟着仪仗队后慢慢地走。一时大队人马迤逦行来，终于在一间大宅子前停下，看着墙上挂着的“板仓杨宅”的牌子，孔昭绶不由脸色一变，暗想：不会这么巧吧？

这时纪墨鸿翻身下马，轻轻地扣了扣大门，只听大门“吱呀”一声开了，走出个中年男子来，穿长衫，中等身材，面容丰润，目光柔和，举止沉稳。背后却藏着一个十二三岁的少女，梳两个小辫子，脸如满月，睁大了一双漆黑的眼睛伸出头好奇地打量着。

“立——正！”随着一声威严的军令骤然在门口响起，几十双锃亮的军靴轰然踩得地上尘土飞扬，一声令下，仪仗队的士兵同时枪下肩，向那中年男子行了一个标准的军礼，随即八面军鼓震耳欲聋地响起来。

纪墨鸿把手一抬，军鼓便戛然而止，他向那中年男子深深鞠了一躬，朗声道：“卑职省教育司督学纪墨鸿，奉湖南都督谭延闿大帅令，特来拜访板仓先生。”没等那人开口，纪墨鸿已经向后一招手：“呈上来！”

一时鼓声和军乐又骤然大作。两名仪仗兵托着一只锦缎衬底的盘子正步上前，盘中是一封大红烫金、足有一尺见方的聘书。纪墨鸿双手捧起聘书，呈到那人面前：“谭大帅素仰先生风格高古，学贯中西，今林泉隐逸，是为我湘省厥才之失。

兹特命卑职率都督府仪仗队，礼聘先生俯就湖南省教育司司长。这是都督大人的亲笔聘书，伏请先生屈尊。”四周人群中顿时发出惊叹之声，目光齐齐投在那张聘书上。

孔昭绶见状，不由下意识地摸了摸自己怀里的聘书，他显然有些措手不及，只睁大了眼看着那中年男子。面对如此排场，那中年人却像是一个偶尔经过的过客。他并不去接聘书，只是淡淡说道：“杨某久居国外，于国内情形素无了解，更兼毫无行政才能，实在不是做官的料子。烦纪先生转告谭帅，就说他的好意我领了，请他见谅。”

那人的态度让众人都吃了一惊，纪墨鸿尴尬地捧着那份聘书，看着他笑道：“大帅思贤若渴，一片赤诚，几次三番求到先生门下，先生总得给大帅一个面子吧！”

“好了，该说的话，我也说过了。杨某区区闲云野鹤一书生，只想关起门来教几个学生读几句书，谭帅也是三湘名儒，想必能体会杨某这点书呆子想法。不送了。”说完这番话，这人转身牵着那少女进了院子，反手掩上了院门。

纪墨鸿不觉呆在那里，仿佛泥塑木雕，半晌才沮丧上马而去，一路偃旗息鼓。孔昭绶不觉脸上露出一丝微笑。

孔昭绶下了轿，走到大门前，正要伸手叩门，却见那门是虚掩的。他轻轻推开，里面是一个小院落，三面房间，一面院墙大门，正中一个小天井到处植满花木，阳光透进来，一片葱茏，花架子上十数盆兰花才经新雨，长长短短的绿叶舒展开来，几朵素白的春兰悄然绽放，清香满院。

只见那中年男子手里拿着个洒水壶，悠闲地在那里浇水，少女也提起一个水壶，边学着父亲的样子洒水，边歪着脖子问：“爸爸，他们是来请你去当官的吧？为什么你不当官，当官不好吗？”

这人看看女儿，又看看眼前的兰花，说：“当官嘛，倒也没什么不好，不过是有人合适当官，有人不合适。就好像花吧，一种跟另一种也不一样啊，你比方牡丹，是富贵花，像爸爸和开慧种的兰花呢……”

少女抢过话头说：“我知道，我知道，是君子花。”“对喽。你想若兰花变得像牡丹一样一身富贵气，那兰花还是兰花吗？”那人笑了起来。不等少女答话，院门口忽然传来了一个声音，“恐怕不是。”

那人诧异地回头，看到孔昭绶正站在门前，一时间，他简直有些不敢相信自己的眼睛，“昭绶兄？”孔昭绶也是快步上前：“昌济兄！”

“哈哈哈哈，真是没想到，没想到啊……”这人惊喜地说着，迎上去握住孔昭绶的手，二人相视大笑。这人名叫杨昌济，长沙人。又名怀中，字华生，是个虔诚的佛教徒。早年就读城南、岳麓书院，研究宋明理学。1903 年春到 1913 年，先后在日本弘文学院、东京高等师范学校及英国爱伯汀大学留学，并赴德国考察。对西方教育、哲学和伦理学之历史与现状、理论与实践均有深入研究，乃是湖南有名的大学者。方才回国不久。那少女是他的小女儿，名叫杨开慧，今年刚刚 12 岁。

二人一同到书房就座，杨昌济兀自还在久别的激动中："东京一别，一晃这都几年了，好几回做梦，我还梦见昭绶兄在法政大学演讲的情景呢——'当今之中国，唯有驱除满清鞑虏，建立共和之民国，方为民族生存之唯一方法！'那是何等的慷慨激昂！言犹在耳，言犹在耳啊！"

"我也一直记挂着昌济兄啊。从日本回来以后，我还托人打听过你的消息，听说你去了英国留学，后来又去了德国和瑞士……"尽管久别重逢，想说的话很多，但孔昭绶是个急性子，略略寒暄，便开门见山："哎，闲话少叙，今天我可是无事不登三宝殿哦。"说着，从口袋里掏出那份聘书，递到杨昌济面前。

杨昌济不禁有些疑惑，打开聘书，只见写着："今敦请怀中杨老先生为本校修身及伦理教员，每周授课四时，月敬送修金大洋叁拾圆正。此约湖南省公立第一师范学校校长孔昭绶。"

"怎么，奇怪啊？当此民国初创、百废待兴之际，什么是强国之本？什么是当务之急？教育是强国之本，教育是当务之急！"迎着杨昌济的目光，孔昭绶站起身，声音大了起来，"一个国家，一个民族，不把教育二字放在首位，何谈国家之发展，何谈民族之未来？开民智，兴教育，提高全体国民的素质，这，才是民族生存之根本，中华强盛之源泉啊！"

杨昌济连连点头："嗯，这一点，你我在日本的时候就有共识。"孔昭绶继续说道："而教育要办好，首先就得办好师范，得有好的老师，才有好的教育啊。这回谭畏公招我任一师校长，我也想过了，头一步就得聘请一批德才兼备的优秀教员，扫除旧学校那股酸腐之气，为我湖湘之教育开出一个崭新局面。昌济兄，你的学问，三湘学界谁不景仰，我又怎能放过你这位板仓先生？"

迎着孔昭绶殷切的目光，杨昌济却明显地露出了为难的神情。孔昭绶不禁笑了："怎么，谭畏公的官你不做，我那儿的庙你也嫌小了？"

"昭绶兄，你开了口，我本应该义不容辞，不过这一次，只怕你是来晚了。"杨昌济从书桌抽屉里取出一封聘书，递给孔昭绶："这是周南女中昨天送来的聘书，聘我去教国文，我已经答应了。"

这个变故显然大出孔昭绶的意料，看看聘书上的日期，还真是昨天的落款，失望之中，他只得起身告辞，却仍不甘心："'得天下英才而教之！'昌济兄，我记得这可是你毕生的理想啊。"

杨昌济道："只可惜英才难求啊。"

"你怎么知道我那儿就没有英才？我第一师范自宋代城南书院发祥，千年以降，哪一代不是人才济济？且不说张南轩、曾国藩这些历史人物，就是眼下，缔造共和的民国第一人黄克强先生，那不也是我一师的毕业生吗？"

"可是周南那边……"

孔昭绶赶紧趁热打铁："不就是一点国文吗？我只要你来兼课，耽误不了你多少时间的。昌济兄，以你的学问，只要肯来屈尊，未必不能在一师学子之中，造就一批栋梁之材！怎么样，还是答应我吧？”

迎着孔昭绶期待的目光，杨昌济沉吟了片刻，只好说道：“这样吧，你给我几天时间，我想办法安排一下，要是安排得过来，我就来给你兼这份差。”

得了他这句话，孔昭绶才算是放心出了杨宅。临上轿，还回头郑重叮嘱了一句：“昌济兄，可别敷衍我哦。”

送走孔昭绶，父女二人回了书房，开慧一路还在问：“爸爸，孔叔叔他们学校的学生真的很好吗？”杨昌济道：“现在在校的学生嘛，倒没听说什么特别出类拔萃的，新学生呢，又还没招，好不好现在怎么知道？”

“可是孔叔叔不是说他们学校出了好多人才吗？还有个缔造民国的黄克强先生，那是谁呀？”

杨昌济告诉女儿：“黄克强，就是黄兴，也是爸爸在日本的时候的同学。”

“黄兴大元帅？他也是孔叔叔他们学校的学生？”开慧听得几乎跳了起来，拉住父亲的手臂，“哇！爸爸，那你赶紧去呀，你也去教几个黄兴那样的大英雄出来，到时候，民国的大总统、大元帅都是你的学生，那多带劲！”

“还几个？哈哈……”杨昌济不禁一笑，“真要遇上一个，就已经是佛祖显灵了。可惜爸爸善缘还修得不够，遇不上哦。”开慧嘟着小嘴问：“为什么？”

杨昌济拍了拍女儿的头，笑着回答：“你还小，不明白这个道理。这个世上，最难求的，就是人才，且不说黄兴那样惊天动地的英雄人物，但凡能遇上一个可造之才，能教出一个于国于民还有些作用的学生，像爸爸这样的教书匠，一辈子，也就知足了。”

开慧甩开父亲的手臂，偏着头，很认真地对父亲说：“我就不信！爸爸，你以后一定会教出一个比黄兴元帅还厉害、还有本事的学生！”杨昌济笑道：“你算得这么准？”开慧起劲地点点头：“不信我们打赌。”

杨昌济笑了，望着书桌上的地球仪和那尊他朝夕敬奉的白玉观音像，脸上的笑容却渐渐凝结了起来，心里想：如此人才，却不知锥藏何处？

二

陶会长那辆镶着银色花纹的豪华马车才停在一师门口，一个十六七岁的少女便跳下车来。这少女面目清秀，身材高挑，穿一身淡雅学生裙，虽然看上去像个内秀的古典美女，但她纤细而灵巧的双脚，流光溢彩的双眼却泄露了充满渴望的少女情怀。

“斯咏！不要乱跑。”陶会长在车上叫道。“爸，我去看看，这个学校好漂亮。”少女说话间直进了校门。陶会长尴尬地向前来迎接的方维夏一笑，说：“小女陶斯咏，小孩子不懂规矩，让先生见笑了。”方维夏也一笑说：“不要紧。”然后迎着陶会长进了校长室。

陶斯咏一个人在学校里缓缓而行。第一师范前身为南宋绍兴三十一年（公元1161年）张浚、张栻父子创建的城南书院。乾道三年，朱熹来访时，住此两月。书院遂因朱张会讲而名传天下，与岳麓书院齐名。书院建在妙高峰上。妙高峰为长沙城区的最高峰，号称长沙城南“第一名胜”。学院前临湘江，与岳麓书院隔水相望。清末书院被毁，一师便在原址上重建，建筑风格仿照日本青山师范学校，以黑白线条为主，等角三角形的深黑色瓦顶，映衬素白的拱形顶百叶窗，墨蓝色方形墙面，整个建筑群是典型欧式风格，典雅庄重。但连接建筑的回廊迂回曲折，开出一个独立的庭院，或有小亭，或有古井，独具东方韵味。

此时阳光越发明净，院子里几株老槐抽出新条，一树垂柳如烟一般，满院草色苍然，学生们都在上课，回廊里静寂无声，暖风轻拂，一只蝴蝶翩然而飞。斯咏穿过回廊，在一间一间的教室窗外探过头去，看里面都是男生，不觉撇了撇薄薄的嘴唇。

“衡山西，岳麓东，城南讲学峙其中……”一阵悠扬的歌声和钢琴声忽然传来，斯咏不自觉地寻声走过一个回廊，却见不远处繁花绿树之中，一个穿中式长衫、金发碧眼的老师在那里弹着钢琴，当他那双白种人修长的手滑过键盘时，就有音符如行云流水般从他灵巧的指端泻落，这声音，穿透了斯咏的身心。

几十个一师的学生一色的白色校服，朝气蓬勃，手里捧着歌谱，嘴里唱着新学的校歌，眼睛却被回廊前斯咏那双灵动的大眼睛所牵引，不能收回到歌谱上，歌声也没有刚才响亮了。斯咏迎着满院男生们诧异的目光，调皮地一笑。

“斯咏！”陶会长不知什么时候已经站在走廊一头的楼梯口，皱着眉头，尽量压低嗓门叫自己的宝贝女儿，“像什么样子？还不过来？”

陶斯咏又回看了两眼，才跑了开去。陶会长责怪说：“这是男校！女孩家东跑西跑，成何体统？”看看身边的方维夏，又道：“小女失礼，让方先生见笑了。”

方维夏倒不在意：“哪里。陶翁代表商会慷慨解囊，捐资助学，我们欢迎还来不及呢，小姐参观一下有什么关系？倒是孔校长有事外出，未能亲迎陶翁，失礼之处，还望见谅。”

办完了捐款的事，陶会长辞别方维夏，出了校门，正要上车，却不见斯咏跟上来，回头一看，斯咏还站在教学楼的台阶下，一副恋恋不舍的样子。陶会长催道：“斯咏，你到底走不走？”

“急什么嘛？爸，你看这儿好美啊，那么大的树，还有那么多花，教室也那么漂亮……”斯咏一面走一面回头说，“爸，要是我能到这儿来读书该多好？”

陶会长被女儿的话逗笑了：“胡说八道！哪有女孩子读男校的道理？”

“可女的为什么就不能读嘛？不公平！”

“不是给你办好了上周南女中吗？”

“可是这儿比周南漂亮嘛！”

陶会长望着这个被他娇宠惯了的女儿，忍不住摇了摇头：“你个小脑瓜子一天到晚想些什么？一点正经都没有！还不走？”斯咏噘着嘴，恋恋不舍地又回头望了一眼，这才上了车。

车行到南门口，斯咏素来爱逛开在这里的观止轩书店，便先下了车。

她来到书店前，习惯性地看了看门口推介新书的广告牌，却见上面最醒目的一行写着：“板仓杨昌济先生新作《达化斋读书录》，每册大洋一元二角”，当即抬脚进了书店。

书店柜台前的店伙计一只手撑着下巴，一只手百无聊赖地拨着面前的算盘珠子，眼睛却时不时地盯住书柜下露出的一双破布鞋——这个家伙从一大早就来了，蹲在那里看书，一动不动，已经白看了一上午了。店伙计心中早已有些不耐烦，斯咏正好走了进来：“请问有杨昌济先生的《达化斋读书录》吗？”

“有，还剩最后一本。”伙计满脸堆笑，“小姐，您算来巧了。我这就给您拿去？”一时在书架上四处乱翻，却没有找到，正纳闷时，一眼瞟见破布鞋上遮着的正是那本《达化斋读书录》，叫道：“这位先生，对不起，打搅一下。”

那人全没有听见他的话，只顾埋头看书，伙计拍拍他的肩膀，大声说“先生！这位先生！”“啊？”那人吓了一跳，问道：“干什么？”伙计指指外面，说：“对不起，您这本书有人要买。”

“哦，你另外拿本给他吧。”这人又埋头继续看书。伙计忍无可忍，伸手盖住了书，说：“哎哎哎哎，别看了别看了。”“怎么了？”这人站了起来。

店伙计瞪了他一眼，“这是最后一本，别人买了！”声音惊动了柜台前的斯咏，她向这边望过来，只见一个青年高大的背影，肩上打了一大块补丁，说一口略带湘潭腔的长沙话，“你等我看完嘛……”“我等，人家顾客不能等，你这不让我为难吗？”

那青年忙说好话：“那……那我看完这一章，就两页了，看完这两页就给他……”“哎呀，拿来吧，你！”店伙计实在懒得跟他纠缠下去，一把将书夺了过来，白了他一眼，换上笑脸走向斯咏，“小姐，对不起对不起，劳您久等了。”

那青年悻悻地走了出来，斯咏这才发现他身材极是高大，头发剃成短短的板寸，眉目清秀，目光却炯然有神，身上的短衫满是补丁，一双布鞋破开了个大口。他淡淡地扫了斯咏一眼，向门外走去。斯咏怔了一怔，没有接书说：“没关系，人家在看嘛。”店伙计指了指那青年：“您说那位呀？嗨，都蹲那儿半天了，从早上一直到现在，光知道白看！买不起就买不起吧，他还霸着不让别人买，真是！”

这青年听见这话，猛然转到柜台前，一把将书从伙计手里抢了过来，重重拍在柜台上：“这本书我买了！”斯咏不禁一愣，却正碰上他示威似的目光。店伙计也愣住了，抱怨道：“人家都买了，你这不是抬杠吗？”

那青年也不含糊，他看看书后的定价，回敬道：“先来后到嘛。我先来，凭什么不让我买？不就一块二吗？”他一手按着书，一手伸进口袋，颇有一副谁怕谁的傲气。然而那伸进口袋的手却慢慢僵住了，脸上的表情也跟着僵住了：他左掏右掏，掏来掏去，不过掏出了两三个铜板，一腔气势顿时化作尴尬。

伙计脸上浮起了一丝嘲笑：“哟，您不是没带钱吧？”感受到身边斯咏的目光，青年的脸顿时涨红了。伙计却还在继续奚落他：“要是您手头不方便，那我只好卖给这位小姐了。”他说着话，使劲从青年的手掌下抽出书，放在了斯咏面前。

青年愣了一愣，转身出了书店。斯咏付了钱，拿着书缓缓沿街而行，这时她突然忍不住笑了：那位青年人就走在前面不远处的街边上，似乎脚被什么东西磕了一下，他发泄地一脚踢去，却将鞋踢飞了，他赶紧单脚跳着去捡那只飞出老远的鞋。

这个样子真是太滑稽了。斯咏看着他跳着移到一棵树旁，正扶住树穿鞋，那只鞋鞋帮被踢开了个更大的口子。斯咏的心隐隐地动了一下，她忽然加快了脚步，走到青年身后，将那本《达化斋读书录》递到了他面前，说：“这本书送给你。”

青年顿时愣住了，看了看斯咏，一时接也不是，不接也不是。斯咏把书往他手里一塞：“你不是没看完吗？拿着吧。”青年这才反应过来，赶紧边手忙脚乱地掏口袋边对斯咏说：“那，我……我给你钱。”手一伸进口袋，才想起自己根本没有钱，不由得越发尴尬了。

斯咏道：“我说了送给你。哎，这可是大街上啊，你不会拒绝一位女士的好意吧？”青年只得赶紧接过书，喃喃地回应：“那，算我借你的，我回头还给你。”

斯咏一笑，转身就走。青年一手举着书，一手提着破布鞋，高声问：“哎，你叫什么？我怎么找你啊？”斯咏回头说：“不用了，书你留着吧。再见。”叫了一辆过路的黄包车，径直上了车。青年想追，但少了一只鞋，无法迈开步子，他单脚跳着，冲斯咏的背影叫道：“哎，哎——那你有空来找我吧，我就住前面湘乡会馆，我叫——”这时黄包车已经跑出老远，显然听不到他的喊声了。青年看看那本书，再看看破布鞋，突然冲着那只破布鞋裂开的大洞喊道：“我叫毛、泽、东！”

三

拿着那本《达化斋读书录》，毛泽东用兜里剩的铜板买了个烧饼，边啃边向湘乡会馆方向走来。

湘乡会馆所在的巷子口，照例摆了个小小的臭豆腐摊子，摆摊的老人虽然不过五十来岁年纪，看上去却苍老得像六十好几的老头，这老头叫刘三爹，毛泽东一向喜欢吃臭豆腐，早和他混得烂熟。

毛泽东一路走来，远远便闻到了那股臭味，摸摸口袋，却只能叹了口气。刚要走进巷子，忽见那小摊的破木桌旁坐着两个年轻人，一个十七八岁，长衫笔挺，容貌雅俊，收拾得一丝不苟；一个十五六岁，对襟短衫，还是个愣头小子。这时刘三爹正把臭豆腐端到二人面前，那穿长衫的顿时皱起眉头，掩着鼻子：“端过去端过去，他的。”刘三爹赶紧把臭豆腐移到那愣头小子面前，侧头问那长衫少年：“这位少爷，您不来碗？”

长衫少年掩着鼻子使劲地摇头。毛泽东见了他的模样，当时便笑了，悄悄走了过来。这边那愣头小子把脸凑近热气腾腾的臭豆腐，深吸一口气，盯着长衫少年问：“哥，你真不吃？”

长衫少年头一摇：“臭烘烘的，吃什么不好？吃这个。”“闻着臭，吃着香！你就不懂。”愣头小子说着从筷笼里抄起一双筷子就要动手，长衫少年赶紧拦住他，从衣兜里掏出了一块雪白的手帕。愣头小子看他擦着筷子，摇头说：“就你讲究多！”长衫少年瞪了他一眼，反反复复狠擦了几遍，看看手帕上并无污渍，这才把筷子塞给了弟弟。

毛泽东走到二人身后，忽然一拍那长衫少年，那少年吃了一惊，却听对面的弟弟早抬起头来，惊喜地叫道：“润之哥。”这二人正是毛泽东的好友，长衫少年名叫萧子升，愣头小子名叫萧三，两人是两兄弟，都是毛泽东两年前在湘乡东山学堂时的同窗。看着二人，毛泽东还没开口，肚子就先发出一阵“咕噜噜”的声音。萧子升忙拉毛泽东坐下，要了一碗臭豆腐。毛泽东风卷残云吃得干干净净，放下空碗，用手背一擦嘴，这才长长地透了一口气。

萧子升打趣道：“一箪食，一瓢饮，润之兄饱乎？不饱乎？”“饱也，饱也。还不饱我不成饭桶了？”毛泽东拍着肚皮，有些不好意思地解释，“不瞒子升兄，我呀，五天没吃过一餐饱饭了，天天一个烧饼打发，那烧饼做得又小，吃下去跟没吃一样。”

“怎么，口袋又布贴布了？”萧子升说着，掏出钱袋，“哗啦”一声，把钱通通倒在桌上，里面是几块银圆和一堆铜板，他把钱分成三堆，也不数，将其中一堆推到毛泽东面前：“拿着吧。”

毛泽东也不客气，收了钱：“等我家寄了钱，我再连以前的一起还给你。”

“等你家寄钱？等你家寄钱你还不饿死七八回了？我说润之，你这样下去也不是个办法，总不能老跟家里犟下去，还是要跟伯父说清楚才行……”萧子升还在说着，毛泽东打断了他的话，说：“哎呀，你不明白的。我们家老倌子，什么都好商量，就读书两个字提不得！”

三个人离开臭豆腐摊，回了湘乡会馆，进了萧家兄弟租住的房间，萧子升说道：“我说润之，你这样下去不行，才到长沙一两年，学校读了无数个，没一个满意的，也怨不得伯父生气。你到底打算上哪所学校？”

这个话题正触到了毛泽东的难处，他呆了一呆，摸摸后脑勺说：“那些学校是不行嘛，读不下去，我有什么办法？正好，最近有没有什么新消息呀？”萧三笑说：“润之哥，我们今天正想去跟你说这件事情的，干脆，跟我们一起考北大算了。”“北大？”毛泽东眼睛一亮，“北大今年对湖南招生了？”萧三手舞足蹈地说：

“对呀，招生广告都出来了，全国都可以报名，我和我哥都打算去考呢。”

“真的？哎呀那太好了！我去年就想考北大，兵荒马乱的没去成。哎，它什么时候招生？能不能在长沙考？”毛泽东大喜过望，一口气提了一连串的问题。萧子升笑道：“哪有在长沙考的道理？当然得去北京，就下个月。我和萧三正在想办法筹钱呢。润之，一起去吧。三个人一块，到北京还能省点住宿费呢。”

一提起钱，毛泽东口气便虚了：“那，大概要好多钱啊？”

“一个人总要150块大洋吧。”

毛泽东听得眼睛都瞪圆了，叫了起来：“150?!”

“你瞪着我干吗？”萧子升看到毛泽东的这副样子，索性扳起手指给他算账，“你想呀，这么远的路，食宿、路费，两个月备考，再加上头一年的学费、杂费、生活费各项，150块已经是紧打紧算了。”

毛泽东这下傻了眼：“我的个天，150！剁了我这身肉，不晓得卖得到15块钱不？”

“我现在也是天天愁钱。两兄弟这一下就是三四百块，家父这一段身体又不好，家境也不如从前，可除了跟家里伸手呢，我又实在想不出别的办法。”萧子升话锋一转，对毛泽东说，“其实说起来，你比我们强多了。”

“我比你们强？我都穷得饿饭了！”

“好歹你家里并不穷嘛，真要想办法，这个钱未必拿不出来。”萧子升道。萧三也点头：“是啊，润之哥，你就跟你爸说说好话嘛，你要去北大，肯定能考取，这么好的机会，错过就可惜了。”

“机会我当然不想放过，可我们家老倌子，哎呀……”毛泽东想想还是摇了摇头。

“你没试过怎么知道他一定不答应你？以前你读书，他不是也供过你吗？你跟他说清楚，全中国就一个北大，最好的大学。父望子成龙嘛，他也盼着你前途无量。”

“对对对，你把读北大的好处说他个天花乱坠，万一说动了伯父，不就解决了吗？”

听着萧氏兄弟的劝说，毛泽东嘴里沉默不语，心底里也不觉有些动了。

第二章 免费招生

湖南省公立第一师范的招生广告，
末尾“免收学费，
免费膳宿，
另发津贴”
一行字极为醒目。

一

残阳缓缓从韶山的峰峦间隐去，一山的苍翠都被抹上了胭脂。沿山而下，掩映的绿树翠竹中是一栋十三间的泥砖青瓦房，房前一口池塘，塘边春草初生，塘内小荷露出尖角。远处的山野间油菜花开得正旺，一片金黄，夹杂着绿树和新放的桃花梨花，四处炊烟，袅袅而起。

屋场上，一个中年妇女正拿着一个小竹簸在撒谷喂鸡，随着她“啰啰啰”的叫声，十几只鸡争先恐后地抢着谷粒。不远处，一个戴着瓜皮帽穿着短褂的老人坐在板凳上，闷头敲打着一张犁。这时忽然一个惊喜的声音传来，“娘！娘！大哥回来了，大哥回来了！”一个十三四岁的少年打着赤脚，边喊边直跑过来。

中年妇女诧异地抬起头来，正看见少年身后，毛泽东背着蓝布行李包，拿着雨伞，大步奔来，老远便喊道：“娘——娘——”这妇女正是毛泽东的母亲文七妹，两行泪珠立时从她的眼中夺眶而出，她喃喃说道：“石三伢子？我的石三伢子啊……”手一抖，小竹簸顿时掉在了地上。鸡群蜂拥了上来，争抢着谷粒。

“去去去，去去去……”正在修犁的老人赶紧抢上前，手忙脚乱赶开鸡，捡起竹簸，放到了一旁的竹架子上。这时毛泽东放下手里的行李，向他叫道：“爹。”毛贻昌看了他一眼，说：“你也晓得回来了。”仍自顾去修犁。文七妹急忙擦去眼泪，说道：“快，泽民，帮你大哥把行李拿进去。”那少年答应着，毛泽东忙说：“不用了。”拿起行李便进了屋。

一家人吃过晚饭，文七妹把两个小孩子毛泽覃、毛泽建打发去睡觉了，和毛泽东坐在灶房门口。一个缝补着毛泽东那只破了的布鞋，一个剥着豆，都不时地悄悄偷窥着毛贻昌的表情。

房里“噼啪”燃烧着的火塘上，吊着一口老式铜吊壶。毛贻昌就挨近火塘坐在条凳上，把旱烟锅子凑近火苗，点着了烟丝，跳动的火苗照亮了他满是皱纹的脸，他长长地喷出一口烟，紧锁的眉头下，目光固执。半晌终于开口问：“你讲的那个什么什么大学？”

毛泽东小心翼翼地补充说：“北京大学，就是以前的京师大学堂。”毛贻昌猛地把烟锅子往条凳上一磕，“我不管你什么金师大学堂、银师大学堂，一句话，什么学堂你都莫打主意！150块大洋？亏你讲得出口！你当这个家里有座金山，容得你一顿败家子败哒！”

毛泽东低头看着父亲，说：“我是读书，又不是浪费。”毛贻昌一听更是火冒三丈，用烟锅子指着儿子说：“你还好意思提读书！你读的什么鬼书？哼！”文七妹忙说：“哎呀，你好点讲嘛，一开口就发脾气，三伢子这才进门……”

毛贻昌瞪了她一眼，“你少啰嗦！都是你把他惯坏了！”文七妹赶紧不做声了，埋头继续补手里的鞋。

毛贻昌却越说越生气，“早听了我的他不会是这个样子，你自己看看你自己看看，二十岁的人了，文文不得武武不得，一天到晚东游西逛，只晓得花钱就不晓得赚钱！都是你这个做娘的从小惯的……”

毛泽东抬起了头：“爹！你骂我就骂我，骂我娘干什么？”毛贻昌眼睛一瞪：“这个家还是老子当家，老子骂不得啊？还顶嘴！你自己算一下，这些年你读书读书都读出了什么名堂？东山学堂你呆不住要去省城，老子让你去了，你呢？读不得几天你退学，什么不好当你去当兵！”

毛泽东嘟囔道：“那你以前不也当过兵……”毛贻昌却一句话把儿子堵了回去：“我当兵是没饭吃！你也没饭吃啊？你有吃有喝有老子供祖宗一样供起你，你去当兵！好铁不打钉，好男不当兵，这句话你没听过啊？”

“我现在不是没当兵了吗？”毛泽东缓了口气。毛贻昌不理他，又装了一锅烟丝，凑近火塘点燃，咂了一口，坐回条凳上去，这才说：“那倒是！兵你不当了，你讲要读书，结果呢？今天讲要进商业学校学做生意，我还蛮高兴，答应你，给你钱报名，你读两天讲听不懂什么英文，你要退学；明天讲你要进肥皂学校学做肥皂，我又答应你，又给你钱报名；后天你要进警察学校学当警察；大后天你要进什么法政学校学法律，当法官；再过两天一封信来你又到了省一中……你自己算算，半年不到，你换了好多学堂？有哪个学堂你呆满过一个月？你读书？你读什么鬼书？你把老子当鬼哄才是真的！”

毛泽东似乎没发现父亲的忍耐已经快到极限了，插嘴说：“那些学校是不好嘛。”毛贻昌眯起眼睛反问道：“那些都不好，这个就好了？”毛泽东忙道：“这次这个不一样，这是北京大学，中国最好的大学……”

毛贻昌劈头打断他：“你少跟我乱弹琴！哪一个学校你开始不讲好？哪一个学校你又读得下去？长沙读遍了，不好玩了，你又想起去北京，换个大地方玩是吧？你啊，老子是看透了，从今往后，再莫跟我提什么读书的事！”

一直埋头补鞋的文七妹忍不住又抬起头说：“顺生，三伢子想读书，又不是什么坏事……”毛贻昌转头厉声说：“我求哒你闭起嘴巴好不！”文七妹只得又不做声了，打量着补好的鞋，收拾着顶针、针线。

毛贻昌回头对毛泽东说：“我告诉你，你今天回来了就莫想再走了。银田市那边天和成米店，是我的老主顾，人家给了天大的面子，愿意收你去当学徒，明天你就跟我一起去，以后老老实实在那里拜师学徒，三年学成，接老子的脚！”

毛泽东头一扭：“我不去！”

“你敢！我告诉你，以前我都由着你的性子，才搞得你这么没出息，这一次的事，板上钉钉，你去也得去，不去也得去！”毛贻昌用烟杆敲打着条凳，“还有，罗家的媳妇你14岁上我就给你定好了，你一拖拖到现在，你拖得起，人家女方拖不起。等你到天和成拜完师，就给我回来办喜事圆房，以后老老实实成家立业种田做生意，也省得你一天到晚胡思乱想，一世人在外面吊儿郎当！”

毛泽东闻言，腾地站起身来，毛贻昌瞪眼喝道：“你干什么？”

“我不要钱了，我明天就回长沙！”

“你再讲一遍！”

“我明天就回长沙，以后再也不回来了！”

“反了你了？”毛贻昌抡起旱烟杆就劈了过去，毛泽东一闪，旱烟杆打在板凳上，断成了两截。毛贻昌顺手又抄起火塘边的火钳，扑了上来，骂道：“还敢顶嘴？还顶嘴？我打死你个忤逆不孝的东西……”

他抡着火钳便是一顿乱打，毛泽东虽然东躲西闪，身上还是挨了两下。文七妹和毛泽民吓得赶紧冲上来，死死拦住毛贻昌。文七妹叫道：“哎呀，你干什么你？你放下！这是铁做的，你晓不晓得……”

混乱中，隔壁的泽覃、泽建也被惊醒了，揉着惺忪的睡眼站到了灶房门外。恰在这时，哗啦一声，把大家都吓了一跳，原来是文七妹装针线的小竹匾被毛贻昌一火钳打翻，将里面的顶针早砸扁了。才六岁的泽建吓得“哇”的一声哭了出来，叫道：“爹——”

毛贻昌喘着粗气，直指着儿子，“你给老子听着，滚回房去蒙起脑壳好好想清白！你要敢跑，我打脱你的腿！”毛泽东哼了一声，却被母亲连推带劝进了卧室。毛贻昌找了把锁来，只等文七妹出来，便“咔嚓”一声锁住了房门。

那天夜里，毛泽东躺在床上，翻来覆去，却始终无法平静下来。

也不知过了多久，一阵轻微的响声突然从窗台传了过来，毛泽东腾地弹起，扑到窗前，看见泽民正在窗外撬着窗户。兄弟俩心有灵犀，一里一外，小心翼翼地一起用力，窗子被撬开了。毛泽民向他做了个手势，低声说：“大哥，爹睡着了，你小心点。”

毛泽东点点头，敏捷地爬上窗户，刚把头探出窗外，却看见母亲站在窗外等着，忙叫道：“娘？”

母子三人轻手轻脚离了家，到了村口，文七妹这才把一个蓝布包裹递到了毛泽东手中，从怀里小心地摸出一方手帕包，拿出里面的几块银圆，塞了过来：“你娘也没有几个钱，这是瞒着你爹攒的，就这么多。娘这一世也没什么用，你想读那个大学，娘也帮不上你。要读书，你就找个便宜点的学堂吧。”

毛泽东呆了一呆，接过银圆，喉咙里不觉一阵哽咽，也不知说什么好。文七妹抚着儿子的脸，柔声说：“一个人在外面，要自己多保重，饭要吃饱，冷了要记得加衣服，莫太苦自己，有什么难处，就写信回来，娘帮你想办法。你爹爹也是为你好，就是性子急，你不要怪他，等过一阵子他气消了，你再写封信回来跟他认个错，就没事了，啊。”毛泽东怔怔地听着，点头说：“哎，我记住了。”

“好了，快走吧，晚了你爹爹醒来了，又走不成了。走吧走吧。”文七妹推着儿子，眼里却红了。

毛泽东好不容易忍住了眼泪，长吸一口气，对身旁的泽民说：“二弟，我走了，你在家里多照顾娘。”

他刚转身走出几步，身后又传来了文七妹的叮嘱声：“三伢子，记得走大路，莫走山上的小路，晚上山上有狼。”

毛泽东再也忍不住了，转身扑向母亲，一下子跪倒在地，哽咽着说：“娘，儿子不孝，不能守在您身边，对不起您了……”眼泪从他的眼中狂涌而出。

文七妹搂住儿子，拍拍他的后背，催促道：“好了好了，莫哭了莫哭了，娘晓得你孝顺。我石三伢子是有出息的人，要干大事的，娘不要你守着。不哭了啊，快点走吧，听话，走吧。”毛泽东用力给母亲磕了个头，狠狠擦了一把泪，站起身就走。

刚走出几步，他突然愣住了，前方不远处的大树下，父亲毛贻昌居然正站在大路中央。

毛泽民和母亲都呆住了，一时都不知道怎么才好。毛泽东和父亲对视着，沉默中，两个人似乎在比试谁比谁更倔强。终于，毛贻昌低下头、背着双手，缓缓走了过来。看到父亲脸色铁青地从自己身边走过，却看也不看自己，毛泽东的鼻子忽然有些酸楚，这时一个小包裹直落在了他脚边，随即地上一阵丁当乱响，月光下洒了一地的银圆，闪闪发亮。

母子三个人面面相觑。只听见毛贻昌冷冷地说：“你娘老子的话你都听到了，那种少爷公子读的什么大学，莫怪家里不供你，自己去找个便宜学堂，再要读不进，就老实给我滚回来！”说话间他头也不回，径直向家里走去。

看着父亲消失的方向，毛泽东蓦然心里一热。他蹲下去，伸出被父亲用火钳打得满是淤青的手，一块一块地捡着地上的银圆。摸索中，他突然停住了——父亲扔给他的包裹里除了银圆，居然还有一瓶跌打油！他猛然站起来，大声叫道：

“爹，我记住了，我会读出个名堂的！”

二

从湘潭韶山到长沙，约摸一百五十里水路。毛泽东坐船回到长沙，已经是第二天傍晚时分，他下船便向萧氏兄弟的住地而来。方才坐下，萧子升正想开口，萧三却抢着问道：“润之哥，上次我们说一起考北大，你决定没有？”

“我这次来就是要跟你们说这件事情。唉，我回家去一说上北大要150块大洋，我们家老倌子就火冒三丈。哦，差点忘记了，我这次是来还钱的。不好意思，有借有还，再借不难。”毛泽东边拿出钱来，边把自己挨打，连夜逃跑的事说了一遍，末了说：“老倌子给的钱不够啊，我现在也不知怎么办好。”

萧三哈哈大笑，说：“你们家老倌子真有意思。”萧子升却静静地听两人说话，一言不发。毛泽东问道："你们两个怎么样了，有办法了没有？"萧子升闻言叹了口气，从怀里拿出两样东西，一封信、一张报纸。把信递给毛泽东，神色凝重，说："子暲也看看吧。"萧三呆了一呆，伏在毛泽东背上看时，却是一封家书，写道："子升、子暲吾儿，汝父昨日为汝学费一事，外出筹借款项，突发晕眩旧疾，至跌伤右足。家中近年生计本已颇不如前，岂料又生此变故？来信所言报考北大之学杂各费，恐已难以为备……"萧三脸色顿时变了，说："娘什么时候来的信，哥你怎么早不说。"

子升不理他，说："家父都病成这样了，我们做儿子的，不能为家里分忧也就罢了，还提什么考北大？按说家里出了这样的事，我们兄弟就应该回家尽孝，不该再想什么读书的事。可家父这些年辛辛苦苦，盼的就是我们有个像样的出息，现在说不读书的话，他老人家是断不会答应的。"

萧三张大了嘴说："那怎么办？"子升将那张报纸推到二人面前，上面赫然是一则湖南省公立第一师范的招生广告，末尾"免收学费，免费膳宿，另发津贴"一行字极为醒目。

毛泽东顿时明白过来，大笑说："你想去读不要钱的师范？"

"除此还有什么两全之策？"子升苦笑了一下，"其实师范也不错啊，又不要钱，出来又不愁没事做。再说，一师这次除了五年制的本科，还开了两年制的讲习科，我正想早点毕业做事，读两年，就能出来帮着供子暲，也不错呀。"

萧三沉默一时，说："哥，你读书比我强，还是我去考讲习科，你读本科吧。"

"我是大哥还是你是大哥？这件事不要提了。"子升回头发现毛泽东仍拿着那份报纸出神，便问："润之，你的学费也没凑足，有没有想过下一步怎么办？"

毛泽东仿佛没有听见他的话，突然没头没脑冒出一句："'毛老师'？哎，你们觉得，'毛老师'三个字，喊起来顺不顺口啊？"看看萧氏兄弟一副摸不着头脑的样子，毛泽东接着说："我是说我要是去教书，往讲台上这么一站，那些学生不得喊'毛老师好'吗？"

"你也想考？"子升、萧三这才明白过来，三人顿时相视大笑起来。

三

湘江自南向北迤逦而来，在大西门穿城而过，将长沙城分作东西两部。自光绪三十年（1904年）长沙开埠，客货云集，大西门渡口便成了长沙最繁华的渡口。

这一天清晨，在渡口长长的石阶旁，衣着一丝不苟的纪墨鸿坐在椅子上，一面跷着脚让人给他擦皮鞋，一面看报纸，报纸背面是醒目的"湖南省公立第一师范学校招生启事"。给他擦皮鞋的是一个十七八岁的少年，身材高挑、体形单薄。他专注地看着报纸，却忘了手里的活计。纪墨鸿显然感觉到了，他突然移开了报纸，对着小伙子吼道："喂，你还擦不擦？"这个少年名叫蔡和森，湖南湘乡人。

蔡和森吃了一惊，手脚麻利地忙碌着："擦，擦，马上就好……先生，擦好了。"纪墨鸿看看擦得锃亮的鞋，站起身，掏了两个铜板递出去。蔡和森红着脸，轻声说："我不要您的钱。先生，能不能把这份报纸给我？"

纪墨鸿愣了一下，看着眼前这个小伙子，穿的一身学生装，虽然打着补丁却很整洁，问道："擦鞋的还看报？你认识字吗？"蔡和森点了点头。

纪墨鸿严肃的脸顿时笑了起来，他把报纸递给蔡和森，"拿去吧。贫而好学，穷且益坚，我最喜欢这样的年轻人了。"蔡和森连忙谢过，蹲在地上，认真地看着报纸，全没听到码头上响起的高亢的汽笛声，轮船靠岸，旅客纷纷涌了出来。

向警予在保姆仆人的簇拥下慢慢下了船，她老远便见一乘轿子候在路边，一个管事模样的人领着大堆仆人站在那里，不觉皱了皱眉头，向管事问道："斯咏没来？"管事笑说："小姐临时有事，她临走时托付小人，千万要照顾好向小姐。"这管事正是陶会长的管家，向警予的父亲则是溆浦商会的会长，陶向两家是世交，常有往来，向警予与陶斯咏自小就是好朋友，此次向警予前来长沙就读周南中学，向父便托陶会长代为照看。

管事说道："向小姐，这是我们老爷给您准备的轿子。"向警予手一挥："谢了，我用不着。"

管事忙道："那哪行啊？您是千金小姐，哪有自己走路的道理？"

"我就喜欢自己走路。"向警予理也不理他，直上了台阶。管事还想劝，保姆拦住他说："您就别客气了，我们小姐就这习惯，从来不坐轿，劝也没用。"

管事愣住了，后面跟上来的仆人嘀咕了一句："这什么小姐呀？"管事瞪了仆人一眼，仆人赶紧不做声了。管事只得向轿夫一挥手："跟上跟上。"前面向警予走得飞快。

警予忽然停在了蔡和森的身后，她被蔡和森手里的报纸吸引住了。蔡和森诧异地一回头，却看见一位美貌少女正探头看自己手里报纸上的广告，正不知所措，还没反应过来发生了什么事情，这少女已经大大方方地也蹲了下来，对他说："哎，报纸能不能借我看一下。"

蔡和森还没遇到过这样大胆的女子呢，他实在不清楚对方要做什么，只得赶紧把报纸递给她。管事的跟了上来，很是抱歉地说："向小姐，您要看报啊？我这就给您买去。"

"不用了不用了，我不正在看吗？"警予头也没抬，小声读着广告："'……于见报次日，即开始报名。'哎，这是哪天的报纸？"一时乱翻，去看报头的日期，也不等蔡和森回答，又自言自语道："今天的？太好了！"

看到蔡和森正茫然地望着自己，她笑了笑，问："哎，你想去考啊？到时候咱们一块儿考。""一师不是女校，你怎么可以去考呀？"蔡和森真想不明白，怎么这个女生连长沙的一般学校不招女生都不知道？

“广告上也没说只招男生啊？怎么这样啊？太没道理了！我还以为省城会比小地方强呢，也这么落后！”警予站起身，把报纸还给蔡和森，冲管事大声说，“走，去第一师范！”管事又是一愣，这位小姐让他已经有些昏头昏脑，“不回陶府吗？”

“我现在不去陶老爷府上，我要去第一师范！”向警予一字一顿地说着，走出几步，又回头对蔡和森说，“哎，你等着看，我肯定跟你一起考。”

向警予直奔第一师范而来，一脚踏进教务室，叫道：“老师，报名处是这里吗？我要报考。”教务室此时只有国文教师袁吉六一个人，这位前清的举人花白大胡子，体态肥胖，留着剪过辫子后半长不长的披肩发。他半天才弄明白眼前这个风风火火的女子居然要考一师，几乎有些不敢相信，“你个女娃娃考一师？”

向警予挺起腰杆，大声道：“我是女人，不是什么女娃娃！”袁吉六把眼镜往鼻梁上一推，看也不看警予一眼，“女人更不能考！男女之大防都不要了，成何体统！去去去！”看到向警予的脸都被气白了，旁边的管事赶紧插话：“这位先生，说话客气一点嘛。这可是向会长家的千金……”

“我管你什么千金万金，赶紧领回家去，少在这里捣乱！”袁吉六扬扬下巴说。这时一名校役进门，“袁先生，校长请您去开会呢。”“知道了。”袁吉六慢条斯理地起身，端起水烟，边走边对管事说：“赶紧走赶紧走，也不看看地方——这是学校，学校是女人家来的场合吗？搞得没名堂！”

“你才没名堂呢，老封建！”向警予冲袁吉六的背影跺跺脚骂完了，又冲着管事说，“走，这种地方，请我我都不来！”她冲将出去，从袁吉六背后挤过，扬长而去。袁吉六被挤得一个踉跄，连水烟壶都差点掉了，气得他吹胡子瞪眼，半天才憋出一句：“简直……简直……世风日下！世风日下！哼！”

向警予憋着气到了陶家，一进陶家就大声嚷嚷：“气死我了，真是气死我了！简直不把女人当人！真是气死我了！”这时门外一个声音传来，“什么事把我们的向大小姐气成这样？”陶斯咏站在了门前。

“斯咏，你个死丫头，也不到码头接我。”警予叫道，两人一把抱住了，笑闹成一团。这时一个佣人上前来说道：“小姐，刚才姨太太来电话了，她和表少爷一会就到。”斯咏闻言怔了一怔，顿时不耐烦起来，说：“知道了。”却对警予说：“走，去看看你的房间。”

二人上楼来，警予一面看，一面把报考一师被拒的事说了，斯咏却有些心不在焉，趴在床上说：“谁要你跑到男校去报名的？其实读周南还不是一回事？反正都是师范。我现在才是真的遇到麻烦了。”

警予却没有听出她的言外之意，在房间里不停地走来走去，说道：“那也不能把我轰出来吧？还城南书院，千年学府？都是老封建！况且，我也没说非得进一师，我就是咽不下这口气！谁比谁差呀？”

斯咏点点头，应和道：“那倒是，进了考场，说不定那些男生还考不过我们呢。”

警予一听这话，突然停下脚步，偏着头想了想，然后一脸坏笑地看着斯咏，凑近她说：“如果有两个女生，悄悄去参加了一场只准男生参加的考试，而且考了第一名，然后她们再去告诉那些老封建考官，你们录取的头名状元，乃巾帼英雄陶斯咏、向警予是也，那时候你会是一种什么感觉？”

斯咏推开她说：“去去去，异想天开！我可不跟你发神经！”“哎，我可不是跟你开玩笑，我们这回，就是要让他们看看，女人比男人强！来，拉钩！”警予一本正经地凑拢来，向斯咏伸出手来。斯咏犹豫着，警予用目光鼓励着她，斯咏显然经不起这番怂恿，终于按捺不住，两只手的小指勾在了一起。

这时陶家的丫环进来，讲王家的老爷、太太和表少爷已经来了。斯咏闻言呆了一呆，不情愿地站了起来，苦着脸看着警予，警予笑说：“快去，别让人等急了，我累了，要睡觉，就不打扰你们约会了。”说话间又暧昧地一笑，斯咏瞪了她一眼，半晌才缓缓下楼来。

陶家的客厅里，西装革履、戴着近视眼镜的王子鹏坐在沙发上，一双纤弱的手下意识地绞在一起。他长得颇为清秀，从头到脚收拾得一丝不苟，只是脸色略有些苍白，身后站着他的丫环秀秀。

斯咏进了客厅，看到父母和姨夫姨母都不在，有些意外，只好很不自然地招呼子鹏：“表哥，你来了？”

子鹏站起身，同样的不自然，紧张地挤了个笑容。倒是秀秀乖巧地叫了一声表小姐。

“哟，斯咏，”王老板、王夫人与陶会长这才从里面出来，王夫人先咋咋呼呼叫了起来，“子鹏今天专门来邀你出去玩的，都等你半天了。我们大人要商量点事情，你们小孩子出去玩吧。”

斯咏看看三位长辈，再看看局促不安的王子鹏，一脸的不情愿，向外走去。子鹏赶紧跟了出去。秀秀几乎是条件反射地拿起子鹏的围巾，跟在子鹏身后。王夫人眼睛一瞪，呵斥道：“阿秀，少爷陪表小姐散步，你跟着算怎么回事？一边去。”

秀秀收住脚步，回到夫人身边，目送着子鹏出门。只见子鹏跟在斯咏身后走出大门，悄悄窥视着斯咏的表情，正好斯咏回过头来，他又赶紧低下头。

斯咏问他：“你到底想上哪儿去？”“我……随便。”斯咏说道：“王子鹏，你什么时候能有一回主见？哪怕就说一个具体的地点，这不是很难吧？”

子鹏紧张地绞着双手，不敢看斯咏。斯咏移开目光，摇了摇头。这时远处忽然传来教堂悠扬的钟声，子鹏似乎想起了什么，兴奋地说道：“我们去教堂！”

“听说……你要上周南去读书？”子鹏终于找着了一个话题。斯咏点头说：“周南女中师范科。还有一个朋友跟我一起。”“谁呀？”子鹏无话找话。

“溆浦商会向会长的女儿，叫向警予。我们约好了一起读师范，以后毕业了，一起当老师。对了，你呢？”斯咏说道。“我什么？”子鹏呆了一呆。

“你的打算啊？打算上哪所学校？学什么？打算以后干什么？”

“我，我还没想好。”子鹏半晌才说道。

“就是说，姨父姨母还没给你安排好，是吗？”

子鹏不禁有些窘迫。这时教堂的钟声再次响起。子鹏突然想起了什么，忙不迭地掏起口袋来，他掏出一大把零钱数着，兀自不足，“斯咏，你——有没有零钱？”

斯咏看得莫名其妙：“你要那么多零钱干什么？”子鹏吞吞吐吐地说：“我……我借一下。”

“王少爷，哎，王少爷来了……！”这时一大群小乞丐看见子鹏，呼啦一下围了上来，一只只黑黑的小手伸了过来，子鹏忙不迭地把手中人把零钱分发给每一个孩子。在孩子们的一声声“谢谢”里，斯咏温柔地望着子鹏分发零钱时那灿烂的笑容。

孩子们一阵风似的来，又一阵风似的散去。待最后一个孩子跑开，子鹏回过头，正碰上斯咏的目光，这目光他很陌生。在教堂外的椅子上坐下，斯咏问：“你好像跟他们很熟？”

隔着一个人的位置，子鹏坐在斯咏左边：“也谈不上……我经常来这儿，他们习惯了。”斯咏望着子鹏，子鹏被她的目光弄得一阵紧张，低下头。

斯咏沉吟说道：“表哥，有句话我想跟你说。其实，你是个很好、很善良的人，可你想没想过，一个人光心地善良是不够的。你可以发善心，给这些孩子施舍，可这能改变什么呢？你能改变他们的前途，能改变他们的命运吗？”

子鹏愣住了，他显然没认真想过这些问题。斯咏又说：“中国到处都是这样的孩子，如果光是施舍，而不为他们去做点什么，那他们今天是这样，明天还会是这样，甚至他们的孩子，他们孩子的孩子仍然会是这样。这就是我为什么要去读师范，要去当老师的原因。”

她抓起子鹏那只略有些苍白的右手：“你有没有想过，你的这双手，能为这些孩子，能为这个社会做些什么有用的事？能让你自己觉得，你是一个对别人有用的人？表哥，这些问题，我们都好好想想，好吗？我先走了。”

斯咏走了，子鹏呆在那儿抬起自己的手，仿佛不认识一样端详着，直到钟声又一次响着，惊得一群鸽子扑啦啦从他面前飞起，才站起身来。

中午子鹏闷闷不乐回到家，他在心里反复咀嚼着斯咏的话，呆坐在阳台上，随手翻看当天的报纸，当他看到一师的招生广告时，沉默了一时，忽然忍不住问正给他端茶来的秀秀：“秀秀，你说，我，王子鹏，是不是一个有用的人？”

秀秀放下茶杯，站在少爷身后，说：“少爷读过那么多书，还会洋文，心又那么好……您是少爷，怎么会没用呢？”

子鹏把手里的报纸放在桌子上，撑着下巴说：“我有用？我是能文，能武？还是能做工，能种田，能教书，能医病，我能干什么？我对别人有什么用？除了当少爷，我连一杯茶都不会泡，还得你泡好了给我端过来！”

秀秀以为是自己说错了话惹少爷不高兴了，赶紧摆着手说：“少爷，好端端的您这是怎么了？您哪能跟我这种下人比呢？少爷……”

“我应该跟你比，跟你比了我才会知道，我就是个废物，一个废物！”长长地叹了一口气，子鹏拿起那份报纸，读着上面的广告，说：“我不要做废物，我去考一师范，当教师，教孩子！”

秀秀看了看报纸，忽然说道：“少爷，您这张报纸能给我吗？”

四

湘乡会馆巷子口卖臭豆腐的刘三爹今天收了摊，儿子刘俊卿考上了法政学堂，眼看着就要报到了，可是家里哪能拿得出30块大洋的学费呀？实在没有办法，刘三爹只好领着儿子去了三堂会。

堂里的大哥马疤子斜在榻上抽着大烟，手下的亲信老六带着好几名打手凶神恶煞地侍立在旁边。马疤子喷了口烟圈，懒洋洋地说：“嘿，有意思。借钱交学费？我说刘老三，你不是真老糊涂了吧？”

刘三爹把腰快弯成一张弓了，低声恳求：“实在是想不出法子了，这才求到马爷这儿。就30块大洋，多少利息我都认，求求您了。”

“你认？”马疤子坐了起来，长长地伸了个懒腰，盯着刘三爹问：“你拿什么认？啊？就凭你那清汤寡水的臭豆腐摊？”他说着下了烟榻，过来拍拍刘三爹的肩膀，又说：“老刘啊，听我马疤子一句劝，死了这条心吧。就为你这傻儿子读书，这些年你都过的什么日子？能典的典能当的当，三更半夜起早贪黑，连闺女都押给人家当了丫环，你值吗你？”

“俊卿他会读书，他真的会读书，他以前在学堂年年考第一的。”刘三爹赶紧拉过刘俊卿，“俊卿，来，你把学堂的成绩单给马爷看，你拿出来呀。”

这种卑躬屈膝的屈辱令清秀俊朗的刘俊卿很是难堪，他沉着脸，甩开了父亲的手。

“好了好了，谁看那破玩意？”马疤子看到刘俊卿这副样子，“哼”了一声，“我就不明白，这书有什么好读的？还当法官？马爷我一天书没读过，连法官还得让我三分呢！告诉你，没钱就别做那个白日梦，麻雀变凤凰，还轮不到你那臭豆腐种！”

“我求求您，马爷，只要俊卿进了学堂，我给您做牛做马……”刘三爹还不死心，刘俊卿却实在受不了了，他转身就走，刘三爹赶紧拉他，“俊卿，你回来，快求求马大爷……”

刘俊卿甩掉父亲的手，说：“要求你求，我不求！”

马疤子在身后叫道：“哟嘿，还蛮有骨气？我说小子，真有骨气，就别把你家老头往死里逼，自己给自己寻条活路是正经。马爷我为人义字当先，最是个爱帮人的，要不，上爷这儿来？爷手底下能写会算的还真不多，包管有你一碗饱饭吃。”

父子俩回到家已经是黄昏了，棚屋里已经简陋得没有任何一样值钱的东西。一道布帘将本来就狭窄的房子一分为二，靠外面杂乱地堆满了石磨、竹匾等做臭豆腐的工具，只有一床窄小破旧的铺盖挤在墙角，这是父亲住的地方。布帘另一侧桌椅床铺虽然简单，却还干净整洁，那就是刘俊卿的书房了。刘俊卿气愤地在床头坐下，点亮油灯，看起书来。

忽然门外轻响，秀秀走了进来，她见刘俊卿在那里读书，也不惊动他，只在布帘外悄悄拉了父亲一把，掏出一个布帕递给父亲，小声说：“爸，这是我的工钱。”一时又看布帘里的刘俊卿一眼，说：“那个法政学堂那么贵，一年学费好几十块，我们上哪弄得到这么多钱？”

刘三爹无奈地说：“我想，实在不行，我明天再去求一求三堂会……”秀秀急了，打断父亲的话说：“爸，那种钱借不得，利滚利，要人命的！”

“我怎么这么没用？我怎么这么没用？就这么一个儿，我都供不起他读书……”刘三爹抬手猛捶着自己的脑袋，哭着说。

刘俊卿在屋里坐不下去了，他掀开布帘子走出来，紧紧地抱住已是老泪纵横的父亲，叫道：“爸，你别这样，大不了……大不了我不读了。”

“怎么能不读呢？你这么会读书，你要读了才有出息，你要当法官的，不读怎么行呢……”刘三爹一把捂住了脸，“都怪我这个当爹的没用，害了我的儿啊……”刘俊卿兄妹相互看了一眼，不说话，秀秀眼泪止不住地流了下来，半晌掏出了那张报纸，递给刘俊卿说：“哥，这是我找我们少爷要来的，可能，你有用。”

五

湘江对岸的岳麓山。山下溁湾镇刘家台子的一个小巷子里，用竹篱笆围成一个小院落，院内一间阴暗的小房子里，桌上、地上堆满了火柴盒子和糨糊，斜阳照进来，一个妇人和一个十多岁的小女孩正低头在那里糊着火柴盒。

这个妇人梳着一个大髻，乌黑的头发总挽在脑后，穿一件深蓝色衣衫，虽已极是破旧，但破口处都用花饰掩盖，整洁异常。她面容清瘦，眉角间满是风霜之色，然而举止从容娴静。

“第……八十五页。”妇人一边报数字，一边手不停地忙碌着。

小女孩手边赫然是一本翻旧了的《西哲诗选》，她看了一眼标题，盖住书，拿起刷子，一面在火柴盒上刷糨糊，口里背诵：“‘假如生活欺骗了你，不要愤慨，也不要忧郁。’”她背了这句，停下来，看着那妇人。

“不顺心时暂且克制自己，相信吧，快乐的日子就要来临。”妇人立时续道，然后看着女孩。女孩也续着，“现实总是令人悲哀，我们的心却憧憬未来。”又停下来。妇人又接道，“一切都是暂时的，它将转瞬即逝。”

两个人你一句我一句，从普希金到雪莱，从歌德到席勒，背个不停。这时一个少年走进了院子，正是蔡和森，他轻手轻脚掀开墙边的破草席，把一个擦鞋的工具箱藏进去盖好，换出自己的书包背在背上，然后擦了擦手上的黑渍，整理好衣服，这才推门进了屋，问：“妈，小妹，今天谁赢了？”

“打平！”小女孩放下手里的刷子。她正是蔡和森的小妹蔡畅，那妇人是他的母亲葛健豪。蔡和森放下书包，坐在妹妹身边帮着糊火柴盒，低着头说：“不可能，你能跟妈打平？”蔡畅得意地说：“今天我发挥得好，不信你问妈。”

葛健豪看着儿子，问：“又这么晚才放学啊？”蔡和森答应着，不动声色地避开了母亲的目光，对妹妹说：“来来，再比，我也来一个。小妹，你来翻书。”

“书待会儿再背吧。”葛健豪拍拍手，站起身，叫着儿子的小名，“彬彬，你来一下，我有话问你。”少年蔡和森犹豫了一下，立即微笑着站起来跟母亲出了房间。等儿子出来，葛健豪关严了房门，站到破草席旁问儿子：“这些天学校里还好吧？”

蔡和森故作轻松地回答：“就那样。”“就那样是哪样啊？”葛健豪的语调平静。蔡和森说：“还不就是上课，也没什么可说的。”

葛健豪的眼睛还看着儿子，一只手却掀开了草席，指着露出来的擦鞋箱：“就用这个上课吗？如果不是你们学校今天寄通知过来，妈到现在还被你瞒着呢。你自己看看，学校说你一直欠着学费没交，最近一段干脆连课也不去上了。彬彬，要学费为什么不跟妈说呢？”

“咱家现在哪交得起这么多学费啊”！蔡和森低下了头，小声说，“小妹又要读中学了，我是想……”

“不管怎么想，总不能不去读书！”葛健豪打断儿子的话，平静了一下，伸手按在儿子的肩上，很坚决地对儿子说：“彬彬，你是个好孩子，你心里想什么妈也知道，可不管怎么苦，不管怎么难，妈不能看着你们两兄妹失学。连妈都在读书，何况是你们？不怕穷了家业，只怕蠢了儿女啊，你懂不懂？”

“可这个铁路学堂，我实在是读不下去了，一年学费这么多，我不能看着妈你白天晚上糊火柴盒子供我上学，再说也供不起啊！”蔡和森叹了口气。

葛健豪眼眶不由红了，说：“妈明白，妈不是那种不切实际的人。学校太贵，咱们可以换，好学校也不是个个都贵的。关键是你得读下去。”

蔡和森这时从口袋里掏出了那份叠好的报纸，打开递给母亲：“我想过了，妈，我想退学考一师。”

第三章 论小学教育

“民国教育，提倡的是平民化，
一般平民看得懂的，倒正是这些大白话。
如果我们还守着子曰诗云那些几千年的圣人经典，
又何谈普及国民教育？再说，师范学校，
本来招收的就主要是贫家子弟，以后他们要做的，
也是最基础的小学教育……”

一

"传、不、习、乎？"一师的校长室里，碧眼黄发的美籍英语教师饶伯斯眯缝着眼睛，读着纸上的考题，操着一口颇流利的中文不解地问，"这是什么意思？"

二十出头的历史教师兼庶务主任黎锦熙，一身笔挺的西装，留着当时少见的漂亮发型，用颇为流利的英语回答饶伯斯："这是孔夫子的学生曾参的话，意思是说，作为教师应该经常反思，教授给学生的知识和道理，自己是不是经常体验、学习，是不是身体力行地掌握好了。"他说完这段话，看到饶伯斯呆呆地望着自己，一时不明白他是什么意思：没听明白？还是听明白了在思考？

饶伯斯却把一直微微张着的嘴合拢，咂巴了两下，才问："这么长的一句话，四个字就讲完了？"

满屋子的中国教师都情不自禁地笑出了声。方维夏给他解释说："中国的古文就是这样，字很少，意思却很深，一般人不容易理解。"

一直坐在旁边没吭声的德籍音乐教师费尔廉，忽然问道："既然不容易理解，为什么要出这样的考题？"

大家一时都不知怎么回答他，全把目光投向了出这个题目的国文老师袁吉六。袁吉六吧嗒吧嗒地吸着水烟，慢条斯理地理了理烟末子，这才说："微言大义，自古考题都是如此，袁某这种老古董也变不来什么新花样，既然列位都觉得酸腐，合不上民国新教育的要求，那就照列位的意思来吧。"

"既然仲老都这么说了。"孔昭绶其实等的就是这句话，正好接住话茬往下说，"大家有什么提议，就尽管说吧。"

一阵沉默之后，黎锦熙看到孔昭绶正微笑着对自己点头，心领神会地轻轻咳嗽了一声，开口说："我们不是培养小学教师的吗？以'论小学教育'为题，既简单又明了，怎么样？"

大家都还没表态，袁吉六先皱起了眉头："论小学教育？这不成了大白话吗？"

费尔廉直抒胸臆："我觉得大白话好啊，意思很明白，容易懂，这个题目很好很好。"

袁吉六白了这个老外一眼，"哼"了一声，说："只怕上不了台面吧？"

方维夏站起来说道："我看倒也不见得，民国教育，提倡的是平民化，一般平民看得懂的，倒正是这些大白话。如果我们还守着子曰诗云那些几千年的圣人经典，又何谈普及国民教育？再说，师范学校，本来招收的就主要是贫家子弟，以后他们要做的，也是最基础的小学教育。论小学教育，这个题目应该不错。"

看到其他几位老师也纷纷表示首肯，孔昭绶询问的目光投向袁吉六。袁吉六显然还是有些不以为然，他喷了一大口烟圈，说："既然大家都觉得好，那——论就论吧。”

孔昭绶听到袁吉六这样说，一颗悬着的心才彻底落了下来，总结说：“那这个题目就定下来了。依我看，还可以再放宽一步，只要以‘论小学教育’为中心议题，具体的作文题目可以由考生自行拟定，文体、篇幅一概不限。我们就是要让考生自由发挥！”

二

“……凡长沙本市及湖南中路各县考生，具高小毕业及同等学力者，均可报名……报名之次日，将入学考试作文送交本校教务室……录取结果将于五日后张榜公布……”

当蔡和森从渫湾镇坐船过了湘江，赶到一师时，一师操场的公示栏前，已经密不透风地围了一大群年轻人，都伸长了脖子在看《招生报名须知》，有的还边看边断断续续地念着。蔡和森站在后面干着急，想挤挤不进去，踮起脚来也看不全公示栏上的内容，正没办法，看到前面站了个特别高的大个子，便拍了拍那人说：“这位老兄，老兄！”

身穿半旧长衫的大个子回过头来问：“什么事？”

“你能不能帮我看看考题是什么？”

大个子看了看蔡和森，说：“‘论小学教育’，以此为内容，题目自拟，篇幅不限。哎，你也是来报名的？”

蔡和森点点头，看着眼前密密麻麻的脑袋，叹息道：“没想到会有这么多人啊。”

大个子朗声笑了：“就是。才招 80 个，来报名的倒有好几百！”

蔡和森正想接着问，却见大个子伸手拍拍他前面的一个清瘦小伙子，说：“哎，萧菩萨，想不想对个对子？上联是——叫花子开粥厂。”那位“萧菩萨”才回过头，还没来得及答话，大个子却自行接了下去：“眼前就是绝妙的下联——穷师范招学生。”

“萧菩萨”似乎和大个子很熟，习惯了他这样说话，很默契地问：“横批？”大个子一字一顿地说：“挤、破、脑、壳。”

周围的人都大笑起来，蔡和森也被逗乐了，他不禁仔细地多看了这个乐天达观的大个子几眼。只有紧挨在前面的刘俊卿皱起了眉头：竞争者之多已经令他不安，偏偏还有人拿这个开玩笑……他移开了几步，躲开了这笑声。

这时候，在不远处的操场大门前，一字排开的几张方案上，立着“报名处”的牌子，旁边还摆好了笔墨、报名表格等。黎锦熙站上台阶大声说：“请各位考生注意了，凡愿意报名者，到报名处来领取报名表，操场上摆了桌子供大家填写。填写后，交到这边来，换取考号。”

蔡和森随着人流呼啦一下都围了过去，抢到一张表格，他左右张望着，想找个位子坐下来填写表格，却看到那位“萧菩萨”在和一个同学打招呼，“哎，易礼容?”易礼容看时，惊叫道：“子升兄?你这湘乡第一才子也来考?你看看你看看，你这一跑来，我们还有什么指望啊?干脆直接回家得了。”

众人都回过头了，想看看这位名叫萧子升的湘乡第一才子长得是什么模样。蔡和森这时却瞅到了一个空位子，忙坐下提起毛笔填写。等他再去蘸墨的时候，发现身边坐的人也正好伸过笔来，顺着一双大手看上去，呵，这不正是刚才帮自己的那位大个子吗?大个子显然也认出了他，率先对他说：“你好!”

蔡和森回应着，把面前的砚台推向他。大个子说着“谢谢”，无意间，却正好看见蔡和森表格上填好的姓名，一下子惊叫起来：“蔡和森!你就是蔡和森?铁路学堂那个蔡和森?”

蔡和森有些奇怪：“你怎么知道呀?”大个子依然大着嗓门说：“嗨，长沙的学生，哪个不晓得有个蔡和森，去年考铁路学堂，作文考了105分。满分不够，还另加5分，天下奇闻啊!原来就是你呀。哎，你不是在读铁路学堂吗?怎么又跑到这里来了?”

蔡和森很坦率地回答：“那边!学费太贵，实在读不起，我已经退学了。”“哦!彼此彼此。穷师范招学生，还是咱们穷兄弟多。”大个子说道。

二人一面填表，一面聊着。蔡和森问道：“对了，还没请教老兄贵姓啊?”“贵什么贵?”大个子把报名表递了过来，“我姓毛，毛泽东。”蔡和森的目光停留在表格的履历一栏上，那上面除了“工”一项外，农兵学商都打上了勾，他颇为惊奇：“嘿，毛兄干过那么多行当?农兵学商都全了!”

毛泽东得意地说：“我呀，是家在农村种过地，老爹贩米帮过忙，出了私塾进学堂，辛亥革命又扛枪。五花八门，反正都试了一下。”

“毛兄不过比我大一两岁，阅历却如此丰富，令人佩服。”蔡和森说道。“我们就不要你佩服我，我佩服你了。”毛泽东向蔡和森伸出手，爽快地说，“来，交个朋友。”

两个人的手握在了一起。毛泽东说：“以后，你我可就是同学了。”蔡和森笑道：“还不知道考不考得上呢。”毛泽东手一挥：“怎么会考不上?肯定考得上!”

“……李维汉，255号；周世钊，256号；邹彝鼎，257号；罗学瓒，258号……”黎锦熙依次收着考生交来的报名表，一面读出考生姓名，一面往表上编定考号：“……萧子升，401号；刘俊卿，402号；这，这是怎么填的嘛?乱七八糟的，向——胜男，403号。”

这个“向胜男”年龄也不小了，来考师范，想必应该是读过书的，但却连自己的名字都写得歪歪斜斜，像是才提笔写字的学童一样。不仅写字，走路的样子也很奇怪，像是跑堂的小二进了文庙，埋着头弯着腰，全身紧张。更可笑的是，他领了考号，竟像是做贼一样，飞快地跑了出去，看得所有人都目瞪口呆。排着长队的学生里有人起哄道："哈哈，这样的人还想胜男？"

这时又一张表格递了过来，收表格的同学抬起头一看，当即愣住了——面前是一个矮矮壮壮、留着粗粗的八字胡、戴着眼镜的中年人，那张脸上都已经有了皱纹，忙道："这位老伯，对不起，学校规定要由考生本人报名，不能由家长代报。"

中年人笑着说："我就是考生啊。"这话把旁边的人都吓了一跳。中年人很温和地问："年纪大是吗？可招生不是没限年龄吗？"

"年龄是不限，可是……您真的来报名？"这个同学有些疑惑地念着表格，"何叔衡？哟，您还是位秀才啊？"

黎锦熙听到何叔衡的名字，忙过来接过表格，看了看，猜疑地问道："您不是宁乡的何琥璜先生吧？""正是鄙人。"何叔衡笑说。

"何先生，您好，我是一师的历史教师黎锦熙。您这是开什么玩笑？您可是长沙教育界的老前辈了，怎么能到我们这儿来报名呢？"

何叔衡赶紧解释说："我真的不是开玩笑。何某虽说已经37岁了，在宁乡办过几年学，教过几年书，可过去学的，都是些老掉牙的八股文章，穷乡僻壤，风气不开，如果不多学些新知识、新文化，再教下去，只怕就要误人子弟了。所以，我是真心实意来贵校报名，想从头学起，做个民国合格的老师。怎么，不会嫌我这个学生太老了吧？"

"哪里的话？琥璜先生这么看得起一师，是我们一师的光荣。"黎锦熙对那个高年级的同学说，"陈章甫，来来来，大家都来，为何先生鼓鼓掌，欢迎何先生！"围观的报名考生都鼓起了掌，掌声顿时响成了一片。

忙了一上午，黎锦熙才把报名表格汇总交到教务室，老师们顿时都围了上来，竞相关心着新生报名的情况。

"连琥璜先生这等人物都来报名了？"袁吉六拿着何叔衡的那份报名表，笑逐颜开，"一师这回，真是人才济济啊！"

黎锦熙清理着桌上厚厚的报名表格，说："不光何先生，还有这个——蔡和森，去年考铁路学堂，作文考了105分，全长沙都出了名了！"他的手停在了下一份报名表上："哎，这个也挺有意思，才19岁，务过农，经过商，做过学生，还当过兵，什么都干全了。"

"哦，还有这种全才？我看看。"孔昭绶刚要接过那张毛泽东的报名表，同在清理表格的方维夏突然一拍桌子："漂亮！太漂亮了！哎，你们来看你们来看。"

几个人都围了上来，那是萧子升的报名表，表上的字简直是一幅书法作品。方维夏啧啧有声地夸着："看看，看看，这是18岁的后生写出来的字！不是亲眼所见，谁敢信啊？"

黎锦熙看得也呆了："哇，这手字，咱们在座的只怕是没谁能写得出来哦。"袁吉六捏着胡子，左右端详："嗯，飘逸灵秀，有几分大家神韵，了不起！"

孔昭绶接过报名表，同样爱不释手，不住地颔首。他踱到窗前，望着碧空万里，校旗飘扬，他长长舒了一口气，似乎是在对几位同事说，又更像是在踌躇满志地自言自语：“咱们一师，有希望，大有希望啊。”

突然他转过身问：“对了，杨昌济先生还没有消息过来吗？”

众人都摇了摇头。

三

那位在一师闹了笑话的“向胜男”，一路跑回了陶府，跑进了陶家小姐陶斯咏的房间。擦着冷汗把领取考号的过程给一直等在这里的两位小姐做了详细的汇报。斯咏递给他一块钱，并吩咐他不许泄漏一个字。“是，小姐。”他答应着欢喜地接了钱，关上门出去了。

“向胜男先生，动手吧。”等仆人一离开，斯咏就立刻兴奋地和警予一起开始合谋答卷了。向警予正要落笔，心里突然猛跳了一下，想：不知道那个擦皮鞋的家伙现在是不是也在答卷？

蔡和森这个时候的确正在答卷。在他身边，葛健豪与蔡畅正静悄悄地糊着火柴盒。蔡和森写完最后一个字，从头到尾看了一遍，然后收起笔墨，对葛健豪说：“妈，您休息一下，我来吧。”

而在萧家兄弟的租屋里，子升也正提笔凝神思考。萧三已经写了一小半，看到哥哥不慌不忙的样子，着急地催道：“哥，快写呀，我们还要去赶船呢！润之哥一会就要去刘三爹那里等我们了。”

刘俊卿的文章却很快就写好了，想到父亲为了自己能上学受的苦，他心里酸酸的，放好了卷子就到父亲这里来帮忙。刘三爹看到儿子站在他面前，忙问：“俊卿，有事啊？”

“没什么事。我，文章写完了。”刘俊卿说着，操起炸臭豆腐的长筷子。“哎呀，这哪是你做的事？”刘三爹吓得赶紧拦住儿子，“又是油又是火的，你快些站开，莫烫着了。”

“那，我帮你擦擦桌子。”刘俊卿伸手去拿抹布。刘三爹赶紧又抢了过来：“不用不用，俊卿啊，你这双手是写字的，怎么能做这些粗活？莫做坏了手！你饿不饿啊？要不要吃碗臭豆腐？”

“爸，我不饿。”“写了一下午文章，怎么会不饿呢？先吃一碗。”刘三爹装起一碗臭豆腐，放到了他面前，“吃啊，吃。”

眼看什么也插不上手，刘俊卿只得坐在父亲摊子旁边，吃了起来。

这时萧家兄弟提着行李来到摊前，萧三坐下看子升的文章，子升叫道：“老板，来碗臭豆腐。”读着文章的萧三忍不住挑起了大拇指：“哇，湘乡第一才子到底是湘乡第一才子！哥，我什么时候才能写出你这么好的文章？”

听见这句话，刘俊卿抬起头来，往这边看了两眼。他认出了子升，下意识地侧了侧身子，背向二人。

“行了，子暲，自家兄弟，还吹个什么劲？”子升全没有看见他。“哥，你是写得好嘛，就凭这篇文章，这回考一师，准是你的头名状元！”刘俊卿听到这话，脸色越来越难看，甚至微微扯着嘴角。

“子暲，状不状元先别管，也不知爹怎么样了。我先去买船票，你看好行李，润之那边我已经约好了，让他帮我们代交文章。他一会儿就到这儿来碰头，你把文章给他，赶快到码头，六点的船，别耽误了。”子升站起来说道。

“哥，知道了，都交代一百遍了，也不烦。”萧三答应着，看子升匆匆离去后，这时刘三爹端了臭豆腐过来，他随手将文章往摆在长凳上的包袱下一压，吃了起来。压在包袱下的文章的一角露在外面，随风轻轻抖动。刘俊卿一口一口，慢慢地嚼着臭豆腐，眼睛却始终盯着把被风吹动的文章。

“子暲，子暲，萧三少爷！”也不知道过了多久，正倚着桌子养神的萧三被一阵叫声惊醒了，他睁开惺忪的眼睛一看，正是毛泽东来了。

“怎么，梦见周公了？”毛泽东问他，“让我代交的大作呢？”“写了半天文章，跟着就收拾行李，一口气都没喘，我刚眯了一下眼睛。”萧三解释着，转身去拿起凳上的包袱，顿时傻眼了——压在下面的文章已不翼而飞！

“咦，我的文章呢？我明明放在这里的，怎么不见了？哎，这真是怪了，出鬼了？”两个人四下到处搜寻，哪里有文章的影子？

毛泽东问他：“你不会记错吧？是不是放在别的地方了？”“我就放在这儿，肯定没错！”萧三着急地问刘三爹，“老板，你看到有谁动过我的东西吗？”

刘三爹想了想，摇摇头，说：“哟，这我可没注意。怎么，丢东西了？”“两篇文章！我和我哥考第一师范的作文！没它就考不了！”

“文章？那东西谁会拿呢？挺要紧的？可是，这儿也没来过别人啊。”刘三爹说着，目光下意识地向儿子刚才坐的地方看去：刘俊卿早已不见了，摊子上留了一只空碗。

万般无奈，萧三只得听从了毛泽东的建议，把卷子的事情交给毛泽东来解决，然后赶紧去码头和哥哥会合。暮色初现的码头趸船上，看到萧三提着行李，气喘吁吁地跑来，子升已经急得不知道该怎么责备他了，只是催促着：“你怎么搞的？再晚来几分钟，船就开了。走走走，快点！”

上了船，子升站在踏板上，将箱子放上行李架，回头来接另一个包袱，萧三却抱着包袱走了神。

“子暲！你怎么魂不守舍的？”子升从弟弟手里拿过包袱放好，在弟弟身边坐下来，问：“那两篇文章呢？我问你给润之没有？”

“已经……已经给了……”萧三回答的时候，躲避着哥哥的目光。子升望着他的样子，皱起了眉头："你今天这是怎么了？有什么事瞒着我？"

"没有哇。""你一说谎就不停地眨眼，我还看不出来？说，到底怎么回事？说呀！"

萧三只得把丢卷子的经过一一告诉子升。伴着他的讲述，传来一声长鸣的汽笛，有人在喊"开船啰！"随即，船离开了岸边。

"什么，文章丢了？"子升听了弟弟的话，腾地站了起来，爬上踏板就搬行李，但眼看着窗外已是江水一片，子升一屁股坐下，重重叹了口气："你把我害死了！"

四

转眼便到了张榜的日子，这一天一大早，一师的教务室里，气氛轻松。袁吉六是这次考试的总阅卷，录取依照科举考试的惯例，考生上榜的名次由后往前，分批公布。费尔廉饶有兴致地说："这种方式也很好啊，能制造悬念，更加刺激。用中国的俗话来说，叫做——对了，叫'卖、关、子'。"逗得大家都笑了。

一师校门口的公告栏前，看榜的考生围得水泄不通，通红的考榜上是"招生录取名次"几个大字。校门对面的角落里，刘三爹心不在焉地用长筷拨拉着臭豆腐，眼睛却望着拥挤的考生。这时刘俊卿走了过来，他四下瞄了一眼，忙低声埋怨说："你怎么把摊子摆到这里来了？"

"我，我想来看看你考上没有。"刘三爹半晌才说道。刘俊卿撇撇嘴，说："你又不认识字，来凑什么热闹？现在有什么好看的？都是些后面的名次。等出前三名的时候再说吧。"

"俊卿，看到了赶紧来告诉我一声，记住啊。"刘三爹在他背后喊。"知道了。"刘俊卿头也没回，生怕被人看见。

这时有人叫道："出来了出来了。"只见两个老师手里拿张红纸直出了教务室，考生们呼啦一下都涌了上来。一张名单贴上了公示栏，这是第一批后四十名，考生们都寻找着自己的名字，罗学瓒高兴地拉着易礼容："考上了，我们都考上了！太好了，走走走。"

易礼容却站在原地，说："走什么？再看看，看看谁能考第一嘛。"人群中，毛泽东一拍蔡和森："蔡和森，你上榜了吗？"蔡和森摇摇头，反问道："你呢？"

"我也没有。嗨，急什么，后面还有嘛。"毛泽东很轻松地回答。他背后王子鹏也扶着眼镜，焦急地寻找自己的名字，名单上，却连一个姓王的也找不到。

又一张红榜贴上了公示栏，这是第十一到第四十名的名单。子鹏摘下眼镜擦了擦，仔细搜寻着，他的名字还是没有出现。随后公示栏上，第十至第四名公布了：何叔衡榜上有名，刘俊卿排在第六，萧植蕃第五，第四名是"向胜男"。刘俊卿的脸一下子沉了下来——第六的名次显然大大出乎他的意料。他阴沉着脸，挤开人群就走。

看看上面还没有名字，毛泽东问：“蔡和森，你不会着急了吧？”“就剩三个了，怎么会不急呢？”蔡和森不觉有些担心了。

“就凭你，左手都考进前三名去，你急什么？”毛泽东与蔡和森说着话，眼睛却看到萧氏兄弟挤进了人群，大叫道：“哎哟，萧大少，萧三少，你们回来了？”

萧三擦着汗走过来，说：“今天看榜嘛。紧赶慢赶，行李都还没放呢。哎，我们上榜了吗？”毛泽东扬扬下巴：“你抬头看呀。”“第五名，萧植蕃！我上榜了，哎，我上榜了！”

看到弟弟得意忘形，子升目光严厉地看了他一眼：“这值得你高兴吗？”萧三赶紧不做声，躲到一边去了。

毛泽东却还在说着笑话：“萧菩萨，莫着急，我的名字也没看见。还有前三名，好戏在后头。”“我怕的就是你的好戏。”子升沉着脸回答。

这边刘三爹看刘俊卿沉着脸一言不发走过来，忙赶紧叫他，问：“考上没有。”刘俊卿只当没有听见，直走过去，刘三爹愣在了那儿，自言自语：“没考上？不会吧？”

而在一师大门对面的茶楼包厢里，向警予听了仆人的报告也腾地站了起来：“第四名？那前三名是谁？”她有些不敢相信地看看斯咏，斯咏显然也颇为意外，只听警予说道：“斯咏，走！去一师！我倒要看看，把我们俩比下去的，到底是何方神圣！”

“哎呀，不行的！我表哥也在那儿看榜。”“你表哥就你表哥，有什么好怕的？”警予看看斯咏的神情，突然笑了，“哦，就是那个跟你订了娃娃亲的表哥是吧？好好好，陶大小姐脸皮薄，不去就不去。”

斯咏拧了警予一把，对仆人说：“我们就在楼上等着，你去把前三名的名字记清楚，回来告诉我们。”

一师布告栏的红榜上，前三名仍然空着。还没上榜的考生们都等得着急了，人人脸上已按捺不住紧张的表情。子鹏更是心虚，他当然不敢奢望自己能考进前三名。只有毛泽东全无紧张之色，“早晓得要等这么久，不记得带本书来看。”他不耐烦地来回走了几步，突然吸了吸鼻子，“哎，什么那么香啊？”

子升也闻到了，却皱起了眉头，“是臭吧？”“香！臭豆腐香！”毛泽东吸着鼻子，踮起脚向人群外张望，远远看见了刘三爹的臭豆腐摊，顿时兴奋起来，“哎哎哎，那边在炸臭豆腐，你们饿不饿？”

几个人望着他，简直不敢相信他这时候居然还有这种胃口。“老板。”他们来到臭豆腐摊，毛泽东一眼认出了刘三爹，“哎，是你老先生啊，今天摊子摆到这里来了？”

“几位老主顾，一人来几块？”刘三爹点着头赔着笑。“一人来八块，炸老点，莫舍不得放辣椒啊！”毛泽东拉开一条板凳，蔡和森、萧子升、萧三分别坐下。

“好吃！”毛泽东满头大汗，辣得直咂嘴巴，他夹起碗里最后一块臭豆腐塞进嘴里，“辣得过瘾啊！”

萧三一边吃着一边看看毛泽东，又看看萧子升。子升面前的一碗臭豆腐却动也没动。

“怎么，萧菩萨，还讲客气啊？”毛泽东有意没话找话说。子升闷声回答：“这东西有什么吃头？”

“你这个人啊，天下第一美味的臭豆腐，你都不晓得品尝，你活着有什么意思啰？”他把那碗臭豆腐端到自己面前，大方地说：“你不吃我吃，免得浪费。”

蔡和森看着毛泽东的样子，问：“毛兄倒真是豁达之人啊，你真一点都不担心？”“你说那边的考试啊？哎呀，是你的自然是你的，它又飞不掉。想还不是白想了。来来来，先吃。”毛泽东将钱递给刘三爹，“老板，付账。”

刘三爹听着他们的对话，半晌才迟疑地问：“几位老板，你们也是来看榜的吗？”“对呀。”“能不能跟你们打听个事，有一个叫刘俊卿的，不晓得上了榜没有？”

“刘俊卿？有啊，第六名。”萧三回答，“我第五，他第六，我记得清清楚楚，刘俊卿，肯定没错！”

“考上了？考上了？哎呀，太好了，俊卿考上了！俊卿考上了！”刘三爹激动得把钱又塞回毛泽东手里，说，“今天的钱不收了，我请客，我请客！”

“那怎么行，钱还是要收的。你请客，我出钱，好吧？”毛泽东觉得这个老爹很是投缘，他把钱又拍回桌上。

“那……那就谢谢了。”刘三爹压抑不住兴奋，不住地自言自语：“太好了，俊卿考上了，这就放心了，放心了……”四个年轻人起身朝一师走去，毛泽东边走边说刘三爹：“考了个第六都高兴成那样，要是像你蔡和森考个第一，那不要飞上天了？”

蔡和森反问说：“你怎么知道我考第一？”“除了你还有谁？总不会是我吧？”“怎么就不会是你呢？”“我那个文章自己还不晓得？糙得很！”

众人伸长了颈，眼见着时间到了中午，前三名却仍不见出来。大多数学生都等得不耐烦了，陆续散去，却不知这时的教务室中，老师们正吵成了一团。

黎锦熙皱着眉头读着两份试卷，弥封的卷子上头，标着第一名、第二名的字样。发现黎锦熙满脸的严肃，孔昭绶不由问道：“怎么，卷子有问题？”

“袁先生署定的第一名这篇，文章的确很好，这我也不否认。但第二名这篇，论述气势磅礴，文笔纵横驰骋，观点新颖，颇有其独到之处。一个学生，能写出这样的文章，锦熙生平之所未见。我不明白，为什么它倒成了第二名？”

袁吉六闻言，转身说：“黎先生读过多少文章，就能断言好坏？”“锦熙年轻，自然当不得袁老先生，但这两篇文章不仅我一个人看过，还有好几位先生与我的看法也一致，这又怎么说呢？”黎锦熙却是寸步不让。

袁吉六的目光从眼镜上方射出来，环视着众人，问："未必都一致吧？"方维夏沉吟了一下："仲老，恕我直言，以文章的气势而言，这篇文章我也觉得略胜第一名那篇。"

"我看不惯的，正是它那个气势！上下五千年，纵横八万里，中国一直扯到外国，咿哩哇啦一顿扯过去，一副老子天下第一的口气，张扬过甚！它败就败在这一点上。哪像第一名这篇，娓娓道来，平稳含蓄，颇有古之大家之风。文重平实嘛，反正我喜欢这篇。"袁吉六一顿手里的水烟壶，说道。

看到气氛紧张，易培基忙打圆场说："其实第一名也好，第二名也好，反正都是录取，就不必太计较吧？"袁吉六脸一板："话不是这么说，好就是好，差就是差，既然排名次，当然要排得人家心服口服。"

"没错，考卷以后是要公布的，我们评出来的结果，总要经得起大家的评价。"黎锦熙反火上浇油。

袁吉六冷冷看了他一眼，反问："你的意思是，袁某评的结果经不起悠悠之口？"

黎锦熙毫不示弱："不敢，晚辈只是平心而论而已。"两个人针锋相对，谁也不肯退一步，局面一时僵在了那儿。

方维夏轻轻拉了一下孔昭绶，二人来到办公楼走廊上，站在窗户前，远远望着公示栏前仍然等待着的成群考生，方维夏显然着急了："校长，这样拖着可不是个办法。得赶紧拿个主意才行，总不能让考生们一直这么等下去啊。"

"我何尝不知道？可仲老和锦熙这回算是拗上了，仲老的脾气你不是不知道，锦熙呢，偏偏也是个爱较真的性子，不好办啊。"孔昭绶左右为难。

"好歹您是校长，实在不行，就由您下个定论算了。"

"那怎么行？文章好坏，又不是当校长就说了算，如果草率定论，总会有一方心里不服。"

"要是现在能有个让他们都服气的人开句口就好了。"

听到方维夏这样说，孔昭绶摇摇头："仲老和锦熙何等人物，想开这两把硬锁，那得什么样的钥匙？"

第四章 经世致用

何谓经世？
致力于国家，
致力于社会谓之经世；
何谓致用？
以我之所学，化我之所用谓之致用。

一

杨宅的书桌上，那封聘书正静静地躺着。开慧把一杯茶轻轻放在了杨昌济手边，问："爸爸，你真的不去孔叔叔那儿教书了？"正对着聘书提笔沉思的杨昌济放下笔，抚了抚开慧的头："爸爸的事情实在太多了，除了周南那边的课，还想多留些时间，好好写两本书出来。"

开慧想了想问："可孔叔叔不是说，一个礼拜只要去上几节课吗？"杨昌济耐心地给女儿解释："教书的事，你还不懂。台上一分钟，台下十年功，要上好一堂课，先得花十堂、二十堂课的精神备好课。爸爸总不能像那种照本宣科的懒先生，误人子弟不是？"

开慧点点头，但又觉得不妥："可是孔叔叔上次那样求你——"杨昌济看看乖巧的小女儿，笑了："我为难的也就是这个。爸爸跟孔叔叔不是一般的交情，这个话确实是不大好说出口啊。算了，还是上一师去一趟，当面跟他赔个罪吧。"

杨昌济还没有到一师大门口，便远远听到一片嘈杂声。看见有人在张贴红榜，这才明白是怎么回事，不由微微一笑，向办公楼走去。正见了一个校役，便烦他前去通报。校役匆匆来到了教务室外，将门推开一条缝，向里一瞄，只见里面坐满了老师，个个神色严肃，正在为什么事情忙着呢，赶紧把门掩上，回来看杨昌济坐在长廊的长椅上，不住地掏出怀表来看，回话说："先生，实在对不起，孔校长现在真的忙着，还得麻烦您再等等。"

杨昌济收起怀表，站起身来，掏出那份聘书，对校役说："不好意思，麻烦你一件事好吗？今天我来，本来是为了退还孔校长这份聘书，既然他忙着，我就先不打搅了。麻烦你代我转交一下，告诉他恕我无法分身，不能从命，改日再登门向他谢罪。"说完，转身向外走去。

校役答应着边走边打开了那份聘书："杨……杨怀中先生？哎哟妈呀！"他照自己脸上就劈了一巴掌，忙不迭地快步跑到孔昭绶面前，把聘书递给他，结结巴巴地想说明白事情的来龙去脉。

"你搞什么名堂？连杨先生的驾也敢挡？他人呢？""刚刚走，这会儿只怕还没出大门呢……"孔昭绶当即一拍方维夏："维夏，走，开锁的钥匙来了！"

"昌济兄，昌济兄！"孔昭绶、方维夏从楼梯口匆匆追上正走出办公楼的杨昌济，声音大得几乎像是在喊了，"对不住对不住，不知道是你大驾光临，劳你久等了。走走走，先到教务室坐坐。"

"坐就不必坐了。你不是正忙着吗？不用耽误时间陪我。要不，我就在这儿几句话讲完，还是为了上次的事……"孔昭绶打断了杨昌济的话，不由分说拉住他就往教务室走："什么事我们回头再说，先跟我上楼去。我呀，正有一件事要请你帮个忙。走走走。”

二人引着杨昌济走进教务室，孔昭绶一进门就说：“各位先生，跟大家介绍一下，这位就是板仓杨昌济先生。”

“杨先生……板仓先生……”满座教师呼啦一下都站了起来，连向来倨傲的袁吉六都抢着迎上前来，问候道：“原来是大名鼎鼎的板仓先生，失敬了。”

杨昌济拱着手回礼：“哪里哪里。”寒暄完毕，孔昭绶将两篇文章摆在了杨昌济面前：“孰优孰劣，请昌济兄法眼一辨。”

杨昌济指着弥封上标的名次问：“可这不是已经定了名次吗？”不等孔昭绶解释，袁吉六先表了态：“原来那个不算数，初评而已，板仓先生不必放在心上，只管照您的看法来。”

杨昌济有些疑惑了：“这到底是怎么回事啊？”孔昭绶笑说：“没怎么回事，就是请你看看文章，发表一下看法，真的没什么别的意思。”

“那——我就先看看，要是有什么说得不对的，还请各位方家指正。”杨昌济拿起标着第一名的那篇看了起来：“《小学教育改良管窥》，标题倒也平实。”教务室里安静下来，所有的人都静静地等待着。

刚刚看完开头，杨昌济已忍不住点头不止：“好！这个头开得好！”他接着往下看，越看越喜欢，不住地点着头：“嗯，精辟……好……不错不错，有见地……”

袁吉六忍不住露出了微笑，颇有觅得了知音的得意。看完文章，杨昌济忍不住拍案叫绝：“写得太好了！昭绶兄，这是你的考生写的？”

孔昭绶点点头。“哎呀，难得难得。文笔流畅，逻辑严密，于平实之中娓娓道来，虽然以全篇而言稍欠些起伏，但一个学生写得出这样的文章，已经是难能可贵了。昭绶兄，你这里有人才啊！”

“先别着急夸奖，这儿还有一篇呢。”孔昭绶又推过一篇文章来。“哦，对对对。我都给忘了。”杨昌济拿起第二名的文章，《普胜法，毛奇谓当归功于小学教师，其故安在？》，不禁微微皱了皱眉：“这么长的标题？写小学教育还写到普鲁士打法兰西去了？倒也新鲜。”

他接着看了下去，这一回却不像看上一篇，脸上原有的笑容渐渐凝结了起来，也没有了不住口的评价，反而越看越严肃，越看眉头皱得越紧。大家都专注地看着他，教务室里的气氛也不禁凝重起来。

杨昌济很快看完了一遍，抬起头，仿佛要开口，大家正等着听他的评价，不料他沉吟了一下，却一言不发，又从头开始看起第二遍来，这回看得反而慢得多。

凝重的气氛似乎都有些紧张了，教务室里安静得只剩了文章翻动发出的纸声。杨昌济终于缓缓地放下了文章。一片寂静中，孔昭绶试探着：“怎么样？”

杨昌济说：“单以文笔而言，倒是粗糙了一些。”黎锦熙等不禁露出了失望之色，袁吉六则微笑起来。

杨昌济接着说："文章结构、论理之严密，尤其遣词用字这些细微之处，应该说是不及前一篇的。"

孔昭绶点点头："既然昌济兄也这么说，那……"

杨昌济一抬手："我还没有说完。单以这些作文的技巧来看，这篇文章确实略逊于前一篇，然则此文之中，越看越有一股压不住的勃勃生气，以小学教育之优劣，见战争之成败，国家之兴衰，纵横驰骋间豪气冲天，立意高远而胆识惊人。没错，胆识惊人，豪气冲天，就是这八个字！"

激动中，他不禁站了起来，连声音都大了，"文采华章，固属难能，而气势与胆识，才是天纵奇才之征兆！此子笔下虽粗糙，胸中有丘壑，如璞中美玉，似待磨精钢，假以时日，当成非凡大器，非凡大器！"

一片惊讶的肃静中，袁吉六缓缓站起身，走上前，提笔划去了两份卷子上已经标好的名次。他拆开前三名试卷的弥封，读出姓名："第三名，萧子升；第二名，蔡和森；第一名，毛泽东。"

这时孔昭绶也笑了起来，取出了那份聘书，"对了，昌济兄，今天找我什么事？不会真要把这封聘书退给我吧？""恰好相反，"杨昌济转过身来，带着微笑说，"我是专程来告诉你，我接受你的聘请。"

二

第三天便是开学的日子，灿烂的阳光里，一师大门口那幅"第一师范欢迎你"的崭新横幅分外耀眼。横幅下，入校的新生肩扛手提扁担挑，带着各色行李铺盖，布鞋、草鞋、长衫、短褂……汇集在一起，方维夏正带着陈章甫等一批老生在负责接待，偌大的前坪上，一片热闹。

"蔡和森！"一只大手拍在蔡和森肩头，蔡和森一回头，毛泽东一手提着行李，正站在他身后，忙答应："嘿，你好。"

"哎，你分在哪个班？"毛泽东问。

"本科第六班。你呢？"

"我第八班。这么说我们不在一个班？搞什么名堂，我还想跟你同班呢。"毛泽东遗憾地说。

"反正是一个年级，还不一样？"蔡和森嘴里这样说，心里却很感动，他没想到毛泽东会这么看重自己。

正在这时，大门口传来了一个妇人不耐烦的叫声："让开让开，怎么回事？还让不让人过路啊？"

所有新生的目光都被这突兀的声音吸引了过去——大门前，王家的三乘轿子被人流挡住了去路，王夫人正掀开轿帘呵斥着挡路的新生们："听见没有？都让开！

你没看见他们挡着路啊？一群乡下土包子，连轿子都不知道让！”

新生们人人侧目，但还是让开了一条路。可轿夫正要起步，方维夏走了过来，背着双手站在轿子前面，绷着脸说：“对不起，请下轿。”

王夫人冲着他吼道：“下什么轿？我是来送我儿子读书的！”

“本校规定，从这条线起，家长一律止步。”方维夏说着，指了指脚下齐着大门的一条白线，线后标着“家长止步”四个大字。

王夫人摆足了阔太太架势，盛气凌人地冲着方维夏说：“我儿子来读书，我当妈的还不能进门了？你知道这是谁家的轿子吗？这可是王议员家……”

“行了！”

“妈，你嚷嚷什么？”

王老板和王子鹏这时候已经从后面两顶轿子里下来，穿过拥挤的人群，来到了王夫人的轿子旁，异口同声地责怪着王太太。

王夫人还想嚷嚷，看到丈夫的样子，又生生地把嘴边的话咽了回去。王老板黑着脸瞪了老婆一眼，又很快换了副笑容转向方维夏，说：“鄙人王万源，请教先生……”

“本校学监主任，方维夏。”

王老板拱手说道：“是方主任啊。犬子刚刚考上贵校，我们这是送儿子来报到的，还请行个方便。”

“学生入校，一切自理，家长不得代劳，这是本校的规定。王先生，请将贵公子的所携用品交与他本人，学校自会安排他入住，你们父母就不必操心了。”

王夫人看方维夏一点面子都不给，很是生气，嘟囔道：“那么多东西，他一个人怎么拿？”

大家听她这样说，才注意到轿子后面堆积的东西简直都成了山。毛泽东一捅蔡和森：“我说，他们不是在搬家吧？”

这话听着幽默，仔细一想却意味深长，学生们都大笑起来。王子鹏看了看周围的同学，不知道该说什么，红着脸回头看了一眼妈妈。他原本以为自己没有机会读一师：这次，一师只收80个学生，他偏偏考了个81名。可让人万万想不到的是，那个叫“向胜男”的第四名临时转学，他幸运地补缺被录取了。更让他想不到的是，当他去陶家报喜的时候，表妹斯咏居然眉开眼笑地恭喜他。这让他很开心，一直以来，他都不知道该怎样做才能让表妹满意。可到了准备来学校报名时，他的心情又烦躁起来了，因为妈妈对十来个人挤在一间破旧的宿舍里很不满意，接连几天都把家里的丫环、仆人使唤得团团转，说是收拾子鹏上学的行李，把箱笼、铺盖、各种日用品堆得到处都是，整得像是要大搬家似的。临了，还让秀秀一件一件地清查了好几遍，连一瓶雪花膏都不许漏掉。子鹏也觉得妈妈这样做很过分，可他能怎么办呢？

子鹏不知道怎么办，方维夏却知道，他果断地对王老板、王夫人说：“学生寝室，十人一间，你们带来的东西，两间房都装不下，就不必全带进去了，还是选些必要之物，其他的原样带回吧。”

王老板和王夫人还在面面相觑，子鹏已经沉着脸，冲到行李堆前，乒乒乓乓地打开箱笼，王夫人和秀秀见了，赶紧上去帮忙。子鹏也不理睬她们，独自沉着脸，提着匆匆收拾起的箱子就往里走。王夫人捡起一瓶雪花膏，望着儿子的背影尖声叫道：“子鹏，子鹏，你的雪花膏！”看到儿子头也不回，她把雪花膏塞给抱了一满怀东西的秀秀，呵斥道：“还不跟着少爷！”

雪花膏这样的东西，当时只有少数女人才用，很难得听说有男人用的。在同学们异样的眼光和笑声里，子鹏尴尬地埋着头冲进了学校。秀秀拿着雪花膏想跟去，却又被方维夏拦住了：“对不起，本校学生，毋需仆人侍候。”

王夫人跟在后面问：“丫鬟都不能去？那谁给我儿子铺床啊？”

不仅用雪花膏，还要丫环铺床！这次，连蔡和森都被逗笑了，更不用说毛泽东。校园里一时似乎变成了看杂耍的街头，哄笑声此起彼伏。

子鹏终于忍不住了，停下来回头朝母亲吼了一句：“你够了没有？还不走！”说着，提着东西就想逃离这个让他很是尴尬的现场。可这人啊，越急越容易出事情，子鹏才一抬脚，“哗啦”一声，刚才仓促间没收拾好的箱子打开了，里面的东西撒了一地。秀秀赶紧上来帮他捡，子鹏恼火地一把扒开她的手：“你走开，我不要你动，我自己能行！你走啊！”

王老板沉着脸扶住被儿子吓得直往后退的秀秀，对仆人们吼道：“都回去，听到没有，赶紧走！”

众目睽睽下，子鹏涨红了脸，狠狠地收拾着满地的东西。众人嘲弄的目光压得他几乎抬不起头来，他觉得好孤单。但出乎他意料，一只手突然出现在他面前，捡起脸盆递给他。他一抬头，蔡和森正蹲在他身边，向他露出微笑。又一只手帮他捡起了东西，那是易永畦，紧接着是何叔衡、罗学瓒等，毛泽东却不屑地摇了摇头，对这种少爷他显然不愿意帮忙。他上去提起蔡和森的行李往背上一甩，扬长而去。

三

刘三爹今天没有出去卖臭豆腐，因为他要送儿子去一师报名。刘家简陋的棚屋里，床头、地上，摆放着崭新的铺盖、脸盆等用品，刘俊卿的身上，更是一袭全新笔挺的长衫，与房里的寒酸破败形成了鲜明的对比。

“到了学校，不比在家里。”刘三爹一面收拾箱子，一面唠叨叮嘱儿子，“你从小也没受过这个苦，这一去吧，我又照顾你不到，也不晓得你吃不吃得饱饭，穿不穿得暖衣，只能靠你自己凡事小心。”

“知道了。”刘俊卿正对着镜子梳理着自己几乎是一丝不乱的头发。

“你睡觉的时候，最听不得有人打呼噜，万一寝室里有那种打呼噜的人，你莫跟他讲客气，告诉校长，要他换寝室。还有，饭碗、脸盆这些东西，莫让其他人随便用，不干净。”

他正想合上箱子，刘俊卿却皱起眉头从箱子里拎出一条旧短裤：“这么旧的还带？”

刘三爹看看那条旧短裤比自己身上补丁摞补丁的衣服明显好得多了，想说反正是短裤，穿在里面别人又不知道。可看看刘俊卿的神情，这话却怎么都说不出口，赶紧将短裤拿了出来，还负疚似的不停地说：“不带，不带不带。”

父子俩收拾停当，一前一后出了门：刘俊卿两手空空地走前面，刘三爹挑着满满一担行李，跟在后面。看看离学校已近，刘俊卿站住了，回头说：“爸，你送就到这儿吧。”

“不是还没到吗？”

“你把东西给我，我自己拿进去就行了。”

“你哪会挑担子啊？”刘三爹挑着担子继续向前走去。

“爸，爸！”刘俊卿追上去要拉父亲，看到旁边走过来两个拿着行李的新生，刘俊卿赶紧收住口，摆出一副泰然自若的样子，悄悄与他一身皱巴巴的父亲拉开了距离。

刘三爹挑着行李，挤了到了校门口，迎头碰上了秀秀刚送走子鹏要回王家。父女俩正想说话，方维夏挡在了刘三爹前面，轻声说：“对不起，你不能进来。”

“我是来送行李的。”刘三爹忙解释。

“学校规定，行李一律由学生本人拿。”方维夏抬头，提高了声音，“这是谁的行李？”

“这是……”

“是我的。”本来与父亲拉开了距离的刘俊卿抢上前来，打断了父亲的话，伸手就来解行李。

“哎呀，你哪里挑得担子？”刘三爹急了，抓着行李，对方维夏说，“这位先生，还是让我挑进去吧，他从来没挑过担子的。”

“那就从今天开始挑！”方维夏的口气一下子变得严厉了。

“可是……东西这么重，他会拿不动的。”

“年轻人，这点东西怎么会拿不动？”方维夏看看刘俊卿，发觉他的穿着打扮与刘三爹实在不像一路人，又问，“这是你什么人啊？”

“这是……”刘俊卿看看四周到处是人，憋了憋，居然说，“是……是……我雇的挑夫。”

刘俊卿的这句话仿佛一记重锤，击得刘三爹全身一震，击得秀秀目瞪口呆！而刘俊卿似乎也被自己口中说出的话吓了一跳，慌乱中，他埋下头，伸手来解行李，却碰到了死死抓着绳子的父亲的手。儿子的手一伸过来，刘三爹就如触电般一抖，松开了手里的绳子。秀秀仿佛这才反应过来，她刚要开口，衣角也被父亲使劲地揪住了。

刘三爹用力挤出一丝笑容，对方维夏说："是，是挑夫，我是挑夫。"

终于把俊卿的行李送进去了，秀秀和刘三爹一起出了一师，她可以陪父亲走到南门口，再分路回王家。秀秀一路上都不说话，只是不住地流泪。

"你哭什么嘛？又没什么事。本来嘛，我这样子，多不像样，学校是个体面场合，你哥他也是没办法。"刘三爹知道女儿在想什么，他劝慰着女儿，可劝慰来劝慰去，他越劝慰越觉得这种解释没有道理，叹了口气，在路边蹲了下来，自言自语似的说："他不会是有心的，肯定不是有心的，只是一句话，不会是有心的。"

秀秀站在父亲身后，看着父亲花白的头发，使劲擦了一把泪。

四

对于任何一所学校来说，最热闹的时候，都莫过于新生入学那几天。面对浪潮般涌入的一张张满是渴望的、朝气勃勃的青春笑脸，有谁不会热血澎湃呢？看到他们，就等于是看到了一个无限广阔的美好未来呀！

八班寝室里，新生们收拾着床铺及生活用品。王子鹏正试图把"第一师范"的领章钉上校服领子，却左弄右弄也钉不好。

在子鹏对面的床上，刘俊卿正木然地扣着新校服的扣子。屋子里，就数毛泽东的动静最大，他收拾好床铺，捧起母亲那枚因为自己而被父亲砸瘪的顶针看了看，轻轻放到枕头下面，然后换上了新校服。他伸伸胳膊伸伸腿，好像总感觉校服小了一点。

刘俊卿钉好扣子，穿上新校服，木然出了寝室，远远看见萧子升闷头坐在走廊栏杆上。他心里一紧：我不是把他的考卷给……为什么他还能考那么好的成绩？真是奇怪！正想着，只见萧三抱着两套新校服匆匆跑来，他装不认识，继续往前走了几步，躲到走廊的圆柱后面。身后传来萧家兄弟的对话：

"哥，校服我领来了，你试试。"萧三说，萧子升却没有回答。"哥，来都来了，就别再东想西想了。那件事，都怪我和润之哥，不关你的事。"

"怎么能说不关我的事呢？""是我弄丢的文章，是润之哥要帮这个忙，你又不知道，哥，别坐在这儿了，回寝室吧。"随着一声轻轻的叹息，刘俊卿听到了萧家兄弟的脚步声，他从圆柱后面探出头来，望着萧氏兄弟离去的背影，他脸上的木然早已一扫而空，只剩了一脸阴沉沉的疑惑——"润之帮忙？"

"送电了……送电了……"天黑了，随着校役摇动的铜铃声和喊声，一只手拉动电灯拉绳，室内电灯陡然亮起，照亮了全寝室的十个穿着崭新校服的青年。

"各位各位，"周世钊拍了拍巴掌，示意安静，"从今天起，我们十个人就是同寝室的室友了，今天呢，也算是个室友见面会，借这个机会，大家互相认识一下，就从我这个寝室长开始，我姓周，周世钊，宁乡人。”

同学们次第举手示意，介绍着自己：

“罗学瓒，株洲人。”

“易礼容，湘乡人。”

“邹蕴真，湘乡人。”

“易永畦，浏阳人。”

“刘俊卿，长沙人。”

“我叫王子鹏，也是长沙人。”

“毛泽东，湘潭的。”

周世钊笑说：“你就不用介绍了，状元嘛，谁不知道？”

大家都笑了起来，只有刘俊卿冷着脸，望了毛泽东一眼。“那以后就这样排定了——润之兄就是我们寝室的老大，我老二。”周世钊一个个指点着，“老三王子鹏……”

罗学瓒忙道：“不对不对，我比王子鹏大三天。”周世钊点头说：“哦，对，罗学瓒老三，王子鹏老四……”

这时外面走廊上孔昭绶与方维夏并肩走来，听到笑声，孔昭绶不由得停住了脚步，走进门来，笑说：“嘿，好热闹啊。”学生们一时都站了起来问好。方维夏说道：“各位同学，给大家介绍一下，这位就是本校的孔昭绶校长，孔校长今天是专门来看望新同学的。”

孔昭绶和蔼地摆摆手，示意大家都坐下，说：“大家不用客气，都坐吧。我和大家一起聊聊天，好不好？”

“好的好的，我正有一个问题要问，那就是我们为什么要读师范？”毛泽东倒有些考这个校长的意思，要知道这个题目说大不大，说小不小，一般的老师大可以拿一番套话来敷衍。

这时刘俊卿忙不迭地给孔昭绶与方维夏倒来了水。孔昭绶沉吟一时，说道：“诸位今日走入师范之门，习教育之法，今后也要致力于民国之国民教育。如果不解决读书的目的这个问题，则必学而不得其旨，思而不知其意。到头来，不明白自己五年的大好青春，一番工夫都下在了哪里。”

孔昭绶喝了一口水，停了一停：“要回答这个问题，我想，要从我们第一师范的办学宗旨讲起。”他缓缓口气，“大家都知道，一师素称千年学府，自南宋理学大儒张栻张南轩先生在此地创办城南书院发祥，800 余年间，虽天灾，虽战祸，虽朝代变迁，帝王更迭，而绵绵不息直垂于今日……”

孔昭绶侃侃而谈，一双双脚步悄悄停在了门外，一个个经过的学生静静地站在了门口，“如孙鼎臣、何绍基，如曾国藩、李元度，如谭嗣同、黄兴，历代人才辈出而灿若星辰，成为湖湘学派生生不息之重要一支，为什么？我想，一句话可以概括：经世致用。”

“何谓经世？致力于国家，致力于社会谓之经世；何谓致用，以我之所学，化我之所用谓之致用。经世致用者，就是说我们不是为了读书而读书，我们读书的目的，我们求学的动力，是为了学得知识，以求改变我们的国家，改变我们的社会。那种关进书斋里，埋头故纸堆中做些于国于民无关痛痒的所谓之学问，不是我湖湘学派的特点，湖南人读书，向来只为了两个字：做事！做什么事呢？做于国于民有用之事！”

毛泽东迫不及待地插嘴道：“那——什么事于国于民最有用呢？”孔昭绶看了他一眼，沉默一时说：“乱以尚武平天下，治以修文化人心。以今时今日论，我以为首要大事，当推教育。我中华百年积弱，正因为民智未开，只有大兴教育，才能以新知识、新文化扫除全民族的愚昧落后，教育人人，则人人得治，人人自治，则社会必良，社会改良，则人才必盛，真才既出，则国势必张……”

孔昭绶又喝了口水说：“以此而推论，当今之中国，有什么事比教育还大？欲救国强种，有什么手段比教育还强？所以，读师范，学教育，他日学成，以我之所学，为民智之开启而效绵薄，为中华之振兴而尽一己之力，这，不正是诸位经世致用的最佳途径吗？”

一片沉思的寂静中，孔昭绶的身后，突然响起了掌声。孔昭绶一回头，发现身后居然密不透风地挤满了学生。

第五章 欲栽大木柱长天

"自闭桃源称太古，欲栽大木柱长天。"
无为官之念，无发财之想，
悄然遁世，不问炎凉，愿于诸君之中，
得一二良材，栽得参天之大木，
为我百年积弱之中撑起一片自强自立的天空。

一

在这样一个特殊的夜晚，一师的校园里却有一个人和这喧闹的气氛格格不入。他就是萧子升。在一师的草坪上，子升一人缓缓地踱着步子。微风轻袭，掠动着他整洁的长衫，却似乎吹不走他心头的烦闷。他仰起头，凝视着夜空中那纯净无瑕的月亮，深深地吸了一口气，像是终于下定了决心，毅然转身往八班寝室走去。

此刻的八班寝室里，毛泽东、周世钊、罗学瓒、易礼容、邹蕴真、易永畦、刘俊卿、王子鹏他们依然一个个情绪高昂，他们在带头为孔校长的演讲鼓掌之后，又七嘴八舌地恳请方维夏也给大家说点什么。

方维夏看了看众人，一时盛情难却："那我就说两句。孔校长刚才给大家讲了为什么读书的大道理，我不会讲什么道理，就跟诸位提个小小的要求吧：有书读时，莫闲了光阴。年轻人最怕没有定力，无书读时盼书读，有书读时，却总不免有一些耽于游玩而疏于用功的人，总觉得明日复明日，明日何其多。其实这世上最易逝的，便是光阴。岳武穆云：'莫等闲，白了少年头，空悲切。'青春只有那么几年啊，过去了，是追不回来的。所以，我只希望各位在校期间，多读书，读好书，今后，回想起你在一师的生活时，你能毫无遗憾地对自己说，我这五年，真正用在了读书上，真正学了该学的东西，我没有虚度光阴。如果能做到这一点，那就是你这五年师范生活的成功，就是第一师范教育的成功！试问诸君可能做到？"

同学们沉默着，似乎都在思考这个问题。刘俊卿却翻开新课本写一行字，放下毛笔率先打破沉默说："校长和学监的教诲，俊卿与诸位同学一定牢记在心，决不辜负学校的期望。"

孔昭绶拿过刘俊卿的课本，看见扉页上是他刚刚写下的"书山有路，学海无涯"八个字，字迹工整，颇见功力，含笑点头说："嗯，字写得不错嘛。"

刘俊卿一脸诚恳地望着校长回答："这是校长和学监的教诲，俊卿自当视为座右铭。"孔昭绶赞许地看着他，正要开口，身后却传来一个声音："请问，毛泽东在吗？"

毛泽东一回头，原来是子升挤进了寝室，忙站起身说："子升兄？哎，来来来，快来快来。"

"润之，我有点事找你……"

"你先进来再说。"毛泽东上前一把将他拉了过来，"跟你介绍，孔校长，方学监。"

子升一直沉浸在自己的心事里，显然没有去想这外面围了那么多学生的原因。他被吓了一跳，立即恭敬地向二人问好。

毛泽东说道："这是我的老同学，萧子升，这回刚考进讲习科的。"孔昭绶上上下下地看着眼前这个文弱清秀的青年，赞叹道："萧子升？哦——我记得你，第三名嘛。你还有个弟弟，一起考上的，叫萧植蕃，你第三，他第五，两兄弟一起名列前茅，不简单啊。"

方维夏在旁边提醒道："不光是考得好，校长，你还记不记得他那手字？"孔昭绶恍然大悟，脸上越发的惊喜了，笑道："怎么会不记得？飘逸灵秀，有几分大家神韵嘛。这评语，还是在看你填的报名表的时候，袁仲谦老先生给你下的呢。当时黎锦熙先生也说，就凭你的字，我们全校的先生都找不出一个有那份功力的。"

子升看看毛泽东，却心不在焉，"校长谬赞，子升愧不敢当。"毛泽东不管子升的脸色好看不好看，生怕人家不知道他的朋友有多厉害，继续做他的宣传工作："校长，子升可不光字好，他还有个绝活，天下无双。"

孔昭绶感兴趣地问："哦，什么绝活？说说看。"子升拉了一把毛泽东，毛泽东大声说："你扯我干什么？本来就是天下无双嘛。他呀，不光右手写得，左手也写得，两只手一起，他还写得。"

孔昭绶有些不相信："两只手一起？"毛泽东把子升推到桌子前面，边摆纸笔边说："就是左手右手一边一支笔，同时写字，而且是写不一样的字，写出来就跟一只手写的一样。"

这招功夫显然让大家都来了兴趣。孔昭绶说："还有这种绝招？这倒是见所未见啊。"方维夏也说："萧同学，就这个机会，给大家表演一个，让我们也开开眼界，好不好？"

子升还想谦虚："一点微末之技，岂敢贻笑大方。"孔昭绶鼓励他："你那个字要还是微末之技，别人还用写字吗？来，表演一个，表演一个。"

毛泽东拍拍他的肩膀，说："你就莫端起个架子了，都等着你呢。"子升实在没办法，只得说："那，我就献个丑。"

"这就对了嘛。有本事就要拿出来。"毛泽东说着话，将两张桌子拼在了一起，铺开雪白的纸，并随手把刘俊卿那本刚题好字的书丢到旁边。

刘俊卿看到毛泽东这个动作，脸沉了下来，子升显示出的吸引力已经令他感到了冷落，这时更是平添一股被忽视的难堪，他悄悄收起了那本书。

子升提着笔，犹豫着："写点什么呢？"孔昭绶想了想，说："嗯——就以读书为题，写副对联吧。"

子升点点头，略一思索，两支笔同时落在纸上，但见他左右开弓，笔走龙蛇，却是互不干扰，一副对联顷刻已一挥而就："旧书常读出新意，俗见尽弃做雅人"，整副对联完美无缺，竟完全看不出左右手同时书写的迹象。

"好，字好，意思更好！"孔昭绶向子升一竖大拇指："萧子升，奇才啊！"毛泽东搂住了子升的肩膀，兴奋地打了他一拳。一片啧啧称奇之声中，刘俊卿阴沉着脸，狠狠合上了自己那本书，眼睛眯了起来。

"电灯公司拉闸了……各室赶快关灯……油灯注意……小心火烛。"吊在铁钩架子上的油灯叮叮当当地撞击着，值夜的校役敲着竹梆，在校园里边走边喊。

随即整个校园里的电灯一下子熄灭了，同学们纷纷回了各自寝室。孔昭绶卷着那副对联，意犹未尽地说：“萧同学，这幅字就当送我的见面礼了，回去我就把它挂到校长室去。”

子升有些难为情，“信手涂鸦，岂敢登大雅之堂。”“我不光要挂起来，以后其他学校来了人，我还要逢人就说，这是我一师学生萧子升的手笔，也让别人好好羡慕羡慕我这个当校长的！”孔昭绶收起笑容，环顾着学生们，“但愿各位同学更加努力，人人都成为我一师的骄傲！”

同学们齐声答应，一时就散了，子升看着毛泽东，叹息一声，朝六班萧三的寝室走去。只有刘俊卿在那里没动，他咬了咬嘴唇，忽然快步赶上两位先生，说：“校长，我，刚才看到萧子升同学的书法，实在是很佩服，很想多学习学习。可手边又没有他的字……”

“嗯，见贤思齐，这是求上进嘛。是不是想要这幅字啊？”孔昭绶问。“这是校长喜欢的，学生怎么敢要？”“没关系，你想学，我可以先借给你。”

刘俊卿猛地挺了挺腰杆，语调很快地说：“不不，这幅字就不必了，我是想萧子升不是也参加了入学考试吗？那是整篇文章，字数更多，既然出自他的手，想必也是书法精品，所以……”

方维夏听了这话，眉心突然一跳，仿佛想起了什么，他轻轻一拉孔昭绶，打断了他的话：“刘同学，今天太晚了，你先回去休息，文章的事，以后再说吧。”

“是，方老师。那，我先回去了。”刘俊卿如释重负地转身离去。孔昭绶疑惑地问道：“维夏，你这是怎么了？”方维夏没有答话，脸上的神情却很是严肃。

回到教务室，方维夏点亮了油灯，一把拉开柜子，急匆匆地搬出厚厚的入学考试作文，放在桌上，把前两名的文章放在一起，拿出第三名萧子升的文章，对孔昭绶说：“校长，您把萧子升那幅字打开看看。”

孔昭绶疑惑地摊开了那副对联。方维夏将子升的文章摆在对联旁，拨亮油灯。油灯下，文章的字迹与对联上的字分明完全两样。

孔昭绶的眉头皱了起来：“这字不对呀！怎么会这样？”方维夏说：“其实上次在教务室看到这批考卷的时候，我就曾经有过一种不对劲的感觉，可又说不出是为什么，正好仲老和锦熙为了一二名的次序争起来，这一打搅，我也就未加深思。可是刚才，那个刘俊卿的话提醒了我，萧子升这篇入学考试作文，绝不可能出自他的笔下！”

“不是他，那会是谁？”两个人的目光同时停在了旁边的一篇作文上——那是被方维夏放在旁边的头两名的作文，上面一篇正是毛泽东的。两篇字迹一模一样的作文被移到了一起，孔昭绶几乎不敢相信自己的眼睛，“毛泽东？”他脸色一变，转身就要下楼。

方维夏提着油灯跟在他后面：“校长，今天，是不是太晚了？”“不管有多晚，这件事必须马上处理，不能过夜。”

“可是，他们都是您赏识的人才……”“人才？有德才有才！若是有才无德，将来只会成为更大的祸害！连基本的诚实都没有，代考舞弊这种事也敢做，不处理还了得？走！”

子升回到寝室，萧三已经上床了，他迷迷糊糊地被哥哥拉到草坪上，一听哥哥唧唧歪歪地说起卷子的事情，火了：“哥，代考的事，怎么能怪润之呢？”他的声音不小，把正从走廊那头急急忙忙走过来的孔昭绶和方维夏吓了一跳。拐角处，孔昭绶收住了脚步，抬手示意方维夏放轻脚步。

“文章我们都写了，它不是突然丢了吗？润之哥是怕我们耽误了船，才帮我们代写的。人家是一番好心，要怪，就怪我不该丢了文章。”

“你说的这些我都知道。可这毕竟是作弊，用这样的手段考进学校，岂是君子之所为？”“哥，道理我都知道，我也后悔，可事情已经这样了，还能怎么办呢？”

孔昭绶与方维夏贴墙而立，方维夏悄悄调小了油灯的光芒。子升的声音清晰地传来：“其实这两天，我一直在犹豫，想把这件事跟学校坦白出来。刚才我甚至都到了润之的寝室，想告诉他这个想法，可是……当时的情形你也知道了，校长、学监都在，润之呢，情绪又那么高，我是实在说不出口啊！再怎么说，润之也是为了我们兄弟好，虽然事情做错了，可要因此害得他读不成书，我总觉得……”

“哥，其实要我说呢，凭你的文章，又不是真的考不起。真要考，第一名还未见得是润之呢，你又何必这么想不开？”

“这不是考不考得起的问题！我当然知道我们考得起。可做人不能暗藏欺心，不能光讲结果，不论手段，你明不明白？我已经想过了，这件事，只有一个办法解决。”

“什么办法？”

“退学。明天就退，我们一起退。学校，我们可以再考，但良心上的安宁丢了，你我这一辈子都不会安心的。子暲，君子坦荡荡，这是做人最基本的原则啊！”

“那，润之哥那边……”“润之那边，明天我会去跟他解释，我想，他会明白的。”

孔昭绶略一沉吟，转过身，示意方维夏跟他退后，悄声说：“去找毛泽东。”

毛泽东和蔡和森这时候也还没有睡觉，两人在学生寝室外的走廊上头碰着头，借着烛光，正在读课本上一师的校歌歌词。

“……人可铸，金可熔，丽泽绍高风……多材自昔夸熊封，男儿努力蔚为万夫雄！”毛泽东压着声音朗诵着，声音里却透着压不住的激动，“写得多好啊！我一读到这歌词，心里头就像烧起一团火一样！”

“是啊，男儿努力蔚为万夫雄！”看来蔡和森也一样激动。

“哎，不瞒你说，其实一开始，我根本没打算考一师。”毛泽东说，“我那个时候，一门心思就想考北大，哪想过什么第一师范啊？可我们家不给我钱，人穷志就短，这里又不要钱，没办法，只好考到这儿来了。”

“那现在还后悔吗?”蔡和森问。毛泽东笑道:“后悔?后悔没早考进来!今天我才知道,我们的先生是什么样的先生,我们的学校是什么样的学校!一句话,来这里,来对了,来得太对了!对我的胃口!”

毛泽东的声音越来越大,却不知道孔昭绶与方维夏正静静地站在他们身后不远处。“我毛泽东没别的本事,就一条,认准了的事,我一条路走到黑,就在这里,就在这所第一师范,我死活要读出个名堂来!”

蔡和森压低嗓门劝他:“润之,你声音小点。”孔昭绶一言未发,向方维夏摆了摆手,两个人顺着来路悄悄退了回去。望着沐浴在月光下的一师主楼,孔昭绶长长舒了一口气,对方维夏说:“学校是干什么的?不就是教育人的吗?人孰能无过,无过岂不成了圣人?那还要我们教什么?他们都还是孩子嘛,不论犯过什么错,都是进校以前的事了,只要知错能改,诚心上进,我不信在我们一师,在你我手上,教不出堂堂正正的君子来。明天……给他们一个主动的机会,等到明天。”

方维夏郑重地点了点头。

三

第二天一大早校长的办公桌上,一方刻着“知耻”字样的镇纸压着两份退学申请。孔昭绶的目光,从萧子升移到萧三,由萧三再移到毛泽东的身上。三个人垂手站在办公桌前,紧张中,都带着不安。

“毛泽东同学,”孔昭绶终于开口了,“你的两个朋友已经决定以退学来承担良心上的责任,并没有牵连到你,你为什么还要主动来承认代考的事?”

毛泽东笔直地站着,说:“因为代考是我主动提出来的,文章也是我写的,我的错,我承担。校长,无论您怎么惩罚我,我都接受,可他们真的没有主动舞弊,请您给他们一个机会吧……”

“不!”子升打断了他,“这不关你的事!校长,事情由我们而起,是我们没有经过考试进了学校,责任应该由我们负……”

“好了,你们也不要争了。责任由谁来负,该由我这个校长来决定吧?”孔昭绶说着,把两张雪白的纸和笔墨文具摆在了萧氏兄弟面前。

子升一时没明白:“校长……”

“怎么,刚刚考过的试,就不记得考题了?行,我提醒你们一句:论小学教育,标题自拟,篇幅不限——隔壁办公室已经给你们准备好了,由方主任给你们监考,补考时限两小时,够不够?”

子升、萧三与毛泽东面面相觑,愣了一阵,这才反应过来,子升:“够!用不着两个小时,20分钟就够。”

孔昭绶皱皱眉头:“20分钟?”“我自己写过的文章,每一个字我都记得。”子升喜出望外。

孔昭绶问萧三："你呢？""我也一样，没问题！"萧三欢喜得只差没跳起来了。孔昭绶点头说："好，那就20分钟。"拿起纸笔文具，子升与萧三激动得同时向孔昭绶深深一鞠躬："谢谢校长！"

两个人匆匆出门，子升又站住了："校长，那润之……您能原谅他吗？"

"这不是你现在该关心的问题。"看看面无表情的孔昭绶，再看看正用目光催他快走的毛泽东，子升也明白自己多说无益，只得退出了房间。

"校长，谢谢您原谅他们。"毛泽东也向孔昭绶鞠了一躬。"可我没说过要原谅你哦。"

"我明白。"正视着孔昭绶的眼睛，毛泽东目光坦然，"这件事的错误本源在我，一切责任本该归我承担。"

"那，说说你错在哪儿？""我……我不该随便帮朋友。"

孔昭绶摇了摇头："错。友道以义字为先，你帮朋友，我并不怪你。但君子立身，以诚信为本，义气是小道，诚信为大节。你的行为，耽于小义而乱大节，是谓本末倒置，本末倒置，则既伤己身，又害朋友。这才是你的错误之所在。"

毛泽东沉默半晌，默然点头说："我明白了，校长。""真的明白了？"孔昭绶肃然看着他。

"真的明白了。校长，请您现在就处罚我吧。"毛泽东低着头说。孔昭绶点了点头，"你能主动走进这间办公室，坦白自己的错误，我相信你是有诚意的。当然，绝不等于我不处罚你。"他拉开抽屉——抽屉里，是一面折得整整齐齐的旗帜。旗帜展开了，那是一面深蓝为底，正中印着庄重的"师"字白徽的一师校旗。

"这是我一师的校旗，也是我一师光荣的象征，它有蓝色的坚强沉稳，更有白色的纯洁无瑕。它的洁净，不容沾上一点尘埃，它的诚实、理想、信念、光荣，更不容任何玷污！"孔昭绶将校旗递到了毛泽东面前："把它接过去。"

待毛泽东接过了校旗，孔昭绶又说："一会儿就要开新生入学典礼了，我希望由你在典礼上升起这面校旗，我也希望从今以后，每当你看到这面校旗，都能想起今天犯过的错，都能告诉自己：从今天开始，从现在开始，我毛泽东，将光明磊落，无愧于这面校旗！这就是我对你的处理，能接受吗？"

捧着校旗，仿佛捧着巨大的重托和承诺，毛泽东用力地一点头。

三

"何谓修身？修养一己之道德情操，勉以躬行实践，谓之修身。古人云：修身齐家治国平天下。也就是说，修身是一个人，一个读书人，一个想成为堂堂君子之人成材的第一道门坎。己身之道德不修养，情操不陶冶，私欲不约束，你就做不了一个纯粹的人，一个高尚的人，一个精神完美的人，齐家治国平天下这些作为就更无从谈起。那么，什么是修身的第一要务呢？两个字：立志！"

这一天上午，本科八班教室里，杨昌济正在给学生上第一节修身课。

他在黑板上用力写下"立志"二字，转过身来继续讲："孔子曰：三军可夺帅也，匹夫不可夺志也。人无志，则没有目标，没有目标，修身就成了无源之水。所以，凡修身，必先立志，志存高远而心自纯洁！"

讲到这里，他沉吟一时，然后走下讲台，来到学生中间，说道："下面，我想请在座的各位同学谈一谈你的志向是什么。"他看看身边课桌上贴着的学生姓名："周世钊同学，就从你开始吧。"

周世钊笔直地站起来，朗声答道："我的理想，是当一个学校的校长。"杨昌济颇感兴趣地问："哦，为什么？"

"我小时候每天早上都看到学校的门口，所有的学生向校长敬礼。我想我长大了，也要像他一样，那么威严，那么受人尊敬。我考入师范，就是为了实现这个理想。"

"很好。"杨昌济微微一笑，说："下一位，罗学瓒同学。""为国为民，舍生取义，做一个像戊戌君子中的谭嗣同那样的人。如国家有事，则奋不顾身，死而后已。"

杨昌济点点头，说："舍身成仁，高洁之至，很好。易永畦同学。"易永畦有些紧张地站起："我……我不知道该怎么说……"

杨昌济鼓励他说："不要紧张。你从小到大，总有过这样那样的梦想吧？就算是天真得不切实际，或者平凡得不值一提，都不妨一说，姑且言之嘛。"

"我……我想当三国里的关云长大将军。"易永畦话音才落，教室里就有不少同学小声笑了起来，易永畦那副单薄如纸的身材实在不能让人把他跟武圣人关云长联系起来。

"嗯，纵横沙场，精忠为国。虽然是童真稚趣，却存英雄之气，好！下一个，刘俊卿同学。"

刘俊卿显然早已准备好答案了，他站起来，很自负地回答："学生的理想，就是要好好读书，将来做一个学识渊博、为世人所景仰、为政府所器重的社会精英，凭自己的学问和才能，傲立于天地之间。"

"傲立于天地之间？因为学问而傲吗？"杨昌济问。"是，老师。只有学识出众之人，才能为人所敬重，学生就是要做这样的精英。"

杨昌济似乎想说什么，想想又收住了口："你坐下吧。"他看看桌上的姓名，认真打量了毛泽东一眼，问，"你的志向是什么？"

毛泽东站了起来，犹豫了一下，茫然地回答："我不知道。""不知道？"在全班同学的窃窃私语中，杨昌济皱起眉头，问："一个人对自己的未来怎么会没有一点想法呢？难道你从来就没有想过？"

“我想过，经常想。可是，我找不到答案。”毛泽东望着老师，他的目光清澈如水，他的话显然出自真心。“嗯，路漫漫其修远兮，吾将上下而求索。毛君亦在求索之中么?”“求学即求索。”

杨昌济若有所思地点点头，对毛泽东说：“你坐下吧。”“老师，”毛泽东刚坐下，却又突然像是想起了什么，站起来问：“能不能问您一个问题?您的志向是什么?”

毛泽东的大胆实在有些出乎教室里所有人的意料。同学们不禁一愣，杨昌济也有些意外地回过身来。他望着毛泽东的眼睛，那双眼睛平静却隐隐地含着让人必须面对的刚毅。一片静默中，杨昌济走上讲台，拿起粉笔，刷刷地在黑板上写了两行苍劲有力的大字：

自闭桃源称太古

欲栽大木柱长天

一片肃穆中，杨昌济用极为平和但却坚定的语调说：“昌济平生，无为官之念，无发财之想，悄然遁世，不问炎凉，愿于诸君之中，得一二良材，栽得参天之大木，为我百年积弱之中华撑起一片自强自立的天空，则吾愿足矣。”

一片寂静之中，周世钊、刘俊卿带头鼓起掌来，掌声立即响成了一片。只有毛泽东仍站在那里，望着老师，没有鼓掌。杨昌济挥手止住掌声：“毛泽东同学，今天你没有回答我的问题，我也不要求你马上回答，但有一件事我希望你能答应我。五年后，当你迈出一师校门时，我想听到你回答我，你的志向是什么。能答应我吗?”

毛泽东还在揣度着老师写在黑板上的“志向”，想着能说出眼前这十四个字的人会是一个什么样的人、什么样的老师，想着什么是他眼里的桃源、太古、大木、长天?时至今日，他辗转上过好几所学校，见过数十位老师，却没有谁说过如此让他深思的话。毛泽东看着老师正凝望着自己的眼睛，郑重地点了点头，说：“我答应您，老师。”

四

下午，杨家小院内里，杨开慧正在送爸爸出门去周南。她一边翻看着《普胜法，毛奇谓当归功于小学教师，其故安在?》，一边问爸爸：“他真的就什么也没说?文章写得这么好，怎么会没有理想呢?这个学生真怪啊。”

“是的，他什么也没说。”杨昌济指着小院里花台上洒水的“壶”，风趣地解释道，“当然他没说并不意味着他没有，而是不肯轻言——有时候，鸿鹄，也要岁月磨炼方成的。”

“爸，你怎么知道他就有鸿鹄之志?说不定是燕雀之志呢?”开慧还没见过爸爸这样评价一个学生，和爸爸开起了玩笑。

“不会的。”杨昌济肯定地回答女儿。

“为什么，就因为文章写得好吗？”

杨昌济已经出了院门，听到女儿这样问，回过身来意味深长地说：“不光是文章。还有那双眼睛，明亮、有神——坚定！那不是一般年轻人能有的目光。由目可视其心，那样的目光，必定心存高远。”

开慧对爸爸的话似懂非懂，但对爸爸的心思却是完全明白的。她把拿着文章的手背到身后，站在爸爸面前，注视着他的脸，调皮地问：“爸，你什么时候变成看相先生了？”

“爸爸可不会看相，”杨昌济微微一笑，表情反倒严肃了，“爸爸看的，是那股精气神。”

杨昌济来到周南女中，一片绿树苍翠之中是一副“周礼盍在，南化流行”的对联。他进到教室，一节课上完，说道：“今天给大家下发两篇范文，是第一师范本次入学考试中头两名的文章，也是我很欣赏的两篇文章。当然，作文之人年识尚浅，文章自非十全十美，但第一名这篇的气势和胆识，与第二名这篇的平实稳重，确有值得效仿之处。且文章为各位同学的同龄人所作，更有其借鉴意义。今天发给大家，希望大家课后细细品味，找一找自己的作文与这两篇文章之间的差距。”

油印的文章在学生们手中依次向后传递着，学生们认真看着，相互悄声交流着。斯咏与警予同时捧起了文章，入神地看着。过了一会，放下了那篇蔡和森的文章，警予把手一摊，吐着舌头，眼睛瞪着天花板，说：“这么好的文章，让人还怎么活嘛？”

“哟，今天太阳从西边出来了，我们向女侠居然也有服人的一天？”斯咏看看左右，悄声打趣警予。

“人家是比我们强，比我们强我们当然得服。”警予一副梁山好汉的样子。

斯咏拿着文章翻来覆去地看着，问警予：“哎，你觉得这两篇里头，哪篇更好？”“当然是这篇，蔡和森的。”警予毫不犹豫地说。

“怎么会是这篇呢？你看看，从头到尾，唧唧歪歪，除了板着个脸讲道理，还是板着个脸讲道理，文似看山不喜平嘛，一篇文章作得这么四平八稳软绵绵的，有什么意思？”

“这叫平中见奇，什么软绵绵的？”

“反正啊，我还是喜欢这篇，多有气势。”斯咏坚持着自己的观点。

“毛泽东这篇啊？去，你自己看看，从头到尾，咿哩哇啦，除了扯着个嗓子大喊大叫，还是扯着个嗓子大喊大叫，文章就是要平实稳重嘛，有必要搞得这么气势汹汹的吗？”

“你平时不就气势汹汹的，怎么，倒看不上气势汹汹的文章了？”斯咏看看警予，突然觉得她今天变得有些怪怪的。

“谁平时气势汹汹的了？我对你凶过吗？算了算了，不跟你争。”警予转头问旁边的一个秀秀气气的女生，“一贞，你说说，这两篇文章哪篇好？”

“都好。”赵一贞一笑两个酒窝，甜甜的。“我是说哪篇更好？”警予才不给她和稀泥的机会。

“反正……都好嘛！”

“什么都是好好好，你啊，整个一个好好小姐！”警予不和她说，又转头朝着斯咏，见她正爱不释手地读着毛泽东的文章，便故意拿起蔡和森那篇在斯咏面前晃着说：“我要把这篇文章贴在寝室的床头，每天看三遍！”见斯咏不理睬自己，她又盯着蔡和森的文章，凶巴巴地悄声说：“姓蔡的，你等着，总有一天，我要超过你！”

第六章 嘤其鸣矣

伐木丁丁，鸟鸣嘤嘤。
出自幽谷，迁于乔木。
嘤其鸣矣，求其友声。

一

光阴似水，渐渐到了四月，正是长沙的多雨时节，这一次一连下了三四天的雨，略略放晴，但天还是阴阴的。一师的综合大教室里，袁吉六正给六班、八班、讲习班全体学生上大课，评讲他们最近的作文。

“第六班，蔡和森，95分。”袁吉六扬着手里蔡和森的作文本子，仿佛展览样品一般环视了教室里众学生一眼，这才笑吟吟地把作文本递给蔡和森。“讲习班，萧子升，90分。”“第八班，刘俊卿，85分。”……

接过作文本，不甘屈居人后的刘俊卿，脸色阴得像下暴雨前的天色。他瞄了蔡和森一眼，这一瞄，不是普通的瞄，而是带了钩子的，想要剜出什么来的样子。

“第八班，毛泽东，”袁吉六又拿起了一个本子，声音却一下子沉了下来，“70分。”

蔡和森、萧子升、萧三等人都吃了一惊，毛泽东也不禁一愣。他望着台上，正碰到袁吉六斜了自己一眼，然后硬冷冷地说：“锋芒太甚，须重含蓄！”本子被“砰”的扔在毛泽东的桌上，70分的分数旁边，果然是鲜红的评语“锋芒太甚，须重含蓄”。望着这八字评语，毛泽东显然有些摸不着头脑。

下课后，欧式教学楼又热闹起来。川流的学生中，方维夏叫住了刘俊卿，说：“上次你不是说，想借讲习科萧子升同学的入学作文，学习他的书法吗？”说着，将一叠文章递了过来：“这是他补考的作文，还有他最近的两篇国文课作业，我都帮你借过来了。看完了，你直接还给他就可以了。”

望着方维夏离去的背影，刘俊卿捏住那本作文，阴沉着脸，走回寝室。他伸手刚要推门，门却正好从里面被拉开，一个足球迎面飞出，随即毛泽东光着膀子，与周世钊他们冲了出来。

“刘俊卿，”毛泽东看看侧着身子生怕被球碰到的刘俊卿，一边颠着足球一边招呼他，“走，踢足球去？”

“不了，你们去吧。”刘俊卿说着，换了一副笑脸。

“你也要动一动嘛。哎呀，随便你了。”毛泽东也不再勉强他，与周世钊等同学边传着球边往操场跑去。

刘俊卿保持着笑容，走进了寝室。几乎在门关上的同时，他脸上的笑容一扫而光。看看手里萧子升的那本作文，再看看毛泽东的床位，他发泄似的将作文本扔到了桌上。他在自己床沿坐下，满寝室漫无目的地张望着，想这次的作文。想着看着，看着想着，猛然间，他的目光被子鹏鲜亮的床铺吸引住了。不由自主地，刘俊卿走到了子鹏床前，他有些忐忑地撩开蚊帐，窥视着里面的一切：崭新的、高档的、齐全的……总之是他刘俊卿没有见过却梦寐以求的，他把手伸了出来，却又有些心虚地望了望紧闭的门口，但最终还是抵抗不了诱惑，他在子鹏的床上坐了下来，怯生生地抚过绣花床单，抚过缎面被子，抚过柔软的枕头……他打开了一瓶雪花膏，闻了闻，又赶紧盖上，仿佛意识到了这一切并不属于自己，他有些慌乱地站起，放下了蚊帐。但地上那双擦得雪亮的皮鞋却令他怎么也无法迈开脚步，他看了看门口，咽了口唾沫，把手伸了过去……

门突然开了，走进来的竟是子鹏！正在系着皮鞋鞋带的刘俊卿顿时愣在了那儿，脸一下子涨得通红，边手忙脚乱地脱鞋，边喃喃地说："子鹏兄，你回来了？"

子鹏看到刘俊卿的样子，一时间弄不明白他到底想做什么，愣了一下，随口说道："没关系，你穿吧，没关系的。"

"不是……我就是试试……试试这双和我那双是不是一样大小。"刘俊卿涨红着脸，换上自己的布鞋，逃也似的走出两步，又回头解释："我那双放家里了，没带过来。"

子鹏也不计较，跟在刘俊卿后面，一起往食堂走去。

热闹喧天的一师食堂里，墙上的小黑板挂着菜谱——南瓜、茄子、包菜……都是些简单的素菜。学生们拿着各式各样的大碗，排着长长的队伍。终于排到他们了，子鹏和刘俊卿端着盛满饭菜的碗，找了个位子坐了下来。刘俊卿看见子鹏对着面前的茄子米饭，没有动筷子的意思，以为他在想刚才的事情，有些难为情。子鹏不想让同学难堪，解释说他不太习惯吃学校的饭菜，已经另外叫了点心。

刘俊卿这才把心放回肚子里，低头吃饭，假装不经意地问："哎，子鹏，问你个事，你那双皮鞋是在哪间店买的？要多少钱啊？"

"南门口的大昌。也就七八块钱吧，怎么了？"

"哦，没什么，我看看跟我那双是不是一家店的，我那双放家里了。"刘俊卿这时候说起谎来，已经脸不红心不跳了。

这时候，一名跑堂的把子鹏的点心送来了。子鹏给了钱，跑堂要把零头还给他，子鹏手一挥，懒懒地说："不用了，你留着吧。"跑堂满脸堆笑，说着感激的话走了。子鹏推开饭碗，吃起点心来，那些点心的样子很精美，可以想像，味道也一定很好。看看子鹏吃的，再看自己碗里的饭菜，刘俊卿顿时感到口里的食物有些难以下咽了。

子鹏留意到了他的神情，赶紧把点心挪了过来，请他一起吃。

刘俊卿客气了几句，还是没能抵抗住美食的诱惑，但又好面子地说："那，下次我请你。"

从食堂出来，刘俊卿直接出了学校，正要转弯，却看到父亲的臭豆腐摊子摆在对面的街角。他走过去，左右飞快地瞟了一眼，压低了声音说："爸，你怎么又把摊子摆到这儿来了？南门口那边摆得好好的，怎么我一进一师，你就非天天摆到校门口来？"

"俊卿啊，哦，我这就走，这就搬到南门口去。"看着儿子，刘三爹满脸歉然，赶紧收拾摊子。

“爸，不是……我那个……我有件事……”犹豫了一会儿，刘俊卿终于还是开了口，“爸，你……你有钱吗？”

刘三爹最怕听见的就是这句话，但他还是把秀秀的工钱全部拿出来给了儿子。

刘俊卿揣着钱，飞快地跑到南门口的大昌鞋店，他看到中央柜台里，展示着一行皮鞋，当中最亮的一双与子鹏那双正好完全一样。

看到刘俊卿的目光落在了那双皮鞋上，擅长察言观色的伙计忙凑过来说：“识货！瞧瞧，这位少爷就是识货。这是上海新款，英国老板的鞋厂做的，全省城的少爷都抢着买呢。要不，您拿双试试？”

刘俊卿努力端着矜持，微一点头：“那就试试吧。”

“好嘞。”伙计边拿鞋边冲旁边的小学徒，“给少爷上茶。”

试好了鞋，伙计接过刘俊卿递来的一叠银圆，忙不迭地收拾起刘俊卿换下来的布鞋，装进皮鞋盒：“多谢少爷。换下来的鞋，我叫人给您送府上去？”

“不必了，我自己拿就可以了。”刘俊卿赶紧回绝，他的家哪里称得上是府呢？但接过鞋盒，他却站着没动。伙计问：“少爷，还有事啊？”

“那个……”刘俊卿憋了一下，这才说，“好像还要找钱吧？”

“哎哟，您瞧我这记性！”伙计抬手给了自己一巴掌，“对不起，对不起，忘了忘了。”他赶紧找出几枚铜圆和一枚铜板递了过去。刘俊卿接过钱，犹豫了一下，又把那一枚铜板放回到伙计手中。学着子鹏的样子，他尽量自然地一挥手，说：“这是赏你的。”

迈着方步，刘俊卿穿着崭新的皮鞋跨出了鞋店。店内，打量着手里那枚轻飘飘的铜板，伙计职业化的笑容一扫而空，瘪着嘴随手把铜板扔给一旁的小学徒，不屑地说：“去，什么他妈破少爷，伺候了半天，就他妈一个铜子！给，归你了！”

一道闪电，划过乌云翻滚的天空，轰然一声，惊雷骤起，大雨滂沱。刘俊卿穿着崭新的皮鞋踏过雨点四溅的街道，顶着雨飞跑到一间茶叶店的屋檐下。大雨倾盆，雨点打在地上，水滴不断溅到他崭新的皮鞋上，他有些心痛，想了想，蹲下，准备解开鞋带把新皮鞋换下来。恰在这时，赵一贞背着书包，顶着雨，顺着屋檐跑了过来。刘俊卿突然蹲下，挡住了她的路，两个人一下子险些撞上，都吓了一跳。

“哟，对不起。”刘俊卿赶紧站起，就在这一刹那间，他的心怦然而动，眼前明亮如彩虹高挂，那是湿淋淋的赵一贞，清秀而水灵。一贞读出了刘俊卿眼里的炽热，娇羞地躲开了刘俊卿的目光。

店里的赵老板看见了女儿，叫道：“一贞，还不快回来？哎呀呀，你看看你这一身水，快擦擦，快擦擦。”一贞进了屋接过毛巾后，他又把一张货单递给一贞，说：“我先进去吃饭了，你看着店。这上面的几样货，都是客人订好了的，下午就会来拿，你赶紧包一下。弄漂亮点啊，人家要送礼的。”

赵老板走后，一贞对着货单，收拾着包装茶叶的东西。几个竹编礼品盒放在货架最上面，一贞搬来凳子，脱鞋站上去，尽量伸手够着。她的脚用力踮起，打湿的衣裙贴着努力伸展的身体，露出了雪白的小腿，把屋檐下的刘俊卿看得都痴了。似乎是感觉到了某种异样，一贞一侧头，正碰上了刘俊卿痴痴的目光，慌乱中，哗啦一声，货架顶上的礼品茶叶盒摔了一地！

“怎么回事?”里屋的布帘一掀，赵老板端着饭碗冲了出来，一看，火气腾地上来了，把饭碗往柜台上“砰”地一搁，对着女儿骂道，“你搞什么名堂?一点小事都做不好！这盒子一个多少钱你知不知道?”

“养你吃，养你穿，供你念书还不够，还一回家就摔东西！你以为这点小生意供你供得容易啊?”女儿已经在道歉了，赵老板还是不依不饶，端起饭碗，吼了一声，“还不赶紧收拾?”

赵老板重新进了屋后，一贞忍着眼泪，默默地收拾着地上的礼品盒。刘俊卿捡起掉在店门口的盒子，递到她面前。迎着刘俊卿满是安慰与同情的目光，一贞接过盒子，慌乱地低下了头，怯怯地招呼他进来躲雨。刘俊卿喜出望外地退进店里，坐在一贞递过来的凳子上。一贞躲开了刘俊卿的目光，背着他包扎茶叶礼品盒。刘俊卿的目光，却始终没有离开过一贞灵巧的双手。

赵老板出来换赵一贞进去吃饭。赵一贞的身影已经看不见了，刘俊卿的目光还停留在通往里间的晃悠悠的门帘上。直到赵老板挡住了他的视线，提醒他说雨停了，他才起身不好意思地告辞。

二

“毛泽东。”捧着大堆信件和报纸的校役叫住了正趿着一双破布鞋，端着饭碗边走边吃的毛泽东，“你的报纸，还有你的一封信。”

毛泽东接过校役递来的报纸和信，看到信封上是毛泽民那稚嫩的字体，落款却标着“母字”，一看就知道是母亲口述、弟弟抄写的，忙把饭碗随手往旁边的窗台上一放，赶紧拆开信读起来：“三伢子，收到你的信，晓得你考了个好学堂，碰上了好先生，妈妈真是好高兴……你爹爹白天还硬起脸，不肯看你的信，其实晚上一个人偷偷起来躲着看，还生怕被我看见了……你在学堂里要好好念书，不要记挂家里，家里爹爹、妈妈、弟弟、妹妹都好……读书辛苦，要注意身体。有什么难处就写信回来，妈妈给你想办法。没有时间，就不要想着回来看我，妈妈不要你看，只要你把书读好，就是对妈妈最大的孝顺……”

缓缓地收起家信，毛泽东将信放进了贴身的口袋，拿起报纸和饭碗，刚一转身，却发现杨昌济与黎锦熙正站在他面前。两位老师打量着他，目光都落在了他那双打眼的破布鞋上。

黎锦熙笑道：“润之，报纸呢，是越订越多，这双鞋呢上个月就说换，怎么到现在都还没换呀？也该换换了吧？”

毛泽东不好意思地摸了摸脑袋说：“上个月……后来忘记了。杨老师，黎老师，我先走了。”

“等一下。”他刚走出两步，杨昌济叫住他，把一块大洋递到了他面前，说：“书要读，报要看，鞋也不能不穿吧？趁中午，赶紧去买一双。”看毛泽东站着不动，黎锦熙拉了他一下，说：“拿着吧，还讲客气？”

接过钱，毛泽东一时也不知该说什么好。站在原地看两位老师走远了，他赶紧收拾好报纸和碗筷，跑出去买鞋。

大昌鞋店，伙计一听毛泽东连四毛一双的布鞋都还嫌贵，满脸不乐意地抱怨：“我这儿可是大昌，不卖便宜货。再要少，路边摊上买去。”毛泽东悻悻地向店外走去，在熙熙攘攘的叫卖声中，拖着一双破布鞋走在青石板街面上。这时街边，一个妇人正叫卖着：“布鞋，上好的布鞋，一毛五一双。”毛泽东径直向鞋摊方向走去。但他的脚步却没停在鞋摊前，而抢前几步，停在了一块招牌前。那正是观止轩书店的广告牌，上面开列着一系列新书消息。“《西洋伦理史论》？”毛泽东的眼睛亮了，转身进了观止轩书店。

书架的两边，各有一双手正从相反的方向对准了相邻的两本书：一只纤纤小手放在了《伦理学原理》上，一双粗壮的大手放在了《西洋伦理史论》上。两个人在抽出书的同时，都发现了对方，毛泽东先惊呼了一声：“哎，是你啊？”斯咏暂时却还没把毛泽东认出来，她只是有些疑惑地望着这个似曾相识的人。

“不记得了？上次，就在这里，那本书——你后来还送给我了。”毛泽东提醒她说。“哦——对对。”斯咏打量着毛泽东，目光落在那双鞋上，“你这双鞋修修补补的还在穿啊？”

“上次那本书我已经看完了，你看什么时候还给你？”毛泽东看了看自己的鞋，不好意思地笑笑，边翻着手里的书边问。“我不是送给你了吗，还还什么？”“还是要还喽，哪有白拿你的道理？”毛泽东不好意思地说。

“那——下次有机会再说啰。”“也好。哎，你买什么书呢？”斯咏把手里的书一亮，毛泽东看了看封面，说，“《伦理学原理》？哦，德国泡尔生的。我们发过课本，课还没开，不过我已经看完了。”

斯咏看看他，吃惊地问：“你在读书啊？”“第一师范。你呢？”“我在周南。”斯咏犹豫了一下，问道，“哎，你是第一师范的？你贵姓啊？”

“姓毛，毛润之。”斯咏顿时心里一热，试探问道：“你们第一师范有几个姓毛的？”

“好儿百学生，我怎么知道？哎，你叫什么？”看看斯咏翻开的课本露出的姓，毛泽东叹道，“陶斯咏？好名字啊，喜斯陶，陶斯咏，取得喜庆。”

“你也知道这个典故？”斯咏惊疑说。“出自《礼记·檀弓上》嘛，‘喜则斯陶，陶斯咏，咏斯犹，犹斯舞。’你这个人，一辈子都会开心得连唱带跳喽！”

说着话，毛泽东拿着书，来到柜台前，用杨昌济给他的那块大洋付了书钱。正要出门，才发现二人说话的时候，外面下起了大雨，雨顺着瓦当落下来，仿佛给大门挂上了一道水帘。毛泽东一展胳膊，满不在乎地说："哈哈，人不留客天留客啊！"

斯咏没料到他会这样想得开，很意外地问："你还蛮高兴啊？"

"天要下雨，你又挡不住，还不由得它下？"毛泽东回头叫道，"老板，拿条凳子来坐好不？"伙计提来了一条凳子，毛泽东接过就要坐，看看斯咏，觉得还是不妥，把凳子递过来请斯咏坐下，然后又问老板要。老板回答只有那一条，毛泽东只得在斯咏身边蹲了下来。

雨如珠帘，洒在屋檐前。斯咏忍不住伸出手，任雨打在手上，感受着那份清凉。毛泽东学着她的样子，也把手伸进雨中。两个人看看自己，再看看对方，突然都笑了起来。这一笑，彼此之间便没有了生疏的感觉，说起话来也轻松多了。

"要说写下雨，苏东坡那首《定风波》绝对天下无双！你听啊：莫听穿林打叶声，何妨吟啸且徐行。竹杖芒鞋轻胜马，谁怕，一蓑烟雨任平生……"指点雨景，吟起苏词，毛泽东兴致盎然。

斯咏揭短道："人家那是下小雨。"

"大雨小雨还不是一回事，反正是写下雨的。"

"那怎么会一样？下大雨不可能这么悠闲。"

"倒也是啊。真要下这么大的雨，苏东坡还会'徐行'？他肯定跑得比兔子还快。"

毛泽东这句话把斯咏逗乐了，她嗔怪道："正说也是你，反说也是你。"

"不服气你来一首，得跟下雨有关啊。"

明明知道毛泽东在激将她，斯咏还是大方地说："来就来，李清照的《如梦令》，昨夜雨疏风骤，浓睡不消残酒。试问卷帘人，却道海棠依旧。知否知否，应是绿肥红瘦。怎么样，比你的有意境吧？"

"光有意境，内容软绵绵的，还是没劲。你听这首，杜甫的《春夜喜雨》，好雨知时节，当春乃发生。随风潜入夜，润物细无声——由雨而遍及世间万物，比你那个意境开阔得多吧？"

"诗词嘛，讲的是内心的感受，未必非要遍及世间万物才好。"斯咏争辩道。

雨声潺潺，两个人对吟相和的声音一来一往，仿佛融入这纯净的雨中，成了其中的一部分。

"伐木丁丁，鸟鸣嘤嘤。出自幽谷，迁于乔木。嘤其鸣矣，求其友声。"毛泽东得意洋洋，"我又赢一盘！怎么样，三打三胜了啊。"

斯咏说不过毛泽东，耍着小性子："你厉害，行了吧？不跟你比了。什么嘤其鸣矣，没意思。"

"怎么会没意思呢？《诗经》里头，我最喜欢的就是这一句了。你看啊，空谷幽幽，一只寂寞的嘤鸟在徘徊吟唱，啊，天地之大，谁，能成为我的知音？谁，能成为我的朋友？谁，能懂得我的心，能跟我相应相和？”吟到高兴处，他拖着破布鞋，手为之舞，足为之蹈，完全陷入了诗的意境中。

望着毛泽东，斯咏突然扑哧笑了出来。

毛泽东问：“哎，你笑什么？这首诗未必好笑啊？”

“诗倒是不好笑。我就是在想，你那个空谷，是不是在非洲啊？”

“中国的诗，怎么又扯到非洲去了？”

“要不是在非洲，”斯咏上下打量着毛泽东，“哪来那么大的一只鸟，你以为中国也产鸵鸟啊？”

毛泽东的诗兴一下子被打断了，无奈地说：“你看你这个人，一点都不配合别人的情绪。真是对牛弹琴。”看到斯咏不高兴了，毛泽东赶紧弥补道：“开句玩笑嘛，这也当真？这世上哪有你这种身材的牛嘛？”

“没错，蠢牛都是那些又高又大的家伙！”斯咏扭开头，过了一会儿，没听见毛泽东的声音，又扭头看去，却见毛泽东正笑嘻嘻地看着她。佯嗔着的斯咏也忍不住笑了，对着毛泽东又说了一句，“蠢牛！”

“雨小了，该走了。我下午还有课，等不得了。再说这点雨，无所谓了。”打量着雨，毛泽东卷起了裤管，又把那双破布鞋脱了下来，拎在手里，转身，把刚脱过鞋的手伸向斯咏，“很高兴认识你。”

看到斯咏盯着自己的手不动，毛泽东这才反应过来，赶紧把沾有污水的手往衣服上擦了几把，再次伸来，说，“对不起呀，没注意。”

两个人握了握手，毛泽东说：“下次有空，我们再聊，到时候我把书还给你。再见了。”说完便冲进了雨中。

望着毛泽东远去，斯咏不禁自言自语，“下次？一没时间二没地点，哪来的下次啊？这个人！”

三

刘俊卿不舍地往前走去。地上，到处是积水，他找了个靠墙的地方，脱下皮鞋，换上了布鞋，小心地选着水少的地方落脚，向一师走来。眼看快到校门口了，他犹豫了一下，又躲到墙边，取出了皮鞋，掏出手帕，仔细地擦了擦，才穿上。崭新的皮鞋踏在地上，和穿布鞋的感觉就是不一样。刘俊卿昂着头，迈着方步，向学校走来。

随着一声“落轿”，袁吉六一抖长衫，气派十足地下了轿。一旁，黄澍涛等人的轿子刚好也到了。二人互相抱着拳，走进校门。放眼看去，接送老师的轿子成了堆，众先生个个衣冠楚楚，一看就都是有身份的人。

毛泽东光着双脚，提着那双破布鞋，正好也在这个时候跑了进来。刘俊卿心情很好，主动招呼道：“润之兄。”毛泽东随口答应着，看都没看刘俊卿的新皮鞋，自顾自地跑上台阶，抖着衣服放裤管。刘俊卿不禁有些失望，还好子鹏与蔡和森也正走来，他又来了精神，改变方向走向子鹏，不料此时身后正好有个中年人边抖蓑衣边走来，与他撞在了一起，中年人沾满泥水的草鞋踩在了刘俊卿闪亮的皮鞋上。

“哎哟，对不起，对不起，一下没注意，对不起了。”中年人不好意思地说。

看到崭新的皮鞋被踩上了几道泥水印，刘俊卿的眉头顿时皱了起来，他打量了一眼中年人，一身陈旧的土布短褂，卷着裤管，穿着草鞋，提着蓑衣，身上到处是水，脸上赔着憨厚的笑，一看就是个老实巴交的农民，顿时很不高兴地吼道：“搞什么名堂你？长没长眼啊？我这可是新鞋，上海货，弄坏了你赔得起吗？”

“真是对不起，你多原谅……”中年人憨厚地继续道歉。

刘俊卿却还是得理不饶人：“我不管，你给我弄干净！”

“刘俊卿，你至于吗？人家又不是故意的。”毛泽东看不下去了，回头来为中年人打抱不平。

刘俊卿对他怒目相向：“不是你的鞋，你当然不心疼。”

“也不过就是双鞋，又不是你的命！”

“你以为这是你那双破鞋啊？穿不起就别在这儿摆大方！”刘俊卿挖苦毛泽东，又冲中年人吼道，“你到底擦不擦？”

蔡和森也看不过了，劝说道：“刘俊卿，何必呢？回去自己擦一下算了嘛。”

“关你什么事？要你多嘴！”

子鹏也来打圆场：“算了算了，我借你手帕……”

毛泽东一把拉过子鹏，说“莫借给他，让他自己擦！还不得了啦！”

“毛泽东，我可没想惹你啊！”刘俊卿觉得毛泽东真是多事。

毛泽东偏偏就是个不怕事的主，把腰一挺，冲着刘俊卿嚷嚷道：“那又怎么样？”

眼看几个学生要吵起架来了，中年人赶紧插话说：“算了算了，都是我惹出来的事，我擦干净，好不好？”他蹲下去，抓着衣袖来给刘俊卿擦鞋。

“哎，我说，你何必……”毛泽东还想阻止，中年人却带着一脸息事宁人的笑，温和地说，“算了，不就是擦一下吗？擦干净就什么事都没有了。”

他用衣袖擦着皮鞋上的污水，刘俊卿伸着脚，一动不动。毛泽东实在看不下去，向刘俊卿重重地哼了一声，转身就走。

中年人直起身问刘俊卿：“你看看擦好了吗？”

众目睽睽下，刘俊卿似乎也感到了自己有些过分，他放缓了口气：“算了吧，下次小心点。”

走进大楼的毛泽东又回头瞪了外面的刘俊卿一眼，他刚往里走，迎面，却站着杨昌济。看看老师的目光停留在自己拎在手里的破鞋和另一只手上的书上，毛泽东不由得不好意思起来，低下了头。

杨昌济问他：“又买了什么书？”

“《西洋伦理学史论》。”

“哦。”杨昌济接过书，翻了翻定价：“不便宜嘛！”

“本来我是去买鞋的，路上经过书店，没注意就……”他解释不下去了，摸了摸脑袋。望着他，好一阵，杨昌济才把书递了回来，不动声色地说：“要上课了，别耽误了。”望着毛泽东光脚跑去的背影，杨昌济微微地点了点头。

毛泽东进了综合大教室里，才坐好，就看见方维夏进来了。他上了讲台，扫视了一眼台下的全体新生，说：“各位同学，从今天起，大家将开始一门新的课程——教育学的学习。教育学是我们师范生的专业主课，也是学校非常重视的一门课程，为了开好这门课，学校专门聘请了长沙教育界著名的教育学权威——徐特立先生为大家授课。”

台下的学生们精神一振，不少人小声议论了起来，徐特立的名字显然大家都听说过。方维夏继续说：“徐先生是长沙师范学校的校长，也是省议会副议长，能于教务与政务之百忙中接受聘请，为大家来授课，是我们第一师范的光荣，也是各位新同学的荣幸。下面，让我们用热烈的掌声，欢迎徐特立老师！”

掌声如雷，人群中，刘俊卿更是从听到“副议长”的头衔起就激动得两眼放光。他鼓掌的手突然僵住了。从门外进来的，竟是方才在大门口为他擦鞋的那个中年“农民”，他的袖口上，还带着擦鞋留下的污印。

“同学们，”徐特立走上讲台，声音洪亮，“你们都是师范生，以后呢，都将成为小学教师，教育学就是教大家怎么做一个合格的教师。今天，我不打算给大家讲课，课本上的知识，留待今后。现在我们一起去参观一次小学教育，以便大家对今后要从事的职业有一个直观的认识。参观之后，回校分组讨论，各写一份参观心得，这就是我们的第一课。好，全体起立，跟我出发。”

他干净利落地说完，大步就往外走。学生们纷纷跟了上来，这样的教学方法显然让大家颇觉新鲜，毛泽东拍拍蔡和森：“哎，这老先生有点意思啊。”蔡和森微笑着点点头，落在最后的刘俊卿却脸色惨白。

四

足球场上，一场球正踢得热火朝天。学生们的球技显然大都不怎么样，却吆喝喧天，一个个大汗淋漓，只有易永畦一个人坐在场边，看守着大家堆放在一起的衣服、鞋子。

简易的木框球门前，毛泽东大张双手，正在守门。萧三一脚劲射，毛泽东腾空跃起，一脚将球踢开，他身手虽快，动作姿势却并不漂亮，摔了个仰面朝天。那只修补过的布鞋嘶的又撕裂了，随着球一道飞出了场外。一片笑声中，易永畦赶着给毛泽东捡回了鞋，毛泽东却示意不必，他索性脱了另一只鞋，光脚投入了比赛。拿着毛泽东的鞋，易永畦仔细地端详起那个破口子。

黄昏的余光透过八班寝室的窗户，照在一双单瘦苍白的手上，这双手正吃力地用针线缝补着毛泽东那只裂了口子的布鞋。透过厚厚的近视眼镜，易永畦的神情是那样专注。

“砰砰砰”，平和的敲门声传来。“请进。”易永畦抬起头，突然一愣，赶紧站起身来。走进门来的，正是杨昌济，他打量了一眼空荡荡的寝室，问：“怎么，毛泽东不在吗？”

“您找润之啊，他这会儿肯定在图书馆阅览室，他每天这个时候都去看书，不到关门不回来的。”

“是吗？”杨昌济点了点头，目光落在了毛泽东床头那张已经泛了白的姓名条上，“这是他的床吧？”

“对。”

杨昌济审视着毛泽东的床和桌子，床上，是简单的蓝色土布被褥，靠墙架着的一块木板上重重叠叠堆着好几层书，把木板压成了深深的弓形，还有不少书凌乱地堆在床头床尾，整张床只剩了勉强可容身的一小半地方。桌子上，同样层层叠叠堆满了书和笔记本，到处是残留的蜡烛痕迹和斑斑墨迹。一张摆在桌面上的报纸吸引住了杨昌济的目光，这是一张《大公报》，报纸却显得特别小了一号，杨昌济拿起来一看，才发现报纸被齐着有字的部分裁过，天头地脚都不见了。

“这是怎么回事？”杨昌济显然有些不解，“怎么把报纸裁成这样？”

“哦，这是润之自己裁的。”

杨昌济这才注意到床边的另一叠报纸，这些报纸同样裁去了天头地脚，每张报纸上却都钉着一叠写了字的小纸条，可以看出正是用报纸的天头地脚裁成的。

易永畦解释着：“润之读报有个习惯，特别仔细，不管看到什么不懂的，哪怕是一个地名，一个词，只要以前不知道的，他都要马上查资料，记到这些裁下来的纸条上。所以呀，我们都叫他‘时事通’，反正不管什么时事问题，只要问他，没有不知道的。”

翻着钉在报纸上的一张张小纸条，杨昌济问：“可是，裁报纸多麻烦！为什么不另外用纸记呢？”

“那个，”易永畦犹豫了一下，“白纸六张就要一分钱……”

“哦。”杨昌济明白了，他点了点头，目光落在了易永畦手中那只正在补的布鞋上，问，“这是他的鞋吧？”

“对，润之他就这双鞋，早就不能穿了，他又不会补，我反正以前补过鞋……就是鞋太旧了，补好了只怕也穿不了几天。”

拿过那只补了一半的鞋，杨昌济伸手大致量了一下长短，突然笑了：“嗬，这双脚可够大。”

易永畦憨厚地笑着，他自己的脚上，那双布鞋同样打着补丁，旧得不成样了。

杨昌济一路想着易永畦说毛泽东的话，来到一师阅览室时，天色已经暗下来了，他进去时却发现一枝蜡烛摆在桌上，并没有点燃，毛泽东正借着窗前残余的微弱光线在看书。他的面前，是摊开的辞典和笔墨文具，他不时停下来，翻阅资料，核对着书上的内容。

杨昌济划燃了火柴，微笑着点燃了那支蜡烛，对毛泽东说："光线这么差，不怕坏眼睛啊？"

毛泽东一看是杨老师，想站起来，杨昌济拍着他的肩膀，示意他坐下继续看书。毛泽东看看老师刚刚给自己点燃的蜡烛，说："我觉得还看得清，再说天真黑了，学校也会来电。"

杨昌济拿起毛泽东面前那本书，看了一眼，正是《西洋伦理学史论》，问道："你好像对伦理学很感兴趣？来，说说看。"

毛泽东大胆地说："世间万事，以伦理而始，家国天下，以伦理为系，我觉得要研究历史、政治及社会各门学科，首先就要掌握伦理学。"

杨昌济翻着书，又问："那，你对泡尔生说的这个二元论怎么看？"

"泡尔生说，精神不灭，物质不灭。我觉得很有道理，精神和物质，本来就一回事，一而二，二而一，正如王阳明所言，心即理也。"

"你再具体说说你的感想。"

"对。世界之历史文明，本来就都存在于人的观念里头，没有人的观念，就没有这个世界。孟子的仁义内在，王阳明的心即理，和德国康德的心物一体，讲的都是这个道理。可谓古今中外，万理一源。"

"你是在想问题，带着思索读书方能有收获。"杨昌济笑了，放下书，站起身来，说："好了，你先看书吧，我不打搅你了。"走出两步，他又转头："对了，明天下了课，记得到我办公室来一趟。"

走出阅览室，杨昌济的脚步停在了门外。静静地凝视着里面那个专心致志的身影。秋风掠过，杨昌济拉紧了西服的前襟。他的目光落在了毛泽东的凳子下，那双光着的大脚上，只穿着一双草鞋，却似乎全未感觉到寒冷的存在。

从阅览室回到寝室，毛泽东洗脚准备休息了，可他的大脚从洗脚的木盆里提了出来，擦着脚上的水，眼睛却始终没有离开面前的书。一双手无声地移开了木盆旁的草鞋，将那双补好了的布鞋摆在了原处。毛泽东的脚落在鞋上，才发现感觉不对，一抬头，眼前是易永畦憨厚的笑容。毛泽东拿起鞋一看，愣住了。易永畦微笑着，向他点了点头，轻轻退回了自己的铺位。烛光下，凝视着重新补好的鞋，毛泽东一时间也不知是什么心情。

第二天，在办公室里，杨昌济把厚厚的一大本手稿放在毛泽东面前，对他说："昨天我看见你读那本《西洋伦理学史论》，那本是德文原著，蔡元培先生由日文转译而来，一则提纲挈领，比较简单；二则屡经转译，原意总不免打了折扣。我这里正好也译了一本《西洋伦理学史》，是由德文直接译过来的，你如果有兴趣，可以借给你看看。”

毛泽东喜出望外：“真的？那……那太谢谢老师了！”

“这可是手稿，只此一份，上海那边还等着凭此出书，你可要小心保管，要是丢了，我的书可就出不成了。”

“您放心，弄丢一页，您砍我的脑壳！”

毛泽东抱着书稿站起身，正要出门，却又听到杨昌济在喊他：“等一下。”然后，把两双崭新的布鞋递到了毛泽东面前。

“我可不知道你的脚到底多大，只是估摸着买的。你这个个子，这鞋还真不好买。”

拿着鞋，毛泽东一时真不知说什么好。他突然深深给杨昌济鞠了一躬：“谢谢老师！”

第七章 修学储能

一个年轻人走进学校的目的是什么？是学习知识，更是储备能力。孔子曰：‘质胜文则野，文胜质则史。’就是说，一个人如果光是能力素质强，而学问修养不够，则必无法约束自己，本身的能力反而成了一种野性破坏之力；反过来，光是注重书本学问，却缺乏实际能力的培养，那知识也就成了死知识，学问也就成了伪学问，其人必死板呆滞，毫无价值。修学与储能，必须平衡发展，这是求学之路上不可或缺的两个方面。

一

“空山新雨后，天气晚来秋。”站在一师大门口，一身日本式的文官装束的纪墨鸿，打量着一师院内还带着雨水的参天大树、翠绿草坪，感慨颇多，“城南旧院，果然千年文华凝聚之地，气度不凡啊。”

孔昭绶和方维夏、黎锦熙等人陪在他的身边，听到他的这番感慨，礼貌地说：“纪督学客气了。督学大人代表省府，莅临视察，故我一师蓬荜生辉。”三人一路寒暄，向校内走来.

综合大教室里，人声鼎沸，一片热闹，学生们各自扎成一堆，热烈地讨论着，许多凳子都被抽乱，组成了一个个小组，连徐特立也挤在毛泽东这组学生中，和学生争辩着。教室门口，纪墨鸿望着眼前乱糟糟的样子，眉头拧得紧紧的，一副看不下去的样子。孔昭绶感觉到了他的不满，走上讲台，提高了嗓子大声说：“各位同学，请安静。特立先生，介绍一下，这位是省教育司派来的督学纪墨鸿先生，今天前来视察一师。”

学生们这才发现校长等人来了，赶紧安静下来，各自坐好。不等徐特立开口，纪墨鸿抢先拱手作揖：“哎哟，是徐议长啊，久仰久仰。”

徐特立淡淡地说：“纪督学客气了，这里没有什么徐议长，只有教书匠老徐。”孔昭绶问：“纪督学，既然来了，是不是给学生们训个话？”

纪墨鸿赶紧摇手：“有徐议长在，哪容得卑职开口？”徐特立说：“在这里，我是老师，你是督学，督学训话，职责所在嘛！”

“纪督学，您就不用客气了。”孔校长宣布：“各位同学，今天，省教育司督学纪墨鸿先生光临本校视察，下面，我们欢迎纪督学为大家训话。”

他带头鼓起掌，掌声中，纪墨鸿一脸的迫不得已，向徐特立赔了个谦恭笑脸，这才整整衣冠，上了讲台。

“各位青年才俊，在下纪墨鸿，墨者，翰墨飘香之墨，鸿者，鸿飞九天之鸿。墨鸿今日能与诸位才俊共聚一堂，深感荣幸。所谓训话二字，愧不敢当，不过借此机会，与诸位做个读书人之间的交流而已。这个读书二字，是世间最最可贵的了，何以这么说啊？书，它不是人人读得的，蠢人就读不得，只有聪明人才读得书进。所以这世上的读书人，都是聪明人，列位就是聪明人嘛……”

台下，萧三忍不住跟毛泽东嘀咕了一句：“他不如照直讲，他这个人最聪明。”毛泽东一笑，他显然对这番话也极不以为然。

“古人云：书中自有颜如玉，书中自有黄金屋。读了书，人自然就有大好前程，不然还读什么书呢？”纪墨鸿说得兴致勃勃，“所以，孔子曰：学而优则仕。就是说书读好了，政府才会请你去做官，你也才能出人头地，做个人上人啊！当然了，我不是说只有当官才有前途，打个比方，打个比方而已，但道理就是这个道理。”

一下午无精打采的刘俊卿这时听得聚精会神，眼睛都望直了。蔡和森、萧子升等人却都露出了听不下去的神情，毛泽东则索性抽出一本书，翻了起来。

“总之一句话，学生就要以学为本，好好读书，认真读书，不要去关心那些不该你关心的事，不要去浪费时间空口扯白话，多抽些时间读点书是正经。以后，你就会晓得，那才是你的前途，那才是你的饭碗。纪某是过来人，这番话，句句是肺腑之言，不知各位听到心里去没有？”

台下，鸦雀无声中，突然传来了很清晰的一声翻书声——毛泽东哗啦翻过一页书，看得旁若无人。纪墨鸿不禁一阵尴尬，面露愠色。孔昭绶也愣了一下，一时又不好提醒毛泽东，不知如何是好，场面一时尴尬起来。安静中，刘俊卿突然带头鼓起掌来，这一下总算带起了一些掌声。纪墨鸿的尴尬总算有了下台的机会，僵住的笑容渐渐绽开。“嘿嘿，多谢，多谢多谢。”他团团抱拳，留意地看了为他解围的刘俊卿一眼。

送走纪墨鸿，黎锦熙来到校长室，仰头喝了一大口水，长吐了一口气：“唉呀，总算是走了。”“总算？”方维夏苦笑了一下，“人家可没说以后不来了。”

办公桌后，孔昭绶神情疲惫，他揉着自己的眉心，强打精神说：“维夏、锦熙，你们两个安排一下，尽快把这间校长室腾出来，再买几件像样的家具。还有，做一块督学办公室的牌子，记住，比校长室的这块要大。”

黎锦熙愣住了：“校长，您还真给他腾办公室？”“全校就我这间大一点嘛。我无所谓，随便换间小的就是。”

方维夏不解地问：“校长，他纪墨鸿不过是个督学，帮办督察而已，又不算什么真正的上司，不至于吧？”

“这不是官大官小的问题，有的人哪，只要还能管到你一点……”孔昭绶没有继续往下说，只摆了摆手，“就这么办吧。”方维夏、黎锦熙无奈地看了一眼。

二

因为上次“鼓掌解危”时，纪墨鸿曾刻意用嘉许的目光多看了刘俊卿几眼，所以，几天后，一听说纪墨鸿搬进了督学办公室，敏锐的刘俊卿立即将自己精心写的一篇心得呈交了上去。

纪墨鸿看了文章，微笑着说：“嗯，文章写得不错嘛。你怎么会想起写这篇心得给我呀？”

刘俊卿毕恭毕敬地回答：“上次听了督学大人的教诲，学生激动得一晚上都没睡着觉。只有好好读书，才有大好前程，这个道理，从来没有人像大人说得那么透彻，真是句句说到学生的心里去了，学生有感而发，故此写了这篇心得，聊表对大人的高山仰止之意。”

纪墨鸿满意地点了点头，亲切地说：“好了好了，你也别张口大人闭口大人的，这里是学校，纪某也是读书人，没有那么多官架子，你以后，就叫我老师吧。以后有空，多到我这儿坐坐。我呀，就喜欢跟你这样聪明上进的学生打交道。”

刘俊卿低声唱着歌激动地从督学室内出来，一下子觉得整个身心从没有这样轻松过，头顶的天空也从来没有这样辽阔过。他一扫往日的沉郁，中午放学后，与子鹏有说有笑地结伴去食堂。食堂里，人流来往，喧闹非常，墙上木牌上仍然是老几样：茄子、南瓜、白菜……最好的不过是骨头汤。他俩一进去，就看见徐特立一身布衫草鞋，端着个大碗，排在一列学生队伍的最后面。刘俊卿一捅子鹏，夸张地说：“哎，看看看，徐大叫花又来了。”

子鹏拉了拉他，低声说：“你怎么这么叫老师？”“都这么叫，又不是我一个人。本来嘛，教员食堂一餐才一毛钱，他都舍不得去，天天到这里吃不要钱的，不是叫花是什么？”俊卿哼一哼说。

两人打了饭菜坐下来。刘俊卿用筷子拨着碗里的饭菜，一脸不满地抱怨：“搞什么？天天就这点萝卜白菜！”子鹏苦笑着说：“味道是差了点。”

“差了点？简直就是猪食！”刘俊卿说着把筷子一撂，抬眼看其他同学：食堂里，年轻人的胃口个个好得惊人，一桌桌学生都大口大口吃得正带劲。与学生们一桌吃饭的徐特立刮尽了碗里的饭，起身到开水桶前，接了半碗开水，涮涮碗，一仰脖喝下去，抹抹嘴，一副心满意足的样子。刘俊卿咽了一口唾液，站起身来说，“我去打两杯水过来。”

这时秀秀忽然提着食盒进来了。她站在门口满食堂四处张望，一时见到王子鹏了，快步走过来，打开食盒，边取出里面的菜边对少爷说：“太太怕您吃不惯学校的伙食，叫我做了几样您爱吃的菜送过来。”

“哇！阿秀，谢谢你了。”子鹏一看几乎要流口水了。

端着两杯开水的刘俊卿猛然看见妹妹，手一抖，滚烫的开水抖了出来，烫得他一弹。子鹏赶紧接过开水，捧着俊卿的手吹气。“没事没事……水不烫。”紧张中，刘俊卿目光闪烁，瞟了一眼秀秀，又赶紧躲开她的目光。一个“哥”字都到了嘴边的秀秀硬生生地收住了口，她从哥哥的表情上看出，他不希望自己在这样的场合招呼他。

子鹏掏手帕擦净了俊卿手上的水，说：“阿秀，这是我同学，刘俊卿，跟你同姓呢。俊卿，这是阿秀，在我家做事的。”

迎着秀秀的目光，刘俊卿挤了个笑容，低下头。子鹏却请刘俊卿和他一起分享家里带来的美食，刘俊卿答应着，仿佛为着躲开妹妹，他端起桌上那两碗学校供应的饭菜，逃也似的向潲水桶走去，哗啦一下，两碗饭菜被他倒进了潲水桶。

几个同学看见，诧异地看着刘俊卿，蔡和森一皱眉，忍不住站起，但想想又坐下了。秀秀的身子不禁微微一颤，跟子鹏说了一声送晚饭的时候再来收碗，就转身出去了。食堂外，回头远远地望着哥哥正和少爷一起吃饭的背影，哥哥脚上闪亮得刺眼的新皮鞋，两行眼泪从秀秀的脸上滑了下来。

吃过了饭，学生们纷纷回教室，杨昌济正在那里准备教案，这时毛泽东捧着那本手稿，送到了他面前。杨昌济看看面前的手稿，再看看毛泽东，没有伸手接，却微微皱起了眉头。他沉吟了一下，说道："润之，有句话，看来我得提醒你才行，读书切忌粗枝大叶，囫囵吞枣，这么厚的书，这么几天时间，你就看完了？这书中的精义，你难道都掌握了？"

"老师，您误会了，这本书我还没来得及认真看呢。"

杨昌济有点不高兴了，失望地说："还没认真看？那你就还给我？这本书不值得你看吗？"

"不是，书太好了，我才看了几页，就觉得太短的时间根本读不透书里面的内容，老师这部手稿又等着出书要用，所以……所以我抄了一份，打算留着慢慢消化。"

"你抄了一份？"杨昌济眼都直了，"十几万字，一个礼拜，你抄了一份？"

毛泽东点了点头。原来，就在杨昌济借书给毛泽东的那天下午放学后，毛泽东便跑去文具店花了他仅有的四毛八分钱，买回一大堆白纸和一块没有包装的低档墨，利用晚上寝室熄灯后，借着烛光往白纸订成的本子上抄录杨昌济的手稿。

杨昌济显然还有些难以相信："把你抄的给我看看。"

厚厚几大本手抄本摆上了毛泽东的课桌，杨昌济翻阅着抄本，整整七本用白纸简单装订的手抄本上，字迹虽有些潦草，却是密密麻麻，一字不漏。他看看毛泽东，眼前的学生带着黑眼圈，精神却看不出一点疲倦。杨昌济又翻开了摆在旁边的"讲堂录"，看到笔记本上，同样是密密麻麻的潦草的字迹，上面还加着圆圈、三角、横线等各种不同的符号，旁边见缝插针，批满了蝇头小楷的批语。他惊讶地问："这是你的课堂笔记？所有的课都记得这么详细？"

毛泽东回答说："一般社会学科的课我都记。"

"怎么还分大字小字，还有那么多符号？"

"大字是上课记的，小字是下课以后重新读笔记的心得，那些符号有的是重点，有的是疑义，有的是表示要进一步查阅……反正各有各的意思。"

杨昌济点了点头："你很舍得动笔啊。"

"徐老师说过，不动笔墨不看书嘛，我习惯了，看书不记笔记，我总觉得好像没看一样。"

杨昌济放下了讲堂录，看着毛泽东，似乎想说什么，却又没说出来。他抱起手稿和自己的备课资料，走出一步，又回头："对了，礼拜六下午你好像只有一节课吧？如果你愿意，以后礼拜六下了课，可以到我这儿来，只要是你感兴趣的内容，我给你做课外辅导。"

毛泽东问："礼拜六您不是没有一师的课吗？"杨昌济笑着说："以后有了，你的课。"

三

一样的周末，因为不一样的心境，这些同学少年各自品味着属于他们的青春滋味。

下午上完最后一节课，蔡和森归心似箭，回到了湘江西畔的溁湾镇刘家台子："妈，我回来了。"

正在吃饭的蔡畅蹦了起来："哥。"

葛健豪几乎是下意识地想盖住破木桌上的东西，然而蔡和森已经来到桌前，葛健豪的手又缩了回来。桌子上，是两碗几乎看不见米的稀粥，和两块黑糊糊的饼子。看看母亲和哥哥的神情，蔡畅也反应过来，拿着半块黑饼子的手藏向身后，但蔡和森已抓住她的手，将饼子拿了过来。他掰开饼子，碎糠渣子洒落在桌上。把那半块糠饼捏在手里，蔡和森坐在门边的石阶上，他慢慢地掰着，一口口细细地嚼着，嚼着。蔡畅蹲在他的身边，有些不安地观察着他的表情："哥，其实——糠饼子也挺好吃的，嚼久了，还有一股米饭比不上的清香呢。"

蔡和森没吭声，又掰了一块糠饼，放进口中。

"哥，你别这样了。火柴厂关门了，我和妈会找别的事做，我们不会总吃这个的。"懂事的蔡畅抱住了哥哥的膝盖，安慰哥哥说，似乎整天吃这饼的是蔡和森而不是她和妈妈。

"我知道。我只是想尝尝，尝尝这股清香而已。"蔡和森微笑着，抚了抚妹妹的头，"进屋睡吧，哥想一个人坐一会儿。"

蔡畅犹豫着站起身，看看哥哥，悄悄回房间去了。

残月当空，从乌云中探出，洒下浅浅的月光。蔡和森仰望着月亮，长长地吸了一口气，站起身来，走到墙角，掀开破草席。那只擦鞋的工具箱还静静躺在里面，蔡和森抹去箱子上的灰尘，清理着一件件擦鞋的工具。他抖了抖那块抛光的绒布，仿佛是在试探自己的手艺是否还熟练。

一只手无声地按在他的肩膀上，蔡和森猛回头，看到妈妈温暖而平静的目光正直视着自己。沉默中，葛健豪蹲下身子，接过绒布，抹去了剩下两件工具上的灰尘。"周末，其他时间不行。"关上鞋箱，站起身，葛健豪看着儿子的笑脸，理了理儿子的头发，说，"没有什么坎是人迈不过去的，只要我们一家人在一起，再难，天塌不下来。"

蔡和森用力点了点头。月光下，葛健豪抚着儿子的头，突然抱住儿子，在他额上亲了一下。

第二天上午，蔡和森背着擦皮鞋的箱子出了门。

而在周南中学的寝室里，斯咏正专心致志地在一本书扉页上题字。警予轻手轻脚地从后面摸上来，摸到斯咏身后，大喝一声："写什么呢？"

"吓死我了，干什么你？"斯咏吓了一跳，一把盖住书。

"看你写得那么认真，过来参观一下啰。写什么好东西，还遮着盖着？"

斯咏把书推了过来，警予一看，那是一本《伦理学原理》，书的扉页上写的是"嘤其鸣矣，求其友声"。

"嘤其鸣矣，求其友声？哎，你平时不是最烦《诗经》吗，怎么还抄这个？不就是有只鸟在叽叽喳、叽叽喳，想找只笨鸟跟它一块叫吗？很平常啊。呵呵，不会是有谁想跟你一块叫吧？"

斯咏不再理睬警予，把头埋在书里了。警予看看她，三下两下、干净利落地收拾起自己的书包，蹬蹬蹬一个人出了门。

"擦鞋吗，先生？又快又好……"蔡和森坐在街边擦鞋摊前，招揽着生意。远远的，一个正好经过的靓丽身影听到这熟悉的声音，走过来，停在了他的身边。蔡和森一抬头，站在面前的，居然是笑嘻嘻的向警予。

蔡和森愣了一下，才认出她来："嗨，是你啊。"

"老远就看到是你。又在摆摊呢？哎，对了，上次你去考了一师吗？"

蔡和森笑了笑，说："考了。"

"没考上？"

"考上了。"

"考上了？那你怎么还……"

"擦皮鞋是吧？没钱就来擦啰。"

"哦！勤工俭学。佩服佩服。"

"这有什么好佩服的？人要吃饭嘛。"

"话不是这么说，现在哪个学生拉得下面子干这个？只要考进个学校，一个个都好像上了天，恨不得把自己当文曲星供起来。像你这样的，我还真是第一次看见呢。"她在蔡和森身边蹲了下来，撑着下巴，盯着蔡和森："嗯，我呢，今天出来给家里寄信。现在信也寄了，回去呢，也没别的事。所以呢……"

蔡和森见她吞吞吐吐的样子，问："你到底想说什么？"

警予不容他回绝地说："你教我擦皮鞋！"

"哎！擦鞋擦鞋，擦皮鞋啰……"

警予敲打着鞋刷子，扯开嗓子吆喝着。路人们纷纷侧目——这么漂亮而穿着高档的小姐居然吆喝这个，着实令人吃惊。连蔡和森都觉得有点不自然了，他推了推警予让她小声点，提醒她说别人都在看她呢。警予却敲得更起劲了，声称做生意嘛，就是要招人看呀。继续用更大的声音吆喝着："来来来，哪位擦皮鞋？"

一个男人挤了上来问："哎，你们俩谁擦皮鞋啊？"

警予：“他是师傅，我是徒弟，你想要师傅擦还是要徒弟擦？”

“徒弟，就徒弟。”

“那请坐吧！”

男人兴高采烈地坐了下来，警予抄起工具就要动手，又抬头看看客人，说：“我刚学的，擦得不好别怪我啊！”

男人忙不迭地答道：“不怪不怪。”

看到警予的功夫还不错，人群一阵议论纷纷，好几个男人也挤了上来：“我也擦……我也擦……”

一拨客人过后，两人哗啦哗啦地数着铜钱，才发现自己真是“发财”了。趁着没有客人，两个人坐在街边，说起上次报考一师的事情，警予问：“你们第一师范跟你一批考进去的，有个叫蔡和森的，你认识吗？”

蔡和森不禁一愣：“你打听他干吗？”

“我看过他的入学作文，我们老师当范文发给我们的。怎么写得那么好，真是气死我了。”

“他写得好你也生气啊？”蔡和森简直哭笑不得，“有那么严重吗？我看他很一般呀！”

“写得也太好了一点嘛！我一直觉得自己作文好，跟他一比，人生都一片黑暗了。”警予容不得人家说蔡和森一般，“去，不识货！就他的文章，全长沙的学生，没人比得上，包括我。我想不通的就是这一点，我怎么就比不上他呢？未必他三头六臂啊？”

蔡和森暗自笑了，随口说：“三头六臂？肯定没有，他嘛，也跟我差不多，一副穷样。”

“我现在呀，把他那篇文章贴在我床头，每天起来第一件事，就是冲着那篇文章大喊一声：‘姓蔡的，你等着瞧，我向警予总有一天要强过你！到时候，我就拿我的文章去找你，让你挖个地缝自己钻进去！’”想想，她又叹了口气，说：“唉，也就是说说而已，真想赶上他，不知猴年马月喽！”

“我看没问题，凭你这股倔劲，那姓蔡的肯定兔子尾巴长不了。”

“对，总会有那一天。”警予看看天，突然想起斯咏，转头对蔡和森说，“哎，我得走了，再见……喂，我说的话，你可别告诉那个蔡和森啊！，”

“你放心，我是肯定不会告诉第二个人的。”蔡和森望着警予风风火火离去的背影，笑着自言自语了一句，“向警予。”

四

茶叶店里，赵一贞正捧着一本英文小说在读。阳光斜照，映着她柔美而清纯的脸。她眉头轻蹙，读得很入神，也显然很吃力。柜台前，传来了刘俊卿轻微的咳嗽声，赵一贞一抬头，正碰上刘俊卿的目光，一阵紧张，她有些慌乱地低下了头。

刘俊卿同样也很紧张，他用有些干涩的声音说：“我，买点茶叶。”

赵一贞低着头问：“要什么茶？”

“嗯，”刘俊卿的心思当然并不在茶叶上，他随手一指，说：“就这个吧。”

“您要多少？”

“半斤吧。”

赵一贞放下书，取茶叶，过秤。刘俊卿的目光追随着她，见一贞回头，他又掩饰着侧开头，装着在看那本放在柜台上的书，那是一本英文版的《少年维特之烦恼》。

“你在看这本书啊？”

赵一贞笑了笑，小声说：“看不太懂。”

“什么地方看不懂？”

赵一贞：“我英文差，一开始就看不太懂。”

刘俊卿打开扉页，指着《卷首诗》问：“是这儿吗？”

赵一贞点了一下头。

“这是卷首诗，标题是《绿蒂与维特》。这两句是说：哪个少年不多情，哪个少女不怀春。”

“哎呀！”一贞的手一抖，茶叶哗啦撒了一柜台，吓了她一跳。刘俊卿赶紧帮忙挡着，却正好抓住了一贞的手。一贞的脸绯红了，她赶紧把手抽了回来，小声说，“对不起啊，我……我给你另外换半斤。”

“不用了，收拾起来是一样的。这样吧，你来扫，我接着。”

他双手合拢，靠住柜台。一贞涨红了脸，扫拢茶叶，茶叶落在了刘俊卿手上，这一刻，两个人凑得那么近，几乎都能感觉到对方的呼吸。一贞的眼睛，头一次没有躲避刘俊卿火热的目光。

比较起蔡家，刘家的日子却要好多了。摆在刘俊卿面前的除了一碗盛好的饭，还有几样菜，分量虽少，却既有肉，也有鱼。按刘三爹的意思，儿子吃了一个礼拜学校食堂，回了家还不吃点好的？

看儿子有滋有味地吃着自己亲手做的菜，刘三爹打开儿子带回来的布包袱，将里面乱皱皱塞成一团的脏衣服、脏袜子倒进了木盆，吃力地端起木盆，走出布帘，伴着剧烈的咳嗽声，给儿子洗衣服。

吃过饭，在父亲的咳嗽声中，刘俊卿不耐烦地挑亮了油灯，开始写字。他的面前是摊开的一本英文版《少年维特之烦恼》，和一张精致的描红信笺，信笺上是那首即将写完的《绿蒂与维特》的译文，字迹工整清秀，一丝不苟。听听门外总算安静了，他又提笔开始往下写，然而，刚写了一个字，更猛烈的咳嗽声又响了起来。刘俊卿烦得把笔一摔，拉开了门。月光下，刘三爹拼命抑制着咳嗽，提着一条洗好的裤子站起身来，腰却一阵发僵，他艰难地扶着腰站起，往绳子上晾衣服。本来一脸脾气的刘俊卿不由得站住了，他正想退回房里，却又站住了，轻声说："爸，你不舒服，就早点休息吧，别太累着了。"

一刹那，刘三爹张大了嘴，儿子少有的关怀令他整个人都呆了，他激动得嘴角直抖。两行老泪从刘三爹的脸上滑了下来，巨大的激动和喜悦几乎令他难以自持，提着衣服的手都在抖个不停。他用力擦去眼泪，一抖衣服，晾上了绳子。

第二天一早，赵家茶叶店里，一贞送走了一名买茶的顾客，拿起抹布擦着柜台，突然看到一双熟悉的皮鞋站到了柜台前。一瞬间，一贞一阵紧张，涨红着脸，不敢抬头。刘俊卿把一张折得方方正正的描红信笺从柜台上推了过去。一贞犹豫着，伸出手正要去接，赵老板端着一盘茶叶，一掀门帘，走了出来。赵一贞吓得手一缩，赶紧转身叫了声"爸爸"。

柜台上，那张信笺刷的一下被刘俊卿收了回去。

赵老板吩咐女儿把指定的货分一下，回头看到刘俊卿，问："这位先生，买茶吗?"

刘俊卿一时间不知道说什么，逃也似地跑开了。

"这小伙子，慌什么张啊?"赵老板看着刘俊卿，他突然回头看了一眼女儿，赵一贞干着活，头也没抬。

趁着父亲背过身清理着钱箱里的钱，一贞抬起头，看到远处的拐角，刘俊卿正躲躲闪闪地探着头，向她打着手势。一贞一时不明白他的意思，顺着他手指的方向找了一阵，才发现算盘下正压着那张信笺。

深夜，如水的月光透过窗楹，洒在那张描红信笺上。

赵一贞痴痴地端详着信笺，信笺上，是那首卷首诗，下面写着"省立第一师范　刘俊卿赠"。

五

毛泽东在当天下午放学后，如约到了杨昌济家。

杨宅门前，"板仓杨"的门牌静静地挂在大门一侧，杨宅院内，兰花青翠，藤蔓攀墙，点点阳光透过树阴，洒在落叶片片的地上。探头打量着这宁静雅致的小院，毛泽东长长呼吸了一口清新的口气。

"进来吧。"杨昌济推开了书房的门。

带着几分崇敬，毛泽东跟在他身后，向里走去。书桌上，铺着一张雪白的纸，写着苍劲有力的四个大字：修学储能。

"修学储能，这就是今天的第一课，也是我这个老师对你这个弟子提出的学习目标。"杨昌济放下笔，面对毛泽东坐了下来，说，"润之，一个年轻人走进学校的目的是什么？是学习知识，更是储备能力。孔子曰：‘质胜文则野，文胜质则史。’就是说，一个人如果光是能力素质强，而学问修养不够，则必无法约束自己，本身的能力反而成了一种野性破坏之力；反过来，光是注重书本学问，却缺乏实际能力的培养，那知识也就成了死知识，学问也就成了伪学问，其人必死板呆滞，毫无价值。所以，我今天送给你这四个字，就是要让你牢牢记住，修学与储能，必须平衡发展，这是你求学之路上不可或缺的两个方面。”

毛泽东问：“那，以今日之我而言，应当以修什么学问，储哪种能力为先呢？”

“什么学问？哪种能力？润之，你这种想法首先就是错的。今时今日之毛润之是什么人？一个师范学校一年级学生而已。你喜欢哲学伦理，也关心时事社会，这是兴趣，也是天赋，但我同时也担心你走入另一个误区，那就是于学问能力的涉猎之面太窄！润之，你的求学之路才刚刚起步，你才掌握了多少知识？才拥有多少能力？过早地框死了自己修学储能的范围，而不广泛学习，多方涉猎，于你的今后是有百弊而无一利的。所以，你现在的修学储能后面，还应该加上四个字：先博后渊。”

毛泽东思索着，认真地点了点头：“我明白了，博采众长才能相互印证，固步自封则必粗陋浅薄。”

杨昌济笑了，他为毛泽东有这样的悟性而感到非常欣慰。在谈到儒家三纲之说时，杨昌济喝了口茶，说：“儒家三纲之说，确属陈腐之论，船山先生的‘忠孝非以奉君亲，而但自践其身心之则’之说，于此即为明论。”

记着笔记的毛泽东停下笔，插话道：“我觉得这种说法，其实是在提倡个人独立精神。”

“对，个人独立。你看过谭嗣同的《仁学》吗？《仁学》对此就作了进一步阐发，它认为个人独立奋斗，是一个人成功的关键，即父子兄弟，亦无可依赖。而我以为，个人奋斗的宗旨，就在于两条原则。”他接过毛泽东手中的笔，在两张纸上各写了一个字：坚、忍。“坚者如磐石，虽岁月交替而不变，忍者如柔练，虽困苦艰辛而不摧。坚忍者，刚柔并济，百折不回，持之以恒也……”

“当……当……”墙上挂钟恰在这时响了，毛泽东看看窗外的夜色，赶紧站起身：“哎哟！都这么晚了？老师，真是对不起，打搅您到这个时候，要不，我先回去了。”

杨昌济伸展了一下胳膊，看来也是有些疲倦了，却意犹未尽地对毛泽东说：“清谈不觉迟，恍然过三更啊。算了，这么晚了，学校也早锁门了，我看，你就住这儿吧，反正我的家眷都回了乡下，房子空着也是空着。明天早上再走吧。”

第二天早上，晨曦一缕，悄然抹亮了天际。“板仓杨”的门牌映着初起的晨光，散发着古拙质朴。清晨的宁静中，一阵水流声传进了杨宅客房。毛泽东迷迷糊糊地睁开了眼，披着外衣，揉着惺忪的睡眼推开了门。他突然愣住了：就在眼前，小院的井边，杨昌济裸着身体，只穿着短裤和一双日本式的木屐，正在用冷水进行晨浴。光洁强健的脊背上，清水纵横，水流顺着身体，直淌到地上。一只木勺从木桶里舀起满满一勺水，冰凉的井水兜头浇下……他的神情肃穆，动作庄严，一吐一纳，仿佛正在进行某项庄严的仪式。似乎是感觉到了身后有人，杨昌济回过头来，看到毛泽东疑惑的眼神，他拿起井栏边的浴巾，擦着身上的水，说："我在晨浴。几十年的老习惯了，清晨即起，以井水浴我肉体，然后晨诵半小时，以圣贤之言浴我精神，是以精神肉体，清清爽爽，方得全新之我，迎接新的一天嘛!"

毛泽东伸手探了探水桶中残余的水，深秋之晨冰凉的井水，刺得他手一缩，问道："老师，您不冷吗?"

"一个人的修学之路上，比冷水更难熬、更严酷者不知有多少，若是连一点寒冷都受不了，还谈什么坚忍不拔?再说，读书人静坐过多，缺乏运动，这也是强健体魄的最好方式嘛!"杨昌济将浴巾往肩上一搭，在院中树下一块石头上盘腿坐下，拿起了手边的一本书，"哦，对了，我没有吃早饭的习惯，就不管你的饭了，你自便。我要晨诵了。"

仿佛是在净化自己的心灵，杨昌济闭目长长呼吸了一口气，这才朗声："杨昌济，光阴易逝，汝当惜之。先贤至理，汝当常忆……"随后，他打开书，端坐凝神，大声诵读起来，"子曰：学而时习之，不亦说乎?有朋自远方来，不亦乐乎?人不知而不愠，不亦君子乎……"

渐渐明朗的晨光中，杨昌济读得如此旁若无人，那琅琅书声，仿佛天籁般充满了这雅致的小院。望着井边的木桶，望着晨光中静若雕塑的老师，听着那清澈得犹如回旋在天地之间的读书声，毛泽东几乎都痴了。

随即他回到客房，一张"自订作息表"上，从清晨直到半夜，一个个时段，一项项安排，密密麻麻，开列详细。从此，这张作息表贴在毛泽东寝室的床头，一直伴随他读完一师。

第八章 俭朴为修身之本

人，之所以为人，正是因为人有理想，有信念，懂得崇高与纯洁的意义，假如眼中只有利益与私欲，那人与只会满足于物欲的动物又有何分别？林文忠公有言：壁立千仞，无欲则刚。我若相信崇高，崇高自与我同在。而区区人言冷暖，物欲得失，与之相比，又渺小得何值一提呢？

一

微弱的晨曦，刚刚将夜的天际稍稍染淡。一师的欧式教学楼还笼罩在一片黎明之前的深邃寂静之中。黑暗宁静的寝室里，交织着同学们不同的鼾声。毛泽东一个人轻手轻脚地下了床，他来到一师水井边，将满满一桶井水提出了井沿，脱掉衣服，全身只剩了一条短裤。深秋的晨风袭来，吹得高大的樟树哗哗作响，赤裸的毛泽东忍不住打了个寒战。他探了探冰凉冰凉的水温，用力深深呼吸了几口，仿佛是为自己壮胆，他狠狠一拍胸膛，撩起桶里的水，浇在胸膛上。顿时，他冷得全身一缩，倒吸了一口凉气。但咬咬牙，他一下接一下撩起水，浇在身上。然后用毛巾起劲地在透湿的身体上狠狠擦着……由慢而快，由冷而热，他体会着，他渴求着，他的呼吸交织着水花，他的脸上渐渐展开了笑容……猛地，他举起木桶，将半桶水兜头浇下。

“爽快啊！”微起的晨曦中，他压抑不住的兴奋的声音回荡在树梢林间、秋风深处。

接下来，他学着老师，大声诵道：“……呜呼！我中国其果老大矣乎？立乎今日，以指畴昔，唐虞三代，若何之郅治；秦皇汉武，若何之雄杰……”晨曦之中，宁静的一师校园里，毛泽东捧着一本《饮冰室文集》，正聚精会神地读着梁启超的《少年中国说》：“……梁启超曰，造成今日之老大中国者，则中国老朽之冤业也；制出将来之少年中国者，则中国少年之责任也……”

“当啷、当啷……”校役摇晃着铜铃，起床铃声清脆地响满了寝室走廊。一间间寝室里，一顶顶蚊帐中，一个个学生打着哈欠，爬起床来。远远地，毛泽东的晨诵声正清晰地传来：“……故今日之责任，不在他人，而全在我少年。少年智则国智，少年富则国富，少年强则国强……”子升、萧三、张昆弟、罗学瓒……一个个同学奇怪地打开了房门，他们看到毛泽东端坐草坪的身影映着初升的朝阳，他的晨诵声如此清朗，盖过了一切铃声与起床的喧闹。

“……少年独立则国独立，少年自由则国自由，少年进步则国进步，少年胜于欧洲则国胜于欧洲，少年雄于地球则国雄于地球……”晨诵声中，两个年轻的身影停在了毛泽东的身后，两个声音与他的声音汇成了一体。毛泽东一回头，原来是蔡和森和子升来到了他的身边，正加入他的诵读。三个人目光相对，会心一笑。毛泽东提高了声音，“……红日初升，其道大光；河出伏流，一泻汪洋；潜龙腾渊，鳞爪飞扬；乳虎啸谷，百兽震惶……”

一双双脚步悄悄汇集，张昆弟、罗学瓒、萧三、李维汉、周世钊……一个个同学犹如被巨大的磁铁所吸引，不断聚集到毛泽东的身后，晨诵之声，越汇越响。那充满朝气、青春昂扬的晨诵声汇成了巨大的声浪，回荡在整个一师的上空，仿佛正呼唤一个崭新的开始，仿佛正向整个世界宣布着同学少年们青春的誓言。

二

上午的课在综合大教室上。黑板上板书着“教师之职责与地位”的标题，台下，学生们不像往常面向讲台，而是面对面坐成了两个阵营，中间空出一片，相对摆了两把空椅子，整个教室布置得好像一个辩论场。

徐特立草鞋布衫，一如往常，“这次的课堂心得，有一位同学表现不俗，不但论述详尽，有理有据，而且由此而阐发，对教师的职责与地位怎样确立，提出了自己独到的看法，那就是本科八班的刘俊卿同学。有趣的是，另有一位同学，这次的心得同样出类拔萃，而且观点正好与刘同学的相反，那就是本科六班的蔡和森同学。那么，两位同学的观点，究竟谁更有道理，作为师范生，我们又应该怎样认识教师的职责与地位问题呢？今天，我们的课换换花样，就请两位同学上台来，各自阐述自己的观点，交由大家来评判。”一指那两张空椅子，“刘同学，蔡同学，请上坐。”

两位辩手上前坐了下来。望了对面那张平静的脸一眼，仿佛是为自己暗暗鼓劲，刘俊卿深吸了一口气，站了起来开始阐述自己的观点：“……教师要为社会奉献那么多，要还像现在这样，生活清苦，地位低下，那怎么吸引优秀的人才从事教育？”

“我不同意。”蔡和森接过了话，“教师者，传道授业，教书育人者也。要是教师都一门心思追求更好的待遇，更高的地位去了，那还有什么心思培养学生？用这样的心态去教书，又怎么教得出愿意为社会、为大众奉献自己的学生呢？”

“说得好！”学生中，毛泽东带头喊了出来，一时间，教室里响起嗡嗡一片赞同的议论，学生们大都站在了蔡和森一边。

刘俊卿急了，争辩道：“大道理谁不会说？可真要让你低人一等，吃一辈子粉笔灰，你蔡和森也未必愿意吧？”

此言一出，教室顿时静了，学生们一个个面面相觑，他们真的没有想到刘俊卿竟会说出这种话来。

“对不起，我从来不觉得吃粉笔灰有什么地方低人一等，相反，我倒坚信，教书育人，是这个世界上最崇高的职业之一。”

听到蔡和森以这样的方式这样回答自己，刘俊卿的脸涨红了，他心虚地说：“我……我也没有说就不崇高嘛，只不过、只不过别人都把老师看成穷教书匠，光你自己以为崇高，有什么用嘛……”

他的声音不由自主地低了下去，在满教室鄙夷的目光注视下，他已然明白在这里讲出心里话是多么的不合时宜。

平静地，蔡和森站了起来，一字一句地说："人，之所以为人，正是因为人有理想，有信念，懂得崇高与纯洁的意义，假如眼中只有利益与私欲，那人与只会满足于物欲的动物又有何分别？林文忠公有言：壁立千仞，无欲则刚。我若相信崇高，崇高自与我同在。而区区人言冷暖，物欲得失，与之相比，又渺小得何值一提呢？"

教室里，一片宁静，蔡和森的话，仿佛让所有的人都陷入了思考。宁静中，一个掌声突然响起，那是徐特立。掌声顿时响成了一片！热烈的掌声中，刘俊卿埋着头，满脸只剩了尴尬。带着屈辱与恼怒，他的目光扫过了蔡和森仍然平静的脸……

三

最后一堂课，是评讲作文。

"第二名，刘俊卿，90 分。"袁吉六在发作文本，他把本子递给刘俊卿，微笑着，"有进步啊。"

他又拿起一个本子，声音提高了八度："第一名，蔡和森，98 分。"冲着蔡和森，眼睛笑得都眯成了一条线，"如此文章，当上公示栏公示全校，展览完了再发还给你。"

"毛泽东，"砰的一声，作文本甩在毛泽东的面前，袁吉六看也不看他一眼，从嗓子里挤出一个变了调的声音，"65 分！"

本子上，"65"分的分数旁，是大大的三字批语"老毛病！"看着自己的作文，再看看袁吉六，毛泽东都有些懵了……

下课铃声中，众多学生纷纷拿着碗筷，涌出了教室。

"俊卿兄。"走廊上，易礼容追上了正拿着碗筷走向食堂的刘俊卿，"是这样，你的文章最近进步那么快，我呢，就老是原地踏步，所以特别佩服你。不知道能不能耽误你一点时间，跟你讨教讨教，怎么才能提高作文水平。"

"这个嘛……"刘俊卿露着笑容，口气却是不冷不热，"我现在功课也忙，要不改日吧。"他撇下易礼容，径直走去。身后，易礼容愣住了，张昆弟一拉他："你也是，问他干什么？人家蔡和森文章比他强得多，又肯帮人，你不会去问蔡和森啊？"

"我知道他不如蔡和森，可蔡和森是一直就强，他是慢慢进步的，所以我想问问他……""那也得人家肯帮忙，你什么时候看到他帮过别人？"听着身后传来的话，刘俊卿的手捏紧了筷子，直捏得指节都发了白。

人声鼎沸的食堂一角，蔡畅咬着窝头，面前是稀饭、咸菜、咸鸭蛋，蔡和森正微笑着看妹妹吃饭。学校今天发津贴，蔡和森特地带信让蔡畅来取回去，给家里买点米。望着妹妹吃得那样香甜，蔡和森的目光中充满了怜爱，告诉她自己已经吃过了，要她多吃点。

人群中，毛泽东打好了饭，夹着书本，匆匆走出食堂，来到八班教室里，把稀饭、窝头摆在了桌上，咬着个窝头，急匆匆地打开课桌抽屉，把一本梁启超的《饮冰室文集》与他的作文本并排放在桌上。“我写不好，梁启超总写得好吧？”毛泽东把窝头往碗里一搁，一把翻开了梁启超的文集，说，“摆本梁启超在面前还学不像，我还不信了！”

在距离蔡家兄妹不远处的食堂另一侧；王太太又吩咐秀秀来给王子鹏送饭菜了。子鹏推开食盒，表示不再吃外面送来的饭菜了，自己要和同学们吃一样的饭菜。秀秀正劝着他，刘俊卿端着饭走过，发现妹妹，赶紧扭开头，准备躲开，身后传来秀秀委屈的恳求声：“您不吃，太太那儿，我怎么交代得过去？太太说了，您要是不吃，就、就不准我回去……”

“哟，子鹏兄，又有好吃的了？送都送了，这又何必呢？我做主，吃！”刘俊卿打开食盒，端出里面的饭菜，并不抬头，对秀秀：“好了，没事了，你回去吧。”

看了为自己解围的哥哥一眼，秀秀转身离去。将丰盛的饭菜摆开，刘俊卿抄起了筷子，子鹏却犹豫着，看了看四周，有不少同学的目光都在望着这边。刘俊卿也感觉到了，扫了周围一眼，却见众目睽睽中，蔡和森一双平静的目光正在注视自己。咬了咬嘴唇，他端起饭碗，示威似的把几个窝头往桌上一扣！窝头在桌子上摇晃了几下，以不同的姿势乱七八糟地躺在了残汤剩水中间。

正在吃饭的蔡畅不禁皱起了眉头：“哥，这个人怎么这样啊？”

蔡和森想了想，站起身来，走过去，站在王子鹏和刘俊卿面前，尽量放着和缓的口气说：“子鹏兄，俊卿兄，你们两个如果不吃学校的饭，能不能不要这么浪费？这也太可惜了。”

“哎哟，对不起啊！”子鹏赶紧起身，不好意思地道歉，“我们……不是故意的。”

刘俊卿却沉下脸，一把拉开子鹏，说：“你跟他说什么对不起，又不是他的饭！”

“不管是谁的，总归是粮食嘛……”蔡和森还想说服他。

“粮食也是我和子鹏兄的粮食！怎么，看我们吃得好，看不过眼啊？”

“俊卿，你别说了。”子鹏拉住刘俊卿，对蔡和森说，“蔡兄，是我们不对，我以后不倒了，再也不倒了。”

子鹏说着，伸手来收拾桌上的窝头，刘俊卿却拦住了他，冲着蔡和森吼道：“我今天就倒了，怎么样吧？”

蔡和森看看他，说：“你这个人怎么不讲道理呢？”

“跟你我还偏不讲！当自己有什么了不起，我怕你呀？哼！”

蔡和森盯着他，摇了摇头，一言不发地走回了座位。

所有人的目光都在盯着刘俊卿和王子鹏，刘俊卿赌气似地坐下，提起筷子吃了起来。子鹏在一旁整个慌了手脚，满脸都是尴尬。刘俊卿却一副得胜的样子，用筷子一敲碗，大声说："子鹏兄，吃呀！"

回到自己的桌前，蔡和森坐下了，微笑对妹妹说："吃饭吧，别理他。"等妹妹吃完饭后，又将她送出食堂门口。目送妹妹离去，蔡和森回到食堂饭桌前，收拾起自己的碗。他刚一转身，却看见方才子鹏和刘俊卿坐过的桌子下，躺着一串钥匙。蔡和森走过来，捡起钥匙，目光却不自觉地盯住了饭桌上那几个窝头。

饭给了妹妹，他自己到现在还饿着呢。犹豫了一下，蔡和森咽了口口水，看了看四周，食堂里其他同学坐得离他还算远，没人注意他，于是，他把桌子上的窝头装进了自己碗里，大口大口地吃着。

这时子鹏和刘俊卿来找钥匙，刘俊卿斜睨着蔡和森，脸上全是压不住的幸灾乐祸："我说蔡兄哪来的力气教训人，原来吃饱了饭，还没忘了加餐，难怪难怪哟。"

蔡和森手一抖，手中那半块窝头掉在了桌上。食堂里还在吃饭的学生涌了过来。子鹏拉了刘俊卿一把，希望他不要再说。

"哎！都来瞧都来看，有好戏看了啊！从来只有叫花子捡人的剩饭，今天让大家开开眼，蔡和森蔡大才子也捡我刘俊卿的剩饭吃了。"刘俊卿把子鹏的手一甩，冲着四周里三层外三层的学生，兴致勃勃地喊道，"你说你还装什么样子嘛？还不让我和子鹏兄倒饭，不倒你上哪儿捡啊？"

子鹏恳求着："俊卿，我求求你，别说了！"

"我偏要说！平日里他多威风啊？教训张三教训李四，今天也轮到他了！"刘俊卿捡起那半块窝头，伸向蔡和森，"蔡大才子，来呀来呀，别客气，不吃多浪费呀？"

众目睽睽下，蔡和森脸色刷白，这番羞辱已经让他真是无地自容了，但更让他难堪的是，他听到有人在身后叫了一声。

"哥！"

"小妹？"蔡和森一回头，不禁全身一震，他看到的是早已泪流满面的蔡畅。因为想起了妈妈说要给哥哥留点钱买纸和墨，蔡畅跑到半路又回来了。蔡和森呆了一呆，他一把拉住妹妹，就往外走。

"哎！别走哇！不还没吃完吗？蔡大才子，接着吃啊，要不要我来喂你？来呀来呀，别客气，来呀。"刘俊卿一步拦在蔡和森前头，举着那半块窝头，伸到蔡和森的鼻子底下，仿佛举着一面胜利的旗帜。

突然，一只手从旁边伸了过来，一把抓住了那半块窝头。刘俊卿回头一看，愣住了。只见徐特立面无表情地将那半块窝头拿了过来，不紧不慢地将窝头塞进了自己嘴里！所有的同学都呆住了，子鹏一时手足无措，看看刘俊卿，刘俊卿更是尴尬万分。徐特立一言不发，在桌前坐了下来，把自己的空碗往桌上一放，又拿起一块窝头，旁若无人地吃了起来。一时间，全场静得连徐特立的咀嚼声都清晰可闻。

"嗯，很香嘛！"徐特立一面大口吃着，"蔡和森，你要是不吃，我可就全吃了。”眼泪骤然滑出了蔡和森的眼眶，他拉开凳子坐下，也抓起一块窝头。两个人好像比赛一样，大口地吃着。两只手同时伸向了碗里最后一个窝头，还是徐特立拿了起来，他一掰两半：“来，二一添作五。”接过半块窝头，迎着徐特立温暖的目光，蔡和森笑了。

就在这时，人群一阵躁动，孔昭绶与方维夏排开人群，出现在大家面前。孔昭绶的脸上没有任何表情，他看看四周的学生，拿过蔡和森手里的半块窝头，咬了一口，仿佛是回味起了某种久违的甜美，孔昭绶笑了，说：“小时候，我家里很穷，吃不起什么好东西。记得有一年过年，我母亲借了半袋玉米，磨成面，蒸了一锅窝头。窝头刚出锅，我饿极了，拿了一块就吃，结果烫了嘴，窝头掉在地上，母亲捡起来，把弄脏的那一半掰下来，自己吃了，干净的那一半，给了我吃。香啊！今天吃这半块窝头，又让我想起了小时候那半块，真的很香！”

泪水蓦然湿润了他的眼眶，他擦了一把，昂起头继续说：“同学们，各位第一师范的同学们！一粥一饭，来之不易啊！你们的父亲，你们的母亲，在家里是何等的节俭，何等的惜粮惜物，你们从小都是看在眼里的！还记不记得，你们那种田的父亲，冒着三伏天的大太阳，在田里一整天、一整天地割稻？还记不记得，你们的母亲，把自己碗里的饭扒到你的碗里，告诉你她光半碗饭已经吃得好饱好饱？”

他终于又忍不住，声音哽咽起来。不少学生都已是热泪盈眶！孔昭绶略平静了情绪，说：“刘俊卿同学，有一位老师，我想应该重新跟你介绍一次，也跟我们全体同学介绍一次，那就是被你称为徐大叫花的徐特立老师。我听说，不光你一个人，还有不少同学背后也这样叫他徐大叫花。是啊，徐大叫花。你们这位徐老师还真是像个叫花，身上补丁衣服，脚下是草鞋，坐不起轿子，吃学生食堂，连一把油纸伞都买不起，下雨天穿件蓑衣！很寒碜啊，长沙城的教书先生里头都找不出第二个这么寒碜的了。可我也要告诉你们，就是这位徐大叫花，光一项省议会副议长的职务，就是两百大洋的月薪！更不用说他还同时担任长沙师范学校的校长，兼着三所学校的课，他的收入，在我们长沙城所有的教书先生中无人能比，比我这个校长高出不止三倍！那徐老师的钱到哪里去了呢？如果大家有空，去一趟徐老师的家乡，长沙县五美乡，就会看到有一所小学，一所免费招收贫困农家子弟的五美小学，那里的学生读书不要钱，一分钱都不要！因为那是徐老师创办的学校，所有的钱，都是他一个人掏！而我们的徐老师，徐大叫花，连自己的家人都全部留在乡下务农，因为长沙城里生活费太高，因为多省一块钱，就能让一个穷人家的孩子多读一个月书！”

已经不光是学生，所有的教师都深深地震撼了。

“什么是贫困，什么是富有？穿草鞋、打补丁、吃粗茶淡饭就是贫困，穿皮鞋、坐轿子、吃山珍海味就是富有吗？不，孩子们，贫困与富有，不在于这些表面的东西。今天的你们，都还年轻，将来走入社会，你们都要经历金钱与名利的诱惑，都要面临理想与现实的选择。等到了那个时候，你将会真切地感受到，当你不计个人得失，尽己所能，使尽可能多的人得到幸福时，你的精神将是那样的富有和快乐。反过来，如果一天到晚只记得自己那一点私利，只盘算自己那一点得失，就算你坐拥万贯家财，就算你白天锦衣玉食，荣华富贵，等到了晚上，等到你一个人安静下来，你就会发现，你并不快乐，你所拥有的，只是无尽的空虚，因为在精神上，你只是个一文不名的穷光蛋！这半块窝头，我留下了，这半块窝头，我也希望从此留在每一位同学的心里！使我们牢牢记住，俭朴为修身之本！”

猎猎秋风中，他的声音振聋发聩，回荡在整个学校的上空！

四

任何事情都不可能只有一种绝对的评价，窝头事件也一样。当刘俊卿在会后委屈地垂头坐在督学办公室纪墨鸿的对面时，虽然纪墨鸿并没有明显地袒护他，但他还是看到了一线希望。

纪墨鸿说：“挨了批评就挨了批评，垂头丧气的干什么？校长和先生们批评你，也是为了你好。你做学生的，难道还要到我这儿讨回个什么公道不成？当然了，有些观念，我也并不赞同，这读书人总还有个读书人的颜面，都弄得像个乞丐一样……算了，这些话，不是该跟你说的。你只要记住，学生，就得服从学校的规矩，不管听不听得进去，老师的话，总要服从，才是好学生。你先去吧。以后有什么事，还是可以来找我的。”

刘俊卿毕恭毕敬地离开督学办公室之后，纪墨鸿也随即出门，到了杨昌济的办公室，在杨昌济对面坐下，端着茶杯字斟句酌地说：“有些事情，我这个督学本来不便开口，可不开口吧，这心里又堵得慌。杨先生，您是长沙学界之翘楚，与孔校长又有同窗之谊，我想，您的话他想必听得进去一些。”

“纪先生有话，就尽管说吧。”除了上次来送聘书，杨昌济一向和纪墨鸿没什么交往，所以，他实在猜不透这位督学大人今天来找自己，到底是为了什么事情。

“那我就直说了。你我都是致力于教育之人，学生应该教成什么样的人，不应该教成什么样的人，这是学校教育的大本大源，是万不可出一点纰漏的。这一次，孔校长在学校搞这场所谓俭朴教育，您就不觉得过分了吗？教学生俭朴做人，这墨鸿也是不反对的，可凡事过犹不及，俭朴要俭到捡人的剩饭吃吗？那剩饭是什么人吃的？那是叫花子！难道我们培养学生，就是要培养一群叫花子出来吗？”

纪墨鸿说的是他的心里话，但道不同不相为谋。他的话显然在杨昌济这里得不到共鸣，相反，还让杨昌济非常反感。杨昌济反问道：“纪先生的意思，学校是培养上等人的地方，对吗？”

“本来就是嘛，难道还培养下等人？”纪墨鸿端起茶碗要喝，但越想越生气，又把茶杯放下了，“这俗话说得好，水往低处流，人往高处走。学生家长辛辛苦苦，把孩子送到学校里来，为的什么？不就是为了他们有个好出息，他日有出人头地的那一天吗？咱们做先生的，也当时时想着身上担着的那份责任，总须培养学生谋个好前程，让那农家的孩子不必再扛锄头，做工人家的孩子不必再卖苦力，走出去一个个有头有脸，斯斯文文，做个人上人，才对得起学子们一番求学之意，家长们这番含辛茹苦啊。这下倒好，吃剩饭！学生吃了不纠正，老师还要带头吃，一个老师糊涂不算，校长还要吃！这、这、这是要干什么嘛？这样培养出来的学生，岂不是连高低贵贱都分不清？斯文扫地，真是斯文扫地！”

说到情绪激动处，砰的一声，纪墨鸿把茶碗又一放。

杨昌济实在听不下去了，但他还是尽力克制着，问：“扛锄头、卖苦力的，都是下等人，是贱民，只有读书人才是上等人，‘劳心者治人，劳力者治于人’，纪先生就是这个意思，对吗？”

“话当然不能这么讲，一讲就是封建等级，糟粕之论。可这世道它就是这么个世道，道理也就是这么个道理嘛。”纪墨鸿的口气明显地软了些。

“是吗？”杨昌济站了起来，他的口气却明显地硬了：“纪先生，如果事先不知道，我会以为今天当我的面讲这番话的，是哪位前清的学政大人。可你不是封建王朝的学政，你是民国的公务员！中华民国临时约法中明文规定，国民一律平等，哪来的高低贵贱之分？不错，今天的中国，还没有做到真正的人人平等，还有诸多不合理的现象，可我们这些从事教育的人要做的，不正是要抹平这种不合理的等级，让学生去除旧观念，做一个民国的新人，为人人平等之大同世界而努力才对吗？先生倒好，满口高低贵贱，恨不得把学生都教成蝇营狗苟，但求一己之富贵前程，不思国家、民族、社会之未来的自私自利之徒。我倒要请问纪先生，你，这是要干什么？”

“大道理谁不会说，可大道理当不得饭吃！”纪墨鸿满脸涨得通红，腾地站了起来，拉开门便往外冲，一只脚已跨出了门，又回过头，狠狠地说：“我倒要看看，你板仓先生用这番大道理，教得出什么样的好学生！”

纪墨鸿砰的一声关上了门走出办公室，迎面却正碰上毛泽东、蔡和森、萧子升三人站在他面前。三名学生显然看到纪墨鸿摔门而出的情景，都有些不自然。还是子升先恢复了常态，喊了一声：“纪督学。”

纪墨鸿迅速平静了表情，和蔼地：“有事啊？”

子升说：“我们来找杨老师。”

纪墨鸿像没发生过任何事情一样，微笑着说：“杨先生在里面，进去吧。”走了几步，纪墨鸿又在楼梯口停了下来，回头看着三名学生进了杨昌济的办公室，轻轻摇了摇头。

三个学生今天来找杨老师，是想请老师担任他们的指导老师。因为蔡和森提出想成立一个哲学读书会，基本成员除了他们三个，还有周世钊、张昆弟、罗学瓒、萧植蕃、李维汉、陈章甫、易礼容、熊光楚他们，一共十多个人，都是对哲学、社会学比较感兴趣的同学。他们商量着，打算定期开展读书活动，互相交换学习笔记，比赛学习进度，以促进提高自己。当然，根据毛泽东的建议，还要一起锻炼身体。这样的好事情，杨昌济怎么会不答应呢？只不过，无论是作为发起者的蔡和森、萧子升和毛泽东，还是哲学读书会的导师杨昌济，恐怕都没有想到，就是这个松散的、以强烈的求知欲望为纽带组织起来的学生兴趣小团体，后来竟会一步步壮大起来，一步步走向政治上的成熟。

第九章 袁门立雨

寒风和着秋雨，刹那间笼罩了整个院落。房檐下，雨水如根根丝带，在风的吹动下，摇摆着。不平的地面上，很快形成了许多的小水潭。全身透湿的毛泽东平静而倔强，他垂手而立，一动不动，仿佛雨中一尊雕像。他那被雨水浸透了的头发一绺绺沾在他的前额上，雨，正顺着发梢不断地滴落。他的衣裳已经湿透，一双布鞋全部被从身上滑落下的雨水浸湿……

一

上课铃响了，袁吉六绷着脸进了综合大教室，边报着分数，边把本子发给学生。

“毛泽东，40分！”作文本“砰”的被扔在毛泽东课桌上，鲜红的“屡教不改”四个大字和40分的得分把毛泽东看得目瞪口呆！教室里的学生们也都愣住了：毛泽东居然只得到这样的分数?!

“王子鹏，75；刘俊卿，90分……”袁吉六继续慢条斯理地给学生发放着作文本。他的身后，传来了“砰”的一声，不回头，他也知道这是毛泽东把作文本拍在桌上发出的声音。“怎么回事?”袁吉六环视着教室里的学生，瞪着眼睛问，“课堂之上，谁在喧哗?”

毛泽东“呼”地站了起来，气呼呼地回答：“我！”

“毛泽东？你要干什么?”袁吉六厉声问。

“我不明白。”

“什么不明白?”

“我的作文，为什么只得40分?”

“你还问我?”

“袁老师打的分，我不问袁老师问谁?”

这一来一往的针锋相对让所有的同学都吃了一惊，谁也没想到毛泽东居然敢这样跟袁吉六讲话！坐在旁边的几个好朋友拼命向毛泽东使眼色，示意他坐下，毛泽东却越发挺直了身子。

“好，既然你问我，那我就告诉你！你这个作文，就只值40分！”袁吉六气愤地指着毛泽东的鼻子说。

“我的作文有哪点不好了?”毛泽东质问老师的时候，完全忘记了自己是个学生，是在教室里。

“哪点不好？哪点都不好！提醒你多少回了，要平实稳重，要锋芒内敛，不要有三分主意就喊得十七八分响，你听进去一回没有？你变本加厉！你越来越没边了！”袁吉六抓起那本作文，摇晃着说，“你这也叫文章？你这整个就是梁启超的新闻报道，只晓得喊口号！”

“梁启超的文章怎么了？我就是学的他的文章。”

“你还好意思讲！好的不学，学那些乌七八糟的半桶水！什么是温柔敦厚，什么是微言大义，什么是韩章柳句欧骨苏风，他梁启超懂吗？他屁都不懂！还跟他学?”

“梁启超倒是屁都不懂，袁老师估计是懂了。”

毛泽东这句话，把袁吉六气得大胡子直抖，他指着教室门吼道："你……你混账！你给我滚出去，滚！"

毛泽东愣住了，随即转身就往外冲，砰的一声，他的凳子被脚带倒在地！

"你……"袁吉六大概也没想到毛泽东真敢冲离教室，怒气冲冲地朝着毛泽东的背影说，"好，你走，走了就再不准踏进我袁仲谦的教室！"

"你放心，我不稀罕！"毛泽东头也不回地答应着，身影消失在了教室门外。

袁吉六把手上剩下的作文本狠狠一摔，涨红着脸骂道："混账东西！反了他了！"

毛泽东气壮山河般地冲出教室，回到寝室里，坐也不是、站也不是，干脆躺在床上看书，可书也看不进去。正当他在床上翻烙饼的时候，方维夏、黎锦熙一脸严肃地进来了。方维夏沉着脸对他说："出来一下，有话跟你谈。"毛泽东昂着脑袋，跟两位老师进了教务室，把刚才在综合教室发生的事情一五一十地讲了一遍，却一点没有认识错误的样子。

黎锦熙敲边鼓说："这件事情很严重，袁老师、孔校长、纪督学现在正在校长室研究对你的处理方案。"

毛泽东像头小水牛一样，拧着脖子说："处理什么？我本来没错。"

"你没错，难道是老师错了不成？"

看着方维夏满脸的恨铁不成钢，毛泽东一言不发。

"润之，不管怎么说，袁老师都是为了你好，课堂之上，你当着那么多同学顶撞他，难道你还做对了？"黎锦熙的劝导还是很温和。

毛泽东小声嘀咕道："又不是我先骂人。"

"这么说是袁老师先骂人？"黎锦熙问。

"本来就是嘛。"

"他骂谁了？"

"梁启超。"

方维夏和黎锦熙都愣住了，一时真是哭笑不得，异口同声地说："他骂梁启超你较什么劲啊？"

"那是我作文的偶像，我……我就是不让他骂。"

"你……"方维夏简直不知该怎么跟他说下去了，"你这个人怎么这么犟呢？"

两位老师是受孔校长的委托来找毛泽东谈话的，此时只好实事求是地回去向孔校长汇报。孔昭绶一听毛泽东死不认错，脾气也上来了，决定非要严肃处理他不可。但黎锦熙却认为，照毛泽东现在的情绪，处分只怕是火上浇油。站在两人中间，方维夏提议说："校长，依我看，能不能先缓一缓？处分的目的，也是为了教育学生。可现在处分，不但达不到教育的效果，还会适得其反。毛泽东这个人，个性的确是有问题，太张扬，太冲动，倔强有余而不善自制。可我觉得，学生倔强也不见得都是坏事，如果能让一个倔强的学生认识到他的错误，那他一辈子可能都不会再犯同样的错误了。”

孔昭绶冷静下来，也觉得这个办法可行，但谁能说服毛泽东这个倔强学生让他认识到自己的错误呢？他们三个人你看看我，我看看你，不约而同地齐声叫出了一个人的名字：杨昌济！

杨昌济听了孔校长的一番话，也着实吃了一惊，但他想也没想，就接受了孔校长安排的任务。他也明白，就现在这种状况，除了他没有第二个合适的人选。姑且不说袁老那里学校不好交代，单说毛泽东，他也不能撒手不管呀。于是，当天晚上，他把毛泽东约到了君子亭。

晚风中，杨昌济背着双手，仰望着星空，突然背起了一篇脍炙人口的文章：“‘世有伯乐，然后有千里马。千里马常有，而伯乐不常有。’润之，这篇文章你读过吗？”

毛泽东在老师身后忐忑不安地坐着，小声回答：“读过，是韩愈的《马说》。”

“对，《马说》。这个世上，真人才易得，识才者难求啊。为什么呢？”杨昌济在毛泽东身边坐下来，看着毛泽东，说：“因为人都有个毛病，自以为是。凡事总觉得自己是对的，看不到别人的优点，总之别人说的一概不认账。你比方……”

他看到毛泽东微微侧开了头，那表情显然已经在等着自己的批评，忙话锋一转：“比方袁仲谦袁老先生，这方面的毛病就不小。”

这一招很是高明，让毛泽东愣住了。

杨昌济问：“怎么，你不同意我的看法？”

“不是，老师怎么突然批评起袁先生来了？”毛泽东不好意思地说。

“他做得不对我当然要批评他。你看啊，像你这样的学生，作文写得那么好，他居然看不上眼，这像话吗？不就是文章锋芒过甚，不太注重含蓄吗？又不是什么大不了的毛病，值得这么抓住不放？就算是有毛病吧，你毛润之改不改，关他什么事嘛？他要这么一而再再而三跟你过不去，真是吃饱了饭没事做！你说对不对？”

毛泽东太尴尬了，尴尬得不知道怎么回答。

杨昌济接着说：“还有还有，动不动就搬出什么韩柳欧苏，要人学什么古之大家，那韩柳欧苏有什么了不起？不就是几百上千年人人都觉得写得好嘛？难道你毛润之就非得跟一千年来的读书人看法一样？说不定你比这一千年来所有的读书人都要高明得多呢？他袁仲谦怎么就想不到这一层？这不是自以为是是什么？”

这番话让毛泽东越发不安了，但杨昌济还在说：“最可气的是，他居然看不上梁启超的文章。梁启超的文章有什么不好，就算是比不得韩柳欧苏那么有名气，就算是许多人觉得过于直白，只适合打笔仗，上不得大台面，那又怎么样？你做学生的偏要喜欢，偏要当他十全十美，他这个老师管得着吗？还要因此在课堂上，当着那么多同学教训你，跟你争个面红耳赤，哪里有一点虚心的样子，哪里有一点容人的气度嘛？”

“老师，我……”毛泽东垂下了头，擦了一把头上的汗。

杨昌济不再继续说了，只是盯着毛泽东，直盯得他深深埋下了头。许久，杨昌济才站起身，向亭外走去。走出几步，他又站住了，回头说：“润之，道理呢，我就不跟你多说了，你自己慢慢去体会。不过有件事我想告诉你，你入学的作文，大家都知道，是我敲定为第一名的。可你不知道的是，那次阅卷其实是袁仲谦先生负责，当时他把你定为第二名。仲老是长沙国学界公认的权威，能在他的眼中得到第二名的成绩，足可见他有多么赏识你的才华，之所以定为第二名，也是因为你的文章还有明显的缺陷。他一次次指出这些缺陷，一次次降低你的作文分数，乃至降到40分，为什么？他看中的第二名写出的文章在他眼中真的只值40分吗？一个老师，当他碰上自己非常欣赏的有才华的学生，却又总也看不到学生改正缺点的时候，他会是什么心情？我告诉你，五个字——恨铁不成钢！”

他说完，转身就走，只把夜空中的星光闪闪留给了正在发愣的毛泽东。

二

那天夜里，毛泽东一口气跑到了袁吉六的宅第，“砰砰砰……”用力拍打着门环。

“谁呀，这么晚了？”一名老仆人提着油灯，揉着睡眼打开了一道门缝。

毛泽东喘着粗气对他说：“我是第一师范的学生毛泽东，来求见袁仲谦老师的。”

“学生？也不看看几点了，有事不能明天说吗？”

“我真的有事，我想马上见到袁老师。”

“可先生已经睡了……”

两人正说着，袁吉六的妻子戴长贞从里屋出来，站在走廊上问：“长顺，谁来呀？”仆人转头回答：“是老爷的学生。”

戴长贞赶紧说：“哦。大冷的天，先让人家孩子进来嘛！”“是，太太。”仆人拉开大门，对毛泽东，“你进来吧！”

毛泽东进到院子里，垂手立在天井里，听到里屋戴长贞正对袁吉六说：“说是来跟你道歉的，人在院子里等着呢。”袁吉六气冲冲的嗓门从房间里传出：“他爱等等去！谁也没请他来！睡觉！”

话音一落，窗内的灯光骤然黑了，整个院落归入了一片宁静与黑暗，只剩了毛泽东一个人静静地站在院子里。

夜空沉沉，星月无光，上半夜的满天星斗早已不知踪影。寒风骤起，在树梢、枝叶间呜咽，也卷起满地秋叶，掠过毛泽东一动不动的双脚。风是雨的脚，风吹雨就落。紧跟着，雨点落在了静静地伫立着的毛泽东的脸上。寒风和着秋雨，刹那间笼罩了整个院落。房檐下，雨水如根根丝带，在风的吹动下，摇摆着。不平的地面上，很快形成了许多的小水潭。全身透湿的毛泽东平静而倔强，他垂手而立，一动不动，仿佛雨中一尊雕像。他那被雨水浸透了的头发一绺绺沾在他的前额上，雨，正顺着发梢不断地滴落。他的衣裳已经湿透，一双布鞋全部被从身上滑落下的雨水浸湿……

晨曦初露时，雨终于停了。渐渐的，东方的天际，一片火红。晨光中，雨水冲刷过的大自然，是那么干净、耀眼。

袁吉六伸展着胳膊一走出卧室门，就听到毛泽东的声音："老师。"

袁吉六扣着扣子，扫了仍然站在原地的毛泽东一眼，一言不发。

毛泽东往前走了几步，抬头正视着袁吉六逼人的目光，一字一顿地再次说："老师，我错了，请您原谅我。"然后，深深地向袁吉六鞠了一躬。

在毛泽东身后，残留的雨水悄然灌进了两个深深的脚印里，袁吉六心里一动，威严的目光从那两个脚印移到了毛泽东身上，看到眼前的学生静静地伫立着，浑身上下都湿淋淋的，脸上却平静谦和，全无半分疲色。

良久，袁吉六接过妻子递过来的水烟壶，口气硬冷地说了声"跟我来"，便转身沿着走廊走去。

望着这一对师徒离去的背影，戴长贞笑着招呼着仆人："去，把我昨天晚上准备好的干净衣服拿来，还有，叫厨房烧碗姜汤。"

师生俩进了袁家古色古香、四壁皆书的书房。袁吉六将水烟壶往毛泽东手上一塞，说："拿着。"然后他踮起脚，小心翼翼地从书架上端取下了厚厚的一整套线装古书——那是一套足足二十多本的《韩昌黎全集》。

"古文之兴，盛于唐宋，唐宋八大家，又以昌黎先生开千古文风之滥觞，读通了韩文，就读通了古文，也就懂得了什么是真文章。你的文章，缺的就是古之大家的凝练、平稳、含蓄、从容，如满弦之弓，只张不弛，令人全无回味。这是作文的大忌！这套韩昌黎全集是先父留给我的，里面有我几十年读此书留下的笔记心得，今天我借给你，希望你认真读，用心读，读懂什么是真正的千古文章！"

"是，老师。"

"遇到问题，只管来找我，我袁吉六家的门，你随时可以进，这间书房里所有的书，你也随时可以看，但有一条，毛病不改正，文章不进步，小心我对你不客气！"

袁吉六炯炯的目光注视下，毛泽东用力点着头："放心吧，老师！"

三

袁老师的课，毛泽东这段时间是突飞猛进，可其他课，毛泽东就没这么幸运了。

饶伯斯的英语课毛泽东还勉强过得去，美术课上他看其他科目的书，黄澎涛老师也能容忍，但在费尔廉老师的音乐课上，他那五音不全的大嗓门可就让他出尽了风头：他一跑调，隔壁几个班的同学全能听到，引来一片又一片哄笑，常常打断隔壁班老师的讲课。当然，这些还不是问题，最重要的是，他的数学和理化成绩不理想。没有办法，每次完成数学和理化作业，他都必须请教蔡和森跟萧三他们。

这天晚上，他又抱着课本到了六班寝室。蔡和森去教室自习了，只有萧三在。两人约定，萧三先给他讲，讲了之后，毛泽东先自己做题，实在做不出来，再问萧三。萧三也不离开，就在旁边看书陪着他。

“X 加 2Y 等于 X 的平方，Y 减 X 又等于……”毛泽东眉头紧锁，一副绞尽脑汁的苦相，一边做题还一边念念有词。

萧三把手里的书一放：“你做就做，一晚上老念什么念？”

“好好好，不念不念。”毛泽东苦着脸，继续做着题目。过了好半天，他终于把笔一放，长出了一口气，说：“哎呀呀呀，总算搞完了。哎，你看看，这回应该搞对了吧？”

萧三接过作业本，逐一检查着。这个严厉的小老师看着看着，眉头皱起来了，脑袋一摇，把本子往毛泽东面前一塞，说：“润之哥，怎么回事啊你？”

“怎么，还有错的？是哪一道？”毛泽东嬉皮笑脸地问。

“哪一道？七道题搞错五道！总共两个公式，一晚上都跟你讲三遍了，第一遍你错七道，第二遍你错六道，第三遍你还要错五道，你说你怎么得了哟！”

“怎么得了怎么得了，我还烦得死咧！什么鸡兔同笼，和尚分饼，一元二次，二元一次，鬼搞得它清？”毛泽东把作业本一摔，长叹一声，他显然也烦得够呛。

“那你老是搞不清，考试的时候怎么办呢？”萧三问。

毛泽东摇了摇头，仰头倒在了萧三床上。

萧三又翻开了数学课本，没奈何地说：“算了算了，我再跟你讲最后一遍。”

毛泽东强打着精神，支撑起身体，却无意间看见了萧三床头的一本《读史方舆纪要》。他的眼睛突然亮了：“《读史方舆纪要》？哎呀，这可是好书啊！”

萧三几乎是条件反射地一把把书抢了过来：“哎！不行不行，这书不能给你。”

“我看看怕什么？”

“我还不知道你啊？看着看着就看到你手上去了。不准动啊。”

“我看一下，就借三两天，两天可以了吧？”毛泽东哀求着。

“一天都不行。”萧三护着书。

“子暲，你不是那么小气的人吧？”

“不是我小气。这是我哥的书，我刚拿过来的，他专门叮嘱了，不能借给你。”

毛泽东：“怎么就不能借给我呢？哦，我借他的书什么时候不还了？”

“你倒是还，还回来还是书吗？”他随手抓起床上两本书，翻动着，书上天头地脚到处都是墨迹：“你看看你看看，这都是你还回来的书，结果呢？上面写的字比书上的字还多，搞得我们哥俩都不晓得该看书上的字还是你写的字了。”

“读书嘛，还不总要做点笔记？”

“那你不会找个本子写啊？非要往书上写？我不管，反正我哥说了，什么都可以借给你，就是书不行。”

“你哥讲了是你哥讲了，你可以通融一下嘛，我们两个还不好讲话——这回我保证不往书上写了，悄悄借，悄悄还，不让那个菩萨晓得，这总可以了吧？”

“你会不写？我才不信呢。”

“我保证！我，向袁大总统保证！”

毛泽东把手伸到了萧三面前，脸上全是讨好的笑容。望着他，萧三满是无奈：“你到底是来补数学的，还是补历史的？”

四

毛泽东的作文终于让袁吉六满意了，最近的一篇作文，袁吉六居然给他打了满分，还批了大大的两个字：“传阅”。

这篇带着鲜红的“传阅”与满分成绩的作文，豁然张贴在一师公示栏的正中央。吸引着众多学生挤在公示栏前，争相阅读。何叔衡也挤在人群中，扶着眼镜仔细地读着，边读还边忍不住直点头。

何叔衡读了毛泽东的满分作文，满脑子装的都是毛泽东，心里对这个比自己小了近 20 岁的年轻人钦佩不已。却不想从公示栏回来，一踏进讲习科寝室，正听到有人在说毛泽东。

“我说了，什么都可以借，就是不能借书给他！你怎么就记不住呢？你看看你看看，这又成什么样子了？他保证不写，他毛泽东的保证你也信？他那身毛病，一看得激动起来，管他谁的书，反正是一顿乱抒发感慨，你又不是不知道！”

何叔衡笑说：“子升兄，是什么书啊？能不能借我看看？”子升把书往他手里一递，“送给你了！”

何叔衡接过来一看，是本《读史方舆纪要》，随手翻开，上面天头地脚又到处是墨迹，不觉好笑。这时子升拉开抽屉，取出几张空白描红纸，气冲冲地提笔在纸上的示范格写起偏旁来，感觉有些莫名其妙：难道他还需要练字吗？便好奇地问：“子升兄，你写这个干什么？”

子升没做声。萧三赶紧解释：“是这样，润之哥正在练字，我哥每天都给他示范几张，好让他照着练。”望着子升一面带着气，一面一笔一画，精雕细刻，何叔衡忍不住笑了。

子升看了何叔衡和萧三一眼，自己也不禁笑了，无可奈何地说：“交错了朋友，算我倒霉，行了吧？”

何叔衡在子升一边坐下，读那本《读史方舆纪要》。他眯缝着眼睛，仔细地分辨着天头地脚上毛泽东潦草的字迹，与书上的内容作着对照。翻过一页时，他又寻找着上一页毛泽东未写完的评语，再翻回来对照着，不住地点头。不一会他便向毛泽东的寝室走来。

“烦死了!”何叔衡远远便听见一个声音。看见寝室里的桌子上，摊着课本、作业本，一个人正用圆规、直尺照着书画几何图形。左量右量，怎么画都跟书上对不上，烦得把尺一扔，却又碰掉了铅笔，铅笔滚到了床下。他嘟哝了一句，俯下身来捡铅笔，但铅笔滚到了床底，他只得尽量趴下去，使劲探着手臂。

何叔衡不觉疑惑，问道：“请问毛泽东同学在吗?”“我就是，等一下啊。”那人探着手使劲地够着，总算够到了那支铅笔，从床底下钻了出来，拍打着满头满手的灰尘。

毛泽东看着眼前这个手里还拿着那本书的老大哥，只觉得面熟，一时却想不起名字了，喃喃地问：“你不是那个?”“何叔衡，讲习科的。”

“哦，对对对，何兄找我有事?”“我刚才看了毛兄公示的范文，还有这本书上的笔记，毛兄的知识之广，见解之深，立言之大胆，思索之缜密，令我非常佩服，真的，佩服之至。我有一个冒昧的想法，希望今后能多多来向毛兄求教。不知毛兄能不能给我这个机会?”

毛泽东有点不好意思了，拍拍后脑勺说：“你看你这是怎么说的?你是老大哥嘛，我那点本事算什么?”

“学问、见识，不以年龄论短长，我虽虚长几岁，却是远不及毛兄。今天，我确实是诚心诚意，来向毛兄讨教的。”何叔衡的态度非常恳切。

毛泽东不喜欢客套，很爽快地向何叔衡伸出手来，说：“都是同学，有什么讨教不讨教?这样吧，我们交个朋友，以后，多多交流。”一老一少，两个人的手握在了一起。

五

这周，杨昌济在周南师范科教室里，也在讲作文。

“本次作文测验，又是陶斯咏同学第一名，向警予同学第二名，她们两个的作文水平，的确值得全班同学认真学习。”周南国文课上，杨昌济说道。

女生们羡慕的目光都投到了斯咏和警予的身上，斯咏有点腼腆，警予却表情泰然。

“当然了，陶同学和向同学的文章并非十全十美，这里呢，我也带来另外两篇范文，还是第一师范与你们同年级的毛泽东和蔡和森两位学生的，尤其是毛泽东这篇满分作文，可以说进步神速，克服了他过去作文中某些明显的弱点。今天我也把这两篇范文发给大家，以便大家学习体会别人是怎么改进提高的。”说着，杨昌济拿出一大叠油印稿发给学生。斯咏与警予不由得对了个眼神，脸色古怪。

放学后，斯咏和警予肩并着肩走出校门。警予怎么都弄不明白，她每天都要喊三遍“我要超过你”的，可怎么越赶差得还越远呢？于是决定从今以后每天要喊六遍了。斯咏却说她现在是没那个志气了，既然打马扬鞭也追不上，不如不追。

两人说着话，转身进小巷。警予突然问斯咏：“哎！你说这两个家伙会是个什么样啊？”

“什么样？我怎么知道什么样？八只眼睛六条腿喽。”斯咏还没想过这个问题。

“不行，我非得去看一眼不可，倒看看他们跟一般人长得有什么不同。”

斯咏看警予那蛮横横的样子，打趣她说：“这好办啊，明天你直接往第一师范门口一站，两手往腰上一插，‘毛泽东，蔡和森，给姑奶奶我站出来！’包你马上看到。”

“去！以为我神经病啊？”

“你也知道啊？人家男校学生，我们跑去看，被看的还不知道是谁呢。”

她话音未落，突然，被警予拉了一把。斯咏顺着警予的手指看过去，惊得嘴巴张得老大，半天合不拢！

就在前面不远的，小巷的拐角处，赵一贞与刘俊卿正依偎在一起，两个人的唇正在悄悄接近。这时，斯咏和警予身后忽然传来了蹬蹬蹬的脚步声。斯咏回头一看，愣住了：穿得好像教会学校女学监模样的何教务长目不斜视，正向这边走来。

“教务长好！”警予首先反应了过来，扯开嗓子喊了一声。斯咏也跟着问好：“教务长好。”

“嗯。”何教务长答应着，对警予皱起了眉头，很严肃地说，“向警予同学，说话切忌高声，一个淑女，就得像陶斯咏同学这样，时刻保持温文尔雅，记住了？”

何教务长说完又向前走。警予急了，一把拦在前面：“哎，教务长！”

何教务长脸一板，问：“怎么又这么大声？温文尔雅，淑女风范！什么事啊？”

“那个，明天照常上课吧？”“明天又不是礼拜天，当然上课！”“啊？哦！对对对，我那个、那个太糊涂了。”

“没头没脑。”何教务长，说着，向前走了。警予、斯咏转身一看，大树下，一贞与刘俊卿早已躲得没了人影。两个人这才长出了一口气。

回到寝室，“砰”的一声，警予的巴掌拍在桌上，喝道：“招！给我从实招！”赵一贞坐在自己床边，埋着头，声音细如蚊鸣：“他叫刘俊卿，第一师范的。”

“刘俊卿，第一师范，这就算完了？”警予低头看看一贞的脸，“哟哟哟哟，还知道脸红呢！”

一贞羞得捂住了脸。

斯咏拉了一把警予：“你呀，算了，问那么多。”警予哼了一声，“不行，要没我们俩，今天什么后果？赶紧赶紧，怎么报答我们，说吧！”

“随……随便你们喽！”

“随我们说是吧？嗯——这倒是要好好想想。”警予突然眉毛一挑，想起了什么，“哎，对了，你是说，他是第一师范的？这样吧……”一贞听着警予的话，不停地点着头。

周末，一贞一出周南女中的大门，就看到对面大树下，有一双锃亮的皮鞋，知道是刘俊卿在那里等自己，左右看看没人，便埋着头，紧张地走了过去，红着脸站在刘俊卿面前，却盯着自己的鞋尖，不敢看刘俊卿一眼。

刘俊卿将一直背在身后的手伸了出来，在他的手里，是一个漂亮的小本子。一贞小声问：“是什么？”

“《少年维特之烦恼》第一章，我翻译的——译得不太好，要是你觉得还能看下去，我再给你译后面的。”

一贞红着脸，接过了本子，转过身，走上了回家的路。刘俊卿迟疑了一下，赶紧跟了上去。

僻静的小巷，夕阳斜照，树影斑驳。抱着那个精巧的小本子，一贞与刘俊卿并肩默默地走着。秋风轻拂，一贞的辮角扫过俊卿的面颊。看着一贞含羞的脸，刘俊卿几乎都痴了。

夕阳下，两个人的影子投在青石板路面上，一只手的影子悄悄伸向了另一只手，那只手微微挣了一下，两只手的影子还是合在了一起。夕阳将两个人的影子拉得老长老长。

临到分手，一贞低声问：“俊卿，你能不能把毛泽东和蔡和森约到一师对面的茶馆里去。”刘俊卿停住脚步问，“你见他们干什么？”

“不是我，是警予和斯咏。她们俩都是我最好的朋友，就是特别佩服你那两个同学的文章，所以想见见本人。怎么，是不是不好约啊？”

刘俊卿犹豫一时说：“那倒不是……要不，我试试吧。”一贞打量着他的神情，说：“要是不好约，你也别勉强。”“怎么会呢？”刘俊卿赶紧换上轻松的笑容，“你交代的事，我怎么都会办好的，你就放心吧，让你两个同学等着见人就是。”

六

南门口，车轿往来，行人穿梭，商贩叫卖，喧哗热闹的南门口的街道，今天却多了一个突兀而格格不入的声音——“I’ ll be back in a few days′ time……”

黄包车拉着斯咏，停在了街对面。斯咏下车付钱，听到读英语的声音，便掉头看去，就在嘈杂的街道边，毛泽东坐在大树下，正捧着英语课本，大声朗读着。阳光洒在他的身上、他的英语书上，形成美丽的剪影。而他竟读得如此专注，旁若无人，仿佛全未感觉到周围的吵闹和目光。

斯咏悄悄停在了毛泽东的身后。“嗨!”毛泽东一回头，身后站着的，居然是斯咏：“嗨，是你呀，这么巧?”

斯咏说：“我有点事，约了朋友在这儿碰头。你怎么……在这儿读书啊?”

“哦，我英语成绩不太好，所以抽时间多练一练喽!”毛泽东看斯咏一副茫然的样子，又说，“是这样，我呀，有个毛病，性子太浮，读书也好，做事也好，旁边稍微一吵我就容易分心。古人不是说‘闹中取静’吗?南门口这里，最吵最闹人最多，所以我专门选了这个地方，每天来读一阵书。”

“哦，身在烈火，如遇清凉境界?”斯咏和他开玩笑。

“那是佛祖，我有那个本事还得了?只不过选个闹地方，练点静功夫，也算磨一磨自己的性子吧。”毛泽东说完，又捧起了书。

望着毛泽东泰然自若的样子，斯咏不由地笑了。她索性在毛泽东身边坐了下来，问道：“你在读课文啊?”

“我最差的就是口语，老是发音不准，只好多练习了。哎，你的英语怎么样?”毛泽东看斯咏自得的表情就知道她的英语一定不错，于是赶紧书捧到了两人中间，说，“那正好啊，我把这一段读一读，你帮我挑挑毛病。It will be covered with some soil by me……”

“等一下。”斯咏指着书上的单词：“这个词读得不准，应该是 covered。”

“covered。”毛泽东的发音仍然有点不地道。

斯咏：“你看我的口形——covered。”

毛泽东：“covered。”

斯咏点点头。

毛泽东：“我多练两遍：covered，covered，It will be covered with some soil by me……”

碧空如洗，阳光轻柔。一教一学，斯咏与毛泽东的声音交替着。闹市的尘嚣似乎都已被拒之二人之外，只有清澈的英语诵读声，仿佛要融入这冬日的阳光之中……

“斯咏，斯咏……”街对面，警予站在黄包车旁，正向这边招手叫着。

“哎。”斯咏答应着起身，“对不起，我约的朋友来了。”

毛泽东笑说：“哦，没关系，我也约了人，一会儿还有事。”

斯咏跑到跟前，警予问：“谁呀那是?”“一个熟人，以前认识的，正好碰上。”斯咏说道。

这一天中午，警予、斯咏和一贞都等在一师对面的茶馆里，可来的却只有刘俊卿一个人。一贞忙问：“俊卿，到底是怎么回事，你不是说你那两个同学都答应了吗?”

刘俊卿低着头，显然他没有兑现他的承诺，只得回避着她们的目光，吞吞吐吐地回答：“他们说……哎呀，我怎么说呢?”“是什么就说什么。”警予催促道。

“他们……他们两个就这样，平时在学校里就那副嘴脸，一天到晚趾高气扬，把谁放在眼里过？一说是你们两位外校女生来找他们请教，那眼珠子，都快翻到天上了。还说我是没事找事，跟你们一样，吃饱了撑的。”刘俊卿编瞎话的本领可真是一流，一点破绽都让人看不出来。

“对不起，给你添麻烦了，谢谢你。”警予腾地站了起来，脸涨得通红，一拉斯咏：“斯咏，我们走！”

两人蹬蹬蹬蹬冲下了楼。一贞想追又不好追，一时满脸尴尬。

刘俊卿拉住一贞的手说：“对不起啊，一贞，都是我没用，弄得你的朋友不高兴。”

一贞回头对他笑了笑，说：“这怎么能怪你呢？你已经尽力了，是你那两个同学太不通情理了。”

“什么不通情理？他们就是看不起人，自高自大，哼！”刘俊卿总算是出了一口气，说这话的时候，心情说不出有多爽快。但他却不知道，他的谎话最终会伤害到谁。

警予回到寝室，径直冲到自己床前，一把将床头贴的蔡和森的文章撕了下来，团成一团，砸进了字纸篓！

斯咏跟在她身后：“警予，算了，何必生那么大气？”

“谁说我生气了？”警予回过头来，她脸上居然露出了笑容，“跟这种目中无人的家伙，我犯得着吗我？”

斯咏：“其实，那个蔡和森和毛泽东又不认识我们，可能……可能只是一时……”

警予：“斯咏，不用说了，你放心，我现在呀，反倒还轻松了。”

她仔细地撕着床头残留的文章碎片：“原来呢，我还一直以为我们比别人差多远，现在我知道了，原来也不过如此。不就是文章写得好吗？那又有什么？德才德才，德永远在才的前面，像这样有才无德、狂妄自大的人，幸亏我们没去认识，要不然，更恶心！”

她“呼”地一口气，将撕下的几片碎纸片轻轻吹落，拍了拍手。

第十章 世间大才少通才

什么是真正的因材施教？
怎样的教育，才是科学的、先进的、
更利于培养真人才的呢？
是一场考试定结果，还是别的什么？
这确实是一个值得深深思考的问题。

一

在南门口闹市区的大树下读英语的毛泽东约了什么人呢？

日近黄昏了，几个下工的苦力和学徒、小贩，拿着扁担、麻绳之类的东西来到正在读英语的毛泽东身边。

“哟，都来了？”毛泽东把书一收，“好，大家围拢，马上开课！今天我们学的这个字，上面一个自，自己的自，下面一个大，大小的大……”

架子车旁，刘三爹等七八个市井百姓或蹲或坐，围坐成一圈，他们中间，毛泽东拿着一根树枝，正往地上写着一个“臭”字。

“这不是我喜欢吃的那个臭豆腐的臭字吗？”一个小贩认出了这个字，看来他也和毛泽东有一样的嗜好。

毛泽东点点头，问：“你再仔细看看，这个字比那个臭字还少了什么没有？”

小贩仔细分辨着，旁边一个码头苦力伸出手指着那个字说：“好像少了一点吧？”

毛泽东加上了那一点，说：“什么气味讨人嫌啊？臭气，什么样的人讨人嫌呢？那些自高自大，以为自己了不起的人，看了就让人讨嫌。所以大家以后记住，”毛泽东用树枝指点着臭字的各个部分，“自、大、一点，惹人讨嫌。怎么样，这个臭字，都记住了吧？好，那我再讲一个字。”

他先往地上写了一个“日”字，这个字大家显然学过，好几个人读了出来。

“对，日头的日。”毛泽东又往地上写了个“禾”字，“这个字我也教过大家，还记得吗？”

又有几个人读道：“禾，禾苗的禾。”

“对，禾苗的禾。有了好太阳，禾苗会怎么样呢？”

“长成谷啰。”

“对了，万物生长靠太阳，日头一照，禾苗就能长成谷，到时候煮成饭，你一闻，嗯，怎么样啊？”

“香。”

“对了，就是一个香字！”毛泽东先日后禾，把香字写了出来，“日头照得禾苗长，这就是香喷喷的香。大家都记住了吗？”

“原来这就是香字啊……记住了……”

毛泽东扔掉树枝，拍打着手：“好了，今天的课就上到这里。放学了。”

“谢谢您了，毛先生。”

“讲什么客气？明天再来，我再给你们教五个字。”

人群散去，毛泽东一抬头，孔昭绶迎面向他微笑着说：“毛老师，课上得不错啊，有板有眼的。”孔昭绶常常在这条路往来于学校和家之间，他已经不是第一次在这里看到毛泽东教人识字了，以往还以为只是碰巧有人请教，这次才知道，原来毛泽东是有计划地在这么做。

毛泽东和校长并肩往学校走着，边走边给他解释说：“我这是在遵循徐老师的日行一事呀。他说，一个人，不必老想着去做什么惊天动地的大事，而应该着眼于每天做好一件小事，日积月累，才能真正成就大事。我们读书会专门讨论了这个原则，都觉得徐老师说得好。所以我们约好了，每人每天找一件实事来做。”

孔昭绶赞许道：“你们这个读书会倒还搞得有声有色嘛。”

“大家都谈得来，还不就凑到一起了。”

“你怎么会想起教人认字呢？”

“读师范嘛，以后反正要教书的，就算实习嘛。校长也说过，民国教育，就是要注重平民化，如今谁最需要教育，还不是那些一个字都不识的老百姓？”

孔昭绶站住了，笑容也渐渐化为了严肃：“润之，你说的没错。师范的责任，就是要普及教育。学校应该想应该做却还没有想到、做到的事，你先想到、先做到了，谢谢你。”

毛泽东有点不好意思：“我可没想那么多，我只是觉得，凡事光嘴上讲个道理没有用，只有自己去做，才算是真道理。”

望着毛泽东，孔昭绶认真地点了点头。

二

第二学期就要结束了，一师公示栏里，已经贴出了大幅的“期末预备测验考程表”，上面是各年级各科考程安排。大考前的紧张气氛扑面而来，学生们正端着饭从走廊上经过，不少人边吃手里还边捧着书。

八班寝室里，个个同学正在聚精会神地复习。为了不影响他们，易永畦在寝室外的走廊上给毛泽东讲理化：“……质量，是物体所含的物质多少；重量，是地球对物体产生的引力大小。”

毛泽东听得满头雾水：“可两个数字都一样啊。”

“数字上看起来是一样，其实是两个概念。”

“数字一样，又是两个概念……哎呀，我还是分不清。”

“没关系，我再跟你从头讲一遍。”

“润之哥，”萧三跑过来，把两份报纸递给毛泽东，“你的报纸，我帮你领回来了。”

“谢谢啊。”拿到新报纸，毛泽东精神来了，“永畦，这些物理啊，化学啊，把我脑袋都搞晕了，要不我们休息一下，我先看看报纸。”

“行，那你先看吧。”易永畦起身回了寝室。

打开报纸，毛泽东浏览着标题，一篇有关欧战中巴黎保卫战况的报道首先吸引了他。读着报道，他的眉头突然皱了起来：“林木金阿皮耶？这是什么意思？”毛泽东立刻就跑去图书馆查，可查来查去没查到眉目，干脆又拿了报纸去找杨昌济，“我就是纳闷，这到底是个什么东西，怎么法国人用了它，一晚上就把军队运了那么远？”

望着报纸的这行字，杨昌济的眉头也皱了起来：“这个词，我还真没见过，估计是从法语音译过来的吧？”沉吟了一下，杨昌济站起身：“要不，去请教一下其他先生吧。”

杨昌济带着毛泽东，询问着一个个老师。易培基、黎锦熙……一个个老师看着报纸，都回答不上来。方维夏说：“林木金阿皮耶？哎哟，这个我还真不知道，我也没去过法国，对法语……对了，我想起了，纪督学是法国留学回来的。”

杨昌济带着毛泽东来到督学办公室。纪墨鸿看了报纸，很轻松地说：“哦，这是法语中的一个词，通常见于上流社会很高雅的用法，翻译成汉语的话，可以叫做——出租汽车。”

“出租汽车？”毛泽东没听明白。纪墨鸿笑了，他认真地说：“汽车你知道吗？”毛泽东点头，“听说过，是德国人发明的一种交通机器，我在报上见过照片。”

纪墨鸿和蔼地说：“对喽。林木金阿皮耶指的是在大街上出租，付钱就可以坐的那种汽车，你付了钱，开车的司机就送你去要去的地方，好像我们这儿的黄包车，所以叫出租汽车。”

“哦，就是英语里的 TAXI 嘛。”杨昌济也明白过来。纪墨鸿笑说：“就是它。这篇报道是说德国军队进攻巴黎，法国人临时征用了全巴黎的七百辆出租汽车，一晚上把后方的军队运上了前线，所以保住了巴黎城。怎么样，你明白了吗？”

毛泽东一拍手说：“明白了。难怪报纸上说这是人类有史以来调动军队最快的一次，兵贵神速，就是这个道理。”他兴奋地向纪墨鸿鞠了一躬：“谢谢您了，纪先生。”

“谢什么？解惑答疑，本是我们做先生的责任嘛。”纪墨鸿端起茶杯，不经意地说：“哎，杨先生，一师什么时候增加军事课程了，我在教育大纲上没见过啊。”

杨昌济诧异道：“军事课程倒没有，这只是毛泽东的个人兴趣而已。”“个人兴趣？”

纪墨鸿眉头一皱，都举到了嘴边的茶杯又停下了：“这么说，毛同学，这不是你的课业？”毛泽东摇摇头：“不是。我对时事和军事平常就感兴趣，看到不懂的，所以才来请教先生。”

“砰”的一声，纪墨鸿把茶杯重重往桌上一放：“乱弹琴！”毛泽东与杨昌济都吓了一跳。

仿佛是意识到了自己失态，纪墨鸿赶紧控制了一下自己的语气：“毛泽东同学，你身为学生，不把精力用在自己的课业上，搞这些不着边际的玩意干什么？欧洲打仗，跟你有关系吗？没有嘛！搞懂一个兵贵神速，你的哪科分数能提高？不行嘛！——对了对了，还有十几天就要期末考试了，明后天你们全部科目还要摸底测验，你还不抓紧时间好好复习，是不是科科都能打一百分啊？”

毛泽东被他一顿训斥，都懵了。杨昌济摇头说道：“纪先生，话也不能这么说，碰上问题，及时求教，这也是润之的优点嘛！”

“那也得跟课业有关！这是什么？不务正业嘛！”纪墨鸿摇着脑袋，“早知道是这种问题，我才不会回答你呢！”他瞪了一眼毛泽东：“还站在这儿干什么？还不回去复习功课？”

“纪先生再见。”毛泽东窝了一肚子气，转身就走。盯着纪墨鸿，杨昌济似乎有话说，但停了一停，只是道：“打扰纪先生，告辞了。”等房门一关上，纪墨鸿抓起那份报纸，便往字纸篓里一扔，“什么板仓先生，学生不懂事，他还助长劣习，如此为人师表，太不负责任了！”

三

纪墨鸿对杨昌济教育学生的方式有意见，杨昌济对纪墨鸿教育学生的方式又何尝不是意见大大的！他非常担心纪墨鸿这样对待毛泽东，会打击毛泽东的求知欲，便把自己的担心告诉了老朋友孔昭绶。

“毛泽东那个倔脾气，哪那么容易受打击？”孔昭绶满不在乎地安慰杨昌济，“哎，说起他，我又想起那天看到他教人认字的事。你看好的苗子，确实不错啊。说得天花乱坠，做起来眼高手低，这是读书人的通病，我最怕的，就是我们的学生也变成这样。这个毛润之倒确实不同凡响，不但能想能说，最难得的是，他想到什么，就去做什么，他愿意变为行动，这才是务实啊。”

杨昌济很高兴孔校长能这样赏识他钟爱的学生：“润之的优点也就在这里。其实，论天资，他也并不见得有什么特别惊人之处，但别人坐而论道，他总是亲力亲为，所以长进得就是比一般人快……”

杨昌济的话还没说完，校长室的门“砰”的一声被猛地推开了，黄澍涛挟着一叠考卷，一脸怒气冲冲地冲了进来，把孔昭绶和杨昌济都吓了一跳。

“澍涛，这是怎么了？谁把你惹成这样？”孔昭绶问道。

“还能有谁？毛泽东！”黄澍涛把手里的考卷往桌上一拍。原来图画测验，黄澍涛监考。考试内容是：日常实物素描，请大家各自画出一件日常生活常见的实物。结果白纸发下去不到一分钟，毛泽东就交了卷子。

“就画了这么个圈圈！”黄澍涛敲着孔昭绶手里的一张考卷，“你猜猜他说什么？他说这是他画的鸡蛋！”

那张纸上，孤零零地还真就是一笔画了个椭圆形的圈。孔昭绶疑惑地问道：“怎么会这样？”

“怎么不会这样？就这个毛泽东，每次上我的课，从来就没有认真过！——你有本事，功课学得好，你就是一节课都不上我也不怪你，可这是学得好吗？这不是胡扯蛋吗？”黄澍涛越说越气。

这时方维夏正好推门进来，说道：“校长，这次期末预备测验的数学和国文成绩单已经出来了。”他缓了一缓，看了杨昌济一眼，说：“有一个学生成绩比较怪——国文第一名，顺数；数学也是第一，可惜是倒数。”孔昭绶怔了一怔，问：“是谁？”

“本科八班的毛泽东。”方维夏答道。孔昭绶与杨昌济不觉面面相觑。信步来到教务室，却见老师们都在，正议论毛泽东的奇怪成绩。

孔昭绶放下了手里的成绩单，说：“从这次摸底测验的成绩单上来看，毛泽东的确存在一定的偏科现象。各位都是第八班的任课老师，到底是什么原因？我想听听各位的意见。”

费尔廉第一个开了口说：“从我的音乐课来看，毛泽东这个学生在音乐方面缺乏天赋。别的学生一遍就能学会的音乐，他五遍、十遍还要跑调。”他指指脑袋，“我觉得，他这里有问题，他太迟钝了，真的，这个学生不是不用功，他是非常非常的迟钝。”

袁吉六一听，脸板起来了，当即回敬道：“毛泽东迟钝？他都迟钝了，一师范还有聪明学生吗？袁某教过的学生也不算少了，我敢断言，长沙城里最聪明，也最肯用功的学生就是毛泽东！”

“不会吧？”数学老师王立庵情绪上来了，“毛泽东还用功？我教六个班的数学，还没见过他这么不用功的学生呢，上课上课老走神，作业作业不完成，我看他脑子是没有一点问题，就是不肯用功！”

“你们说的毛泽东是我认识的毛泽东吗？”饶伯斯显然被搞糊涂了，“毛泽东上我的英语课是很认真很认真的，比一般学生刻苦得多，他就是基础差，所以成绩只是一般。我觉得，他是一个天分一般，但很用功的学生啊。”

黄澍涛冷哼道：“依我看啊，聪明勤奋，他是哪一条都不占！”

孔昭绶点头说：“嗯，又聪明又勤奋，聪明但不勤奋，勤奋却不聪明，又不聪明又不勤奋，这个毛泽东怕是个孙行者，七十二变啊！”

评价如此悬殊，大家一时都不知该说什么好了。

“我说两句吧。”一片沉静中，杨昌济开口了，“毛泽东的成绩单，我刚才也看了，总的来说，凡社会学科的课，他是门门全优，非社会学科的课呢，成绩确实不理想。你可以说他是一个偏科的学生，也可以说他是一个独擅专长的怪才。但我以为，他的身上，首先体现了一种难能可贵的东西，那就是个性！

“的确，学生应该学好功课，偏科也证明了这名学生发展不全面。但学生为什么会偏科呢？原因就都在学生身上吗？”杨昌济看了看大家一眼，顿了顿说，“我觉得不尽然。我国之教育，向来就有贪大求全之弊！以我校为例，部颁教育大纲规定的这些课程，可谓面面俱到，一个师范生，从国文、历史，到法制、经济，乃至农业、手工，文理工农商，无所不包。假如是小学、中学，那是打基础，全面培养学生最基本的知识，确实是必要的。可我们是小学、中学吗？不是，我们是高等专科学校啊。如此驳杂而主次不分的功课设计，这科学吗？这种恨不得将每个学生都培养成全才、通才的教育模式，本来就为教育界诸多有识之士所诟病，我本人也向来是不赞同的。”

“更令人担忧的是，把考试分数视为评价学生的唯一标准。学生的素质如何，能力怎样，没有人关心，每日里功课如山，作业如海，但以应试为唯一目的，把学生通通变成了考试的奴隶——须知一人之精力有限，面面俱到则面面不到，门门全优则门门不优，许多才质甚佳之优秀学生的个性，常常就湮没在这功课之山，作业之海里，便有峥嵘头角，也被磨得棱角全无了！”

他说得不禁激动起来，站起身来：“以毛泽东为例吧！这个学生我接触较多，还是比较了解的。各位如果看过他的读书笔记，听过他讨论时的发言，就会发现，他是一个非常肯思考、也非常善于思考的学生。他的着眼点，从来不仅仅局限于个人之修身成才，而是把自己的学业，自己的前途、未来，与社会之发展，国家之兴衰，民族之未来紧紧联系在一起。身无半文而胸怀天下，砥砺寒窗而志在鸿鹄，这样的学生，你怎么可能用僵化呆板的应试教育来框死他，怎么可能要求他面面俱到、门门全优？”

“我们的教育应该提倡学生全面发展，但是如果出现某些个案就如临大敌，实在大可不必。因此，我们这些教书育人的先生，又何必为苛求某几门功课的成绩，硬要扼杀一个个性如此鲜明的学生的天性呢？”

“杨先生这话，太不负责任了吧？”

这个时候，纪墨鸿走了进来，“论见识，纪某是少了点，及不上杨先生。”纪墨鸿剔着指甲，慢条斯理、有意扭曲事实地说：“所以是怎么想，也想不明白，这上课不专心，读书不用功，校规校纪视若儿戏，考试成绩一塌糊涂，怎么他就成了个大才？要是这样就是大才，哈，那就好办了，学生通通不用上课了，考试通通取消掉，满山跑马遍地放羊，到时候，第一师范人人都成了大才。孔校长，是不是明天开始咱们就这么办啊？”

杨昌济解释道：“纪先生不要误会我的话。昌济也没有说什么规矩都不要了，我说的只是毛泽东这个特例，他也并非上课不专心，读书不用功。”

“特例？校规校纪就不许特例，部颁大纲更不容特例！”纪墨鸿毫无余地地回答。

杨昌济继续说：“毛泽东的成绩，并非一塌糊涂，至少三分之二以上的科目，他堪称出类拔萃，虽然三四门功课还要加强，何必非得强求尽善尽美？”

纪墨鸿敲着桌子："三条腿的桌子站不稳！学生进校，学的是安身立命的本事。杨先生如此放任，他日这个毛泽东走出校门，万一就因为这几门功课不行砸了饭碗，只怕不会感激杨先生吧？"

杨昌济摇摇头说："纪先生是不了解毛泽东，此生读书，绝不是为了有碗饭吃。"

"饭碗都不要了，他还想要什么？想上天啊？好，就算他可以不要饭碗，他去做他的旷世大才，其他学生呢？开出这么个先河，立起这么个榜样，岂不是要让其他学生都学他那样随心所欲，到时候，还有学生肯用功吗？"

黎锦熙冷冷地说："我想这倒不至于吧？毛泽东的用功，那是全校闻名的。我是事务长，我知道，每天晚上全校睡得最晚，也起得最早的，总是毛泽东，每天熄灯以后，他还要跑到茶炉房，借值班校役的灯光看好几个钟头的书。许多学生现在开夜车学习，还是受他的影响呢。"

"又是一条，听听，又是一条！"纪墨鸿桌子敲得更响了，"熄灯就寝，这也是学校的规矩！熄了灯不睡觉，还要带着其他学生跟着他违反校规，果然是害群之马！不严惩何以正校纪？"

黎锦熙不禁张口结舌。杨昌济笑说："这真是正说也是纪先生，反说也是纪先生。"

纪墨鸿冷笑说："我没有什么正说反说，我只有一条：学校不是菜市场，一句话，不能没了规矩！"

杨昌济肃然说："我也只有一条，不能为了规矩扼杀了人才！"

教务室里，一片宁静，一时间，气氛仿佛能点得燃火一般。坐在角落里的王立庵咳嗽了一声，却发觉自己的一声咳嗽在这一片剑拔弩张的安静中显得格外惹耳，赶紧强压住了声音。一片压抑的寂静中，连正在给老师们添茶的校役也小心翼翼地放轻了动作。

"各位先生，我认为毛泽东的偏科，既不是他的能力缺陷，也不是学习态度有问题；广而言之，我们的教育，究竟应该以学生的考试分数为唯一标准，还是应该舍弃应试观念，尊重学生的个性，因材施教，我看，坐在这里讨论，也出不了结果，还是要从学生本人身上，去找真正的原因。"孔昭绶站了起来，说，"我建议，讨论先到这里。几位对毛泽东偏科有看法的先生，今天晚上，我们一起去找毛泽东谈一谈，再作定论，好不好？"

四

老师们在教务室争论不休的同时，子升与蔡和森也在君子亭里就偏科的事情围攻毛泽东。

“润之，我们是朋友，是朋友才会跟你说真心话。你这个偏科的毛病，我们是有看法的。读书不能光凭兴趣嘛，你我都是学生，学校规定的功课，怎么能想学什么学什么，不想学的就不学呢?”萧子升苦口婆心地劝毛泽东。

“你以为我愿意啊?我也想通通学好，可是有些功课，我真的学不进去嘛。”毛泽东为自己辩解着。

“你就是喜欢找借口。国文你学得好，历史、修身、伦理、教育那么多功课你都学得好，为什么数理化、音乐、美术就学不好呢?明明就是没用心嘛。”

“我用了。”

“你用了?用了怎么会学不通呢?”

蔡和森看子升的话毛泽东听不进去，也开了口：“润之，我相信你说的是真心话，可是，偏科终归不是什么好事，你也不能总这样下去吧?”

“我也烦咧。我就不想门门全优啊?可是，有些功课，我一拿起书就想打瞌睡，逼起自己看都看不进——有时候想想，也是想不通，那些个烂东西学起有什么用嘛?”毛泽东边说边叹了口气。

子升问：“怎么能说没用呢?数学没用啊还是美术没用啊?你以后毕了业，要你教数学你怎么办?”

毛泽东扯歪理：“我未必非要教数学啊?我可以教别的嘛。照你这么讲，我什么都要教，什么都要学，那读书不成了填鸭子?给你什么就往肚子里塞什么，以后一个个掏出来，都成了虎牌万金油，什么病都治，什么病都治不好，你就高兴了?”

子升瞪着毛泽东，说：“什么叫我高兴了?学校有规矩，部颁有条例，这规矩、条例定出来，就是给人守的嘛。”

“有时候，规矩定出来，也是给人破的。”

“好好好，你破你破，反正跟你讲道理，永远也讲不清。”

“你们俩呀，也不要争了。”

旁边听着二人的唇枪舌剑，蔡和森仿佛思考清楚了什么，若有所思地说：“子升，其实仔细想想，润之说的，也不是全没道理。学习的目的，总不能光为了考试分数，数学不好，他以后可以不教数学，他教别的科目就是。所谓尺有所短，寸有所长嘛。”

两个人说好了是来劝毛泽东的，这个时候见蔡和森这样说，子升火了：“你呀，和稀泥!”

“我还没说完呢。话又说回来，润之，民国的教育才刚起步，学校的功课设计，的确不尽合理，但改变现实需要一个过程，规矩、条例也是客观存在，如果光凭热情和兴趣就想超越这个过程，什么规矩都不顾，我行我素，那也不现实啊。我知道，你的个性不是那种能被规矩框死了的人，可我们退一万步来想，分数毕竟还是决定升学和毕业的标准，你的成绩单，也要带回家去，给伯父、伯母过目。润之，你难道就忍心拿着一份几科不及格的成绩单回家，告诉你母亲，不是你学不好，是学校的规矩不对，所以你就是及不了格。那时候，你的母亲会怎么想？就算她不怪你，可她的心里，对你的学业，对你的前途又会产生多大的担忧？你就忍心让她为你着急吗？”

毛泽东顿时沉默了。三个人坐在亭子里，各自想着心思。

一直到晚饭后，毛泽东还在想着蔡和森最后说的那番话，他从枕头底下拿出那半片断裂的顶针，放在手心里。盯着母亲的顶针，毛泽东的目光中，有一丝内疚，有一丝思索，有一份牵挂，更有一份责任。不知不觉中，他收紧了拳头，顶针被他紧紧握在了手心。看看周围因为考完了试正在放松的同学，他拿了几本书，悄悄走了出去。因为有心事，在教室走廊上和王子鹏迎面错过的时候，连子鹏和他打招呼都没听到。

子鹏盯着毛泽东的背影，直到毛泽东进了教室，知道他是去学习了，心里暗暗有些佩服。回到寝室里，子鹏看到周世钊他们四五个同学都围在桌子旁下象棋，参战的旁观的，正玩得来劲，不由得又想起了毛泽东，就在床头坐下，拿出书来看。过了一会，孔校长带着王立庵、费尔廉、黄澍涛、饶伯斯几位老师进来了。下棋的同学立刻就散开，站直了，向老师们问好，子鹏也赶紧从床上跳了下来。看到孔校长的目光落到了棋盘上，周世钊不好意思地解释：“今天刚考完，大家想轻松一下。”

孔昭绶点点头，微笑着说：“哎，毛泽东呢？他不在寝室吗？”

其他同学你看我我看你，这时候才发现毛泽东今天没和大家同乐。王子鹏一向不多言语，但此时见没人吭声，只好告诉校长，他刚才看见毛泽东往教室那边去了。

孔昭绶点点头，一边叫学生们继续“战斗”，一边带着老师们去了八班教室。透过窗子，却见烛光下，毛泽东坐在课桌前，正在用圆规、尺子画着什么。他显然遇上了困难，左比右算，绞尽脑汁，冥思苦想。

在半开的教室门口，孔昭绶与老师们交换了一个目光——他做了个噤声的手势，轻轻地、无声地把门推开了一些。

聚精会神的毛泽东全未察觉，仍然埋头运算着。他的面前，是摊开的数学课本，还有零乱的、写满了运算过程的、画满了几何图形的草稿纸。

一只手轻轻拿起了桌边的一张草稿纸。毛泽东一抬头，不由得一愣，赶紧起身：“校长，各位老师，找我有事吗？”

老师们谁也没作声，只是相互交换了一下目光。数学老师王立庵突然拉过一张凳子，在他旁边坐了下来，“我找你来补习数学呀。有哪些地方不懂？说吧。”

毛泽东一时还没反应过来。孔昭绶一拍他的肩膀：“老师都坐你身边了，还傻站着干什么？先补习。”

他说完，转身就向门外走，似乎是突然想起什么，孔昭绶又回头说：“对了，润之，明天下了课，记得到我办公室来一趟。”

五

第二天下了课，毛泽东到了校长室，忐忑不安地看着校长递过来的那叠成绩单。“那么紧张干什么？”孔昭绶突然笑了，“我说过要怪你了吗？十根手指没有一般长短，人不会十全十美，这个道理我也知道。”孔昭绶收起了笑容：“但是话要讲回来，润之，一个学生，对待功课过于随心所欲，绝不是什么好事。同样，一个学校，因材施教固然重要，但也绝不等于放任自流。”

毛泽东感激地看着校长，认真地听着。“你的长处与短处，我相信你自己已经有所认识。我可以不强求你门门全优，好比音乐、美术这些需要特定天赋的功课，要你马上突飞猛进，本身也不现实。但有些功课，特别是数学、理化这些基础主科，是一个学生必须要掌握好的。就算你在这些功课上缺乏兴趣，也不可以轻言放弃。你明白吗？”

“我明白，校长。”“那，愿不愿意跟你的校长达成一个约定？还有两周就要正式期末考试了，我不知道你能考出多少分，我也不要求你一定要考到多少分。我只要求一条：尽力——对你所欠缺的功课，你的确尽了全力，这就够了。能答应我吗？”

“我答应您，校长。”“那我也答应你，只要你尽了力，你将得到一个意外的奖励。”孔昭绶他站起身，伸出手：“我们一言为定。”犹豫了一下，毛泽东伸出了手。校长与学生的手紧握在了一起。

第二天的全校师生大会上，孔昭绶严肃地发表了他的《第一师范考评修正条例》：“各位先生：经过多方征求各科任课老师的意见，及报请省教育司批准，校务会决定，第一师范将改变过去单纯以考试评定学生优劣的做法。即日起，学生各科成绩，将由以下三部分组成后综合评定：其一，日常课堂问答、课外作业及实习能力占40%；其二，各科课内外笔记心得占20%；其三，考试成绩占40%，合计100%。做出这一修正，就是要改变以往一考定优劣、一考定前程的僵化体制，摆脱只讲形式的应试教育，将学生的考核融入整个学习过程中，全面地、科学地认识和评定我们的学生！”

当晚，孔昭绶在《第一师范校长日志》上写道：“什么是真正的因材施教？怎样的教育，才是科学的、先进的、更利于培养真人才的呢？是一场考试定结果，还是别的什么？这确实是一个值得深深思考的问题。民国的新式教育刚刚起步，僵化守旧，唯分是举之弊，积淀甚深，从毛泽东这样有个性的学生身上，我们又能否探索出一种全新的人才观，使第一师范真正成为未来人才之摇篮，科学教育之殿堂呢？”

随后两周所有同学都在忙碌之中。终于到了期末考试结束。这一天当成绩单汇总到校长办公室时，孔昭绶的心情一点也不亚于坐在他面前的毛泽东。他拿起成绩单，看了毛泽东一眼，肃然说：“你的理化成绩是——”毛泽东瞪大了眼看着他，孔昭绶的脸上露出微笑，“67分，及格了。”

毛泽东顿时松了一口气。这时孔昭绶的笑容却突然又没了，“不过数学，可不如理化。”

毛泽东一下子又紧张起来。“才只得了，”孔昭绶盯着毛泽东，脸上突然浮起笑容，“61，也及格了！”

猛地一挥拳头，毛泽东往椅背上一仰，他长长地舒了一口气。“好了，现在，该我兑现承诺了。”孔昭绶放下成绩单，“我听昌济先生说过，你对船山学派的理论很感兴趣，是吗？”

“是，校长。”

孔昭绶笑道：“有个消息告诉你：湖南学界已经决定在小吴门重开船山学社，专门研讨王船山先生的学术思想和湖湘学派的经世之论。后天，学社就会开讲，以后，它将成为湖湘学术交流的中心。我看一师现在的课程好像也满足不了你这方面的需要，想不想要我帮你办一张听讲的入场证？”

毛泽东喜出望外，“要，当然要！校长，能不能多办几张？子升和蔡和森他们对这方面也很感兴趣的。”

孔昭绶笑道：“我试试看，应该不会有问题——怎么样，这，算不算我给了你个意外惊喜啊？”

“算！算！我现在就去告诉他们！”毛泽东高兴得起身就要走。孔昭绶却叫住他，“等一下。”他从抽屉里取出一片钥匙，放在桌上。

“这是？”毛泽东疑惑地看着他。

“校阅览室的房门钥匙。我已经通知了管理员熊光楚，以后，他每天下班的时候会把灯加满油。你呢，就不要再在寝室里点蜡烛或者是跑到茶炉房去借光了，那里光线不好，坏眼睛。”孔昭绶说道。

望着面前的钥匙和孔昭绶和蔼的笑容，毛泽东一时真是无以言表，只说：“谢谢您了，校长。”

第十一章 过年

到了新年，毛家院子里，毛贻昌一身半旧的长袍马褂，正在端正自己的瓜皮小帽；泽建一身新花衣，扎着红头绳，蹦过来跳过去；毛泽东站在凳子上，正在泽覃泽建的指挥下贴着自己刚刚写好的对联。

一

放假了，过年了，刘俊卿的心情特别好。虽然他只考了第三名，但在放假的前一天，纪督学特地把他叫到了督学办公室，拉着他的手说："俊卿，老师心里闷，闷得很！老师难啊，大好的一所学校，怎么就搞成了这个样子？这是怎么回事嘛？这所学校，老师是彻底死心了！老师现在就剩了一个念头——你，可不要上那些乌七八糟的什么新教育观念的当，一定要踏踏实实，好好读书，考出好分数，给老师争口气。只要你好好学出个样子来，到时候，你的前程，包在老师身上！"

"你的前程，包在老师身上！"这话像天上的福音一样，让刘俊卿振奋，他从这句话里似乎已经看到了自己辉煌的前程。迫不及待地，他想让心爱的人来分享自己的好心情。

在离茶叶店不远的小街拐角处，刘俊卿与赵一贞依偎在淡淡的月光下说着知心话："其实一二三名不都差不多，你何必对自己要求那么高呢？"

"可我答应过你，我要考第一的。"

"不管你考第几，我都不在乎。"

"可我在乎。"刘俊卿叹了口气，"你知道吗？师范生就一条出路，当小学老师，小学老师啊！除非我有出类拔萃的成绩，否则，我就改变不了这个命运。"

"可小学老师也不错呀。"

刘俊卿不禁苦笑，"一辈子站讲台，吃粉笔灰，拿一点紧巴巴的薪水，跟一帮拖鼻涕的娃娃打交道，这就算不错吗？就算我能受得了，可我总不能让你跟着我这样过一辈子啊！"

一贞捧住刘俊卿的脸，摇摇头："我不在乎，俊卿，我真的不在乎，不管有没有人成绩比你好，不管你是不是教一辈子书，在我心里，你永远是最优秀的，永远。"

端详着一贞清纯的脸，刘俊卿禁不住轻轻吻在她的面颊上："一贞……"一贞将头埋进了他怀中。

"我不会辜负你的！"仰望着月光，刘俊卿喃喃自语，仿佛是在向一贞立誓，又仿佛是在说给自己听。突然，一贞惊得弹了起来："爸？"刘俊卿猛一回头——赵老板面如严霜，正站在拐角处！

自那天赵老板把一贞拉走后，刘俊卿便再没有见过一贞了。他虽然无时无刻不在想着一贞，但却没有胆子去赵家的茶叶铺。转眼就到年三十了，简陋的棚屋门口，刘俊卿一身崭新的长衫，正拿着一副春联，在往土坯墙上比着贴的位置——春联上是他工整的字体。

"俊卿，你饿不饿？要不，我先给你做点吃的。"刘三爹心疼地招呼儿子。

刘俊卿懂事地说："不用了，还是等阿秀回来，一起团年吧。"

“也好。过年嘛，他王家准又得赏几样好菜，留着肚子，等你妹妹回来再吃也好。”

就在这时，随着一阵急促的脚步声，传来一贞的声音：“俊卿。”

“一贞？”刘俊卿大吃一惊：出现在他面前的，真的是跑得气喘吁吁的赵一贞，“你怎么来了？”

带着喜悦，更带着几分羞涩，一贞使劲平静着过于激烈的呼吸：“我……我爸他说……请你上我们家去吃团年饭！”

“你说什么？”刘俊卿简直不敢相信自己的耳朵。停了两秒钟，他这才反应过来：“这是真的？”

忍着激动与呼吸，一贞用力点了点头。巨大的惊喜令刘俊卿张大了嘴，愣了一阵，欢喜的笑容才绽放在他的脸上：“哎，我去，我……我换双鞋就去！”

年夜饭吃过，一贞正在收拾着残羹冷炙。世故的赵老板剔着牙，点着了一支烟，吐出一口烟雾，这才盯着局促地坐在他面前，带着几分希望，忐忑不安地盯着自己的皮鞋尖的刘俊卿，和蔼地说：“吃好了吧？”

刘俊卿赶紧点头。赵老板看了捧着碗筷还站一边的一贞一眼，一贞只得端着碗筷进了里屋。赵老板这才微笑着对刘俊卿：“吃好了，那我也不留你了，你走吧。”

这话说得刘俊卿有点摸着不头脑。赵老板的下一句话却仿佛给了他当头一棒：“走了以后，就不要再来了。”刘俊卿不禁目瞪口呆！

“怎么，听不明白？我是说今天踏出这个门，以后你就不用再来了，更不要再找一贞。”赵老板的口气冷酷，不容置疑。布帘里，端着碗筷、偷听着外面谈话的一贞顿时呆住了。

“赵叔叔，可这……这是为什么？”刘俊卿还想问个明白。“为什么就不用再说了。总之一句话，今天我请你这顿年夜饭，就算是给你和一贞之间做个了断，只要以后你不再跟一贞来往，以前的事，我当没发生过。”

“赵叔叔，我……我对一贞是真心的……我真的是真心的……”

“怎么，你非要我点那么明？你当我是才知道你们的事？行，那我们就摊开来谈：刘俊卿，你一个父亲，一个妹妹，父亲摆小摊卖臭豆腐，妹妹典给人家当丫环，你读个不收钱的一师范，家里还欠了一屁股债——还用我说下去吗？”

刘俊卿的脸色顿时一片惨白。布帘后，一贞同样面如死灰——这个突然的打击显然完全出乎她的预想。

“我为什么送一贞去周南读书？因为那是长沙最好的女校，全长沙有身份的少爷娶的都是那儿的女学生！我赵家是小户人家，可小户人家也有个小户人家的盼头，我就一个女儿，我不想让她再过我这种紧巴巴的穷日子！我省吃俭用，我供她读书，就是要让她嫁个好人家！而不是你这种人！”

一贞冲了出来：“爸！”赵老板腾地站起，指着女儿骂道：“滚回去！还嫌给我丢脸丢得不够啊？”

一贞呆住了。瞟了一眼刘俊卿，赵老板站起身来，扔掉烟头，一脚踩灭：“要娶一贞，你还不够格。你走吧。以后不要来了。”

仿佛自己的身体有千斤重，刘俊卿颤抖着腿，终于站了起来，咬了咬嘴唇，向门外走去。一贞叫了声“俊卿!”抬腿要追，赵老板一个耳光打得她一歪：“你敢!”

捂着脸，一贞的眼泪滚了下来……

二

在与长沙隔江相望的溁湾镇，蔡家母子三人也在温馨地准备着他们自己的新年。

葛健豪对着镜子，披上一件老式大红女装——那是一件宽袍大袖，刺绣精致、衣料华美的旗式女装。她打开一只颇为精致但已陈旧的首饰盒，取出里面几件银首饰，往头上戴着。她的身后，蔡和森正举着一张通红的老虎剪纸窗花，在油灯前比划着问妹妹蔡畅像不像，他旁边的旧木桌子上，散乱着红纸和碎纸屑，摆着几张剪好的“春”、“福”字。

“咦——不像不像，等我这个剪出来，你才知道什么叫过虎年!”蔡畅一面剪着自己手里的窗花，一面说，“想起以前在乡下，那些窗花才叫好看呢。一到过年，家里前前后后，那么大的院子，那么多间房子，门啊、窗户啊，到处都贴满了，我都看不过来。”

蔡和森笑话妹妹：“那时候，你只记得缠着要压岁钱，还记得看窗花?”

“谁只记得要压岁钱了?”

“还不承认。那一年——就是爸从上海给你带了个那么大的洋娃娃的那一年，过年那天晚上，你跟族里头一帮孩子躲猫猫，藏到后花园花匠的屋里头，结果你一个人在那儿睡着了，吃年夜饭都找不到你。”

“那是你们把我忘了。”

“谁把你忘了?到处找。我还记得管家跑到我那里直嚷嚷：‘少爷少爷，四小姐不见了，怎么办啊!’弄得一家子仆人、丫环找你找出好几里地去，等把你找出来，你倒好，光记得问：‘压岁钱给完了没有，我还没拿呢。’”

蔡畅颇为得意：“哼，那年我拿的压岁钱最多，一年都没用完!”

蔡和森说：“那是长辈们怕你哭，故意给你加了倍。”

“你也不差呀，你这件西装，不就是那年爸从上海带回来的?老家那么多少爷，还没一个穿过呢。”

兄妹二人越说越高兴的对话中，葛健豪照着镜子，戴着首饰，梳理着头发——本来，她还被儿女的高兴所打动，但渐渐地，她的笑容消失了，梳理着头发的手也渐渐停了下来。她的目光扫过简陋的房间，扫过一件件破旧的家具用品，扫过窗台上摆着的一碗红薯，扫过蔡和森明显有点小了、已经打了补丁的破旧西装，扫过蔡畅的粗布棉袄、鞋面补过的旧布鞋……

房门轻轻的响动惊醒了兴致高昂的蔡和森，他一回头，才发现母亲已经出了门。镜子前，是几件摘下的银首饰，那件精致的旗式女装已经折好，放在了一旁。

蔡畅并未注意到这一切，还在情绪高昂："哎，对了，哥，你还记不记得我们门口挂过大灯笼，我们剪一个好不好？"

"行，你先剪。"蔡和森不露声色地放下剪刀，"哥先出去帮妈做点事。好好剪啊。"

蔡畅："放心，肯定剪得像。"

坐在墙边，葛健豪呆呆地望着夜空。她的面颊上，挂着两行眼泪。无声地，一只手轻轻拉住了她的手。

"彬彬？"蓦然发现儿子站在身边，葛健豪赶紧擦了一把泪水。

"妈，怎么了？"

"没什么，没什么。"葛健豪掩饰着，但眼泪却又涌了出来，她极力想忍住，擦去泪，笑了一下，却不料眼泪越涌越多，她连擦了好几下，眼泪不曾擦尽，却猛然鼻子一酸，忍不住一下捂住了脸——那是一个坚强女人压抑不住的，突然感到疲惫、无助、软弱而内疚的抽泣声。

"妈。"蔡和森蹲了下来，抓紧了母亲的手，"妈，您这是干什么？怎么了？"

半晌，葛健豪才抬起头，望着儿子的眼睛："小彬，你后悔过吗？跟着妈出来，跟着妈离开那个家，过上现在这样的穷日子，你后悔过吗？"

"妈，您怎么会突然这样想？"

"不是妈要这样想，是妈不能不想啊。妈这一辈子，做什么事都利落，都干脆，从来不想什么后果，也从来没有为自己的选择后悔过。只有把你们两兄妹带出来这件事，妈的心里，一直就不安稳。"她叹了口气，接着说，"离开家也好，受苦受穷也好，那都是妈自愿的，可你们不一样，你们都还是孩子，只要还呆在那个家里，你们就能吃好的，穿好的，过得无忧无虑。其实妈心里总是想啊，是不是妈害了你们，是不是妈太亏欠你们，是不是妈夺走了你们应该享受的幸福和快乐……"

"妈。"蔡和森打断了母亲，"谁说我们现在过得不快乐了？"

"可是……可是跟着妈，你们连个像样的年都过不上……"

蔡和森突然站了起来，说："妈，你真的不知道我们快不快乐？"

葛健豪点了点头。"那您自己来看，来看看吧。"迟疑着，葛健豪站起身，顺着蔡和森的目光，向窗内望去。

房里，蔡畅不知何时已经放下了剪刀，正站在母亲刚才照过的镜子前，披着母亲刚才穿过的那件大红旗装，学着母亲的样子，往头上戴着那几件银首饰。对着镜子，她比划着，欣赏着，做着各种天真的表情——大人不在身边，她那小女孩的天性这时展露得是那样一览无余。

灿烂的、春天般的笑容充盈在她那还带着童稚的脸上。蔡和森问："妈，您觉得，现在的小畅，不如过去的小畅快乐吗？"葛健豪不禁笑了。

"要是没有妈妈在身边，做儿子、做女儿的，还能有真正的快乐吗？妈，跟着您出来，是我们这一辈子最正确的选择，您从来没有亏欠我们什么，正好相反，是您，给我们保留了这份幸福和快乐。"

握着儿子的手，葛健豪点了点头。她突然把儿子的手贴到了脸上，紧紧地，紧紧地……

三

炊烟袅袅，从毛家屋顶上升起。灶前，文七妹蹲在地上，眯着眼睛躲着柴草的烟，往灶膛吹火……

有双脚步停在了她的身后。文七妹似乎这才感觉到了什么，她突然一回头——

站在她身后的，正是背着包袱、一身长衫的毛泽东！

"娘。"

"哎……哎！"这一刹那，文七妹突然竟有些手足无措，她擦着沾满烟尘的双手，愣了好几秒钟，突然扯开了嗓子，喊，"顺生……回来了……顺生……回来了嘞！"

毛贻昌板着脸出现在里屋门口："鬼喊鬼叫什么？我又没聋！"

他的目光移到了儿子身上。

毛泽东："爹。"

毛贻昌鼻子里"嗯"了一声。

"大哥……大哥……"年幼的弟妹欢叫着从里面钻了出来。

"泽覃，泽建！"毛泽东一手一个，一把将两个年幼的弟妹抡了起来，在空中悠了一个圈。

"大哥？"房门外，担着一担水进门的泽民愣了一下，放下担子就冲了上来，"大哥！"

毛泽东放下泽覃，一把搂住了泽民。四兄妹欢声笑语，闹成了一团。

望着自己的儿女们，文七妹搓着双手，喃喃道："回来了，嘿嘿，回来了……"连毛贻昌的脸上，都闪过了一丝笑意。

第二天便到了新年，毛家院子里，毛贻昌一身半旧的长袍马褂，正在端正自己的瓜皮小帽；泽建一身新花衣，扎着红头绳，蹦过来跳过去；毛泽东站在凳子上，正在泽覃泽建的指挥下贴着自己刚刚写好的对联。

端着菜从厨房里面走出，文七妹笑融融地望着家人，快步把菜端进了厢房。抓着泽建的小手，毛泽东用香点燃了挂了树上的一段鞭炮。鞭炮声中，一家人进了厢房，丰盛的农家年夜饭摆满了一桌，父子五人围坐桌前，只有文七妹还戴着围裙，忙碌地上着菜。

毛泽东从身后拿出了一个布包："爹，我从省城也带了几件礼物回来，没花多少钱，都是些简单东西。"拿出一包麻糖，毛泽东说："泽覃、泽建，这个是九如斋的麻糖，省城最有名的，又香又甜，我带了半斤给你们尝尝。"

毛泽东又取出一本字帖和一叠描红纸："泽民，你在家里，整天忙农活，认得那几个字我都怕你忘了，这是给你的，有空多练练，以后考学校，用得上。"泽民说道："哎，谢谢大哥。"

毛贻昌沉着脸，补了一句："做完事再练，莫只记得几个字，当不得饭吃。"泽民点头笑说："我会的，爹。"

毛泽东又拿出了一盒香烟，送到了毛贻昌面前："爹，这是给您的。"接过香烟，毛贻昌皱眉打量着——他显然不大认得这是什么东西："什么家伙？"

"洋烟，洋纸烟，听说比旱烟好抽。"毛泽东说道。

"贵吧？"毛贻昌仰头问。"不算贵，也就两毛钱。"

毛贻昌掂量了一下轻飘飘的香烟，往桌上一甩："两毛钱？买得斤多旱烟了，图这个新鲜！"

"哎呀，三伢子还不是给你图个新鲜？"文七妹正好端上了最后一道菜，她推了丈夫一下，冲毛泽东，"买得好，蛮好，蛮好。"解着围裙，她也坐上了桌。

毛泽东最后拿出了一只崭新的铜顶针："娘，这是给您的。""我？"文七妹有些不相信，"我要什么东西？不用的不用的。"

"娘——我专门给您买的，您那个顶针不是断了吗？我跑了好多家店铺，才挑了这个最好的。您试试吧，试试合不合适。"接过顶针，文七妹的手居然有些发抖，她颤抖着把顶针戴上了手指。

毛泽东问道："娘，大小合适不？"顶针在文七妹的手指上明显大了，文七妹掩住了顶针，赶紧褪下："合适，正合适，蛮合适的……"她忍不住擦了一把眼角的泪水，赶紧端起酒壶，给毛贻昌倒上酒："吃饭吧，吃团年饭，一家人团团圆圆……"

"你急什么？"毛贻昌打断了她，目光又投到了毛泽东身上，"就拿点麻糖、洋烟来交差啊？学堂的成绩单嘞？"

毛泽东将成绩单递了过来。毛贻昌仔细地翻着成绩单，单子上一长串的各科成绩，都是满分或者九十几。

他的神色缓和了，一丝笑意也浮了起来。翻过一页，他继续看着，眉头却突然一皱，眼睛凑近了成绩单，那是排在后面的数学等几科较差的成绩。

"砰"的一声，毛贻昌将成绩单重重地拍在饭桌上，把妻子、儿女都吓了一跳！"数学61？"毛贻昌瞪着儿子，"你搞什么名堂，啊？"毛泽东低下了头。

"乱七八糟的功课你倒是考一堆分子，算账的功课就乱弹琴！你数学课干什么去了？尽睡觉啊？"毛贻昌越说越火，一拍桌子，却正拍在那盒香烟上，他拿起香烟，"还买什么洋烟来糊弄老子，老子看到就碍眼睛！"一甩手，他将香烟扔到了地上！

“哎呀你干什么你？”文七妹赶紧起身把烟捡了回来，“门把功课没考好，以后赶上来就是。大过年的，高高兴兴，你发什么脾气嘛？”她将那盒烟又塞进了毛贻昌的口袋。

看看一家人一个个低头无语的样子，毛贻昌也感到气氛不对，他重重地哼了一声，移开了瞪着毛泽东的目光。

文七妹忙笑说：“来，吃饭，团年饭——菜都冷了，都吃啊。”她用胳膊碰了毛贻昌一下，毛贻昌这才拿起筷子，挟了一筷鱼：“来，年年有余啊。”几个孩子总算松了一口气，大家都伸出了筷子：“年年有余。”

转眼寒假过了，一家人都起了个大早，忙忙碌碌地为他准备着。厢房里，文七妹在收拾着毛泽东路上带的干粮等，毛泽民与泽覃在一旁捆扎着毛泽东的行李。

泽建小心翼翼地把一碗热腾腾的熟鸡蛋端进了厢房，文七妹边往包袱里装着鸡蛋，边吩咐泽建，“去看看你大哥，怎么还在屋里头，莫耽误了船。”泽建推开大哥的门，喊道：“哥，娘在催你了。”

锉刀声声，毛泽东正坐在桌前专注地干着什么，头也没抬，“晓得了，再等一下，我就好。”

蹲在门口的一辆独轮车边，毛贻昌正拿着一支香烟，放在鼻子底下闻着。他手里，那包香烟拆了封，却一支也没抽过。

似乎光闻闻已经过瘾，他又打算把烟装回烟盒，就在这时，两个乡邻正好经过，“顺生老倌，你三伢子要回省城读书去了吧？”

毛贻昌点头：“哎哎哎，马上走，正在屋里收拾东西。”他一面回应，一面忙不迭地掏出火柴，点着香烟。

“哟，顺生老倌，这是什么新鲜玩意啊？”乡邻伸过头来。

毛贻昌脸上一副不以为然的样子，挟着纸烟的手指高高翘起，展示着：“这个？洋烟，三伢子从省城买回来孝敬我的。细伢子，不懂事，只晓得花钱图新鲜。”

乡邻凑得更近了，“洋烟是这个样子的哦？哎，顺生老倌，讨一根来我们也开开洋荤喽？”

毛贻昌平时虽省吃俭用，可对乡亲们却不吝啬。儿子从长沙带来了盒洋烟，不正好让乡亲们尝尝鲜。他得意地将烟递给这两个乡邻，然后又将烟收进口袋，用手按着，这才又补充：“试试喽，看比旱烟强些不。”

两个乡邻接过烟，点燃后细细地品味起来。

毛贻昌也怡然自得地抽着烟，远望着两个乡邻走远。待乡邻身影消失不见，毛贻昌赶紧把手里还剩半截的烟掐灭，小心翼翼地，又将半截烟塞回了烟盒。

这边泽民与泽覃把捆扎好的行李搬上了他身边的独轮推车，捆绑着。看着两个儿子的动作，毛贻昌一脸的不满，“一点东西都不晓得捆！站开站开，我来。”他干净利落，几下捆紧了行李。

毛泽东却还在专注地干着。停下手，他拿起那根量过母亲手指大小的线，比照着，又拿起锉刀锉了起来。文七妹推开了房门：“三伢子，还在忙什么呢？”

“就好了。”毛泽东最后锉了几下，转过头来，“娘，您再试试，应该合适了。”他的手中是那枚刚刚打磨过的顶针。

望着崭新的顶针，和儿子那绽着细细汗珠的笑脸，文七妹一时竟愣住了。拿起母亲的手，毛泽东把顶针戴了上去——果然，不大不小，刚好合适：“娘，您看，刚好。”

“这伢子……”抚摸着顶针，不知怎么，文七妹突然感到鼻子有些酸了……

第十二章

二十八画生征友启事

二十八画生者，长沙布衣学子也。

但有能艰苦劳顿，不惜己身而为国家者，

修远求索，上下而欲觅同道者，皆吾之所求也。

故曰：愿嘤鸣以求友，敢步将伯之呼。

敬启事二十八画生。

一

三月，和暖的阳光从长沙街头梧桐新发的绿叶的叶尖，从街面青石板缝隙的新苔上，从湘江新涨的绿水之中滑过，便如一泓清泉，将整个长沙高高低低的建筑洗涤得干净而明亮。空气中弥漫了春天特有的气息，翠枝抽条，绿草萌芽的清新，纷纷绽放的杂花的浓香和新翻泥土的清香，都渗进了长沙街头熙熙攘攘的人流之中。

何中秀在青石板的街道上快步而行，这位周南女中的教务长全没有在意春光的明媚，连路上的熟人打招呼也心不在焉。她的步子急促有力，颧骨高突的瘦脸上，拧成一体的细眉和紧咬着的薄薄的嘴唇，将她心中的恼怒都勾了出来。她努力控制自己的情绪，尽量想将步子放慢，然而呼吸却更为急促，紧裹在教会学校女学监式高领制服里的身子不由自主地颤抖，一张油印的纸帖在她手里皱成一团。当时在学校的大门前见到这张帖子，她几乎一把撕得粉碎，不过她很快冷静下来，她要留下来做证据。

这位从英国留学回来的女教务长在周南一向以严厉著称，她下意识地捏了捏手里的帖子，这是一张所谓的《二十八画生征友启事》。不觉越想越恼火。早在英国留学时，她就见识过西方男学生追女生的胆大，令她这些“非礼勿视，非礼勿听”的中国女学生们大开眼界，但今日这个帖子，她发现中国的男学生们实在有青出于而胜于蓝之势，居然如此明目张胆地贴在学校的大门口来招揽女生的眼球，说什么“修远求索，上下而欲觅同道者……”什么“愿嘤鸣以求友，敢步将伯之呼”。启事末尾写道，“来函请寄省立第一师范，黎锦熙转二十八画生……”一股怒火不自禁地从她脚底直窜到头顶。她倒要看看，这个黎锦熙到底是何方神圣，这个胆大妄为的“二十八画生”又是什么东西，一时脚下更快了起来。

她折过几条街巷，远远便看见了第一师范那栋高大的暗红色教学楼，柔和的阳光如同蝉翼覆盖，越发显得雍容典雅。

何中秀略略平缓了心情，这才走进一师那张深黑的镂花大门，学校开课已经几天了，学生们正在上课，回廊上静寂无声。何中秀径直穿过回廊，高挑着的头不动，但冷厉而恼怒的眼睛一眼便看见了教务处。何中秀推了推眼镜，抬起了手。

“乓乓乓……”重重的敲门声吓了几个老师一跳。

“谁呀？”一个老师打开房门，何中秀冷冷地直视着他。这个老师呆了一呆，右手握住门的把手，疑惑地问：“请问？”

何中秀不理他，一脚跨进门去，语气生冷：“谁叫黎锦熙？”

办公桌下不知在找什么的黎锦熙抬起头来，应声答道：“我就是。”他还没有回过神来，何中秀已经直奔过去，把一张纸向他桌上一拍！“这是你寄的？”

黎锦熙拿起那张纸来，是一张油印的启事，他一眼瞟见那个兰亭体的标题——

《二十八画生征友启事》，不觉笑了起来。慌忙说道："小姐，您听我解释……"

何中秀立刻打断他，说："敝姓何，周南女中的教务长。"她的声音随即提高："太不像话了！居然把这种东西发到我们周南女中来。你把我们周南当成什么地方了？"

黎锦熙静静地等何中秀发泄完，才赔笑说："何小姐，恐怕您误会了！"何中秀找了把椅子坐下，眼皮也不抬一抬，纠正说："何教务长！"

黎锦熙笑道："何教务长，您听我解释，这是敝校一名学生写的，他只是托我代收来信……"他的话没有说完，何中秀更是怒气冲天，这是什么老师？一时声音更高了，尖锐的女声便如划过玻璃的钢丝，从教务处一直传到走廊，引得经过的几个老师纷纷侧目。"学生？学生你就更不应该！身为教师，眼看着学生发这种乌七八糟的东西出来勾三搭四，不但不阻止教育，你还帮他收信？是不是想助长他来蒙骗我的女学生啊？"

黎锦熙这时脑子里已经乱成一团，张大了口说："蒙骗女学生？"

何中秀手指在那张启事上乱敲，厉声说："把这种东西发到女校来，不是想蒙骗女学生还是干什么？还'愿嘤鸣以求友，敢步将伯之呼'？想求什么友啊，女朋友吗？"

满屋子的老师们都愣住了。黎锦熙一时真是不知从何解释起，看着何中秀苦笑起来，他深吸了一口气，才说："何教务长，我想您真的误会了，我可以向您保证，这个学生绝对没有什么不轨的心思……"

何中秀冷笑一声，说："你向我保证？"她顿了一顿，尖声说道："谁向我保证也不行！"

"那我保证行吗？"

忽然门被杨昌济推了开来。

何中秀微微一怔，有学问的人何中秀也见过不少，但像杨昌济这样学贯中西又品行高洁的大学问家却极是少见，这也是她最敬重的。杨昌济在周南兼课，她一直执以弟子之礼，这时赶紧站起身，神色恭谨："杨先生？"然而心中疑惑，这件事怎么会和杨先生扯上关系，这个"二十八画生"究竟是何方神圣？

杨昌济点头微笑，自桌上拿起那张启事，说："何教务长，请您跟我来，我为您解释。如何？"

何中秀不觉有些局促，忙说道："您叫我小何吧。"

杨昌济含笑说道："好吧，小何，这边请。"一时领着何中秀出门去。黎锦熙此时已经是满头大汗，看着两个人出门，长吁了口气，向几个老师自嘲说："当真是唯小人与女子难养也，这位和苏格拉底的那位有得一拼。"几个老师都笑起来。

何中秀随杨昌济慢慢穿过回廊，一时来到学校的公示栏前，杨昌济指着上面贴着的一篇文章说："你帮我看看，这篇文章怎么样？"

何中秀一头雾水，但又不好多问，看那篇标题为《心之力》，署名"毛泽东"

的文章上，密密麻麻被加上了一片圈点，圈到后来，竟已无从下笔。文章上方用红笔打上了“100”的分数。后面又重重地添上了“+5”。文章之下是杨昌济长长的批语。

何中秀疑惑地慢慢读这篇文章，越读到后面，脸色越惊异，不自禁地扶住眼镜，又跨前一步，身子几乎已经贴住了公示栏。半晌才抬起头来，说道：“这是你们学生写的文章。”

杨昌济点头一笑。何中秀半晌才吐了口气说：“一个学生，居然有这样深刻的思想，这样严密的逻辑？我也教了这么多年哲学，真是见所未见啊。”

杨昌济手拍着公示栏，肃然说道：“不仅仅是才华。此生的人品、志趣，昌济是最了解的，别的不论，心底无私、光明磊落这八个字，我敢为他拍个胸脯。”

何中秀怔了一怔，忽然回过神来，说：“等等，您是说，这个毛泽东就是二十八画生？”

杨昌济点头肯定。说：“是这样的，几天前刚开学，这位学生对我说，他越来越觉得，所学到的东西，直接从书本上得来的少，倒是向各位先生质疑问难，和同侪学友相互交流中，得到的更多。”

何中秀沉吟说：“嗯，从有字之书中搬学问，不如从无字之书中得真理。”

杨昌济笑起来，说：“得真理也只是第一步，他对我说，修学也好，储能也好，归根结底，是为改造我们的社会，而改造社会，绝不是一个人的事，再大的本事，一个人也解决不了任何问题。所以他觉得应该扩大自己的交流范围，结交更多的有志青年，他日，方可形成于中国未来有所作用的新的力量。”

何中秀闻言呆了一呆，忽然一击掌，说：“对，这就应该结交同志，公开征友。是不是？”

杨昌济欣然大笑，打开那张启事，说：“您看，‘但求能耐艰苦劳顿，不惜己身而为国家者’，他既以家国天下为己任，自能想人之不敢想，行人之不敢行。区区世俗之见，又岂在他的眼中？”

何中秀低头一笑说：“看来倒是我有俗见了，杨先生，今天是我冒昧了，请您原谅。”

杨昌济微笑说：“这么说，何教务长不打算追究了？”

何中秀含笑说：“我要追究的是心存不良的浪荡子，可不是有这等才华个性的好学生。”

杨昌济会意一笑说：“那这份启事就还给我，就当这件事没有发生过，好不好？”

何中秀缓缓摇了摇头，斩钉截铁地说：“那可不行。”

杨昌济愣了一愣说：“怎么？”

何中秀笑道：“启事还给您，我周南的学生，上哪儿去结交这样特立独行的人才呢？”

杨昌济也笑起来，递过那张启事。何中秀接过来说道：“今天冒昧打扰了，麻烦您代我向黎先生致歉。”

杨昌济笑着答应：“一定，一定。”

何中秀告辞出来，已经是中午时分，阳光越发显得清亮了，便如透明的琥珀一般。何中秀不觉又将那张启事拿在手里细看，“二十八画生者，长沙布衣学子也……但有能耐艰苦劳顿，不惜己身而为国家者，修远求索，上下而欲觅同道者，皆吾之所求也。故曰：愿嘤鸣以求友，敢步将伯之呼。”脸上渐渐露出笑意，一抬头，却见不远处阳光下数株老槐都抽出碧绿的新条，如同清泉淌过的玉石一般。

二

毛泽东这几天来一直都在一种激动和亢奋之中，周身仿佛有一团火在燃烧。他的征友启事在长沙各大中学贴出不过两天，便接到了长郡联合中学一位自号“纵宇一郎”的来信，这人名叫罗章龙，虽然只有19岁，但胆识气魄都超人一等，两个人一见之下，顿时有相见恨晚之感，从周日下午二时一直谈到天黑，还意犹未尽。罗章龙对经济学的领悟颇深，这是毛泽东尚未涉猎的新范畴，因此听得相当仔细，不觉暗自庆幸，如果不是有这次征友，在学校的课本上，他是无法学到这些新知识的。而从罗章龙的谈吐，他也情不自禁地感到，天下之大，无处不是英才，如果这些精英都能同心一力，中国的复兴只在指掌之间。

这日一大早，毛泽东胡乱吃了早饭，便匆忙往爱晚亭赶，他与另一位来信应征的已经约好了在爱晚亭见面。一时过了湘江，直上岳麓山。这天正是周末，但天时还早，山上游人不多，天边一轮红日，自绵延的山岚之间浮出，便在满山碧绿的松涛中抹出一痕胭脂。松风振动，鸟雀相鸣。

出岳麓书院后门，沿石道而上，山路盘折，越往里走，山路越窄，两山夹峙，行至山穷水尽之时，眼前忽然开朗，一个亭子金柱丹漆，四翼如飞，立在山麓之中，正是号称天下四大名亭的爱晚亭。亭下两个大池塘，春水新涨，绿柳如丝。

毛泽东在亭子里的一张石桌旁坐了下来，他来得太早，应征的人还没有到。但他此时心中却更为急切，在那亭子里坐立不安。

终于听到有脚步声远远传来，毛泽东站了起来，看时，却是一男一女两个中年人，看着也不像。他又坐了下来，正失望时，忽然石道上闪出一个少年，只有十五六岁的年纪，短发，眉目清秀，但嘴唇丰厚。他步履谨慎，无声无息地上了亭子，略有些局促地看着毛泽东，张了张口，腼腆一笑试探道：“二十八画生？”

毛泽东大笑一声，扬起手中的信来，两封信同时摆在了石桌上。

“长郡联合中学，李隆郅。”这位少年报出名字。

“第一师范，毛泽东。你好。”毛泽东热情地伸出手，李隆郅看了看这只手，才伸出手来，握了一下。

毛泽东坐了下来，说："你想先谈点什么？"

李隆郅沉默一时，说："毛兄主动征友，自然先听毛兄谈。"

毛泽东全不推辞，顿时滔滔不绝："嗯！那好，我就谈谈我为什么要征友。首先呢，我们都是民国新时代的青年，天下者，青年之天下也。青年要实现自己的理想和抱负，就要寻找更多志同道合的同志。古有高山流水，管鲍之谊，我们今天更应该与一切有志于救国的青年团结起来……"

山风掠过，亭子四翼的松枝一阵颤动，便如触电一般，满山的松涛都荡开来，便如海波扬起，直向天空奔涌而去。毛泽东说得兴起，站了起来，在亭子里来回走动着，挥动手臂，声音也越来越大："……正如梁启超先生言：今日之责任，全在我少年。少年强则中国强，少年进步则中国进步，少年雄于地球，则中国雄于地球……"

李隆郅沉吟不语，目光落在了石桌上并排摆放的那两封信上。山风越发大起来，吹动信纸。

"……以我万丈之雄心，蒸蒸向上，大呼无畏，大呼猛进，洗涤中国之旧，开发中国之新，何事不成……"

毛泽东越说越兴奋，大开大阖，仿佛眼前的群山都是他的听众，正在受到他的鼓动感染！

李隆郅默然无语，只是眼看着亭外的山景，沿池塘植满了垂柳，阳光透过来，柳叶如眉，绿草如丝。

"……莽莽乾坤，纵横八荒，谁堪与我青年匹敌？纵一人之力有限，合我进步青年之力，则必滔滔而成洪流，冲决一切，势不可挡，为我中华迎来一崭新世界！"毛泽东用力一挥手，声音戛然而止。一番演说带来的激动使得他额角都带上了微微的汗珠，眼里闪着炽热的光，等待李隆郅的回应。

这时亭外一群飞鸟骤然从枝头惊起，正在打量着山景的李隆郅似乎也被惊醒，他看看毛泽东望向自己的眼神，半晌才说道："毛兄——说完了？"

毛泽东："说完了。"

李隆郅沉默一时，似乎下了很大的决心似的，站起身来，一言不发，向亭外走去。

毛泽东呆了一呆，"哎，你上哪去？"

李隆郅头也不回说："你不是说完了吗？"

毛泽东："我讲完了，你还什么都没讲呢。"

李隆郅却不理他，飞也似的跑下山去了。

毛泽东不由哭笑不得，招手想叫他回来，但想一想却作罢了，只摇一摇头："这个人，什么毛病？"

不过毛泽东怎么也没有想到的是，不到十年，他和这个人成为了战友。1922

年，李隆郅从法国留学回来，先到中共湘区委员会报到，书记正是当初寻友时结识的“润之兄”。毛泽东对他说：你的名字太难叫，工人们也不认识“隆郅”这两个字。这位性格豪爽的革命者马上同意改名，决定按谐音改成“能至”。再后李能至又更名李立三，成为早期中国共产党领导人之一，中国工人运动领袖，无产阶级革命家。只是毛泽东一直也没明白他当时为什么一言不发，这也成了一段谜。

三

何中秀回到周南女中，当天就把这个启事张贴在了学校门口。放学后，一大群好奇的女生们叽叽喳喳地围在门口，有人读着，有人议论，也有人皱着眉头。

“什么那么好看？让一下让一下。”警予拉着斯咏挤了进来。

“《二十八画生征友启事》？嘿，这倒新鲜啊！”警予读着启事，“‘二十八画生者，长沙布衣学子也’——这是谁呀，这么酸溜溜的？”

斯咏比较喜欢古文些，并不觉得这样写有什么不好，她蛮有兴趣地看着启事，说：“你管他谁，看看再说嘛。”

“我才懒得看呢。”警予一点兴趣也没有。

斯咏自顾自地读着启事：“……但有能耐艰苦劳顿，不惜己身而为国家者，修远求索，上下而欲觅同道者，皆吾所求也……”

“切，好大的口气！”警予一把拉住斯咏，“走走走，牛皮哄哄的，有什么好看的？走！”

两人刚转身，听到身后传来其他女生读启事的声音：“……故曰：愿嘤鸣以求友，敢步将伯之呼……”

斯咏猛地站住了，她一把甩开警予的手，回过头来。启事的末尾，霍然是那句“愿嘤鸣以求友”！

回到寝室。斯咏拿出那本《伦理学原理》，翻开了扉页，露出了那句“嘤其鸣矣，求其友声”。她几乎是下意识地把这一页翻过去，又翻回来，反反复复。

“你说我们周南这是怎么了？平时连门都不让男生进，今天倒好，外校男生的征友启事，居然也让贴在大门口，真是怪了。”警予在趴在床边，摔打着一个旧布娃娃。

一贞也轻轻应和着：“就是，我也觉得怪。”

“哎，你们猜猜，会不会有人去应征啊？”警予看看斯咏，又看看一贞，问。

只有一贞回答：“不会吧？”

“你肯定？”

“男生征友，女生谁会好意思去呀？那还不让人笑话死？”

两个人聊着，却发现斯咏坐在一边出了神，警予把那布娃娃扔了过去，砸在斯咏头上："哎！大小姐，今天怎么回事？一句话都不说。"

斯咏没抬头，仍然盯着那句诗。

"这丫头怎么了？丢魂了？"警予上前把那本书一把抢了过来，"想什么呢？"

斯咏抬起头，忽然仿佛下定了决心似的，说："我想去应征。"

四

毛泽东接到陶斯咏的信已经是第三天，自和李隆郅见面之后，他一直也没有弄明白，李隆郅为什么一言不发便走了。而黎锦熙这回交给他的信，落款居然是"周南女中　悠然女士"，分明是个女生，他就更是犹豫，直到了约定的周日上午，他还拿不定主意，便来找蔡和森。

"老蔡。"毛泽东把信放在蔡和森面前，"陪我走一趟好不好？"

蔡和森看一看信上的落款，顿时笑起来："想不到，润之兄天不怕地不怕，倒怕和女学生见面。"

毛泽东哼一声，说："我怕？我怕他个鬼！我就是觉得头回见面，一男一女，总不太好嘛。"

蔡和森沉吟说："人家肯来应征，足见思想开明，不是那种扭扭捏捏的传统女性。"

毛泽东点头说："这个我晓得。不过……我还是觉得不太好——再说，这么思想开明的女性，你也应该见识见识嘛。哎呀，走走走，走嘛。"

来信约在岳麓山的半山亭，二人直出了校门，过湘江上山。

半山亭在岳麓山的半山腰，此处原建有半云庵，后废弃，亭子是六方形，亭周苍松半隐，杂花乱放。松外半边晴日，半壁山石嵌嵌。

"看样子还没到。"两个人上了亭子，毛泽东环顾四周。

"还不到时间吧。"蔡和森全不在意，看那亭子上"半山亭"三个字，说道："润之，这半山亭还有个来历，你还记得那首诗么？"

毛泽东正要说话，忽然背后一个女声传来"请问——"

毛泽东和蔡和森同时回过头来，斯咏、警予、毛泽东、蔡和森都愣住了。

"怎么是你？"四个人几乎是不约而同。

毛泽东大笑起来，一扬手中的信说："两位谁是悠然女士？"

警予一指斯咏笑说："本人周南女侠，这位悠然女士。谁是二十八画生？"

"敝人毛泽东，正好二十八画，这位第一师范蔡和森。"他向斯咏一笑："两位女士好。"

斯咏怔了一怔，这两个名字实在再熟悉不过了，想不到毛泽东就是他，立时伸出手来笑道："你好，陶斯咏，向警予。"

她话未说完，警予几乎跳了起来，“你就是蔡和森，你是毛泽东，去年一师入学考试的一二名？”指着蔡和森，“你还笑，你怎么骗我。”

蔡和森尴尬一笑，毛陶二人奇道：“原来你们认识？”

警予哼了一声，说道：“鬼才认识他。”蔡和森却一抱拳笑道：“女侠气量如海，得罪之处，还请恕罪。”

警予一摆手，撇嘴说：“也罢，本女侠肚里能撑船，暂时饶了你，下回再犯，定斩不饶。”

一时四个人坐定，慢慢说起缘故，从向陶二人冒名考试，到蔡向街头擦鞋，从毛陶二人书店偶遇，再到街头躲雨，原来都是对面相逢不识君。说到好笑处，都哈哈大笑起来。

“这就叫无巧不成书啊。”毛泽东一捅蔡和森：“你看，你还不打算来，不来怎么碰上你这位崇拜者啊？”

警予冷哼一声说：“还说！想起来就叫人生气，说什么‘我跟蔡和森是同学’——为什么骗我？”

蔡和森笑说：“我可没骗你。”

“还不承认！”警予得理不饶人。

蔡和森笑一笑说：“当时你只问我认不认识一师的蔡和森，我说认识也没错呀——我能不认识自己吗？”

警予瞪了一眼，说道：“狡辩！”

“好了，偶像也碰上了，还有什么不满意的？”斯咏笑说，“再说刚才你怎么说的，‘本女侠肚里能撑船’。”

警予一扭头反驳她：“谁说他是我偶像了？”

“不是偶像？不是偶像你那床头贴的是什么？”斯咏含笑说道。

警予脸上微微发热，顿时反唇相讥：“不准说了啊。是谁又送书，又抄诗，还说我？”

斯咏立时羞红了脸。

“好了好了，以前的事都不提了，今天，就当我们正式交个朋友。来，握个手吧。”

在毛泽东的提议下，四个人的手大大方方地握在了一起。

五

读书会的周日活动时间很快就到了。这一天也正是斯咏、警予头回参加活动的日子，毛泽东一早便告诉了萧子升有两个新成员要加入，春色和暖中，读书会的人在一师门前陆续聚齐，萧子升一直留意，却不见有新人来。一时问：“润之，你说的两个新成员呢？”

毛泽东笑说：“莫着急嘛，马上就到。”

这时身后传来了警予的声音：“毛泽东。”萧子升看时，斯咏穿一件淡黄的连衣裙，一头乌青的长发如缎子一般飘动，高挑身材，眉如细月，目似澄波，神色从容，举止冷静。警予穿白色校服，短发，修眉俊目，文采精华，这两个人，斯咏艳如霞映澄塘，警予却是素若秋蕙披霜，一艳一素，看得萧子升不由怔住了。毛泽东大笑说：“你看，说曹操曹操就到吧。来来来，介绍一下，萧子升，我们读书会的负责人。这两位是周南女中的向警予、陶斯咏。”

警予落落大方地伸出手来：“你好。”

子升这才反应过来，赶紧掩饰着自己的失态：“你好。”

斯咏也伸出了手，与子升相握：“你好。”

毛泽东一拍巴掌说：“哎哎哎——人都到齐了，兵发湘江，走喽！”

一行人浩浩荡荡过了湘江，向岳麓书院而来，一路上玩笑不断，向、陶很快和众人混熟了。

岳麓书院始建于宋代开宝九年，书院前抵湘江西岸，背延至麓山之顶，占地数百亩。众人远远便见苍松老柏之间，院堂相接，楼阁勾连，自有一番气势，都不觉肃然起来。

众人一时缓缓行到了桃李坪，却见正面是单檐硬山式的三间大门，额书“千年学府”。萧子升微微一笑，说道：“有人说一大段的时间，才凝聚出一点历史，一大段的历史，才凝聚成一点文化，文化之重，自古使然，这里是中国千年文化之地，虽然只有这简单的四个字，但其中的分量，实在有泰山之重。”

蔡和森沉吟说道：“自来游名山大川，就有两种人：一种是明白人，积蕴深厚，胸中有丘壑，因此于简单处见文化，于平白处得性情；一种是糊涂人，只知道搜奇猎胜，更有人附庸风雅，不知所谓，实在糟蹋了这些名山胜景。”

警予笑说：“你说我们是明白人还是糊涂人？”

蔡和森笑一笑，不置可否。毛泽东却笑说：“他一向的难得糊涂，是大智若愚。”

几个人说笑，已经进了那三间头门，这里就是正门了，只见五间出三山屏风墙，也是单檐硬山顶，门额“岳麓书院”，门联大书“惟楚有材，于斯为盛”。

外檐石柱一幅楹联：“地结衡湘，大泽深山龙虎气，学宗邹鲁，礼门义路圣贤心”。

警予念着门联，回过头来，手点着身后众人说：“哎，你们说，是不是于斯为盛呀？”

斯咏笑道：“人家千年书院，才敢这么说，我们算老几？”

警予哼一声：“那千年也过掉了嘛！以后呢，说不定就是我们。蔡和森，你说是不是？”

蔡和森笑一笑说："我可不敢做此奢望。"

萧子升却沉声说："为什么不？江山代有才人出，各领风骚数百年。焉知今后就不是你我之辈？"他的目光转向了斯咏，说道："陶小姐，向小姐，请吧！"

众人纷纷向里走去，斯咏却回头在找什么，只见毛泽东还站在原地，仰望着对联出神，招呼道："毛泽东，走啊！"

"哎！"毛泽东答应一声，又认真看了对联一眼，深吸了一口气，这才向里走去。

向里便是书院的主体讲堂所在。自初创至今，讲堂堂序共有五间，前出轩廊七间，东西深三间，一体的青瓦歇山顶。讲堂明间正中设讲台，屏风正面刊着张栻撰、周昭怡书的《岳麓书院记》，背刊岳麓全景摹刻壁画。左右壁嵌石刻"忠、孝、廉、节"四字。轩廊后壁左右，分置石刻，为乾隆二十二年山长欧阳正焕书"整、齐、严、肃"四字。内壁四处都是木刻、石刻，刊满学箴、学规、题诗。

蔡和森长吸一口气说："这就是湖湘千年学术之滥觞啊。"

萧子升点一点头，"站在这儿，想想当年，朱熹、张栻、王阳明、王船山这些先贤巨儒，就曾在那个讲台上传道授业，我们站的地方，就曾坐过曾国藩、左宗棠、谭嗣同、魏源这些学生……"

警予扬起脸补充："还有杨老师。"

萧子升愣了一愣，笑了起来，"对，包括杨老师——身处圣贤故地，举目而思先哲，油然而生敬意啊！"

警予突然一撩裙子，席地端坐了下来，招呼说："来来来，都坐下，体会一下。"

众青年纷纷学着古人听讲的样子，席地端坐下来。

警予点头说："嗯！感觉不错。可惜呀！就缺上面坐个老师了。"

斯咏仰头说："那上面谁敢坐？那可是朱熹、王阳明讲课的地方。"

萧子升笑说："是啊！我们没赶上好时候，不然，也能一睹圣贤风采了。"

"我看老师还在。"这时身后传来了毛泽东的声音，众人回头一看，才发现只有他还站在大家后面。

他走上前来，手一指："那就是老师，真正的老师。"手指的方向，正是轩廊外檐明间匾额上"实事求是"四个大字。

斯咏疑惑道："实事求是？"

"对，实事求是！据说朱熹在读《中庸》时，《中庸》里面关于心和性，他总是不得其解，就跟张栻讨论，张栻是胡宏的学生，认为'未发就是性，已发就是心'，主张'先察实，然后再持养'，这就是湖湘学派经世致用的发端。其后湖湘学派把这种心性的修炼和经世致用结合起来，像张栻的时候，他研究《孙子兵法》，而且认为《孙子兵法》是每个儒生必须要研究的。王船山还在这里办了一个社团，叫'行社'，行动的行。曾国藩也专门解释过实事求是，说实事求是就是

‘格物致知’，研究学问要格物，那个实事就是物，我们要格物就是要研究从实事中间来求得天理。朱夫子也好，王阳明也好，不管多少饱学先贤，也不过匆匆过客。只有从东汉就留下的这四个字，才是岳麓书院的精华，才是湖湘经世致用的根本所在。”毛泽东回过身来，“讲实话，做实事，不务虚，求真理，这才是值得我们记一辈子的原则!”

他说到这里，也坐了下来，说：“我建议，今天我们就在这儿，对着这块匾，讨论一下，怎么做，才是真正的实事求是。”

第十三章 可怜天下父母心

刘俊卿顺着孔昭绶手指的方向，走出房门，
忽然，他愣住了，父亲竟然站在门口，
全身都在颤抖，老泪纵横。
刘俊卿无法面对父亲，
更无法面对身份即将揭穿的难堪，
他低头着，加快脚步，从父亲身旁逃也似的跑开。

一

刘俊卿自过年那日被赵一贞的父亲羞辱赶出赵家之后，不敢再去赵家，每日里躲在巷口张望，心想哪怕是见上一面也好，至于真见了面要说些什么，或是答应赵一贞些什么，他是一点考虑也没有。故而每每看到赵一贞的身影出现在巷口，他反而躲得比赵一贞还快，唯恐被她发现。

那一日，赵一贞还没放学，刘俊卿正躲闪着东张西望，冷不防被人横过来当胸一掌，推得他一个趔趄。刘俊卿大怒，挽了袖子正要上前据理力争，但一看原来是三堂会的老六，带着两个青衣打手直往赵记茶叶店去。刘俊卿忙把到了嘴边的话全部吞回肚里，远远憋在后面偷看。

那三个人进到赵记茶叶店之后，一个青衣打手把一张印得三分像人，七分像鬼的关公像甩在柜台上。赵老板连忙拿了一块光洋恭恭敬敬放在关公像旁边。

另一位青衣打手眼睛也不抬一下，说道："马爷有话，从这个月起，你这种店面的香火钱一律两块。"

赵老板赔着笑说："两位爷，我这小店不一直是一块吗？"

"怎么，不想给？"

"不是这话。实在是生意难做啊，就一块我都是牙缝里挤着省呢……"赵老板只差点跪下了。

"你这店是不是不想开了？"青衣打手把桌子一拍，赵老板吓得一哆嗦，老六看看这火候也差不多了，这才慢条斯理地故意问道："这是怎么回事？"

"这家不肯敬关二爷。"

"不敬关二爷？嘿，我说你他妈的……"

老六嘴里的三字经才刚出口，身穿周南校服的赵一贞正好进了门，顿时把老六看得呆了——女人他老六也见过不少，手下就打理着三堂会的两家妓院，但似一贞这般文静秀雅，既有良家女子的贤良，又有女学生的新潮的姑娘，他却着实是头回开眼，一时间看直了眼，目光追着一贞，直到一贞进了茶叶店的后院，放下帘子，这才回过神来。再回头看到手下正在又拍桌子又要拆店，他二话不说，"啪"地挥出一巴掌，打得手下晕头转向："吵什么吵？你吵什么吵？老子在这儿，轮得到你来耍威风？从今天起，这间店的香火钱免了！谁敢再提拆店的事，我先把他给拆了！还不滚！"又转头对赵老板说，"没事了，没事了啊。老板，做生意，做生意。都是一家人，以后常来往，常来往啊。"说话间直出门去。

看看老六一步一回头的样子，再回头瞄瞄里间的门帘，赵老板似乎猜到了其中的原因。

这时赵一贞已经走过来，低声说："爸，我出去一趟。"

赵老板心不在焉地点点头。

斑驳的夕阳，清清冷冷地洒在小巷陈旧的青石板上，一步，又一步，赵一贞在青石板来来回回地走着。她早就看到了躲在墙后的刘俊卿，或者说，她每天都看到了刘俊卿，她在等，等着刘俊卿自己出来，像个男人一样主动站出来。

刘俊卿却仍然躲在墙后。

赵一贞停下来：“你每天等在这儿，就是为了躲着我吗？如果你以为我和我爸想的一样，那你何必还等在这儿？你明明知道，有些事是我根本不会计较的，从认识你的第一天开始，我就没想过你是少爷公子还是穷学生，可要是连你都躲着我，连你自己都看不起自己，那你让我怎么办？这份感情，我需要有人跟我一起坚持啊！”

刘俊卿脸贴在墙上，双唇紧闭。赵一贞也一动不动，她在等刘俊卿的回答，夕阳一点一点从她月白的衫子上退到墙角，直到巷子里都暗了下来，远处麓山寺的钟声隐隐传来，但刘俊卿仍然一言不发。赵一贞叹息一声，转过身来，缓缓离去。

刘俊卿这时才从墙角转出身来，他张了张嘴，但最后还是忍住了，只看着赵一贞的背影，闭上了眼，抱头蹲下身来……

二

一连几天，上课也好，读书也好，刘俊卿全无心思。这一天才放学，忽然见纪墨鸿向他招手，他一时进了纪墨鸿的办公室，只听纪墨鸿说道：“关上门。”

“老师找我有事？”刘俊卿掩上了门。

“有个机会，你想不想抓住？”纪墨鸿含笑着问他。

“什么机会？”

一时纪墨鸿说出一段话来，刘俊卿只觉得全身上下每一个毛孔都轻飘飘的，只要踮一踮脚，就可以飞起来。他告辞出来，飞快跑下楼梯，把迎面而来的同学手里拿着的试卷课本撞得满天飞扬。同学惊讶地看着他，他却看也不看一眼，抬起头继续向前飞奔，他心里只有一个念头，就是找到赵一贞，告诉她，他们的爱情有希望了，他们的生命，重新开始了。

他冲进赵记茶叶店，把正在看店的赵一贞吓了一跳，又想父亲此时正好在家，生怕刘俊卿难堪，忙从柜台后面出来，打算拦住刘俊卿，却不料赵老板听到动静，马上从门帘后出来，把赵一贞往内屋推：“你给我进去，进去！”

刘俊卿气喘吁吁：“一贞……赵叔叔，您听我说……有件事，我一定要告诉一声……”

赵老板见刘俊卿不像来捣乱的，“什么事？”

“我要当科长了，省教育司一司科长。”刘俊卿兴奋地说。

“当科长？可你不是二年级还没读完吗？”赵老板冷眼看着他。

刘俊卿解释说：“是这样，我有一个老师，是教育司的督学大人，刚代理了教育司长，他一直很欣赏我，这次那个科长的位置空出来了，他说，只要我能参加我们学校讲习科的毕业考试，考个第一名，他就推荐我接这个位子。到时候，我就是算是民国政府正式的文官，光薪水就比当老师高出好几倍，只要我再努力好好干，以后，还能升署长，升司长……”刘俊卿还欲滔滔不绝继续往下说，却被将信将疑的赵老板打断，“你说的——是真的？”

刘俊卿一再保证，“是真的。赵叔叔，我一定会认真考，一定会争取到这次机会的。您就让我见见一贞，让我把这个消息告诉她，好吗？”

刘俊卿知道赵一贞就在旁边，也听到他刚才所说的话，但是，他不管，他要亲口再对赵一贞说一遍，这是他对他们感情的保证。

刘俊卿这番话，在赵老板听来，不可全信，也不可不信。在他的算盘里，与其让女儿跟三堂会老六那个大字不识，只会耍狠的流氓，还不如遂了女儿的心愿，许了眼前这位刘俊卿。这小子，穷是穷点，但好歹也是读书人，难免不保日后会有飞黄腾达的一天，说出去也体面。怕就怕这小子说话不尽不实，夸夸其谈，到头来，竹篮打水空欢喜一场事小，得罪了三堂会老六可就是身家性命不保的大事。

赵老板脸上头一次有了笑容，对刘俊卿说：“我也没说过你们就不能见面了嘛！一贞，一贞。”等到一贞迫不及待从里屋出来，赵老板半步也不离身，挡在两个人中间，说：“俊卿呢，是来告诉你一个消息的，告诉完了他就会走，至于以后还来不来，就看他那个消息是不是能有结果了。”

刘俊卿一心沉浸在爱情重燃希望的喜悦里，哪里想到就这短短三两分钟的工夫，赵老板这个生意人的脑子里，已转过了这许多念头。“您放心，赵叔叔！”刘俊卿口中喊着赵老板，目光却是迎着赵一贞，“这个第一名，我一定会考到手！”

这些天，老六一天三趟地往茶叶店跑，赵老板唯恐他被撞见，忙说道：“话已经带到了，人也已经见到了，机会我已经给你了，至于晚饭我就不留你了，你好自为之。”

赵老板一席话，倒勾出了刘俊卿的隐忧：转入讲习科参加毕业考试，这方面的手续问题，纪墨鸿既然开了口，自然不用他操心，但讲习科那边还有个天才萧子升，从入学作文开始，就一直压在他头上，压得他几乎喘不过气来。

在刘俊卿看来，这世间的读书人也是分三六九等的，最差一等是王子鹏那样，读来读去都是倒数第几，自己对自己都没什么信心，幸亏有个好爹娘罩着，否则被人卖了还帮人数钱。再次就是毛泽东那种人，有一点小聪明就到处张扬，弄得天下皆知，不过一到考试就现真章，平均分也好，总分也好，加加减减下来也不过如此。最可怕的就是萧子升、蔡和森这种人，平时也没见他们如何熬夜加班加点努力用功，一到考试，却永远名列前茅。

临近考试的那些日子，他找讲习科的同学借来听课笔记，拼了命地下苦功，心中已经定了目标，这回，一定要把萧子升远远抛在身后，把这个第一名考到手。

然而事与愿违，他心中背了这个包袱，茶饭不思、没日没夜地熬下来，不知怎么，记性却反倒不如从前。这天王子鹏来帮他复习，几个问题考下来，刘俊卿竟答得一塌糊涂。

“《独立宣言》是谁起草的？”

“华盛顿。”

“不是。”

“那……富兰克林？”

王子鹏又摇头：“是杰斐逊。”

刘俊卿慌了手脚，本科要到明年才会正式开世界历史，讲习课却开得早，他原以为这段时间自己下了工夫，应该没问题了，不料越急越记不清，脑袋里全乱成了一锅粥。

王子鹏看着刘俊卿面前堆得厚厚的笔记本，很为他担忧：“时间来得及吗？俊卿，不用太勉强了。”

“没事，数学、英语这些基础科目我们都上过了，剩下的都是些要背诵的，无非是多花点时间背就是了。”刘俊卿只能自我安慰。

“我看你把所有时间都用来背这些笔记了，别的老师都知道你报考讲习科一事，睁一眼闭一眼，但明天有袁老师的课，你小心点。”

刘俊卿还是有些惧怕袁吉六的，大概就是所谓师道尊严吧。但另一方面，刘俊卿又觉得，袁吉六作为老师，过来人，更应该理解他，即便是抓到了他在课堂上背诵讲习科的笔记，也会放他一马。

但刘俊卿失望了，袁吉六很生气，教鞭狠狠地抽在课桌上，两只眼睛瞪着他，一副要他把生吞活剥的样子。

刘俊卿手忙脚乱：“袁老师，您听我解释……”

“有什么好解释的？上课不认真听讲你还有理了！反了你了！”袁吉六抓起笔记，刷地扔到教室后面：“站到教室后面去给我好好反省，这堂课，你就站在那里听。”

刘俊卿长这么大，一直是好学生，第一次被老师这样当面不留情面地批评。他不敢再说话，乖乖站到教室后面，笔记本就在他脚边，当着袁吉六的面，他不敢弯腰去捡。好不容易等到下了课，袁吉六离开教室之后，刘俊卿这才捡回笔记本，垂头丧气回了宿舍。

宿舍里，易礼容和张昆弟把两张书桌拼起来，各拿着一只简陋的光板球拍，你来我往打起了乒乓球，引来了几十个六班和八班的同学过来看热闹，把宿舍挤得水泄不通。

易礼容一招失手，被张昆弟抓住机会赢了一球，喝彩声之后，张昆弟大叫，“哈哈，六比五，你输定了！”

易礼容不服气："就一球，运气球，有什么了不起的，再来!"

张昆弟洋洋得意："这可不是运气问题，是水平问题，你就认输吧你，今天我吃定你了!"

张昆弟这话言者无心，刘俊卿却是听者有意。这些天来，他所忌讳的，只有萧子升一人，刚才的课堂上，他出了这么大一个丑，张昆弟这些人无一不跟萧子升交好，当着他的面就敢这样指桑骂槐，背后说不定多么幸灾乐祸。刘俊卿想到这里，越发怒不可遏，仿佛疯了一样，扑上前去，一把夺过张昆弟手里的乒乓球拍："吵吵吵！吵什么吵！还让不让人看书？这不是你一个人的寝室！你知不知道？"

"啪"的一声，乒乓球拍被刘俊卿重重摔在地上。

宿舍顿时安静下来，所有人都惊呆了。好半天易礼容才回过神来，悻悻地说："走！我们都走！不要在这里耽误了某些人的远大前程!"

待众人悻悻地出了寝室，刘俊卿猛地一把关上门，把所有声音关在门外，把自己一个关在宿舍里面。他知道，他已没有了退路，赵一贞那里没有了退路，他打开书本，呆呆地看着，但他的心却无法集中在书本上，而是迷失在某个无尽的空虚处。

他现在，只剩了一个念头：只要能在这场考试中稳操胜券，无论什么办法，什么手段，他都将毫不犹豫……

三

考试终于如期而至。

这日刘三爹推着臭豆腐架子车来到一师附近，儿子不喜欢他在这里摆摊子，但今天是儿子参加讲习科毕业考试的关键时刻，他不放心，怎么也得来。前面是个陡坡，推上去就可以摆摊了。刘三爹竭力忍住咳嗽，这个动作他已经习惯了，在家时是为了不影响儿子学习，摆摊的时候又担心客人们不喜欢影响生意。

坡很陡，刘三爹推了几次都没能推上去，他深吸一口气，准备做最大的努力，不料这口气堵在胸口，反而堵得他喘不过气来。

他突然一头栽倒在地上。

正要进校门的孔昭绶和王子鹏正好看见这一幕，赶紧上前同时扶住了刘三爹。孔昭绶连忙吩咐王子鹏："快，去校医室。"

校医检查的时候，刘三爹已经缓过劲来了，校医把孔昭绶拉到一边，低声说："老人家暂时没什么大问题，不过，学校医疗条件有限，校长，这位老人家的病，还是上医院好好检查为好。"

孔昭绶点点头，转向刘三爹："老人家，要不要我通知您家里，送您上医院？"

刘三爹看着孔昭绶，有些迷茫，王子鹏赶紧介绍说，"这位是我们一师的孔校长。”

刘三爹吓了一跳：“不用了，不用了，校长大人，您是校长大人，那么忙，不用管我了，我没什么事，回头我自己去，自己去。”

孔昭绶还是不放心，“那……您家里还有什么人？我叫人去通知一声，让他们来接您。”

刘三爹吞吞吐吐：“我儿子……出去了，不在家，不在家的……要过些日子才能回来。”

“哦。那……家里总还有别的人吧？”

“倒是有个女儿，在大王家巷王议员家做丫头。”

王子鹏一听，赶紧问道：“王议员家，她叫什么？”

“阿秀？”

王子鹏闻言不由一呆。

正在这时，方维夏站在门口敲门，一脸严峻，背后有一个人在那里躲躲闪闪，正是刘俊卿。孔昭绶有些惊讶，方维夏找他找到校医室来，必是出了很严重的事。

孔昭绶刚走到走廊，还没来得及关门，方维夏就说出了事情原委：“讲习科的毕业考试，有人作弊，被当场抓获。”

“是谁？”孔昭绶怒不可遏。

“原本科第八班转到讲习科的刘俊卿！”

方维夏话音刚落，“啪”的一声，校医室传来一声巨响，孔昭绶和方维夏忙过头去，只见刘三爹定定地站在那里，看着地上摔碎的茶杯发呆，脸上是一片近乎死亡的灰白。一旁的王子鹏一连声地喊着：“刘老伯，您怎么啦，您哪里不舒服，您说话啊……”

孔昭绶也急了，走到刘三爹身边：“老人家，老人家……”

刘三爹仿佛这才从恶梦中惊醒过来，一把抓住孔昭绶的手，“校长大人，校长大人……”他正要把话说完，原本藏在方维夏身后的刘俊卿忽然听到父亲的声音，大吃一惊，抬头看了一眼，吓得赶紧又低了回去。

“张校医，王子鹏，你们在这里照顾一下老人家，有什么事随时告诉我。”孔昭绶当着刘三爹的面，不方便处理刘俊卿的事，“维夏，我们去校长室再说。”

来到校长室，方维夏把考场上从刘俊卿手里当场缴获的笔记本交给孔昭绶。孔昭绶猛然想起前些时候老师们纷纷反映，刘俊卿在上与考试内容无关的课时，总是背笔记。袁吉六那次闹得最凶，老先生回到教师办公室仍然气得吹胡子瞪眼，黎锦熙出来开解：“一师的记分方式改了没错，不再唯分数论，教育司录取公务员还是考考考分数是法宝，我们这些做老师的，不去体谅学生，反而责怪他们视分为命，于心何忍？”

想到这里，孔昭绶的脸色稍稍缓和下来，对刘俊卿说：“通知你的家长，下午来学校。”孔昭绶觉得，刘俊卿这一次的作弊行为，错误性质非常严重，但也并非事出无因，应该跟家庭教育方式有很大关系，有必要进行沟通，再下处分决定。

刘俊卿低头站在角落里，神经质地咬着嘴唇，一言不发。

方维夏忍不住推了推他：“校长的话你听到没有？”

刘俊卿似乎这才回过神来，慌慌张张地说：“我……我爸爸不在家。”

“那就明天来。”

刘俊卿不再出声了。

孔昭绶提高声音，“怎么了，难道明天也不在吗？”

“我……我爸爸在外地做生意，平时都不在家。”刘俊卿千方百计找理由搪塞。

方维夏也看不过去了：“刘俊卿，到底是不在家还是你不愿意叫家长来？”

刘俊卿又开始一言不发。

孔昭绶涵养再好也忍不住了，他猛地打开房门，向门外一指：“刘俊卿，你必须找你的家长来，因为，按照校规，你将被开除！”

几乎是下意识的，刘俊卿顺着孔昭绶手指的方向，走出房门，忽然，他愣住了，父亲竟然站在门口，全身都在颤抖，老泪纵横。刘俊卿无法面对父亲，更无法面对身份即将揭穿的难堪，他低头着，加快脚步，从父亲身旁逃也似的跑开。

“孔校长，对不起，我……我拦不住刘老伯。”王子鹏急着跟孔昭绶解释。

“老人家，您有什么事慢慢说，不用急……”孔昭绶一句话还没说完，“扑通”一声，刘三爹直挺挺跪倒在地。

“老人家，您这是干什么？”孔昭绶、方维夏、王子鹏都大吃一惊，赶紧扶住刘三爹。

刘三爹怎么也不肯起来：“我求求您，校长大人，您不要开除他好不好？我求求您，求求您放过他一回……”刘三爹一边说一边拼命地磕头，额头在地上碰得砰砰直响！

“老人家，您先起来说话，先起来啊。”

“我不能起来，您不答应我，我不能起来啊……”刘三爹此时只有一个念头，要求得孔昭绶答应为止。

几个人一齐用力，总算把刘三爹架了起来，孔昭绶问他：“老人家，您这到底是为谁求情啊？”

“刘俊卿啊，就是您那个学生刘俊卿啊。他还小，他不懂事，他不是有心要犯错的，您大人大量，就饶他这一回吧，我求求您了！”刘三爹的额头已经磕出血来，触目惊心。

孔昭绶问：“您为什么替刘俊卿求情？他是你什么人啊？”

“他……”刘三爹差点冲口说出他跟刘俊卿的关系，但刚才他又是磕头又是求情的闹，四周已围上不少看热闹的人，想起儿子是最要面子的人，不禁语塞，“他，他……不是我什么人，我不认识，不认识的……”

“不认识您为什么来替他求情？”

“我……我……我就是觉得他是个读书的料子，就想求您给他个机会，给他个机会……校长大人，求您了……”

那一刻，孔昭绶与方维夏的心头，不禁全是疑云。

四

那天夜里，孔昭绶约了方维夏，按照刘俊卿学籍单上的家庭住址，一起去做家访，却在刘家门外的小巷里，正好遇上了也来探望刘三爹的王子鹏。

师生三人一同寻到刘家门口时，刘三爹也正倚在床头，苦口婆心劝儿子：“俊卿，算我求你，去认个错吧。我看你们校长是个好人，不会不给你机会的。俊卿，去求求他，明天就去，好不好？”

刘俊卿背冲着父亲，却是死不开口。

“你怎么就不听话呢？”刘三爹咳得喘不过气来，秀秀赶紧拼命地抚着他的后背，尽量帮他顺气：“爸，您别说了，说这些有什么用？”

“家里现在这个情形，不读一师，俊卿还能上哪儿去读啊？”刘三爹心一急，牵动了病情，又开始不停地咳嗽，“好歹也读了两年了，总不能白读了不是？”

秀秀一边帮父亲捶背顺气一边心疼地说：“爸，歇歇好吧，为了哥，您都熬成什么样了？”

“我不怕，我怎么都熬得住，我只要俊卿有出息。”

“可我心疼！我也想哥有出息，可出息也要自己把得住，不能拿您的命来换啊！”

“够了！”刘俊卿听着父亲和妹妹的对话，一字一句，都像刀扎在心口上一样，“你们说够了没有，啊？说够了没有？是，我没出息，我自找的，我混蛋！可我愿意这样吗？你以为我不想好好读书？我也想！我也想出人头地，我也想光宗耀祖！我也梦想有一天，自己有大好前程，到那个时候，爸不用再卖臭豆腐，你也不用再给人当丫头，咱们刘家都能过上好日子，都能挺直腰杆做人！可做梦有什么用？有什么用啊？”

刘三爹和秀秀都被吓呆了，秀秀扶着父亲，看着刘俊卿踢翻凳子，狂乱地挥舞着手臂想要抓住些什么，想要与虚空中的命运拼命，但最终，还是两手空空。

刘俊卿越说越癫狂：“这个世道就是这样，卖臭豆腐的儿子就是卖臭豆腐的儿子，我不是你那个王少爷，天生的好命，要什么有什么，我只是个穷卖臭豆腐的儿子，穷卖臭豆腐的儿子！没有人看得起我，没有人会给我机会，哪怕是给了，老天也抢走它——老天爷也知道，我就是个穷卖臭豆腐的儿子，我没有别的选择啊……”

说到这里，刘俊卿已经撑不住了，颓然坐在地上，全身犹如散了架一样，什么也没有了，房间里安静得只听得到呼吸声。

正在这时，吱呀一声房门声响，刘俊卿吓了一跳，抬头看时，孔昭绶、方维夏，还有王子鹏正站在门前！

三人打量着整个房间，除了破败还是破败，唯一与这破败格格不入的，是刘俊卿脚上那双锃亮的皮鞋。

孔昭绶不禁长长叹了口气……

从刘家回来后，孔校长一直在想该如何处理刘俊卿作弊、如何帮助刘三爹度过目前的难关。刘三爹自从生病后，身体大不如前，已经不能风里雨里外出摆摊了，但他如果不做事情，家里的生活就无以为继。经黎锦熙提议，孔校长决定请刘三爹来学校做校役，这样从吃到穿的问题就都解决了。刘三爹对孔校长又给他送医药费，又给他安排事做感念不已。当然最让他感动的，还是孔校长能让刘俊卿继续回学校读书。

“学校嘛，也只是不想随便放弃一个学生，希望能给每一个年轻人一个改正错误的机会而已。刘俊卿，经过这次的事，我希望你能真正认识到自己的错误，不辜负学校，特别是不辜负你这位含辛茹苦的老父亲。可怜天下父母心啊，你要明白，要不是为了他这番苦心，学校是绝不会给你这次机会的。”

孔校长的这番话刘俊卿是完全听明白了的，他在接受了开除学籍、留校察看的处分后，被安排回到了本科八班。

一个星期后，刘俊卿重返校园，只见校园内外装饰一新，“第一师范讲习进修班毕业典礼”的横幅，高高悬挂在礼堂正中。通往礼堂的路上，八班的同学们身穿整齐的校服，一边走一边兴高采烈地讨论些什么。刘俊卿忙迎上前去，在脸上堆出笑容打算跟他们打个招呼，才走了不过两三步，同学们看到他，原本热闹的气氛一下子消失了，纷纷加快脚步，远远绕开他。

刘俊卿不得不停下脚步，远远地站在一边，在那群人中寻找着熟悉的身影，终于，他看到了王子鹏，很显然，王子鹏也看到了他。

刘俊卿欣喜若狂，踮起脚，挥起右手，刚要喊王子鹏的名字。就在此时，王子鹏一侧身，避开他的目光，抢在他开口之前叫道：“周世钊。”挽住周世钊的肩，很快融入人群。

刘俊卿木然地继续走着，今天的毕业典礼，所有老师也来了，纪墨鸿走在最前头，满脸是笑。刘俊卿精神一振：“老师……”他才吐出这两个字，纪墨鸿却扭过了头，仿佛眼中没看见这个人，又仿佛从不认识他刘俊卿，迈着方步从他身边走了过去。

进到礼堂，刘俊卿悄然在最后一排找了个位置坐下。讲习科的毕业生们都坐在第一排正中，老师们反而坐在了两旁。偌大的礼堂里，座无虚席，掌声如雷，毕业生正按孔昭绶读出的名字，次第走上讲台，领取毕业证。

“……讲习科第二名毕业生：何叔衡！”掌声中，何叔衡上台，向孔昭绶鞠躬，接过毕业证，转身向台下师生鞠躬，最后面向校旗九十度鞠躬。

孔昭绶拿起最后一份毕业证：“讲习科第一名毕业生：萧子升！”

刘俊卿猛然抬头，主席台上，萧子升正从孔昭绶手里接过毕业证书，台下，杨昌济，徐特立，袁吉六，还有毛泽东，蔡和森，都在鼓掌。刘俊卿暗暗咬了咬嘴唇，低头悄然离开了礼堂。

刘俊卿一个人在学校里漫无目的地乱走，他知道他现在只有忍，但他无法抑制自己心中的失落和恨意，礼堂内的掌声还在一阵接一阵，仿佛像一把刀，在一点一点的刺他的心，一种尖锐的疼痛瞬间传遍了全身。他握紧了拳头，一拳击在一棵老槐树上。

这时忽然有脚步声传来，刘俊卿回过头，远远见何叔衡、萧子升、蔡和森和毛泽东四人一面说笑，向这边走来。他立时向树后一闪，只听毛泽东笑说：“我们同学终于有人有收入了，子升进了楚怡小学，叔翁你呢？”

“修业小学。”何叔衡答道。

“好好，都离长沙不远，以后没饭吃，就去吃你们的大户。”毛泽东大笑说。

“还是那句话，有我萧子升一口，就有你毛泽东一口。”萧子升肃然说。

蔡和森在一边沉吟一时，说：“虽然叔翁和子升兄毕业了，可我们读书会的活动还得继续，叔翁和子升兄，仍然是我们读书会的一员，每次活动，没有特别理由不得缺席。”

何叔衡忙说：“求之不得。”

四个人一路说话，全没有在意到刘俊卿，直走了过去，远远只听萧子升问，“润之兄，马上就放暑假了，你有什么计划没有？”

“我跟张昆弟约好了，这个暑假留在长沙读书，至于住宿问题嘛——”毛泽东嘿嘿一笑，“当然是去蔡和森家打秋风啰。”

刘俊卿从树后走了出来，他冷冷地看了四人的背影一眼，握紧了双拳。

第十四章

纳于大麓

烈风骤雨弗迷

风，浴我之体，
雨，浴我之身，
烈风骤雨，
浴我之魂！
山川在我脚下！
大地在我怀中！
我就是这原野山川之主，
我就是这天地万物之精灵！

一

暑假的第一个星期天，陶斯咏满 20 周岁。因为是整生日，中国又素来有男做单女做双的规矩，陶会长决定为女儿大肆操办一番。

多方打听之后，得知德国洋行那里新来了一个做西餐的西洋厨师，会做很精巧的叫什么生日蛋糕的西式点心。陶会长亲自把这人请到家里，忙碌好几天，做了一个一米多高的九层大蛋糕，每一层除了雕花奶油之外，还装饰了各式时令水果。陶斯咏和向警予也是第一次看到这么大的生日蛋糕，看了好半天之后，斯咏才说道："爸，其实也就是个生日，用得着那么讲究吗？"

陶会长呵呵笑着说："我的女儿满 20，怎么能不讲究呢？再说，你姨父姨母和你表哥也要来给你过生日，总还要给他们面子嘛！"

"我过生日，关他们什么事？"

"你以后总归是他王家的人嘛……"陶会长看见斯咏拉下了脸，赶紧收口，"不说了不说了，反正啊，这个生日，得给你过热闹了。"

斯咏却突然想起了什么："爸，我能不能另外请几个朋友来参加？"

陶会长笑着说："那有什么不行？人多热闹嘛！"

"这可是你说的。"

"只要你愿意，有多少请多少。你就是把全校同学都请来，我也给你开流水席。"

"哪有那么夸张！就……"陶斯咏看看站在一旁的向警予，"就两个。"

"是哪家的小姐？我这就叫人送帖子去。"

"不用了，这两个人，我跟警予亲自去请。"

陶斯咏拉了向警予就走，陶会长追在后面喊："记得早点回来，晚上等你开席呢。"

出了陶家大门口，警予问斯咏："哎，你到底要请谁呀？"

斯咏冲她一挤眼睛，悄悄说："蔡和森和毛泽东。"

"你疯了，你陶大小姐过生日，请两个外校男生到府，就算你爸不说，你那未来的公公、婆婆会怎么想啊？"

"我偏要请，管他们怎么想。"

"好，你请你请，可想请也得找得到人啊，现在都放暑假了，这么大个长沙，你上哪儿去找一个毛泽东？"

斯咏却是一笑："这我早就打听清楚了，这个暑假，毛泽东住在刘家台子蔡和森家读书。"

三

毛泽东的确是和张昆弟早已约好了暑假留在长沙读书，两个人都没有租房的钱，只能相约借宿蔡和森家。可当萧三清早帮张昆弟送行李到蔡家，才知道蔡家已经连饭都没得吃了，原来租的三间房，也退掉了两间，连蔡和森自己都没地方住。萧三和张昆弟拿着行李，只得回到子升任教的楚怡小学。

子升听他们解释了半天之后，问：“润之呢？”

张昆弟说：“他说他下午动身，现在估计快到蔡家了吧？”

子升沉吟了一下：“昆弟，你就先在我这儿住下。咱们分头出发，多找几个朋友，尽量凑点钱，到蔡家去。”

这边子升在忙着想办法，那边毛泽东却还蒙在鼓里。在学校吃过午饭，他兴致勃勃地过了湘江，来到溁湾镇，找到了镇子最南边的蔡家。

进门看时，却见蔡家正在搬家，狭小的房间里，中间搁了一张床，四周被家具书本杂物堆得满满当当，几乎连转身的地方都没有。葛健豪和蔡畅正在里面收拾。毛泽东连忙放下行李卷，一边帮着做搬运之类的重活，一边问道，“伯母，蔡和森呢？”葛健豪犹豫的工夫，蔡畅已经代为回答了，“我哥搬到爱晚亭去了。”毛泽东当即明白了，也不说话，只搬着东西。

毛泽东帮完忙时间已近黄昏，他扛着行李卷，直奔岳麓山而来，沿石径而上。天气极是闷热，空中云层越积越厚，直从远处绵延的山峦之间纷涌过来，山道上蜻蜓四处乱飞，毛泽东忖度着要下大雨，不由加快了脚步。

爱晚亭内，一座旧草席铺在正中地面上，亭栏上一竹篮子的书，旁边是叠得整整齐齐的几件简单衣物。两根亭柱间拉着一条麻绳，蔡和森正在将刚刚洗过的一师校服晾上绳子。大概是熟悉了的缘故，几只胆大的小鸟叽叽喳喳，在他不远处自在地觅食。毛泽东童心忽起，身子猛然向前一冲，鸟儿们拍起翅膀，扑啦啦飞上半空，他这才大声说道：“远上寒山石径斜，白云深处有人家——蔡隐士，好个首阳遗韵，夷齐之风啊！”

两个人不禁相视一笑。

山风之中，蔡和森帮着毛泽东铺开了行李：“让润之兄陪着我露宿山野，对不住了。”

“天当房，地当床，清风伴我好乘凉。好得很嘛！”毛泽东往铺盖上一躺，双手往脑袋后面一背，“不到这山野中露宿一番，哪里享受得到这夏夜清凉，体会得到这天人一体的境界？”

“你还别说，昨天在这儿住了一晚，仰头苍茫无尽，低头群山巍巍，着实是大开心胸啊。就是有一点不好。”

他话音未落，两个人的肚子里咕噜噜响起一阵饥肠之声。

两个人哈哈大笑起来。

就在此时，一道闪电骤然划破长空，紧接着轰然一声，惊雷骤起，大雨不期而至，天色也刹那间暗了下来。顿时莽莽岳麓笼罩在一片倾盆大雨之中，雨水如帘，从亭檐直垂下来，被风一吹，一扫酷热烦闷。

蔡和森手忙脚乱收拾着衣物书籍，毛泽东将双手伸在雨中，感受那份雨水冲刷的凉爽和快意，还是觉得不过瘾，遂回头叫道，“唉，老蔡，想不想去爬山？”

“爬山？”

“对啊，趁着这满山夜色归你我所独享，烈风骤雨中，凌其绝顶，一览众山，岂不快哉！”

望了望亭外密密麻麻的雨点，再看看毛泽东跃跃欲试的眼神，蔡和森腾地站了起来：“去就去！”

毛泽东一把握住了他的手：“走！”

两个人一步冲出亭去，惊雷闪电中，大雨一下子浇了他们满身。

“雨中的岳麓，我们来了！”

忽然，一道闪电，似乎把前面的天空划开了一道口子，片刻之后，惊雷在他们身后响起，毛泽东大笑，“老蔡，我们快些跑，看是这闪电快，还是我们快。”二人顿时狂奔起来，只听毛泽东的声音在大叫“老蔡，我们来喊吧，看是这雷声大，还是我们的喊声大！”

“啊……啊……”山道上，湿透的毛泽东和蔡和森长啸狂奔在雨中，喊声划破雨夜，直震长空，仿佛两个狂野的斗士，完全融入了雨中的自然。

“润之！”“润之哥！”“蔡和森！”风雨中，隐隐有无数声音传来。

蔡和森停下来，拉住毛泽东，“有人在叫我们？”“好像有很多人？”二人顺着喊声直奔回去，只见萧子升、萧三、张昆弟、陶斯咏、向警予，甚至蔡畅也来了，站在爱晚亭里焦急地张望，蔡畅急得直跺脚。向警予倒也罢了，平日里斯文含蓄的陶斯咏鞋袜、裙摆全已湿透，斑斑点点溅满了黄泥。看到他们二人从树林里钻出来，陶斯咏这才放下那颗一直悬着的心。

“你们怎么来了？”毛泽东问。“来找你们啊，今天是……”向警予刚要说话，不料却被萧子升打断，“还问我们，这么大的雨，你们这是上哪里去了？”“爬山啊！”“爬山？”“对啊，刚从山顶下来。”毛泽东似乎意犹未尽。

“大风大雨的，爬山？你们搞什么名堂？”萧子升问道。原来，毛泽东那边前脚离开蔡家，萧氏兄弟和张昆弟后脚也凑钱赶到了蔡家，待安顿好了蔡家断炊的事，却正撞见陶斯咏、向警予来找毛蔡二人去庆祝生日，得知他们二人在爱晚亭，便一齐找上山来。

“大风怎么了？大雨怎么了？古人云：纳于大麓，烈风骤雨弗迷！今天，我和蔡和森算是好好体会了一回！老蔡，你说是不是？”毛泽东回过头问蔡和森。

“没错！风，浴我之体，雨，浴我之身，烈风骤雨，浴我之魂！”蔡和森一扫平日的沉稳。

“说得好！”向警予情不自禁，放开嗓子大喊一声，“说得好！说得太好了！”

毛泽东大踏步重新回到雨中，“来呀，还站在那里做什么？来体会一下，体会这风，体会这雨，享受这大自然的畅快淋漓！”蔡和森也在喊着，“来呀，都来呀！”

向警予一阵面红耳热，第一个扔掉雨伞，大雨一下子浇在她身上，一阵畅快的清凉袭遍全身，她仰起头，迎接着雨水，纵情高呼：“舒服，真的很舒服！你们快来啊，都来试试！”

萧三、张昆弟和蔡畅也深受感染，一个接着一个，扔掉雨伞，抛开一切束缚，冲进雨中大喊大叫。

陶斯咏看着雨中兴奋不已的朋友们，千金大小姐的矜持正慢慢从她身体里远去，她迈出子升为她撑着的雨伞，冲进了雨中。大雨冲刷着她的身体，她仰起头，伸出双手迎接着雨水，似乎要把这 20 年来一直束缚着她的东西全部冲走，感受到那股从灵魂深处彻底解放出来的自由。她轻轻舔了舔嘴角的雨水，雨水竟然是咸的。不知何时，束缚的泪水、放纵的雨水已经混为一体，已分不清哪是泪水，哪是雨水。

“山川在我脚下！大地在我怀中！我就是这原野山川之主，我就是这天地万物之精灵！”毛泽东大喊着，一手抓住斯咏的手，另一手握住了蔡和森，“来呀，一起来呀，跟我一起喊，风——雨——雷——电——”

苍茫的原野上，青年们充满了自由力量的长啸狂呼声，应和着原始、野性的自然之力，刺破夜空，在电光飞闪中，如疾电破空、惊雷掠地！

三

陶府上上下下寻了整整半夜，差点把雨中的长沙城翻了个遍，才从码头附近撑渡船的船夫那里打听到，天擦黑的时候，有两位小姐坐他们的船过了江，说是要去刘家台子，听衣着打扮，应该就是斯咏她们。

陶会长领着家人、仆役，心急如焚地过江寻来，狂风渐弱，雷电渐息，刚过了溁湾镇，却听到一阵吟啸声直撼而来：

我本楚狂人，凤歌笑孔丘。

手持绿玉杖，朝别黄鹤楼。

五岳寻仙不辞远，一生好入名山游。

庐山秀出南斗傍，屏风九叠云锦张。

影落明湖青黛光，金阙前开二峰长。

银河倒挂三石梁，香炉瀑布遥相望……

来的正是毛泽东等人，他们从岳麓山上一路狂呼长啸，吟诵而来，刚刚下了山，迎面忽然是一片火光通明，写着大大的“陶”字灯笼一排列开，众多仆役恭恭敬敬地齐声叫道：“小姐。”把大家都吓了一跳。

萧子升抬头看见陶会长板着脸，站在众多仆役的最前面。他再回头找到陶斯咏，看到她正悄悄缩回一直被毛泽东拉着的手。

陶会长深吸一口气，竭力压住心头的怒火，放缓了语气问：“斯咏，这几位是？”

“我的……几个朋友。”陶斯咏忐忑不安，但有些不甘心，特地跟毛泽东介绍，“这是我爸。”

陶会长打量着这群人，个个身上滴着水，鞋袜衣裙，到处溅着泥点。

“斯咏，今天你生日，你姨父姨母一直在家等着给你过生日呢，先回家吧。”陶会长说。

“今天你生日？”毛泽东有些意外。斯咏点头。“你看你怎么不早说？都没给庆祝一下……”“斯咏。”陶会长打断毛泽东，脸上的微笑快保持不住了，“走吧。”又说道，“谢谢你们几位送斯咏，我们先走一步了。”

陶斯咏跟着父亲走了几步，忽然回过头来对毛泽东说道：“谢谢你，也谢谢大家，让我过了一个有生以来最有意义的生日！”

四

斯咏的背影随着马车渐渐远了，大家怅然若失，兴奋过后疲倦袭来，打算各自散去，萧子升问道：“警予，你去哪里？周南好像现在关了门。”

向警予笑笑说：“我现在无家可归了，你们谁收留我。”众人都呆了一呆，大家一群光棍，如何收留一个女孩子。蔡畅想了想笑着说：“去我家吧，只是太挤。我、我妈还有你三个人一张床。警予姐你习不习惯？”

向警予笑着回答：“我无所谓，只怕太打扰了。”毛泽东笑笑：“就这样定了，老蔡负责把两位女士送回家，我还是到爱晚亭当亭长去。”

蔡和森、蔡畅陪警予一路回了蔡家，蔡畅一阵风似的蹦进屋来：“妈，我们回来了。”

葛健豪正在看书，一抬头，却见神采飞扬的儿子身边竟然有一个明眸皓齿的少女，落落大方地望着她。

“妈，这位是向警予小姐。”蔡和森倒是没有丝毫扭捏。警予甜甜地叫了声“伯母”，目不转睛地望着葛健豪。只见她虽然穿一件粗布上衣，眼角爬满皱纹，但一双眼如一泓深潭，深邃宁静，而举止之间，自然显出一种优雅沉静，仿佛天然生成的一般，全无半点的矫揉造作。

蔡畅换好了衣服，笑嘻嘻地拿了一套自己的衣服递给警予，葛健豪笑了笑，“你的衣服能穿啊？”丢了套衣服给儿子，“把门关上，出去换了。”蔡和森再进屋顿时眼前一亮，松烟灯下，警予穿着一件衣料华美、刺绣精致的老式大红旗式女装，映红了她白净的脸蛋，越发衬得眉目如画，娇艳无比。葛健豪打量着警予，多年不穿的嫁衣倒也找到了个好衣架子，欣赏地笑了：“真像我年轻的时候啊。”蔡畅拍手叫道：“好漂亮，好漂亮，警予姐穿上妈的衣服，就像个刚出嫁的少奶奶。”警予眼角瞟到呆子般的蔡和森，终于也羞涩起来，她有些慌乱地拿起了葛健豪放在破木桌上的书——那竟是一本雪莱的诗集！

“伯母，您在看这本书？”警予惊讶地问，葛健豪微微一笑，算是承认，“跑了半晚上，都饿了吧？晚上就吃山芋煮野菜，家里没什么别的东西，委屈向小姐了。”

“挺好啊，我正好尝尝鲜嘛。”

吃饭时警予悄悄扫了一下四周，狭小的房里，家具杂物并不多，都已破旧，触目所及到处是书。葛健豪一边看书一边吃饭，夹到了一块山芋，顺手放进了蔡畅碗里，又夹起野菜送进嘴里。警予看得呆了，想起刘禹锡那老夫子的话：何陋之有啊？!

吃过了饭，夏日雨后的夜空，清亮透明，清风过处，警予的心如微波浮动。她第一次安安静静地坐在蔡和森身边，听他娓娓道来。

“我妈妈原来不叫葛健豪，叫葛兰英。我外公是曾国藩的一员部将，做过道台，所以我妈也算大户小姐出身。年轻的时候，她和鉴湖女侠秋瑾、同盟会的第一位女会员唐群英曾经是非常好的朋友，三个人还结拜过姐妹呢。”

警予睁大眼睛望着他，秋瑾、唐群英？蔡和森微微一笑，继续说道：“16 岁的时候，我妈嫁给了我爸，成了湘乡大财主蔡家的少奶奶，你身上穿的这件衣服，就是她出嫁的嫁衣。后来呢，她就生了我们。我小名叫彬彬，老家的人都叫我彬少爷。”

警予疑惑地望着他，欲言又止。

蔡和森看出她的疑惑，笑了笑：“你是想问现在怎么会这个样子？是吗？简单说起来，因为我妈跟我爸不是一路人。我妈妈爱读书，个性也强，她相信男女应该平等，相信社会一定会进步，相信女人也能成为社会的栋梁，所以我妈跟我爸的关系一直不好。后来，我爸到上海，学会了抽鸦片，还讨了小老婆，我妈就跟他彻底闹翻了。两年前，我爸做主，收了一个财主家 500 块光洋的聘礼，把我妹妹许给那家同样抽鸦片烟的儿子，我妈妈坚决不同意，就跟我爸离婚了。”

警予简直不敢自己的耳朵：“离婚？”

“不敢相信是吧？在那样的封建家庭里，一个女人，居然主动提出离婚！简直就是大逆不道，伤风败俗。我爸当然不答应，就提出条件，除非我妈妈放弃一切家产，一分钱也不带走。他肯定觉得，像我妈这样做了半辈子少奶奶的家庭妇女，一旦离开夫家，绝不可能生存下去，所以就用这样的条件要挟我妈。”

“但伯母偏偏就答应了。”警予慨然叹道。

蔡和森笑了：“做了半辈子夫妻，我爸还不如你了解我妈，她一点也没有犹豫就答应了，带着我们兄妹，就这么空着两手，离开了那个家。”

“所以你就从彬少爷，变成了现在的蔡和森？”

“能够跟妈妈在一起，还有什么是不能放弃的呢？你知道吗？就靠那双手，妈妈养活了我们兄妹，供我们读书，她自己还半工半读，进了女子教员养成所，成了全长沙年龄最大的学生。就是在进校那天，她改成了现在的名字——葛健豪。”

两个人幽幽地吸了口气，灯光从窗口透出，葛健豪的影子投在窗纸上，她正在补衣服，警予觉得她补衣服的影子都透着难以言表的高贵！

警予突然握住了蔡和森的手：“你知道吗？以前，你一直是我的偶像。今天我才知道，为什么你会成为我的偶像。”

“为什么？”

“因为你有这样一个好妈妈。”

五

一夜大雨之后，清晨柔和的阳光照在爱晚亭外垂柳的叶尖上，雨珠晶莹剔透，耀出七彩的光。池塘胀满，燕子直掠而过，歇在亭子的檐上呢喃。

杨昌济一脚踏入爱晚亭，毛泽东兀自睡梦正酣，手脚袒露，被子也被踢到一边。杨昌济在他身边轻轻地站住，俯身下身来看着他，一年多以来，他对这个小伙子越来越欣赏，隐隐觉得在他的身上担负着自己一生中未竟的理想，他不敢说从他身上看到了国家的希望，但可以肯定地说，他看到了这个时代的希望。他是一块尚未琢磨的宝玉，而自己，是琢玉者。

毛泽东隐隐感觉有个影子挡住了阳光，睁眼一看又惊又喜：“杨老师？”

“要不是子升告诉我，你是不是打算在这亭子里当一假期野人啊？”原来暑假来临，杨昌济嫌城市喧嚣，打算回到老家长沙县板仓乡下，临走时萧子升前去道别，才知道毛泽东在爱晚亭睡在“天地之间”，又好气又好笑，决定把这孩子带到乡下，也让他安心读书。

毛泽东翻身起来，搔头笑了笑，赶紧手忙脚乱收拾东西。

板仓离长沙不远，一上午工夫便到了。一路稻浪如海，随风而起，毛泽东随杨昌济转过一座小桥，远远便见一座大宅子隐于绿树之中，青砖鳞瓦，阳光照过来，屋后丘陵绵延起伏，四处寂静一片。

先走进门来的杨昌济一边回头招呼着还站在门外的毛泽东：“愣着干吗？进来吧。”一边给妻子向仲熙和儿子杨开智介绍道：“我的学生，毛润之，你们都听我提起过的。润之，这是你师母。”毛泽东扛着行李走进门来，赶紧鞠躬问好。向仲熙看着这个高大而羞怯的年轻人微笑着点点头。

杨昌济随即问道：“对了，开慧呢？”

向仲熙说道：“谁知道又上哪儿疯去了？这丫头，一天到晚也没个消停。”

杨昌济也不以为意，向毛泽东一挥手说：“润之，跟我来。”他径直把毛泽东带到书房，“这个暑假，你就住这儿了，我这儿也没什么别的，就一样有你看不完的书。”毛泽东顿时眼睛都直了——偌大的书房里，重重叠叠，一架一架，一层一层，全是书，毛泽东上前抚着一层层的书本，贪婪地伸过头去，双眼圆睁，恨不能一下子把它们看个仔细。

杨昌济笑说：“生活上需要什么，只管跟你师母说，她会给你准备的。”

“不不不，什么都不要，”毛泽东兴奋得有点语无伦次，“有这些就够了，什么都够了，都够了都够了。”他把行李卷随手往地上一扔，抽出一本书，往行李上一坐，迫不及待地翻了起来。

杨昌济微笑带上门出来，只听他吩咐向仲熙：“仲熙，从今天起，多做两个人的饭。”

“不是就一个客人吗？”向仲熙一怔。杨昌济只一笑，说：“照我说的做，没错的。”

毛泽东全不理会，在那里看书。不知道过了多久，眼前的书上，突然扫过一条辫梢，毛泽东一抬头，一双清澈见底的眼睛正盯着他。他眯了眯眼，一个扎着小辫的小姑娘，十四五岁，托着俏生生的圆脸，带着好奇和挑衅。

毛泽东奇怪地问：“你看什么？”“看你呀。”“看我什么？”“看你的眼睛。”“我的眼睛？”

“看看跟一般人的有什么不一样，看看我爸爸为什么会说有个学生眼睛怎么怎么明亮啊，有神啊，坚定啊，藏了好多好多远大理想在里头啊。”开慧夸张的表情把毛泽东逗笑了，他捏了捏她的鼻子，“哦，我知道你是谁了，杨开慧，我的小师妹。”开慧头一偏，也伸手一捏他的鼻子：“我也知道你是谁。毛泽东，我爸爸最喜欢的学生。”

两个人同时说道，大笑起来，好像久别重逢的好朋友。开慧拉着他，“快走吧，我是来叫你吃饭的，你看书的时候爸爸不让我过来呢。”

饭桌上毛泽东的表现让杨家人开了眼界，捧着一只大得吓人的海碗，狼吞虎咽，吃得啧啧有声。开慧惊奇地盯着毛泽东的吃相，他第一碗很快见底，到饭甑边抄起大饭勺，一连几下，他居然又堆了满满一海碗饭，饭桶一下子空了大半。开慧目瞪口呆，向仲熙却看着杨昌济会心一笑。

毛泽东回头这才发现发现大家都看着自己，当下里端着大碗，有点不好意思起来。向仲熙连忙夹上一大筷子菜，放进了毛泽东的碗里，笑道：“快坐下吃，润之，我呀，就喜欢看你们年轻人吃得多，吃得多，身体才好嘛，就跟在自己家里一样，别客气啊。”

一连十几天，毛泽东都呆在书房，也不管好歹，书架上的书，摸了一本就读，读罢便放在左手边，一时那里的书越堆越多。这一天他正看得出神，忽然一只纸折的蛤蟆放到了他的头上，回头见开慧笑嘻嘻地站在他身后。他哈哈一笑，抓下头上的纸蛤蟆：“没有天鹅肉吃，我可不愿意当癞蛤蟆。”

开慧伸手给他，“来，咬一口啊。”

毛泽东笑说：“哦，我把小师妹吃了，老师还不得找我算账？”

开慧哼一声说：“谅你也不敢！”她靠在毛泽东身边坐下：“看什么呢？”伸手把书拿了过来，“《诸葛亮文集》？早就看过了。”

“你才多大，就看《诸葛亮文集》？”

“谁说我小啊？下学期我都上中学了，看这个算什么？”

“好好好，十四岁的大姑娘。那我抽一段考考你。”

开慧急了：“我只说看过，又没说都记得。难道你看一遍就都记得啊？”

“差不多。”

开慧噜着嘴：“吹牛皮，我不信！”随手翻开一页，“《诫子书》，背呀！”

毛泽东张口就来：“夫君子之行，静以修身，俭以养德，非淡泊无以明志，非宁静无以致远。夫学须静也，才须学也，非学无以广才，非志无以成学，淫慢则不能励精，险躁则不能治性。年与时驰，竟与日去，遂成枯落……”

“好了好了，《出师表》！”

“臣亮言：先帝……”

“前面不要背，从中间开始。嗯，‘可计日而待也’，从这里开始。”

“臣本布衣，躬耕南阳，苟全性命于乱世，不求闻达于诸侯……”毛泽东又是一口气背了下来。

开慧不服气，要毛泽东翻出所有看过的书，一心要考倒这位师兄，不厌其烦地提着问题，考到《五灯会元》十八卷时，毛泽东终于错了一句，开慧哈哈大笑，叫道：“我赢了我赢了，你背错了要罚！”

毛泽东也让着她：“好吧好吧，你说怎么罚，杨先生。”

开慧眼珠一转：“这样，罚你明天陪我去抓鱼，不许反悔。”

第二天一大早开慧便来了，扯了毛泽东便走，毛泽东无奈，只得随她出来。两个人背着钓竿，提着鱼篓出了门，沿溪而行，那溪水曲折，直行出数里，在一座山下汇成一个港汊。一湾绿水沿山势环绕，直向东折去，岸边绿草如茵，两个人在草地上坐了下来，放眼一望，小山如黛，稻浪翻滚，远处三两间茅舍点缀。清风徐来，吹着开慧的发梢，她一身乡下姑娘打扮，更衬出她清水芙蓉的脸蛋，煞是可爱。

“怎么样，我们乡下漂亮吧？”开慧卷起裤管，把白嫩嫩的小腿伸进溪水里拨弄着。

“这算什么？一般般。我乡下长大的，我们家那边，比这儿还漂亮！那个山，那个水——你是没看见过，比画上画的都好看！”

“不可能。”

“你还不信？史书上都有记载，当年舜帝南巡，经过我们那里，见山水灵秀，叹为观止，乃为之制韶乐。韶乐你知不知道？就是‘子在齐闻韶，三月不知肉味’那个韶乐！那么美的音乐，就是看了我们那里的山水才作出来的，所以，我们那里就叫韶山，你说美不美？”

“是吗？”听他这么一说，开慧都有点悠然神往了。

“小时候，每年这个时候，我就在我们家对面的山坡上放牛，一边呢，就捡柴、捡粪，捡完了，往山坡上这么一躺。”说着就往草地上一躺，“太阳一照，风这么一吹，舒服啊！”

开慧学着他的样子，也在他身边躺了下来。

“有空啊，我就和邻居家的小孩一起，挖笋子，捉泥鳅，爬到树上摘樟树果果，下到水塘里去捞鱼，夏天就游泳，春天就放风筝，反正名堂搞尽。”

“这些我也玩过，不新鲜。”

“新鲜的也有呀，比方我们那里，最有意思的，就是唱山歌，这边山上唱，那边山上的人就和，一问一答，看谁比得谁赢。那些山歌真的有意思，我到现在还记得。”

开慧来了兴趣，支起了身子：“那你唱一个我听听。”

“我唱得太难听了。”

“难听就难听喽，又没有别人，唱一个嘛。”

毛泽东坐起身来：“好，给你唱一个《扯白歌》，就是专门扯谎的歌，比哪个扯谎扯得狠些，怎么不可能就怎么唱。你听啊。”

“生下来我从不唱捏白的歌，风吹石头就滚上哒坡喽。出门就碰哒牛生个蛋，回来又看哒马长个角喽。四两棉花它沉哒水，咯大个石磨子它飘过哒河喽……”

毛泽东五音不全的嗓子唱起山歌来，不知在念还是在喊。

黄昏的路上，开慧握着一把浅紫色的野菊花，脚步十分的轻快，一路想起毛泽东的山歌，忍俊不禁，很快到了家。两人一进门，毛泽东不禁愣住了：“老蔡，子升，你们怎么跑来了？”

来的正是蔡和森和萧子升，杨昌济神情凝重地放下手里的一份报纸：“他们俩，是来送这份报纸的。”

“谭都督被撤职了?!”一旁倒好了茶的开慧趴了过来，看看报纸的大幅标题，奇怪地问，“谭都督是谁呀？”

子升回答说：“就是我们一师的老校长，湖南都督，谭延闿。”

“那，谁把他撤了？”

“除了袁大总统，谁还能撤一省之都督？”蔡和森回答着开慧的问题，但脸却对着毛泽东，“江苏撤了，浙江撤了，四川撤了，广东撤了，如今，又轮到我们湖南了，看来，不把中国各省的都督都换成只服从他的人，这位袁大总统是不会罢休啊。”

开慧还是不明白地问：“可大总统不是比都督官大吗？都督本来就应该服从他嘛。”

“开慧，这些事，你还不懂。”蔡和森说，“都督也好，大总统也好，服从的，都应该是中华民国的法律，可如今北方各省，都是袁世凯北洋系的人，如果南方的都督也换成了他的人，那中国今后，就没有法律，只剩下他袁大总统了。”

子升接着说：“刺杀宋教仁，解散国民党，把持国会，修改约法，这两年，他袁世凯这个大总统的权力已经扩大都得没边了，他难道还不满足？他到底想怎么样呢？”

“独裁！”一片沉寂中，杨昌济开口了，“他要的，就是独裁！”

毛泽东与蔡和森都微微点了点头。

子升不禁叹了口气：“总统独不独裁，我们也操不上心，我只担心，谭都督在，湖南还算过了几天安稳日子，可谭都督这一走，我们湖南，只怕从此要不得安宁了。”

一旁的开慧没有见过这么严肃的场面，一直紧张地听着，听到子升的话，急了：“真的？那，那学校呢？学校不会出什么事吧？我下学期还要上周南去读初中呢。”

子升安慰开慧，也算自我安慰：“学校当然不会有事。教育乃立国之本嘛，不管哪个当权，也不管他独不独裁，总不至于拿教育开玩笑。”

蔡和森分析道：“那可难说。民权他可以不顾，约法他可以乱改，区区教育，在独裁者眼里，又算得了什么？”

“要我看，也好！”一直沉默着的毛泽东语出惊人。

“好？”子升没听明白。

“对，好！”毛泽东扬声说道，“上苍欲使人灭亡，必先令其疯狂，他爱蹦跶，让他蹦跶去，等蹦跶够了，他的日子，应该也就到头了！”

“可他这一蹦跶，中国就得大乱啊！”

“大乱就大乱，治乱更迭，本来就是天理循环，无一乱，不可得一治！三国怎么说的，‘天下大势，分久必合，合久必分’。”

“可是……”子升还要说，杨昌济却抬手止住：“世事纷扰，国运多舛，中国是否会乱，乱中能否得治，确实令人担忧。作为你们的老师，今天，我只想提醒你们一句话，不管时局如何发展，不管变乱是否来临，读书求真理，才是你们现在最重要的事。非如此，不可为未来之中国积蓄力量。子升、和森、润之，记住我的话，好好用功，为了将来，做好准备吧。”

三人点了点头。“还有我呢？我也算一个吧？”开慧突然插了一句。

师生们都笑了，毛泽东一拍她的脑袋：“要得，你也好好用功，做好准备，到时候，国家有难，就靠你这个花木兰了。”

第十五章 五月七日 民国奇耻

天下兴亡，匹夫有责。何以报仇，在我学子！国家之广设学校，所为何事？我们青年置身学校，所为何来？正因为一国之希望，全在青年，一国之未来，要由青年来担当！当此国难之际，我青年学子，责有悠归，更肩负着为我国家储备实力的重任……

一

1915 年 5 月，长沙的天气渐闷热起来，空中积满厚云，阳光似乎努力想从云层里挣扎出来，渗出淡淡的光，投在洒扫得没有一丝尘土的火车站月台.

月台上每隔不到一米，便肃立着一个荷枪实弹的士兵，沿铁轨迤逦向北一字排开。警戒线外挤满了湖南各界的缙绅士商，官员贤达，西装革履，长袍马褂，各色不一，一面大横幅扯开，上书“三湘各界恭迎汤大将军莅临督湘”，阳光折过来，将这一行金字和众人举着的彩旗映得人眼花缭乱。

一声汽笛长鸣，一列火车自北缓缓驶进站来。半晌车门方才开了，从里步出一个人来，这个人年纪不过 30 岁，白净的脸上架着一付精致的细金丝眼镜，削长脸儿，眉目清秀，穿一身细绸布长衫，手里习惯地把玩着一串晶莹透亮的玉质念珠。姿态优雅，气质沉静。除了剃得极短、极整齐的日本式板寸头外，他全身上下，几乎找不到一点能和军人联系起来的痕迹。

这个人就是汤芗铭，字铸新。湖北浠水人，新任的湖南布政使，督理湖南军务将军。汤芗铭 17 岁中举。曾留学法国、英国学习海军知识，精通多国语言和梵文、藏文，乃是学贯中西的佛学大家。

汤芗铭才一下车，军乐声，欢呼声顿时响成一团。汤芗铭不觉微微皱眉，他一向崇尚佛道的清静无为，极为厌弃这种繁文缛节。这时军乐声一停，一个长袍马褂、白须垂胸的老头子捧着本锦缎册子，颤巍巍地迎了上来：“三湘父老、官民代表恭迎汤大将军莅临督湘。”旋即打开册子，摇头晃脑，“伏惟国之盛世兮明公莅矣，民之雀跃兮如遇甘霖……”

汤芗铭看也没看老头一眼，边走边对身后的副官说：“收了。”言语轻柔，轻得只有那副官才听得见。

副官伸手便把老头捧着的册子抢了过来，老头迟钝，一时还没反应过来，直叫道：“哎，哎！”

欢迎的人群呆了一呆，顿时冷了许多，大家都不免紧张起来，伸长了颈看着汤芗铭。他却向人群旁若无人地直走过来，人群只得赶紧让开了一条路。

汤芗铭走不过两步，突然站住了，轻声说道：“省教育司有人来吗？”

后排人群里的纪墨鸿一愣，赶紧挤上前：“卑职省教育司代理司长纪墨鸿，恭迎汤大将军。”

汤芗铭的神情一下子和蔼了起来，居然伸出手，说道：“纪先生好。”

纪墨鸿受宠若惊，忙小心地握住汤芗铭的手：“大帅好。”

汤芗铭淡淡一笑说：“有个地方，想劳烦纪先生陪我走一趟，可否赏个面子啊？”

纪墨鸿慌忙答道："大帅差遣，墨鸿自当效劳。"

这时一个军官小心地凑过来，说道："大帅，省府各界已在玉楼东备了薄宴，大家都盼着一睹大帅的虎威……"

汤芗铭扭过头，看了他一眼，目光虽平和，却自然透着股说不出的不耐烦，硬生生地把那军官的半截话逼了回去。

但一转头，笑容重又到了他脸上，说道："纪先生，请吧！"

纪墨鸿低声问："不知大帅要光临何处？"

汤芗铭淡淡说道："敝人生平最服左文襄公，就去他当年读书的城南书院吧。噢，现在应该叫做第一师范。千年学院，仰慕久矣！"

一行人浩浩荡荡直出了火车站向一师而来。其时虽然南北大战，但湖南得到谭延闿周旋，未经大的兵火，长沙城里倒也繁华。不过沿街各省逃难而来的难民也是极多，汤芗铭到来之前，城中军警已经是倾尽全力驱赶，却也驱之不尽。

汤芗铭坐在马车上，手里摩弄念珠，长沙街景在他身后一一退去，但他心思全不在这里。

1905 年汤芗铭在巴黎结识孙中山，并经孙中山介绍加入兴中会，事后汤芗铭知道孙中山曾是三点会帮会首领，汤芗铭认为三点会是黑社会组织，因而反悔道："革命我们自己革，岂有拥戴三点会、哥老会首领之理。"于是汤芗铭到孙中山居住的巴黎东郊横圣纳旅馆取走入会盟书，向清廷驻巴黎公使孙宝崎自首，自此为革命党人所不齿。后来虽然有起义援汉的功劳，孙中山又宽宏大量，不计前嫌，但汤芗铭心中始终存有芥蒂。

而袁世凯因他曾助孙中山，也对他心存疑忌，虽发布命令任命他为湖南将军兼民政长，执掌湖南军政大权；但并不放心，先是派亲信沈金鉴至湘掣肘其权；继之任命爱将曹锟为长江上游警备司令，命其率第三师进驻岳州严密监视汤芗铭举动。

汤芗铭不是谭延闿，深知南北对峙，湖南地处要冲，北方军队南下首攻湖南，南方军队北上，也是一样。谭延闿所谓的湘人治湘，在南北之间中立无异于痴人说梦。他汤芗铭现在两边都不讨好，唯有乘着这第一次成为一方诸侯的机会，明里向袁世凯纳诚效忠，暗里在湖南扩充军队，到时候有大军在手，他就谁也不惧。

但要讨好袁世凯也不是一件容易的事，火车上他反复权衡。

1914 年以来，"袁世凯要做皇帝"的传说越来越多。1915 年初，日本向中国政府提出企图把中国的领土、政治、军事及财政等都置于其控制之下的"二十一条"。消息一经传开，反日舆论沸腾。1915 年 2 月 2 日中日两国开始正式谈判，日本以支持袁世凯称帝引诱于前，以武力威胁于后，企图迫使袁世凯政府全盘接受"二十一条"，但迫于舆论，一直拖到了现在。最近传来消息，据说日本打算以最后通牒的形式来逼迫袁世凯接受条件。

汤芗铭揣摩袁世凯的意思，欧美列强虽然反对"二十一条"，但现在身陷欧战泥潭，也只能说说而已。中国无力独自对抗日本，只能极力维护和日本的关系。只是国内舆论喧嚣，现在要做的，就是要压制舆论，舆论都掌握在读书人手里。因此汤芗铭下车伊始，便是直奔长沙两大千年学院之一的城南书院。

孔昭绶等人早已得到消息，当下里带着众位老师出迎到学校的大门，却见汤芗铭已抢先抱拳招呼：“晚生汤芗铭冒昧叨扰，列位先生，有礼了。”

“汤大将军大驾光临，有失远迎，恕罪恕罪。”孔昭绶赶紧还礼。

纪墨鸿赶紧介绍说：“这位就是一师的孔昭绶校长。”

汤芗铭含笑又一抱拳说：“久仰久仰。”

孔昭绶笑说：“岂敢岂敢，大帅客气了。”

汤芗铭闻言说道：“孔校长，芗铭能否提个小小的要求？”

孔昭绶说道：“请大帅指教。”

汤芗铭沉声说道：“城南旧院，千年学府，本为先贤授业之道场，湖湘文华之滥觞，芗铭心向往之，已非一日。今日有幸瞻仰，可谓诚惶诚恐，又岂敢在先贤旧地，妄自尊大？所谓大帅、将军之类俗名，还是能免则免了吧，免得折了区区薄福。”

孔昭绶呆了一呆，“这个？”

汤芗铭微笑说：“就叫芗铭即可。”

孔昭绶倒不好再客气了，说道：“铸新先生如此自谦，昭绶感佩不已。”

汤芗铭目光微向孔昭绶身后移动，问道：“这几位是？”

孔昭绶一让杨昌济：“这位是板仓杨昌济先生。”

汤芗铭顿时肃然起敬：“原来是板仓先生？久仰大名了。”

杨昌济笑一笑说：“哪里。昌济不过山野一书生，怎比得铸新先生海内学者，天下闻名？”

纪墨鸿提醒着，“孔校长，此地可不是讲话之所，是不是先请大帅进去坐啊？”

孔昭绶点点头一笑说：“对对对，倒是昭绶失礼了。就请铸新先生先到校长室喝杯茶吧。”

汤芗铭略一沉吟，说道“校长室就不必了，不如教务室吧，芗铭就喜欢那种传道授业、教书育人的氛围。”

孔昭绶微微一怔，说道“那……也好。铸新先生，请……”

汤芗铭含笑说道：“列位先生请……”

一行人进了大门，说话间来到了教务室。纪墨鸿说道：“早听说大帅学钟繇、张芝，得二王之精粹，可否为这千年书院赐一墨宝，也为后人添一佳话。”

汤芗铭笑说：“岂敢岂敢，列位都是方家，芗铭哪里敢班门弄斧。”

孔昭绶说道：“铸新先生客气了，先生学贯中西，名闻天下，若能得先生大笔一挥，我一师蓬荜生辉。”一时便叫人拿纸笔，汤芗铭也不推迟，当即写下“桃李成荫”四个字。

“好字，有悬针垂露之异，又有临危据槁之形。可谓得钟王三昧。”袁吉六带头鼓起了掌，围成一圈的老师们掌声一片。

汤芗铭放下了笔，“僭越了。其实，芗铭此生，一直在做一个梦，梦想像列位先生一样，做一个教书人，教得桃李满天下，可惜提笔的手，却偏偏拿了枪，可谓有辱斯文。”

纪墨鸿忙道：“大帅太自谦了，论儒学，您是癸卯科年纪最轻的举人；论西学，您是留学法兰西、英吉利的高材生；论军事，您是中华民国海军的创建者。古今中外，文武之道，一以贯之，谁不佩服您的博学？”

汤芗铭微摇了摇头，却转向了杨昌济：“板仓先生才真是学问通达之士。”

杨昌济说道：“昌济好读书而已，岂敢称通达？”

汤芗铭却长叹了一声：“芗铭毕生之夙愿，便是能如先生一般，潜心学问，只可惜俗务缠身，到底是放不下，惭愧惭愧。”

大家都笑了起来，汤芗铭谦恭有礼，又兼才气过人，一时众人都渐渐与他亲近起来。

只听汤芗铭说道：“孔校长，贵院学生的文章，芗铭可否有幸拜读？”

孔昭绶说道：“先生说哪里话，还请先生指教。”一时便请袁吉六将毛、蔡等人的作文拿来。汤芗铭接过，第一眼便是毛泽东的，却见上面写着毛润之，微微一诧，笑说：“这里也有一位润之么？”

杨昌济笑说：“这位学生心慕当年的胡润芝胡文忠公，便改表字为毛润之，让先生见笑了。”

汤芗铭微微一笑说：“夫子云：‘十五而志于学，古今有成就者，莫不少年便有大志’。”他说到这里，指一指杨昌济，又指一指自己说道：“你我当年，恐怕也立过这样的志向吧。”

他细看文章，点头笑说：“嗯，好文章，文理通达，深得韩文之三昧，气势更是不凡，当得润之这两个字。”抬起头向袁吉六说道：“袁老先生，能教学生写出这样的文章，果然名师高徒啊。”

袁吉六大松了一口气，忙道：“总算能入方家之眼。”

汤芗铭放下了文章，问道：“这个毛润之应该是一师学生中的翘楚了吧！”

袁吉六点头说：“以作文而论，倒是名列前茅。”

汤芗铭微一沉吟，说道：“哎！孔校长，芗铭能否借贵校学生的作文成绩单一睹啊？”

孔昭绶忙答道：“那有什么不行？”

接过作文成绩单，汤芗铭看了一眼，却转手交给了纪墨鸿。他站起身：“列位先生，今日芗铭不告而来，已是冒昧打搅，先贤之地既已瞻仰，就不多耽误各位的教务了。”

大家也都站了起来，准备送客。

汤芗铭却微笑说道：“差点忘了孔校长，芗铭此来，还有一件公事，想请您过将军府一叙。”

孔昭绶不觉一愣，“我？”

汤芗铭点头说：“对，非您不可。趁着车马就便，不妨与芗铭同行如何？”

孔昭绶还来不及回过神来，汤芗铭已携了他的手，向外走去。众人方才行到一师门前，汤芗铭正待告辞，这时远处忽然一声枪响，随即传来一片喧闹，把众人都惊了一跳。护卫的军警顿时都忙乱起来，汤芗铭眉头微微一皱，副官只看了一眼他的眼色，立即会意，匆匆跑去。

但笑容马上又重新回到汤芗铭脸上，拱手道：“叨扰列位的清静，芗铭就此告辞了。”一时众人纷纷回礼，看着汤芗铭携孔昭绶向一辆豪华马车行去。

只见汤芗铭抢上一步，掀起了马车的帘子，说道：“孔校长，请！”

孔昭绶怔了一怔，汤芗铭如此客气，倒叫他不好推辞，正要登车，这时那名副官引着一名军官匆匆跑来：“大帅。”

汤芗铭扭过头来，那军官啪地一个立正，敬礼：“驻湘车震旅长沙城防营营副参见大帅！”

汤芗铭只瞟了他一眼，便把头扭了回去，淡淡地说：“闹什么呢？”

军官答道：“报告大帅，有一群要饭的饥民哄抢米铺的米，标下奉命率城防营前来弹压，闹事的22人已全部抓获。如何处置，请大帅示下。”

未加思索，汤芗铭把玩着手串的食指在空中轻轻一划——这个动作他做得是那么习惯成自然。副官却早会过意来，转头对军官说道：“全部就地处决。”

正要登车的孔昭绶全身猛地一震，连旁边的纪墨鸿都不禁嘴角一抽。

那军官显然也吓了一跳，脸色发白说道：“处……处决？都是些女人孩子，二十多个呢……”

汤芗铭的头扭了过来，看了他一眼，目光中，是一种极不耐烦的神色，目光森冷，直逼得那军官不由自主地低下了头：“……是！”转身跑步离去。

孔昭绶这时才从震惊中反应过来，一把抓住了汤芗铭的胳膊，“大帅，罪不至死吧？”

微笑着，汤芗铭轻轻将手按在了孔昭绶的手上：“孔校长，您执掌一师，不免有校规校纪，芗铭治理湖南，自然也有芗铭的规矩嘛。”

“可是……”孔昭绶还想说什么。

汤芗铭轻松笑一笑，说：“换作是一师，要是有谁敢乱了规矩，不一样要杀一儆百吗？说话间轻轻拿开了孔昭绶的手，扶着马车帘子，客气地说：“孔校长，请啊。”

映着阳光，他的笑容和蔼，透着浓浓的书卷气。望着这张笑脸，孔昭绶脸上的肌肉不由自主的抽搐起来。

枪声骤起！

孔昭绶紧紧闭上了眼睛……

二

到了将军府，汤芗铭便向孔昭绶和盘托出了这次请他前来的目的。

“中日亲善征文?”端着茶碗的孔昭绶不由呆住了。一旁的纪墨鸿默然不语，他是在去一师的路上便早已知道这件事了。

“说得完整点，应该是‘论袁大总统英明之中日亲善政策’。”汤芗铭坐在办公桌后，手里摩弄念珠，微笑说道。

孔昭绶沉吟一时，放下了茶碗，缓缓说道：“中日关系，事关国策，一师不过一中等师范学校，学生素日所习，也不过是怎样做个教书匠，妄论国是，只怕不大合适吧?”

汤芗铭依然慢条斯理：“孔校长何必过谦？贵校以湖湘学派之滥觞，上承城南遗风，这坐论国是，本来就是湖湘学人经世致用的传统嘛。刚才拜访贵校时，芗铭拜读的那篇学生作文，不就纵论家国，写得勃勃而有生气吗?”

纪墨鸿笑说：“孔校长，大帅如此青睐，将这次全省征文活动交由一师发起，这是大帅对一师的信任，大言之，也是袁大总统对一师的信任，您就不必推脱了。”

孔昭绶忍不住脱口道：“可日本对中国，狼子野心，早已是昭然……”他猛然碰上了汤芗铭笑吟吟的目光，那目光中的森森寒意硬生生将他的话堵了回去。掩饰着阵阵恐惧，他伸手端茶碗，但手却不由自主地在微微颤抖。

许久，汤芗铭才收回目光：“看来孔校长还是深明大义，愿意配合我大总统英明决策的。征文的事，就这么定了，具体的做法，纪先生，你向孔校长介绍一下吧。”

“是。”站起身来，纪墨鸿对孔昭绶说，“湖南将军汤大帅令，一、本次征文，以‘论袁大总统英明之中日亲善政策’为题；二、征文以一师为发起策源，首先在一师校内开展，除号召全校学生踊跃参加外，凡作文成绩名列前30名者，必须参加；三、征文结果，须送将军府审阅；四、征文结束后，以一师为范例，将征文比赛推广至省内各校，照例实行；五、凡征文优胜者，省教育司将颁以重奖。征文第一名除奖励外，省府还将特别简拔，实授科长以上职务，以示我民主政府求才若渴之心。”

茶水突然溅在了孔昭绶的长衫上，他这才发现手里的茶碗不知不觉间端斜了，赶紧放下茶碗，擦着长衫上的水。一方雪白的手帕递到了他的面前，原来竟是汤芗铭起身给他递来了手帕：“征文之事，就由纪先生协助孔校长，即日实施，好吗?”

孔昭绶回到学校，已经是下午了。他呆呆地坐在办公桌前，一动不动。那张“中日亲善征文”告示就摊在桌子上。

纪墨鸿推开了房门，孔昭绶仍旧一动不动，仿佛充耳未闻。他拿起那张告示一看，顿时急了：“孔校长，您怎么还没用印啊？我可都等半天了。您到底要拖到什么时候啊？”

孔昭绶依然不动。

纪墨鸿叫道：“孔校长，昭绶兄。”凑到了孔昭绶眼前，口气也缓和了：“您心里想什么，墨鸿不是不知道。可咱们这些书生，管不了那么多国家大事，要咱们干什么，咱们就只能干什么，读书人，千古都是如此，生的就是这个命——谁叫咱们的手只会拿笔呢？”说到这里，他长叹了一口气，站直身子：“汤大帅的雷厉风行，您也是亲眼目睹了的，墨鸿还要赶回去交差，昭绶兄，就不要为难小弟了吧？”

仿佛自己的手有千斤重，孔昭绶艰难地、一点一点地拉开了抽屉。校长的印信就躺在抽屉里。

纪墨鸿半晌看他没有动手的样子，索性自己动手，手伸进抽屉，抓住了那方印。

鲜红的校长大印盖上了告示。孔昭绶还是一动不动，仿佛一具失去了灵魂的躯壳。纪墨鸿叹息一声，摇一摇头，出了校长室，轻轻掩上门。

走廊里，刘俊卿看到纪墨鸿急匆匆走来，怯生生地招呼了一声：“纪督学。”然后侧过身子，正要给纪墨鸿让路，却听见了纪墨鸿的声音：“俊卿。”

刘俊卿不禁受宠若惊：“老师。”纪墨鸿把那份告示递了过来：“帮我个忙，把这个贴到公示栏上去。”

“征文第一名将由省府特别简拔，实授科长以上职务……”

刘俊卿正把告示往公示栏上贴，盯着上面征文奖励的条款，眼睛都直了：“老师，这是真的？”

“大帅亲口说的，还能有假？”纪墨鸿拍了拍刘俊卿的肩膀，“俊卿，上次的事，你实在是让我太失望，太痛心了。可你毕竟还叫过我一声老师，我也不希望你这么个人才真的这么荒废了。现在机会摆在你面前，希望你可不要再错过了。”

“老师，您放心，我不会错过的，我这就去写，我一定抓住这个机会。”

激动中，刘俊卿全身都在颤抖，他又把公告仔细读了几遍，这才向寝室走来，一路寻思，这样的机会，大家都在那里抢，自己恐怕要竭尽全力，当下里拿定主意，请几天假，一心一意写好文章。

这时学生们都已陆续上前来看告示，围成一团，议论纷纷。杨昌济走了过来，抬头看去，“中日亲善？”他简直都不敢相信自己的眼睛，一时细读，越读脸色越沉了下来，当即直奔校长室，连门也不敲，猛地推开，一步闯进去。

三

《日本国发出最后通牒大总统袁世凯承认二十一条》。毛泽东拿着刚到的《大公报》，头版显著的大标题不觉令他发呆，一时怔在了校门口。

此时心中的愤怒反使他冷静下来，他觉得自己应该要做点什么了，但到底怎么做？他第一个想到了杨昌济。

“润之，哪里都找你不到，原来你在这里？”迎面蔡和森和张昆弟满脸焦急，叫道。

“怎么回事？”

“出大事了。”蔡和森说道，直将毛泽东拉到那公告栏前。

毛泽东一看之下，也不由目瞪口呆，问道：“老蔡，这是什么时候的事？”

“下午才贴的，现在杨老师已经去找孔校长了，我不相信孔校长会干这样的事，到处找你，我们一起去问个清楚。怎么样？”蔡和森说道。

毛泽东不说话，将手里的报纸递给他说：“你看吧。”

蔡和森接过，张昆弟也凑了过来，一见标题顿时双目圆睁，脸上一阵抽搐，一拳击在报纸上，喝道：“欺人太甚。”把周围的同学都吓了一跳。

蔡和森细细将报纸看完，才问道：“润之，杨老师知道这件事么？”

毛泽东沉吟说：“应该不知道，这是最新的报纸，刚到的。”他说到这里，一扯蔡张二人说：“走，我们去校长室。”

三人匆匆向校长室赶来，只见房门大开，方维夏、黎锦熙、袁吉六……一个个老师都站在门前，大家的神情同样凝重，大家的表情同样难以置信。

“全校征文？居然要我们的学生，要我们亲手教出来的学生为日本的狼子野心唱赞歌！这样的启事，竟贴进了一师的校园，我一师的传统何在？我一师的光荣何在？这座千年学府之浩然正气何在？”杨昌济的声音越来越大，在回廊之间直震荡开来。

三个人从窗子里看进去，只见孔昭绶一动不动背向众人，仿佛一尊泥雕一般。杨昌济激动得在那里走来走去。

“耻辱啊，这件事，你到底知道不知道？你怎么不说话？难道你事先知道？你为什么不回答我，为什么不敢面对大家？你不是这种人啊，你到底是怎么了？你在怕什么？”杨昌济敲着桌子说。

孔昭绶依然没有任何动静。杨昌济再也忍不住了，他一把将孔昭绶的身子扳了过来，大叫道：“昭绶！”

猛然，他愣住了。所有的老师也都愣住了。

——两行泪水，正静静地滑出孔昭绶的眼眶，顺着他的面颊淌下！

“你知道吗？他的手指这么一勾，就杀了二十二个人，因为他们没饭吃，他们抢了点米，他就这么一勾，二十二个人，二十二条命，就这么一勾……”孔昭绶喃喃地说着，整个人都笼罩在那种刻骨铭心的恐怖之中。忽然他猛地一拳重重砸在自己头上，声嘶力竭地叫道：“我是个胆小鬼啊！”

所有的人都惊呆了。杨昌济扳在他肩上的手不自觉地滑落下来。

毛泽东沉默一时，握着报纸，直闯进门去。

“润之？”杨昌济不觉一怔。孔昭绶闻言也抬起头来。

“校长，这是刚收到的报纸。”毛泽东递过报纸。

“原来这样！”孔昭绶接过报纸看时，汤芗铭的种种企图刹那间都明白了。孔昭绶沉默片刻，将报纸递给了杨昌济，忽然一跃而起，冲出了校长室，直奔公告栏，这时栏前仍围满了学生。孔昭绶排开人群一把将告示撕了下来。面对满是惊愕的师生们，孔昭绶目光如炬，向追上来的方维夏说道：“维夏，马上起草一份征文启事——标题是：《就五·七国耻征文告全校师生书》！”

方维夏闻言大声应道：“是。”在场的师生都轰然欢呼起来！

四

整整三天，一师的师生都在忙乱之中，所有的文学老师连夜阅评，学生们自发的组织起来协助装订，整理，大家没有一句多余的话，仿佛形成了一种默契，把所有的耻辱和愤怒放在心里，用更多的行动去洗雪。到第二天上午，方维夏便将一本蓝色封皮、装帧简洁的《明耻篇》拿到了孔昭绶的办公室：“校长，国耻征文印出来了，这是样书。”

孔昭绶接过来仔细翻看，点头说：“不错。”他沉吟一时，问道：“润之在哪里。”

“他们在礼堂为明天的全校师生五·七明耻大会准备会场。我去叫他来。”方维夏说道。

孔昭绶摆摆手说：“不用了，我去找他，顺便看看会场。你去忙你的吧。”说话间站了起来，方维夏点点头，却眼看着孔昭绶，半晌站着不动。孔昭绶怔了一怔，说道：“维夏，你还有事？”

方维夏摇一摇头，迟疑一时才缓缓说道：“校长，你没事吧。”孔昭绶又是一愣，但瞬间他明白了方维夏的意思，微微一笑说：“维夏，谢谢你，我没事。”方维夏沉吟一时，还想说些什么，但最后一句话也没有说，出了房门。

孔昭绶看着他的背影，由不得心头一热，从昨天到现在，他从每个老师和学生的眼里都看到了一种关心，虽然没有一个人说出来，只是埋头做事，然而他可以明白的感受到，大家都在替他担心。他拿起那本《明耻篇》来，心中忽然感到一丝欣慰，随即关上门向礼堂而来。

礼堂外露天摆放的桌子前，蔡和森正在写着大字。地上摊着长长的横幅，毛泽东、张昆弟等人正将他写好的大字拼贴在横幅上。孔昭绶站在蔡和森身后，也不说话，只看他写字。

“校长。”毛泽东几个人抬起了头。孔昭绶笑笑说：“写得不错啊。”一时向毛泽东说：“润之，你那里先放一放，来给这本《明耻篇》题个引言吧。”说话间把书递了过来。

毛泽东愣了一下：“我来题？”

“对，你来题。”孔昭绶拿起架在砚台旁的毛笔，递到了毛泽东面前：“如果不是你的提醒，就不会有这次国耻征文，所以，应该由你题。”盯着孔昭绶为他翻开的书的空白扉页，毛泽东沉吟了一会儿，接过了毛笔。大家都围了上来。

毛泽东奋笔疾书，一挥而就，《明耻篇》的扉页上留下刚劲有力的十六个字。孔昭绶读出了声：“‘五月七日，民国奇耻。何以报仇，在我学子’写得好，写得好！”

就在这时，只见刘俊卿慢慢挨了过来，叫道：“校长。”

孔昭绶回过头来：“是你，什么事啊？”刘俊卿小心捧着手里的文章，恭恭敬敬递了上来：“我的征文写好了。”

“征文？不是早就截止了吗，你怎么才送来？”孔昭绶呆了一呆。“截止了？哎，不是有一个星期吗？”刘俊卿急忙叫道。

孔昭绶沉默一时，忽然好像想起什么，问道：“你写的什么征文？”“中日亲善征文啊。”刘俊卿不觉奇怪，这有什么好问的。

一刹那间，大家好像发现一只怪物，把刘俊卿看得莫名其妙。孔昭绶一把接过了刘俊卿的文章，打开看了一眼——文章的标题是《袁大总统中日亲善政策英明赋》。

孔昭绶读了出来：“‘东邻有师，巍巍其皇。一衣带水，亲善之邦。’”他突然忍不住笑了，“一衣带水，亲善之邦！”他蓦然住口，两眼如刀一般盯着刘俊卿，握紧拳头，一种尖锐的痛楚从心底里直透出来，他都不知道自己该说什么。

刘俊卿呆呆地看着孔昭绶，全不明白大家为什么会是这样的眼神，他只觉有无数的针从四面八方刺来，这时他看见孔昭绶缓缓地将他那篇文章一撕两半，不觉大惊，叫道：“校长，你……”

孔昭绶冷冷地一点一点，将那篇文章撕得粉碎。纸屑洒落在地上。他拍打着双手，仿佛是要拍去什么不干净的东西，看也没看刘俊卿一眼，转身离去。

刘俊卿仍旧呆在那里一动不动，毛泽东等人都不理他，自顾布置会场。张昆弟却不耐烦了，叫道：“让一让。”从背后一推，将他推了个趔趄，他这才回过神来看清了地上那幅已经拼贴完工的横幅上，却是“第一师范师生五·七明耻大会”几个大字。

五

第二天清晨，一师大礼堂的主席台上高悬出“第一师范五·七师生明耻大会”的横幅，左右两侧，是飞扬的行草，“五月七日，民国奇耻”、“何以报仇，在我学子”。台下全校数百师生聚集一堂，一片肃穆，过道间黎锦熙等人正在发放《明耻篇》，一本本书无声地由前至后传递着。

当孔昭绶出现礼堂门口，刘俊卿死死地咬着嘴唇，坐在最后一排，木然接过那本《明耻篇》。这时雷鸣般的掌声响了起来，他有些怨恨地看着孔昭绶一步步走上了讲台。

掌声骤然一停，全场一时鸦雀无声。孔昭绶环顾着台下，眼光从杨昌济、徐特立、方维夏等一位位老师身上，又从毛泽东、蔡和森、萧三等全场白衣胜雪的学子们身上掠过，他甚至看到了刘俊卿，仿佛有千言万语一时不知从何说起。

终于，他深深地吸了一口气：“有一个词，大家一定都听过支那。这是日本人称呼我们中国人时用的词，在日本人嘴里，中国就是支那，我们这些在座的中国人就是支那人。那么支那是什么意思呢？过去我也并不清楚，只知道那是隋朝起从天竺语‘摩诃至那’中派生的一个对中国的称呼，本意并无褒贬。直到五年前，五年前，我在日本留学的时候，日本学校给我准备的学籍表上，填的就是‘支那人’孔昭绶。每次碰到日本人，他们也都会说：‘哦，支那人来了。’说这句话的时候，他们脸上的那种表情，我这一辈子也忘不了，那是一种看到了怪物，看到了异类，看到了某种不洁净的东西，看到了一头猪，混进了人的场合时才会有的蔑视和鄙夷！”

“于是我去查了一回字典，我不相信日本人的字典，我查的是荷兰人出的——1901年版《荷兰大百科通用辞典》，查到了：支那，中国的贬义称呼，常用于日本语，亦特指愚蠢的、精神有问题的中国人。这就是支那的解释！”

“今日之日本，朝野上下，万众一心，视我中华为其囊中之物，大有灭我而朝食之想，已远非一日。今次，‘二十一条’的强加于我，即是欲将我中华亡国灭种的野心赤裸裸的表现！而袁世凯政府呢？曲意承欢，卑躬屈膝，卖国求荣，直欲将我大好河山拱手让于倭寇！此等卖国行径，如我国人仍浑浑噩噩，任其为之，则中华之亡，迫在眉睫矣！”孔昭绶痛心疾首，振臂而呼。

“夷狄虎视，国之将亡，多少国人痛心疾首，多少国人惶惶不安？是，大难要临头了，中国要亡了，该死的日本人是多么可恨啊，老天爷怎么不开开眼劈死这帮贪婪的强盗？这些抱怨，这些呼号，我们都听过无数回，我们也讲过无数回。”端起杯子，孔昭绶似乎准备喝口水润润嗓子，但突然情绪激动起来，又把茶杯重重一放。“可是怨天尤人是没有用的！我们恨日本怎么样？恨得牙痒又怎么样？恨，救不了中国！”

“以日本之蕞尔小邦，40年来，励精图治，发愤图强，长足进步，已凛然与欧美之列强比肩，为什么？隋唐以降，一千多年，他日本代代臣服于我中华，衣我之衣冠，书我之文字，师我中华而亦步亦趋，而今，却凌我大国之上，肆意而为，视我中华如任其宰割之鱼肉，又是为什么？”

“因为日本人有优点，有许许多多我中国所没有的，也许过去有过，但今天却被丢弃了的优点！我在日本的时候，留学生们人人对日本人的歧视如针芒在背，可是呢，抱怨完了，却总有一些人，但不多，但总有那么几个逃学、旷课，他们干什么去了？打麻将！逛妓院！还要美其名曰，逛妓院是在日本女人身上雪我国耻，打麻将是在桌上修我中华永远不倒的长城！大家想一想，这还是在敌人的国土上，这还是当着敌人的面！他日本人又怎么会不歧视我们？怎么会不来灭亡这样一个庸碌昏聩的民族？”

“所以，我们都恨日本，可我却要在这里告诫大家，不要光记得恨！把我们的恨，且埋在心里，要恨而敬之，敬而学之，学而赶之，赶而胜之！要拿出十倍的精神、百倍的努力，比他日本人做得更好，更出色！这，才是每一个中国人的责任！”

慷慨激昂的演说深深地震撼着全场的师生，不知何时，刘俊卿的座位悄悄空了……

第十六章 感国家之多难 誓九死以不移

感国家之多难，誓九死以不移，
虽刀锯鼎镬又有何辞？
人固有一死，死得其所，不亦快哉！
鼓大勇，戡大乱，雪大耻，
令我中华生存于竞争剧烈之中，
崛起于世界民族之林。

一

刘俊卿悄悄离开礼堂，埋头疾步朝校外跑去，忽然听到有人喊他的名字，吓了一跳，东张西望之后看清是父亲，这才松了一口气：“爸。”

刘三爹本是提了开水瓶去礼堂倒茶的，却见儿子独自一人跑出来，很是奇怪：“不是开大会吗？你这是上哪去？”

“我……有点急事……”

“你能有什么急事啊？”

“说了有急事，你就别管了。”刘俊卿走出几步，突然又回过身来：“爸……”看着父亲那饱经沧桑满是皱纹的脸，心头一热，似乎想说什么，却又不知从何说起，终于，他只是笑了笑：“爸，等着我，等我回来，也许你就不用给人倒开水了。”

“那我倒什么？”刘三爹显然没听明白。

“什么也不倒，以后，我要让别人给你倒。”

扔下一头雾水的父亲，刘俊卿匆匆出了校门，一口气跑到省教育司纪墨鸿的办公室，边喘气边把“中日友善”变“明耻大会”的经过说了一遍。“学生按照老师要求，熬了一个通宵写的征文，被孔校长当着老师同学们的面撕得粉碎。”刘俊卿委屈地说。

接过刘俊卿递来的《明耻篇》，纪墨鸿翻开封面，“五月七日，民国奇耻。何以报仇，在我学子”的引言赫然在目。“这还了得！这不是公然煽动学生造反吗？”纪墨鸿腾地站了起来，“走，马上跟我去将军府。”

两人匆匆来到将军府，纪墨鸿吩咐刘俊卿等在外面，自己请陈副官赶紧通报，匆匆进了汤芗铭的办公室。刘俊卿本只想到纪墨鸿那里告个状就走人，万万没想到竟会被带到将军府来，看纪墨鸿的紧张模样，自己这一状真是告到了点子上，这一刻便觉得全身轻飘飘的，犹如踩着两团棉花，两只眼睛直勾勾地看着将军府内那颗桂花树。这时还只是初夏时节，他却仿佛闻到了一阵阵的桂花香，心中想：古人所云“蟾宫折桂”，大抵就是这个情形吧。

正在胡思乱想之际，只听得一阵阵杂乱而紧张的脚步声，众多士兵涌了出来，刺刀闪亮，排列成行，刘俊卿哪见过这等阵仗，心中正发虚，却不料被人从后面拎住了衣领。回头一看，正是那个陈副官，脸上全无表情：“走，跟我去认人！”

“认人，认什么人？”刘俊卿愣住了。

“抓的是你们学校的校长，你不认人，谁认人？”陈副官眼睛一瞪，刘俊卿这才明白这帮士兵竟是要去捉孔昭绶的，顿时傻了，求援的目光投向一旁跟来的纪墨鸿，“可是……可是我……老师……”

纪墨鸿似乎也有些歉然，躲开了他的目光：“俊卿，做人就要善始善终嘛。”刘俊卿急了：“不是啊，老师，我就是来报个信，这种事我怎么好去呀？”纪墨鸿拍着他的肩膀：“我知道，当着熟人，大庭广众的，脸上抹不开也是有的。可你不去，这些当兵的谁认识他孔昭绶啊？再说，大帅可有话，只要你肯尽心效力，绝不会亏待你，教育司一科科长的位子，可还空着呢。”

“老师，我……我真的不行……”刘俊卿还在苦苦哀求，早已等得不耐烦的陈副官一挥手，两名士兵上来，一人一边，挟了刘俊卿就跑。纪墨鸿站在将军府门口，看着挣扎着的刘俊卿被士兵们带走，却是一言未发。

二

这一刻，一师礼堂里，“明耻大会”仍在进行，孔昭绶还在慷慨陈词：

“天下兴亡，匹夫有责。何以报仇，在我学子！国家之广设学校，所为何事？我们青年置身学校，所为何来？正因为一国之希望，全在青年，一国之未来，要由青年来担当！当此国难之际，我青年学子，责有悠归，更肩负着为我国家储备实力的重任……”

忽然，砰的一声，礼堂门被撞开了，刘三爹气喘吁吁地冲了进来，把师生们吓了一大跳。原来，刘俊卿走后，刘三爹进到礼堂帮着老师们一一泡上热茶，又站着听了一会儿演讲，大道理他说不出来，就觉得孔昭绶说得有理，说出了中国人的骨气。他听了一半，想着儿子还在外面，开水瓶也空了，就出去换开水，顺便再把儿子喊进来。出了礼堂，却左找右找不见儿子身影，正在校门口东张西望之际，只见大批军队直朝一师而来，连忙锁了校门，跑来报信。

“不好了，不好了，当兵的……全是当兵的……好多当兵的……”刘三爹话音未落，砰的一声，门口传来一声枪响，随即是校门被砸开的声音，士兵们整齐的脚步声，听得所有人心中一紧，几乎同时站了起来！

“第一师范的师生人等，给我听清楚了，湖南将军汤大帅有令：文匪孔昭绶，目无国法，包藏祸心，蛊惑学生，对抗政府，着令立即逮捕。凡包庇孔犯昭绶，窝藏卷带者，与孔同罪。煽动闹事，阻碍搜捕者，格杀勿论！”

门外的士兵们喊话声传来，礼堂里的学生们顿时一片大乱。

“都不要乱，同学们，不要乱，听我把话讲完。”一片惊悚中，讲台上的孔昭绶却笑了，这一切原本就在他的预料之中，只不过提前了一点点罢了，“没有什么了不起的，不就是抓人吗？昭绶今日走上这个讲台，外面的情况，早就已在我意料之中。死算什么？感国家之多难，誓九死以不移，虽刀锯鼎镬又有何辞？人固有一死，死得其所，不亦快哉！”

他戴上礼帽，正正衣襟：“同学们，我亲爱的同学们，昭绶今日虽去，一师未来犹存，但望我去后，诸位同学能不忘我今日所言，鼓大勇，戡大乱，雪大耻，令我中华生存于竞争剧烈之中，崛起于世界民族之林，则昭绶此去，如沐春风矣。”

说罢，迈步便下了讲台。

“校长！”前排的萧三再也忍不住了，双膝蓦然重重跪倒在地！一排排同学，一双双膝盖随着孔昭绶的经过，顿时跪倒了一片！一双双眼里，饱含着泪水，一双双手，伸向了即将生离死别的校长……

满场黑压压的学生中，只剩了毛泽东、蔡和森还站着没动，两个人互相看着，却也不知如何是好。孔昭绶的眼睛也湿润了，他微笑着，坚定地排开一双双伸向他的手，向大门走去。杨昌济一把抓住了他的手：“昭绶！”

“昌济兄，你我之约，望君铭记。”孔昭绶挡开杨昌济的手，就要来拉大门。猛地，站在门边的刘三爹一把靠住大门，堵住了孔昭绶的去路，冲毛泽东等人大喊：“你们还愣着干吗？还不保护校长走？快啊！”

毛泽东这才反应过来，一挥手，几个人上来一把抱住孔昭绶。孔昭绶挣扎着，“放开我，快放开我……”然而学生们人多势众，不容分说，架起他便往另一边的门跑去。

孔昭绶这边刚被架走，枪托砸门的声音砰然大起！学生们赶紧冲上前，与刘三爹一起堵着大门。门外的士兵们蜂拥而上，枪托砸、肩膀撞，到底当兵的凶悍，轰然一声，礼堂的一边大门被撞断了门轴，倒了下来。数十把闪亮的刺刀一拥而入，逼得学生们纷纷后退。

“带他认人！”副官和被士兵押着的刘俊卿走了上来。副官一挥手，士兵放开刘俊卿，顺手向前一推，刘俊卿一个踉跄，重重摔在地上。这一跤摔得很重，但刘俊卿也顾不得了，趴在地上，双手捂住脸，只希望这里的人认不出他来。

“刘俊卿？”不知是谁首先喊出了这个名字，无数道惊愕的目光一齐射了过来。几乎是刹那之间，大家都明白了，目光一下子转成了无比的鄙夷。角落里，刘三爹更是惊得目瞪口呆，简直不敢相信自己的眼睛！

一名士兵过来，揪着刘俊卿的衣领，把他拎了起来：“快认人！”

看着曾经朝夕相处的同学们，刘俊卿躲闪着他们的眼光，最后，他的眼神落在易永畦——这位平日里最温顺和善的同学身上，“永畦，我……”他满怀希望地喊出了这个名字，他希望永畦能够明白他，原谅他今天所做的一切。

易永畦猛地抬起头，抡起巴掌，狠狠扇在刘俊卿的脸上！

一个士兵走过来，抡起枪托照着易永畦当胸狠狠砸去，易永畦一头摔翻在地，一口鲜血猛喷了出来！“永畦！”周世钊等好几名同学涌了上来，扶住了昏迷的他。

“还有谁不老实？谁！”陈副官拔出手枪，黑洞洞的枪口对着同学们挥舞了一圈之后，停在刘俊卿的脑门上，“认人，你认不认！”

脸上火辣辣的刘俊卿被冷冰冰的枪口指着，脑子一片空白，他不敢回头，后面全是黑洞洞的杀人的枪口。他也不敢向前，前面是张昆弟、周世钊他们仇恨的目光。如果他们手里也有枪，他们枪口第一个对准的，肯定也是他刘俊卿。站在人群中间，他重重咬着嘴唇，鲜血从唇角流下来。

猛然，他疯一样地冲进人群，“我认，我认，我现在就认！”他一把推开了面前的同学，“孔昭绶，你给我出来！出来，孔昭绶！”

他嘶吼着，寻找着，疯子般寻遍了整个礼堂，却不见孔昭绶。

“走，走，再找！再找！我带你们找！”他领着士兵们冲了出去，这一刻，他已经只剩下一个念头：他已经不属于这所学校，他只想毁了这眼前的一切！

此情此景，连刘俊卿的亲生父亲——刘三爹也看不下去了，他扶着墙壁，一步一步慢慢挪着离开了礼堂。路其实很平，他却摔了一跤，随即两腿发软，怎么也站不起来，嘴唇哆嗦着，上下牙齿咬得咔咔作响，终于，从齿缝里挤一句“兔崽子！”，禁不住泪如雨下。

毛泽东、蔡和森一左一右夹着孔昭绶，一时之间也不知哪里安全，只好先带着老师们到宿舍再说。

“昭绶兄，你怎么就不听劝呢？”杨昌济急得满头大汗，“白白牺牲一条性命，有必要吗？”徐特立、方维夏等人也纷纷劝道：“是啊，校长，赶紧走吧，迟了就来不及了。”

孔昭绶早已抱了必死决心，只是微笑着说：“你们不用劝了，我不会走的。昌济兄、特立兄，你们都走吧。毛泽东、蔡和森，你们赶快把外面的同学都带走，千万别让他们出事。”

毛泽东斩钉截铁地说：“您不走，谁也不会走的！”

就在这时，外面传来了一阵嘈杂声。屋里的人不由得都紧张起来，只有孔昭绶反而更加平静了。蔡和森向杨昌济等点了一下头，打开门走了出去，迎头却愣住了……眼前，张昆弟、罗学瓒、萧三……几十个同学抄着棍棒、板凳、砖头等东西，正涌向门口。一张张年轻的脸上，都是视死如归的无畏。

蔡和森问：“你们这是要干什么啊？”张昆弟扬着手里的木棒说：“和森兄，我们决定了，大家把校长围在中间，一起往外冲，拼出这条命，也要把校长送出去！”“对，冲出去……”众人纷纷点头。张昆弟一挥手，“说干就干！不怕死的，跟我来！”

“都给我站住！”身后，传来了毛泽东的一声大吼，大家不由得都愣住了，“你们这是要干什么？都疯了？凭这几根木棍，就想跟刺刀、跟子弹、跟一支军队去拼命吗？”“那你说怎么办？总不能眼睁睁看着他们把校长抓走吧？”张昆弟说。

“不管怎么样，也不能用血肉之躯，用这么多人命去冒这种险！这是无谓的牺牲，是匹夫之勇！”毛泽东一把抢下了张昆弟手中的棍子：“都把东西放下！都给我放下！”好几个同学被他震住了，放下了手里的东西，更多的人迟疑着，一时不知如何是好。张昆弟说：“不行，我不能看着他们把校长抓走，要命有一条！我不怕！”说完，就要往外冲，“昆弟……”蔡和森连忙一把拉住。

“同学们！”听到动静的孔昭绶与其他老师出现在门口，孔昭绶命令同学们，“把东西都放下来，放下！都放下！”

一片静默中，乒乓一阵，同学们手中的棍棒、砖头、板凳……通通落在了地上。忽然，一只手缓缓地，却是坚定地捡起了地上的一根木棒。所有人都愣住了——居然是蔡和森！

孔昭绶急了：“蔡和森，你这是干什么？”蔡和森看着孔昭绶，一脸平静，仿佛什么也没发生过：“昆弟他们刚才要干什么，我现在就去干什么。”

方维夏急了，站出来想要阻止，杨昌济却轻轻拉了他一把，他太了解蔡和森了，知道这个学生绝不会做出不理智的事来，尤其在这种危急时刻。

蔡和森环顾着同学们：“怎么了？大家刚才不都还勇气十足吗？怎么现在都不敢了？”他又捡起一根球杆，递向毛泽东，“润之，拿着！”连毛泽东也被他搞糊涂了，一时间接也不是，不接也不是。孔昭绶上前，一把将那根球杆抢了过来：“蔡和森，你就别添乱了！你这不是去白白牺牲吗？”蔡和森说：“连校长都可以白白牺牲，我这个学生为什么不可以？连校长都不要命了，我这个学生还要什么命？”毛泽东这才醒悟过来，立刻率先抄起了板凳，其他学生也纷纷捡起刚才扔在地上的东西。杨昌济严厉地说：“昭绶，你还要以你的固执，去换取他们的生命吗？”

所有人都在等着、期待着，终于，孔昭绶长长地吐了一口气：“好！我走。”

大家刚刚松了一口气，萧三等人气喘吁吁地跑过来，“孔校长，快走，刘俊卿带人搜到宿舍来了。”跟在后面的李维汉接着说：“学校的前后门都被堵了，四面全是兵，一条出去的路都没有了！”

“一个口子都没有了？”徐特立连忙问。“到处都是兵，围得跟铁桶一样，谁都不准出去啊。”罗学瓒说，“最可恨是那个刘俊卿，每个人他都要过目，比那些当兵的搜得还卖力！”

孔昭绶心如死灰：“一师教出了这样的败类，也是天亡我了。”

“校长。”身后突然传来了刘三爹的声音。孔昭绶一扭头，不知何时，刘三爹已来到人群外，提着一只油迹斑斑的竹匾，捧着一个蓝布包袱。他解开蓝布包袱，里面是一套皱巴巴、油腻腻的旧衣服，散发出难闻的臭味，那是他炸臭豆腐时经常穿的：“靠大椿桥那边的小侧门，只有几个当兵的守着，校长，您换上这身衣服，就说是来给学校食堂送臭豆腐的。学校里除了老师就是学生，没有这种打扮的人，他们肯定会相信。”

“这行吗？”孔昭绶将信将疑。“换吧，校长，一定行，我打包票，一定行的。”刘三爹把旧衣服捧到了孔昭绶眼前，微笑着说：“换吧，校长。”

·旁的杨昌济想了想：“不管怎么说，这个办法值得一试。不过，还得烦请徐副议长大驾。”“这话怎么说？”徐特立忙问。

杨昌济低声说了几句，大家连连点头，孔昭绶也终于解开长衫扣子，开始换衣服。徐特立与杨昌济也赶紧动手，拿的拿衣服，取的取帽子帮他。换下的长衫被刘三爹随手接过，搭在自己臂弯里，忙乱中，谁也没留意。

不一会儿，杨昌济、徐特立迈着方步，直朝大椿桥的小侧门而来。刘三爹说的没错，相比学生宿舍的喧闹混乱，这里显得安静很多。

“站住！”两名持枪的士兵喝住了迎面走来的杨昌济和徐特立。杨昌济脸色一变，“你们干什么？知道这位是谁吗？省议会的徐副议长！连议长的驾都敢挡，好大的胆子！”一名军官上前来，嘴里骂骂咧咧，“少他妈啰嗦，老子是汤大帅的兵，不认得什么一长二长，都给我站住！”徐特立头一扬，端着架子就往外走，那名军官拔出手枪，迎头顶住了他：“往前一步，格杀勿论！”

这里正僵持不下，身穿破衣、头戴毡帽的孔昭绶低着头从旁边走来，就要从他们身边出门，那名军官却眼尖，枪一抬：“哎——哪去哪去？”“我回家。”“回家？你干什么的？”“我，卖臭豆腐的，刚到学校食堂送完货。”“站这儿等着！”“长官，家里锅上还炸着豆腐呢，您行个方便吧。”“少啰嗦，人犯没抓到以前，谁都不准出这个门！”

正在这时，身后不远处又传来一阵杂乱的脚步声，杨昌济一扭头——看到刘俊卿一马当先，带着一帮兵正向这边走来。刹那间，三个人的心猛地悬了起来。杨昌济与徐特立赶紧拦在了孔昭绶前面，眼睁睁看着刘俊卿一步步逼了上来，却是一点办法也没有。

突然，哗啦一阵，一堆泥土从坡上滚了下来，正散在刘俊卿的脚边。他猛一扭头，坡上，一个穿长衫的背影一闪而过。

刘俊卿的眼睛顿时亮了：“就是他，他在那儿！”陈副官也看见了，手一挥：“给我追！”士兵们与刘俊卿一窝蜂追了上去。那名负责看门的军官拔出手枪，一巴掌抽在一个士兵头上：“还愣着干吗，还不快追！”他带着看门的两个兵也追了上去。

片刻之间，叫嚣呼喊声渐渐远去……门前的兵全空了。杨昌济与徐特立长长松了一口气，杨昌济催着：“昭绶兄，快走啊！”孔昭绶却是焦急地向士兵们追去的方向张望着：“我说，不会是谁被他们认错了吧？”徐特立说：“他们要抓的是你，肯定是看花了眼。”孔昭绶还是不放心：“可万一抓错了人……”

杨昌济安慰他：“带头的是刘俊卿，真弄错了，他也能认得，不会连累别人的。昭绶，快走啊！”两个人拉着孔昭绶，硬把他推出了门。孔昭绶似乎还有些担心，但当此时刻，确也无力去核实，只得匆匆离去。

刘俊卿一马当先，带着士兵们蜂拥追逐，穿长衫的背影跃山坡，过树丛，奔台阶……身后，枪声和士兵的叫喊响成了一片。

背影冲过一条窄巷，骤然发现自己已拐进了死路——面前是横挡着的高墙。身后，跑过的刘俊卿一眼看到了僵立的背影，他大喊着，“他在这儿，他在这儿。”众多士兵哗啦将巷子口封了个水泄不通。

“跑？”盯着无路可逃的背影，陈副官冷森森地笑了，“你往哪儿跑？再跑一步试试？”正在这时，犹豫了一下，本来僵立不动的背影突然纵身向墙头爬去。“妈的，活腻味了！”背影充耳不闻，半个身子已经骑上了墙头。陈副官抬起手枪，正对着后背开了一枪，“给我下来，听到没有？”

一声枪响，背影全身一震，一头从墙上跌落下来。鲜血从他的后背、前胸同时涌了出来。

“你跑啊，你跑啊！”刘俊卿一个箭步冲上前来，一把揪住了俯卧在地上人，“你不是要开除我吗？你不是撕我的文章吗？你不是不给我活路吗？你也有今天？”一把将地上的人翻转过来，熟悉的面孔映入眼帘，蓦然，刘俊卿呆住了：“爸？！”

副官等人都是一愣，也纷纷围了上来。“爸，怎么会是你？爸，你撑住，你撑住啊……”刘俊卿拼命要把刘三爹抱起来，然而，刘三爹却死死按住了他的手。一口唾沫，和着鲜血，狠狠啐在他的脸上：“畜牲！”

刘俊卿愣住了。

陈副官的眼睛凶狠狠地眯了起来，抬起了手枪：“妈的，敢骗我！”

刘俊卿大惊失色，拼命来挡：“不，不不！不要，他是我爸，他是我爸……”

副官一把将他推翻在地，枪直顶在刘三爹头上。砰，枪响了！鲜血猛地溅了刘俊卿一脸，溅得他呆如雕塑……

三

刘三爹的头七，雨下了整整一天。王子鹏一大早就来到秀秀家，帮着布置灵堂，安置灵位。秀秀倚在床上，从送完葬回来那天起，她整个人都垮了。子鹏端来一杯水送到嘴边：“阿秀……”秀秀呆呆地摇了摇头。也不知应该怎么劝她，子鹏黯然放下了杯子。

房门突然开了，风夹着雨点，一下子洒进门来，全身上下滴着水的刘俊卿出现在门前。他站在门口，似乎想走进房，但望着父亲的灵位，看看妹妹的样子，却又有些鼓不起勇气，抬起的脚又缩了回去，“阿秀，我……我有话跟你说……”

秀秀的目光移到了另一边，她宁可看墙壁也不愿看这个哥哥一眼，更不想跟他说话。

刘俊卿上前一步，恳切地说，“阿秀……你听我说，我会去找事做，以后有了薪水，你也不用上王家当丫环了……”“滚。”秀秀从牙缝里挤出一个字来回答刘俊卿。

“阿秀，我知道你恨我，我也在恨自己！我……我不知道该怎么跟你说……阿秀，你不用叫我哥，也不用理我，你就是别再去当丫环了，好不好？我求求你……”“滚！”秀秀还是只有这一个字。

“我……”刘俊卿一阵冲动，抬脚迈进门来，看了一眼秀秀，但秀秀还是背对着他。他又把那只迈进了门的脚重新缩到了门槛外，对着子鹏递来了求援的目光：

“子鹏兄，我知道，你是好人，你帮我劝劝阿秀吧，我求你，劝劝她吧。”

“你走吧，阿秀不想见到你，我也不想见到你。”子鹏的回答出乎意料。刘俊卿不敢相信，“子鹏兄……”

猛然间，从来是那么柔弱，从来不对人说一句重话的子鹏腾地站了起来，指着门外，一声怒吼：“你滚！”刘俊卿吓得倒退一步。

王子鹏长到二十几岁，第一次冲人发这么大的火，发过之后，他反而有些手足无措，不知说什么好，轻轻叹了口气，避开了刘俊卿的目光，重新坐回到秀秀身边。

屋外，雨越下越大，秀秀仍然一动不动，刘俊卿一步，又是一步，退出房门，轻轻把门关上。他不知道，他走之后，秀秀猛然回头，看着紧闭的房门，死死抱住子鹏的手臂，撕心裂肺地痛哭起来。子鹏搂住她，抚摸着她的头，眼泪同样淌过了面颊。

刘俊卿跌跌撞撞走在雨中，他心中只有一个念头：他要拜祭父亲。秀秀不肯原谅他，不让他给父亲上香，他要找到父亲的坟墓，要去父亲的坟前磕头上香。

“义士刘三根之墓”——七个血红的大字映入眼帘，全身透湿的刘俊卿呆若木鸡，一双膝盖再也支撑不住，猛地跪倒在坟前泥水里，任由雨水冲刷着他的全身。雨水顺着他的头发，淋过他的脸——他的脸上，早已分不清雨水与泪水。

坟头新垒的泥土被雨水冲刷得滑落了下来。几乎是下意识的，刘俊卿伸手拦挡着滑落的泥土，要将泥重新敷上坟堆，但雨实在太大，泥浆四面滑落，他挡得这里挡不得那里，越来越手忙脚乱，到后来，他已是近乎疯狂地在与泥浆搏斗，整个人都变成一个泥人！“爸，爸……”他猛地全身扑在了坟堆上！压抑中爆发出的哭喊，是如此撕心裂肺，那是儿子痛彻心底的忏悔！

一把雨伞悄无声息地遮住了他头上的雨。刘俊卿回过头，一贞打着雨伞，正站在他的身后。“一贞?”愣了一阵，刘俊卿突然吼了出来：“你还来干什么？你走，你走开!”手足并用，他连滚带爬地退缩着：“我不是人，我不是人！我这种狗屎都不如的东西，你还来干什么？你走，你走啊……”仿佛是耗尽了全身的力气，狂乱的喊叫变成了无力的呻吟，他一把抱住了头：“你走啊……”

一贞默默地走上前，将遍身泥水的刘俊卿搂进了怀里。“一贞。”刘俊卿猛地一把紧紧抱住了一贞，哭得仿佛一个婴儿，“一贞，一贞，我该怎么办，我该怎么办？汤芗茗要我干侦缉队长，要我干那咬人的活，他恨不得我见人就咬一口，要咬得又准又狠，咬中那人的痛处。他要我拿枪，要我用拿笔的手拿枪杀人啊!”

“俊卿，要不，咱们去找找纪老师，让他帮着求求情。”“纪老师？纪墨鸿？哈！一贞，你知道纪墨鸿是什么人吗？他让我去一师抓孔校长，让我欺师卖友，让我背黑锅！”大风大雨中，刘俊卿的嘶吼声仿佛受伤的野兽。

“没关系，俊卿，没关系的，你不想做那个侦缉队长，咱们就不做。我们不拿枪，不杀人，你不是喜欢读书吗？我们回去读书。”赵一贞流着泪说。

“回去?”刘俊卿冷笑，“回去？回去哪里？第一师范？他们恨不得挖我的心，喝我的血，又怎么会让我回去。退一万步讲，即使一师还要我！一贞，你怎么办？我能眼睁睁看着你嫁给老六那个流氓！”

赵一贞慢慢松开刘俊卿，脸白如纸，“你都知道了？你怎么知道的？”“我怎么可能不知道！这七天来，我看着老六一趟一趟地往你家跑，看着他把扎红带彩的三牲六礼一趟一趟往你家抬，看着你爹收下老六的婚书，看着他跟老六赔笑脸，我是个男人，我是个男人啊！”

“别说了！俊卿，别说了！”赵一贞再也听不下去，用尽全身力气喊了出来。她捂着脸，泪水从指间不断涌出来，“俊卿，求求你，别说了。”

刘俊卿把她的双手从她脸上拿开，十指交叉，两个人四只手交叉在一起，这时的他，已经完全平静下来，“一贞，你放心，我不会让老六得逞的。”

四

汤芗茗来到湖南之后，任命张树勋为警察长，以严刑峻法治理湖南，大开杀戒，仅这两个月被杀的就不下千余人。三堂会的娼嫖、烟馆、赌场也被封的封，关的关，生计越发艰难起来，不得不重操旧业，做起码头走私鸦片的活计。

马疤子这趟货走得提心吊胆，满满30箱鸦片，几乎是三堂会的半副身家，这天夜里，货刚到长沙码头，没等他和押货的老六松口气，只听得“闪开！都他妈闪开……”一阵气势汹汹的吼声，荷枪实弹的侦缉队特务们一拥而上，拦住了一大帮正在卸货的三堂会打手。

守在一旁的马疤子腾地站了起来，老六赶紧上前：“怎么回事？你们要干什么？”

“没什么。”特务们一让，刘俊卿出现在面前，他一把推开了拦路的老六，举起一张纸向马疤子一晃，“奉上峰令，检查鸦片走私而已。”向特务们一挥手，“给我搜。”

老六等人还想拦挡，马疤子却抬手制止住手下。

特务们乒乒乓乓动起手来。

很快，一个个特务跑了回来：“队长，没有。”

马疤子笑了：“怎么样啊，刘队长？我马疤子可一向奉公守法，就靠这老实本分的名声混饭吃，今天这事，不能搜过就算吧？”

打量着满地打开的货箱，刘俊卿一言不发，走上前来。翻翻箱子里的货，不过是些稻草裹鸡蛋，果然并无可疑之处。他的目光落在了用来当扁担抬货箱的一根根竹杠子上——那些杠子根根又粗又大。刘俊卿突然笑了：“马爷做生意，可真是小心啊，一箱鸡蛋才多重？也要用那么粗的竹杠子挑，太浪费喽。我看，这一根竹杠，劈开了至少能做四根扁担，要不，我帮帮马爷？”

他抬腿就要踩脚边的竹杠。

“刘队长、刘队长，有话好商量。”马疤子的脚抢先搭在了竹杠子上，“刘队长，给个面子，有话慢慢说。”

两人进了码头附近一家茶馆的包间里，把手下都留在了门外。

“这读书人就是读书人，脑筋就是转得快。不瞒刘队长，我马疤子吃这碗饭有年头了，能看出我这套把戏的，你算头一个。”马疤子满脸堆着笑，凑到了刘俊卿面前，说，“愿意的话，到我三堂会，有饭一起吃？”

刘俊卿“哼”了一声，心里想：“敲竹杠”这样的手段，早就不是什么新鲜玩意了，你还敢在老子面前玩？

“这侦缉队能挣几个钱？只要你进我三堂会，这二把交椅马上就是你的，凭你这脑袋瓜子，包咱们兄弟有发不完的财。”马疤子还想劝，看看刘俊卿一脸不屑，也便收了声，“刘队长还是看我们这行不上啊。那好吧，我也不勉强，一句话，你什么时候想通了，我什么时候欢迎你。我要的，就是你这种聪明人！”说完把手一拍，老六掀开帘子进来了，将一口小箱子摆到了刘俊卿面前。马疤子揭开箱子盖，露出了满满一箱子光洋，光洋的上面摆着那份婚书。

刘俊卿拿起那张婚书便起了身：“别的就不必了，我只要这个。”

五

因反袁而导致的第一师范孔昭绶事件，震惊了民国之初的全国教育界。因遭到袁世凯的全国通缉，孔昭绶被迫逃往上海，第二次赴日本留学。

孔昭绶潜出长沙的那天，毛泽东也正在问自己老师和同学：“教育真的能救国吗？校长曾经告诉我，教育能救国，我也曾经以为，只有我们这些受教育的青年，才是中国未来的希望。可今天我才知道，搞教育的，连自己都救不了，那教育又怎么救别人，怎么救这么大的国家呢？”

“我回答不了你的问题，润之，因为我也苦恼。”蔡和森沉吟了好一阵，又说，“但我还是相信，人会进步，社会会进步，国家也会进步。而进步，是离不开教育的。”

“我也相信过，社会一定会进步，我也相信过，人，一定会越变越好，可为什么我们的身边并不是这样？有的人，有的事，真的能靠教育，真的能靠空洞的理想就改变过来吗？”

“靠读书，也许是不能救国，靠教育，也许也不能改变一切。”杨昌济道：“但只有读书，我们才能悟出道理。只有读书，你今天的问题，才有可能在明天找到答案。除此以外，你还有什么更好的办法，破解你心中的疑团呢？”

江水浑浊，无语北去。一团疑云也在毛泽东的心头渐渐升起，越来越大。

第十七章 新任校长

大幅“第一师范增补校规条例”
一张接一张，贴满了整个一师公示栏。
章下有则，则下有款，款下有条，条再分一二三，
蝇头小楷，密密麻麻，洋洋乎大观，
最后落着校长张干的签名和大印。

一

周末，天空中阴沉沉一片，大雨倾盆，打得人几乎睁不开眼睛。一师校园里，毛泽东光着膀子，在双杠间上下翻飞，雨水从他的头发、身体四处淋下，他全然不顾，任由大雨冲刷身体。萧三、罗学瓒匆匆从外面赶回来，直接找到毛泽东。

萧三迫不及待地说，“润之哥，教育司给咱们一师派了个叫张干的新校长，听说是纪墨鸿推荐的。”罗学瓒也说，“你想想，纪墨鸿推荐的角色，能有什么好人?”“好人坏人要来了才知道，现在担心？太早了点吧?”毛泽东不经意笑笑，继续他的双杠动作。

“那今晚读书会的活动还搞不搞?”看到毛泽东的笑容，萧三稍稍放心了些。毛泽东停下来，“搞！怎么不搞?”

“可是——”萧三正想说点什么，一转眼，看着黎锦熙伞也没打扬着手匆匆跑过来，溅得长衫上又是泥又是水。“黎老师，您这是干什么，也来学润之雨中修身?”黎锦熙为人向来不拘小节，萧三这些学生最喜欢跟他开玩笑。

黎锦熙一把拉住毛泽东，“那个……那个，张校长很关心你，要你以后下雨天不要出门，以免淋出病来。”

“张校长?”毛泽东好半天才回过神来，“黎老师是说新来的校长，他来了？看来他还管得蛮宽的，刚来就管到我头上来了。”“润之，张校长这也是关心你。”黎锦熙说。

毛泽东见黎锦熙一副左右为难的样子，遂从双杠上跳下来，抬头看了看对面楼上校长室紧闭的窗户，笑着说，“这张校长刚来，怎么也得尊重尊重，黎老师就不必为难了，大不了以后找个张校长看不见的地方修身。”

当晚的读书会上，杨开慧听说此事，笑得直不起腰，用拳头捶着毛泽东结实的脊背，“毛大哥会被雨淋病？这校长长没长眼睛啊?”斯咏拉住开慧的手说：“人家也是关心润之的身体，应该也是出于好意。”

毛泽东：“大概吧？就是管得也太宽了一点。哎呀，不管他，我们搞我们的。”他站起身来，将手里一本《青年杂志》创刊号往桌上一放：“大家安静一下，今天，我们讨论一个新的内容。《青年杂志》发刊词——陈独秀先生的《敬告青年》！国人而欲脱蒙昧时代，羞为浅化之民也，则急起直追，当以科学与人权并重。陈独秀先生的这番话，真正讲到点子上，中国的问题在哪里？就是不重科学，就是不讲……”

“这是在干什么?”突然推开的门打断了毛泽东的慷慨激昂。一位身穿紧巴巴的日式文员制服的中年人出现在门口，扣子扣得一丝不苟，脸色苍白而瘦削，戴着一副略略有些老式的金丝眼镜。

毛泽东放下了手里的杂志问，“你是谁?”“本校校长——张干!”所有的人都吓了一跳，大家纷纷站了起来，只有毛泽东还坐着。蔡和森解释说：“张校长，是这样，我们正在搞读书会的讨论活动……”

张干打断他，“男男女女，半夜三更，讨论?——谁发起的?”毛泽东这才站起身：“我发起的。”听他喉咙还蛮粗，张干瞟了他一眼：“你哪个班的，叫什么?”“本科第八班，毛泽东。”

张干打量着毛泽东，显然对这个名字还有印象：“马上解散!”“为什么?”毛泽东不服气。

“学校是读书的地方，不是给你搞什么讨论的地方!”张干看了一眼斯咏、警予这几个女生：“你们几位是哪里的?”警予头一扭，没理他，还是斯咏主动回答：“周南女中。”“第一师范是男校，外校女生深夜滞留，多有不便。”张干向门口一指，“几位，请自重吧。”警予脸都气白了，开慧也是一脸愤愤，斯咏赶紧拉了她俩一把，几位女生都气呼呼地向外走去。

张干又冲其他人呵斥：“还站在这里干什么?都给我回寝室!”众人无奈，纷纷散去。毛泽东气得把杂志往桌上一拍，一屁股坐下了。张干一眼瞥见，“毛泽东，你怎么还不走?”

“我住这个寝室，走什么走?”毛泽东收拾起桌上的杂志和笔记本，气呼呼地起身往外走。“你不是住这个寝室吗?怎么又出去?”“不让讨论，我去阅览室看书可以了吧?”“你不看看现在几点了?阅览室早就关门了，你还去什么去?”“我有钥匙。”“学校阅览室，你一个学生哪来的钥匙?”“我看书看得晚，以前孔校长照顾我，特批的。”张干手一伸：“把钥匙交出来。”

毛泽东愣住了：“这是孔校长给我的。”

“我是张校长，不是孔校长!熄灯就寝，这是学校的校规，你不知道吗?交出来!”

毛泽东万分不情愿地把钥匙放在了张干手上。张干顺手又把他手里那本《青年杂志》拿在手里：“这种跟课业无关的杂书，以后不要再看了!没收!”

张干离开之后，毛泽东愣了半晌，一拳砸在墙上，满肚子火不知从何发起。

二

第二天一大早，大幅“第一师范增补校规条例”一张接一张，贴满了整个一师公示栏。章下有则，则下有款，款下有条，条再分一二三，蝇头小楷，密密麻麻，洋洋乎大观，最后落着校长张干的签名和大印。众多学生围在公示栏前，眼前如此纷繁庞杂的条例规章把大家都给看呆了。

“学生不得经营一切非关学术之事业，不得入一切非关学术之党社及教育会。

润之兄，这是不是在说我们的读书会啊?”周世钊扶着眼镜读着校规。

“不得散布谣言，发布传单，或匿名揭帖，鼓动同学，希图扰乱……虽盛暑严寒，必着制服，不得用妖冶华丽之时装，不得裸体、赤足……润之兄，这分明是在针对你嘛，你那天打赤膊雨中修身，他不是还让黎老师管你来着。”萧三也说道。

“管天管地，管人拉屎放屁!”毛泽东懒得再看后面的内容，扔下一句话，排开人群就走。

张昆弟继续读着条例，“不得干预外事，扰乱社会之秩序，不得有意破坏校内一切规则。不得停课罢学，不得私自开会演说，什么嘛，这分明在说孔校长反日反二十一条反得不对，不行，我得找他理论去!”张昆弟越读越觉得恼火，蛮劲上来，撸起袖子就要跑去校长室辩个究竟，周世钊、萧三等人也跟在后面跃跃欲试。

“昆弟，不要冲动!”蔡和森一见情形不对，一把拉住张昆弟，想出了个折中的法子，“这样吧，我们先去问问黎老师，看这是怎么一回事再说。”

众人来到黎锦熙的办公室，发现方维夏、陈章甫等几位老师居然都在，脸上还一副苦相。

周士钊眼尖，一眼看到方维夏的办公桌上摆着一本小册子，封面上写着：《第一师范教职工工作条例》。他随手拿起，正要翻开看。方维夏要阻止，黎锦熙却拦住他，“让学生们看看也好。”

周士钊翻开手册第一页，上面赫然写着——

本条例计总则14条，下分各项职务细则14类，计校长11条，学监58条，庶务21条，会计11条，教员13条，事务员6条，文牍5条，管图书员5条，管仪器员6条，校医7条，实习主任8条，校园主任7条，工场主任6条，膳食主任5条。具体条例如下：校长，一，主持全校事务，聘请各职教员；二，督率全校职教员忠实尽职；三，规定本校一切规程，并执行政府官厅所颁布之法令；四，酌定学生入学、退学、升级、留级、毕业、休业及赏罚各事项；五，视察全校管教状况，审查教本，并核定学生操行、学业、身体各成绩……

张昆弟摸了摸脑袋，惊呼：“天啊，方老师，你们的规矩定得比我们还多。”

方维夏对同学们说，“这个条例我们也是刚刚拿到，这样吧，你们回去上课，这些事，让我们老师出面跟张校长好好谈谈。”

劝走学生之后，黎锦熙、方维夏来到校长办公室，外面雨下得正大，黎锦熙把还在滴水的雨伞随手放在了墙角，水流在地板上。张干看了一眼，一言不发地拿起那把伞，小心移到门外，黎锦熙不禁有些尴尬，打量着这间熟悉而陌生的校长办公室。

孔昭绶性格豪爽，喜欢结交朋友，畅谈交心。老师也好学生也罢，甚至一师的勤杂工人，他都能打成一片。他在的时候，校长办公室常常是人来人往，笔墨、书籍、报纸都放在触手可及的地方，略显零乱倒也不失方便。相比之下，张干则内敛严肃得多，公事之外少有谈笑的时候。即便是公事，也常常是三言两语命令了事。

他来了之后，这间办公室被打扫得一尘不染，笔墨纸砚，书籍报纸都分门别类，各就各位。办公桌上，孔昭绶钟爱的那方刻着“知耻”二字的镇纸已不知去向，取而代之的那一方，上面刻着个“诚”字。

方维夏一见这个情形，临时改变主意，条例的事还是不要开门见山的好，他正在考虑怎样委婉措辞之时，只听见张干说，“黎老师，方老师，你们来得真好，我这里有个通知，麻烦你马上下发全校。”

黎锦熙接过通知一看，顿时愣住了，“月考？还每门都考？”

黎锦熙激动起来，正要说话，一旁的方维夏对他使了个眼色，两个人一起出了校长办公室之后，方维夏说，“张校长刚来，不了解一师的情况，以月考的形式摸摸学生的底，履行一校之长的职责，这没什么不对吧。”

方维夏一席话点醒了黎锦熙，“月考算什么，考就考，别的不敢说，一师的这些学生，我对他们有信心。等考试成绩一出来，我们再把校规条例的事摆一摆，张校长也是搞教育的，哪有不同意的道理。”

“什么，月考？”学生宿舍里，听到消息的毛泽东瞪大了眼睛。

罗学瓒等人都是一脸的不满，说：“刚宣布的，这个月开始，每月一次，门门功课都要考！”

周世钊说：“这个张校长，期中期末还不够，是不是想把我们考死？”

易礼容说：“难怪听说他是纪墨鸿推荐的，现在我才明白了，还是因为孔校长得罪了那个汤屠夫，他故意派这个张干来整我们一师的。”

易永畦说：“话也不能这么说，张校长可能是想抓好学习……”张昆弟打断他，“只有你老实！抓学习？他张干来了才几天，你看看出了多少花样？加校规加校纪，取消读书会，增加晚自习，连润之兄出去搞锻炼他都不准。现在又是什么月考，不是整人是什么？”

毛泽东说：“人善被人欺，马善被人骑，我看啊，不能让他把我们当软柿子。”

罗学瓒眼前一亮：“润之，你有什么主意，我们听你的，你说，该怎么办吧？”张昆弟、周世钊等人都安静下来，竖着耳朵听毛泽东的主意。

谁知毛泽东轻描淡写地说，“怎么办我不知道，反正他考他的，我就不理他那一套，他能怎么样？”说完，他拿起饭碗，“走，吃饭去。”

张昆弟、罗学瓒相互交换了个眼神，很显然，他们从毛泽东这句话中受了启发，两个人脸上挂着会心的微笑，勾着肩膀出了宿舍。

月考成绩很快就出来了，按照张干的吩咐，按分数排出名次贴在了公示栏，前十名写在红榜上，后十名写在白榜上，中间的名次写在绿榜上。与往常不同的是，同学们这一次关注的重点不是红榜，反而是白榜，在那里指指点点，高声大笑。

一个同学说，“我原以为我够厉害的了，原来还有比我更猛的，唉，居然让你上了白榜。”

另一个同学一拍大腿，“早知道我就干脆交白卷。”

人群里，也在看榜的黎锦熙和方维夏两个已经惊得说不出话来了，两个人悄悄出来，低着头闷声朝办公室走去。果然，还没到门口，就听到张干嘶哑的声音，“这是怎么回事？这是怎么回事？一次月考，全校三分之二的学生不及格！这……这些题目并不难呀，怎么会考成这样？难道这就是一师的教学质量？这样下去，一师还能出几个合格的毕业生？不行，全校补课！马上补！方主任，黎老师，你们通知下去，从今天开始，每天晚上增加两节晚自习，星期天全天补课，还有，取消课间操，把做操的时间，并进上午第二节课。”

方维夏和黎锦熙都愣住了：方维夏说，“校长，这样怕不妥吧？”张干说，“有什么不妥？学生成绩都成这样了，还不补怎么得了？”黎锦熙急了，“可补课也没有这样补法的。学生也是人，连课间操都不做了，哪有这样压着学的？”

张干说，“读书就是要有压力！不压哪来的成绩？”黎锦熙反问，“可张校长压来压去，压出成绩了吗？”张干指着黎锦熙说，“你是说——倒是我害学生成绩变差了？”方维夏拉了黎锦熙一把，黎锦熙却把他的手一甩：“反正孔校长手上，一师的学生，从来没有这么差的成绩！”

“你……”张干腾地站了起来，颤着声音说，“黎锦熙，我是第一师范的校长，第一师范的教学怎么进行，我说了算！”黎锦熙也站了起来：“那我也可以告诉张校长，这样的教学方式，我绝不赞成！”

黎锦熙回到自己的办公室，心中犹如有一团火在烧，拿起笔，辞职信一挥而就。但完成之后，他又坐了下来，看着辞职信发呆。方维夏从后面追过来，推开门，看到黎锦熙手里的辞职信，脸色都变了，一把抓起，揉成一团，“锦熙，你……”

正在这时，蔡和森、毛泽东、张昆弟、罗学瓒等几个同学也闻讯起来了，他们站在办公室门口，一个个像做错事的孩子，低头看着地面，不敢进来。

黎锦熙笑笑，对同学们说，“都站在门口做什么，快进来。”说着，又从抽屉里拿出几封信，递给方维夏。方维夏打开一看，都是来自北京大学文学院的邀请信，最早的一封日期是半年前。方维夏抬起头，“锦熙，这……这是好事，你不是一直提倡言文一致，国语统一吗，这可是实现理想的大好机会，你怎么不早说？”

黎锦熙笑着说，“我现在不正在说吗？”他转过头，对毛泽东说，“润之啊，老实说，这一次的事件，是不是你的主意？”毛泽东莫名其妙，“我的什么主意？”

蔡和森忍不住质问，“润之，敢做就要敢当，这次月考的事，我听说是你发动同学，让大家通通不要考好成绩，给校长一个下马威，是不是？”

毛泽东有点摸不着头脑，不知这矛头怎么一下子都朝着他来了，“这是怎么一回事，你不要冤枉我了啊，月考我是反对，但我也没有发动同学顶着干啊。”

罗学瓒一见势头不对，忙上前解释：“黎老师，方老师，这件事真的不怪润之，他只是对月考有意见，说了几句，我们觉得他说得在理，所以，就悄悄联络同学顶着干了。”

黎锦熙连连叹气，“你们怎么能这样呢？对月考有意见，你可以提嘛。哦，串联同学，故意考差，这就是你们的办法？为了目的，为了结果，也不能不讲方法，不讲手段吧？用这样的手段，只会适得其反，你们知不知道？”他又转向毛泽东：“你也是，他们这么干，你不可能事先不知道，大家平时都听你的，你要是劝阻一句，还会发生这种事吗？”

毛泽东不服气，挺着脖子说，“张校长定的那些校规，是不合理嘛，我凭什么要劝阻啊？再说，顶他一下天也不会塌下来！”

黎锦熙深深透了一口气，这才心平气和地对毛泽东说，“润之，不管怎样，我也要批评你几句。这次的事，张校长抓学习的方式可能是急了一点，但他终究还是为了你们的成绩，纵容大家串联同学，跟校长对着干，这算怎么一回事。你们对新出来的校规不满，本来我跟方老师商量，等你们月考成绩出来，跟校长坐下来好好谈，现在被你们这么一闹，唉……这样吧，杨老师出去讲学，也快要回来了。对学校的一些做法，你们就算有什么意见，也得等他回来，请他出面来解决。在此以前，不管张校长有什么要求，大家还是要服从，要记住自己是第一师范的学生，都记住了吗？”

同学们依依不舍，一直把黎锦熙送出校门很远，眼见快要上晚自习了，这才返回学校。此时天色已暗，深秋的晚风颇有些刺骨的意思，吹到身上带着寒意。他们经过公示栏时，猛然发现那里又换了新花样，刚挂上的“距期末考试35天”的鲜红大幅警示即使在夜色中也赫然在目。罗学瓒几个对着警示撇了撇嘴，一脸的不满。张昆弟四处看了看，一个人影也没有，就走上前去，打算搞点破坏。他的手指还没碰到公示栏，另一只手比他动作更快，挡在了前面。张昆弟定睛一看，原来是毛泽东。

“润之哥？”张昆弟不解。“黎老师刚才说的话，你就忘记了？”毛泽东说。张昆弟一听这话，脸色立刻变得沉重起来，不再说什么，把手收回来，跟着大家进了教室。

教室里，手里抱着厚厚一堆资料的易永畦看见他们几个进来，连忙说，“你们来了，资料我都帮你们领了。”

“什么资料？永畦，你病才好一点，这些事让我们来做就行了。”毛泽东连忙接过资料，拿在手里翻开一看，是厚厚一大本油印的《补充习题集》，再看课桌上，已经堆起了好几门课不同的补充习题、辅导资料等……毛泽东越看越心烦，“叭”地一声合上，正要发火，一旁的蔡和森推了推他，原来张昆弟他们几个，比他还冲动，一个一个正在用力把习题集砸在桌上，只差把它们撕成粉碎了，他赶紧大喊一声，“昆弟，你们几个做什么？!”

“我撕了这些破玩意。”张昆弟话一出口，看到毛泽东、蔡和森等人一脸的不赞同，遂有些不好意思，摸摸脑门，“好了，好了，我做就是了。”

张昆弟乖乖坐下之后，同学们也一个一个坐回位置，开始忙着那一本本习题集。做题的时间似乎过得特别慢，毛泽东忍不住想打哈欠，他本来还要忍，但见好几个同学也都疲倦得在打哈欠，也就不客气地伸起懒腰，大大打了个哈欠。

另一张课桌上，易永畦咳嗽着，眼睛里全是血丝，好不容易做完了手中的一科功课，又伸手拿起一本作业来。就在这时，一阵咳嗽突然涌上，咳得他几乎喘不过气来，他用手帕捂着嘴，身子几乎弯成了一张弓。同学们都吓了一跳，纷纷围了上来："永畦，怎么了……永畦……"

毛泽东扶住易永畦，拍打着他的后背："永畦，没事吧？"易永畦拼命忍着咳嗽，挤着尽量轻松的笑容："没事，我没什么。"子鹏端来了一碗水："永畦，喝点水吧。"

"谢谢。"易永畦喝了口水之后，轻松多了："好了好了，我没事了，谢谢你们了。"毛泽东还是不放心，"你真的没事？"易永畦说："真的没事，只是刚才呛了一下，润之哥，还有功课呢，你去忙吧。"

等大家纷纷散去，各自捧起了书本，易永畦才悄悄展开一直攥在手里的手帕，偷偷一看——手帕上竟然沾有血丝！他赶紧攥紧手帕，胡乱塞进口袋，生怕被同学们发现……

好容易熬到晚自习下课，同学们总算松了口气，纷纷收拾东西准备离开，正在这时，教室门"吱呀"一声推开了，张干走了进来，径自走上讲台，"从今天开始，晚自习之后增加一堂课，今天补解析几何。"张干边说边在黑板上写下数学公式。

同学们好半天才回过神来，只得强打精神继续听课。讲到一半的时候，电灯突然熄灭，教室外面传来校役的梆子声，"电灯公司拉闸了，各室点灯，小心火烛。"众人心中又升起隐约的希望，眼睁睁看着讲台上的张干。

只见张干取出油灯，点燃之后，又拿出一个袋子，"前面的同学上来领蜡烛……我们继续上课……"

三

"子鹏，好一段没看见你上你姨父家了吧？"礼拜天子鹏一回家，王夫人就问起了儿子。

子鹏这才想起来："哦，我……忘了。"

"怎么能忘了呢？你这孩子，斯咏是你未婚妻，你都不去看人家，人家还不当你没心没肺啊？下午就去，趁着礼拜天！"

"我……还有功课呢。"

王老板放下了报纸："功课晚上做嘛。你跟斯咏，本来就走得不热乎，还不多来往，越发生疏了。按你妈说的，去！"

吃过午饭，子鹏只得出门去陶家。秀秀的脚跟在子鹏的皮鞋后。但今天她却做不到往常的亦步亦趋，因为子鹏自己都心事重重，一副不知道要去什么地方的样子。前面，陶府的大门已遥遥在望。子鹏的脚步却停住了，犹豫了一下，他突然转身折回来路。

秀秀紧跟上来问："少爷，咱们不是上表小姐府上吗？"

子鹏摇了摇头，看着秀秀，说："我不想去那个府上，阿秀，找个清静点的地方，陪我坐坐吧。"

两人漫无目的地打发着时间，不知不觉的，竟一前一后地来到了教堂前。子鹏站在教堂台阶下，凝视着教堂顶上的十字架，听庄严的教堂钟声在天际飘然回荡，看晴空下，鸽子群扑啦啦飞起，掠过教堂哥特式的拱顶和高悬的十字架。这静谧的宗教世界仿佛是一片世外桃源，隔断了世俗一切。子鹏在台阶前坐下了，拉了拉身边的秀秀，说："阿秀，陪我坐坐吧，坐到我身边来。"

"少爷，这……"

"不要叫我少爷。这儿是教堂，在神的眼里，只有一个阿秀，一个王子鹏，没有少爷和丫环。"子鹏伸手握住了阿秀的手，"就让阿秀和王子鹏平等地一块儿坐坐，好吗？"

望着子鹏坦诚的目光，秀秀犹豫了一下，在他的身边坐了下来。

主仆二人在这个他们心里的世外桃源里，说着平常不容易说出口的知心话。却忘记了这里还是公共场所，不知道就在教堂旁的小街上，背着擦皮鞋的工具箱子，蔡和森与警予正并肩走来。

蔡和森正在问警予，每个周末都来帮他擦皮鞋，会不会耽误警予的功课。

警予白了他一眼，尖刻地问："怎么，嫌我烦啊？"

"我哪敢呀我？再说，有你帮忙，我挣的钱可多多了。"

"那你还啰嗦什么？赶紧谢谢本小姐吧。哎！"警予突然一拉蔡和森，"那不是斯咏的表哥吗？"视线中，果然是子鹏与阿秀坐在教堂台阶上，正在说着话。警予向蔡和森一勾手指，"走，听听他们说什么。"

"人家说话，你干吗偷听？"蔡和森不想去。

"那可是斯咏的未婚夫，瞒着斯咏在这儿拉拉扯扯的，我当然得听听。"警予一把拖着蔡和森就走，蔡和森又不敢出声，只得跟着警予，绕向教堂的一侧。

台阶上，子鹏喃喃地，仿佛是在对阿秀倾诉，又更像是在自言自语："过去，斯咏不愿意见我，我还不明白为什么，总觉得是我们来往太少，缺乏了解。现在我才明白，不想见一个人，却非要去见，是一种什么样的感觉。"

"可您和表小姐定了亲的呀。"

"定了亲又怎么样？定了亲就等于有感情吗？斯咏是那么热烈，那么奔放，她需要的，不是我这样性格柔弱的人，而我，每次跟她在一起，也总感觉是那么别扭，那么不自然，我和她根本不是一路人，又何必勉强在一起，互相破坏对方心里那份自然和宁静呢？

墙角，警予偷听着，不住地点头。她身边的蔡和森显然觉得偷听别人的私语很不妥，想拉她走，却反而被警予用力按住。他哪里拗得过警予，只得陪着一起偷听。

“我喜欢生活得简单，我喜欢宁静的日子。”台阶上，子鹏扭过头看着秀秀，说，“阿秀，倒是跟你在一起的时候，我会觉得非常非常的平静，非常非常的自然，这种感觉，根本不是跟斯咏在一起时能找到的。”

秀秀有些慌乱地赶紧侧过身：“我只是个丫环，哪能跟表小姐比？”

“不，在我心里，你比斯咏强得多。为了供你哥上学，为了照顾你生病的父亲，你吃了多少苦，受了多少罪，可你都一个人默默地扛着。如果说过去我还以为自己有多么善良的话，那么是你，告诉了我什么是真正的善良，什么是真正的坚强。尽管你很少开口，可我觉得，你，才是我最好、最知心的朋友。”子鹏说着话，一把握住了秀秀的手。

眼泪湿润了秀秀的眼眶，望着子鹏，她似乎想说点什么，但又不会表达，只得看看被子鹏握着的手，轻轻垂下了头。

“以后，我再也不去陶家了。爸爸妈妈非要我去，咱们就到这儿来，像现在这样，像一对最好的朋友，安安静静的，坐在神的脚下，让我们的心，更纯净，更安宁，好吗？”

“我给你唱首歌吧，唱一首我们老师教我们的歌唱圣母的歌。”看到秀秀点了头、答应了自己，子鹏轻轻唱起了古诺的《圣母颂》：“圣母玛利亚，你是大地慈爱的母亲，你为我们受苦难……”

宁静的歌声中，墙角的警予缩回了头。蔡和森还没发现她的情绪变化，正想探头往台阶那边看，警予一把将他揪了回来。他这才发现，警予的眼圈都红了。默默地沿着教堂后僻静的小街走出了老远，警予还在边走边擦着眼眶里的泪水。蔡和森忍了忍，还是问道：“怎么了你？”

“受感动嘛。你不感动啊？”

“你刚才还说他们拉拉扯扯的。”

警予用胳膊肘一顶蔡和森：“你们男的怎么都这么没心没肺？人家说得多诚恳，多打动人啊？我都被他感动。你呢，死木头一个！”

看到路边的石凳子，警予直着身子气哼哼地走过去坐下了。蔡和森也不知道她在生什么气、为谁生气，在她身边坐了下来，还傻乎乎地反问着：“可你不是说他是斯咏的未婚夫吗？”

“他都说了，他们俩不合适嘛。我看也是，他呀，还是跟那个小丫环合适。”

“人家把阿秀是当朋友，没你想的那么复杂。”

“为什么不能复杂，为什么就不能复杂呀？我看他们俩就应该在一起。反正啊，今天的事，我绝不告诉斯咏，就要让他们发展下去。”

“一个少爷，一个丫环，真要发展也难。身份地位差别那么大，真要发展下去，只怕也是个悲剧。”

“要我说，阔少爷就应该配丫环，穷小子呢，就应该追求小姐，这样的爱情才是自由的爱情，什么身份地位，什么传统观念，通通见鬼去!”警予扬起拳头，威胁蔡和森，“赶紧赞成我一句。”

蔡和森赶紧捂住了头，忙不迭地赞叹着：“你说得对，说得太对了。”

“这还差不多。”警予仰头望着蓝天白云，长长舒了一口气，“要是人人都能有王子鹏那样的勇气，人人都能自由自在地追求心中的幸福，那该多好啊。”

望着警予映着晚霞的脸，蔡和森的心里，突然涌起一阵激荡。悄悄地，他把手一寸一寸地向警予的手挪去，眼看手就要碰到警予的手，“当”的一声，教堂的钟声却在这时突然响起。蔡和森的手条件反射似的往后一缩，然而，不等他真缩回去，警予却一把抓住了他的手、一只手指着天空，兴奋莫名地叫道：“哎，哎，鸽子，鸽子！你看啊，你看啊！要是我能变成一只鸽子，那么自由，想飞就飞，该多好啊。”

一大群鸽子刚刚被钟声所惊起，扑啦啦从教堂的顶上掠过，展翅飞翔在空中，但蔡和森的心思却不在这些鸽子身上……

虽然明知警予只是情不自禁地握着自己的手，蔡和森还是情不自禁地脸热心跳。

那天夜里，蔡和森的心情不能平静。躺在床上，他手枕着头，眼睛睁得大大的。辗转中，他索性一翻身爬了起来，悄悄跑到八班寝室，把毛泽东叫了出来。并排躺在草坪上仰望着夜空，蔡和森问毛泽东：“你说，这个世上，你最爱的人是谁呀?”

“我娘。”毛泽东正睡得迷迷糊糊，被蔡和森强行拽到这里，头脑还是昏沉沉的。

“妈妈不算。我是说除了亲人。”

“那我倒没想过。你怎么问起这个来了?”这么古怪的问题，再加上外面凉爽的空气，终于让毛泽东清醒了。

“随便问问嘛！哎，你就没有觉得哪个人跟你特别投缘、特别亲近吗?”

“嗯，有的，杨老师。”

“长辈不算。”

“那，开慧，我跟她蛮亲近。”

“太小的也不算。”

毛泽东坐了起来，冲着蔡和森吆喝道：“我说，你到底想讲什么呢? 东拉西扯的。”

“没什么，我就是……你就没觉得有哪个同龄人特别让你觉得没有距离吗?”

“你呀!”

蔡和森瞪着一脸茫然的毛泽东，真不知道该怎么跟他继续说下去了。

“毛泽东，蔡和森!”

张干威严的声音骤然响起，那两个半夜起来谈心的人吓得赶紧爬了起来。

“半夜三更，为什么夜不归宿？还不给我回寝室？”

两个人哪敢作声，赶紧掉头就走，身后传来张干凶巴巴的吼叫声：“明天写检查，交到校长室！还有，打扫三天走廊!”

第十八章 易永畦之死

去去思君深，思君君不来。
愁杀芳年友，悲叹有余哀。
衡阳雁声彻，湘滨春溜回。
感物念所欢，踯躅城南隈。
城南草萋萋，涔泪浸双题……

一

此后的一师日程表上，便填满了一次又一次接踵而至的大考小考。整个学校像是一个大大的蒸笼，而学生们就像是蒸笼里的白薯，除了考试这个紧张的白色烟雾，什么都看不到。转眼间，在一师公示栏里，“距期末考试35天”的大幅警示已是赫然在目。学生们的课桌上已经堆起了几门课不同类型的补充习题、辅导资料，全把头埋在了高高的书堆里。白天如此，晚间补课也如此，停电以后，还要点起蜡烛继续奋战，身体好的同学已经吃不消了，像易永畦这样身体差的，更是顶不住，已经要端着药碗来上课了。但永畦尽管咳出血了，却还是悄悄忍着，一来不想让同学们担心，二来他也没钱治病。

这样的状况却正是张干期待的。前任校长让他得到的教训，就是要把学生死死地拴在教室里，用繁重的功课压住他们，这样，他们就没有时间、没有精力、没有心思做那些会给他们带来危险的事情，也唯有这样，他们才会安全。

这天，张干进了校长室，一如往常、不紧不慢地放下公文包时，看桌上有一封落着省教育司款的公函。他拿起来启开封皮，顿时愣住了。

“砰”的一声，张干重重地关上校长室的门，沉着脸，脚步匆匆地赶到了教育司，把那份开了封的公函砰地拍在纪墨鸿办公室上！

“老同学，你这是干什么？”纪墨鸿吓了一跳。

“你还问我？你倒说说，你这是要干什么？”张干一把抽出了信封里的公文，读道，“‘从本学期起，在校学生一律补交十元学杂费，充作办学之资，原核定之公立学校拨款照此扣减’！我一师是全额拨款的公立师范学校，部颁有明令，办学经费概由国家拨款，怎么变成学生交钱了？”

纪墨鸿叹了口气，无奈地说：“老弟，叫你收钱，你就收嘛。”

“这个钱我不能收！公立师范实行免费教育，这是民国的规定！读师范的是些什么学生，他们的家境如何，你还不清楚？十块钱？家境差的学生，一年家里还给不了十块钱呢！你居然跟他们伸手，还一开口就是十块一个，你是想把学生们都逼走吗？”

纪墨鸿一言不发，拉开抽屉，将一张将军手令推到了张干面前：“你也看到了，省里的教育经费，汤大帅一下就扣了一大半，要公立学校的学生交钱，也是他的手令，我能有什么办法？”

“可教育经费专款专用，这是有法律规定的！”

“老弟啊！枪杆子面前，谁跟你讲法律？孙中山正在广东反袁，他汤芗铭要为袁大总统出力，就得买枪买炮准备打仗。你去跟他说，钱是用来办学校、教学生的，不是用来买子弹、发军饷的，他会听你的吗？”纪墨鸿摇了摇头，起身来到张干身边，“老同学，我也是搞教育的，我何尝不知道办学校、教学生要用钱？我又何尝想逼得学生读不成书？可胳膊扭不过大腿，人在屋檐下，你就得低这个头啊！”

长长地，张干无力地叹了口气。

二

正如张干所言，一师的学生中，有几个家庭条件好的？比如毛泽东，要是家庭好，他怎么会来读一师呢？

此时，还不知道要交钱的毛泽东正在校园里边走边读着一封母亲的来信：“三伢子，告诉你一个不好的事，你爹爹最近贩米，出了个大事，满满一船米，晚上被人抢光了……贩米的本钱，有一些还是借的。为这个事，你爹爹急得头发都白了一半。现在家里正在想办法还债，这一向只怕是没有办法给你寄钱了，只好让你跟家里一起吃点苦……”

转过弯，突然传来一阵吵闹声，毛泽东放下手里的信看过去，只见公示栏前人头攒动，一片愤愤之声。毛泽东挤进人群一看，公示栏上，赫然是大幅的征收学杂费的通知。

晚自习时，整个学校完全没有了往日的宁静，各个教室里，学生们都议论纷纷。

“这次交学杂费，就是那个张干跟省里出的主意。”

“上午好多人亲眼看见他喊轿子去教育司，中午一回来就出了这个通知，不是他是谁？”

“他本来就是那个汤屠夫的人，汤屠夫赶走了孔校长，就派他来接班，汤屠夫要钱，他就想这种馊点子！”

“什么鬼校长，就知道要钱！”

不知情的学生们把所有的怨恨都发泄到了张干身上，但迎着学生们怀疑的、不满的、鄙视的目光，张干的脸上，居然平静得毫无表情。他能做什么？除了继续上课、保持学校的正常秩序，他还能干什么？他心里最清楚，唯有这样，他才能保住这些学生。但表情可以硬撑着，钱袋子却迅速地瘪了下去。这么大一所学校，每天有多少开支呀？只出不进，能够维持多久呢？张干正想着这一点，方维夏推开校长室的门进来，说：“张校长，食堂都快断粮了，经费怎么还不发下来？学生们还要吃饭啊！”

张干沉着脸，一言不发。方维夏以为校长没听清楚说什么，就又重复了一遍刚才的话。张干还是没作声，只是缓缓地拉开抽屉，取出一叠钱来，又搜了搜口袋，摸出几块零散光洋，统统放在方维夏面前。想了想，他又摘下了胸前的怀表，也放在了钱上面："先拿这些顶一顶吧，菜就算了，都买成米，至少保证学生一天一顿干饭吧。"

望着面前的钱和怀表，方维夏犹豫了一下，问："校长，您要是有什么苦衷，您就说出来……"

"我没有什么要说的。经费的事，我会想办法，就不用你们操心了。你去办事吧。"张干挥了挥手，他所谓的想办法，就是直接去找汤芗铭。

在汤芗铭的办公室外面，张干紧张地坐着。副官已经进去替他禀报了，可很长时间没有出来。他很希望能见到汤芗铭，当面把一师的情况向他汇报一下，他怎么都不能相信，教育经费真的会被挪用去充当军费，以为这里面一定有什么误会。

副官终于出来了，对赶忙站起来的张干说："张校长，大帅有公务在身，现在没空见你，请回吧！"

"可是，我真的有急事。"张干想的，是一师几百师生的吃饭问题。

"大帅的事不比你多？"

张干无话可说了，他只得重新坐了下来："那，我在这儿等，我等。"

"张校长爱等，那随你的便喽！"副官不管张干在想什么，说话的口气比铁板还硬。

呆坐在椅子上，张干看见有文官进了汤芗铭的办公室、有军官敲门进了汤芗铭的办公室、副官引着两个面团团富商模样的人进了办公室……张干挪了挪身子，活动一下酸疼的腰，习惯性地伸手去摸怀表，摸了个空，这才想起怀表已经没有了，不禁无声地叹了口气。恰在这时，门却开了，汤芗铭与那两名富商模样的人谈笑风生走了出来。张干赶紧迎上前去："汤大帅，大帅！"

汤芗铭颇为意外地看了他一眼，显然是不认识。

张干赶紧说："我是第一师范的校长张干，为学校经费一事，特来求见大帅。"

汤芗铭挺和蔼地说："哦，是张校长啊！哎呀，真是不巧，芗铭公务繁多，现在正要出门，要不您下次……"

"大帅，学校现在万分艰难，实在是拖不下去了。大帅有事，我也不多耽误您，我这里写了一个呈文，有关的情况都已经写进去了，请大帅务必抽时间看一看。"

"也好。张校长，您放心，贵校的事，芗铭一定尽快处理。不好意思，先失陪了。"汤芗铭接过呈文，客客气气地向张干抱拳告辞，与两名客人下了楼。

张干这才长长舒了一口气，收拾起椅子上自己的皮包，张干也跟着走下楼来。前方不远，汤芗铭陪着客人正走出大门，谈笑风生间，他看也不看，顺手轻轻巧巧地将那份呈文扔进了门边的垃圾桶里。

仿佛猝遭雷击，张干呆住了。

三

因为张干的干涉，这个周末的上午，读书会的成员们不得不把活动地点改在距离市区比较偏远的楚怡小学子升小小的房间里。

没有了往常的笑声，今天的气氛一片沉闷，大家都在谈论一师交学杂费的事情，蔡和森的意思，是希望大家冷静一点，有什么事，等杨老师回来再说。但毛泽东却扬言，不管杨老师回不回来，反正这个学杂费，他是不会交的。他还鼓动大家都莫交。看来，他已经把黎老师走的时候嘱咐他的话全忘记了。斯咏想到钱不多，希望毛泽东不要为了十块钱得罪校长。开慧却认为话不是这么说，即使是校长的话，好的大家可以听，歪门邪道就不能听。子升站起来支持斯咏的观点，大家争辩起来，很不愉快。

“你们呀，都不用说了，谁爱交谁交，反正我不交，我也没钱，要交也交不起，他张干不是有汤芗铭撑腰吗？让他把我抓去卖钱好了。”任大家怎么说，毛泽东似乎已经铁了心。

中午活动结束后，斯咏主动请毛泽东送她回家。一路上，两人并肩走着，毛泽东的脸色不好看，斯咏也不好多说什么，只是背在身后的手反复捏着一方手帕包成的小包，仿佛在酝酿着什么事，却又不知如何开口。到了陶府大门前，毛泽东完成任务，要准备回学校了。斯咏叫住他，伸出了背后的手，将手帕包成的小包递向毛泽东。毛泽东不明所以，接过来打开一看，居然是十来块光洋，问道：“你这是干什么？”

“你不是没钱交学杂费吗？”

毛泽东抓过斯咏的手，把钱硬塞回了她手里，坚决地说：“我不要！”

“润之，你这又何必呢？为了十块钱，跟校长对着干，到时候，吃亏的还是你。你把钱交了，不就没事了吗？”

“可这不是我一个人的事，全校还有几百同学呢！这种头，我不能带！”

“润之……”

两人正推推搡搡，陶会长板着脸站到了他们面前……

目送毛泽东走远，父女俩回到家里。陶会长阴沉着脸盯着缩在沙发里的斯咏：“你跟那个毛泽东到底什么关系？”

斯咏脸色苍白，情绪十分低落，她换了个坐姿，避开了父亲的目光，没有吭声。

“我问你呢，那个毛泽东，到底跟你什么关系？”

斯咏没好气地回答：“没什么关系。”

“没什么关系？没什么关系你老跟他来往，你还给他钱？这像没什么关系吗？”

一提到给钱的事，斯咏反而被刺痛了，她腾地站了起来：“我给钱怎么了？人家都不肯要，你高兴了吧？你还要怎么样嘛？”眼泪突然从她的脸上滑落了下来，仿佛是受了莫大的委屈，她竟伤心地抽泣起来。一转身，她哭着跑上楼去。

陶会长呆了一呆，才回过味来：女儿的火，显然根本不是冲他发的。

四

一路回来，因为刚才斯咏非要借钱给他的事情，毛泽东的心情很不好。他闷着头，匆匆走进校门，正遇到方维夏迎面跑过来，却不是在和他说话，而是越过他，和他身后的人说：“教育司纪司长来了，已经等您好半天，说是一师的学杂费至今还没上交，他专门来催款的。看他的样子，不太高兴。”

毛泽东这才知道张干在自己身后，也不回头，径直朝教学楼走去。

一师教学楼前厅的墙上，挂着“距期末考试只剩一天”的警示。纪墨鸿正在前厅里来回走动着，紧紧慢慢的脚步暴露了此时的心情。易永畦边咳嗽边捧着书本拐过弯，一不留神，正撞在纪墨鸿身上，吓得他把公文包失手掉到了地上。纪墨鸿正没处发火，逮住易永畦就是一顿训斥：“怎么回事？走路不长眼啊？”

易永畦也被吓得不轻，连声说：“对不起，纪先生！对不起，纪先生！”

“给我捡起来！”

易永畦赶紧捡起公文包，双手递给纪墨鸿。纪墨鸿拍打着公文包上的灰尘，还不依不饶地训斥着：“这么宽的走廊，还要往人身上撞，搞什么名堂？”

好几个经过的学生都远远躲开了，易永畦更是吓得不敢作声。毛泽东正从前厅走廊那头过来，远远地看到了事情发生的经过，几步跨过来，不满地对纪墨鸿说：“人家又不是故意的，凶什么凶？”

纪墨鸿转向毛泽东，涨红着脸，问：“毛泽东，你说什么？”

“我说大家都是人，用不着那么凶！”

“还敢顶嘴？你……简直目无师长！”

“我又没有开口就骂人，哪里目无师长了？”

易永畦看看情形不对，赶紧一边鞠躬一边急切地说：“对不起，纪先生，都是我的错，对不起了，纪先生，都是我的错。”

“不关你的事！毛泽东，我命令你，马上向我道歉，听到没有？”纪墨鸿看也不看易永畦，对毛泽东说。

“对不起了，纪先生！”毛泽东硬邦邦地丢下一句，一拉易永畦，“永畦，走。”

两个人转过身，却停下了，因为张干正板着脸站在前厅门口，冷冷地说：“你们两个，上操场，立正，罚站！”

毛泽东拧着脖子问：“凭什么？”

“新校规第十二条，学生侮慢师长，罚站半天。不记得了吗？”张干瞪着毛泽东说。

“我们什么地方侮慢师长了……”

“第十三条，怙过强辩，罚站半天。合起来，罚站一天。”

可是……要罚罚我一个，易永畦又没开口，不关他的事。”

“我说一起罚就一起罚！还不马上给我去？”

夏日的阳光下，毛泽东与易永畦并排站在操场上。树上，蝉鸣声此起彼伏，仿佛它们也正热得难受。毛泽东胸前的衣服被汗浸湿了一大片。汗珠从易永畦苍白的脸上滚落，他轻轻咳嗽着，略显憔悴。

校长室，张干呆呆地闷坐在办公桌后，任凭纪墨鸿将那份征收学杂费的公函拍在自己面前，敲打着。终于，纪墨鸿不能再忍受张干的沉默，转身出了校长室。张干一个人对着那份公函发着呆，一只手漫无目的地抚摸着那方“诚”字镇纸。已经黄昏了，他起身来到窗前，望着渐渐袭来的夜色里，那两个仍然在罚站的学生的身影，长长叹了口气，心里暗暗打定了一个主意。

校役提着油灯来到毛泽东与易永畦面前，说：“毛泽东，易永畦，校长让我通知你们，可以回寝室了。”

“永畦，走吧。”毛泽东吐了口气，活动活动站僵了的脚，走出两步，却不见易永畦跟上来，一回头，正看见易永畦顺着篮球架子，歪歪地滑了下去。

毛泽东把脸色苍白如纸的易永畦背回寝室，扶到了床上。罗学瓒看子鹏端着杯水，在易永畦的床头怎么也找不到药，说：“别找了，永畦早就没药了。还不是那个破校长，天天逼着人交学杂费，永畦的家境本来就不好，他上哪去弄钱？还不是能省一分就省一分！”

一句话弄得大家都沉默了，子鹏一跺脚，要马上出去买药，周世钊拉住了他说，半夜三更的，上哪去买？要买也得等明天呀。看看大家都在为自己担心，易永畦强打精神说：“其实，我也没什么事，休息一下，明天就好了。真的，明天还要期末考试，大家不要为我耽误复习了。”

毛泽东听了这话，重重地叹了口气，给易永畦垫好了枕头。

五

张干打定的主意，就是去找人筹钱。找谁呢？自然是长沙商会陶会长。在去的路上，张干想过陶会长不会很爽快地答应自己，也想过无数条他难为自己的理由。但当他面对陶会长，尴尬地把一师的难处说起来，并提出了自己的请求时，陶会长的条件却让他非常意外。

“现在一师不单教师的修金，便是学生的口粮都已无钱购置，眼看就要难以为继。陶翁乐善好施，过去也曾多次慷慨解囊，捐资助学，故而张干老着脸皮，求到陶翁门外，还望陶翁体谅。”

“那——张校长估计大致需要多少钱呢？”

“这个——三……两千大洋吧。万一不行，暂借一千大洋，也可解一师燃眉之急。”

陶会长沉吟着，终于开口了，说：“钱嘛，陶某倒还能想些办法——这样吧，我出五千大洋。不过，我有一个条件。我想让张校长答应我，开除一个名叫毛泽东的学生。至于什么原因，张校长就不必问了，总之，只要您把这个毛泽东开除出校，五千大洋，我马上送到贵校，就当是我的捐助，不必还的。”

张干吃惊之余，腾地站了起来：“陶翁的条件，恕张干无法接受。张干今天冒昧登门，打搅陶翁了。”

看他转身就要走，陶会长提醒道：“张校长，您这是干什么？毛泽东不就一个学生吗，您现在要救的是全校几百学生，孰轻孰重，您得考虑清楚啊。”

“不必考虑了，再怎么样，我也不会拿一个学生的前途去换金钱的。”

“张校长，”陶会长硬把张干拦住了，叹了口气说，“张校长，且听我把话说完好吗？本来吧，家丑不可外扬，但今天不把话讲清楚，张校长也不会明白这里头的原委，我也就只好直说了。事情是这样，贵校有个毛泽东，他组织些男男女女在校内外搞些什么活动，搞乱了学校秩序和风气，也有伤风化。我有个独生女儿，已经定了亲，她却受毛泽东的影响，追随他。哎！”

张干目瞪口呆：“有这种事？”

“说起来吧，也怪我这个父亲管教不严，未能及时发现。可我女儿好歹是定了亲的人，如再给毛泽东他们活动的机会，这要任其下去，万一闹出什么事来？不光我陶家，于贵校的脸上也不好看嘛。只要开除了毛泽东，这事也就过去了不是？”

张干想了想，答应道：“事情若果真如陶翁所言，这样的行为，敝校也是绝不会允许的。”

“千真万确！张校长，我也是没办法，才请您帮这个忙。这样吧，只要张校长点这个头，我捐一万大洋，明天就送到。怎么样？”

张干坚决地说：“不，这是两回事。毛泽东如果并无此事，不管多少钱，我都不会开除他，否则，陶翁就算一分钱不出，我也一样会严肃处理。”

出了陶宅，张干一路想着陶会长的话，坐车回了学校。他迈着沉重的步子，心事重重地上了教学楼，经过教务室时，听到虚掩的门里正传来一阵说笑声：

“哈哈，有意思，有意思……”

“……还真是又有大海又有太阳啊！”王立庵拿着毛泽东那张图画考卷，哈哈大笑。

“你别说，两笔一幅画，还套上了李白的名句，这种绝招，也只有润之想得出来。”

“反正我呀，拿他毛泽东，是哭不出也笑不出。”

张干听到是在说毛泽东，推门进去问："在说什么呢？这么热闹。"

费尔廉说："我们在看一个学生画的画，画得太有意思了，很有我们德国现代抽象派的风格。"

"哦？我看看。"张干拿过毛泽东那幅画，愣住了，"这……这什么玩意？"

陈章甫笑道："半壁见海日啊，您看，一笔是海面，一笔是太阳，又简单又明了……"

"什么简单明了？这也叫画？黄老师，这怎么回事？"张干严厉的口气使刚才轻松的气氛一扫而光，老师们不禁面面相觑，赶紧汇报说，不仅仅是图画课，还有那么几门课，毛泽东不是很感兴趣，成绩不是很理想……

张干打断他们的话："那你们就由着他想学就学，想考就考？就由着他拿这种鬼画符把考试当儿戏？"

黄澍涛说："这是孔校长以前特许的，说毛泽东是个特殊人才，他不感兴趣的课，不必硬逼着他拿高分，就当是一种因材施教的教育试验。"

"简直乱弹琴！"张干把那张"半壁见海日"一拍，越想越气，"一个学生，不好好学习，视功课如儿戏，还能得到特许？这、这不是纵容学生乱来吗？"

大家谁都不敢接腔，一时间，教务室里气氛紧张。就在这时，却传来了轻轻的敲门声，斯咏从虚掩的门后探出身来："请问一师收学杂费，是在这儿交吗？我来给毛泽东代交学杂费。"

陈章甫惊讶地问："给毛泽东代交？你是？"

不等斯咏答话，一旁，张干扫了一眼斯咏，冷冷地说："小姐是姓陶吗？毛泽东的学杂费，不必旁人代交。你走吧。"

"可是……"斯咏的话还没说完，张干就毫不客气地一把将门贴着她的鼻子关上了。

转过身，张干脸色阴沉得吓人："陈老师，通知毛泽东，马上到校长室报到！"

"毛泽东同学，叫你来之前，说实话，我对你身上暴露的问题是很有看法，甚至是有很大意见的。不过冷静下来一想，其实你身上这些缺点、毛病，也不能全怪你，应该说学校过去的教育方法也出现了偏差。既然是你有缺点，学校也有偏差，那就让我们共同来努力，改正这些存在的问题，你说好不好？"看着对面的毛泽东，张干坐在校长室自己的椅子上，字斟句酌地说。

"我又存在什么问题了？"

"你的问题，你自己还看不到吗？"张干不禁有些不快，但还是尽量平和地拿起那份考卷，"你说说，这叫怎么回事？一横一圈，这就叫半壁见海日？一个学生，怎么能这样对待学习，怎么能这样对待校规校纪呢？昨天才罚过你，今天你又是这样！屡教不改啊你！学校不是你家，不是菜市场，由不得你想怎样就怎样！你知不知道？"

仿佛是发觉自己过于激动了，违背了初衷，他尽量平静了一下，接着说："当然了，孔昭绶校长在这个问题上也有很大的责任，身为一校之长，不但不维护校规校纪，居然还对你放任自流，如此教育方式，怎么会不误人子弟？”

毛泽东腾地站了起来：“张校长，你讲我就讲我，讲孔校长干什么？”

“我是在帮你分析原因！”

“那我也可以告诉你，孔校长是我见过的最好的、最称职的校长！比不上人家，就莫在背后讲人家坏话！”

张干也腾地站了起来：“毛泽东！”

“我在这儿！”

张干指着毛泽东，气得连手指都在发抖：“好，好，好啊！我还说对你教育方法有问题，错！我看你是天性顽劣，不可救药！每次犯纪律的都是你，动不动就顶撞老师，难怪有人说上次是你在背后怂恿同学故意考差，别人家长在背后说你的空话……”

毛泽东的眼睛猛地瞪圆了：“张校长，你把话讲清楚，我干了什么？”

“你干了什么你自己知道。”

“你……你瞎讲！”

“怎么，心虚了？商会陶会长家的女儿，你跟她什么关系？人家家里早就看你不惯了，你居然还好意思去纠缠人家。”

毛泽东的脸一下子涨得通红，他“砰”地一拍桌子：“你……你胡说八道！”

张干简直都不敢相信自己的眼睛，一个学生，居然敢对校长拍桌子！一时间，两个人互相瞪着，房间里，只听见毛泽东呼呼喘粗气的声音！缓缓地，张干强压着全身的颤抖，扶着桌子坐下了。一指门口，他声音不大，却是一字一句：“出去。”

毛泽东还愣着。

猛地，张干几乎是声嘶力竭：“出去！”

毛泽东转身冲出了校长室。“砰”的一声，房门被他重重摔上，声音之大，连桌上那方镇纸都被震得几乎跳了起来！

几乎是大步跑回了寝室，乒乓一阵，毛泽东扫开桌上的东西，摊开纸笔砚台就写下了四个字：退学申请。

“润之！”蔡和森一把抓住了他的笔，“什么事都有个商量，犯得着那么冲动，挨了一回训就要退学吗？就算张校长讲错了，你也可以解释嘛。”

易永畦咳嗽着，也挤上来说：“润之兄，我们都知道你不是那样的人，张校长是不了解你，你就别太计较了。”

“润之，这件事都怪我。”斯咏走上前，“本来我只是想帮你，才来给你交钱的，没想到会给你惹出这些误会。要不我去跟你们校长解释清楚，好不好？”

“我不要你们管！”毛泽东猛地一甩，把笔抢了过来，但纸上已被画了大大的一道，飞溅的墨水倒把蔡和森手上、身上都弄脏了，“丑话没讲到你们头上，你们当然讲得轻松！人家现在是在怀疑我的人格，是在讲我……反正我受不了这种侮辱！”

斯咏说："我说了我去解释……"

"你算了！你不跑过来还好得多！"

一句话令斯咏呆在了那儿！一刹那，眼泪猛地涌出了她的眼眶，她转身冲出了寝室。

"斯咏，斯咏，"蔡和森追了两步，回过头，说，"毛泽东！你太不像话了！你要搞得人人都看你不顺眼吗？"

"我就这样！看不顺眼莫看！"

"好，好，你爱怎么办怎么办吧。谁都别管他，走！"蔡和森冲出了寝室，几个同学跟在他身后，也出了寝室。

毛泽东越想越窝火，他一把将那张画坏了的纸揉成一团，扔到地上，又抓起一张空白纸，重重地拍在桌上。

六

冲出校门，斯咏抽泣着一路跑去。蔡和森等追到学校门口时，斯咏已哭着跑远了。

停住脚步，蔡和森重重地叹了口气，却看到杨昌济提着行李从停在校门口的人力车上走下来，忙把刚才发生的事情一五一十地全给老师讲了。杨昌济意识到了事态的严重，找到在校的徐特立、方维夏等老师，先看了毛泽东的《退学申请》，告诉他在老师们没有结束和校长的谈话之前，不要轻举妄动。然后，几位老师一起去了校长办公室。

油灯下，张干的办公桌上堆满了试卷、教学资料等等，几乎要把他埋在其中。他正在一笔一画，十分专注地写着一篇文章，标题是《第一师范教学改良计划》。门被轻轻敲响，张干有些疑惑地抬起头，先看了一眼墙上的钟，这才说了声请进。杨昌济等三人推门走了进来。"杨先生？"张干不由得站了起来，"您回来了？"

油灯映照下，张干埋着头，房间里气氛沉闷。

徐特立和方维夏都将目光投向了杨昌济。杨昌济斟酌着："张校长，你我都是搞教育的人，尽管对教育的理解，每一个人不尽相同，但我们都相信，您和过去的孔校长，和全校的每一位老师一样，都是想把一师办好。我也听说，自您到校以来，从来没有在晚上12点以前离开过学校，可以说，为了一师，您是在兢兢业业工作。可您有些做法，学校的老师、学生也确有看法，究竟是为什么要这样做，这一段，学校又到底碰上了什么让您为难的问题，您就不能跟大家解释一下吗？"

张干抬头看了看杨昌济，似乎想说什么，却又一言不发地把头低下了。

方维夏说："我们知道您重视教学，希望把学生的成绩抓上来，可像现在这样，没日没夜，除了补课就是考试，学生的一切社会活动全部禁止，这是不是也过头了一点？学生也是人，他们不是读书的机器啊。还有，学校的经费为什么会这么紧张？到底出了什么事？我们都在着急啊。”

徐特立也很着急：“张校长，大家都是同事，为什么您就不能把心里想的，跟我们谈出来呢？”

张干依然一言不发。

三个人互相看看，都有些不知该怎么谈下去了。沉默中，他们突然听到从学生寝室那边传来了一声撕心裂肺的惊呼……发生了什么事情？老师们迅速出了校长室，朝学生寝室方向跑去。

当他们来到八班寝室时，只看到易永畦的被子、蚊帐上到处溅满了喷射状的鲜血。得知毛泽东已经把易永畦送往学校医务室了，他们又急忙撵了上去。但一切都迟了，医务室外长长的走廊上，鸦雀无声，挤满了第一师范的学生，所有的人都沉默着，所有的人眼中都含着泪水。一种不祥的感觉顿时攫住了张干的心，仿佛是为了印证他的不祥预感，盖着白布的易永畦的遗体被缓缓推了过来。仿佛猝遭雷击，张干一把扶住了墙，紧跟而来的杨昌济等人也都惊呆了……

礼堂里，黑纱环绕，易永畦遗像挂在台上正中，上面悬着“易永畦同学千古”的横幅。台下，数百同学穿着整齐的校服，静静地肃立，萧三、子鹏等人正在裁剪纸张、黑布，制作白花、黑纱。在一片哀痛与泪光中，只有白花、黑纱在无声地传递着。蔡和森将白花、黑纱递到了毛泽东面前。默默地戴上白花、黑纱，毛泽东走到了易永畦的灵前。

桌上，是折得整整齐齐的校服，抬头，是易永畦微笑着的相片，毛泽东将永畦沾满鲜血的课本轻轻放在校服上。身后的子鹏再也忍不住了，一把捂住了泪流满面的脸：“都怪我，我怎么……怎么就忘了给他买药回来……都怪我呀……”几个同寝室的同学搂住了子鹏，安慰着他。

一支毛笔递到了毛泽东面前，蔡和森说：“润之，永畦平时最喜欢跟你在一起，他最佩服的，也是你，为他写点什么吧。”

雪白的纸在毛泽东面前铺了开来。握着笔，抬头凝视着易永畦微笑的脸，眼泪轻轻从毛泽东眼眶中滑了下来，眼泪和着墨迹，落在纸上写下了挽诗的题目：《挽易永畦君》：“去去思君深，思君君不来。愁杀芳年友，悲叹有馀哀。衡阳雁声彻，湘滨春溜回。感物念所欢，踯躅南城隈。城隈草萋萋，涔泪侵双题……”

毛泽东写着，一幕幕往事如此鲜活地重现在他的眼前：进校第一天，易永畦帮着不会钉校服领章的子鹏钉着领章；球场旁，不擅运动的易永畦在帮着打球的毛泽东等人看守衣服；杨老师的课上，易永畦讲述着自己想当将军的理想；灯光下，易永畦将补好的鞋悄悄放在毛泽东的脚边；操场上，易永畦与毛泽东一起罚站；礼堂里，面对成排的刺刀，易永畦狠狠地打向刘俊卿的脸，士兵的枪托狠击在他的胸口……

“……我怀郁如焚，放歌倚列嶂。列嶂青且蒨，愿言试长剑。东海有岛夷，北山尽仇怨。荡涤谁氏子，安得辞浮贱。子期竟早亡，牙琴从此绝。琴绝最伤情，朱华春不荣……”

笔走龙蛇，字迹由行而草，饱含悲愤。肃立的同学们同样含着悲愤的泪水。毛泽东边写边擦着眼泪，但眼泪越涌越多，已将他的双颊完全湿透……

蔡和森将毛泽东写好的《挽易永畦君》诗被放在了灵前。

张昆弟情绪激动地高声呼喊道：“各位同窗，我们为什么会失去一位好同学？一师为什么会出这样的悲剧？大家心里都清楚，就因为那个张干！”

罗学瓒也呼应着：“没错！就是他，一天到晚考考考，逼着永畦带病熬夜，永畦的身体本来就有伤，他是给活生生熬垮的呀！”

萧三更是火上加油：“还有，为了什么学杂费，逼得永畦连药都舍不得买，前天，他还罚永畦在大太阳底下站了一整天……”

“就是他……”悲痛中，学生的情绪都上来了，现场一片群情激愤。

第十九章 驱张事件

第一师范不是一台机器，学生也不是木偶，他们有主见，他们敢想敢做，他们不需要我这样一个逃避现实的校长。一个跟不上学生要求的校长，只能是一个失败的校长，他所推行的教育，也只能是失败的教育。而我，就是这个失败者。

一

墙上的挂钟单调而沉闷地晃动着钟摆。张干呆呆地坐在办公桌后，整个人如同一尊雕塑。

“张校长，张校长。”

校长室外，方维夏敲着房门。校长室内，张干充耳不闻，呆若木鸡。

方维夏又敲了几下，却仍然听不见反应，他看看身边的徐特立，两个人都叹了口气。

张干的姿势一动没动，只有挂钟还在单调地走，一下一下，沉闷得让人心烦。

方维夏又敲了几下，无奈地停手。杨昌济看了看紧闭的校长室的门，说：“维夏，你是学监主任，应该有备用钥匙吧？”

方维夏：“有是有，可是，这是校长室……”

杨昌济不容置疑地：“打开！”

门开了，杨昌济出现在门口。

“张校长。”

张干的背影一动不动。

杨昌济一步来到他的面前，声音发生了变化：“张干先生！”

仿佛是被突然震醒，张干的身子微微一动。

“现在什么时候了？全校学生都集中在礼堂，他们有情绪！现在不是你闭门思过的时候，你的沉默，只会让事情越来越糟，你知不知道？”激动中，杨昌济走动两步，又一步折了回来：“从你进校开始，老师、学生，每一个人都不明白，每一个人都在等待你这个校长的解释，可你，就没有向大家说明过哪怕一次！第一师范不是一台机器，这里的师生也不是木偶，他们需要理解校长的教育理念，他们不能糊里糊涂地任人支配，你明不明白？你说话呀！”

缓缓地，张干转过身来——杨昌济不禁一愣：张干的脸上，居然流着两行泪水！

“校长，”方维夏走上前来：“全校学生正在为易永畦准备追悼会，您作为校长，应该去参加，到那儿，也算是给学生们一个交代，一个安慰，让他们也明白，您是关心学生的，您说是不是？”

杨昌济：“我们都在等你，张校长！”

缓缓地，张干终于点了点头。

就在一行老师赶去礼堂的途中，学生们激动的情绪已经达到了顶点。 一片激愤中，萧三、罗学瓒、李维汉等一帮人围着毛泽东，问他接下来怎么办？毛泽东说：“我只知道，永畦不能就这么白死了，不管大家怎么办，我都支持！”

“有你这句话就行!”张昆弟转身就往台上冲,“大家听我说,同学们,我们第一师范原来怎么样,现在怎么样,大家都是看在眼里的。”张昆弟一把举起那本沾血的课本,“大家说,是谁让这本书上喷满了易永畦同学的血?是谁造成了眼前这一切?”

台下的学生异口同声地回答:“是张干!”

台上,张昆弟情绪激动地继续问:“像张干这样的校长,我们要不要?”

台下雷鸣般地回应:“不要!”

“那么大家说,怎么办?”

“把他赶出去……赶走张干……”

“好!不想要张干这种校长的,跟我来!”张昆弟一步跳下讲台,学生们纷纷涌上,跟着他就往外涌去。

人流在礼堂门口戛然站住了,因为站在礼堂门口的,是脸色铁青的张干。

一个校长,数百学生,静静地对峙着。一刹那,数百人的礼堂里居然鸦雀无声。猛地,张昆弟振臂一呼:“张干滚出一师!”数百个声音仿如雷鸣:“张干滚出一师!”

嘴唇剧烈地颤抖着,张干猛地转身就走。校长室内,张干怒不可遏地写着《开除通告》,名列被开除学生榜首的,赫然是毛泽东的名字!

而在灵堂内,毛泽东也正奋笔疾书,白纸上的《驱张干书》尤为醒目。教室里,张昆弟等众多同学或写标语,或抄着《驱张干书》。不多久,一师的教室门口、走廊上到处都贴着“张干滚出一师”之类的标语和《驱张干书》。学生们在做了这些之后,还集中到了操场,开始罢课了!无论老师们怎么劝说,罢课的学生都无动于衷,杨昌济看了看眼前的学生,发现毛泽东和蔡和森等人不在其中,便对其他老师说:“你们先把学生看好,这件事,交给我来处理吧。”

空荡荡的礼堂里,只有毛泽东与蔡和森静静地坐在易永畦的遗像前,吱呀一声,身后传来了大门推开的声音。蔡和森微微一愣,沉浸在悲痛中的毛泽东也被惊醒,回头看见杨昌济,不由得站了起来。轻轻掩上门,一步一步,杨昌济走到了遗像前。拿起桌上的一朵白花,他认真地戴好,然后郑重地向遗像深深鞠了一躬。

“润之,和森,你们现在的心情,我都明白。永畦是你们的好同学,也是我的好学生,他走了,我这个老师,跟你们一样悲痛,也跟你们一样,无法接受这个现实。”杨昌济抚摸着那本带着鲜血的课本,眼泪渗出了眼眶,“我们一师,不该发生这样的悲剧啊!可是,不该发生的悲剧,已经发生了。我们是该从悲剧中吸取教训,还是让悲痛和情绪左右我们的理智,让悲剧愈演愈烈呢?我知道,你们对张校长的一些做法不满,永畦的不幸,更影响了大家的情绪。可无论张校长在治理学校方面有多少值得商榷的地方,作为学生,也不能采取如此极端的手段,不该用整个学校的正常秩序作为代价,来与校长争个高低啊!润之、和森,外面现在在发生什么,我想你们都知道,一所学校,连课都不上了,这是在干什么?这是在毁掉一所学校最基本的秩序！外面的同学都听你们两个的，我希望你们出去，现在就出去，制止大家，让一师恢复正常的秩序。”

毛泽东与蔡和森互相看了一眼，两个人显然还难以接受这个要求。

毛泽东问：“可是，永畦就这么白死了吗？”

杨昌济说：“可永畦的死，真的就应该归结到张校长身上吗？永畦身上的伤哪来的？那是被汤芗铭的兵打的！永畦的身体，本来一直就不好，加上这么重的伤，这，能怪张校长吗？当然了，张校长来校时间短，没能及时了解永畦的身体情况，他有疏忽，可并不等于是他造成了永畦的悲剧啊！永畦走了，大家都很悲痛，可要是永畦还在，他会愿意看到大家为了他，连课都不上，连书都不读，会愿意看到一师变成现在这个样子吗？如果任由同学们这样下去，永畦在九泉之下，也会去得无法安心啊！”

一番话，说得毛泽东与蔡和森都不禁低下了头。

“老师，对不起，是我们不对，我们现在就出去，跟大家说……”蔡和森话未说完，“砰”的一声，虚掩的大门猛地开了，方维夏急匆匆地闯进门来：“杨先生！出事了，您赶紧来看看吧！”

二

杨昌济来到一师公示栏前，　看到一纸《开除通告》赫然张贴在公示栏上，上面以毛泽东为首，赫然开列着17个因带头驱张而被开除的学生名字，下面是张干的落款和鲜红的校长大印！

“开除？”

惊讶中，杨昌济转过头来，老师们都面面相觑，然后一起急忙往校长办公室走去。毛泽东则快步冲回寝室，拿出《退学申请》，叫道：“我毛泽东用不着他张干来赶，此处不留人，天地大得很！”说着，推开想要拉住他的蔡和森，冲了出去。

校长室里，满屋子的老师都望着张干，张干避开了大家的目光。

徐特立说：“张校长，学生们的做法，也许是过于冲动了一些，可再怎么说，也是事出有因。一师已经出了易永畦这样的悲剧，难道还要一下子开除17个学生，让这悲剧继续下去，甚至是愈演愈烈吗？”

张干低着头，一言不发。

方维夏说：“就算学生们违反了校规，可校规校纪是死的，人是活的呀。孔校长过去就常说，学校是干什么的，就是教育人的，学生有问题，我们应该教育他们，而不是往门外一赶了之啊。”

“这么说，列位是不是都不同意？”张干问。

“我不同意……我不同意。”王立庵、陈章甫、饶伯斯等好几名老师纷纷摇头。

费尔廉甚至说：“这件事，我觉得责任不全在学生身上。张校长，你的做法，比学生更冲动。”

长长叹了口气，张干闭上了眼睛：“好吧，也许我是太冲动了，我可以收回这份开除通告。但是，其他16个人我可以放过，毛泽东，必须开除！”

校长室外的走廊上，毛泽东拿着那份《退学申请》，三步两步跨上楼梯，匆匆走向校长室。校长室里，正传出张干激动的声音：“怎么，难道我身为校长，连开除毛泽东这么一个学生的权力都没有了吗？”

杨昌济的声音：“这不是权力大小的问题！”

毛泽东不由得站住了，听到杨昌济继续说：“年轻人，一时冲动总归难免，犯了错误，批评教育甚至处分我都不反对，可要是动辄拿出开除这样简单粗暴的手段，那我们这些先生是干什么的呢？”

方维夏的声音：“张校长，这么多老师，没有一个赞成开除毛泽东，难道您就不考虑一下大家的意见吗？”

张干的声音：“我就不信，像毛泽东这样无法无天的学生，各位先生都会站在他这一边？在座的各位，难道就没有一个认为毛泽东的行为已经足够开除处理了吗？”

费尔廉说：“毛泽东的行为，也许是够开除，但开除他是不对的。”

“又够开除又不开除，这叫什么道理？”

“道理我讲不过张校长，我只知道就是不能开除。”

听着里面老师们的争执，望着手中的《退学申请》，毛泽东一时真不知心里是什么滋味。一个身影突然出现在他的身后，毛泽东一回头，却是板着脸、端着水烟壶走来的袁吉六。

“袁老师。”

看也没看他，袁吉六口气淡淡地：“外面那篇赶校长的檄文，是你写的？”

毛泽东点了点头。

“混账东西！”袁吉六横眉立目，劈头一声暴喝，吓得毛泽东一抖！他的咆哮声从走廊上传了开去，“一看就知道是你！身为学生，驱赶校长，你好大的胆子！”

老师们都愣住了，校长室的门开了，张干、杨昌济等人都探出头来。

走廊上，袁吉六气势汹汹，劈头盖脸，训斥着毛泽东：“天地君亲师，人之五伦，师道尊严都敢丢到脑后，你眼里还有没有人伦纲常？教会你那几笔臭文章，就是用来干这个的吗？”

毛泽东被训得一句话也不敢说。

杨昌济叫了一声：“袁先生！”

袁吉六又瞪了毛泽东一眼，狠狠扔下一句：“反了你了！”这才大咧咧地向校长室内走去。

门“砰”的一声关上了，毛泽东一个人站在了走廊上。

袁吉六走到张干的桌前，坐下了。老师们互相看着，袁吉六方才的态度，显然有些影响了方才一边倒的气氛。一片宁静中，张干仿佛打定了什么主意：“袁先生，您来得正好，有件事，我正想听听您的意见。”

袁吉六问：“开除学生的事吗？”

“是这样，这次开除学生，张干确有考虑不周之处，经各位先生提醒，现已决定，收回对其中16人的开除决定。可是为首的毛泽东，目无师长，扰乱校纪到了如此程度，再加姑息，学校还成什么学校？袁先生，您是一师任教的先生中年纪最大的前辈，既然列位先生不赞同我的想法，我也无法接受列位先生的纵容，开除毛泽东的事如何决断，就由您来定吧。”

所有的目光顿时都集中到了袁吉六的身上。

“张校长真的要老夫决定？”

“但凭先生一言定夺。”

众目睽睽中，袁吉六慢条斯理地抽了两口烟，吐出烟雾，将水烟壶放下，这才：“定夺不敢，袁某的意见就一句话；张校长若是开除毛泽东，袁某，现在就辞职。”

说完，他起身就走。

张干不禁呆住了。

校长室外的毛泽东同样意外得几乎不敢相信自己的耳朵。

猛然看见袁吉六走出，他几乎是下意识地：“袁老师……”

袁吉六仍然没有看他一眼，仍然是那样硬冷，“别挡路！”大咧咧地踱着方步，消失在走廊尽头。

毛泽东用手一摸，才发现泪水已滑出了自己的眼眶。那份《退学申请》被缓缓地，撕成了两半……

三

一张盖着省教育司大印的对张干的免职令张贴到了一师的公告栏里。学生们欢呼一片，仿佛迎来了一场大胜利。

隐隐的欢呼声中，校长室里，校长的大印、一本校长工作日志和第一师范校志被小心地推到了杨昌济、方维夏与徐特立面前。

“张校长……”

“我已经不是校长了。”张干轻轻一抬手，默默地收拾着桌上其他的东西。

杨昌济按住了他的手，问：“次仑兄，就算是临走前一个交代吧，你就不能跟我们说说，这一切到底是为什么吗？”

带着一丝苦涩，张干微笑了一下，笑容却转为无声的叹息：“其实我不是不知道，学生们不喜欢我，因为我专横，我压制。我不准这样不准那样，我把学生关起来，让他们两耳不闻窗外事，恨不得他们一个个变成读书的机器。可这是我愿意的吗？这是这个世道逼的啊！”

张干一把推开了窗户：“杨先生、徐先生、方先生，你们睁眼看看，眼前是个什么世道？民权写在法律里，法律高悬于庙堂上，可那庙堂之上的一纸空文，有谁当过一回事？拿枪的说话才是硬道理，掌权的是像汤芗铭那样杀人不眨眼的屠夫啊！就拿孔校长来说吧，学生们怀念他，怀念他开明，有胆气，关心国事，视天下兴亡为我一师师生之己任。可是结果怎么样？他不单自己被通缉，还险些给一师惹来灭顶之灾！还有徐先生，您为什么辞了省议会副议长的职务，您不就是不想同流合污吗？可您一个人可以辞职，我要面对的，却是好几百学生的第一师范啊。区区一个一师，在汤屠夫眼里，还比不上一只随手能捏死的蚂蚱，我还能怎么样？当此乱世，我只能压着学生老老实实，压着他们别惹事，我是一校之长，我要顾全大局，我不能让他们再往枪口上撞啊！”

那份收学杂费的公文被摆在了桌上。

“方先生，你一再问我，学校的经费究竟哪去了。现在你该明白了，是汤芗铭断了一师的经费，逼着学校收学生的钱。可我能告诉大家真相吗？我不能！因为那等于挑起学生们对政府不满，万一学生们冲动惹出事来，吃亏的是他们啊！所以我只能让大家骂我，把所有的气，都出在我身上，骂完我，出完气，他们就不会出去闹事了！退一万步来说，学生以学为本，严格校纪，发愤读书，这也是我这个校长的本职工作，让大家认真读书，这总没有错吧？可现在我才明白，我还是错了，杨先生说得对，第一师范不是一台机器，学生也不是木偶，他们有主见，他们敢想敢做，他们不需要我这样一个逃避现实的校长。一个跟不上学生要求的校长，只能是一个失败的校长，他所推行的教育，也只能是失败的教育。而我，就是这个失败者。”

喃喃的，张干仿佛是在向三位同事解释，更像是在自我反思。平静地、小心地、如往常一样仔细地，张干一样一样收拾好了自己的备课资料、笔墨、雨伞……张干默默地将桌上那方“诚”字镇纸放进了包里。那方孔昭绶的“知耻”镇纸，被重新放回了原位。收拾得整整齐齐的办公室里，一切都恢复成了张干到来前的模样，只有办公桌上，端正地摆着那份已经起草好却还未来得及实施的《第一师范教学改良计划》。

张干穿过走廊，走下楼梯，穿过教学楼前坪，经过他所熟悉的一处又一处。他的脚步停在了校门口的公示栏前，那上面，还贴着对他的免职令。回头最后望了一眼一师的校牌，张干的眼中，也流露出了依依不舍的伤感。人力车启动，车轮转动着，一块块青石街面被抛在了后面。

这个时候，寝室走廊，欢庆胜利的学生蹦跳着走来，驱张的骨干们兴高采烈地簇拥着毛泽东，欢声笑语，洒满一路。学生们的声音突然停住了——面前，杨昌济、方维夏、徐特立正静静地站在他们面前。

毛泽东："老师……"

望着这些让自己又深爱又头痛的学生们，几位先生相互交换了一个眼神，一时似乎都不知是什么心情。

"校长没能开除学生，倒是学生赶走了校长，这确实是一件奇闻，也确乎值得大家庆祝一番。可当大家欢庆胜利的时候，你们有没有认真地想过，你们赶走的，究竟是怎样一个人？你们对他，又了解多少呢？"众多同学围成了一圈，静静地听杨昌济讲述着："张校长的教育理念、治校方式，也许我们大家并不非常赞同，但当大家抱怨功课压力太重的时候，有谁注意到了张校长办公室里每天亮到深夜的灯光？当同学们为催交学杂费而意见纷纷的时候，有谁想过，张校长在教育司、在将军府据理力争却毫无结果时的痛苦？当一项又一项新校规压得大家喘不过气来的时候，有谁明白张校长千方百计保护学生的一片苦心？当同学们抱怨食堂伙食太差、吃不饱肚子的时候，又有谁知道，为了让大家还能吃个半饱，张校长甚至卖掉了自己的怀表……"

围上来的同学越来越多，走廊、走廊旁的草地，渐渐都站满了。

杨昌济讲得平心静气，毛泽东等人却越听越不安，老师讲述的话，显然是大家过去完全没有想到过的……

"古语云：将心比心。然而真要做到这一点，真要从别人的角度去考虑问题，却不是一件容易的事。通过这一次，我只希望大家今后遇上别的事情的时候，不要光凭个人的好恶，不要以一时的冲动，不要单从自己的眼光、自己的角度来看待一件事、一个人，因为那样做出的判断，常常是有失公允，常常是会伤害别人，最终也令自己后悔莫及的。这，不仅是我们这些老师的希望，我想，当张校长走出一师的校门时，这，也一定是他心中对大家保留的最后一份期望……"

脚步纷纷，学生们涌出教学楼。校门口，追出的学生们张望着：人海茫茫的街道上，早已消失了人力车的影子。毛泽东、蔡和森、张昆弟、罗学瓒、萧三等一个个同学的脸上，是歉疚、失望，是追悔、惆怅。

天高云淡，第一师范的校旗随风轻扬，仿佛也在惋惜这场不应发生的离别。

离开第一师范后，张干长期固守清贫，任教于长沙各中学。中华人民共和国成立后，毛泽东专门将老病失业的张干接到北京，为当年的驱张行动向这位老校长正式道歉。此后，他长期负担张干的生活与医疗费用，直至 1967 年张干病逝。这位学生用自己的行动，与当年被他赶走的校长修复了这段曾被破坏的师生关系。

第二十章

君子有所不为
亦必有所为

"历史之车轮滚滚向前，
欲以人力变其轨而倒行，
只怕是无人指望得上。"

一

我去帮他交钱，还不是不想他跟学校起冲突吗？他怎么这样对待我啊？！从一师回来后，斯咏越想越想不通，抱着枕头哭了一晚上，任警予怎么劝都不听。她以为自己这辈子可能都不想再见那头犟牛了，可几天后，当她和警予走出周南中学的校门，正看到毛泽东迎面走过来的时候，她的心还是和以前一样狂跳着，甚至跳得更厉害了。警予看了看他们俩，借故要去和开慧打排球，转身回了学校。走出几步，她心里暗想：还好，蔡和森不像他那么倔。前几天她将一方手帕包着的十来块光洋递到了蔡和森面前的时候，蔡和森可没有像毛泽东那样不领情，他只是开玩笑说不一定还得起。警予乘机唬着脸要挟他，不还也行，毕业后给她做十年长工，就算两清了。蔡和森算着账，问："那，这十年长工都包括干哪些活？做牛啊，做马啊，还是做点别的什么？得有个具体内容吧？"当时是怎么回答的？"到时候叫你干什么你就干什么，哪那么多废话？"警予想着，脸一下子绯红。回头看看并排渐渐走远的毛泽东和陶斯咏，警予又想：不过，毛泽东要是不倔，还是毛泽东吗？

毛泽东当然很倔，不过当他意识到自己确实误会了别人的时候，态度转变起来，还是蛮快的。所以，站在江风轻拂、竹影摇曳的湘江边，毛泽东坦诚地为那天的事情向斯咏道了歉。

"事情过都过去了，你还专程来道什么歉？"斯咏低头走着，嘴里虽然这样说，脸上却荡漾着开心的笑意。

"话不是这么说，本来是我不对嘛。我这个人，一急起来，就不分好歹，狗咬吕洞宾。你不计较就好。"他把手往斯咏面前一伸，说，"我们还是朋友。"

"只要……只要你把我当朋友，我是永远不会变的。"斯咏握着毛泽东的手，有些忘情了，遥望着大江、岳麓山，轻轻地说："但愿山无棱，天地绝……"

"哎，你怎么学的古诗？那是讲两口子，讲朋友叫高山流水，知音长存。"毛泽东手一挥，指着眼前的山河，慷慨地说："就好像这大江、岳麓山，历千古之风雨，永恒不变，那才叫真朋友。是不是？"

黄昏的夕阳下，江水粼粼，金光万点。斯咏犹豫着，想说什么，可突然感到有水点落在头上。

"哟，下雨了，走走走。"毛泽东拉起斯咏就走。

雨越下越大，黄昏的街道显得比往常这个时候黯淡得多。顶着外衣遮雨，毛泽东与斯咏一头冲进了街边的小吃棚里。

小吃摊的锅里，正煮着元宵。毛泽东闻到了香味："嗯，好香啊！哎，斯咏，你饿不饿？今天我请客，来。"他拉开凳子让斯咏坐，高声喊道："老板，元宵两大碗。"

“嘘！”摊主被这话吓得脸都变色了，手指竖在嘴边，说，“小点声，小点声！”

毛泽东和斯咏都愣住了：“怎么了？你那锅里不是元宵吗……”

摊主一把捂住了毛泽东的嘴：“讲不得，讲不得啊！”他掀过摊前的牌子，指着上面的“汤圆”二字，压着声音，“姓袁的都被消灭了，还怎么当皇上啊？有圣旨，从今往后，这元宵，都得叫汤圆，叫错了就是大逆。嚓！”说着，手一挥，做了个杀头的动作。

“砰”的一声，毛泽东把筷子重重拍在桌上。可很快，本来一脸怒容的他不知怎么，却突然笑了：“哈，哈哈，哈哈……”

他越笑越开心，几乎是乐不可支，倒把斯咏笑糊涂了：“你还觉得好笑啊？”

“为什么不好笑？千古奇闻嘛。心虚到如此地步，还梦想翻天，哈哈……”

棚外，天色昏黑，雨，愈发大了。只有毛泽东的大笑声绵绵不绝，仿佛要冲破这无边的阴雨夜幕。

斯咏和毛泽东吃了元宵回来，心情才好了些，欢欢喜喜地进了大门，却发现家里的气氛和往常很不一样。仆人们走路都是轻手轻脚的，连大气都不敢出。家里出了什么事情？斯咏心里一紧，在门厅里拉住管家就问，管家战战兢兢地小声说，老爷吩咐了，他今天生病不见任何客人，可进了客厅，正看到父亲闷声不响地窝在沙发里，一张平日里和蔼可亲的白白胖胖的脸，现在眉毛胡子全皱到一块了。

斯咏走过去，在父亲身边坐下，还没开口，就看见父亲面前的茶几上摆了一本大红锦缎、富丽堂皇的聘书。她迟疑着看了父亲一眼，拿过聘书，打开，看到里面写着：“今敦请　长沙商会会长陶老夫子大人出任　湖南省各界拥戴　中华帝国洪宪大皇帝　登基大会筹办主任　晚生汤芗铭敬启百拜”。

斯咏看父亲闷头不做声，腾地站起来，就要将那本聘书往壁炉里扔。

“斯咏，你干什么你？你放下！”陶会长吓得赶紧一把将聘书抢了过来。

“爸！”斯咏急了，“你难道真要跟他们一起遗臭万年吗？”

“你知道什么你？”他将那本聘书往沙发上一甩，手拍着额头，又是长长一声叹息，他这时的苦恼无奈，真是无法用言语表达。

二

蔡和森、警予陪着情绪低落的斯咏一起往楚怡小学走，要去参加本周的读书会。一路上，斯咏已经给他们讲了自己家发生的事情，言辞之间对父亲很不谅解。

“算了，斯咏，伯父也不是自愿的，谁不知道那个汤屠夫杀人不眨眼？”蔡和森安慰着她。

警予却率直地反驳：“话虽然这么说，可这是做人的原则，要是我，死也不干！”

迎面，毛泽东与罗章龙、张昆弟等人也正好来到了门口。众人打着招呼，一齐向校内走去。毛泽东见斯咏一副长吁短叹的样子，就问她刚才在聊什么呢？斯咏说："除了那个袁大皇帝，还能有什么？"

房里已经聚集的五六个读书会成员，看到他们进来，开慧蹦起来大叫道："毛大哥，你来你来，看子升大哥写的绝妙好联。"她左手一松，先垂下了上联"袁世凯千古"。右手再一松，露出了下联"中华民国万岁"。

罗章龙疑惑地："'袁世凯'对不上'中华民国'啊。"

其他人也同样没弄明白，都搞不懂萧大才子为什么会写出这样一副不合规矩的对联。

毛泽东第一个反应了过来，猛地一击掌："好！写得好，写得绝！你们看你们看，'袁世凯'对不起'中华民国'，以错对成绝对！萧菩萨，干得漂亮啊，你！"

因为汤芗铭把反袁的报纸、杂志都禁光了，整个湖南别说中文报纸、连英文报纸都收不到了，一时间通行的都是筹安会办的《大中报》，翻来覆去，全是"圣德汪洋"、"万寿无疆"，为袁世凯歌功颂德的。还好，读书会能辗转收到黎老师从北京偷偷寄来的报刊，虽然是迟到的新闻，但总比没有要好得多。今天他们读的，是《申报》上梁启超的《辟复辟论》："……复辟果见诸事实，吾敢悬眼国门，以睹相续不断之革命！"

"写得太好了。梁先生的文章，真是扎到了那帮复辟派的痛处，一针见血啊！"毛泽东忍不住击节而叹，站起身来说，"大家想想，启超先生他们这些文章，把复辟的问题分析得这么透彻，我们读了都明白了，可光我们十几个人读了又有什么用？全长沙还有好几千学生，他们整天看到的，全是汤芗铭塞下来的筹安会放的狗屁。如果我们能把这些报刊上的资料编印成一本书，散发出去，大家不就都明白他袁世凯是个什么东西了吗？"

"好主意，这才是我们应该干的。"何叔衡头一个赞成，大家也强烈支持。可萧子升说："这些资料都是违禁的，我们悄悄看看，还得躲着藏着。编印散发，这要被人发现了怎么办？"

毛泽东说："你就是一世人胆子小！要我说啊，只要做得巧，不怕别人搞。书印出来，又不是搬到大街上去发，我们分头行动，一个人传一个人，不是可靠的同学我们不传。长沙的学生，一百个至少有九十九个跟我们站在一边吧？我认识你，你再认识他，传不得几天，保证就传开了。到时候，就算汤芗铭真发现了，这本书已经到处都是，他未必还查得到始作俑者？大家说是不是？"

众人还在考虑，又是何叔衡头一个点头："润之的主意不错。要我看，不单是不见得真有风险，就算有，君子有所为有所不为，这件事我们也应该当仁不让！"

何叔衡的一句话给这个主意定了性，几乎所有的人都点了点头。只有萧子升还有些犹豫："主意呢，也许可行，可关键是前提，我们上哪儿去找一家肯印这种东西的印刷厂？还有，印书的钱又从哪来呢？"

“这个大家就不用担心了，我们家就开着印刷厂，印书的事，包在我身上。”

斯咏说得前所未有的坚定，话虽不是冲着萧子升来的，萧子升的脸却一下子红了。他看看斯咏，腾地站了起来：“好，说干就干！编书的事，我萧子升负责！”

很快，一本本书名是《最新阴阳黄历》而内容却是《梁启超等先生论时局的主张》的新书，就在长沙各个学校流传开了。

三

书，很快就落到了汤芗铭的手里。拿着书，这个面如书生却杀人不眨眼的将军，决定要亲自出马，再验证一次他的“人格魅力”。他曾经凭借手中的权势和武器，让很多貌似高贵的头颅低垂在他面前，任他践踏。但这一次，他却没有十足的把握，只是想做最后一次努力。

夜幕中，一只白净的手文雅地敲响了芋园杨宅的大门。杨昌济一介寒儒，平常往来的，除了亲戚朋友，便是学生同事，杨昌济一如平常把门打开，却没料到这次站在门口的，竟是汤芗铭，一身雪白的对襟短衫，似一名晚间散步的书生。

“不速之客遑夜叨扰，板仓先生，打搅了。”

杨昌济不由得往汤芗铭身后望了望，汤芗铭倒像是没明白他望什么，停了一下才反应过来：“哦，芗铭是来拜访朋友，就一个人来的。怎么，鸿儒雅居，芗铭无缘一入么？”

“汤帅请。”

汤芗铭环顾打量着书房：满满一排哲学经典排列在书架上，汤芗铭却看见一本《大乘金刚般若波罗蜜经》，他抽出书：“板仓先生也好《金刚经》吗？”

“略也读过。”

“芗铭平素最喜欢鸠摩大师的《金刚经》。”汤芗铭笑着在杨昌济对面坐下了，“这金刚经千言万语，妙谛莲花，据芗铭之陋见，倒是两个字可一以概之。”

“哪两个字？”

“一曰忍，二曰施，忍己而成佛，施爱于众生。忍得万般苦，方能布施众生啊。由此而论，倒是这个忍字，更是根本。先生以为如何？”

“忍己是为施众，以昌济将来，倒是施才是目的。”

“不忍何来施吗？所谓世间万事，不如意者八九，人生于世，原是要忍的。”汤芗铭拍拍那本《金刚经》，“就譬如鸠摩罗什大师自己，一代大德，为后凉王吕光所逼，不也只好忍着与龟（音丘）兹公主成婚，一过15年吗？若是不忍，一味要杀身成仁，又何来后来如此煌煌佛学经典？所以中国人说，民不与官争，忍是根本哪！”

他凑近了杨昌济：“鸠摩大师如果当时不忍，脑袋就掉了不是？”

杨昌济不禁笑了。汤芗铭也笑了。

一时间，两个人仿佛比着赛一样，但杨昌济越笑越开心，终于，汤芗铭有些尴尬地收住了笑容，房间里，只剩了杨昌济的大笑阵阵不绝！

汤芗铭的眼睛眯起来了："很好笑么？"

"杭州灵隐寺弥勒佛前，有一联，下联尤其好：开口常笑笑世间可笑之人。"

"却不知可笑之人，是先生，亦或芗铭？"

"'民不畏死，奈何以死惧之'，则汤帅以为孰人可笑呢？"

汤芗铭腾地站了起来，仿佛是意识到自己的失态，他又搬出了惯有的、矜持的微笑："长沙学界以先生为尊，而以先生之尊，自是无人敢让先生去死的。当此乱世，芗铭只希望先生为湖湘千年文华之气运存续考虑，不致任由湖湘学界生出什么变乱吧？"

"汤帅谬赞了。昌济一介寒儒，哪里谈得上领导湖湘学界？至于变乱二字，当今世上，最大的变乱，恐怕并非来自学界，而是来自某些窃国之贼吧？"

"看来，芗铭是指望不上先生了？"

"历史之车轮滚滚向前，欲以人力变其轨而倒行，只怕是无人指望得上。"

盯着杨昌济，足足有七八秒钟，汤芗铭这才放下《金刚经》，轻轻吐出一句："打搅了。"

他转身就走。身后，杨昌济站在原地说："不送。"

汤芗铭出了杨宅，吩咐带着卫兵埋伏在门外巷子里的副官："传令，严查逆书来源，破案者，升三级。还有，通令长沙各校，一律组织学生，参加拥戴洪宪皇帝登基大会，不得有一人缺席。通知商会，赶印《洪宪皇帝圣谕》，到会师生，人手一册，作为各校正式教材，列入考试范围。"

四

汤芗铭能封锁外面的报刊入湘，但却封锁不了私人信件往来，近期《申报》的头条消息《唐继尧蔡锷通电讨袁护国军进军川南湘西》还是悄悄地在长沙传开了。稍微有些政治头脑的人都开始观望，猜度汤芗铭下一步会走什么棋。而汤芗铭在这个时候，依然要印制《洪宪皇帝圣谕》、组织大规模"拥护袁大总统当皇帝"游行活动、清剿《梁启超等先生论时局的主张》，彻底暴露了他要跟随袁世凯走到底的决心。所以，尽管反袁的呐喊声已经响彻大半个中国，在湖南这片"敢为天下先"的沸腾土地上，汤芗铭的那些走狗还在为了讨主子欢心而绞尽脑汁，这其中，就包括那位因为出卖老师同学当上了侦缉队队长的刘俊卿。

刘俊卿这几天因为忙着张罗"拥护袁大总统当皇帝"游行，和三会堂的马疤子走得很近，两个人称兄道弟，酒馆同进茶馆同出，这让一贞心里很不痛快。刘俊卿便允诺，要继续努力，争取尽早转去教育司或者其他体面的部门，到时候，只要是一贞不喜欢的人，他保证再也不理，一贞不喜欢的事，他保证再也不干了。当然，他并没有给一贞说，以前是马疤子差人来他们赵家茶叶铺子收保护费，而现在，不仅那笔钱免了，马疤子为了码头那些见不得光的生意反而要按月给他刘俊卿分红利。虽然如此，刘俊卿给一贞说的话还是真心的，他一直都把自己当读书人，而对于一个读书人来说，“侦缉队队长”这个职务毕竟不是那么体面。

从这个意义上说，汤芗铭确实没有看走眼，“刘俊卿这种人，你越不满足他，他就越会拼命干，因为他有一肚子火要发出来，火越大，他就越恨不得见人就咬一口，而且咬得又准又狠，一定咬中那人的痛处。”当初汤芗铭安排刘俊卿去干侦缉队是这个原因、现在要把清剿《梁启超等先生论时局的主张》的任务交给他也是这个原因。刘俊卿当然不会以为他是在被人利用，相反他觉得自己是在被重视、觉得这就是他迫切需要的、一直在等待的机会。拿着一本样书，别人不知道如何着手去查，他却知道，因为每一个巴心巴肝的走狗都是凭借鼻子来完成主人交代的任务的，所以，现在刘俊卿就认定了每本书有每本书的味道，他要寻着这味道去把主人想要的东西搜出来。于是，他带着下属直奔一师。

在一师的凉水亭里，读书会的会员们还不知道汤芗铭已经指派了刘俊卿在严查他们散发“逆书”的事情，大家聚在一起正讨论斯咏爸爸的印刷厂是不是该为汤芗铭印《洪宪皇帝圣谕》。按照斯咏自己的意思，就算倾家荡产，陶家也不能给袁世凯当走狗。大家同仇敌忾，都是这个意思。可一向坚决反袁的毛泽东却一拍石桌：“印！为什么不印？汤芗铭印这个圣谕是想在庆祝大会上发给全长沙的学生，正好，借他这套锣鼓，唱我们的戏……”

这边十几个脑袋凑成了一团，在听毛泽东的妙计，却没料到凉水亭虽然僻静，但毕竟也是一师的公共场合，难免会有喜欢清静的学生光顾。王子鹏在收到同学悄悄给的《梁启超等先生论时局的主张》后，胆小的他想来想去，就觉得来这里看比较安全，一路走来，上了后院的石阶，左右看看没人，他便迫不及待地翻开书，边走边看。走着走着从君子亭那边传来的声音把他吓了一跳：“对。拿这本《梁启超等先生论时局的主张》，换掉他汤芗铭的《洪宪皇帝圣谕》。到时候，大会一开，他把书一发，嘿嘿，拥护袁世凯登基马上就变成庆祝袁世凯垮台，看他汤芗铭还怎么收场！”

这不是毛泽东的声音吗？王子鹏抬起头，看到他们班的张昆弟，六班的萧三、蔡和森，去年就已经毕业的萧子升，还有几个外校的学生……斯咏也在，她似乎和这些人非常熟悉，正附和着毛泽东的提议，说：“好主意！书都在我爸的厂里印，我来安排，应该可以做到。”有人劝斯咏不要这样做，会连累陶家的，斯咏说这是大是大非，孰轻孰重她还分得清，即使真出点什么事，以她爸在长沙的身份，汤芗铭也未见得真敢拿他怎么样。

大是大非？子鹏听得惊呆了，看看手里的书，意识到他们的谈话肯定和这本书有关，便想转身离开这个是非之地，却不想慌乱中正好踢到一块石头，石头顺着台阶乒乒乓乓滚了下去。

“谁呀？”子鹏吓得站住了，一回头，只见亭子里的人都警惕地站了起来，正望着自己，其他人的目光里只有猜忌，唯有斯咏，她的目光里有惊讶、也有惶恐……毕竟是一起长大的表兄妹、毕竟有了婚约、毕竟是自己有负于子鹏暗恋上了别人，斯咏猛一看到子鹏，骨子里的传统立刻就把她的愧疚从眼神里表达了出来。子鹏也不知道该怎么解释自己这个时候站在这里的原因，他低着头，逃也似的赶紧沿着台阶向下跑去。

可他急促地跑下台阶，还没从刚才无意间听到的大胆计划里清醒过来，竟远远地看到刘俊卿正带着手下迎面走来。

看着刘俊卿敞着衣衫、斜挎手枪、满脸杀气疾步走来的样子，回想起刚才在君子亭听到的那番话，子鹏的心狂跳起来，仿佛看到“血染一师”的场面就在眼前。他一时紧张得整个人都僵住了，只是下意识地将书藏到了身后。刘俊卿也看到了子鹏，正要打招呼，但看看子鹏的目光里没有一丝同学情谊，也倔强地扬起了头，摆出一副不在乎的样子，想要从子鹏身边走过。

从这里到凉水亭，不过短短的二三十米远的距离！紧张中，子鹏想起了斯咏的目光、想起了她和毛泽东的对话、想起了易永畦在枪托下捂着胸口摔倒、想起了刘俊卿带着士兵在校园里疯狂搜查……子鹏手一松，把那紧紧攥着的书掉在了地上。

刘俊卿捡起书，用冷冷的目光似笑非笑地望着子鹏，然后示意两个手下将子鹏推到了墙角。

“说，哪来的？”刘俊卿扬起了那本书，在子鹏面前晃着，“子鹏兄，朋友一场，我这可是给你机会，别不识好歹。在这里问话，就是给你留面子，不想让别人看见。只要你说了，我保证，不告诉任何人是你说的，够可以吧？”

子鹏瞟了他一眼：“书是我的，你爱怎么办就怎么办吧。”

“还跟我耍少爷脾气？你当这是咱们在学校，吵两句嘴回头又好？这是掉脑袋的事！我再给你最后一次机会，赶紧说！”

“我……我什么都不知道。”

刘俊卿的眼睛眯起来了：“给你个好地方你不说，是不是想进侦缉队作回客？真到了那儿，子鹏兄，别说你这身细皮嫩肉，就是神仙我也包你脱三层皮！”

子鹏听得全身都禁不住发抖了，但却死咬着牙关，保持着沉默。

刘俊卿再也忍不住了，扔掉书，一把揪住子鹏，将子鹏按到墙上，拔出枪顶住他的头：“你到底说不说？！”

“少爷？”秀秀是来给子鹏送换洗衣服的，在寝室里没有看到人，才找到这里来。看到哥哥正用枪顶着子鹏，她惊叫着扔掉手里抱着的那几件衣服，猛扑了上来，一把推开刘俊卿，拦在了子鹏前边：“你干什么你！”

“阿秀，哥在办案，你别来多事，赶紧让开。”

“办案你抓少爷干什么？少爷又不是坏人！”

“他收藏逆书，够杀头的罪，你知不知道？你让开，我要带他去侦缉队。”

“我不让！”秀秀死死拦着子鹏，又气又急之间，眼泪已经流了一脸，“我就不让，谁都不准抓你，都不准！”

刘俊卿拎着枪冲了上来，想推开秀秀。秀秀一把抓住了手枪的枪管，按在了自己胸前！

“阿秀，你……你这是干什么你？快放手，枪里有子弹的！”

“你开枪吧，开枪啊！反正你不打死我，我是不会让你抓少爷的。”

“你想为他送命啊？”

“我愿意。”秀秀转过头，看了一眼子鹏，平静地说，“我愿意为他死，死多少遍都愿意。”

秀秀看着子鹏，子鹏看着秀秀，两个人在对方的注视下，彼此都感受到了从未有的巨大冲击和心灵震撼。这冲击和震撼也把刘俊卿惊醒了，他的目光在秀秀、子鹏的脸上睃了好一阵，长长地吐了一口气，拨开秀秀的手，收起手枪，转身走了。

仿佛是一下子耗尽了全身的力量，秀秀看到哥哥走了，突然脚一软，眼看着就要倒下，子鹏赶紧搂住了她。埋头抱着子鹏的胳膊，秀秀一时泣不成声。在这个安静的角落里，他们依偎在一起，共同感受着劫后余生的惊恐。终于平静下来了，秀秀这才想起问子鹏刚才出了什么事情。子鹏捡起被刘俊卿扔在地上的书，悄悄地翻给秀秀看，给她讲起了袁世凯复辟。

复辟？秀秀对这个词一无所知，更不知道这个“复辟”和哥哥有什么关系，更不知道为什么他会因为袁世凯“复辟”而打少爷。她怔怔地看着子鹏，相信他做的事情总是对的。子鹏在秀秀清澈而惊恐的目光中想起秀秀刚才挺身救自己，心里涌起一股说不出的战栗，忍不住捧起了秀秀的脸……

五

斯咏突然关心起《圣谕》印刷的事情，让陶会长非常诧异，女儿的理由既无奈也充分：“我不同意有什么用？长沙又不是我们一家印刷厂，反正他们也会印出来的。再说，胳膊也扭不过大腿，真不印，还不是咱们家倒霉？”

看到女儿能体谅爸的难处了，陶会长心里好受多了，至于斯咏提出的要带同学们来参观印刷厂的事情，也一口答应了：自己家的厂子，参观参观有什么关系？不过，陶会长只是给印刷厂的厂长打招呼说，斯咏要带同学参观厂子，搞现代工业生产调查，却并没有说具体的时间。根据他们读书会在凉水亭的商议结果，这样的活动当然只能在晚上进行。机灵的斯咏便钻了这个空子，对厂长说，他们要等晚上不上课的时候才能来参观，而那时候工厂没人上班，只需要把工厂的钥匙给他们就可以了。

计划于是在一个月白风清的夜晚得以实施。

印刷厂堆满货箱的仓库里，一个贴着“洪宪圣谕”标签的箱子被打开了，几双手飞快地取出里面一本本《圣谕》，将旁边一个箱子里的《梁启超等先生论时局的主张》换了进去。

毛泽东与蔡和森合力将一箱书码上了货堆，回头打量着仓库里：一箱箱书都已收拾码好，只剩了萧三、李维汉还在更换最后一箱书。蔡和森叫道：“子暲，你们俩快点。好了，大家赶紧走吧。”

看到众人纷纷向外走来，在仓库外把风的女生们这才松了口气，刚要向门外走，恰在这时，门“吱呀”一声开了，陶会长推门进来说：“哟，这么多人啊？”

这声音把紧紧靠在仓库墙角、正要盖上箱子的萧三与李维汉吓得往门后一缩，一时紧张得大气也不敢出。

看到眼前这么多男女学生，陶会长也愣住了。他只是想女儿晚上参观，那能看见什么？因此特地前来看看，却不想竟看到了毛泽东他们。

“斯咏，不是说带你同学来参观吗？怎么……”

斯咏一时无言以对，用求援的目光看着毛泽东，毛泽东一时却也不知该如何回答，众人的心一下子悬了起来。就在这时，后面的何叔衡满面笑容地迎了上来：“这位就是陶翁吧？”

“您是？”

“在下姓何，在周南女中和第一师范任社会实习老师，今天借着贵府小姐提供机会，专门带了一师和周南的这些学生，前来参观。”

“是这样啊。”何叔衡的年纪和气度令陶会长一下子放了心，他握住了何叔衡伸过来的手，“辛苦何先生了。斯咏，你看你，请何先生和同学们参观，也不选白天来，这半夜三更的，工人都走了，能看到什么？”

斯咏一时还不知如何作答，何叔衡道：“我们也就是看个大概，了解一下现代工厂是个什么样子，再说学生们白天有课，晚上参观，既不影响学习也不影响工厂生产嘛。”

“那倒也是。哦，我就不打搅各位参观了。斯咏，你出来一下，我有几句话跟你说。”

斯咏跟着陶会长出去后，大家都微微松了口气。萧三与李维汉，这才敢活动一下因紧张而僵直的身子。无声无息中，李维汉胸前的校徽被萧三的手臂擦落，滑落在那只尚未盖上的书箱里，两人却浑然不觉，赶紧把箱子盖好，会同大家一起离开了这个让他们提心吊胆的地方。

跟在父亲身后，斯咏在解释着方才的情景：“是何老师叫他们来的，我事先又不知道。”

“好了好了，今天的事就不说了，反正你以后注意一点，少跟那个毛泽东来往，还有那帮第一师范的。”

“知道了。爸，找我什么事啊？”

一句话，勾起了陶会长满肚子的心事，抬头望着夜空中被乌云遮去了大半的月亮，陶会长一时仿佛不知该如何启齿：“怎么说呢？斯咏啊，我知道你很难理解，可有些事……人在屋檐下……”

他摇了摇头。

斯咏：“爸，有什么你就说吧。”

陶会长犹豫了一下，这才说：“明天的拥戴洪宪皇帝登基大会，汤芗铭已经指定了，要我来主持。登这样的台，别人会怎么看我，我心里不是不清楚。可不登这个台吧？汤屠夫又点了我的名。斯咏，爸昨天一晚没睡着，今天又想了一天，可就是想不出个推脱的办法。我知道你绝不会同意我干这种事，可现在这种情况，爸实在是……”

“去就去嘛。”斯咏很干脆地说。

陶会长简直不敢相信自己的耳朵：“你是说让我去？”

“爸，我知道你不是有意站在他们那边，这就够了。再说，不就是个大会吗？有什么大不了的？”

“可这是公开……这可不是什么光彩的事，你真的不介意？”

斯咏居然带着微笑：“爸，您放心，我不会介意的。”

陶会长长长地松了口气：“你能理解爸，爸心里就轻松多了，爸怎么出丑都不要紧，就是怕你心里不舒服。”

斯咏：“这回的事，还不知道是谁出丑呢。”

心事重重的陶会长显然并没听懂她的一语双关。

第二十一章 逆书大案

《护国浪潮席卷全国　袁逆世凯穷途末路》、《北洋将领全线倒戈　窃国大盗众叛亲离》、《袁世凯宣布取消帝制　恢复共和》、《袁逆心腹汤芗铭仓皇逃离湖南》、《湘军元老谭延闿再度督湘》……

一

汤芗铭正要去参加拥戴洪宪皇帝登基大会，副官推门进了办公室，啪地立正，递上一份刚收到的广西、贵州通电。

“说什么？”正展开手让卫兵扣扣子的汤芗铭显然不方便接电文，他今天穿上了肩章绶带、白旄高耸的华丽将军制服，两名卫兵正侍候着他扣上扣子，戴上雪白的手套。

“贵州将军刘显世、广西将军陆荣廷通电全国，宣布反对帝制，支持护国军。”

汤芗铭的手微微一震，抬手挡住了正要给他戴上帽子的卫兵。他伸手似乎是要来接那份电文，手伸到一半，却僵了一僵，又收回去了。拿起军帽，汤芗铭端正地戴上了，冷静地说：“去会场。”

露天会场上，整齐的军乐队卖力地演奏着进行曲。鼓乐喧天中，“洪宪登基，三湘同庆”的横幅下，是披红挂彩的主席台。台下，一排排刺刀闪闪发亮、荷枪实弹的城防营士兵前后左右，几乎是包围了整个会场。刘俊卿带着几十个游动的侦缉队便衣，正监视着来自长沙各学校的数千师生入场。

台上的欢天喜地与台下的一片冷漠、四周的如临大敌，构成了整个会场古怪的气氛。整齐的城防营士兵队列前，城防营营长张自忠穿一双锃亮的军靴正缓缓地踱着步子，冷漠地打量着眼前的一切。

“一贞，”人丛中，刘俊卿看见了正在入场的一贞，兴奋地打着招呼，“我在当班，开完会等着我，我送你回去。”

“哎。”一贞向他点了点头，答应着，追上了本校的队伍。

纪墨鸿拿着白铁皮的喇叭，出现在台前：“各校注意了，庆祝大会马上开始，请各校代表速来领取洪宪大皇帝圣谕……”

一师的队伍中，张昆弟悄悄接过了毛泽东递来的两卷红绸，与罗学瓒等人站了起来。

看看主席台，张自忠随口往地上吐了口唾沫。

主席台的一侧，成堆贴着“洪宪圣谕”标签的书箱堆放着，侦缉队的便衣正在纪墨鸿的指挥下向各学校领书的代表发放“圣谕”。书堆旁边，摆着两大捆鞭炮，和两卷卷好的红绸。靠着罗学瓒等人的身体掩护，张昆弟悄悄挨了过去，背着身子，取出了自己怀里暗藏的两卷红绸，调换了原来的两卷红绸。

“让开让开。”两名便衣排开领书的人挤了过来，扒开张昆弟，一个抱起鞭炮，一个提起了红绸卷轴。在纪墨鸿的指挥下，两捆鞭炮与红绸对联在主席台两侧升了起来。

台下，正走回一师学生方阵的张昆弟向毛泽东使了个成功的眼色。

一箱箱“圣谕”搬到了一个个学校的师生们面前。

一个个负责发书的老师带着压不住的厌恶和无奈，打开了一箱箱书，里面都是装得整整齐齐的《洪宪大皇帝圣谕》。

一师学生方阵前，负责发书的陈章甫也打开了一箱书。

“第六班、第七班……”他带着厌恶的神情，机械地取出成捆的书发给各班领书的代表。

“第八班。”陈章甫又提起一捆书，正要交给来领书的周世钊和毛泽东，这捆书却没捆牢，哗啦散了一地

陈章甫愣住了，散在地上的书，除了最上面一本“圣谕”，下面的居然全变成了《梁启超等先生论时局的主张》。

看看他发愣的样子，毛泽东催促道：“章甫兄，发呀！”

“发，继续发！第九班的谁来领？”陈章甫突然回过神来，懒洋洋的声音变得精神十足，拿书的动作也干净利落起来。

一捆捆书打开了、一个个发书的老师都露出了惊讶的神情、一本本《梁启超等先生论时局的主张》传到了不同的学校、不同的学生手里，一张张意外、惊诧的脸很快都转成了兴奋，一个个发书的老师、学生都突然来了精神，游动监视的侦缉队便衣们看见这前后巨大的变化，都有些糊涂了。

主席台上一阵骚动，原来是文武官员、各界代表们簇拥着汤芗铭到会了。汤芗铭殷勤地给陶会长抽出了椅子：“陶翁，今天可就辛苦你了。”似乎是想回应一个笑容，陶会长脸上却实在是掩饰不住的苦涩。

台下的会场，嘈杂声却越来越大，人群兴奋，一片嗡嗡之声。台上的官员都有些糊涂了。汤芗铭也不由得皱起了眉头。副官看了一眼他的表情，连忙跑下台去。汤芗铭随即换上了笑脸，一手如往常一样轻松地把玩着玉手串：“陶翁，我看，可以开始了吧？”

陶会长答应着站起身来，动作却犹犹豫豫，仿佛就要上刑场一样。

台下一片混乱中，学生们的声音越来越大，到处是兴奋莫名的表情，几乎所有的人都在迫不及待地打开手里的书。刘俊卿奇怪地皱紧了眉头。他突然走上前去，拦住了一个正在发书的老师，抢过一本书来——他不由得呆住了，猛地把箱子里剩下的书往地上一倒，他一阵乱翻：所有的书都是《梁启超等先生论时局的主张》！

副官正好跑到他面前，问他会场的秩序为什么这么乱，在学生的嘈杂声中，刘俊卿把书递到他面前。副官翻了翻书，转身往台上跑去。

台上，陶会长终于艰难地站到了台前，开始主持大会。“拥戴……”刚说了两个字，他就觉得自己的嗓子很是干涩，使劲咳嗽了两声，这才又重新说，“拥戴洪宪皇帝登基庆祝大会，现在开始。”

台下，两串鞭炮噼噼啪啪响了起来，与此同时，军乐队的鼓乐骤然大作。悬在鞭炮旁的对联同时放了下来。轰然一声，台下突然一片惊讶的声音，紧接着，惊讶

声变成了一片笑声！台上，所有的官员们都愣住了。陶会长也被弄糊涂了，他不由得转过头来，往两边一看，放下的对联居然不是预先准备好的，而是一幅他从没见过的新联：“袁世凯千古，中华民国万岁”。纪墨鸿和大家一起在看，学者习惯，他没想那么多，只从字面分析着：“这‘袁世凯’对不起‘中华民国’呀?!”话才说完，他猛然反应过来，吓得一把捂住了自己的嘴。

汤芗铭腾地站了起来，正要说什么，副官跑到了面前，将一本《梁启超等先生论时局的主张》双手呈送给他：“大帅，发给学生的圣谕被人换了，全部变成了这本逆书。”一手接过书，一手紧攥着那串手串，汤芗铭眼睛微微一眯四下扫视着：台下哄笑声、呼应声响成了一片，有学生正扯开嗓子喊“袁世凯对不起中华民国喽!”台两旁，长长的鞭炮还在起劲地炸着，仿佛是在给起哄嘲笑的学生们加油鼓劲。鞭炮燃到了尽头，最末那枚最大的鞭炮猛然炸响，“砰!”汤芗铭一向平和的脸色一阵发青，手骤然一紧，那串玉手串突然断了，一颗颗晶莹的珠子散落一地！他紧绷着脸，转身就走，台上的官员们也赶紧纷纷起身。

台上，除了还忙着满地捡那串散珠子的纪墨鸿和副官，只剩了陶会长还呆呆站着。望着人群中闹得最起劲的毛泽东，再看看周南学生方阵中欢呼雀跃的斯咏、警予，他仿佛这才明白了什么，心里一下子轻松了，暗想这事情是谁带头做的呢？还没想出个头绪，更大的不安却又朝他袭来，他不敢想象，汤芗铭会如何处理这件事情。

刘俊卿的想法却简单得多，他只想讨好汤芗铭。所以，一看到汤芗铭拂袖而去，他就立刻气急败坏地带着侦缉队的便衣们一拥而上，去抢夺那些让汤芗铭极度恼火的逆书。特务们把抢回来的书扔回书箱，其中一本落在了张自忠锃亮的军靴旁。张自忠弯腰捡起了那本书，仿佛无意识地随手翻着，转过身，悄悄把书塞进了口袋。

人群中，赵一贞一动不动地站着，她眼前的喧嚣突然化成了一片无声的世界，只剩下了一支支挥舞的手枪、一张张特务凶恶的脸、无数双争来抢去的手、无数学生仇恨的目光……而这一切的中心，就是人群当中疯狂叫嚣着的刘俊卿。一贞的目光中，充满了恐惧和犹豫。

成堆的书箱被搬回了侦缉队。乱成一堆的院子里，特务在一本本检查。一只未开封的书箱被撕开了，一箱子书哗啦倒在地上，“丁”的一声，一枚小小的校徽随着书跌落在地上。不等开箱的特务弯下腰，刘俊卿已经把校徽捡了起来。

“第——一——师——范!”眯着眼睛盯着校徽，刘俊卿突然笑了，“我的老同学们，你们还真没让我猜错啊。”

他把校徽往手心里一握，转身就往外走。迎面，一贞正站在门口。迎着一贞的目光，刘俊卿下意识地将握着校徽的手藏到了身后。

犹豫过后的一贞，决定要用自己的办法阻止刘俊卿继续做那些让她感到恐惧的事情。她板着脸冲进队长室、冲到书架前，搬着架上的书。她的意思很明显，就是要刘俊卿马上离开这个肮脏的地方。刘俊卿明白她的意思，却在旁边说："一贞，你这是干什么？不想让我干，也不用急着这一下吧？你这冲进来就收拾东西，我……我总还要个准备不是？"

"准备？准备什么？准备去告密？去领赏？如果不是我正好来找你，你现在都已经到汤屠夫面前了，对不对？"

"怎么能说是告密呢？我是管这个的，查到线索，我当然应该去报告。"

"你还觉得当然？"

"一贞，你听我说嘛。这个逆书案大帅非常重视，谁能破案，谁就马上连升三级。升三级啊！我知道你不想让我干这个破侦缉队长，抓住了这次机会，我不就可以不干了吗？"

一贞望着刘俊卿，仿佛不认识眼前这个人一般："我一直还以为，你以前做的那些事，都是被逼的，都是为了我，为了我们那份感情。今天我才知道，其实你全是为了自己，为了自己升官，为了自己发财！"

"不是这样的……"

"不是这样是什么样？为了升官，你连母校、过去的同学都打算出卖，你还有什么好说的？"

"一贞！你怎么就不明白呢？我是个读书人，是个读书人啊，不找机会谋个体面的差使，难道我还真的拿把枪混一辈子吗？再说，我想换差使，也是为了好向你家求亲嘛？这回的事办完了，我进了教育司，就可以马上到你家去提亲，到时候，咱们不也风风光光……"

"我不要这样的风光！我不要你与马疤子那样的流氓混在一起！我不要你出卖自己的同学，我不要你再干这些伤天害理的事！"眼泪蓦然滑出了一贞的眼眶，她颤抖着手，擦了一把泪，"俊卿，你知道吗？以前你干侦缉队，我还并没有觉得什么，我只当成那是你的差事，一个饭碗而已。可今天，我亲眼看到了，我看到你像疯了一样，带着那些特务抢学生的书，周围是那么多学生，那么多反抗，那么多人跟你们作对，那么多仇恨你们的眼睛，我当时好害怕，我真的好害怕呀！"流着泪，她一把抓住了刘俊卿的手："俊卿，一个人，不能那么遭人恨，不能跟那么多人作对，不能啊！那么多双眼睛，那样仇恨地看着一个人，这个人一定不会有好下场，一定会有报应的，俊卿！我不想你遭报应，我不想啊！"

刘俊卿呆住了。

"答应我，俊卿，不要再干了，我不求你升官发财，我只要你平平安安，不再遭人恨，不再有那么多恨不得杀了你的眼睛盯着你，我就放心了。俊卿，你答应我呀！"

望着一贞迫切的目光，刘俊卿轻轻为她擦去了眼泪，终于点了点头："我答应你。"

"你不会去告发了？"

刘俊卿摇了摇头。

“这个队长你也愿意辞掉?”

刘俊卿点了点头。

一贞盯着刘俊卿的眼睛:“你向我保证,你不会骗我。”

“我保证,我保证可以了吧?”刘俊卿将一贞送出门来,“一贞,我还在当班,就不送你了。”

刘俊卿望着一贞的背影消失在街拐角,久久地站立着,掏出口袋里那枚校徽,他犹豫着,总算下了决心,将校徽扔进了墙角。他转身走向办公室,刚走出几步,却又站住了。墙角里,那枚校徽映着阳光,闪闪发亮,亮得是那么充满诱惑。

二

“果然是这个毛泽东!”会后的陶家,陶会长颓然跌坐在沙发上,正在确证他的猜测。

斯咏怯怯地在旁边说:“我们也只是不想看着汤芗铭倒行逆施,才想了这个主意。爸,对不起了。”

“算了,事情不出也已经出了,你们本来也没做错什么。可有一句话我得告诉你,斯咏,毛泽东这个人,你是千万千万不能跟他来往了,我们陶家惹不起他这种祸害,你知不知道?”陶会长长长地叹了口气,心里还是最疼女儿。

“谁说他是祸害?我觉得他是英雄!”

“英雄我更惹不起!还是个学生,就敢把靖武将军、一等侯不放在眼里,以后他还了得?照这样下去,迟早连天都要被他捅出个窟窿来!斯咏,咱们是本分人家,咱们招惹不起这种惹是生非的祖宗,你明不明白?你不用说了,反正这个毛泽东,你绝不能再跟他有任何来往!他要翻天他去翻,他要找死他去死,我就是不能看着你被他连累进去!”

他话音尚未落下,管家慌里慌张地跑进门来:“老爷,老爷,不好了……”

不等管家的话说完,副官锃亮的皮靴已一步跨进了院门,后面是好几名枪兵!

“汤大帅有令,传陶先生到将军府问话!”

陶会长不想也知道,汤芗铭这是冲着印刷厂承印的书来的。但他能怎么说?他的确事先什么也不知道呀,可汤芗铭相信吗?

“陶翁厂里印的书,陶翁居然不知道?”果然,汤芗铭听到陶会长这样解释,走到陶会长面前,弯下身子,说,“书是在陶翁厂里印的,直接从陶翁厂里运来的,一打开箱子就变成了逆书……这,可是要杀头的罪啊!”

陶会长头上的冷汗已经历历可见,汤芗铭说得心平气和,似乎说的不是“杀头的罪”,而是在和陶会长讨论去什么地方出游。但说话的人和听话的人额头上,却都直冒冷汗。 汤芗铭掏出一方雪白的手帕，擦了一把自己额头上的汗，然后递给了陶会长。

“哈哈……”看到陶会长接手帕的手微微有些发抖，汤芗铭笑了，“何必那么紧张呢？事情不是不可以商量嘛！”

陶会长一听这话，知道还有生机，赶紧回答：“只要大帅为陶某做主，有什么条件，陶某任凭差遣。”

汤芗铭又看了陶会长一眼，这才微笑着返回了自己的座位：“差遣不敢，可要说麻烦呢，眼下芗铭确实也不少啊。云南蔡锷的叛军已经打到湘西，南边吧，逆贼谭延闿、程潜的兵马也在蠢蠢欲动，芗铭为皇上坐镇一方，自当平逆报国，可我这手上，是要枪没枪，要饷没饷。兵马未动，粮草先行，这军火粮饷不济，还怎么打仗？陶翁，你说我难不难？”

“大帅的意思是？”

“50 万大洋，这事就算了了。”

陶会长惊得嘴都张大了：“50 万？杀我的头我也拿不出啊，大帅！”

汤芗铭用小刀修剪着指甲，看也不看陶会长，轻声细语：“陶翁长沙首富，后面还有那么大个长沙商会，这点钱真有这么难？”

“商会力量薄弱，这些年生意也不好做。大帅，我是真的拿不出啊。”

“40 万。”

“大帅，确实是难啊……”

“30 万。”“砰”的一声，汤芗铭把刀撂下了，抬起头来，“你当这是在买小菜啊，还要讨价还价？”

“陶某不敢讨价还价，实在是数字太大，无力承担，求大帅再减减，无论如何再减减。”

“那你觉得多少合适啊？”

陶会长：“嗯，五万大洋，陶某还可勉力承担。”

汤芗铭一言不发，盯得陶会长一阵阵发寒：“要不……要不……十万？”

两个人在那里讨价还价，副官推开了门，纪墨鸿带着刘俊卿出现在门前，说：“卑职不敢惊扰大帅，确实是有紧急公务，那个逆书案有线索了。”

刘俊卿唯唯诺诺地进来，把那枚校徽递给了汤芗铭之后，先看了看汤芗铭的表情，然后才咽了口唾沫，说：“以卑职所知，第一师范能干出这件事，也敢干出这件事的，就一个人。”

“谁？”

“本科第八班学生毛泽东！”

“毛泽东？”汤芗铭看了刘俊卿一眼，“你那么肯定？”

“这个人一向胆大妄为，目无王法，第一师范那些不老实、爱闹事的学生从来就以他为首。卑职保证，除了他，绝不会有别人。”

汤芗铭微微点了点头："来人哪！传令，逮捕第一师范学生毛泽东。"

"大帅，"纪墨鸿却突然插了进来，"据卑职所知，这个毛泽东虽然只是一名学生，但在长沙各大学校中名气不小，颇有学生领袖的号召力，贸然抓这样一个学生，万一激起学潮……"

"一个学生，至于吗？"

"墨鸿也是为大帅考虑。上次抓一师孔昭绶之事，国内教育界至今仍沸沸扬扬，何况此次逆书案，并无证据证明与毛泽东有关。长沙学界目前正是人心不安之时，当此多事之秋，还是稳妥些，先抓住证据再动手的好。"

仿佛是想起了什么，汤芗铭微微点了点头："纪先生的话，也有道理，万一不是这个毛泽东，而是别的什么人背后捣鬼，岂不是放跑了真凶？"他转头吩咐副官，"传令城防营，协同侦缉队，搜查第一师范，务必查出逆书源头。一经查证，所有涉案叛逆，一律逮捕严办。"

等副官、刘俊卿、纪墨鸿出了办公室。汤芗铭转过头来，微笑着叫了声："陶翁。"

陶会长仿佛突然被惊醒："啊？哦，大帅。"

"20万大洋就把陶翁吓成这样，不至于吧？要不，咱们再商量商量？"

陶会长的目光微微向门口瞄了一下，似乎突然下了什么决心："既然大帅开了口，20万就20万，陶某认了。"

"哦？"汤芗铭倒没想到他突然爽快了，一拍桌子，"爽快！那我们就一言为定了。"

陶会长站起身来："陶某就先告辞了。"

"哎，着什么急嘛？陶翁为皇上的千秋大业慷慨解囊，忠义可嘉，芗铭总要感谢一下，我这就叫人准备，晚上我做东，怎么样？"

"不不不，陶某还要马上赶回去，召集商会成员，共商筹款大计，就不多耽误了。大帅吩咐的事，当然要马上办，要马上办。"

陶会长一面说着，一面赔着笑，向门口退去。出了将军府，他火急火燎，一边上马车，一边不停地催促马夫赶紧走！马车飞驰在街道上。陶会长的手杖敲打着车沿，口里不住地催促着车夫再快点！长鞭脆响，马车拼命地跑着，但马车的速度还是令陶会长极为不满。正巧车子经过一条窄巷口，他敲打着车沿，喊道："停下停下停下，快停车！怎么不走那边的近路？"

"那边巷子太窄，车进不去啊。"

"哎呀！"陶会长把手杖一甩，跳下车，撒腿就往小巷里跑。

小巷那头，斯咏、警予、开慧正并肩走过来，斯咏的脸上，满是忧色。

开慧正对斯咏说："斯咏姐，你就放心吧，陶伯伯也是在气头上，你怕他还真能把你关起来，不让你和毛大哥见面啊？瞒着他不行了？咱们现在去一师范，马上就能见到毛大哥，陶伯伯不一样的不知道？"

謦予拍了开慧的脑袋一下："你懂什么呀？斯咏担心的，不是这个。"

三个人刚拐过街角，斯咏猛然一愣，正看到陶会长气喘吁吁迎面飞奔而来。三个人都被陶会长惊慌狼狈的样子吓了一跳，赶紧迎了上去。

"快……快……"陶会长捂着胸口，身体摇晃着说，"第一师范……"

斯咏和謦予赶来报警的时候，毛泽东、蔡和森、张昆弟、罗学瓒、李维汉等正在寝室里清理剩下的179本书，打算明天后天加把劲，通通都发出去。听到斯咏带来的消息，他们还没来得及想对策，一阵凄厉的哨子声已经划破了校园的平静，侦缉队和城防营的人来了。

一师门前，散乱的侦缉队与整齐划一的城防营正在会合。城防营整齐的小跑步在营副的号令下变为原地踏步。刘俊卿挥着手枪，冲着营副，心急火燎："快快快，派一队人往左，一队往右，后面还有个侧门，赶紧包围！"

营副根本没理他，继续整着队，士兵们的脚步戛然而止。

"哎，你们怎么回事？"刘俊卿急了，"赶紧上啊！"

挺立如林的城防营士兵们一个个充耳不闻，标准地执行着长官的口令。刘俊卿还在叫嚷着，营副看也没看他一眼，转身向另一边："报告营长，城防营全体弟兄集合完毕！"

刘俊卿发现张自忠骑在战马上正冷冷地望着他，赶紧换上了笑脸。张自忠盯着这张笑脸，直看得刘俊卿尴尬地低下了头，这才收回了目光，慢条斯理地下了马，打量着眼前第一师范的校牌，把手轻轻一挥："围起来。"

"是！"如炸雷一般的声音响过之后，两列士兵随即队列整齐、脚步划一、左右包抄而去。张自忠的治军之严，令刘俊卿望而生畏。

三

教务室办公桌上，茶杯里的茶水突然荡起一阵阵涟漪，隐隐而来的脚步声是那样的震撼，仿佛正要吞噬这书香世界的平静。杨昌济、方维夏、袁吉六、饶伯斯、黄澍涛、陈章甫……一个个老师疑惑地站起身来，推开了窗户：校门外，无数把刺刀反射着阳光，刺得老师们眼前一花！他们身后，门嘭地被推开，刚刚和斯咏、謦予兵分两路的开慧飞快地跑进来，气喘吁吁地问："我爸呢？"

八班寝室里，大家还在商量着怎么样才能不让士兵们发现那些书。他们想扛出去，可来不及了，学校已经被包围！他们想藏在学校里，可一听说刘俊卿也来了，便知道藏也是白藏，还会连累全校同学。

"那……那怎么办呢？"

一时间，大家面面相觑，都已不知如何是好。

一咬牙，毛泽东重新抱起箱子，哗啦一下，将满满一箱书倒在了自己床上：

“大家都把书往我床上堆，堆不了的塞床下，都记住，这件事是我毛泽东一个人干的，你们谁也不知道！”

“不！”

斯咏急得扑了上来，一把抓住了毛泽东的胳膊：“润之，不能这样啊！”

情急之下，她的声音都急得变了调！

“不就是命一条，什么大不了的？大家都赶紧走，这里的事，我来对付。”

“你真的要一个人留下？”斯咏使劲擦了一把泪，猛地抱起了一摞书，说，“那好，我跟你一起留。要死，我陪你一起死！”

望着斯咏坚定的眼睛，毛泽东不由得愣住了：头一次，他在斯咏的目光中，仿佛读出某种从未感受到的东西。正当所有人的目光都集中在他们两人的身上时，一阵急促而杂乱的脚步声由远而近，开慧带着老师们出现在了寝室门口……

一师门口，张自忠看着夕阳下一师古朴凝重的校牌和典雅庄重的教学楼，如同在欣赏一幅名家笔下的油画。

“张营长，你到底要走到什么时候？咱们得赶紧动手呀！我可告诉你，我就是这所学校出来的，里面的校园大得很，再不动手，他们把证据一藏，要搜就难了！”

张自忠转过身，看了看身后与眼前这书香世界格格不入的刀枪，淡淡地说：“搜查母校这种事，还是刘队长自己来干吧。我城防营接到的命令，是协同侦缉队办差，既是协同，当然以刘队长为主。这校门以外的包围警戒，我城防营还是会协同好的。”

“好，这可是你说的，张营长，别怪我没提醒你，这校门外要是漏了口子，可得你担着！”刘俊卿狠狠点了点头，转身他一马当先，带领侦缉队特务们就往学校里冲去。

“干什么？怎么走路的？眼睛长到屁股上了？”在教学楼的转弯处，一个熟悉的声音劈头盖脸地在刘俊卿面前响了起来。刘俊卿一抬头，发现正恶狠狠地瞪着他的，是袁吉六那双鼓凸的金鱼眼睛。

仿佛又回到了过去的学生时代、仿佛又变成了过去那个胆怯的一师学生，面对自己向来最恐惧的老师，刘俊卿不由自主地倒退了一步。

“混账东西，一边去！”袁吉六挟着包，昂着头，带着身后的老师就要走出教学楼。

“上哪去上哪去？都站住都站住……”一名便衣拔出了手枪，一把将走上前的费尔廉推了个踉跄，“你给我站住！”

“你居然动手打我！”费尔廉迎着枪口逼了上来，“我要向贵国政府抗议，抗议你们无故殴打一名德国公民，你要为你的行为付出代价！”

“对不起对不起，我……我没看出来……对不起对不起。”推过之后，便衣这才发现这个穿着长衫、布鞋，戴着瓜皮小帽的，居然是个金发碧眼的洋人，一时手足无措，吓得直往后缩。

饶伯斯也嚷嚷着帮腔：“我是美国侨民，我不准你们妨碍我的自由，赶紧让开！”

“刘俊卿，这是怎么回事？”方维夏问。

“我、我奉大帅之命，前来搜查违禁逆书。”

“搜查？搜谁？搜老夫吗？”袁吉六恶狠狠地逼了上来，“你是想搜我袁某人的包，还是搜我袁某人的身啊？”

刘俊卿被他逼得直往后退，他似乎自己也不明白为什么还是害怕这个老师，但这害怕却习惯成自然，令他怎么也无法鼓起勇气。

“刘俊卿，你是不是想把我们这些老师都当成窝藏逆书的犯人啊？”

“连老师都不认了，你眼里还有没有人伦纲常？”

“还不给我滚开！”

在老师们的质问声中，刘俊卿禁不住倒退出几步，便衣们一时没了主心骨。袁吉六、费尔廉、饶伯斯一马当先，其他老师纷纷跟着，拥出校门。

“外头不有城防营吗？出了门就是他们的事。都傻站着干吗？跟我上学生寝室！”刘俊卿眼睛一瞪，拼命提高嗓门掩饰着自己的尴尬，便衣们跟着他匆匆向校园内走去。

校门外，是林立的刺刀，老师们各自挟着包，从刺刀丛里走过。落在后面的黄澍涛紧张得满头冷汗，眼前的阵势令他连头也不敢稍抬一下，只有拼命保持着镇定，但挟着包的手臂却还是止不住在微微发抖。就在这时，一匹战马突然嘶鸣了一声，黄澍涛吓得一抖，臂弯间的包失手落在地上，“砰”的一声，包裂开了，一本《梁启超等先生论时局的主张》滑出了包，正落在张自忠锃亮的军靴旁。

黄澍涛整个人都僵住了，身边的老师们也目瞪口呆。空气紧张得似乎要凝固了，张自忠却慢慢弯下腰，不紧不慢地捡起了地上的包和书，微笑着将包递给黄澍涛：“这位先生，您的东西。”

黄澍涛赶紧接过，连声说着谢谢。

张自忠又翻了翻手里的书：“哟，这是什么书啊？”

“是……教材，是教材。”

“哦，这人不识字还真麻烦啊，这么好的教材，我这大老粗偏偏连个书名都不认识。”张自忠将书递向黄澍涛，扫了眼还站在原处的老师们，又说，“教书呢，就得教给学生这样的好书，可千万别教什么逆书、反书啊。各位先生，都别站在这儿了妨碍我们执行公务了，请吧请吧。”

老师们这才松了口气，大家纷纷离去。走出几步，黄澍涛回过头来，一字一句地、很书生气地说：“这位长官，谢谢您了。”

“不客气。好走了您。”张自忠转过身，又慢条斯理地踱起了步子。这位张自忠，后任国民政府天津、北平市长，第三十三集团军总司令等职，抗战爆发后，率部浴血奋战，屡挫日寇，参加了台儿庄大捷等一系列重大战役。1940 年 5 月，在枣宜战役中，因率部阻击数十倍于己的日寇，壮烈牺牲于抗日战场，被国民政府追授为陆军一级上将。

四

汤芗铭办公室，副官和刘俊卿正排着队向汤芗铭汇报请示事情。香烟袅袅，跳动的烛光映得汤芗铭脸上阴晴不定，他正一颗一颗、聚精会神地穿那串散了的玉手串。

“大帅，前线急报，护国军程潜部已攻占湘西，逼近常德府。”

“大帅，广东将军龙济光，江西将军李纯，山东将军靳云鹏，浙江将军朱瑞，长江巡阅使张勋五将军通电全国，反对帝制。”

“大帅，日本国公使宣布，日本国不再支持中国实行帝制。”

“大帅，四川将军陈宧刚刚发来通电，敦促洪宪皇帝退位。”

“大帅，衡阳急电，我军防线已被谭延闿部击溃，谭部人马正进逼耒阳。”

汤芗铭似乎没有听到副官的报告，只是专心穿着珠子，脸上全无半分表情。

房间里好安静，安静得可以听到丝线从珠子中间穿过去的声音。刘俊卿看了副官一眼，怯生生地说：“大帅，卑职在第一师范未能搜查到逆书，估计是被毛泽东他们藏起来了，卑职建议，马上把他们抓起来，严加审讯，一定能问出逆书的下落……”

轻轻地，汤芗铭打断了他的报告：“滚。”

刘俊卿一愣。

猛然间，汤芗铭站起，转过头来，声嘶力竭地吼道：“滚！”

旁边副官被吓得浑身一抖。刘俊卿更是吓得魂飞魄散，撒腿便往外跑。

汤芗铭颓然跌坐在椅子上，两手死死撑着桌沿，仿佛一只斗败的公鸡：“通电全国，湖南布政使、督办湖南军务将军汤芗铭宣布支持护国，反对帝制，声讨逆贼袁世凯。要快！”他的拳头气急败坏地砸在桌上。那串尚未穿好的玉手串又一次四散而飞。

1916 年 3 月的黄历一天一天翻过，长沙街头卖报的小童每天手里的报纸上都有爆炸性的新闻：《护国浪潮席卷全国　袁逆世凯穷途末路》、《北洋将领全线倒戈　窃国大盗众叛亲离》、《袁世凯宣布取消帝制　恢复共和》、《袁逆心腹汤芗铭仓皇逃离湖南》、《湘军元老谭延闿再度督湘》……

第二十二章 文明其精神 野蛮其体魄

我最佩服的，是古希腊的斯巴达人，
人数那么少，却能称霸希腊。
为什么？
因为他们不仅重视精神之文明，
更崇尚野蛮之体魄！

一

自古秋后都是处决犯人的季节。赵一贞看过很多话本、看过很多故事书，却从来没有一个时候比现在更让她害怕其中的那句“秋后问斩”。夏天不过刚刚过去，她走在街上还穿着单衫的行人中间，却感到了说不出的凉意。头顶的树叶绿中已经泛了黄、路边的小草青中已经带了焦，一切的生命、一切的情感，似乎都已经走过了它最旺盛的季节，正在渐渐地枯萎。但赵一贞不甘心，她不甘心眼睁睁地看着比生命还珍贵的东西枯萎。走在去监狱的路上，她有满腔的不甘心，但却不知道自己能怎么做；她不知道自己能怎么做，但却愈发地不甘心。

袁世凯被推翻了、汤芗铭被赶跑了，新一轮的清算又开始了。长沙城里每天都有汤党余逆被抓，曾经威风八面的侦缉队队长，怎么可能漏网呢？自刘俊卿被抓以后，一贞就疯狂地四处打听刘俊卿的下落：刘俊卿被关到了哪座监狱、刘俊卿会被怎么处罚、刘俊卿已经知道错了吗……终于打听到了刘俊卿的确切消息，她又拿出自己所有的私房钱买通了狱警，只想着无论如何要见刘俊卿一面。

隔着粗大的铁栏杆，一贞看到一个头发蓬乱、胡子拉碴、目光呆滞、浑身上下满是伤痕的人蜷缩在破草席上，她走过去，轻轻叫了一声：“俊卿!”

似乎已经被打傻了的刘俊卿没有想到还有人会来这里看望自己，更没有想到一贞会来这里看望自己，他睁开血肉模糊的眼睛，抬头望着、望着……突然扑了过来，死死地抓住栏杆，砰砰有声地用头撞着，声嘶力竭地大叫：“一贞，一贞，我当初为什么不听你的？为什么不听你的啊？我怎么那么蠢，那么蠢啊!”

看着眼前这个人，一贞的心疼着，心疼得甚至让她忘记了恐惧：这就是那个头发一丝不乱、一袭月白长衫、皮鞋锃亮的刘俊卿吗？这就是那个给她翻译“哪个少女不怀春、哪个少年不多情”的刘俊卿吗？这就是那个发誓要找一个体面的工作让她过上快乐日子的刘俊卿吗？是的，是的，这就是那个刘俊卿，是她的刘俊卿。尽管他面目全非，尽管在世人的眼里他早已经不是当年那个以第六名的成绩考进一师的学生，但他在一贞的眼里和心里，却永远不会改变。一贞抓住刘俊卿的手，紧紧地抓着，急促地说：“俊卿，不要这样，你会没事的，你一定要挺住，要挺住啊。”

“没用的，一贞，我完了，我没指望了。你知道吗？这儿天天都在杀人，天天在杀，杀汤党余逆，拖出去就是一枪，就是一枪……”

仿佛是为了印证刘俊卿的恐惧，走廊的尽头猝然响起一阵惊恐万状的狂叫声：“不，不要，我不是汤党，我不是汤党，我支持民国，民国万岁，民国万岁，我支持民国啊……”绝望的呼号迅速远去，紧接着，随着枪声，那个声音戛然而止！枪声中，一贞感觉到刘俊卿的手松了、随着他如烂泥一样的身体滑落下去，落到了血迹斑斑的枯草上。

“一贞，以前，我答应过你许多事，答应过到你家提亲，答应过给你一个幸福的将来，这一切，我都做不到了，是我对不起你。你走吧，就当从来没认识过我，就当这世上从来没有过刘俊卿，你走吧，不要再来了。”

望着刘俊卿，听着他绝望的声音，一贞苍白的脸色变得铁青，她用从未有过的坚定语调对刘俊卿说：“不，你不会死的，我一定会想办法，救你出去。你等着。”

刘俊卿看着一贞毅然决然地转身离去，不相信她真的能救自己：一个无钱也无势的纤弱女子，她能有什么办法来搭救一个几乎是判了死刑的人呢？

是的，一贞是一个无钱也无势的纤弱女子，她现在唯一可以自己支配的，只有她的生命。

从监狱回来后，一贞突然说她同意嫁给老六了，这让赵老板喜出望外，他相信女儿也是想过富足日子的、相信女儿已经对那个没有出息的刘俊卿死心了。望着满桌子的绸缎、光洋和那封大红的婚书，他殷勤地给坐在一旁的老六递着烟：“这孩子吧，就是糊涂，你说要真跟了那个刘俊卿，这会儿受罪的还不是自己？现在好了，她也算是明白过来了，还是跟着六哥好。”

一贞呆呆地坐在一旁，看到老六一直嘿嘿傻笑着、眼睛一眨不眨盯着自己，她木然地说：“六哥，这门亲事我有个条件。”

“你说你说，不管什么条件，我都答应你。我要是办不到，还有我马大哥，有他在，长沙城就没有办不成的事！”

“那就好。”

老六同意了她的条件之后，一贞回学校去默默地收拾着东西：课本、笔记、作业、心爱的小饰物、周南女中的校徽……所有的书都已收拾好了，一贞最后拿起了那本《少年维特之烦恼》。书的扉页中，夹的是刘俊卿译得工工整整的那首卷首诗。一贞看着，眼泪忍不住滑出了眼眶，她悄悄擦了擦，将这本书单独收了起来。离开学校，一贞直接乘人力车来到王子鹏家，把那本《少年维特之烦恼》转给了秀秀。

几天后，刘俊卿突然被释放了。

一步迈进久违的阳光中，刘俊卿被刺得直眯眼睛。好一阵，他终于适应了光线，却看到秀秀和子鹏就站在前面不远处。

回到他们虽然简陋但却还能遮风挡雨的家里，刘俊卿换下那身肮脏的破衣裳，吃着妹妹给他煮的面条。子鹏把一叠银圆放在了刘俊卿面前，说：“我也帮不上你什么，俊卿，这些钱你拿着，找个事做也好，做点小生意也行……”

刘俊卿把钱推了回来：“我不要。”

“那你还想干什么？你还想去折腾？你说你折腾来折腾去，结果又怎么样……”

“阿秀！”子鹏示意秀秀别再往下说，回过头来说，“俊卿，我们只是不想看着你像原来那样过下去，经过这么多事，我想你也应该明白了，一个人，就得老老实实过日子，踏踏实实做人。只要你想清楚了，现在重新开始，也不算晚，你说是吗？”

刘俊卿长长地叹了口气：“我还能重新开始？”

秀秀把那本《少年维特之烦恼》递到了他面前，刘俊卿呆了一呆，猛地一把抢过书：“这是哪来的？阿秀，你快说，这是哪来的？”

“是一位赵小姐让我转交给你的。”

“她跟你还说了什么？她还说了什么？你快说呀！”

“她只说了一句，希望你出来以后，把她忘了，重新开始。”

死死地握着书，刘俊卿一时还不曾反应过来。

“哥，我听说，那位赵小姐今天出嫁。”

刘俊卿惊得目瞪口呆！听着远处传来的隐隐的鞭炮声，他放下碗筷，撒腿就往外跑。

那条他和一贞曾经手拉手走过的街道上，正鞭炮齐鸣，彩纸纷飞，唢呐、喇叭滴滴答答，迎亲的队伍浩浩荡荡，一派喜庆热闹。老六披红挂彩，骑在打头的马上，笑得嘴都合不拢。八抬大花轿旁，陈四姑屁颠屁颠地跟着。喧天鼓乐中，纷飞的彩纸飘飘洒洒，落在花轿上。轿帘偶尔掀动，但没有人注意到红彤彤的轿内，新娘凤冠霞帔，一身大红嫁衣，头上盖着同样鲜红的盖头。轻轻拉掉了盖头，露出的却是一张苍白绝望的脸。喜庆的鼓乐声中，新娘的手悄悄从怀里抽出，手里，是一把锋利的剪刀。剪刀挥动之后，一滴滴眼泪无声地滑过了她的面颊，一滴滴鲜血无声地浸透了她的大红嫁衣，落在花轿经过的路面上……

但没有人留意。

吹鼓手鼓着腮帮子，卖力地吹着喇叭；老六露着缺了两颗门牙的嘴，一路抱拳，嘿嘿傻笑；纷纷扬扬的彩纸在空中没有目的地飞扬、飞扬、落下来，落在了殷红的鲜血上，让人分不清那红色到底是纸的颜色还是鲜血的颜色。

花轿已经远去了，飞奔而来的刘俊卿突然失足，摔倒在地，手里的书也脱了手。

“一贞！一贞！”

仿佛感觉到了什么不祥，他捡起书，书上，竟沾满了鲜血。他这才发现，地上是一路鲜血和带血的杂乱脚印！

“一贞！”

风卷着花花绿绿的纸屑，和着刘俊卿声嘶力竭的狂呼久久地在小街上空回旋。

拖着麻木的双脚回到家，刘俊卿坐在火盆前，机械地撕扯着手里的书。跳动的火光映照着刘俊卿呆若木鸡的脸，那张脸上，没有泪光，甚至没有任何表情。火光熊熊，吞噬着一本本他珍藏的课本、书籍，仿佛也正吞噬着他久久珍藏的理想与梦幻。最后，他拿起了那本《少年维特之烦恼》，轻轻地抚摸着、轻轻地吻着，他的手一松，书落进了熊熊烈焰之中。

那首承载着他与一贞所有情感的诗，在火焰中扭曲着，熊熊火焰映照着刘俊卿死灰一样的脸。纸灰飘逝，他一颗一颗扣好长衫的扣子，将头发梳理得整整齐齐，走进了三堂会。

二

酷暑过去，长沙城里渐渐飘起了越来越浓的桂花香，走街串巷的手艺人卖着担子里似乎几百年都没有什么变化的小玩意，也附带炫耀着他们从父辈那里复制而来的嘹亮嗓音。此起彼伏的吆喝声如湘江亘古不变的水声韵味悠长，让长沙人在梦醒的一瞬间、在回头的一刹那、在捧着茶碗拿起烟袋打开窗户的那一刻，想起自己经过的事和经过的人。

因为反袁而不得不二度留学日本的一师原校长孔昭绶，归来时依然是一乘三人轿、依然是一身马褂长衫布鞋。穿过这最能撩起人心底乡愁的声音，他回到了一师，在校门口，轻轻地抚着一师的校牌，他的手指竟禁不住有些微微颤抖，那是久违后难以抑制的激动。有学生远远地看见了他，开始还不敢相信自己的眼睛，仔细看了、确认了，随即兴奋地奔跑着呼叫着："校长回来了！校长回来了！"

喊声回荡在楼道、走廊，回荡在整个学校的上空。钟声响起，惊喜的一师师生涌向了礼堂，他们要在校长当年离开的地方，接校长回来。

"同学们，风风雨雨，我们，又在一起了！"

百感交集的孔昭绶又站在了讲台上，他才一开口，台下便掌声雷动。孔昭绶的眼睛湿润了，他摘下眼镜，擦了擦眼角，梳理着离开一师的这些日子他的所有感想，然后重新戴好眼镜：

"这一年多来，我们经历了许许多多，也思考了许许多多，过往的一切，千言万语，都不必多说。如果要说，我们就说一件事，那就是，第一师范的未来，我们应该怎样开创！是啊，一个学生应该怎样学习，一个老师应该怎样教书，一所学校应该怎样办好，一个民族、一个国家应该怎样振兴，这些问题，我们都曾经一而再，再而三的思考过、讨论过。中国的读书人，从来就不缺少坐而论道的能力，哪怕是天大的难事，我们也个个可以讲出一火车的道理来。可这一年多的思考，却让我明白了一个道理，这个道理就是：光讲道理是没有用的。天下兴亡，匹夫有责，这个匹夫，不是除你以外的别的中国人，而首先就是你自己！中国的事，盼着别人来做是不行的，从我开始，从现在开始，实实在在做实事，这才是我们这一代读书人的责任，才是我们这一代读书人崭新的精神！我宣布，从今天开始，第一师范将实行一项新的治校原则，一项新的教育观念：学生自治！"

按部就班地机械灌输，连传统的"师"都算不上。一个优秀的教育家和一个普通校长的区别，就在于他是不是能让一所学校充满欣欣向荣的生机。经过了

“驱张”、“反袁”之后的一师，如同一潭蓄势的山水，急需一条冲出峡谷的水道。而孔昭绶的“学生自治”来的恰是时候，它如清风般吹来，驱走了一师先前的沉闷和困惑，所到之处，叶为之舒展、花为之绽放、水为之流畅、生命为之鲜活。

既然要搞学生自治，就要成立学友会事务室，就要选举产生学友会的“领导”。于是张贴《第一师范学友会竞选公告》、开展学友会竞选演讲、全校同学排队投票……一师学子们青春的旗帜在这个金色的秋天，如同一师的校旗一样，迎风招展。

学友会正式成立了，在专门的学友会事务室里，兼职会长孔昭绶和新当选的学友会全体成员围坐一堂，畅谈学友会将如何具体开展活动。周世钊、李维汉、萧三、张昆弟、罗学瓒、易礼容、毛泽东……环顾一张张意气风发写满希望的笑脸，孔昭绶微笑着说：“在座各位都是全校同学投票选举出来的学友会成员，第一师范的学生自治，应该怎样开展，就请大家谈谈想法吧。”

“我觉得，学友会的工作，首要的是提高同学们的学习兴趣。我建议，根据现有的各科教学，成立相应的学生兴趣小组。比方说，有很多同学对文学就很感兴趣，如果成立一个文学兴趣小组，肯定会有不少同学参加。”

“不光文学，手工、音乐、图画都可以成立嘛，这些内容，大家都会感兴趣的。”

“我觉得外语更重要，如果成立一个英语兴趣组，一个日语兴趣组，对同学们提高外语水平，肯定有很大的帮助。”

“我还有一个建议：办一个学友会资料室。学校现有的阅览室，有关时事、社会的报纸、杂志太少，像《新青年》、《东方红》、《太平洋》、《科学》、《旅欧杂志》、《教育周报》这些思想和观点新潮、激进的杂志，如果我们利用学友会的活动经费订齐全，一定能方便大家阅读。”

“不光是订外面的，本校同学在学术和学业方面取得的优秀成绩，也可以在这个资料室公开陈列、展览，作为我们的成果，永久保留嘛。”

“还有还有，一师的许多毕业生对母校感情都深得很，学友会可以定期组织老校友联谊活动，发动毕业校友支持在校学生的课外活动嘛。”

……

孔昭绶发现，在同学们热烈的讨论发言中，新当选的总务毛泽东却静静地坐在一旁。这个平素总是唱主角的毛泽东，今天为什么还没开过口呢？孔昭绶等待着他的爆发。

果然，在大家都谈了自己的想法之后，仿佛才从回忆里走出来，毛泽东用与会场的热烈不那么协调的声音说：“大家刚才的提议，都非常好，我也很赞同。可刚才坐在这儿，听着大家的讨论，不晓得怎么，我却突然想起了一个人，一个同学，一个已经离我们而去了的同学。那就是永畦。真的，我经常想起永畦，早上起床，看见他空着的床，走进教室，看见他空着的座位，还有经过食堂，经过操场……好多次睡觉，我都梦见他，那么……那么腼腆地对我笑着，好像就要跟我说什么话，可又听不见他的声音，就是听不见……”

他的声音哽咽了。

“永畦的为人，是那么善良，永畦的成绩，也那么优秀，可他就有一个毛病，身体太差，稍微有点风雨，第一个感冒的，肯定是他。我记得那时候，我们打球、跑步、游泳、爬山，我也经常叫他一块去，可他……现在想起来，当初要是逼着他多锻炼锻炼身体，也许就不会发生这样的悲剧了。不仅仅是一个永畦，自古以来，中国的教育，可谓从来就没把体育放在眼里，颜回、贾谊、王勃、卢照邻，这些古人的才华还不惊人吗？可他们短命啊！于是只给历史留下一页页遗憾。没有健康的身体，你学得再多，学问再大，命都保不住，又有什么用呢？”

满屋的同学，包括孔昭绶，都被毛泽东的话深深打动了，静静地看着他、听他说。

“我最佩服的，是古希腊的斯巴达人，人数那么少，却能称霸希腊。为什么？因为他们不仅重视精神之文明，更崇尚野蛮之体魄！反观我今日之中国，身体羸弱者比比皆是，学校里，学生啃书本，老师教书本，家长更是一双眼睛只盯着孩子的书本，一国之青年都病怏怏的，这样下去，别人凭什么不把我们当成东亚病夫？国家的强大、武力的振兴又靠什么来保证？中国的未来，需要我们青年，青年的未来，需要野蛮强健的身体。所以，我的考虑是，学友会第一步的工作，当以全校的体育锻炼为中心，要让我们的同学，文明其精神，野蛮其体魄！”

一片静默中，孔昭绶突然带头鼓起掌来。掌声随即响成了一片。

“文明其精神，野蛮其体魄”，一师学友会把学校里的各项活动搞得有声有色，“武术组”、“架梁组”、“庭球组”、“竞技组”……都是同学们参加的热门，不过最热闹的，还要数毛泽东当守门员的蹴球队，他们聘请了年轻的德籍音乐教师费尔廉来做教练。有对手才有提高，经过一段时间的厉兵秣马，经学友会出面联系，一师的蹴球队和长郡中学的蹴球队在一个周末来了一场友谊赛。

比赛是在长郡中学的简易蹴球场里进行的。长郡中学由罗章龙领队，一师由萧三、张昆弟领头。虽说是长郡中学的主场，可一师来的人比长郡本校来看球的还多，费尔廉这位教练就不说了，他正忙着布兵排阵呢，其他的，不仅校长孔昭绶带着杨昌济等老师来了，蔡和森带着拉拉队来了，萧子升从楚怡小学赶来了，斯咏、警予、蔡畅和开慧她们也来了。

这次比赛的前两天，毛泽东去过一趟斯咏家。因为之前父亲曾经以五千元的代价要求张干校长开除毛泽东，所以斯咏怎么也没想到父亲会在千钧一发的时候跑去一师报信救毛泽东，更没想到事后毛泽东会来她家表示感谢。这一次在陶家的见面，让她陡然觉得自己和毛泽东之间的距离是那么近、也觉得父亲其实并不像她想像的那样讨厌毛泽东。“我救人，凭的只是良心，我觉得他了不起，也不等于认可你跟他交往。就算你可以不考虑我的看法，你也不应该忘记，你是定了亲的人，一个定了亲的女孩，跟别的男人，是不可能有将来的，这一点，不用我再提醒你了吧?”不过，想起在毛泽东走后父亲说的这番话，斯咏的情绪又一落千丈了。

“笛!”随着裁判一声哨响，足球被一脚开出，场上的运动员跑起来了，看台上，孔昭绶、杨昌济等老师紧张地观看着比赛，旁边两个学校的拉拉队开始敲锣打鼓、呐喊助威。开慧冲在拉拉队最前面，扯起嗓子喊着“一师，加油！一师，加油!”小脸兴奋得通红，指挥着一师的男生们喊着号子。

斯咏和子升、警予、蔡畅坐在一师的拉拉队前看球，但她的目光总也离不开一师队的球门，那里担任守门员的毛泽东张着双手，正全神贯注守着门。经过几个回合的无功拼抢，实力胜过一师队的长郡队此时正攻势更猛，猛然间，罗章龙突破防线，一脚劲射，球直飞网角——呐喊声骤然静了下来，所有人的心都悬起来了。说时迟，那时快，毛泽东一个飞身鱼跃，漂亮地扑住了这个球！叫好声惊雷般响了起来。看台上的孔昭绶与杨昌济长出了一口气，孔昭绶不禁擦了一把冷汗。斯咏同样松了一口气，手一抹，才发现自己也给吓出了一头的冷汗。子升把一块雪白的手帕递过来，斯咏擦了汗，把手帕递还子升，目光却又投向了毛泽东。

球场上，一师队趁机反击，攻入一球。失球的长郡中学队攻势如潮，连续射门，毛泽东左腾右扑，一个个险球被他奇迹般地接连扑住！开慧高兴得都快疯了，冲到场边带着拉拉队狂喊：“毛泽东，加油！毛泽东，加油!”

一场激烈的比赛最终因为一师队有一个无敌的守门员而以弱胜强。得胜归来的一师球队捧着锦旗，兴高采烈地班师回朝。孔昭绶拍着毛泽东的肩膀，兴奋得合不拢嘴：“那么多次射门，一个也没让他们射进去，润之，你好样的!”

“那还用说？我们润之大哥，长沙有名的铁大门!”开慧攀着毛泽东的肩膀，一脸的得意。

斯咏看到毛泽东满头的汗，接过张昆弟手里的毛巾，赶上两步，可没等她把毛巾递到毛泽东面前，开慧已经顺手用衣袖给毛泽东擦起了汗。斯咏收回毛巾，突然发现警予正看着她，不由得悄悄扭开了头。

和一师的师生分路之后，斯咏跟警予不约而同地说起去看一贞。一贞的所有作为都是为了爱，她们又何尝不是？残阳如血，映红了黄昏的天际，血色余晖洒在一贞的新坟上，使这座新坟看起来像燃烧着的火焰。

爱情真的比生命更重要吗?

两人正想着各自的心思，身后传来一阵细碎的脚步声，回头去看，却是子鹏陪着秀秀来上坟。

斯咏看了看子鹏，子鹏也正巧看了看斯咏，面对着刚刚被一门不情愿的婚事夺去了生命的一贞，这两个同样身不由己的人虽然相顾无言，目光中却已经交换了千言万语。

三

上次一师和长郡的比赛结束后，杨昌济在带着开慧回家之前，给毛泽东布置了一个任务：考虑到毛泽东这段时间在一师推广体育锻炼搞得很好，杨昌济鼓励他写篇论文，把对体育运动的看法、心得总结一下。毛泽东兴奋不已，当时就保证两天交卷。

礼拜二下午放学后，开慧出了周南女中就坐着黄包车一路飞快地到了一师，在学友会事务室找到了毛泽东，要先睹他的新文章为快。进了屋，却发现毛泽东并没有写文章，而是一边数着“一、二、三、四，五、六、七、八”，一边手脚并用、蹦蹦跳跳，便问毛泽东在做什么。毛泽东告诉她，这是他发明的“毛氏六段操”，这套体操，综合了手、足、头、躯干、拳击、跳跃六种运动，而且融合了体操、武术、西洋拳击各种运动形式，绝对是目前中国最先进的。她立刻对这个新鲜玩法有兴趣了，放下书包缠着毛泽东一定要学。

毛泽东很高兴自己才发明的“毛氏六段操”有人喜欢，便把一篇画着“六段操动作图解”的文章翻开摆在桌上，开始手把手地教开慧：“一二三四，五六七八，二二三四，五六七八！这是手部运动；一二三四，五六七八，二二三四，五六七八，这是腿部运动…………”

等到开慧练出了汗，休息的时候，毛泽东给开慧讲体育锻炼的好处时，说起自己小时候身体很差……一听毛大哥要讲小时候的故事，开慧可来劲了，催着他赶紧讲。

“我小时候，身体一塌糊涂，三天两头生病，我上面还有两个哥哥，小小年纪都夭折了，我娘生怕我也养不大，求神拜佛，香都不晓得烧了好多。我们乡里有块石头，天生就像个观音，乡里人把那块石头当观音菩萨拜。有个算命先生告诉我娘，我要拜那个石头观音做干娘，以后才不会生病，我娘老子迷信，真的要我拜了那块石头做干娘，好保佑我不生病。所以，我有个小名，就叫石三伢子。”

“那拜了有用吗？”开慧双手撑着下巴，仰着脸问。

“一块石头，能有什么用？还不是哄鬼的。12 岁那年，我一场大病，差一点就完蛋了。好不容易病好了，我也明白了，自己的身体，靠天靠菩萨都是假的，一句话，搞锻炼，坚持运动，自然百病不侵。从那个时候到现在，我就不晓得病字怎么写的。所以说，身体、精神、意志，那都是磨炼出来的。我在那一篇《体育之研究》里头，还专门总结了三条理论，讲人的精神、意志和身体之间的关系……”

“毛大哥，你的‘毛氏六段操’也是这篇文章里的吗？哎呀，都忘记我是来做什么的了。”开慧跳起来，拿过摆在桌上的文章，翻到第一页，“体育二字，听起来是小事，其实关系一个国家的兴衰。一个人不爱运动，哪来的蓬勃之气？同样，一个民族不爱运动，哪来的尚武精神？到时候，国家有难，打仗都没有人扛得起枪，这个国家还有什么希望？你再看我们现在的学校教育，说是说德、智、体三育并重，其实呢……这么多字，我还是赶快回家，和爸爸一起看吧。”

开慧把文章拿回来，还没忘记把刚学来的六段操表演给爸爸妈妈看。向仲熙自女儿来周南后就从老家搬来长沙杨宅照顾父女俩的起居了，她看到女儿大汗淋漓的样子，心疼地赶紧为女儿擦汗。

“毛大哥说了，做运动嘛，就是要出汗。”开慧擦着汗，看到父亲缓缓地合上了手里那篇《体育之研究》，忙急不可待地问，“爸，怎么样怎么样？”

杨昌济：“这么说吧，到目前为止，这是我看过的对体育运动论述得最好，也最全面的文章。润之这篇文章，应该说，对全国的体育教育改良都很有意义，我看，应该拿出去发表。而且要发在最好的杂志上。我打算将这篇文章推荐给《新青年》的陈独秀先生，他一定感兴趣的。”

听到爸爸说要把毛大哥的文章推荐给《新青年》，开慧兴奋得眼睛都瞪圆了。

第二十三章 到中流击水

总有一天，我要写一首诗，
写出我们中流击水的风华正茂，
写出我们指点江山的壮志豪情！

一

转眼又是新的一年、新的一学期，1917 年 3 月的最后一个周末，读书会的会员们除了开慧都来齐了，他们正在君子亭商议一个重要举措，那就是以他们现在的哲学读书会为基础，成立一个正式的、有组织、有纪律的青年团体。

这件事情，毛泽东和蔡和森之前已经交流过很多次，只是还没有和大家讨论。按照毛泽东的想法，他们这个读书会，原本是因为共同的学习兴趣集合在一起。但读书学习毕竟不是他们的最终目的，而是为了改造社会。而且，虽然他们现在有一帮子人，但是人再多，一盘散沙子，也搞不成事。所以他才提议成立一个正式的青年团体，这个团体，不搞虚的，专门做能改造国家、能推动社会发展的实事，他坚信，只要按着这个目标做，他们的团体就完全可以成为湖南进步青年的中坚，成为改造中国一支不可忽视的力量！

“成立一个正式团体，这我同意，不过，改造整个中国，这个目标，定得也太高了吧？”看到毛泽东说得慷慨激昂，萧子升第一个出来泼凉水，觉得做人还是要脚踏实地，不能好高骛远。

“这怎么叫好高骛远呢？理想就应该定得高嘛。自己先把自己框死了，还成个什么气候？”毛泽东想要说服萧子升。

“那也不能一口吃成个胖子吧？就你那口气，好像中国缺了我们几个都不行了，至于吗？”

“缺了谁地球照样转。只不过，都照你那样想，世上就没有英雄豪杰了。”

“我本来就没想过当什么英雄豪杰。改良社会，必须是个积跬步而至千里的过程，我们的任务，就是集中精力做好眼前的跬步之始，一天到晚只想着万里宏图，那反而会变成空中楼阁。”

“胸中若无万里宏图，眼前的事岂不是没了方向？”

众人正看着他俩面红耳赤、争得不可开交，猛听到亭外开慧兴奋的叫声，忙回头去看。毛泽东看到开慧手里拿着一本杂志气喘吁吁地跑来，便高声喊：“开慧，莫跑这么急，摔一跤不得了！”

开慧根本没慢，反而一步冲进亭子，喘着气，双手抓起杂志，给大家看封面：是一本崭新的 1917 年四月号的《新青年》杂志。然后才翻到中间，一把递到毛泽东面前。

“《体育之研究》？”毛泽东猛地一把抢过了杂志，“我的文章？我的文章发表了？哎！我的文章发表了。”

大家一下子都围了上来，争先恐后地看着杂志。

“哎，《新青年》？毛泽东，你可以啊！”。

“润之，恭喜你。”

“咱们长沙城，还没哪个学生能在《新青年》上面发表文章呢。”

“老师也没几个啊！润之哥，这么大的喜事，要请客啊！”

“对对对，请客请客！”

“要得要得，请客请客。”众人纷纷向毛泽东道喜，毛泽东也高兴得嘴都合不拢，可他摸摸自己干瘪的口袋，不好意思地说，“请客我倒是愿意，可就是没钱。”

“那不行，这么大的喜事，总要庆祝一下吧？”众人不依。

“我看这样吧，客呢，就不要润之请了，他除了请大家喝开水，别的反正也请不起。不如我们搞个活动，现在不是春天吗？春暖花开，趁着明天礼拜天，我们出去春游，也算是庆祝润之的文章发表，大家说好不好？”蔡和森想了个两全其美的好办法，看大家都赞成，他又说，“润之，本来是给你庆祝，就由你定个地方吧。”

“橘子洲头，怎么样？春江水暖，岸芷汀兰，长沙春色，尽收眼底……干脆我们搞回痛快的，游泳过去！”

看了看斯咏为难的样子，他又补充说，“女生坐船，男生游泳。何胡子年纪大，你例外，其他人一律下水！”

二

珠沉渊而水媚，青翠的橘子洲便是湘江的一颗绿宝石，湘江因为这颗宝石的光芒而柔媚，这颗宝石又因为湘江如兰的春水而熠熠生辉。

湘江东边的沙滩上，读书会的同学们今天就要到江中的橘子洲上去庆贺毛泽东的《体育之研究》发表在《新青年》杂志上。蔡畅、何叔衡、开慧、斯咏都上了船，警予却还混在一群正脱了衣服做热身运动的男孩子堆里，像个大姐姐一样帮蔡和森收拾脱下来的衣服，叽里咕噜地吩咐蔡和森注意这样注意那样。毛泽东一边打趣他们的肉麻举动，一边把所有人的衣服卷成团一下子扔上了船，让开慧照顾着。

开慧看到萧子升背着画架、居然和往常一样地一丝不苟地穿着长衫布鞋，也跟在斯咏身后上了船，问他：“萧大哥，你怎么也坐船啊？毛大哥说男生都要游泳过河的。”

不等子升答话，岸边先传来了毛泽东的声音：“萧菩萨怕冷咧！还游泳？他呀，恨不得一天到晚把自己当个活菩萨供起哟！”

看到毛泽东先将一只足球用力甩入江中，随后一个纵身鱼跃，身体在空中划出漂亮的弧线，一个猛子扎进了冰冷的江水，子升打了一个寒战：“你以为我是你啊？早春二月下河游泳！人不可违天时，你那是逆天而行。”他说着话放下画架，挨在斯咏身边坐下了。

警予抱着蔡和森的衣服上船后，船就开了。船橹摇荡，渡船在水面划出长长的波纹。船的前方，男生们正劈浪前行，打打闹闹地玩着那只足球。毛泽东钻出了水面，踩着水，向船上挥着手："萧菩萨，下来啊下来啊，水里舒服得很呢！"

子升没理他，假装看着远处的橘子洲，余光却全在斯咏身上。江风吹来，斯咏裹紧了身上的衣裳，伸手试了试江水，江水冰冷，她的手才一伸下去，就猛地缩了回来。子升正想掏出手帕递出去，却听到斯咏对着击水的人群高声问："润之，你们真的不冷啊？"子升黯然把手放在口袋里停了一会，然后空着手伸出来，抓住了身边的画架。

"到了水里还冷什么冷，一身都发热，哎，玩几个花样给你们看啊！"毛泽东一跃老高，玩起了花样，侧身、平躺，倒立、翻筋斗……涌动的江水中，他似乎比鱼还自由。

何叔衡看得呆了，说："这个润之，到了水里，简直是条龙。"

水里的和船上的都正看着毛泽东表演，毛泽东一个猛子却不见了。大家都知道他水性好，开始还想着他会从什么地方突然冒出来，给大家一个惊喜。可等了好一阵，还不见他浮出水面，大家禁不住都焦急起来，本来看得很开心的斯咏和警予竟吓得在船上大呼小叫。慌乱中，在船的另一边突然间水花涌起，毛泽东从斯咏的背后一头钻出了水面，攀住船舷挥手弹了开慧一脸的水，大叫："我在这儿！"

"哎哟，你吓死人了！"斯咏惊魂未定地拍着胸口。

"你怕我淹死啊？一条湘江，再过50年我都能随便游。"

"再过50年？再过50年你70多了，活不活得到那时候还难说呢？还游湘江？"萧子升说。

"自信人生二百年，会当击水三千里！萧菩萨，你还莫不信，五十年以后，我游给你看看！"

开慧擦着脸上的水问："毛大哥，水里真的不冷啊？"

"这个水啊，是下来前冷，下来反而不冷了，越游越热乎。不信你下来试试啊。"

开慧把脱下的鞋和外衣往斯咏手里一塞，捏住自己的鼻子，扑通一声，真跳进了水里，水花溅了斯咏他们一身。水中的开慧游了几下，兴奋得直冲船上喊："好舒服啊，还有谁要下来啊？"她边游边与毛泽东等在水里玩起了足球，球在青年们当中飞来飞去，一时间江中水花四溅，开慧的欢笑声响成了一片。蔡畅和开慧年龄相当，看到开慧在水里玩得那样开心，也依傍着船舷，乐得手舞足蹈。而警予的眼光却始终没有离开过蔡和森。

三

过了江、上了岸、进了橘子林，换上干衣裳，大家就开始分工：一拨人去找当地的农民买红薯、一拨人去拣干柴。不用谁吩咐，蔡和森很自然地就跟在了警予身后，俩人一个捡柴，一个抱柴，动作蛮协调的。走出很长一段路了，警予看看身边一声不吭只顾着抱柴的蔡和森，突然“扑哧”一声笑了。蔡和森前后左右张望着，实在没发现什么异常情况，就问警予笑什么。警予抬起自己脚上的皮鞋，借着手里的柴棍摆了个俏皮的姿势，说：“我一直以为咱们只有在擦皮鞋的时候能配合默契，却不想，捡柴的时候也挺默契的。”蔡和森抱着柴就往回走，边走边说：“我倒觉得我们默契的时候还很多呢。”警予愣了一下，脸微微地红了，赶紧撵了上去。

他们回来的时候，其他人早已经把柴和红薯堆在一起了，何叔衡和毛泽东正熟练地把一堆红薯埋进了挖好的土坑里，然后在上面搭着柴架子。看样子这两个人在家都是做活的好手，几弄几弄，一股青烟冒过，火苗“噌”地就起来了。

等待红薯烤熟的这段时间，毛泽东、张昆弟、罗学瓒、萧三他们又在沙滩上踢起了足球，开慧套着毛泽东的长衫，袖子长得连手都伸不出来了，却还在沙滩上蹦着跳着给得了球的人加油。沙滩旁，子升架起画架写生，他的背后斯咏和蔡畅津津有味地看着浩浩湘江、连绵岳麓从子升的笔下流淌出来。警予和蔡和森却哪里都没有去，坐在火堆旁边添柴、守着红薯不要被烤糊了。通红的火苗蹿出老高，映照着两人的脸。他们谈了最近读的书、谈了学校的新活动、又谈了些朋友间的趣闻，警予看着眼前的火堆、橘子林和远处同学们的身影，深深吸了口气，换了个话题：“真美啊！”

“是啊，要是能天天这样，静静的，就这么坐着，那真是人生最大的幸福。”蔡和森犹豫了一下，“我是说，要是……要是两个人的话。”

警予没有想到蔡和森会有这样的表白，心里猛然间说不出有多紧张、甜蜜和羞涩，竟不由自主地低下了头。一片小树叶在微风中飘下来，晃晃悠悠地正好落在警予的头发上，警予正伸手想去摘下来，蔡和森也已经伸出手了，两只手在警予的耳朵旁碰在了一起……

“你们搞什么鬼？说好闻到香味就来叫我们的嘛！香味都飘过湘江了，你们居然还在这里只顾说话。”毛泽东像龙卷风一样横扫过来，凑在火堆旁仔细地嗅着红薯的香味，急急地用树枝扒出了一个个烤得黑糊糊的还在冒烟的红薯。他的叫喊声把所有人的馋虫都钓了起来，踢球的、画画的、喝彩的全欢呼着拥了过来。警予和蔡和森对视了一眼，心领神会地笑了笑，都扎进了抢红薯的人堆里。

毛泽东把第一块红薯掰成两半，一半递给左边的开慧，一半递给右边的斯咏。斯咏文雅地小口咬着，开慧被红薯烫得直喷嘴，却偏要狼吞虎咽，吃得连鼻子尖都沾了红薯，旁边的人看到都大笑起来。

简单的午餐过后，蔡和森宣布稍微休息一会，就开始今天的主题读书活动。张昆弟、萧三他们一听这话，抱起足球就往沙滩上跑，毛泽东跑了几步，又回来，把所有燃到一半的柴全部退了出来，埋进土堆里。他在做这些的时候，其余的人也已经各自找到了好玩的去处，跑掉了，只有斯咏静静地站在不远处看着他，等他把事情做完，走到自己身边。

斯咏和毛泽东并肩走出橘子林，走到了江边。远远地看到萧三他们踢得起劲，毛泽东也想过去，可看看斯咏慢吞吞一副欲言又止的样子，他又不好意思把人家一个女孩子丢下。还好，斯咏终于开口了："润之，还记不记得上次，我们也是这样，走在江边。"

"哪次？"

"就是上次，当时还下雨了。"

"哦，你说那次啊，那不是在江那边吗？"

"只要是我们俩，江哪边还不都一样？"

斯咏看着毛泽东，似乎要把下面的话用眼睛说出来，可正当毛泽东看她时，她却又用长长的睫毛把眼睛覆盖住了，把一头青丝留给了毛泽东。两个人于是又沉默了，依然并肩慢慢地走着，在沉默中揣测着对方的心思，直到蔡和森在前面高声喊他们快开会了。

今天的主持人是萧子升，大家都围坐在了沙滩上后，活动就正式开始了。

"今天的议题，是改造读书会。这个想法，是润之和蔡和森提出来的，上次我们曾经讨论过，不过没有定论。今天呢，我们就继续讨论这个问题。"子升转向蔡和森，"和森，你的建议，你先说说吧。"

"改造读书会，形成一个正式的进步青年团体，应该说是大家的共识，关键在于，我们新成立的这个团体，应该有着怎样的宗旨，应该朝哪个方向努力，应该定一个怎样的目标，只有这些方面形成了共识，这个想法才有可能实现。"

蔡和森才停下来，萧三就回答："上次润之哥不是说了吗？改造中国，改造世界啊。"

"改造二字，未免言之过大，我看，这个团体，应该以致力于个人及人类生活向上为目标，首先是严格个人的生活，然后是周围的人，推而广之至全人类，只要我们这个团体，对此能有所贡献，使社会能受其影响，有所改良和进步，也就算是相当成功了。"子升一向不喜欢毛泽东的好高骛远。

"个人及全人类生活向上？嗯，说得好。"

"积跬步而至千里，千里我们也许做不到，能脚踏实地积跬步，也是不错的。"

周世钊和何叔衡表示支持子升的观点，但开慧、张昆弟和罗学瓒却觉得还是毛泽东的改造世界来得过瘾，斯咏似乎还没从刚才的状态里走出来，一副心不在焉的样子。蔡和森于是把目光转向了毛泽东。

"跬步也好，千里也好，现在言之，不免过早。我倒是觉得，有一条我们应该先定下来：团体的范围。我们这个团体，就应该是个最先进、最团结、最强有力的团体，所以范围不宜搞得太宽，我们要寻求的，必须是那些胸怀大志，能砥砺自身，严于律己，愿意为理想而奉献生命的真同志，"毛泽东突然往斯咏脸上看了一下，却又马上把目光收了回来，缓缓地站起来说，“时光这么宝贵，中国的事还有这么多等着我们去做，我们这些要担负大责任的青年，就应该想大事，做大事，没时间去考虑那些个人的小事情。所以我觉得，我们这个新团体，应该定一个‘三不’原则。”

“三不原则？哪三不？”大家异口同声地问。

“第一，不谈那些鸡毛蒜皮、杂七杂八的琐事。”

“同意。”

“第二，不谈个人的私事。”

“同意。”

“第三，不谈男女之情。”

没有人注意到，斯咏的目光蓦然间黯淡了。警予正在给蔡和森整理着弄皱了的衣服，她抬起头，发现众人的目光都在看着自己，眼睛一瞪：“谁谈男女之情了？”

“毛大哥没讲哪个具体的人啊？他只是说，时光宝贵，我们有志青年没时间谈那些不着边的事嘛！大家说是不是啊？”开慧一面说，一面挤眉弄眼，大家都知道她在说谁，萧三、张昆弟等几个人首先起哄吆喝起来：“开慧说得对，我同意！”

“都同意是吧？都同意是吧？同意的握手。”开慧第一个伸出手来，其他人纷纷起身，七八只手一下子叠在了一起。众目睽睽下，蔡和森也只得伸出了手，那只手却犹豫着，伸了一半，僵在了半空中。他目光望向了警予，似乎准备把手往回缩，却又不好意思。望着他已经伸出去的手，警予的脸沉下来了，她赌气似的一伸手，往众人手上一叠：“我同意！”这下蔡和森的手不好缩回了，他也只得加入其中。

在场的所有人中，只剩下斯咏与子升没有伸手。

开慧问：“斯咏姐，子升大哥，你们两个呢？”

望着毛泽东坦然的眼神，斯咏慢慢地伸出手，与大家握在一起，子升犹豫了一下，也伸手盖在了斯咏的手上。

此时，夕阳正把一天中最美好的瞬间定格在湘江上。毛泽东看到今天的活动已经达到完满的效果了，就提议说：“这个时候，洲头的风景最漂亮，一起去看看，好不好？”

“好哇好哇，大家比赛，看谁第一个到。”

一群年轻人甩开膀子就跑，直往橘子洲头冲。猎猎晚风中，他们涌上洲头临江的高处，放眼望去，湘江浩荡，滚滚向前，天边，夕阳残照，晚霞满天，映照得一江春水，波光粼粼，苍翠的岳麓，大自然的壮观之美，震人心魄！迎着猎猎江风，方才的紧张与沉闷仿佛随风而去，毛泽东纵身跳上了一块突起的岩石展开双臂，仰天一声长啸：“啊！江山如画，一时多少豪杰！”

子升笑道：“怎么？毛大诗人，发思古之幽情啊！”

“思什么古嘛？难道只有古代才有豪杰？当年万户侯，皆已成粪土，我同学少年，才风华正茂，何须古人开我心胸？哎，你们也来，都上来，上来看看，来呀！”

毛泽东一把将斯咏拎上了岩石，其他人也纷纷跳了上来。凌空而立、俯瞰山川，他们每个人的心里都豁然升腾起一种居高临下、超乎于自然之上的壮美：“问苍茫大地，谁……主……沉……浮……”

“总有一天，我要写一首诗，写出我们中流击水的风华正茂，写出我们指点江山的壮志豪情！”夕阳下，毛泽东的声音如龙吟虎啸，回荡在天地山川间。

第二十四章 书生练兵

窃昭绥忝再任第一师范学校校长……佥以人格教育、军国民教育、实用教育为实现救国强种唯一之教旨……我国国民，身体孱弱……历年外交失败，由无战斗实力以为折冲后盾……世界唯有铁血可以购公理，唯有武装可以企和平……故学校提倡尚武精神，诚为今日之要义，此学生志愿军倡办之必要也。

一

去年冬天，斯咏看到子鹏带着秀秀又在教堂外，一边喊着“圣诞快乐”一边给一群小叫花子撒零钱，曾和子鹏开玩笑说：“这些小孩子未见得就知道耶稣、读过《圣经》，怎么会在乎圣诞节呢？”她没想到，一向在她面前说话唯唯诺诺的子朋居然想也没想就回答说：“我们小时候也不知道屈原、没读过《离骚》，不是一样过端午节吗？”这话说过彼此就都忘记了，但端午节真的快到了，斯咏却毫无来由地突然想起了这件事情，觉得子鹏偶尔说句话，还是蛮有道理的。很多时候，斯咏都在想，如果不是因为那桩莫名其妙的娃娃亲，她和子鹏的关系一定不会像现在这么尴尬。

要过端午节了，今年家里会做些什么样的粽子、爸爸今年会不会请龙舟去参加一年一度在湘江举行的龙舟大赛？放学后，斯咏这样想着、哼着小调回到家，进了客厅，却看到陶会长已经回来了，正在仔细地打量一匹白纱，纱的旁边还堆着各色绸缎、果品和一大摞重叠的精致礼品盒子。

“斯咏你回来了？快来快来，”陶会长拿起手里雪白的纱往斯咏身上比划着，“端午节快到了，这些都是你姨妈姨父送来的节礼。你和子鹏明年不就毕业了吗？你姨妈他们的意思呢，到时候，给你们弄回新鲜，办个西洋婚礼，这个，是人家专门托人从法国买回来的，最好的婚纱面料，你看喜不喜欢？”

他兴奋地唠叨着，却没注意到斯咏的脸已经沉下来了，一手把婚纱面料扒开。陶会长赶忙问：“怎么了，不好看啊？”

“好不好看我都不要！”

“你要不喜欢，那我们还办中式婚礼，我跟王家说一声就是。”

“我什么式都不要！”

斯咏转身就走，甩手碰倒了摞得高高的礼品盒子，里面大大小小的饰物滚落出来，一下子把整洁的客厅弄得乱七八糟。

“斯咏！”陶会长叫住怒气冲冲的女儿，“斯咏，我知道，有些话你不爱听，可你如今也不是孩子了，不能什么事都依着性子来。你和子鹏，那是你爷爷、外公手上就定好了的婚事，哪能你说不干就不干？”

“我不喜欢表哥，我凭什么嫁给他？爷爷、外公他们都过世多少年了，我的事，凭什么还要他们说了算？”斯咏背对着爸爸，头也不回。

“婚姻大事，长辈做主，天经地义嘛。”

“爸，那我能问你一个问题吗？”斯咏腾地转过身，“你和妈也是长辈包办的婚姻，你觉得幸福吗？”

陶会长没想到女儿会如此提及父母，不由得愣住了，好半天才喃喃地说：

“我……我和你妈也不错啊，我们那么多年，一直相互尊重，相敬如宾……”

“是，你们是相敬如宾，可夫妻之间，光有尊敬就够了吗？我一直还记得，妈过世以前，你们两个每天都是那样客客气气的，见面，打招呼，一起吃饭，然后呢，你做你的生意，她看她的小说，你们一天连话都说不上几句。哪怕你们吵一次架也好啊，可你们架也不吵，就这样十几年，就这样半辈子。爸，你真的觉得和妈在一起是幸福的？你对那样的婚姻，真的从没后悔过？你能回答我吗？”

斯咏如竹筒倒豆子一般地把心里话说完以后，转身上楼，跑进自己的卧室，把陶会长一个人晾在客厅里。这次，陶会长没有叫住女儿。女儿的话，深深触动了他心底的痛处，他扶着沙发的靠背，抬头看墙上挂的那张他与妻子当年的一张合影。模糊的黑白照片上，长袍马褂的他与旗式装束的妻子隔着茶几，正襟危坐，面无表情。

为了女儿的幸福，他决定当晚就去一趟王家。

王老板和王夫人见陶会长一个人来了，有些失望。但随即就热情地请姐夫入座、吩咐仆人沏茶，还特意说子鹏出去散步了，马上就回来了。与斯咏妈妈的个性相反，这个姨妹能说会道、泼辣能干，陶会长一向对她敬而远之。这些年来，即使妻子在世的时候，也多是王家去陶家走动，妻子过世之后，两家走得不那么勤了，但也仍然只是王家上陶家的门。说来，陶家是女方，矜持一些也是应该的，况且自己的姐姐姐夫，从个性到家业都知根知底，王家夫妇也就没往别处想，他们早就把斯咏当成了王家的儿媳妇，而斯咏是陶家唯一的女儿，陶家的一切迟早都是王家的，还计较什么呢？

陶会长当然明白王家夫妇的心思，其实这些年他又何尝不是这样想的呢？但问题的关键是，他也这样想的前提，是斯咏要嫁进王家和子鹏白头偕老，是女儿的幸福有保障。但现在女儿不想嫁给子鹏，这一切打算就毫无意义了。他想着，端起茶，拂着茶叶，斟酌着该如何开口。王老板看出陶会长的神色有些异样，便问他是不是有什么心事。

“哦，也说不上有事。这几天，我……一直在想子鹏和斯咏的事，他们俩吧，原来小，长辈给作了主，也就那么定了。可现在呢，孩子都大了，都二十出头了嘛，也是自己有主意的年纪了，时间过得快呀……”

陶会长说到这里，王夫人自以为听明白了姐夫的意思，拍着巴掌说：“这话说到点子上了，姐夫，您着急，我们比您还急呢。你看看人家，十七八的，孩子都能叫爹妈了，哪像他们俩，二十几了，还拖，早该办了。”

“是啊，姐夫，原来呢，你一直不做声，我们是着急也不好催。难得你今天说起这事，我看啊，是得给他们好好准备准备了。这喜事嘛，宜早不宜迟。要照我的意思，也别等什么毕业不毕业，挑个好日子，尽早办。”

本来想委婉地提出退婚的陶会长，听到这夫妻俩的话，也不敢确定他们是不是真的没听出自己的真实意图，又说：“我倒不是这个意思，我是说，时代不同了，年轻人有年轻人自己的想法，咱们这些长辈做的主，他们也不见得就一定愿意……”

“这种事还能由得他们？还不得我们当父母的来操心？”

王老板瞪了夫人一眼：“姐夫这话说得也在理。斯咏到底还在读书，真要成了亲，总不好再出去抛头露面吧？还是照咱们原来商量的，等他们毕业，毕业就办。算起来也就一年工夫了，咱们两家早点做准备，到时候办得风风光光的，孩子们也高兴嘛。姐夫，你看怎么样？”

“这个……”陶会长看着这个精明的连襟，只得含糊地应承，“也是，也是……”

“姨夫?!”

陶会长正不知道说什么，子鹏散步回来了。看到陶会长在座，他喊了一声，回头看了看跟在后面的秀秀，秀秀急忙低下头看着脚尖。刚才在路上，子鹏才和秀秀说起希望能永远不毕业、希望那些不该来的永远别来，那些值得珍惜的永远留在身边。他们心里都明白，值得珍惜的，就是他和秀秀之间的情谊，不该来的，就是他和斯咏的婚事。可话音还在耳朵边响着，就在家里看到陶会长，这让子鹏很有些尴尬。

“什么姨父？以后别叫姨父了。你姨父今天，可是专门来商量你和斯咏的婚事的，日子咱们都定好了。所以，打今天起，你呀，就该直接叫岳父。”王夫人一推王老板，“万源，你说是不是？”

“对对对，叫岳父！难为你岳父大人为你的事辛辛苦苦跑来，赶紧，现在就叫，让他老人家也高兴高兴，叫啊。”

尽管自小就和斯咏定了亲，也知道迟早要叫陶会长“岳父”，但子鹏却从没有想过这一天来得这么突然。他看看父母、又看看秀秀，父母的脸上是期待，秀秀低着头，看不到她脸上的表情。陶会长也没料到王家夫妻会来这么一招，却又不知如何推辞，看着子鹏说不出话来。

“迟早都要叫，还等什么？子鹏，你瞧这孩子，还不好意思了，你倒是叫啊。”

“子鹏！”

妈妈的话绵里藏针、爸爸的话简直就是在命令了，子鹏像是被逼到了角落里的猎物，无助到了极点。他的嘴唇哆嗦着，还是艰难地叫出了声：“岳……岳父。”

王老板和王夫人开怀大笑，陶会长木然地站了起来，秀秀的头埋得更低了。

二

湖南这块土地上，出过太多的敢为天下先的英雄，最著名的莫过于以武功盖世著称的文人曾国藩曾文正公。道光十八年曾国藩从湖南湘乡一个偏僻的小山村以一介书生入京赴考，中进士留京师后十年七迁，连升十级，37岁任礼部侍郎，官至二品。因母丧返回长沙，恰逢太平天国巨澜横扫湘湖大地，他因势在家乡拉起了一支特别的民团——湘军，历尽艰辛为清王朝平定了天下，被封为一等勇毅侯，成为清代以文人而封武侯的第一人。曾国藩所处的时代，是清王朝由乾嘉盛世转为没落衰败、内忧外患接踵而来的动荡年代，由于曾国藩等人的力挽狂澜，一度出现“同治中兴”的局面，曾国藩正是这一过渡时期的重心人物，在政治、军事、文化、经济等各个方面产生了令人瞩目的影响，一时间“尚武强兵，以壮国力，人人有责”成了湖南学人的传统。还在一师做学生的毛泽东于近代诸多豪杰中，就独服曾国藩，并坚信，关到书斋里读死书是行不通的，继曾国藩之后，左宗棠、黄兴、蔡锷，哪个不是战场上打出来的赫赫功业？所以，唯有文武兼修，方能成大器！而1917年的中国，对外已经宣布参加第一次世界大战，对内也是军阀混战狼烟四起，于是，还有一年就要毕业的毛泽东想在一师搞学生练兵。

他的主意得到了孔昭绶、杨昌济的大力赞成，但这毕竟不是简单的组织学生做体操，为慎重起见，孔昭绶就此事奏请了当时的湖南督军谭延闿：“字呈湖南督军谭延闿大帅阁下：窃昭绶忝再任第一师范学校校长……佥以人格教育、军国民教育、实用教育为实现救国强种唯一之教旨……我国国民，身体孱弱……历年外交失败，由无战斗实力以为折冲后盾……世界唯有铁血可以购公理，唯有武装可以企和平……故学校提倡尚武精神，诚为今日之要义，此学生志愿军倡办之必要也……”

王子鹏是在学校的公示栏里看到《课外学生志愿军报名启事》时才知道这件事情的。公示栏旁边一字排着两张课桌，被报名的学生围得水泄不通。子鹏仔细看了启事后，对里面说的什么懵懵懂懂，不过旁边的一幅简练的标语却让他心动。

“铁血可以购公理，武装可以企和平。”

长久地看着这幅标语，子鹏的心里也鼓荡起了一股男子汉的豪情，理解了为什么会有那么多同学去报名，也站到了队伍后面，准备报名。可望着一个个同学领了崭新的学生军军装，兴高采烈地挤出人群，子鹏虽然好羡慕，却又想到自己平时在同学们眼里是个吃不得苦的大少爷，即使报名也未必能被录取，才沸腾起来的心又凉了，踌躇不敢上前。不过，这也正是改变不好印象的好机会呀，试一试有什么关系呢？也许自己不会比别人做得差呢……翻来覆去犹豫了很久，子鹏终于给自己鼓足了劲，抬脚向前挤去。

“让一下、让一下。”恰在这时，毛泽东和张昆弟抱着两大捆新军装过来，子鹏只顾着看前面，没让路，毛泽东颇不耐烦地蹭了他一下，口里叫着王少爷，说人山人海的你挤到这来干什么？莫挡路。子鹏一惊，赶紧让到了一边，毛泽东他们刚一过去，后面的同学一下子挤了上去，又把他给挤到了最外面。

子鹏想想毛泽东的话，看看挤成一团的同学，叹息一声，刚刚鼓起的勇气又消散了。

学生军每天下午课后训练，八班寝室里，除了子鹏都去参加了。子鹏像只离群的雁，呆在哪里都不自在，干脆跑到操场旁边去看他们训练。“一二一，一二一，一、二、三、四！”震天的吼声中，同学们穿着仿制军服、戴着“第一师范学生军”袖标、肩头扛着木头假枪，正在烈日下操练队列。子鹏目不转睛地盯着带队喊操的毛泽东，他走在队伍最前面，动作看起来好英武。四年前刚开学的时候，子鹏就听毛泽东给易永畦讲过，全校同学里头，就只有毛泽东一个人真正当过兵、扛过枪，而且还是正规军，湖南革命新军第二十五协五十标左队列兵。虽说只当了半年，可他们那时候的训练总长是日本讲武堂的高材生程潜，对他们进行的是一整套日本陆军正规操练。今天看来，果然是真的呢，难怪毛泽东只要一说起那段经历，就自豪得不得了。

看看毛泽东健壮的身板，再看看自己单薄的身材，子鹏真恨不得能马上跑进操场里去，跟在毛泽东的身后，随着他的喊声和其他同学一起训练。可想想毛泽东看自己的眼光，却不由自主地转身想回寝室去。不过刚一抬脚，竟看到蔡和森陪着孔校长和杨老师边说着话边过来参观，只好又转回身靠在树干上，做出一副正在看训练的样子。

“昭绶，你这个第一师范学生军，搞得还有声有色的啊！”

“也算难为润之他们了。我原来还答应过他，跟督军府要真枪实弹呢，可到头来，一支真枪也没能给他们弄来。”

“秀才练兵嘛，谭督军还能真把这些孩子当回事？能发几支木头枪，已经是给面子了。”

“怕就怕这假枪练不出真本事来啊！”

“又不是真上前线打仗。学生们要练的，也就是军人的那股尚武精神，只要能练出那股精气神，真枪假枪，有什么关系？”

说话的是两位先生，蔡和森一直没开口。他们走过之后，子鹏看着他们的背影、咀嚼着他们刚才的对话，长出一口气，暗暗地下定了决心。

训练结束了，同学们提着抢叫着累出了操场，毛泽东还是精神百倍，嚷着：“这就喊练惨了？我跟你们讲，才开始！也就是队列、卧倒，接下来，越野、格斗、拼刺、障碍，你们才晓得什么叫军训！”他的话音才落，就有人说道：

“你放心，毛长官，你以前军营里怎么练的，我们也一样，撑不住的，不算好汉。”

看到大家有说有笑地就要从自己面前走过去了，子鹏怯生生地叫了毛泽东两声。毛泽东见是子鹏，有些意外，站住了问：“叫我啊？什么事？”

“我……我那个……”子鹏紧张地绞着有些苍白的手指。

“有事讲啊！”

“我……我想报名参加学生军。”

已经走到前面去了的同学都愣住了，停下来看看王子鹏、又看看毛泽东。毛泽东上下打量着单瘦苍白的子鹏，仿佛是不敢相信自己的耳朵：“你？”说完，长笑三声，紧跑几步撵上了前面的同学，扬长而去。

子鹏知道毛泽东一向讨厌自己是少爷出身，可也没想到他居然会这样对待自己。在旁边的低年级同学的指指点点中，子鹏恹恹地走在操场边的小路上。蔡和森刚把两位先生送走，转回来，看到子鹏和周围学弟的样子，忙问子鹏发生了什么事情。了解了经过，蔡和森拉上子鹏就往八班寝室走。

毛泽东刚换下仿制军服、穿上自己的土布衣裳，正扣着扣子，一听蔡和森是来给王子鹏讲情的，看看子鹏说："他还学生军？他少爷军就差不多。"

子鹏被毛泽东盯得退后一步，蔡和森拉住他，对毛泽东说："子鹏也是一师范的学生，一师范学生军，他为什么就不能参加呢？"

"你自己看他那个样子，糯米团子一样，搞这么个人来，我的学生军还搞得成器？"

"润之，这话就是你的不对了。第一师范学生志愿军，什么时候成你的了？子鹏平常性格是比较柔弱一点，可他既然想报名，就证明他想改变，想让自己坚强起来嘛。你那个报名启事上也说了，凡我同学，均可报名，怎么到了子鹏这儿，就要分个三六九等呢？"

"他是个少爷啊！"

"少爷就不是人了？我知道你对他印象不好，可你连个机会都不给他，又怎么知道他一定不行呢？"

"你不信我跟你打赌，他那个少爷，搞不成器！"毛泽东的口气软了，算是答应了蔡和森，给子鹏一个机会。

三

第二天课后，子鹏领到了学生军军装，衣裳虽然大了些，穿在身上松垮垮的，但子鹏还是很兴奋地扛着木头枪排在了整个队伍的末尾，在毛泽东的指挥下，进行着齐步跑训练。子鹏平时的体育课成绩就只是勉强过得去，又拉了课，跟在队伍里很吃力，不是立定的时候差一点没收住脚步，就是在行进中慢别人半拍，最让他难受的是卧倒。

毛泽东一声令下，自己头一个结结实实扑在地上。身后，学生军一齐扑倒在地，排在末尾的子鹏痛得直咬牙。随着接连几声"卧倒"、"起立"、"卧倒"、"起立"，子鹏痛得嘴角都抽变了形，但他还是满头大汗地拼命地支撑着……

晚上子鹏回到家，才一进屋，王夫人就尖叫起来，以为儿子遭劫了。子鹏解释了半天，才让妈妈明白自己是在参加军训。"你说你这孩子，什么不好玩，跟那帮不要命的玩打仗，你瞧瞧你瞧瞧，都成什么样子了？"王夫人把子鹏拉到沙发上坐下，检查着儿子身上一道道的红肿，招呼秀秀赶紧去拿碘酒。秀秀用蘸着碘酒的药棉轻轻擦在子鹏磨破了皮的手肘上，痛得他一抽，疼在子鹏身上，也疼在秀秀心里，秀秀的动作更加轻柔了。王夫人听儿子说这样的训练还要持续两个月，先是想说服子鹏不要去了，后来看看说服不了，就安排秀秀每天下午子鹏训练的时候，熬些解暑的汤送去。

端午以后的太阳光，就跟火焰没什么区别了，烤得地面滚烫，照在皮肤上，让人有火辣辣的感觉，学生军的训练因此也更考验人了。训练期间，只要一休息，同学们就“哄”地全跑到树阴下去了，敞开衣襟扇着风，争先恐后地大口喝水，但子鹏因为拉下的训练太多，独自还留在操场上练着，前胸后背，都被汗水浸透了，满头满脸的汗水还在顺着脸淌着。毛泽东给子鹏指点了要领，也劝他去休息一会，子鹏倔强地要坚持要挤时间争取赶上同学们的进度。毛泽东赞赏地看看子鹏，说：“那你先练着，我喝水去，给你也端一碗来。”

休息了一会儿，继续训练拼刺。一组组同学排着队，一支支木枪不断刺出，整个操场，杀声阵阵，一个个同学都练得异常兴奋。子鹏排在一队同学的最后，因为从没这么晒过，他的精神状态很不好。

“下一个，王子鹏，王子鹏！”

“哦。”子鹏猛然一惊，这才发现已经轮到了自己，赶紧端正架子，提枪刺出，这一枪却动作拙劣，连木桩的边也没挨到，刺了个空，他用力过猛，险些摔倒。旁边的同学都笑了起来。子鹏定了定神，再刺，还是差了一点，枪偏到了木桩外。他一连好几次，次次都偏了。他的动作实在是太滑稽了，旁边的同学已经笑成一团。

大家又休息了，烈日下，子鹏咬紧牙关，用木枪刺着木桩。木桩震动着他的手，摩擦着他的手心，枪身握手的地方，已经沾上了血迹，他却仍然闷着头狠狠刺着。

“少爷。”秀秀按照夫人的吩咐提酸梅汤来了，在子鹏的身后打开沙煲，将汤放在子鹏的旁边，又掏出手帕，来给子鹏擦汗。子鹏瞄了一眼不远处的同学们，想躲开，却又不好拒绝她的好意，只得伸手去拦。秀秀发现了少爷的手上的血，吓得一把抓住，慌忙用手帕去裹。

“不要紧的，秀秀，真的不要……”

“怎么不要紧？你的手这么嫩，哪受得了这个？你看还在出血呢！”

远远看见这一幕，毛泽东不高兴了，虎着脸走了过来，“王子鹏，搞什么名堂？说过你多少次了，军训场上没有少爷！还丫环仆人跟着侍候，你以为这是你家？受不了苦你赶紧走，想当少爷回家当去，在这儿，就得像个男人，听到没有？”

子鹏的脸腾地涨红了。秀秀还在拉着他的手包扎着：“少爷，您别动啊，还没包好呢！”

“不要包了！”子鹏突然冲她吼了起来，“我不要你给我包，不要你送这样送那样，我不要人把我当孩子照顾，你不要再来烦我了好不好？！”

他猛地一甩手，还未扎紧的手帕飞落在地。乒的一声，那只盛着汤的沙煲被他的脚碰翻，汤洒了一地！秀秀呆住了，眼泪涌了出来，她也不擦，转身就往操场外跑去。子鹏自己也被这突如其来的脾气吓住了，他愣了一下，把枪一扔，就去追秀秀。

秀秀一路哭着跑过一家茶馆，刘俊卿带着几名三堂会手下正好优哉游哉地从茶馆里出来，他现在比当年当侦缉队长的时候还风光。不过一看到秀秀，脸上的表情立刻就柔和了很多，忙跟上去问，可怎么问，秀秀就是不吭声，只站在街角哭。刘俊卿不耐烦了："到底出了什么事，你就不能跟哥说句实话吗？是不是在王家受气了？"

秀秀一听这话，狠狠擦了一把眼泪。刘俊卿明白自己猜对了，顿时火冒三丈："我去了王家几次，你都不见我。叫你别低三下四当丫环了，你偏不听。现在知道受气了？哥找你那么多回，求着你别干了，求着你出来当小姐，哥养着你，你偏不，你说你……你不犯贱吗？"

一句话刺痛了秀秀的心，她转身就要走，刘俊卿赶紧拉住了她，尽量放软口气："阿秀，哥不该跟你发火，是哥不对。我知道，我知道你看不起哥这种人渣，哥也知道自己就是个人渣子。可哥是真为你好，哥不想看到你再过那种穷日子啊！"

说到伤心处，他自己先长叹了一声，颓然蹲下了。

"哥这一辈子，反正是完了，混到哪天是哪天吧。可你不一样，哥亏欠你太多，这个世道它亏欠你太多了，哥没别的，就想你能过得好一点，就想你能开开心心，就算哥求求你好不好？你怎么……怎么就不肯给哥一点机会呢……"

刘俊卿捂住了自己的脸，泪水从他的手指缝里流了出来。秀秀看着，想起几次看到哥哥在王家外面等自己、徘徊很久才离开，心里又有些感动，轻轻把手搭在了刘俊卿的肩上，叫了声："哥！"

这久违的声音令刘俊卿身子一抖，他站起来，正想说什么，突然传来子鹏的声音："阿秀！"小巷口，满头大汗的子鹏正喘息着，望着秀秀。秀秀把手从哥哥肩膀上缩回来，低下了头。

一时间，几个人谁也没说话。

"你们谈吧！"看看子鹏，再看看妹妹，刘俊卿仿佛突然明白了什么，转身向巷子外走去，走出巷子口，又闪身往墙角一靠，偷听着妹妹和子鹏的谈话。

"阿秀，对不起，我……我真的不是对你发火，我是心里烦，你别生气了。"

"我只是个丫环，少爷骂我两句，我怎么敢生气？"

"阿秀！我真的不是有心的，我知道你是关心我，可是……你知道吗？，我为什么参加军训？因为我不希望自己总是那么软弱，因为我一直很羡慕我的那些同学，毛泽东、蔡和森，还有好多好多我身边的同学，他们都活得那么自由，那么开心，那么敢做敢当。我只是想像他们一样生活，像他们一样坚强，我只是希望自己能勇敢起来，能保护我真正想保护的人！可我……可我却怎么也做不好，我是真的好烦好烦啊！”

“少爷要保护的，应该是陶小姐才对。”

“我不想保护什么陶小姐，我也不想别人塞给我一门什么婚事！”

“可少爷跟陶小姐的婚事，已经定好了，老爷太太的话，少爷怎么能不听呢？陶小姐那么漂亮，那么知书识礼，少爷跟她，才是天生的一对。秀秀是个丫环，只希望少爷以后能和陶小姐过得开开心心的，秀秀就高兴了。”

过了好一会，巷子外的墙边刘俊卿还没有听到声音，他探头出去，看到妹妹已经走了，子鹏还呆呆地站在原地，眯起眼睛想了想，心里已经开始酝酿一个计划了。

四

陶府门外这几天突然多停了几辆马车：院墙边，有两辆人力车等着客人，车夫一个吸着旱烟，一个用草帽盖着头，倚在车上打着盹。旁边不远，还有两三辆车，车夫和几个闲人正围在一起下着象棋。不过，因为大门前是闹市区，常常车来车往，陶家也没有什么人在意。

接连几天都没发生什么意外的事情，门外的车夫好像也不在乎生意的好坏，依然懒洋洋的。这天晚上，淡淡的月光照着，陶会长和女儿闲聊时，突然又说起了陶王两家的婚事：“感情呢，是可以慢慢培养的。要说子鹏，虽然是软弱一点，可这也是他的优点，人老实嘛！跟着他，至少让人放心不是？你们又是表兄妹，也不是完全不了解。我知道，现在说什么你可能也听不进去，可这门亲终究是定好的事，爸也不能随便跟王家反悔，你好好想想吧！”

斯咏一听这事情就心烦，也不理睬父亲，沉着脸就出了大门，连管家叫她也不搭理。大门一侧的墙角边，那几辆人力车还停着没动，看到斯咏挥手，那个打着盹的车夫微微掀起草帽，向另一个车夫一勾手指，那个车夫便拉车迎了上去。

“第一师范。”斯咏边说边上了车。

斯咏坐的那辆车走后，打盹的车夫突然掀开草帽坐了起来，刘俊卿一张还算清秀的脸便暴露在了月光里。他手一挥，后面的一个车夫跑上前，拉起他就走。另外几辆人力车也同时跟了上去。

陶会长看到女儿出了客厅，以为她只是去院子里转转就会回来，好半天没听到动静，便问管家小姐去了哪里？管家回答说不知道，叫她也没应，只是听她叫车，好像是去什么师范。陶会长眉头一皱，起身说：“备马车，去第一师范。”

而此时，斯咏全然不知自己已进入了危险境地。入夜的街巷里，稀稀拉拉的只有几个行人、小贩，却有几辆相互跟着的人力车在青石街面上不紧不慢地跑着。最前面一辆车里坐着心事重重的斯咏，一路的街景晃过，她仿佛视而不见，甚至没有注意到车夫挽起袖子的胳膊上，赫然竟露着三堂会特有的刺青。他们身后的车上，刘俊卿眼睛微眯着，似乎在看前面的车、又似乎在看左右的行人。车子转进了一个巷子，里面很阴暗，连一个行人都没有。寂静中，只有人力车的车轮声吱呀呀地响着，刘俊卿腾地坐直了身子，手一挥，几辆人力车便同时加快了速度。

斯咏听见了身后越来越近的脚步和车轮声，回头一看，僻静无人的街道上，好几辆人力车左右包抄，正向她围来，她不由得慌了，叫道："车夫，快，快一点!"拉车的车夫不但没加快，反而停下了，他转过身，嘿嘿一笑："对不起，陶小姐，跑不动了，休息一下吧。"

斯咏一看这人咧开的大嘴缺了门牙，居然就是想强娶一贞的老六。斯咏还没来得及惊讶，几辆人力车已经从四面围了上来。暗夜中，寒光闪动，绳索、麻袋之外，好几个人手上还亮出了刀。斯咏吓呆了，尖叫道："救命啊！救命啊!"

几个人原以为计划万无一失，正要下手，后面却传来了马蹄声，一辆马车正朝这边疾驶而来。马车正是陶会长的，听见呼救，他猛地掀起车帘叫了声："斯咏!"探身一把抢过了车夫的鞭子狠劲地抽着马。马车发疯般向前冲去，围上来的三堂会打手们猝不及防，吓得赶紧避让，马车撞翻了后头的人力车，直冲向前。

"斯咏，快上车，快上车啊!"陶会长挥鞭抽打着欲上前阻拦的打手们，斯咏趁机冲过去，陶会长一把将她拉上了马车。

刘俊卿已经回过了神，对着几个手下叫喊着拦住他、拦住他！前头的老六推起一辆人力车斜刺里冲上——马车"砰"地撞翻人力车，继续向前冲去，但站在车横梁上的陶会长被车子这一震，却摔下了车。

"爸！爸!"

"快跑，别管我，快带小姐跑!"

在父女二人的喊叫声中，马车夫狂催车驾，马车狂奔而去。

这一阵喧闹惊动了街两旁的居民，看到远远的有人嚷嚷着跑了出来，刘俊卿喝令手下把陶会长塞进麻袋里，赶紧撤退。

但他们已经跑不掉了。

斯咏乘着马车狂飙到一师找到毛泽东，说明了刚才发生的情况。尖锐的哨声骤然响起，划破了校园的宁静，正在休息的学生军马上投入了战斗，持着木枪，在毛泽东的带领下蜂拥来到刚刚出事的街面上，却只看到被撞得东倒西歪的那几辆人力车。

斯咏急哭了，对着巷子两头大喊："爸，爸!"

毛泽东安慰她说："你别着急，千万别着急，这帮家伙跑不远。大家听着，一连跟我走，二连往那边，连分排，排分班，每条街每条巷，分头去追!"

"抓强盗啊！抓强盗啊……"一时间，四面呼应的喊叫声打破了黑夜的宁静，大街小巷，众多学生军分头追赶寻找劫匪。

不远处的江边，正和秀秀闹着别扭的子鹏正抱着木枪心不在焉地练刺杀。木枪乒地刺在树上，却刺得太偏，向旁边一滑。子鹏咬着牙，盯着树干中间用粉笔画出的白色圆圈，再刺，枪又刺在了圈外。他定了定神，瞄了瞄，又一次刺出，却还是刺偏了。木枪单调而执著地击刺着，作为目标的大树已经被刺掉了不少树皮，露出了斑斑白印，但却几乎没有一处落在粉笔画成的白圈里。眼前的大树仿佛成了某个可恶的仇人，子鹏越刺越快，越刺越猛，直刺得喘着粗气还在拼命地刺着。猛地，木枪刺了个空，子鹏一个踉跄，撞在树上，枪失手跌落，他颓然跌坐在树下，仰头靠在了树上。

“抓强盗啊！”学生军的呼喊隐隐传来。子鹏听见了喊声，站起身来，探出头打算看看发生了什么事情，却又吓得猛一缩头：他看到就在前面不远处，有几个人正抬着麻袋，朝这个方向跑来。

一个抬麻袋的人实在累得不行，突然失足摔倒，麻袋一沉，其他几人也东倒西歪。

“怎么回事，还不快点？”这分明就是刘俊卿的声音！

“二爷，不行……实在是抬不动了……”

“抬不动也得抬！给我起来，都起来，快！”

在刘俊卿的吆喝声里，那几个人爬起来，拖着麻袋勉强向前走，渐渐地走近子鹏藏身的大树了。子鹏吓得紧紧靠在树身上，攥着木枪，紧张得牙齿都在不住地打战，全身上下，仿佛都僵硬了。打手们拖着麻袋，正从树旁经过，麻袋挣扎、扭动着，一阵阵绝望的闷哼正从里面传出。这绝望的声音让子鹏忘记了危险，他深深地吸了一口气，端着木枪突然跳了出去，拦在那群人前面！

那一群人大吃一惊，扔掉麻袋，举起了雪亮的刀。但随即，他们就看出来了，拦在面前的，只有一个人。

“王子鹏？”刘俊卿眉头一皱，“你也敢管闲事了？给我滚开！”

子鹏喘着气，紧张得握枪的手都在不停地发抖，话也说不出来，只是使劲一摇头。

刘俊卿盯着那抖动不止的枪头，笑了：“还逞英雄？王少爷，你怕是裤子都快尿湿了吧？赶紧滚！不然我不客气了！”

“跟他废什么话？宰了他！”老六挥刀冲了上来。

猛地，子鹏一声大吼：“杀！”

木枪一记标准的刺杀，干净有力，正中老六胸口，老六仰面朝天，摔出老远！

“快来人啊，强盗在这边！”这一枪准确的刺杀给了子鹏勇气，他终于声嘶力竭地大喊出来，而且一面呼救，一面挥舞木枪，与打手们拼命搏斗。

寂静的夜里，子鹏的声音传出老远，斯咏和所有的学生军都听到了，一起朝江边拥了过来。

势单力孤的子鹏终于抵挡不住，老六抢过木枪砸在子鹏头上，子鹏一头晕倒在地。四面，喊杀声、脚步声已然临近，打手们都慌了：“二爷，怎么办？”

“还能怎么办？分头跑！跑出一个是一个！”

打手们四散狂奔，老六捡起一把刀，想杀子鹏以报刚才刺杀之仇。可当他对准子鹏，举起刀时，有一柄匕首却已经从他的后背直穿过前胸！他回头一看，发现暗算他的，竟是刘俊卿。刘俊卿贴在他耳边，面上带着笑，口气却是狠狠地："还记得被你逼死的赵一贞吗？我到三堂会，等的就是今天。"他手一松转身飞快地跑了，身后，老六一头栽倒在地。

四面涌来的学生军围追堵截，一个个还没来得及跑掉的打手被当场生擒。解开麻袋，毛泽东和张昆弟扶起陶会长。斯咏一头扑进了父亲的怀里，陶会长反而拍着女儿的背安慰她不要哭，仿佛刚才装在麻袋里的是斯咏而不是自己。斯咏擦了一把眼泪，对父亲说："爸，是……是润之他们救了您。"

"陶伯伯，我们也是后来才到的。"毛泽东往旁边一让，指着蔡和森、萧三扶着的头上带伤的子鹏，"真正拼命救了您的，是这位王子鹏同学。"

"子鹏？"

"表哥？"

"岳……"子鹏犹豫了一下，颇为艰难地叫了声，"岳父。"

所有的人都愣住了，所有的目光，一下子都投在了子鹏和斯咏的身上。斯咏的脸，一下子涨得通红，恨不得地上有条缝能马上钻进去。

五

因为涉嫌绑架和杀人，三会堂被查封了，三会堂的喽啰大都被警察抓住，只有马疤子和刘俊卿逃脱了，但各处交通要道都贴了通缉他们的告示。万般无奈，他们躲进塞满了鸡笼的船舱，打算逃离长沙。船到江心，马疤子和刘俊卿才战战兢兢地掀开笼盖，擦着满头满脸的鸡毛、鸡屎，探出头来透气，他们俩都穿着一身脏兮兮的破衣服，全没了往日的威风。

打量着自己的狼狈样子，马疤子一肚子闷气实在是无处发泄，狠狠踹了刘俊卿一脚："我操你个外婆的！我怎么就信了你这混账东西？几十年的基业，就他妈毁在你手里！我、我恨不得掐死你！"

"行了，老大别怨老二，我还不一样，陪着你逃命？"刘俊卿看起来倒不像马疤子那样沉不住气。

长叹了口气，马疤子悄悄向舱外探头，看到江水滔滔那一边，长沙城正渐渐远去，他恶狠狠地说："长沙城啊长沙城，你等着，马爷我总有一天会回来的！"

第二十五章 学生人物互选

这两个学生，我必须了解。
因为中国的未来，
既不能缺少蔡和森的睿智，
也不能缺少毛泽东的天才。

一

1917年的6月，火热的夏天。绑架事件之后，所有人对王子鹏的印象都发生了转变，毛泽东也一样。

一师操场，随着子鹏一声口令，十来个同学一齐立正。子鹏小跑到毛泽东面前，立正，敬礼："一连下士王子鹏报告上士，本班全体集合完毕，请上士下令！"毛泽东没有马上作声，伸手给子鹏扣紧了军装最上面的扣子。四目相对，两个人都会心地微笑了。毛泽东拍了拍子鹏的肩膀："开始巡逻吧。"

"是！向右转，出发！"带着从未有过的自信与昂扬，子鹏带队向校门外走去。

透过校长室的窗户，看到子鹏和学生军消失在大门外，孔昭绶将目光移向了飘扬的校旗，一时感慨顿生："男儿何不带吴钩，收取关山五十州。"

毛泽东组建学生军的建议能得到孔昭绶的首肯，是因为孔昭绶自己也是一个极度崇尚曾文正公的学人，想投笔从戎是多年的夙愿，并不是突生壮志豪情。他一直有个从军梦，常常和同事朋友谈起，这辈子如果不教书了，一定要去当个将军。现在看到毛泽东他们的学生军练得那么好，这样的心情更是迫切了。他一直都相信杨昌济的眼光，相信毛泽东是个非凡的学生，但也只是个学生而已。他却没想到，原本只是想让学生练就一点尚武精神，而毛泽东硬是把二百学生给练成了二百军人，连一师附近这一片的治安巡逻都让他们担起来了，还真是大出他的所料。

正因为这个原因，他才把杨昌济请来，和他谈起了自己的新想法："这一段，我们的学生自治运动开展得不错，趁着这个学期结束，我想用一种全新的形式总结一下。"

当杨昌济听说这全新的形式就是学生人物互选时，立刻便表示支持，并就具体细节和孔昭绶进行了探讨。

互选通知一公布，立刻就成了读书会成员们最关心的话题。周末到了君子亭，不需要谁提醒，大家就你一言我一语地议论起来了。

"通知都出来了，明天公开投票，德智体三大项，下面分人品、自治、文学、言语、才具、胆识、体育等等十个小项。"萧三兴致勃勃，"每人限投两票，学生选学生，老师不参与。这可不是老师给谁打分呀，是全校同学投票，谁在同学里头最有威信，最得人心，最能服众，人心一杆秤，当场见分晓的。"

毕业后已经到楚怡小学教了两年书的萧子升留意到今天斯咏没有来，心里说不出有多失落，对大家正在讨论的问题也很不以为然："选上又怎么样？"

但他的声音太微弱了，根本没引起大家的注意。性急的警予扯着大嗓门问："哎，你们说，这次人物互选，你们一师范谁能得票第一？"

开慧想也不想就回答："那还用说，当然润之大哥。"

何叔衡也点着头："嗯，我也觉得应该是润之。"

"不见得吧？就他那个成绩，数理化音乐美术，几门都不行，还优秀学生？"

子升可不看好这个严重偏科的毛泽东，但他这句话却很让毛泽东不服气，毛泽东自信地反问："又不光是选成绩，除了成绩差一点，未必我毛润之没有优点了？"

子升看看他猴急的样子，故意激将道："你这个意思，这个第一非你莫属喽？"

"我没这么讲啊，谁得第一，大家选嘛。"毛泽东赶紧缴械，不敢再就这个话题和子升纠缠下去。

警予的目光投向身边一直没作声的蔡和森，蔡和森却淡淡地微笑着，全无开口的意思，她耐不住了："要我说，一师的优秀学生，这里也不止一个吧？"

子升听出了警予话里的弦外之音，笑笑，明白地说："对，要是我来投票，我就投给蔡和森。"

一时间，李维汉等几个同学赞成子升的提议支持蔡和森，张昆弟、罗学瓒连声附和萧三支持毛泽东，局面基本成了一半对一半。

子升温和地煽着风："润之，和森，你们两个自己说，谁会得第一。"

毛泽东立即表态："选别人我不讲，选蔡和森，我毛润之一百个服气。"

所有人都等着蔡和森开口。蔡和森平静地微笑着，摊开了手里的一本书："我们今天不是讨论黑格尔的哲学原理吗？还是谈正题吧。"

学生互选，别说在一师是首创，在全国的学校里也是首创呢。这么大的一个举措，学生们在讨论，老师们也在讨论。

教务室，孔昭绶率先提出了这个大家都感兴趣的话题："列位先生，你们猜猜，这次学生互选，谁的票数会第一？"

正在忙着的老师们都放下了手里的工作，连老学究袁吉六也端起了水烟袋，自信地说："要说谁能得第一，袁某心里，倒认准了一个。"

费尔廉和老先生开玩笑："我也觉得有个学生一定会得第一，不知道和袁先生想的是不是同一个人。"

两人正要说，孔昭绶打断了他们："哎，两位先生且慢，我有个建议，咱们在座的先生学一回瑜亮，各自把答案写出来，一起公布，再跟学生投票的结果作个对照，大家觉得怎么样？"

看看老师评价学生，跟学生自己评价学生，结论是不是一样。这倒是个体察教育心理的好办法。这个建议显然更有挑战性，老师们互相看看，都点了点头。

于是先生们各自提起了笔……六张写着答案的纸凑到一起，同时翻转过来：孔昭绶、徐特立、袁吉六写的是"毛泽东"，黄澍涛、饶伯斯、费尔廉写的是"蔡和森"，结果恰好三对三。

费尔廉叫道："怎么只有六票，刚才我们不是七个人吗？"

大家回头一看，却发现杨昌济一个人还坐在原处，面前的白纸仍然空着。

大家都等着板仓先生一票定乾坤，杨昌济反倒把笔放下了。

“要说一师的人才，出类拔萃者，不外乎蔡、毛二人。蔡和森嘛，锋芒内敛，外柔内刚，那是表面平静却蕴藏着无穷力量的水，毛泽东呢，纵横恣肆，张扬不羁，就像一团熊熊燃烧光芒四射的火焰。如果单以个人喜好而言，倒是蔡和森的中正平和更对我的胃口。不过，这次学生互选，他们两个具体的得票率，却一定出乎大家的意料……这样吧，”杨昌济抽出钢笔，在白纸上刷刷写上两行字，折起来，说：“这里是我预测的选举结果，至于准不准确，等选举结果出来以后，我们再打开当场核对，好不好？”

孔昭绶笑起来：“想不到昌济兄居然童心未泯，行，那我们就静候你的铁口神算了。”

大家都笑了，暗自猜测着这个问题，最终会是什么结果。

二

一师礼堂，一师全体学生聚集一堂，“第一师范学生人物互选”横幅悬挂在主席台上，主席台的桌上，一列排开的十来个票箱上，分别贴着“敦品”、“才具”、“自治”、“言语”、“胆识”等标签。

台下，大家正在互相议论着。“各位同学，”主席台上的方维夏开始主持互选了，“今天，是我们第一师范学生人物互选的日子，也是第一师范第一次由全体同学投票决定，谁，是大家心目中最优秀的学生。在座的每一位同学，都可以凭自己心中的标准，按台上的分类，投出两票。下面，我不多说，给大家十分钟考虑，十分钟后，开始投票。”

一片热烈的交头接耳声中，只有蔡和森静静地坐着，考虑着，仿佛是拿定了什么主意，他突然站起身来，找到主席台一侧的方维夏，说：“方老师。我有个请求，不知道行不行……”

方维夏看着眼前这个优秀的学生，一时间不知道说什么好，只是拍拍他的肩膀，点点头。然后，他走向主席台，宣布：“各位同学，在投票开始以前，先跟大家说明一个情况，本科第六班蔡和森同学主动要求担任本次学生互选活动的计票人，为保证选举的公正，他本人提出，不再参加这次选举，也不接受大家对他的投票。如果有人已经填好了投给蔡和森同学的票，可以到台前来领取新的空白选票，另填其他同学。好，下面，开始投票。”

台下的安静一下被打乱了，这个情况显然大出同学们的意外。

萧三看看手里一张填好了蔡和森名字的选票：“这个蔡和森，怎么突然不参加了？”

“就是嘛，昨天又不说，害得我也白填了。”李维汉也是满脸的不高兴。

他们俩与不少填好蔡和森的票的同学纷纷揉掉了那张选票。人群中，毛泽东却坐着没动，带着责备，他的目光投向了台侧的蔡和森。蔡和森避开了他的目光，走上了主席台。毛泽东打开了自己填好的选票，他的两张票，写的正是他自己和蔡和森。

“敦品：陈绍休，周世钊，邹彝鼎，毛泽东……”

方维夏的唱票声中，蔡和森在小黑板上一笔笔计着票数。

“文学：李维汉，毛泽东，萧植蕃，罗学瓒……”

小黑板上，当选的同学名字渐多，毛泽东的名字不仅出现在已经唱到的每一项目下，而且几乎都是得票最高的。

“言语：毛泽东。”方维夏唱过此项唯一一张选票，又打开下一个票箱，“胆识：毛泽东。”

方维夏又打开一个票箱：“综合，蔡和森……”他愣住了。

蔡和森也不由得一愣，转过身来看。选票上是毛泽东特有的飞扬张狂的字迹。台下，毛泽东的目光平静而坚定，直视着蔡和森投来的目光。目光交会间，蔡和森已然明白了这一票的来历。他轻轻抽掉了这张票，对方维夏：“这张是误投，方老师，念下面的吧。”

互选很快结束了，方维夏回教务室，正打算向校长和各位老师报告结果。“等一下，方先生，等一下宣布。”费尔廉打断了他，跑到杨昌济桌前，伸出手，带杨昌济将那张白纸放到了他手上，他这才说，“方先生，请宣布吧。”

“得票总数，第三名，邹彝鼎；第二名，周世钊；第一名，毛泽东。”

孔昭绶惊愕地：“那蔡和森呢？”

“蔡和森主动要求担任计票，所以退出了选举。”

打开白纸，费尔廉惊讶得嘴都张大了。袁吉六凑上前，念道：“毛泽东得票第一，蔡和森一票不得！……哎呀，板仓先生，神了您啊！”

费尔廉连连摇头：“太神奇了，不可思议，简直不可思议！”

众先生正在纷纷叹服，方维夏却道：“不，我虽然宣布了不用投蔡和森的票，但还是有人投了他一票。”

“哦？”几个老师都愣住了。

杨昌济只思考了几秒钟，就拍拍脑袋：“我明白了，是润之，一定是润之投的。以毛泽东的个性，但凡遇到这种胜负之争，他一定当仁不让；而蔡和森呢，却绝不会跟润之争这个胜负，所以一定会想一个既不损害这次学生互选的公正性，又能回避与润之一争高下的办法来退出选举，这些，我都算到了。可我却疏忽了一点，润之这个人，才不会理会什么投票的规则呢。他觉得谁优秀，这一票他就一定投给谁，蔡和森退不退出，都不可能改变他的想法。”

一片敬佩的静默中，孔昭绶拍了拍杨昌济的肩：“知人之明，莫过于昌济兄啊。”

静了好几秒钟，杨昌济来到窗前，推开了窗子。望着窗外飘扬的校旗，他仿佛是在回答孔昭绶，又更像是自言自语："这两个学生，我必须了解。因为中国的未来，既不能缺少蔡和森的睿智，也不能缺少毛泽东的天才。"

三

选举结束后，蔡和森约警予到湘江边散步。话题还是从那天的读书活动开始的，其实，那天并不是只有萧子升一个人留意到斯咏没来，只不过大家要么没多想，认为有事情耽误很正常；要么隐约知道些什么，却不好多问。这个时候，没有其他的人在场，蔡和森这才问起警予。

"你是关心毛泽东还是关心斯咏呀？"警予明知故问，她怎么会不知道蔡和森是为了毛泽东才问起这件事情的呢。

警予告诉蔡和森，别看斯咏有时候疯疯癫癫，有时候诗情画意，好像比谁都浪漫，其实，她骨子里是个特别传统的女孩。自从她和王子鹏的关系被大家知道以后，她就一直不肯去一师范，一直不肯见毛泽东，为什么？因为她害怕。可惜啊，她跟毛泽东相处那么久了，但对他的了解，还不如小丫头开慧。开慧都知道在毛泽东眼里，什么规矩、准则、三纲五常，根本就不值一提，这世上还有什么传统是他不敢蔑视的，更何况父母之命之类老掉牙的玩意儿？斯咏和毛泽东之间的问题，并不在于斯咏有没有订娃娃亲，而在于他们的个性是不是适合。毛泽东吸引斯咏的，是豪迈，是奔放，是那种一往无前，无所顾忌的个性，是蔑视一切，开创一切的勇气和信心。可这一切的背后是什么？是斯咏梦想的浪漫和温情吗？是斯咏渴望的平安和幸福吗？不，他所有的，是抱负，是理想，而不是只属于两个人的温情和浪漫。也就是说，斯咏所希望的，和毛泽东所追求的，其实并不是一回事。警予最后说："我担心的，是斯咏一直陷在某种幻觉里，在用梦编织一种不切实际的期待。"

蔡和森听着警予的分析，认真听着，一直没有打断她，直到警予把所有的话都说完了，才问："你把你的这些想法都告诉她了吗？不知道她以后会怎么和润之相处。"

"人家会怎么想呢，我就不知道了，不过，"警予停下脚步，侧过身，与蔡和森对面站着，说，"我现在是越来越觉得，你应该改个名字，叫毛和森算了。"

蔡和森一愣，问道："怎么，我放弃选举，你不高兴了？"

"得了，我有那么小心眼吗？其实，我早应该想到你不会去争这个胜负的。如果你像润之那么好胜心切，那也不是蔡和森了。"

"你也以为我是在让着润之？"

"难道不是吗？凭你在同学里头的威信，真要选，我就不信选不过他。"

蔡和森站住了，望着远山苍翠，湘江浩荡，他深深吸了一口气，说："警予，你猜错了，我根本没想过要让着谁，我只是觉得，那些选票不配由我来得。"

“你不配？”

“对，我不配，因为有润之。不错，润之并不是完美无缺，他的能力，他的才华，更不是生来就超人一等，他甚至有很多这样那样的缺点和毛病，可这一切都不重要，重要的是，他有无比的热情，无比的斗志，有我和其他人都不具备的那种蔑视一切挫折、挑战一切困难的勇气和决心。他的身上，永远散发出那么强烈、让人无法抗拒的魅力，那是一种个性，一种什么也压不服、什么也挡不住的火一般的个性，跟他相处越久，我就越深刻地感到，他是那样的震撼人心，那么让我由衷地佩服。我相信，如果我们这些人当中有人能成就一番大事业的话，这个人绝不会是别人，一定是润之。”

蔡和森说话的时候，表情异常严肃地望着远处的高天流云。警予顺着他的目光看出去，江水滔滔、远山横亘，似乎天地山川都正在回应着蔡和森的那番话……

第二十六章 汗漫九垓

欲从天下万物而学之，正当汗漫九垓，
历游四宇，读无字之大书，方得真谛！
览山川之胜，养大道于胸，以游为学。

一

1917年的暑假到了，萧三回了老家，子升一个人待在楚怡小学自己的房间里正看书，毛泽东却拿着一张报纸进了门。

他把那张《民报》摆在子升面前，手指敲打着一则报道的标题："《两学生徒步漫游中国》，看看人家，一分钱不带，一双光脚杆，走遍全国，一直走到了西藏边境的打箭炉，厉害吧？"

子升读着报道，不禁露出了佩服之色："还真是的啊！嗯，值得佩服。"

"莫光只顾得佩服喽，见贤要思齐嘛！人家走得，我们为什么走不得？当年太史公不是周游名山大川，遍访野叟隐老，哪来的煌煌《史记》？所以，还是顾炎武讲得对，欲从天下万物而学之，正当汗漫九垓，历游四宇，读无字之大书，方得真谛！"

子升不禁点了点头："嗯，览山川之胜，养大道于胸，以游为学，是个长见识的好办法。"

"所以啊，趁着放暑假，我们也出去游，好不好？"

"一个暑假，走不了那么远吧？"

"远的去不了，我们去近的，中国游不完，我们游湖南嘛。我跟你讲啊，我都想好了，要学，我们就学个作古正经，跟他们一样，不准带一分钱，凭自己的本事，走多远算多远。"

"那不成了讨饭当叫花子？"

"讨饭怎么了？一不偷二不抢，讨得到也是你的本事，锻炼生存能力嘛。话又讲回来，你我总还读过几本书，写得几个字，两个读书人，未必还真的饿死在外面？那还不如一头撞死算了。"

子升犹豫着。

毛泽东激将他："怎么，不敢去啊？"

"游就游！谁怕谁啊？我就不信我会比你先饿死。干脆，叫上蔡和森，三个一起去。"

"老蔡就算了，人家就靠暑假做事赚点钱，莫害得人家下个学期过不下去。你要是拿定了主意，我们明天就出发，好不好？"

"好，我就陪你去当这回叫花子，一起走遍湖南！"

第二天，俩人收拾停当准备开拔了，临出门才发现：准备还是不充分，子升与往常一样，一身笔挺的长衫，脚下布鞋整洁，上过油的头发一丝不苟，手里是结实的大皮箱；毛泽东却一身旧得不能再旧、还打了补丁的白色短布褂，一个瘪瘪的布包袱挑在油纸伞柄上，脚上穿着一双草鞋。

毛泽东看着子升，大笑：“哈，你这是去走亲戚啊，还是去拜岳父老子？”

子升看看毛泽东，再看看自己，也笑了：的确，自己这哪是去“叫花讨饭”呀，赶紧重新换上一身旧短布褂和草鞋，找了个师傅把头发理成极短的平头，背着油纸伞和简单的蓝布包袱。等他打扮得和毛泽东一样时，两人这才开始他们的正式行程。

到了江边，正有船要离岸，毛泽东一拉子升：“走。上船喽，不坐船怎么过江？你又不肯游泳。”

子升看了看船，说：“这是私人的渡船，要钱的，还是多走几里路，到那边搭免费的官渡吧。”

“搭免费的船算什么本事？我们出来干什么，锻炼生存能力嘛，当然要舍易求难，怎么难搞就怎么搞。他的船要钱，我偏要不花钱去坐坐，那才是叫花子的搞法嘛。”看看子升还在犹豫，毛泽东拉起子升就走，“走喽，你还怕他把你丢到江里去啊？”

江水如蓝，船篙轻点，渡船平稳地行驶在江心。“当啷啷”，乘客们依次将铜板投进了收钱的小工手中的那面破铜锣里。挤在二十来个乘客当中，子升被越来越近的收钱声逼得忐忑不安。身边的毛泽东却大大咧咧，昂头打量着浩浩江水。铜锣伸到了二人面前，帮工等了一下，没见二人有反应：“哎，交钱啦！”

子升瞄了毛泽东一眼，毛泽东仰着脸看着帮工，说：“对不起，没带钱。”

“没带钱？”帮工眼睛瞪了起来，“没钱你坐什么船？”

毛泽东笑嘻嘻地说：“那我坐都坐了，怎么办呢？”

撑船的船夫火了：“嗨，没钱坐船你还坐出道理来了？我跟你讲，一人两个铜板，赶紧交钱！”

毛泽东继续笑嘻嘻：“老板，我们两个是叫花子，半个铜板都没有，你就行个好，送我们过去算了嘛。”

“我凭什么白送你们？没钱啊，”船夫看了看他们身上，说“没钱用雨伞顶！”

“你就想得好啦，一把雨伞四毛钱，你船钱才两分，用雨伞顶，你也想得出！”

子升有些不好意思了，劝毛泽东：“算了润之，要不，就给他这把雨伞？”

“开什么玩笑？下雨怎么办，你不打伞啊？你愿意给，我还不愿意亏这个本呢！”

船夫一听毛泽东这样说，脾气一下子上来了：“哎呀，你这个家伙是存心坐我的霸王船啊？！小五子，把船撑回去，让他们两个下去！”

他真的调转船篙，要把船往回撑。船上的其他乘客顿时急了，纷纷嚷了起来：“哎哎哎，怎么回事，怎么往回开？我们怎么办？不行不行，我还有急事。”

毛泽东乘机说：“看到了吧看到了吧？这里还有一船人，你不顾我们也要顾大家嘛。再说了，这船都走了一半了，你往回撑，湘江上又不是只你一条船，那边的生意不都让其他的船抢走了？为了个几文钱，划不来喽！”

子升也帮着腔："是啊，老板，你就当做回好事吧！"

毛泽东："你要是还想不通，我来帮你撑船，就当顶我们两个的船钱，这总可以了吧？"

看看满船的人，再看看身后远远的江岸，船夫没辙了："碰上你们这种人，算我倒霉！"

二

下了船，走在乡间的小路上，回味着刚才坐船的经过，毛泽东开心的笑声把林间的小鸟都吓得四处乱飞。

子升白了他一眼："坐人家的霸王船，你还觉得蛮光彩啊？"

"我们是叫花子，有什么光彩不光彩？再说了，他的船反正是过江，多我们两个不多，少我们两个不少，总共四文钱，他还发得财到？"

"我看啊，你不是舍不得出钱，你是天生喜欢跟人对着干。"

"这句话你还真讲对了。他不是犟吗？我比他还犟，看谁犟得过谁？人嘛，什么事都顺着来，那还活个什么劲？哎，这方面，上个礼拜我还在日记里头专门总结了三句话，叫作'与天奋斗，其乐无穷；与地奋斗，其乐无穷；与人奋斗，其乐无穷'。"

山野宁静，树影斑驳，毛泽东的声音在山冲里响起一阵回声。

子升当然不赞成毛泽东这样说，反驳道："你这种话不对！人，应该是一个世界和谐的组成部分，人与自然，应该和谐，人与人，更应该以和谐互补为目标，君子周而不比嘛，怎么能以互斗为乐呢？"

"达尔文怎么说的？优胜劣汰！你说的清静无为，躲到山里当道士可以，在这个世上，它就行不通！"

"反正我相信这个世界只有和谐才能发展，那些不和谐的互斗与纷争，终归没有前途。"

"事实胜于雄辩，事实证明我斗赢了嘛，你还有什么话说？"

"好好好，我不跟你争。"

这天傍晚，两人便露宿江边。江水潺潺，一轮圆月亮如银盘，镶嵌在暗蓝暗蓝的夜空。月光映照下，宁静的夜空是那样纯净无瑕，那样深邃无边，仿佛要将一切人、一切事、一切烦忧融化在其中……

"前不见古人，后不见来者。念天地之悠悠，独怆然而涕下。"子升枕着双手，躺在毛泽东身边，遥对夜空，吟起了陈子昂的诗。

毛泽东最不耐烦子升来这一手，抗议道："莫动不动就涕下涕下喽，清风明月，水秀山青，哪那么多眼泪鼻涕？"

“那你想起什么？”

“我想起啊？‘明月几时有，把酒问青天。不知天上宫阙，今夕是何年？’”

“怎么，想当神仙了？”

“神仙是修不成器了，不过，对着这么好的月亮，还真是想飞上去看看。看不到嫦娥，也可以看看吴刚砍桂花树嘛！”

“那我宁愿看嫦娥。”子升突然转过了身子，撑着脑袋，问毛泽东，“哎，你说，我们在这儿看月亮，有没有人也在看着月亮想起我们？”

毛泽东会心一笑：“谁会吃饱了没事，想你想我？不过，也难说，杨老师肯定会想我们的，我们到了前面镇子，给他寄封信吧？”

三

他们的信很快就到了正在板仓老家过暑假的杨昌济的手上。油灯下，向仲熙正坐在杨昌济身边，与他看着一封信。开慧趴在一旁，急不可待问道：“爸，毛大哥信上都说了些什么？”

“也没什么，说了一下路上大概的经历，再就是问候大家。”

“有没有提到我？”

“有哇，最后一句：代问师母及和森、斯咏、警予、子暲、叔衡、蔡畅、开慧小妹好。”

“就一个名字啊？”

看到女儿嘟起了小嘴，向仲熙开导她说：“总共一页纸，你还想他写多少？”

“那萧大哥呢？”开慧想，毛大哥不记得我，萧大哥该记得吧？

“子升倒是来了封长信，不过信里一大半内容是问候斯咏的，我已经叫人转给斯咏了。”

爸爸的回答，让小开慧更失望：“一个个都不记得我，没劲！”

开慧没有收到问候失望，斯咏收到了问候也一样很失望。在精致的台灯下，斯咏轻轻放下了子升的长信，目光却移到桌上那本《伦理学原理》上。她打开的扉页，看看是那句“嘤其鸣矣，求其友声”，叹息一声，轻轻把书合上了，又抬头望着窗外的月光

在这样的夜晚，照耀着毛泽东的，不仅仅有月光，还有如空气一样存在着却看不见的母爱。在韶山冲毛家的厢房里，一盏调得小小的、微弱的油灯光闪动着，门口，半就着油灯光，半就着月光，文七妹正在纳着一只布鞋。她身边的小竹椅上，摆着已经做好了的两双崭新的布鞋。

毛贻昌来到门口，在门槛上磕去了旱烟锅里的烟灰。拿起崭新的布鞋打量了一眼，他把布鞋扔回到竹椅上，想要关心妻子，但说出口的语言却是生硬的：“半晚

三更，觉不睡觉，你怕是没累得？莫做哒。”

文七妹头没抬，手没停，嘴里却答应着：“好了，就完了。”

毛贻昌在她的身边蹲了下来，没头没尾地说：“一个暑假，人影子都没看见，做做做，做给鬼穿？”说是这么说，他却从口袋里摸出了半包皱巴巴的香烟，放在鼻子下闻——毛泽东进一师后第一次回家过年给他买的烟，他居然还没抽完！

看到老婆微微地笑着看着自己，毛贻昌觉得有点尴尬，把烟往口袋里一塞，装起了一锅旱烟。看到老婆又埋头去纳鞋，他想了想，含着烟嘴，把油灯调亮了些。

四

炽烈的正午骄阳下，毛泽东与子升到了安化县境，来拜访安化县劝学所所长、学者夏默安。

安化县劝学所坐落在一片青翠宁静的山坡旁。门人进去通报了，毛泽东和萧子升扎在门外，看里面藤萝蔓绕，绿杨依依。院子一旁，池塘青青，荷叶田里，夏季盛开的荷花中，蛙声句句，更衬托出这书香之地的恬静清雅。

正在看书的夏默安一身雪白的绸衫，戴着眼镜，摇着一把折扇，他六十来岁，表情古板，是个性格执拗沉闷的老先生。听了门人的通传，他继续看着书，头也不抬地说：“不见。”

大门“咣当”关上了。毛泽东与子升面面相觑。

子升叹了口气：“唉，早听说夏老先生的大名，还想着当面求教一番，没想到却是闭门不纳啊！”

“人家饱学先生，那么大的名气，你讲两个毛头学生来拜见，也难怪他没兴趣。”

“也是啊，只好打道回府了。”

“打道回府？开什么玩笑？来都来了，他不见就不见啊？”毛泽东沉吟了一会，说，“他不见，是不晓得我们有没有真本事，值不值得见，我们写个帖子递进去，让他也看看，我们不是个草包。”

很快，两个人写的一首诗送进了劝学所内，送信的年轻门人给夏默安读了出来：“翻山渡水之名郡，竹杖草履谒学尊……”

夏默安的头突然抬起来了，手一伸：“拿来我看。”

诗递到了他的手上。纸上，子升漂亮的字体，首先已让夏默安眉心微微一挑，他继续读：“途见白云如晶海，沾衣晨露浸饿身。”

他不禁轻轻吸了一口气，说：“请他们进来。”

进了门，毛泽东与子升正襟危坐，有些局促地看着对面的夏默安。夏默安还是那样面无表情，眼睛盯着手里的书：“萧子升，毛泽东？”

“是。素仰夏老先生大名，所以特来拜见。老先生的《默安诗》深得唐宋大家之意，遣词凝练，立意深远，《中华六族同胞考说》更是洋洋洒洒，考证古今，学生在长沙，就早已心向往之……”

夏默安根本没理子升的赞誉，随口打断：“省城呆得好好的，为何出来游学啊？”

讲了半截话就被打断了，子升被弄得一噎。

毛泽东不像子升那样文绉绉的，他大声回答：“游学即求学。”

“哦？有书不读，穷乡僻壤，山泽草野，有何可求？”

毛泽东依然大声回答：“天下事，事皆有理，尽信书，不如无书。有字之书固然当读，然书中不过死道理，世事洞明皆学问。故学生二人，欲从山泽草野，世间百态中，读无字之大书，求无字之真理。”

夏默安的头终于抬了起来，脸上，也现出了笑容：“上茶。”

两杯清茶摆在了毛泽东与子升面前。

窗外，绿杨轻拂，鸟鸣声声。

夏默安收回了望向窗外的目光，突然提起笔来：“老夫有一联，请二位指教。”

他挥笔写下，将上联移向毛萧二人这边，上联是“绿杨枝上鸟声声，春到也，春去也。”

子升不禁与毛泽东交换了一个商量的目光。

窗外，蛙声阵阵，毛泽东的高个子使他恰好能将一池碧水，夏日荷花，一览无余。

“晚生斗胆一试。”毛泽东拿起笔，在纸的另一半上写了下去。

一副对联顷刻已成，呈现在夏默安面前。

“清水池中蛙句句，为公乎，为私乎？”夏默安读出下联，黯然半晌。

移目窗外，鸟鸣蛙声，相映成趣，这上下联与眼前景象，当嵌合得天衣无缝，而下联的立意之深，也显然远超上联。

他突然转头向外，提高了嗓门：“准备晚膳，收拾客房！”

转向毛萧二人，一揖手，脸上已满是敬意：“两位小学弟，如蒙不弃，今晚便留宿寒舍，与默安畅论古今，对谈学问，谈他个痛快，意下如何啊？”

五

拜别了夏默安，第二天，毛泽东与萧子升进了安化县城，这县城虽不大，却是街道古朴，店铺毗接，一派质朴的祥和。虽是一路同行，子升却仍然保持着清洁整齐，远不似身边的毛泽东，衣服皱巴巴的，脚下沾着泥点。

“嗯！”毛泽东使劲地吸了吸鼻子，“好香啊，红烧肉，肯定是红烧肉！”

子升顺着他的目光望去，对面恰好是一家饭馆，挂着“醉香楼”的招牌。

子升问：“嘴馋了？”

“二十几天嘴巴就没沾过油，未必你不馋？”

“馋有什么用？还不是白馋？”

毛泽东咽了一口唾液：“也是啊，再大方，也不会有人给叫花子打发红烧肉啊！哎呀，越闻越流口水，走！离它远点！”

两人正往前走，只听“乒乒乓乓”，一家新开的店铺前，一串鞭炮正在热烈地炸响，门上是崭新的招牌，两旁是崭新的对联，店老板打躬作揖，正在接待到贺的街坊。

“来去茶馆？”路过的毛泽东也看着热闹，“这是新开张啊。”

子升眉头皱了起来：“哎，你看那副对联，平仄不对啊。”

毛泽东一看，对联写的是“有茶有酒，香飘满楼”，不禁头一摇：“何止平仄？根本不是那回事嘛。”

这话却让店老板听见了，他一拱手：“两位，我这副对联对得不好吗？”

毛泽东：“你这个，不是对得不好，只怕连对联都算不上。”

店老板：“哎哟，你看，我也没读过什么书，这副联是请别人写的，见笑了，两位既然是行家，就请赐一副联怎么样？”

毛泽东一拍巴掌：“你算找对人了，我这位朋友对对联的本事，长沙城里都是有名的。”

店老板一听，越发客气起来：“原来是省城来的秀才啊？那更要请你们留个墨宝了。”他一个劲地向子升拱着手，“这位先生，帮个忙帮个忙。”

子升一时盛情难却，也便拿出了笔墨，店老板也赶紧裁来了红纸，子升仰头看看“来去茶馆”的招牌，略一沉吟，落下笔去，一副对联一挥而就：

为名忙，为利忙，忙里偷闲，喝杯茶去

劳心苦，劳力苦，苦中作乐，拿壶酒来

旁边的观众们一片啧啧称奇声，就算看不出意思好坏，子升的一手字也已令大家叹为观止。

店老板双手捧上了一个红包：“这位先生，多谢多谢，谢谢先生了。”

子升赶紧推让：“这怎么好意思？”

店老板：“些许心意，权作润笔，不成敬意，不成敬意。”

子升还想推辞，毛泽东伸手把红包接了过来：“老板的心意，我们也莫讲客气了。”

红包里倒出的，居然是两块光洋！站在街拐角，毛泽东和萧子升两个人你看看我，我看看你，再看看满街毗接不断的各种店铺，眼睛都亮了。

两人当下就用这两块大洋买来红纸，租用了一个“代写书信”的字摊，抄来一些比较像样的店铺的名称，开始“做生意”了，对联由子升写，讨钱的事情由毛泽东去做。

他们的“生意”果然还不错，子升挥笔如云烟，毛泽东则一家家店铺跑去，一个下午，眼看着满街渐渐都换上了子升写的新对联，对联摊子前，看热闹的路人也越挤越多，子升的构思和书法成了当街最精彩的表演。

便在这时，只听得一阵吆喝：“让开让开，都让开！”一个剽悍的家仆扒开了围观的人群挤了进来。

子升停住了笔，抬起头，看到人群外停着一乘轿子，一个六七十岁、一身长袍马褂，翘着稀疏的山羊胡子的干瘪老头，正昂着脑袋大模大样地走了进来。

这人显然来头不小，围观的人们都赶紧退让，几个士绅忙不迭地点头哈腰：“丁老爷……丁老爷好……”

老头眼睛斜也没斜那些讨好打招呼的人一下，径自来到摊前，斜睨着写好的两副对联。看着看着，他昂得高高的脑袋突然低下了，神情一下子专注起来，拿起了一副对联，架起挂在胸前的眼镜，仔仔细细，从上看到下，再从下看到上，仿佛是有些不敢相信一般，目光转向了子升。

子升问：“这位老先生，这对联有什么不妥吗？”

老头没答他的话，却冒出一句：“你多大了？”

“晚辈今年 22 岁。”

“22 岁？”老头又打量了子升一眼，问，“从哪里来？”

“长沙。”

“萧菩萨，写完了没有？”毛泽东风风火火，一步冲进人群，“那些我都送完了，收获不小啊！”

他“哗啦”一声，把一大堆光洋、铜元堆在了桌上，忙不迭地收拾着剩下的对联：“剩下这两副赶紧送掉，我们好好吃一顿去！哎，不好意思啊！”

他顺手把老头拿在手里的那半副联扯了过来。

那名悍仆登时就要发作，老头却用目光制止住了仆人，他皱着眉头，打量了毛泽东一眼：一身皱巴巴，草鞋、裤脚上还沾着泥点的毛泽东，与文雅洁净的子升实在不像一路人。

“在这儿等我啊。”毛泽东又急匆匆地冲出了人群。

子升不禁有些不好意思：“老先生，我这位同学性子急，失礼了。”

老头：“这是你同学？”

子升：“是，我们一道游学，路经贵县，行囊拮据，故出此下策，让老先生见笑了。”

老头瞄了桌上那堆钱一眼，再看看桌上笔墨与子升白净秀气的手，摇了摇头：“可惜了。”

他大咧咧地出了人群。

子升全然摸不着头脑：“这位是谁呀？”

一名士绅对他说："他你都不知道？丁德庵，我们安化有名的丁老爷，两榜进士，做过翰林的。"

子升愣住了。直到毛泽东回来，他还没从刚才的惊讶中缓过来："想不到是位进士翰林，这回我们真是班门弄斧了。"

毛泽东只顾数着钱："你管他翰林不翰林？他又不请你去做客。再说了，你那手字，未必会比翰林差。走走走，红烧肉兑现。"

两人刚刚起身，身后突然传来了一个声音："这位先生，请留步。"

两个人回头一看，刚才那名跟着老头的仆人正恭恭敬敬地向子升拱着手，后面还跟着一乘小轿："我家老爷看了先生的字，对先生的书法十分佩服，专程叫我来请先生过府做客，谈书论道，请先生务必赏光。"

子升不禁有些惊喜："丁老爷客气了，晚辈怎么敢当？"

"先生就不必客气了，我家老爷最喜欢的，就是有本事的读书人。请先生赏个脸吧。"

子升动心了："润之，不如咱们去一趟？"

不等毛泽东开口，那个仆人先抢着："对不起，我家老爷只吩咐了请先生，没提别的人。"

"这样啊……"子升不禁有些为难。

毛泽东倒是无所谓："哎呀，人家请你你就去嘛，反正我又不想见什么翰林。我吃我的红烧肉，饭馆里等你啊。"

他径直向醉香楼走去。

六

仆人将子升引入一扇朱漆大门，门上铜钉闪亮，门外镇府石狮威风凛凛，家丁排列，气势逼人。

古色古香的丁府书房里，两壁皆书，精致的文房四宝，排列在檀木书桌上。正南墙上，挂着一个清朝官员的画像，提着"故中丞丁公树卿老大人遗像"，两旁挂着"诗礼传家"的中堂、"仁义乡里，忠烈遗泽"的对联，和"林隐乡居图"等等字画条幅，芝兰盆景，点缀其间，处处透着显赫的家世和归隐农田的文人雅致。

"老先生原来是为国尽忠的丁中丞大人后人？"子升不由肃然起敬，"晚生真是失敬了。"

"哪里哪里。"提到家世，丁德庵显然颇为自得，"丁某不肖，愧对先祖遗泽，倒是这诗礼传家的祖训，未敢轻忘，但求守几亩薄田，温几卷旧书，处江湖之远而独善其身而已。"

他呷了一口茶，慢条斯理地说："虽说隐居林下，老夫倒是最喜欢跟肚子里有真才的读书人交朋友，今天有幸一睹萧老弟的书法，颇有汉晋古雅风范，令人耳目一新啊！”

“雕虫小技，贻笑方家了。”

丁德庵却话锋一转：“只不过……”

子升赶紧站起身：“老先生指教！”

丁德庵挥手让他坐下：“以如此书法，竟当街卖字，不免有辱斯文了吧？”

子升道：“晚辈倒是记得，昔时板桥先生亦曾将字画明码标价：大幅六两，中幅四两，小幅二两，扇子斗方五钱。可谓书生亦须作稻粱之谋，子升愚钝，困于行旅，只好斗胆学样而已。”

丁德庵吃了一惊，倒笑了起来：“如此倒是老夫拘泥了。哎，萧老弟书倒是读得很杂呀，连这些野趣杂典也记得，不容易。”

“当着老翰林之面，晚辈岂敢谈读书？”

“哎，要谈要谈，读书人不谈读书，难道还谈种田挑粪那些下贱之事么？对了，老夫近日，正在重读老庄二经，不知萧老弟对这两本经熟吗？”

子升道：“也略读过。”

“以你之见，此二经，历代注解，谁的最好？”

“晚辈浅见，注道德经，无过于王弼，注南华经，无过于郭象。”

丁德庵满意地点了点头，对子升他显然又高看一眼了。

“方才看老弟的对联，构思奇妙，老夫平时也好对句，正好拟了几副上联，还请指教一二如何？”丁德庵说着，起身踱了两步，手指室内花草盆景：“我这上联曰：室有余香谢草郑兰宝桂树。”

子升几乎是张口就来：“晚辈对：身无长物唐诗晋字汉文章。”

丁德庵不由得点头，他略一思索：“这句难一点：劝君更饮一杯酒。”

子升思索了一阵：“晚辈对：与尔同销万古愁。”

“嗯，以李白诗对王维诗，上下嵌合，天衣无缝，好，好，好！”丁德庵也颇有了知音之感，情绪上来了，“老夫还有一联，是三十年前翰林院的同仁出给我的，当时满朝翰林无人能对，一时而称绝对，萧老弟大才，今日老夫献丑，请教方家了。”他来到书桌前，铺纸提笔写下了上联，“出题之人，原是游戏文字，故意要弄出副绝对来，老弟若是为难，也不必放在心上。”

“‘近世进士尽是近视’，四个词读音全同，词性各异，还是个全仄联？”子升思索着，这副联显然让他一时无从下手，沉吟中，他无意间又看见墙上那幅中丞遗像，突然灵机一动：“晚辈倒是可以斗胆一试，不过这下联要从老先生的先祖大人那儿来。”

丁德庵扶着眼镜，读出子升的下联：“‘忠诚中丞终成忠臣’？对得好，对得好，对得太好了！”他猛然向子升一揖手，“萧先生大才，德庵佩服！”

七

“润之，”辞别了丁府，子升兴冲冲进了醉香楼，看见毛泽东，他一脸的兴奋莫名，“太可惜了，你没去真是太可惜了！这位丁翰林真是位雅人，学识过人，渊博风雅，不见一面真是可惜了。”他拉过长凳坐下，将一封光洋往毛泽东面前一放：“你看看，这是人家奉送的仪程，一出手，就是二十块光洋，大方吧？”见毛泽东只是“哼”了一声，没有接腔，子升不禁愣住了，这才发现气氛不对，毛泽东的身边，还站着互相扶持着默默抽泣的父女二人。

看着子升不解的眼光，毛泽东义愤地告诉子升：“那位丁德庵的田，不管你丰年灾年，那是一粒租子都不能少。这几年，年景不好，这位老爹欠了他十担谷的租还不上，利滚利，驴打滚，就算成了一百多担的阎王债。这位老爹进城来求他姓丁的宽限宽限，他却看上了老爹的女儿芝妹子，逼他拿芝妹子抵债，芝妹子还不满十四岁，居然要去给他七十岁的人做第十三房，他也下得了这个手啊！”

“爹……”芝妹子扑进父亲怀里，父女二人抱头痛哭。

子升一脸的难以置信：“怎么会是这样？”

酒楼的老板叹了口气，证实道：“你们两位是外乡人，不晓得底细，这位丁老爷，那是我们安化最大的一霸，家里的田，数都数不清，光佃户都有好几千。这种事算得什么？他家里逼租逼债，哪年不要逼出几条人命哦？”

一位食客道：“丁德庵丁德庵，安化人人都喊他‘丁刮干’，不把你刮得干干净净，他从来就不会松手的。”

其他围观的人或是面露不忍，或是默默点头，丁德庵的恶劣，显然为大家所公认。

子升简直不敢相信：“满口礼义诗书，道德文章，居然……居然为人如此卑劣！”

“他不在脑袋上贴个仁义道德，还贴个我是坏蛋啊？我告诉你，越是这种道貌岸然的读书人，越不是个东西！”毛泽东转向那父女俩，“我说，这个租，你们也不用交了，田是你种的，凭什么给他交粮？”

老农却直摇头：“不行啊，丁老爷养了家丁，家里又有人做官，欠他的债不还，一家人活活打死的都有啊！”

毛泽东火了：“他打你？你不晓得打他？他再养家丁，未必比你们几千佃户还多？你们几千人，一人一根扁担，冲到他家去，吃他的大户，你看他还要什么威风？”

子升急了：“润之！你这不是鼓动人家聚众闹事吗？”

“聚众闹事怎么了？跟这种土豪劣绅，就是不能客气，大家一条心，谁怕谁呢!”

“可你这不是搞暴动吗？真要惊动了上面，吃亏的还不是这些农民？”

“那你说怎么办？”

子升略一沉吟，起身，向围观的众人抱了个拳：“各位先生，这对父女的遭遇，大家也都看在眼里。我这儿呢，倒是有个主意，希望能帮他们一把，只是要有劳各位一起帮个忙，不知大家肯不肯？”

八

丁府书房，丁德庵正在欣赏子升写的那副对联，仆人一把推开了房门：“老爷，大喜了!”

丁德庵边扣马褂最上头一颗扣子，边匆匆迈出大门。门前的情景让他愣住了：黑压压一片都是县城里的商号老板和街坊们，簇拥着正中的一块匾，五六个吹鼓手还在起劲地吹吹打打。

子升上前一步，手一抬，鞭炮、鼓乐齐止。

子升朗声：“安化各界商民代表，为感本县世家丁氏诗礼教化，表率乡里，特向丁老夫子德庵先生献匾。”

丁德庵一时乐得合不拢嘴：“哎哟哟……这怎么敢当……怎么敢当？”

子升依旧大着嗓门：“老先生不必过谦，丁氏一门，既承忠烈遗泽，又秉仁义家风，道德廉耻，无所不备，高风亮节，泽被闾阎。晚辈受安化乡民之托，特书此匾，唯求略表全县乡亲敬慕仰仗之情于万一也。”

他伸手掀去匾上蒙的红绸，露出了“造福桑梓”四个大字，与此同时，锣鼓、唢呐各色乐器同时大作。

喜出望外之下，丁德庵只顾一个劲地抱拳拱手：“哎哟哟，这个这个……德庵何德何能，何德何能啊……”

就在他伸手要接匾之际，人群中的毛泽东悄悄向旁边一让，一推躲在身后的那父女二人，父女二人一头扑了出来，扑通跪在丁德庵脚下，拼命地磕头：“丁老爷，您行行好，我求求你了，行行好啊，丁老爷……”

丁德庵措手不及，吓得倒退出两步，两边的家丁一看不对，当场就要冲上来，毛泽东却抢先扶住了那老农，扯着嗓子：“哟，这位老伯，您这是干什么？有话慢慢说，丁老爷可是大善人，万事都有他老人家做主。”

子升也上前来：“对对对，有丁老爷在，不管什么难处，您放心大胆地说。”

看看四周人群，丁德庵赶紧用眼睛瞪住了家丁们。

那老农抬头欲诉，看见丁德庵和身后气势汹汹的家丁，吓得又把头低下了，他女儿急了，头一扬：“我、我们是丁老爷家的佃户，年景不好，欠了老爷的租还不起，老爷他、他……”

毛泽东：“老爷他怎么了？”

女孩：“老爷……我爹说丁老爷要我去做小。”

丁德庵的脸登时挂不住了。

毛泽东：“胡说八道！丁老爷怎么会是那种人呢？”

子升：“就是嘛，丁老爷是什么人？读书人，大善人，怎么会乘人之危呢？丁老爷，您说是不是？”

当着众人，丁德庵的脸不禁涨得通红：“嗯，对呀，老夫什么时候说过那种话了？简直……简直一派胡言！”

毛泽东：“听到了吧？人家丁老爷根本没有那么想。你这个当爹的也是，欠债还不起，可以来求丁老爷宽限嘛，就算免了你的债，那也是丁老爷一句话的事，怎么能拿女儿来抵债，这不是败坏丁老爷的名声吗？”

子升：“这话说得是啊。丁老爷的为人，安化全县上下，谁不知道？你看看你看看，‘造、福、桑、梓’，你有难处，丁老爷还能不帮吗？”

人群顿时一片附和之声。

子升笑吟吟盯着丁德庵：“丁老先生，您的意思呢？”

丁德庵的目光，从子升笑吟吟的脸，转到毛泽东，转到父女二人，再转到眼前黑压压的人群和那块崭新的匾上，他这才醒悟过来，眼前这一幕原来是专门给他下的圈套。

“那个……啊，不是欠了点租吗？我丁某人怎么能逼佃户的租呢？那个那个……来人啦，把他家的借据找出来，还给人家。”

他身边的仆人似乎还不敢相信：“老爷？”

“快去！”

“丁老先生的慷慨仗义，真令晚辈五体投地啊！”接过了仆人拿来的借据，子升转手将那块匾捧到了丁德庵眼前，“那，以后呢？”

“以后……”丁德庵一咬牙，“以后的租子，也减半，一律减半。”

毛泽东赶紧扯开了嗓门：“老人家，丁老爷的话你听见了？当着这么多人的面，他可是亲口答应，把你家的债全免了，还减了一半的租，丁老爷可是要面子的人，他说话，一定算话，你该放心了吧？”

颤抖着手接过那张借据，父女二人抬起头来，已是泪流满面，两人同时重重磕下头去，泣不成声：“谢谢萧先生，谢谢毛先生……”

子升与毛泽东赶紧拦住了父女二人：“怎么成了谢我们呢？谢谢丁老爷！”

父女二人这才想起来，赶紧给丁德庵磕下头去：“谢谢丁老爷！”

“免了，免了免了。”丁德庵捧着那块匾，笑得比哭还难看。

九

离了安化县，那一路，毛泽东与萧子升还在为白天发生的事争执着，农民的疾苦，让两个人的心情都无法平静。

“一个芝妹子，我们救得了，可还有成千上万个芝妹子，她们怎么办?”毛泽东思考着。

“人力有时而穷，我们也只能救一个是一个。”子升也只能这样回答。

“不，这是不负责任！你那一套仁义道德，你那一套温柔敦厚，解决不了农民的问题，也消灭不了这个社会的黑暗!”

“可社会进步需要时间，完全的公正、完全的平等只能是不现实的空想。”

“为什么？为什么就不能有完全的公正、完全的平等?”

“人终归是有私欲的嘛。”

“那我们就打破这个黑暗的现实，那我们就消灭这些无耻的私欲，把一切的不合理、一切的不公正、一切丑恶的人丑恶的事统统埋葬掉，这个世界自然会迎来大同。”

“你那是理想主义，只会破坏社会的和谐。”

“不公平不合理的所谓和谐，我宁可它统统被砸碎!”

夕阳映在他们一样年轻的脸上，让他们彼此都看到了对方心里深深的疑惑。

这满心的疑惑一路困扰着两个年轻人，直到五天后，他们来到了宁乡沩山寺。这沩山寺的住持证一和尚乃是佛门有名的大德，两人便专程登了门，想听听佛门中人对这俗世中的不平有何见解。

进了证一的禅房，却见一床一几，此外便是四处堆积的书，把这间禅房衬托得倒更像一间书房。那证一和尚年近七十，一身青衣短褂，如果不是光头上烫着戒疤，看上去简直就像一个和善的老农。

听二人讲明来意，证一只是微微一笑，道：“佛门讲的是出世之理，二位施主的困惑，却是人间之事，只怕和尚是帮不上啊。”

子升便道：“出世之理，亦由世上来，所谓万理同源，无分佛门与世俗，还请大师不吝指教。”

证一没有答话，停了一停，端起茶壶，说：“先品新茶吧。”

他将壶中茶水向子升面前原已倒好茶的杯中倒去，杯中水满，很快溢了出来。

子升赶紧道：“大师，水溢了!”

证一倒茶的手停住了：“水为什么会溢?”

“这……因为杯中已经有茶了。”

“是啊，旧茶不倾，新茶又如何倒得进去呢？我佛门禅宗，于此即有一佛理。”

证一放下茶壶，铺开纸，提起笔，在纸上写下四个字，将纸转了个边，面向萧子升和毛泽东，写下了：不破不立。

证一解释道：“所谓魔障所在，正见难存，旧念不除，无以证大道，不除旧，则无以布新，是当以霹雳手段，弃旧而图新也。”

毛泽东一拍巴掌：“此言正合我意！佛门普度众生，与我辈欲拯救国家、民族，道理本来就一样，只有驱除腐恶，尽扫黑暗，彻底打破这个旧世界，才能迎来真正的光明，才能建立普遍的幸福，正如凤凰自烈火中涅槃，重得新生！”

子升却不能接受：“可是新难道一定要从旧的废墟上才能建立吗？旧世界的问题，我们为什么不能徐图改良，为什么一定要毁灭旧的一切，这样的新，代价不是太大了吗？”

证一想了一想，徐徐道：“两位所言，一则疾风骤雨，一则和风细雨，老衲以为，若无疾风骤雨，当头棒喝，则魔障难除，然先贤亦曰：飘风不终朝，暴雨不终夕，疾风骤雨，终难长久，破旧以骤雨，立新以和风，相辅相成，原是缺一不可的。取彼之长，补己之短，则新可立，道可成。”

说罢又提起了笔：“老衲赠二位施主各一个字吧。”

他先写下一个“动”字，转过来移到子升面前：“萧施主和风细雨，君子气节，独善己身足矣，但欲图进取，变世道，化人心，还须振作精神，勇于任事，以动辅静。”

证一又写下一个“静”字，转过来推到毛泽东面前：“毛施主骤雨疾风，汹涌澎湃，以此雄心，天下无不可为之事。但世事无一蹴而就之理，施主于翻天覆地中，亦当常记，一动须有一静，一刚须有一柔，有些时候，是要静下来方好的。”

子升和毛泽东互相看了一眼，都似乎有所领悟，但又似乎并未领悟得透彻，看看证一已然收了茶具，有起身送客之意，只得道了一声：“多谢大师！”

第二十七章 工人夜学

要解决中国的问题，唤醒民众，肯定是件非搞不可的事。我们这些青年组成的团体，也只有眼睛向下，盯着最广大、最底层的国民，才能真正成就一点事情。

一

暑假刚过，1917 年秋，护法战争爆发了，护法军进军湖南，北洋系军阀傅良佐所率驻湘守军节节败退，安静了没几天的长沙城里，又是一日乱过一日。

这天孔昭绶正在教务室召开全体教师会议，讨论一师为普及平民教育而办工人夜学的事，他这个想法由来已久，却一直腾不出空来，好不容易这回打出了招生广告，不料十多天过去，才七个人报名，眼看夜学就要成了泡影，无奈之下，只得找了老师们共同来分析原因。

美术老师黄澍涛翻着办公室里的报纸，头一个便直摇头："时局如此啊！校长，如今就连我们学校都朝不保夕，更何谈什么工人夜学？"

的确，看看那堆报纸，哪张上面不是一个个触目惊心、火药味十足的大幅标题：《段祺瑞拒绝恢复约法，孙中山通电护法讨段》、《黔滇桂粤宣告独立　护法军誓师出征》、《湖南战事急报：湘南护法军兵进衡阳》、《衡山告急，傅部守军昨日增援耒衡前线》、《湖南督军傅良佐令：长沙即日实施宵禁》……

方维夏也不禁叹了口气："办夜学，普及平民教育，这件事本该是我们师范的责任。原指望谭督军在湖南，湖南还安稳一点，我们这些搞教育的，也可以做点实事，可这才安稳了几天？唉！"

其他老师同样是七嘴八舌：

"要说时局，确实是乱，可夜学办不起来，也不能说都是时局所致吧？"

"可我们的招生广告打出去那么久了，才七个人报名，这样的学校，怎么办得起来呢？"

"依我看，这帮出苦力做工的人，他就没那个读书上进的心思！你们看看，读书不要钱，课本全免费，连笔墨纸张都是免费送，这样的条件，上哪找去？这就是请他们来学嘛。你请他他都不来，还有什么好说的？"

听着老师们的各抒己见，孔昭绶对自己当初的想法也有些动摇了："这么说来，倒真是我们估计错了，这个工人夜学，工人们真的不感兴趣？"

"我看，结论不必下得这么早吧？"始终没有开口的杨昌济突然说道，"要说夜学办不起来，是因为工人天生的不求上进，那有一件事我就想不明白了。我记得校长最初产生办工人夜学的想法，来源于看见毛泽东在街边教人认字。毛泽东是什么人？一个师范学生而已，为什么他教人认字，有人跟着学，而且学得认认真真，而我们，以一所师范学校的力量，提供比他那一根树枝当教鞭、一块泥地作黑板好得多的办学条件，反倒还招不来学生了，这能说得通吗？"

所有的老师都静默了，这个问题显然极有说服力。

"所以，招不来学生，我相信，责任不在工人，一定是我们的方法有不周之处。我的意思，还是先找润之谈谈。”

毛泽东被孔昭绶叫进了教务室，一听来龙去脉，当即就拍了胸脯：这个工人夜学，一定会大受工人们的欢迎！校长要是不信，可以把工人夜学交给我们学友会来办。

“你们来办？”一旁的袁吉六一脸的不信，“你们自己都还是些学生娃娃，还办学校？开玩笑！”

看看老师们似乎都没有信心，毛泽东摆开了理由，说五年级的师范生上讲台当老师也就是没多远的事，现在接手工人夜学，等于给大家一个教育实习的场所，也给大家一个接触社会、锻炼自己的机会嘛。

他的这个观点得到了老师们的一致认可。孔昭绶也当场点了头，答应把工人夜学交给学友会来办，但也有个条件：“十天内必须招到至少 40 个学生。”

接了军令状，毛泽东回到学友会事务室，马上把学友会的成员统统召集起来，开了一个紧急会议。

“这四年多来，我一直在思考，究竟什么才能改变我们这个千疮百孔的社会，才能拯救我们这个内忧外患的国家。过去，是读书、求学，可光靠书上道理有用吗？你读一万本书，不还是挡不住汤芗铭的那一营兵？我也想过，一个人不行，我们结交朋友，我们组成团体，可中国这么大，靠几个读书人来使劲，靠个把小团体，就能变过来？照样不行！这次暑假游学，给我的触动更大，一个土财主，就能骑在那么多佃户头上，为所欲为，为什么？因为读书人只有那么几个，因为中国真正多的，是农民工人老百姓，他们愚昧，他们老实，他们动不起来，你书读得再多，你是一帮学生，翻不了天。所以，要解决中国的问题，唤醒民众，肯定是件非搞不可的事。我们这些青年组成的团体，也只有眼睛向下，盯着最广大、最底层的国民，才能真正成就一点事情。”

他这一番开场白，顿时赢得了大家的一片认可之声。

毛泽东趁热打铁，在小黑板上画着一幅简单的地形示意图，把以第一师范为中心，往南到猴子石，往北到西湖桥，十里范围内集中的黑铅厂、印刷厂、纱厂、铸铁厂等大大小小十几家工厂全标了出来，这才宣布道：“这些工厂加起来，少说也有两千工人。而我们的任务，是十天内，从这两千工人里头，招到 40 个学生。大家说，敢不敢揽这个活？”

“当然敢……没问题。”

学友会的骨干们七嘴八舌，崭新的挑战令每一个人的眼中都闪着跃跃欲试的光芒。

“好！说干就干！”毛泽东当即给大家分配了任务，“招生广告我来拟；子暲、昆弟，你们负责联系警察所，请他们帮忙，把广告尽可能贴遍每条街；李维汉、罗学瓒，你们负责准备报名表，接待报名；其他的人跟周世钊一起，收拾教室，准备课本、资料。”

他伸出手来："大家一起攒把劲，也让孔校长和全校的老师看看，我们这些师范生，不光会吃干饭!"

学友会所有成员的手，紧握在了一起。

二

毛泽东的笔头向来快，第二天，便拟好了一份大白话的《工人夜学招生广告》，那广告原文是这样的：

列位大家来听我说几句白话：列位最不便益的是什么？大家晓得吗？就是俗话说的，讲了写不得，写了认不得，有数算不得。都是个人，照这样看起来，岂不是同木石一样？所以大家要求点知识，写得几个字，认得几个字，算得几笔数，方才是便益的。虽然如此，列位做工的人，又要劳动，又无人教授，如何能做到这样真是不易得的事。现今有个最好的法子，就是我们第一师范办了一个夜学。这个夜学专为列位工人设的，从礼拜一起至礼拜六止，每夜上课两点钟，教的是写信、算账，都是列位自己时刻要用的。讲义归我们发给，并不要钱。夜间上课又于列位工作并无妨碍。若是要来求学的，就赶快于一礼拜内到师范的号房来报名。

广告拟好后，学友会的一部分同学立刻就拿去油印。很快，这份招生广告就在警察的帮助下，贴满了一师周围的街边墙上。其他同学搬桌椅，打扫卫生，很快把工人夜学的教室也布置好了。

可是没想到，一晃眼过去了一周，总共才只有三个人报名！而街边的墙上，路人经过，也似乎都懒得多看那招生广告一眼。

"按说广告也贴得够多了，怎么就没人来报名呢?"无奈之下，毛泽东也只能决定再请警察帮一次忙，多贴一些广告出去。

但这次求上门去，却就没有上次那么好说话了。

"什么，还贴?"警察所的警目把他们带来的招生广告往桌上一扔，"你当我们警察所是你第一师范开的?"

毛泽东说着好话："贴公益广告不是你们警察所的责任吗?"

"你跟我讲责任?"警目眼睛一横，"弟兄们贴了一回就够对得起你们了，还一而再再而三？你以为我这帮弟兄专门给你当差的?"

一旁有个年轻警察有点看不下去了，插嘴道："长官，要我说，人家办夜学，也是做善事，能帮咱们还是帮帮吧。"

"你是吃饱了撑着了，还是他发了你薪水给了你饷?"警目瞪着自己的手下，把那叠广告往毛泽东手里一塞，"给我拿回去，我这儿不侍候!"

“你这个人怎么这样啊？当警察，就要为社会服务嘛……”

萧三还想说点什么，毛泽东把他一拉，“子暲，跟这种人有什么好说的？求人不如求己。走！”

几个人只得自己上街去贴广告，直贴到日头偏西，还剩了一半的街道不曾贴完，正在发愁时，那个年轻警察却与好几个同事赶了来，手里都还拿着糨糊桶、刷子之类。

看看毛泽东他们一脸的诧异，那年轻警察笑了笑：“我们刚下差，反正没什么事，就来帮个手——哎，还剩几条街？”

望着他和善的笑容，一股暖流蓦然涌上大家的心头，毛泽东用力点了点头：“东边南边我们都贴过了，这两边还剩几条街。”

那年轻警察便抱起了一叠广告：“行，这边你们贴，那边归我们，动手吧。”说罢，带着警察们就走。

毛泽东追了两步，问：“哎，你叫什么？”

“郭亮。你呢？”

“毛泽东。”

郭亮和毛泽东就这样认识了，虽然只是匆匆一面，只是相互一挥手，虽然两个青年都不曾想到，他们今后的命运，会那样紧密联系在一起。

三

第二次广告贴出去之后，从早等到晚，整整两天，还是没有人来报名。

到底是怎么回事呢？毛泽东着实有些想不明白：明明是件好事情，可为什么就做不成呢？到底是哪个环节出了错？

傍晚，他照例来到了水井旁，光着膀子开始了冷水浴，这一刻，他只想借冰凉的井水，来刺激一下自己，让自己的思路开启起来，他几乎是机械地一下一下往身上淋着水。一桶水很快见了底。

刚打上一桶水，兜头淋了个从头到脚，杨开慧却气喘吁吁地跑来了：“润之大哥，我知道为什么没有工人报名了！”

杨开慧是刚刚发现的原因。

下午她和蔡畅一起放学回家，两人边走还边在帮哥哥们分析，为什么夜校招不到工人，却听到路边传来了一个声音：“搞什么名堂，怎么又把货送错了？”

两个人转头一看，原来是一辆送货的板车停在布店门口，车上堆着标有“万源纱厂”的货箱，布庄的老板正敲着工人手中的一张单子直嚷嚷：“你看看这写的什么，再看看我的招牌——康和唐都分不清，你认不认识字？”

开慧突然站住了，饶有兴趣地看着。

“赶紧把我的货送来，我这儿客人等着要呢！”老板转身气呼呼进了店，剩下两个工人在那里大眼瞪小眼。

开慧凑了上去问：“两位师傅，什么字弄错了？我们能不能看看啊？”

工人的手里，是张送货单，上面写的是“唐记”布庄，布庄的招牌上却是“康记”。

蔡畅说：“这是唐记，不是康记啊。”

“看上去也差不多，我们哪分得那么清？”一个工人说，“唉！这眼看就要天黑戒严了，来回七八里，再送怎么来得及呀？”

开慧问：“两位师傅，你们不认识这两个字吗？”

一个工人说：“做工的，还不都是半个睁眼瞎子。”

另一个工人也说：“真要识字，还能吃这种亏吗？”

听了这话，开慧赶紧跟工人们说起了工人夜学的事，却不料两个工人一脸茫然，全不曾听说这回事，开慧问明了原因，恍然大悟，这才匆匆赶来，找到毛泽东。

“你知道为什么没有工人报名吗？因为他们不识字、不认识广告上的字！”

毛泽东这才醒悟过来：“你是说，工人根本不认识广告上的字？”

“是的。我也是听那两个工人说了才知道，他们不光是看不懂，就算认识几个字的，也根本没敢去看广告。”

“那又为什么？”

“我们的广告不是请警察去贴的吗？警察在工人眼里，就是衙门抓人的差役，工人以为贴什么抓人的告示，怕惹麻烦，都躲着走，根本没人敢去看。就算有人看了，也不相信真有这种免费读书的好事。我碰上的那两个工人，就怎么都不肯相信，以为我跟他们开玩笑呢。”

“原来这样。”毛泽东点了点头，略一思考，突然一挥拳头，“我有主意了！”

四

第二天工人下工时分，万源纱厂的门口，两面铜锣当当直响，引得熙熙攘攘的路上，正在下班的工人们都奇怪地望了过来。一帮学生带着锣鼓唢呐，各种各样的乐器，在路边拉开了场子。原来毛泽东等连夜排了一个节目，想以这个方式来说服工人参加夜学。

领头敲锣的，正是毛泽东和向警予，两人一边敲锣一边唱和：

“哎，都来瞧都来看。”

“看稀奇看古怪。”

“看刘海砍樵出新段。”

“胡大姐路边谈恋爱喽。”

一旁，张昆弟、罗学瓒、萧三等一帮子锣鼓唢呐洋铁碗，滴滴答答伴奏声大作。

这《刘海砍樵》本是长沙一带最受人欢迎的花鼓剧目，如今被弄出了这番新鲜举动，着实令人好奇，当下呼啦一下，众多工人顿时把他们围了个水泄不通。

警予锣槌一抬，身后乐声止住，她团团一抱拳：“列位工友，有道是故事年年有，今年特别多。今天我们要讲的，便是这《刘海砍樵》的故事。”

“列位要说了：《刘海砍樵》谁没看过？有什么新鲜的？”毛泽东接着和她一唱一和。

“我告诉列位：有！”

“怎么个有法？”

“且看我们的小刘海进厂当工人！哎，刘海呢，刘海，刘海！”

“（花鼓腔白）来哒咧……”但听得笛子、唢呐……花鼓调子的伴奏大起，音乐声中，蔡和森一身短褂、草鞋，背着雨伞、包袱，突然从观众群中钻了出来。

蔡和森：“（唱）小刘海啊我别了娘亲，不上山来我不进林。（白）都说那做工比砍樵要好，我也到工厂（唱）来报个名哪咦呀哎嗨哟。”

观众们的一片笑声中，警予手一背，挺胸腆肚，装起了工厂老板：“叫什么？”

蔡和森：“（白）刘海。”

警予：“哪个刘，哪个海？”

蔡和森：“（白）刘海的刘，刘海的海。”

毛泽东：“老板是问你名字怎么写的？”

蔡和森：“（白）冒读过书，搞砣不清。”

观众又是一片笑声。

警予：“你自己的名字都不会写？”

蔡和森：“唉，（唱）自幼家贫丧了父亲，上山砍樵养娘亲。我也有心把学堂进，无衣无食哪有读书的命。”

毛泽东“当”的一声锣，冲观众：“可怜我们小刘海，论人才，原本也做得个纱厂的工头。”

警予：“怎奈大字不识一个，只好先做了个送货的小学徒。”

毛泽东：“一进工厂整三月。”

警予：“家中急坏了胡秀英。”

音乐声中，斯咏一身花红柳绿，袅袅婷婷出了场：“（唱）海哥哥进城三月挂零，秀英我在家中想大君。不知他做工可做得好，为什么　去就无音讯？”

她秀美的扮相与清脆的嗓音，一出场便博来了一片叫好声。

“大姐，”开慧扎两根冲天辫子，打扮成个小丫头，从人群中挤了出来，“刘海哥来信了。”

斯咏：“（唱）一块石头我落了地，小妹你快把书信念与我听。”

开慧打开手上的信：“胡……胡圈圈？”

斯咏凑上来一看：“哎哟，胡大姐喽。”

开慧：“这明明是两个圈圈，哪里是大姐嘛？——还画都画不圆。”

斯咏：“（白）海哥哥不会写大姐，画两颗脔心代替我啦。”

四周观众哄堂大笑。

开慧：“哦，（念）胡大姐，我在城里丢了命……”

“啊？”斯咏、警予、毛泽东等齐声，“什么？”

开慧：“（念）我在城里丢了命，一天到晚被雨淋，别人有命我无命，圈圈——哦不对——大姐有命送命来，若是大姐也无命，刘海我就不要命。”

斯咏作焦急状：“（白）这可如何是好？”

毛泽东、警予、开慧齐声：“赶快进城看看啊！”

音乐声中，斯咏、开慧退场。这番新奇有趣的路边活报剧，一时间赢来了观众无比热烈的掌声与叫好。

叫好声中，王老板夫妇也正好走出厂门，叫着仆人王福，让他备轿，那叫王福的仆人却正踮着脚挤在人群外看戏，听见老板叫他，赶紧跑来，一脸的兴奋地说：“老爷，好看啊，表小姐在那儿演戏，演得可好了。”

“表小姐？”王老板夫妇眼都瞪圆了，夫妇俩走到人群后面，踮起脚来，果然正看到人群之中，斯咏与蔡和森一身戏装，一副久别重逢状，演得正来劲。

开慧一拉斯咏：“大姐，刘海哥挺好的，没出事啊？”

蔡和森：“（白）哪个讲我出哒事？”

开慧：“你自己信里写的嘛。（拿出信来念）我在城里丢了命——这不是你写的？”

场子一旁的警予举起一块大牌子，上面是一个老大的“命”字。

蔡和森接过信：“（白）哎哟，我写的是‘我在城里丢了伞’嘞。”

斯咏、开慧：“伞？”

场子另一旁的毛泽东举起了另一块大牌子，上面是老大一个“伞”字，与警予举的牌子呼应着。

蔡和森：“（白）对呀。（念信）‘我在城里丢了伞，一天到晚被雨淋，别个有伞我无伞，大姐有伞送伞来，若是大姐也无伞，刘海我就不要伞。’”

斯咏：“（白）哎哟，海哥哥嘞，你硬把我脔心都吓跌哒咧。”

开慧：“你看你这个刘海哥，（念板）我大姐，在家里，一天到晚想着你。听说你城里丢了命，大姐她心里好着急。”

警予与毛泽东齐声：“嘿！胡大姐她心里好着急！”

开慧：“她卖了鸭，卖了鸡，倒空了米缸卖了米。凑钱到城里把你看，原来你只是丢了伞。”

警予、毛泽东："嘿！原来他只是丢了伞！"

这一段唱下来，有情节、又生动，把四周的围观的人全逗得大笑不止。

斯咏："（唱）海哥既然平安无事，秀英也算放哒心。三月工钱先把我，回家买米养娘亲。"

蔡和森："唉，（唱）提起工钱我眼泪汪汪，三个月辛苦我白忙一场。"

斯咏："（白）这又为何？"

蔡和森："（念板）上前天送货我出哒厂，要货的布老板他本姓唐。刘海我自幼读书少，一个唐字我看成哒康。跑出城外十几里，把货错送到康记布庄。等到我再往城里跑，太阳落山见月光。天一黑城里戒哒严，唐老板的生意塌哒场。厂里头怪我送错哒货，两个月的工钱全扣光。"

毛泽东与警予一人一块牌子，上面写着大大的"康记布庄"和"唐记布庄"，生动地配合着他的念白，四周的工人们就算不认识这两个字，也看得明明白白，不由得又是一片哄笑。

开慧："这才两个月工钱，还有一个月的呢？"

蔡和森："（念板）昨天我送货又去结账，有个老板他冒得名堂。一共他要哒三次货，每回欠厂里八块光洋。三八是好多我又算不清账，只怪我细时候冇进学堂。他一看我算账不里手，硬讲三八是一十九。一下就少收哒五块钱，厂里头又要扣我工钱。学徒一个月才四块五，赔光哒下个月我还要补。认错一个字，算错一回账，三个月的工钱全泡汤啊全啊全泡汤。"

斯咏："（白）海哥哥，你明晓得冒读过书，厂里何式还喊你去送货喽，未必冒得别个哒？"

蔡和森："（白）大姐，你有所不知——（念板）厂里的工人有三百整，刘海我水平已经算蛮狠。斗大的字，还认得几箩筐，我就算厂里的状元郎。换哒别个更不得了，认字算数都摸风不到。写个一字他当扁担，写个二字以为筷子一双。"

斯咏："（白）那要是三字咧？"

蔡和森："（念板）写个三字他更眼生，还以为两双筷子跌哒一根。"

这一段又让四周的观众笑得连气都喘不过来了。

蔡和森："（念板）讲得出口，写不得，别个写哒又认不得。厂里的规矩随老板讲，扣你的工钱冒商量。一世人做哒个睁眼瞎，人不读书就把亏吃。做工的生来命最苦，千苦万苦只因冒读得书。列位工友都在此，你们讲我讲得是不是？"

满场的笑声戛然停了，一番话深深地引起工人们的共鸣，许多人都在默默地点头。

斯咏："（唱）听罢海哥话一场，秀英我心里好凄凉。人不读书遭白眼，夫受欺凌妻亦无光。千事万事先放下，海哥你今天就上学堂。"

蔡和森："（白）我也想读嘞，只是学堂这样贵，做工的哪里读得起喽？再说我只晚上有空，白天还要做事，大家讲，我这个书何式读得成器喽？"

“谁说你读不成书?”一旁的警予与毛泽东突然插了上来，“我们给你指条路怎么样?”

蔡和森、斯咏、开慧：“（白）哦？愿听端详。”

警予：“眼下就有一个机会：第一师范新办了工人夜学，专门方便列位工友读书学知识。”

毛泽东：“每天晚上两节课，不耽误你白天要做工。”

警予：“你若担心晚上戒严，夜学还发听讲牌。”

毛泽东：“凭牌就能畅通无阻，军警一概都放行。”

蔡和森、斯咏、开慧：“当真?”

警予、毛泽东：“当真。”

蔡和森、斯咏、开慧：“果然?”

警予、毛泽东：“果然。”

蔡和森：“（白）但不知学费好多?”

警予：“免费夜学，一文不收。”

毛泽东：“课本笔墨，按人发放。”

警予：“如今夜学正招生。”

毛泽东：“要想报名你赶紧去。”

众人：“对，要想报名你赶紧去!”

“当当啷当，当当啷当……”观众的一片叫好与掌声中，伴奏的张昆弟、萧三等人打起了快板，走上前来，加入演员中，众人齐声：“嗨，嗨，这正是——

“刘海砍樵的新故事，工人也要学知识。”

“学写字，学算术，学了加减学乘除。”

“能读书，能算账，我们和别人要一样。”

“莫说人穷没人管，我们工友人穷志不短!”

毛泽东扯开了嗓子：“列位工友，我们第一师范的工人夜学正在招生，过几日就正式开课，有愿意读书学知识的，现在就可以向我们报名!”

“我报名……我也报……”

呼啦一下，上百工人们争先恐后涌了上去，顿时将负责报名的张昆弟他们围了个水泄不通。

望着那一张张渴盼的脸，一双双争抢着报名表的手，毛泽东兴奋得与蔡和森、开慧用力一击掌。

转身，他又一把握住斯咏的手，用力一紧。

“谢谢你，斯咏!”

紧紧握着毛泽东的手，斯咏一时似乎也不知该如何表达成功的喜悦。就在这时，她蓦然一呆：涌上前来的观众群后面，露出了王老板夫妇，两口子脸色铁青，正狠狠地瞪着人群中的斯咏！迎着那两双气得简直要喷血的目光，斯咏不由得一慌，她下意识地正要放开毛泽东的手，想想，把头一扬，反而更紧地握住毛泽东的手。

“润之，”蔡和森拿着一叠报名表挤过来，“不行呀，人太多了，昆弟他们忙不过来，你这边再开一个报名点吧。”

“要得，交给我了。开慧，斯咏，来，一起帮个忙。”

“好!”斯咏一把抓过毛泽东手中的报名表，仿佛示威般迎着王老板夫妇的目光，拉开了嗓子，“后面的工友们不要挤，这边也可以报名，请大家一个一个来，人人都能报……”

几十名工人一下将她与毛泽东等围住了。

一向很注意保持风度的王老板，这个时候都快要被未来儿媳给气疯了，他拉住同样目瞪口呆的王夫人，颤抖着嘴唇从牙缝中挤出一个字：“走!”

1917 年 11 月 9 日，第一师范工人夜学正式开学。

因为是第一天上课，也因为毛泽东的军令状，孔昭绶带着杨昌济、方维夏、徐特立、袁吉六等先生特地来看教学效果。远远的，他们就看到了一块“工人夜学”的牌子挂在教室外面，不用说，大家都知道那是毛泽东的手笔。

站在窗外，他们看到教室里讲台一侧挂着课程安排的粉牌：“今晚授课：第一节，国文，毛泽东；第二节，算术，陶斯咏”。毛泽东穿着一件灰白的长衫，颇有教师的风度，正在教工人读：“我是一个工人。”

挤得密不透风的教室里，130 多名工人捧着简单的油印课本，神情专注地跟着读：“我是一个工人。”

“我为我们的中国做工。”

“我为我们的中国做工。”

……

孔昭绶点点头，目光投向了袁吉六：“仲老，如何啊?”

望着眼前的盛况，袁吉六彻底服气了：“袁某是老了，对他们年轻人，不服不行啊!”

几个老师也纷纷断定，这个毛泽东，以后准是个好老师啊!

那一刻，只有杨昌济却摇了摇头，心中暗想：老师是个好老师，就不知道这门教书的本事，他用不用得上了……

第二十八章 梦醒时分

"斯咏心中所藏的，也许只是一个浪漫的、不切实际的梦幻，我想，这也许是真的，因为如果她真的心中有我，在她的心中，所藏的那个人，也并不是真正的毛泽东，而只是一个被加工过的梦想而已。"

一

陶家印刷厂门口，工人大多都已经下班了，陶会长看到还有几个工人没有回家，扎在一堆不知道在看着什么，就走了过去。工人们看到老板来了，赶紧起身问好。陶会长凑过来一看，地上是歪歪斜斜用树枝写的字："我是一个工人。"

工人把手里的识字课本递了过来 告诉他，这是工人夜学教的，第一师范办的工人夜学，教工人免费读书，好多工厂的工友都去了。陶会长翻看着识字课本，忍不住点着头，称赞这是件大善事，又问办学的是一师哪几位先生？一个工人说是一师的毛先生，还有周南的陶先生。陶会长锁着眉头重复了一句："毛先生，陶先生？"

一路疑惑地回到家，陶会长进了大门就问管家小姐在房里没有，管家回答说小姐出去了，姨老爷两口子来半天了，脸色不太高兴。陶会长"哦"了一声，进到客厅。果然看到王老板夫妇来了，不过王老板夫妇的脸色，说不高兴是太轻描淡写，那两张脸铁青，简直就是气急败坏！

一看到姐夫进门，王夫人率先发难："大街上！姐夫，那可是大街上啊！居然就跟人夫啊妻啊扭啊唱啊，让几百做工的围着看！成何体统啊？"

"伤风败俗！"王老板也一巴掌重重地拍在桌子上，吼道："伤风败俗！"

这样有伤自尊的话任何一个女孩的父亲都接受不了，陶会长的脸色沉了下来。

王夫人没看见姐夫的脸色，也或许她看见了却不在意，只顾自己发泄，而且越说口气越难听："上次过生日，跟一帮男人疯到大街上，就够丢脸的了。现在倒好，干脆上大街，卖唱当戏子！真没个廉耻了！要让人知道这是我们王家的儿媳妇，我们还怎么做人哪。"

"她二姨，你的意思，你王家的儿媳妇，我斯咏高攀不上？"

看到陶会长脸拉得死长，王夫人这才发现话讲过了，赶紧放软了口气："我……我不是这个意思，姐夫，我和你妹夫还不是为你着想，怕她丢了你的面子吗？好歹她是陶家的大小姐嘛。"

王老板却仍然不松口："她也是我王家的儿媳妇。姐夫，陶家、王家，都是有头有脸的人家，姐夫该管的还是得管，别闹出笑话来，大家脸上不好看。"

陶会长把头一扭："女儿怎么管，我自己有分寸！"

"那就好，我们做公公婆婆的，可就拜托亲家翁了。"王老板拉起老婆，"告辞了。"

"不送！"窝在沙发里，陶会长的胸膛一起一伏的，这番羞辱可当真把他气得够呛！

这天晚上，工人夜学有斯咏的算术课，放学后已是夜里九点多钟了，斯咏一进门，迎头就碰上了陶会长铁青的脸。

还没等她开口，陶会长砰地一拍桌子，劈头就是一顿骂，说的话居然和刚才王老板夫妇说的差不多。

斯咏目瞪口呆地看着爸爸，长这么大，她可一直都是爸爸的心肝宝贝呢！听得父亲全没有收口的意思，她的小姐脾气上来了，登登登地上了楼，冲进卧室，反手便将门一关。

“砰”的一声，门又被陶会长推开了：“怎么怎么，啊？还说不得你了？上大街丢人现眼的时候，你的面子哪去了？”

“我那是为了办夜学，丢什么人？”

“办夜学你可以去教书，我并没有反对嘛。可你、可你上什么大街？还夫啊妻啊跟人扭啊唱的，人家看到了会怎么想？啊？”

“他爱怎么想怎么想，我就是做给他们看的！”

“你……你怎么这么不懂事呢？那是你公公婆婆！你这个样子，以后怎么当人家儿媳妇？”

“他看不惯是吧？看不惯正好，退婚喽。”

“胡说！”陶会长这下真火了，“砰”地又是一拍桌子，“退婚是随便说的？我陶家多少代清清白白，无再嫁之女，无重婚之男！三媒六订许下的婚事，退婚？你不要脸我还要脸呢！”

他一屁股在椅子上坐下，喘着粗气，强压了压火气，又把椅子往床边挪了挪，放缓了口气：“斯咏，不是爸想跟你发脾气，被人当着面这么说，爸心里窝火啊！要怪呢，只怪爸过去太娇惯你了，总想着你还小，什么事都还早，由着你玩就玩吧，到时候收心就是。可你一天一天，你越来越不像话。那个什么毛泽东，爸说过多少次，不要跟他来往不要跟他来往，你呢，听进去了吗？你非要跟他混在一起。他就那么好？就有那么大的吸引力？”

“他就是好！就是好就是好！”

“好，他好，他好上天又怎么样？不还是个穷师范生？爸不是说要嫌贫爱富，可凡事它总还有个门当户对，爸也得为你的将来考虑吧？退一万步，我们退一万步讲，你终归是定了亲的人，是有主的！你别忘了，还有半年你就得出嫁，不管什么毛泽东毛泽西，你跟他都没有将来！一个女孩子，名声要紧，不能乱来啊，你明不明白？”

陶会长这番话，戳中了斯咏心里的痛处，她紧紧咬着牙，不知道该说什么了。

那天晚上，斯咏躺在床上，翻来覆去地想着自己该怎么办。

周末放学后，斯咏死乞白赖地要警予陪她去趟蔡家。开始怎么都不对警予说去蔡家的理由，后来警予威胁她不说就不陪她，她才说，蔡妈妈是反封建的典范、新女性楷模，所以想去找蔡妈妈给自己出个主意。警予白了她一眼，告诉她不用去蔡家，主意现成就有一个，退婚。

“可是，我爸他就是不肯退啊！”

“你爸不退，你自己退嘛！”

“自己退？”这一层斯咏显然从未想到。

“对呀，你的婚姻，退不退是你的权力，跟别人有什么关系？现在是民国，不是封建王朝！长辈的一句话，还能管你一辈子？不是我说你，斯咏，为了这一纸婚约，这些年你添了多少烦恼，多少无奈？想说的不敢说，想爱的不敢爱，都是因为它！其实不就是一张纸吗？撕了它，一身轻松！”

看到斯咏还在犹豫，这次，警予主动提出去找蔡妈妈，因为她相信，蔡妈妈一定会赞成自己的想法。

可是，当他们过江来到溁湾镇刘家台子蔡和森家，坐在蔡妈妈对面的时候，蔡妈妈的一番话，却叫他们大失所望。

“我抛弃过一段老式婚姻，抛弃过一个封建家庭。斯咏，按理说，现在，最应该鼓励你，支持你，给你打气的，就是蔡伯母。可是，可是蔡伯母不能那样做。”

葛健豪给孩子们续上茶水，又说：“你们还年轻啊，孩子们。有很多事，你们还没有经历过。只有经历了，你们才会明白，生活，并不像你们年轻人想的那样，只要迈过那一道坎，前头就会是一片阳光。正好相反，一个人，做出任何选择，都是有代价的，常常是，当你做出了选择，你却发现，你所面临的，反而是更大的、更长久的、更难以克服的障碍与压力。如果换作一个女人，要她去挑战旧婚姻、旧家庭、旧观念，甚至整个旧的社会，那更要付出巨大的，也许是你根本无法承受的代价。”

“怎么，伯母，您后悔了？”警予几乎不敢相信这些话会出自葛健豪的口。

“不，我没有后悔，我从来不为自己的选择后悔。可我是我，斯咏是斯咏。斯咏，你蔡伯母的性格，跟你不一样，蔡伯母的年龄，也比你大得多，我的选择，经过了深思熟虑，当我打算踏出那个家门时，我也自信已经做好了一切准备，预计好了一切困难。可当我真的离开那个家，我才发现，还有许许多多的白眼，许许多多的压力，许许多多旁人无法想象的困难，超出了我原来的预计。这些压力与困难，蔡伯母挺下来了，可是不是等于你也能挺下来，我不知道。真的，斯咏，我很愿意支持你，支持你挣脱枷锁，但作为一个过来人，我更要提醒你，做出一个人生的选择也许艰难，但承受一个选择所带来的终生的压力与代价，才是你今后真正要面对的现实。所以，当你打算做出选择的时候，我希望你认真地问一句自己：我，真的做好付出一切代价的准备了吗？”

望着葛健豪坦诚而关切的眼睛，斯咏努力想弄明白蔡妈妈这番话背后的意思。

回到家里，斯咏取出信笺，提笔写下了“姨父姨母大人台鉴”后，却又不知道该怎么写下去了，在桌子面前坐了半天，只是不知道怎么落笔。

好不容易挨到天亮，她一路小跑到了一师，敲开了八班寝室的门。

周世钊还睡眼惺忪的，一听斯咏说要找毛泽东，揉着眼睛说：“润之？他回家了。你不知道吗？他母亲病了。”

二

毛泽东是头天离开的长沙，那时他正在寝室里整理“工人夜学记事簿”，四年来从没有到一师来过的毛泽民突然风尘仆仆地找来了，水都没有来得及喝一口，就拉住哥哥哽咽着说了母亲最近严重的病情。

“你说什么？娘病了？”毛泽东大吃了一惊，问明母亲的情况，赶紧请了假，跟弟弟一起赶回了韶山。

文七妹果然病得不轻，这一两年来，吃不下饭，睡不安觉，整个人已经骨瘦如柴，最近两个月，居然还连续晕倒了好几次，乡间本谈不上什么医疗条件，郎中也看不出是什么病来，她也就这么一日日挨着。毛顺生和毛泽民眼看她越来越严重了，这才下了决心，叫回了毛泽东，要送她去省城医病。

文七妹却不想去长沙，只说跑那么远干什么，哪里不是一样的诊？毛泽东只能反复劝她省城可不像韶山这个小地方，有洋人开的大医院，什么病都诊得好。他一再宽妈妈的心，说不管什么病，等到了省城，就诊好了。好说歹说，文七妹终究拗不过丈夫和两个健壮的儿子，这才答应了下来。

独轮车的车轮吱呀吱呀，通过崎岖不平的羊肠山路。独轮车上，架着简单的木板，文七妹满脸病容，无力地斜靠在上面，盖着床被子。她的身后，毛泽东推着独轮车，额角绽着汗珠，汗水早已浸湿了前襟后背。泽民背着行李走在旁边，不时地对哥哥说：“大哥，你歇一会，我来推吧。”

“不用不用，我来推。娘，您还没到过省城呢，等到了，诊好了病，我带您看省城，哪里热闹我们就看哪里，好不好？”

“哎。看，看。只要娘走得动，就看。”

“走得动的，诊好病就走得动了。不光省城，以后，北京、天津、上海、广州，好多地方您还要去看呢。”

“娘哪里跑得那么远喽？”

“跑得的。我先去嘛，这些地方，我都去，去了，就接娘去。娘，您还要活到九十九呢，哪里去不得？都去得。”

“好，你去，三伢子去了，就等于娘去了。”

山道弯弯，小车吱呀，母子之间的对话声，渐渐融入了秋日夕阳之中。

车船劳顿，跑了整整一天的路，毛泽东总算把母亲送进了湘雅医院。

给文七妹看病的是一个西洋医生，洋医生一番周折，检查完了，考虑了一下，才用还算清晰的中文对毛泽东说：“你是病人的大儿子？病人现在需要住院观察几天，先让你弟弟给她办住院手续。你留下来。”

诊室内只剩了毛泽东和医生，毛泽东神情紧张地看着医生，听他说："你母亲患的是淋巴腺结核，病情已经比较严重了。目前的医学，还没有治疗结核病的好办法，主要是保养，延缓病情的发展。但现在的问题，是你母亲的身体太差了。你说她只有50岁，可是从她的身体状况来看，就像一个70岁的人，我认为，她太过于劳累了，她在透支，透支自己的生命。如果再让这种情况发展下去，病情就会很难控制，你明白吗？"

毛泽东沉重地点了点头，出了诊室，扶着楼梯一步一步走下楼来。眼看拐弯就要到病房了，毛泽东停住了脚步，深深吸了一口气，努力撑起一张笑脸，装出轻松的表情。他走到门口，正听到病房里传出一个冷冷的声音："……怎么回事？你看不看得懂啊？"进门一看，一名护士一脸淡漠，看也不看毛泽民，边对着小镜子补妆边用鄙夷的口气说："这是临时留观。什么是住院手续知道吗？"

"我……我就是在门诊那边办的嘛。"毛泽民手足无措地看着护士。

文七妹也看着护士小心翼翼地说："那我们就留那个观嘛。"

护士瞥了母子俩一眼冷冷地说："你想留就留啊？真是！"

毛泽东没听明白，进去之后，先看了看母亲，然后尽量和气地问："护士，我们办错什么了？我是要给我娘办住院手续，如果错了，那我去补办一下。"

护士自顾自地照着镜子："你知道这儿住一天院多少钱吗？带了钱没有？"

"请你给我娘安排病房，我现在就去补办手续。"

因为长途跋涉，母子三人的身上和行李上，都满是尘土，护士看看人、又看看地上卷成一卷的行李、被子，毫无表情地说："对不起，现在补办晚了，病房满了。"

毛泽东真有些耐不住了，正想争辩，恰在这时，文七妹突然咳嗽起来，毛泽东赶紧扶住母亲，拍打着她的背："娘，娘，您顺顺气，别着急，别着急啊。泽民，你扶着娘，我去打碗水来。"

他刚转身，突然一愣，看到斯咏正站在面前的走廊上。

斯咏是听说毛泽东接了母亲来看病，才专程赶来的，她看了看毛泽东，沉着脸，转向那个护士说："我是这家医院陶董事的女儿，叫你们院长来！"

病房的问题因为斯咏的到来而解决了。斯咏站在病房里，看毛泽东和弟弟小心翼翼地把妈妈扶到了病床上。

毛泽东给母亲盖好被子，又端来一盆水，要给妈妈洗脸。文七妹拦着他，气喘吁吁地要儿子先招呼陶小姐，请陶小姐坐。站在一旁的斯咏赶紧摆着手说："伯母，您不用客气，我和润之熟得很。"

"对，我们是好朋友，不讲究这些。斯咏，你坐啊。娘，来，擦擦脸。"

斯咏在一旁坐了下来，看毛泽东小心翼翼地给母亲擦着脸，他的动作是那样轻柔，那样仔细。洗了脸，他又捧着碗，小心地喂着母亲喝水，还用手帕轻轻擦去了母亲嘴角沾上的水。

望着毛泽东在母亲面前温柔、仔细的一举一动，斯咏几乎都看呆了。

妈妈睡下之后，毛泽东送斯咏出医院，很真诚地感激她今天为母亲做的一切。斯咏问起文七妹的病情，毛泽东低下头，说："我娘的病，其实都是累出来的。这几十年，整天整天，整夜整夜，田里，家里，大人，小孩，都是她一双手，就算是机器，它也要停一停啊，可我娘，就从来没停过。看看我这一身，哪样不是她一针一线熬夜熬出来的，可这些年，我这个做儿子的，也不在她老人家身边，什么事也没有为她分担，就连一点回报，也没有给过她老人家，反而让她牵挂我，想念我。"

斯咏轻轻握住了他的手："可你心里记着你母亲，有这一点，我想伯母也就满足了。"

"是啊，中国最苦的，就是我娘这样的妇女，一辈子，什么都没有享受过，就这样一句话也不说，做啊，做啊，一直做到筋疲力尽，做出一身病痛，做到做不动为止。乡下呢，得了病，又没有地方看，只能这么拖，这么熬，结果小病拖成大病，大病拖成……好多人一辈子，连医院的门朝哪边开，连医生是个什么样子都不晓得啊！"

"谁叫中国还这么落后，还这么贫穷呢？"

"不，这一切都不合理，这一切都一定要改变！总有一天，我要让中国所有的人，不管是男人、女人，不管是城里、乡下，不管他有钱、没钱，都吃得起药，看得起病，我要让中国，再也不出现像我娘这样的悲剧！"毛泽东转过头，目光炯炯，"斯咏，你相信会有这么一天吗？"

迎着他的目光，斯咏犹豫了一下。如此梦幻般的空想显然距现实太过遥远，但她又不忍否定："也许吧，润之，你那么爱你的母亲，就凭这份爱，我相信你会做到。"

三

晚上，忙了一天的陶会长进了门，伸展了一下的腰身，便倒在了沙发上。一杯茶轻轻端到了他面前，陶会长接过茶，却看到端茶给他的，居然是斯咏。

"爸，忙了一天，累了吧？"斯咏转到沙发后，给陶会长按摩着肩膀。

陶会长简直有些受宠若惊了，他扭头看着女儿。

"怎么了，爸？"

"没什么，没有什么。你今天……这么有空哦。"

斯咏没回答他，她按着父亲的肩膀，突然趴到了父亲背后："爸，我平时是不是很不听话？是不是老让您好烦好烦？老是惹您不高兴？"

"你怎么……怎么突然说起这些来了？"

"我只是想知道，想知道有我这样一个女儿，您后不后悔？"

“后悔？这孩子！说什么傻话呢？”看着斯咏的眼睛，陶会长放下茶杯，也专注起来，“斯咏，不管是什么样的孩子，在父母眼里，永远都是最好最好的，你就是我最好的女儿，有你，爸这一辈子，都高兴，都幸福，都骄傲，你明白吗？”

搂住了父亲的脖子，斯咏轻声叫着爸爸，心里却回想着毛泽东服侍他妈妈的样子……

回到自己房间，斯咏铺开那张写着“姨父姨母大人台鉴”的信纸，深深吸了一口气，终于还是提笔写了下去。

四

文七妹出院的前一天，葛健豪买了橘子来看文七妹。葛健豪听说文七妹明天就回去，很是意外。文七妹解释说：“家里事情放不下呀，鸡啊，猪啊，牛啊，都要喂，我老倌子和伢子、妹子又没人做饭。我呀，闲不得，闲了这几天，一身都痛，生就的贱命，没办法。”

“可病总得看好呀。”

“我这个病，洋郎中也讲了，就是自己保养，在医院，在家里，都差不多。还是回去好，回去习惯。”

两位母亲亲切地聊着家常话，聊着他们都引以为自豪的儿子。从窗户看出去，她们正好可以看到毛泽东和蔡和森靠在病房外的走廊栏杆上，隐隐约约听到他们在说着工人夜学。

“听说，我三伢子也常跑到你屋里去，又吃又住的，给你添好多麻烦吧？”

“那有什么。润之这孩子，我喜欢。”

文七妹说：“我听我三伢子讲过，你呀，知书达礼的，读过的书数都数不清，你有本事啊，所以教得那么好的儿子出，年年在学堂里拿前几名，不像我，字都不认得一个，一世人的睁眼瞎子，想教崽伢子，也不会教啊。”

“不，毛妈妈，您才是最好的母亲。”葛健豪握住了文七妹的手，“过去我一直在想，是什么让润之这么出色，这么优秀，见到您，我才明白，是因为有您这样一个母亲。”

文七妹憨笑着：“我哪有那个本事？哪有那个本事？”

第二天，文七妹出院了，从长沙回韶山了，毛泽东在码头送别妈妈和弟弟，心里惦记着自己给妈妈许的那么多诺言，渴望着能有机会一一实现。但这一江秋水，却将母子二人永远隔开了……两年后，文七妹因患淋巴腺结核，病逝于韶山，终年52岁。

五

斯咏的那封“姨父姨母大人亲启”的信在王家果然掀起了轩然大波。王老板怒不可遏地将那封信狠狠地拍在桌上，吩咐被吓得魂不附体的阿秀去把少爷叫回来，今天就去陶家，过彩礼，定日子，尽快完婚！

子鹏回来后，却不愿意去陶家求亲，他告诉爸爸既然斯咏提出来要退婚就应该尊重人家。王老板回敬道：“尊重？她尊重你了吗？她尊重我们王家了吗？女孩家，居然敢擅自做主退婚，这不是往我们王家脸上抽嘴巴吗？这要放到从前，那就是沉潭浸猪笼的罪过！”

子鹏又说，现在不是从前了，婚姻是要讲感情的。王夫人马上指着儿子的鼻子教训：“你们表兄表妹，怎么没感情了？就算现在淡一点，等她嫁过来，不自然有了吗？也不知道你这个脑子里天天想了些什么！”

子鹏直接告诉父母，现在是人家根本就不愿意。王夫人一听这话，差点没跳起来：“那是你表妹一时糊涂！可她糊涂，你不能糊涂啊。陶家什么人家？长沙第一大户！家里又只有你表妹这一个女儿，只要娶过来，什么不是你的？这么简单的道理，还要妈教你？”

子鹏这才明白，父母逼着自己和斯咏结婚，根本就没有考虑自己的幸福，而是记挂着陶家的家产。他更不想结婚了，又找理由说，也许退婚不仅仅是斯咏的意思，也是陶会长的想法。

“不可能！”王老板斩钉截铁，“你姨父什么身份？定好的亲事，他敢悔婚？他还要不要这张脸？这就是斯咏整天在外头瞎混，被那些不三不四的学生给带坏了，所以我才要你赶紧求亲，趁早让她退学嫁过来，就什么事都没有了。好了好了，你也不要啰里啰嗦了，赶紧换衣服，上陶家！”

“我不去！”子鹏看了一眼秀秀，涨红了脸，“这门亲事，我也不愿意，我也要退婚！”

“混账东西！还敢顶嘴？”“啪”的一声，王老板一个耳光打得子鹏一歪，秀秀吓得赶紧扶住了子鹏。

“你到底去不去？”

“我偏不！”捂着被打红了的脸，子鹏猛然昂起头来冲出客厅，向大门跑去。身后，秀秀与王老板夫妇追了出来。

秀秀在江边追上了子鹏，她走到了子鹏面前，抚摸着子鹏红肿的脸，劝他还是不要与父母作对，赶紧回去。子鹏摇了摇头，很坚决地表示绝不回去。

“可老爷太太是真发脾气了，再说，您跟表小姐……其实真的很合适，您就听老爷的话吧。”

“阿秀，你真的希望我跟表小姐结婚?”子鹏抓住了秀秀的手，盯着她的眼睛问。

秀秀的头不由得低下了，犹豫了一下，还是点了点头：“少爷和表小姐，本来……就是天生的一对嘛。”

子鹏的目光一下子黯淡了，机械地跟在秀秀的身后，往家里走。一阵江风吹过，子鹏停住了脚步。秀秀见他停住，伸手来拉子鹏的手。猛地，子鹏用力一拉，秀秀，猝不及防，一头扑在子鹏身上，子鹏一把将她紧紧抱住：“阿秀，我不会娶斯咏的，因为我早就在心里发过誓，这辈子除了你，我谁也不娶，不管她是小姐，是公主，是什么大富大贵，都比不上我的阿秀的万分之一！我现在只恨自己过去太胆小、太软弱，我早就应该像斯咏一样，勇敢地追求自己的幸福!”

“少爷……”

“不要叫我少爷，叫我子鹏。”

“子……子鹏。”

“答应我吧，阿秀，答应我，跟我一起走，走到一个新的，没有人认识我们，没有人能干涉我们的天地，我们结婚，我们永远在一起，快快乐乐的，永远不分开！只要有你跟我在一起，我会比过去活得快乐一千倍、一万倍。答应我，阿秀，答应我，跟我走吧?”

两个人紧紧拥吻在一起，喜极而泣的眼泪混合着，流满了两张紧贴在一起的脸。

这一幕被随后赶来的王老板看到，无疑是晴天霹雳。他一声怒呵，身后是那五六个粗壮的男仆马上扑了上来，从子鹏怀里拉走了秀秀，一路拖回王家，扔进了杂屋，用粗大的铜锁锁上了柴房门。

子鹏经过一番挣扎，头发弄乱了、衣服撕破了、眼镜摔坏了，却最终被两个男仆按倒在了客厅的沙发里。余怒未消的王老板翻出秀秀的卖身契，在子鹏面前使劲地晃着：“看清楚了?啊?自愿卖身！我这可是有凭有据。她刘秀秀是卖给我王家的丫头，愿打愿卖都得由着我。你放心，打，我也懒得再打了，明天我就将她给卖了!”

“不!”子鹏手脚并用地踢着、抓着，冲着父亲嚎叫。

“近了我还不卖，上海、香港、南洋，能卖多远我卖多远，包身工也好，给人作妾也好，进窑子当婊子也好，反正这辈子我让你永远看不到她的影子!”

“不!”子鹏猛地甩开了那两个男仆，一头扑到了一旁的王夫人脚下，“妈，我求求你，我求求你，不能这样，不关阿秀的事啊!”

王夫人别过脸：“怎么不关她的事?就是这小狐狸精使的坏！看着老实巴交，我还当她是老实孩子呢，暗地里居然勾引我儿子，想当少奶奶了！这种狐媚子，留她干什么?”

“妈，真的不怪阿秀，是我喜欢她，我喜欢她！是我硬要和她在一起的!”

“你看看你看看，那小狐狸精使了什么招，把你迷得这么神经的？她是个丫头，是个丫头！你明不明白？”

子鹏声泪俱下：“我真的喜欢她，妈，爸，我求求你们了，放过她吧！”

“放过她？放过她你就听话了？”看到儿子不停地点头，王老板回到沙发上，坐下，不紧不慢地理了理衣服，“子鹏，你也别怪我和你妈逼你，你年轻，不懂事，我们也是没办法，以后你会明白，我和你妈这么做，都是为你好。你起来吧，起来呀。”

王夫人忙不迭地把子鹏扶了起来。

“你喜欢阿秀，我也没说一定不行，可你不能为了一个丫头耽误了正事。眼前就两条路，一条，你不娶斯咏，结果怎样我已经说过了。另一条，你老老实实，去陶家求亲，至于阿秀嘛，我可以留在家里，好好待她，等你把斯咏娶过了门，要她继续服侍也好，想把她收房做个小也行，我都不拦你。两条路，你自己选吧。”

子鹏无力地跌坐在椅子上，默认了父亲的安排。

王家父子俩带着丰厚的礼物衣冠楚楚地到了陶家，一进门就把斯咏的退婚信先给了陶会长。王老板挂着笑容，注意着姐夫的表情，子鹏一身西装革履，木然地坐在他身边。

“死丫头，简直……简直想把我气死！”陶会长只看了一眼，就哆嗦着，猛地一把捏紧了手里的信。

“别动气，别动气，姐夫，孩子们还年轻，犯犯糊涂总免不了。这也怪现在那些学校，什么自由啊，个性啊，解放啊，乌七八糟，教得学生不成个体统。斯咏都是受了那些所谓新思想的害，一时糊涂。要说呢，婚姻大事，那是开得玩笑的？斯咏这回，还真是太毛糙了。姐夫，我听说她跟一师范有些男学生常来常往，有些话，外面传起来，不大好听啊。当然了，我是不会往心里去的，可要万一真弄出什么事来，那可是孩子一辈子的事啊！咱们当长辈的，再来后悔不就晚了吗？”

这话正说到陶会长的隐忧，他不由得点了点头。

“所以，当断则断，只要马上把斯咏和子鹏的亲事一办，不就什么事都解决了？子鹏也是这个意思。子鹏，跟你岳父表个态啊！”

子鹏木然地点了一下头。

陶会长这一次，是在和王老板商量之后，把一切都安排好了，才突然对下午放学回来的斯咏说，要她退学结婚。而且说了这话之后，就吩咐了管家，在王家来接亲之前，不许小姐踏出家门一步！

斯咏没有想到父亲这次做得如此决绝。但陶家一向宠惯了这个小姐，哪里能看得住她？趁着家里上上下下的丫环仆人都在贴喜字、挂灯笼，斯咏悄悄地跑了。聪明的姑娘直奔码头，问清楚当天晚上 11 点半就有最近一趟去武汉的船，她果断地掏出钱就要买一张船票。可就在递钱出去的那一瞬间，她犹豫了，突然改变主意，买了两张船票。

斯咏紧紧攥着两张船票，坐上了黄包车。黄包车的车轮飞转在去一师的路上。

六

黄昏的阳光透进学友会事务室里，给桌前正在看报纸的毛泽东涂上了一身的金黄。开慧蹦跳着进了门，叫了一声“毛大哥”，毛泽东似乎早已习惯了开慧这时候来，头也没怎么抬，只嗯了一声。开慧打量着摆了一桌子的记事本、杂志、球拍、笔墨等杂物，皱起了眉头，她拿起一个本子拍了一下毛泽东的脑袋，笑着骂他是个邋遢鬼，就一间办公室，还一天到晚乱七八糟。

边说边麻利地把房间收拾整齐了。然后她趴到毛泽东坐着的椅子背上，顺手给他梳理着有些乱的头发，问他又有什么新闻啊？

“护法军打傅良佐，傅良佐又反攻护法军。老调调，没什么新鲜的。”毛泽东笑笑，放下手里的《民报》，又拿起下面的《大公报》，浏览着主要的标题。猛然间，他腾地坐直了身子，把开慧吓了一跳！

“出什么大事了？”

“嘘，”毛泽东止住了开慧的打搅，一口气看完了报道，猛地一拍桌子，“好，好啊，太好了！开慧，你看……”

开慧接过报纸，读出了下角一篇并不醒目的报道的标题：“《俄罗斯国爆发十月革命，工人武装推翻临时政府》？”

“太好了！”毛泽东一挥拳头，仿佛指挥起义的是他一样，“你看看人家俄罗斯，工人起来了，武装暴动了，连政权都被他们夺到手了！我一直就在想，不破不立，可就是想不明白什么才是真正的不破不立？人家现在做出来了，打破旧世界，建立新世界，这就是不破不立，这就是新世界的希望！”

他来回走了一圈，实在无法抑制心中的激动，猛地拉开房门：“开慧，我去找子升，你回去告诉老师，说我们回头就去你家，回头就去！”

毛泽东和萧子升赶到杨宅书房，发现老师已经在等他们了。

“这则报道我也看到了。”杨昌济待学生坐下了，也拍着报纸说，“惊世骇俗，的确是惊世骇俗啊！”

毛泽东一拉身边的萧子升：“所以啊，我马上把子升拉来了。萧菩萨，你看，人民奋起，破旧立新，建立自己的政权，这才是推动世界进步的根本方法！”

“有你说的这么厉害吗？”

“你还不相信！你看啊，一个团体，布尔什维克，这是先进组织；广大民众，俄罗斯的工人，这是革命基础。上有团体组织，下有民众基础，所以人家搞成了事嘛！”毛泽东指着报纸，兴奋地阐述着自己的看法，又回头问杨昌济：“老师，您讲讲，像这样的革命，是不是代表了社会前进的方向，是不是给我们指明了打破旧中国、建立新中国的办法?”

杨昌济沉吟着:“以霹雳手段,摧毁旧世界,看来人家确实是办到了。不过,破旧不等于立新,革命能不能真正成功,不光看革命能破坏什么,更要看它能建立什么。”

“能破自然能立。工人起来了,民众起来了,还怕建不成人人幸福的大同世界?子升,你说对不对?”

毛泽东推了子升一下,子升的眼睛却呆呆地望着报纸,兀自陷在震惊中,整个人一动不动。毛泽东察觉出了不对,伸过头来,这才发现就在有关十月革命的报道下面,刊登着一篇几乎同样大小的结婚广告:“王府公子子鹏先生,陶府千金斯咏小姐,定于民国六年十月初四(公历1917年11月18日礼拜天)借圣公理会大教堂举行结婚典礼。执手偕老,琴瑟永合,兹具此函,公之于众。”

“王子鹏先生,陶府千金斯咏小姐……结婚?!”毛泽东也惊得目瞪口呆!

就在这时,外面却传来了敲门声,毛泽东走出书房一看,竟然是警予和蔡和森,他们手里,居然也拿着那张报纸。蔡和森见面就说:“我猜你在这儿,果然没错。”

进了书房,蔡和森先与警予对视了一眼,然后对杨昌济说:“老师,我们,想单独和润之谈谈,可以吗?”

看看警予与蔡和森严肃的神色,再看看那张报纸,杨昌济站起了身向开慧、子升一挥手,示意二人跟自己出去。

屋内,蔡和森、向警予直接告诉毛泽东,斯咏失踪了。毛泽东才看到斯咏的结婚启事,听到两人这样说,有点莫名其妙。向警予跟蔡和森轮番轰炸着毛泽东:

“陶伯伯刚到周南找过斯咏,所以我们也是刚知道的消息。你知道斯咏为什么会失踪吗?斯咏和王子鹏,根本就没有感情,这种强加于人的婚姻,她当然无法接受。可更重要的是,她心里,一直装着另一个梦。”

“斯咏的梦,也许不切实际,也许只是浪漫的幻觉,但是,就连我们,也常常能从她的目光中,感觉到一点什么,润之,难道你就从来没有感觉到过吗?”

“我知道,事情往往是当局者迷,往往最后一个知道的人,才是自己。可是今天,斯咏为了抗拒她不需要的婚姻,也为了自己的梦,已经迈出了这一步。润之,不管过去你是不是有过感觉,现在也是你必须明白,必须给出一个答案的时候了。否则,就算找到斯咏,也没有任何意义。”

一片静默中,毛泽东沉默着,犹豫着。他突然抬起头来,目光清澈,正视着自己的朋友:“不,毛泽东并不是一块木头,我也并不是从来没有过任何感觉的人。这些年来,朝夕相处,志同道合,我,和大家,和你们每一位朋友,也包括斯咏,有过那样多纯真而美好的过去。我记得我们的书生意气,指点江山,我记得我们的激扬文字,坦诚知心,还有我们的同生共死,患难与共。这其中,斯咏给过我许多,许多的友谊,许多的情感。当她不顾自己的生死,那样决然地跟我一起面对危险的时候，当我们并肩遥看湘江岳麓，她就站在我身边时，我不是没有那一刹那的感觉，也许她的心里，不仅仅是友谊那样简单……”

院子里，杨昌济、向仲熙、子升、开慧面向书房，静静地听着。谁也没有察觉，他们的身后的小院的门口，竟多了一个人。那是提着行李箱的斯咏，她从码头赶到一师、又从一师赶到这里，满怀期待的心在这书房里传出的平静声音中渐渐被击碎了，而且在继续被击碎……

“可是，我没有，从来没有过超出友谊的想法。在湘江边，在橘子洲头，在我们共同讨论一个属于我们的、更属于未来中国的青年团体的时候，我就提出来过，不谈男女私情。我是真心诚意说这句话的。也许，在别人眼里，这很幼稚，也很奇怪，可我真的是觉得，我们还年轻，我们还只是学生，我们有许多书要读，许多事要做，许多道理要明白，许多路要走。大言之，我们的社会，我们的中国，还有那么多需要改变的事情，而每一件，都值得我们倾注出全部的精力和热情。我不是一个天才，更不是什么超人，也许这一生，我成就不了什么事业，但我愿意倾我所能，为了理想而奋斗，为了中国而奋斗，为了更多的人，得到更多的光明，而牺牲我个人的一切。是，未来还很遥远，理想也只是梦幻，但它毕竟来自每一天，每一步的积累。作为一个学生，我相信，真心求学，实意做事，这才是今天的我们应该做的事，而不是那些只属于个人的卿卿我我，缠缠绵绵。也许正因为我太过理想化，也太过粗心，斯咏心里想的什么，我从来不曾真正去认真揣测过，哪怕偶尔的那一刹那，我也把它当成了我的多心，因为我们是这样风华正茂的一群人，因为我们这帮同学少年，都有着同样崇高的信念，决心以天下为己任，决心为真理而努力终生，我以为，友谊和信念，才是我们之间唯一的、值得信赖的桥梁，我不曾想过其他。”

听着他真诚的袒露，警予与蔡和森都想弄明白：“可是，感情和理想，和信念，和事业，和你所追求的一切，真的就是矛盾的吗？”

“不，感情和这一切，也许不矛盾。我虽然没有经历过这种感情，可我相信，感情是双方的，是共通的，是心有灵犀的，斯咏的感情，我体会得是那样肤浅，我对斯咏，更只有纯粹的友谊。那么我们之间，真的存在超出友谊的情感吗？蔡和森，你开始说，斯咏心中所藏的，也许只是一个浪漫的、不切实际的梦幻，我想，这也许是真的，因为如果她真的心中有我，在她的心中，所藏的那个人，也并不是真正的毛泽东，而只是一个被加工过的梦想而已。”

斯咏似乎已经听到了自己心脏的最后一声破碎声，她微微闭上了眼睛，悄悄地俯下身，把那本《伦理学原理》轻轻放在了门槛边，出了杨宅。

“爸？”

她看到面前站着的竟然就是她的爸爸，更远处的巷子口，灯笼一片，马车、仆人们正静静地等候着。她不知道爸爸是怎么找到这里来的，但她知道爸爸一定找得很辛苦。

“斯咏，回家吧。”

斯咏呆立着。

望着女儿的眼睛，陶会长和言细语："明天是你大喜的日子，还有好多事要准备呢，别在这儿耽搁了，啊。"

斯咏终于点了点头："爸，回家吧。"

她大步、决然地向前走去。

杨宅院子里的人这时候听到声音都跑了出来，子升、开慧跑在最前面，后面是杨昌济夫妇。

书房里，毛泽东头一个拉开房门就冲了出去，只看到远远的巷子口，斯咏与陶会长一道，正走向马车。

"斯咏！"

远远的，毛泽东的声音传来，正要上马车的斯咏脚步不禁一顿。只犹豫了一下，她继续向马车走去。随后追出的蔡和森与警予却看见了躺在门槛边的那本《伦理学原理》，警予捡了起来，书尚未递到毛泽东手上，夜风掠过，书的封面被吹开，露出了扉页上那句"嘤其鸣矣，求其友声"。

接过书，毛泽东抬起头来。远远的巷口，斯咏已坐上了马车。马车驶动了，斯咏微微扭过头，但驶动的马车，将她的目光带出了巷口。两张纸片随着马车的背影，随着夜风，轻轻飘去。子升捡起来一看，那正是两张去武汉的船票。

七

白天的小院已经丝毫没有了昨天晚上的喧嚣，但那喧嚣却留在了人的心里。杨昌济看到女儿手拂着兰花叶子，坐在花架前出着神，便静静地看着兰花，没有去打扰女儿的思绪。

"爸，什么是爱情？"终于，女儿从沉思中醒了过来。

杨昌济不禁微微愣了一下，回头看看妻子，妻子正站在屋檐下，静静地看着自己和女儿。

"爱情，就是成年人之间，相互的倾心和爱慕。"

"那，爱情和理想是矛盾的吗？"

开慧看到父亲没有马上回答，似乎还在想什么，就自问自答："你看啊，一个人的想法，其实分不了那么清的，理想、信念、抱负，和感情，不是一刀切开变成几回事，而是混在一起的，什么样的理想，什么样的信念，才会需要什么样的感情。如果两个人对人生、对别的大事追求、想法都不同，其实就不可能有一样的感情。对不对，爸？"

"你能想到这一层，很不容易。"杨昌济不禁点了点头，"就比如润之吧，作为学生，润之是我见过的最优秀的一个，他的才华、他的倔强、他的冲天豪情、绝世抱负，都是我生平之所未见，能够教出这样一个学生，是爸爸一生最大的幸运。可是，可是他并不见得是一个能给人带来幸福的伴侣啊。他的个性太强了，他太执著、太任性，太像一团烈火，熊熊燃烧，不顾一切！他也许能成就惊天动地的事业，也许能赢得世人莫大的敬仰，但这样飞扬不羁的一个天才，能给爱他的人，带来一份属于自己的温馨、祥和，带来一份平平安安、无忧无虑的日子吗？”

“那也不一定，爸，蜡烛燃得再久，有的人，也会宁愿选择惊天动地的闪电。”

听到女儿这样说，杨昌济不禁与静静站在一旁的向仲熙对视了一眼。他理了理开慧额前的刘海，目光中充满了父亲的慈爱：“我的开慧长大了。可最迟发现女儿长大了的人，为什么永远是父亲呢？”

开慧一笑：“我长大了？”

“什么是真正的幸福，本来也只在于每个人自己内心的感受。能懂得这个道理的，就不是小孩子。”

“我也长大了，哈哈。”开慧得意地站了起来，这一刹那，她的脸上挂着的又全是孩子般天真的笑，“这么深奥的道理，可不能只有我一个人知道。我现在就去教给那些应该知道的人。”

望着她孩子气地蹦蹦跳跳出门，杨昌济不禁摇了摇头，对妻子说：“刚还说她长大了，结果……哈哈。”

向仲熙看着女儿的背影，停了好几秒钟，这才说：“快了，不都16了吗？”

江风吹拂，卷动着沙滩上那本《伦理学原理》，那句“嘤其鸣矣，求其友声”不断随着被风卷动的书页闪过。毛泽东的目光迷离在无尽的湘江天际，他的心里，同样如书页翻卷不休：观止轩书店里正选着书的斯咏、大大方方地把书递到了刚刚踢破了布鞋的毛泽东面前的斯咏、湘江边来应征笔友的斯咏、岳麓山上与毛泽东手拉着手忘情奔跑呼啸于大雨中的斯咏、乡村的草坡上与他一道枕着手仰望蓝天的斯咏、寝室里抱起了一堆《梁启超等先生论时局的主张》毅然地站在了他身边的斯咏、橘子洲头与毛泽东同立在岩石上面对壮丽山川展开双臂的斯咏……还有，杨宅院外，马车驶出巷口时留下那最后的令人如此神伤的一瞥的斯咏。

无数的斯咏在毛泽东脑海里重叠着……突然，一阵脆生生的笑声响起，这笑声是那样突如其来，毫无关联，全无道理，却偏偏来得那么自然，一下子打破了斯咏眼神中无尽的哀怨。

毛泽东用力地晃了晃头，以为是自己的幻觉，但随即笑声就已经到了他的背后，毛泽东一回头，站在身后的，正是开慧。

“就知道你在这儿。”开慧蹦到了毛泽东面前，俯身盯着毛泽东的眼睛，“想不想听杨老师跟你讲个道理啊？”

“怎么，老师也来了？”毛泽东四下看了看。

开慧一指自己的鼻子：“这个杨老师。”

双手托着小脸，开慧眼睛都不眨一眨地盯着毛泽东，把刚才讲给爸爸的和从爸爸那里听来的话，一股脑儿全给了毛泽东。

看着这双清澈见底的眼睛，毛泽东点了点头："我明白了。一个人的情感，和一个人追求，从来是一回事，斯咏与我走不到一起，只是因为我们是两种人，她梦想她的浪漫，我执著我的责任，我们之间，没有谁亏欠谁。"

"所以啊，就算斯咏姐真的实现了她的梦，对她，也不见得是幸福。"

毛泽东长长地舒了一口气，仿佛这一刻，他才终于感到了心中的解脱："谢谢你，开慧。谢谢你帮我解开了这个心里的结。"

开慧调皮地要求："谢谢杨老师！"

"要得，谢谢杨老师。"

"哎，这还差不多。"能让毛泽东服一回气，开慧不禁开心得大笑，直笑得躺倒在了草地上。那清脆的、无拘无束的笑声，刹那间充盈在整个江岸边，整条湘江上。这天籁般的、纯真的笑声中，发自内心的、彻底轻松的笑容洋溢在毛泽东迎着阳光的脸上，他问开慧："你说，那我毛泽东以后，是不是真的能碰上一个知我，懂我，和我一样的理想，一样的信念，也有一样的感情的人啊？"

"你很难懂吗，我怎么不觉得？讲得自己好像好了不起，也不羞！"

第二十九章 男儿蔚为万夫雄

夜幕下的一师，孔昭绶已经接到了猴子石传来的捷报，他打开《第一师范校志》，奋笔如飞地记载下了这次事件。意犹未尽，他又郑重地落下了这样一句话：“全校师生皆曰：毛泽东通身是胆。”

一

陶家门口，大红灯笼高高挂起，鲜红的喜字对贴门上，忙碌的仆役披红戴彩，合府上下，一派喜气洋洋。斯咏房间里，画眉如烟，点唇似绛，换上了婚纱的斯咏面无表情地化着妆。那张秀美的脸，被描画得如此精致，偏偏却毫无生机，仿佛一张没有生命的假面。丫环推开了门，报告说该上教堂了。镜子前的新娘站起身来，捧起桌上一束鲜花，却突然看见了花下周南的校徽。她的手指轻轻一拨，校徽落进抽屉，抽屉关上了。

王家，两个丫环为子鹏穿上了崭新的燕尾服。雪白的衬衣，精致的领结，闪亮的皮鞋，一丝不苟的头发……但子鹏却如同一具木偶。

一尊巨大无比的豪华结婚蛋糕推到了客厅正中央，王老板夫妇打量着蛋糕，乐得嘴都合不上了。子鹏面无表情地走到了蛋糕前，看到了蛋糕旁的托盘里，有一柄扎着红丝带的餐刀。

“瞧瞧，瞧瞧，满长沙城，谁家办喜事弄出过这么大的西洋蛋糕啊！子鹏，这回该满意了吧？”

王太太还在唠叨，王老板看看时间，吩咐子鹏该上教堂了。子鹏却突然说他要见阿秀，不让他见她，他绝不去教堂。

他转身就走，王老板夫妇慌了，赶紧追去。托盘里，红丝带还在，那柄刀却不见了。

“哐啷”一声，杂屋的门开了。子鹏冲上前去，和蜷缩在墙角的秀秀紧紧拥抱在了一起。杂屋外王老板向看守的王福一使眼色，王福会意，咔嚓锁上房门，守住了门口。

捧起秀秀带着伤痕的脸，子鹏已是泪流满面。秀秀同样流着泪，却努力露出了一丝微笑：“子鹏，别这样，我没事的，真的没事。”她擦了擦子鹏脸上的泪：“一会儿你还得去教堂，把眼泪擦擦吧，别让人看见了。”

“我不会去教堂的，我不会跟别人结婚。”

“子鹏，不要这样，我不怪你，真的。我没读过书，不会讲道理，我只知道，好久好久以来，子鹏少爷就是我心里的一个梦，我从没想到你会真的喜欢我，你会真心真意地爱过我，在梦里，我已经什么都得到了，我已经好满足好满足了。人，不能要得太多，有了梦里的，就不应该再想着真的了。”抚着子鹏的脸，秀秀含着微笑，“记着这个梦吧，子鹏，记着这个梦，就什么都够了。”

“不，阿秀，它不是梦，我也不能把它当成梦。就算真的是梦，我也绝不让人毁了它！”子鹏缓缓地从袖子里，突然拔出了那柄餐刀。

秀秀大惊：“少爷！”

子鹏赶紧捂住了她的嘴："阿秀，生不能相守，就让我们死在一起吧。"

秀秀吓得慌了手脚："不，子鹏，不，你不能这样，你不值得为我……"

"值！值得！只要这一刀下去，那就谁也挡不住我们在一起，谁也不能阻止我们永远相依相伴。让我们永远在一起吧，阿秀。"

两只几乎同样纤秀、白净的手腕紧靠在了一起。餐刀架在了两只手腕上。紧紧依偎在一起，两个决心殉情的人目光都是那样平静，充满了幸福的满足。刀微微一提，就要往下切……"砰！砰！砰！"突如其来的乱枪声惊得两个人同时抬起头来。

二

1917年11月18日，北洋系军阀、湖南督军傅良佐在护法战争中被护法军程潜部（湘军）击溃，所部溃兵三千余人败往长沙，已经到了城南距离一师不远的猴子石。整个长沙城，陷入一片恐慌与混乱中，大街小巷，到处是拥挤不堪的骡马车轿，男男女女扶老携幼，扛着行李，争先恐后，夺路而逃。王陶两家正在进行的婚礼也被打断了。

趁着父母在收拾细软，子鹏与秀秀趁机逃出后门，融进了逃难的人群。

陶家，斯咏也脱掉了雪白的婚纱，却逆着逃难的人流艰难地往一师跑。

第一师范校园里，此时铃声大作，学生们正跑向操场集合。孔昭绶见方维夏匆匆跑来，焦急地问："维夏，怎么集合得那么慢？"

"今天是礼拜天，老师们都放假了，人手不够啊！"

"人手不够，也不能漏掉一个学生！"孔昭绶一咬牙："我这边，你那边，一间一间寝室挨个喊！"

两个人刚要出发，身后，传来了熟悉的声音："昭绶兄。"

孔昭绶、方维夏一回头，是气喘吁吁的杨昌济，他的身后，是满头大汗的袁吉六与徐特立。更后面，校门口，饶伯斯、费尔廉、黄澍涛、易培基、王立庵、雷明亮……一个个老师正匆匆跑来。望着老师们一张张脸，孔昭绶眼眶蓦然潮湿了，他用力一点头："快，分头集合学生！"

一师操场上，全体师生已集合完毕，子升、开慧、警予、蔡畅等读书会的会员因为在蔡和森寝室讨论，也一起都跑了过来。各班正在清点人数："报告，本科十班集合完毕，全部到齐。""报告，本科十五班集合完毕，全部到齐。""讲习班全部到齐。""本科六班全部到齐。"……"报告，"周世钊最后一个跑上前，"本科八班集合完毕，缺席二人。王子鹏和毛泽东。"

孔昭绶看看杨昌济，对方维夏说："先顾大家，赶紧宣布吧。"

方维夏点点头，站上了中央的一张椅子，高声说："同学们，目前的情况，大家可能都听说了，北洋军几千溃兵已经到了南面的猴子石，离我们只有一步之遥，长沙城将面临一场严重的兵祸！为了全校师生的安全，学校决定，全体师生马上撤离，集体到城东阿弥岭暂避兵祸。请大家迅速做好准备，保持秩序，五分钟后，全校出发……”

“不，不能走！”这个时候，毛泽东风风火火，正跑进操场，全然忘记了自己只是一名学生，打断了方维夏的讲话，“老师，我们不能走！”

杨昌济和孔昭绶看到毛泽东过来，焦急而责备地问道：“润之？你上哪去了？”

“猴子石。”毛泽东喘着气，对两位老师说，“刚去的，我已经摸过了溃兵的情况，我认为，现在不是我们逃走的时候！唯今之计，只有主动进攻，方可保住学校，保住长沙城。”

毛泽东面对老师和同学们，急切而大胆地提出了自己的分析、对策：虽然溃兵有几千人，但人多人少不是关键。傅良佐这个湖南督军，本来就是临时当上的，现在打了这么大的败仗，一路败逃，连傅良佐自己都跑得没影了，扔下这帮手下，群龙无首，完全是溃不成军，不要讲军队应有的士气，根据他刚到猴子石去看到的状况，那些溃兵已经连基本的建制都被打散了，完全就是帮散兵游勇，无头苍蝇，这样的军队，人再多，也不可能有什么战斗力。他们之所以敢来长沙城，就因为手里还有几千条枪。但仔细想想，他们跑来长沙干什么呢？不外乎想趁机抢一把，捞一笔。可是一两个钟头前他们就到了长沙城外，为什么到现在还没进城，还呆在猴子石不敢动？因为他们不知道城里的虚实！傅良佐的这支兵是被护法军里的湘军程潜部击溃后，从湘潭一线，由南往北败往长沙的，护法军的广西桂军呢？则是从湘西经常德，由西往东向长沙进攻，而且前天已经打过了益阳。也就是说，这支溃兵不可能知道从西而来的桂军现在的进展，他们之所以缩在城外不敢动，正是因为按时间来算，桂军完全有可能比他们先到长沙，他们怕的，也正是比他们多出好几倍的桂军在城里等着他们！这种兵败如山倒的军队，真打仗是绝对不敢打的，对他们来说，保命才是第一。但是，如果时间拖下去，城里没有动作，那就等于告诉他们，桂军还没到，长沙是一座空城。到那个时候，他们的胆子就会大起来，就会明白长沙城是他们面前的一盘菜，可以任他们宰割。这帮打了败仗的兵现在已经不是军队，而是强盗了！真要让他们一窝蜂拥进城，几十万人的长沙城，就会马上变成人间地狱！所以，现在最关键的是时间！只有抢在他们摸清虚实之前，打他们个措手不及，长沙城才能得救！

所有的老师都不由得点了点头。溃兵进城会造成何其严重的后果，大家当然都估计得到。可长沙原来就是傅良佐的地盘，他自己跑了，又没有别的人马守城，这一时半会儿，上哪去找一支军队呢？

毛泽东望着眼前的同学们，自信地说：“我们一师就有，一师学生志愿军！虽然一师只有两百学生，连一支真枪都没有，可猴子石四面是山，我们完全可以凭借地形，虚张声势，那帮吓破了胆的溃兵不可能摸清我们真正的实力。至于枪，也不是完全没有办法，警察所就有嘛，他们也是长沙的警察，为了长沙城，应该会跟我们一起干。”

几个老师互相看了看，的确，这个主意虽然有理，但里头包藏的巨大风险实在令大家难以决断。

毛泽东看出了老师们的犹豫，也看到了操场上同学们的群情激奋，他站到同学们前面，豪迈地说：“校长，诸位先生，我也知道，这样做有风险，可我们一师操练学生军是为了什么？不就是为了培养为国为民流血牺牲的尚武精神吗？事有轻重大小，君子有所不为亦必有所为，比起长沙城三十万老百姓，我们两百人算什么？当此全城民众安危之际，我们不挺身而出，谁挺身而出？各位老师，你们终生教授学生，想培养的，不正是敢于舍生取义、敢于临危向前的堂堂万夫之雄吗？”

一番话震撼着每一位老师的心灵，也震撼着每一个同学的心灵。

毛泽东的建议被采纳了，学生军的成员们换上了军装、扛起了木枪，大战将临，整个校园充满了紧张而有条不紊的气氛，每一张年轻的脸，都是那样无所畏惧，带着年轻人兴奋、紧张而又刻意保持的平静。

几个学生军骨干正与毛泽东在一起，分派学生军的任务。一旁的子升走上前来，问有什么需要他帮忙。毛泽东笑了，他一拍子升的肩膀，刚要开口，却看到满头大汗、长发飘乱的斯咏气喘吁吁地跑来了。看到她这个时候跑来，毛泽东不由得想起了当刘俊卿带着特务来学校搜查“逆书”的时候，斯咏坚决地抱着书坐在他的床上、要和他同进退共存亡的举动，心里一热，对斯咏说：“你来得太好了，正有好多事情要你和警予、开慧做呢。”

三

当蔡和森、张昆弟按照毛泽东的安排来到警察局救助时，最先响应他们的是那个曾经帮他们贴工人夜校招生广告的郭亮。但当郭亮带上枪要和学生们一起出门的时候，警目却一步拦在了众青年警察的前面，命令道：“都给我站住！想去干什么？你知道外头有多少兵？好几千！凭咱们这几十号人，十来条枪，想跟几千人对着干？你活腻了，弟兄们还没活腻呢！都给我把枪放下，听到没有？这是命令！”

警察们无奈地将十来条步枪统统扔进了枪柜。咔嚓一声，警目把枪柜门锁上了，将钥匙往腰上一挂，拉过椅子，横坐在大门前。青年警察们互相看着，大家显然都窝了一肚子火，却是谁也不敢做声。郭亮又是气愤，又是羞愧，却毫无办法。

看到蔡和森跟张昆弟无功而返，毛泽东似乎不意外，他沉着地说：“没枪就没枪！没枪，老子变也要变出一堆来！”他吩咐萧三带人把七八个铁皮洋油桶和十几捆大大小小的鞭炮堆到学校门口，又吩咐罗学瓒收集起同学们扎的火把，准备运往猴子石。

一旁，子升望着那堆鞭炮、洋油桶，不无担心：“润之，这些东西能管用吗？”

“管不管用，试试就知道了。”毛泽东揪下一小截鞭炮，点燃，往洋油桶里一扔……

猴子石的一片晒谷场上，一堆一堆熊熊燃烧的大火旁，军帽、绑腿散落一地，到处是乱糟糟的披着抢来的花花绿绿的被子、棉袄的北洋溃兵，他们正把砸坏的门板、桌椅、箱柜杂物纷纷扔进了燃着的火堆，火上架着瓦罐、铁锅，毛都没拔的死鸡被穿在刺刀上，直接伸进了火中……

一身小军官打扮的马疤子从烧开的瓦罐里倒出一碗水，优哉游哉，哼着花鼓调子，边喝水边踱着步子，登上了晒谷场旁一块石头，眺望着远处对身边的刘俊卿说：“老二，我说过吧，总有一天，我马疤子还会杀回这长沙城的。”

“回来又怎么样？都这副德性了，回来还不是丢人现眼？”看来虽然当了兵，但做了小文书的刘俊卿还是以前那副文弱的样子。

“你错了，老弟。就是这样回来最好！天下大乱，越乱越好，越乱油水越多。”马疤子眺望长沙城，自言自语道，“长沙城啊长沙城，你就等着你马爷来慢慢收拾你吧。”

晒谷场边的一家民居前，摆了几张桌椅，几个军官正大眼瞪着小眼地商议下一步怎么行动。因为不敢肯定长沙城里到底有没有桂军，在是否立即攻打长沙这个问题上，他们分成了势均力敌的两派，各不相让。其中军衔最高的一个团长最后决定，派两个人先去城里探个虚实。

当然，这两个人最好就是长沙本地人。于是，马疤子和刘俊卿被毫无争议地选中了。团长掏出怀表看了一眼时间：“给你们两个钟头，快去快回，我们在这儿等消息。”

马疤子和刘俊卿做梦都没想到，他们会以这样的方式回到长沙！换上从农民家里抢来的布衣短褂和破草帽，他们来到一片混乱的长沙街头时，他们也成了逃难人群里的一分子。正眯缝着眼满街乱串，突然，在一个小巷的岔路口，他们听到几声“枪”响，愣了瞬间之后，马疤子带着刘俊卿就往传来枪声的地点跑去。

就在这附近，子鹏与秀秀也听到了这几声“枪”响。秀秀迟疑了一下，对子鹏说：“好像是你们学校那边……”子鹏二话不说，拉上秀秀就朝一师方向跑去。

一师对面的小巷口墙角里，马疤子望着一师门口的学生、鞭炮和洋油桶，阴森森地笑了。马疤子一拍身边的刘俊卿说：“一帮学生崽子，还真他妈敢玩花样。老二，要不是亲眼看见，咱们说不定还真让他们给蒙了。”

盯着一师熟悉的欧式教学楼，刘俊卿没有作声。马疤子站起身来：“还愣着干什么？回去搬兵吧。”

刘俊卿心不在焉地问：“你真的想回去报告？”

“那当然了，不然我们来干吗？”

“可是，这几千人真要进了长沙，长沙城就完了。他们是北方兵，咱们可都是长沙人啊。”刘俊卿还在迟疑着。

“哟，看不出你还长出良心来了？本乡本土的，下不了手了？”马疤子挖苦刘俊卿道，“你他妈有病啊？你当你还是长沙人，长沙有谁把你当过人呀？你可别忘了，就是这座长沙城，就是这些长沙人，逼得你刘俊卿和我马疤子走投无路，才滚出城吃粮当的兵！你跟他们讲客气，谁跟你讲客气？啊？不信是吧？不信你摘了帽子走出去试试，你看看你那些老同学有哪一个会不把你当成一条狗？一条狗！”

往昔的屈辱、仇恨蓦然充满了刘俊卿的眼睛，盯着一师，盯着门前的旧同学，他腾地站了起来：“走，回猴子石。”

马疤子一拍他的肩膀：“这他妈才对了！等长沙城血流成了河，那才是你我的天下！”

两个人转身向巷子里拐去，迎面，却正看到子鹏和秀秀贴着墙站在角落里。望着刘俊卿与马疤子，子鹏与秀秀带着巨大的、仿佛不敢相信的恐惧退缩着。显然他们刚才听见了马疤子和刘俊卿的对话。刷的一声，马疤子拔出了腰间的匕首，目光中杀气顿起！只犹豫了一秒钟，子鹏猛地将秀秀往身后一推，边拔出了那柄餐刀边高声喊叫：“快来人啊！抓坏人啊！”

子鹏的呼救声在小巷子里回荡，一直传到了巷子对面……

马疤子一手抓住了子鹏持刀的手腕，用力往墙上一撞，挥刀就刺。子鹏的餐刀落在地上，他拼命托住马疤子的手，但力不从心，马疤子的刀一点点向他的胸口压了下来。秀秀疯了似的扑上来，抱住了马疤子的手，拼命往上扳，合二人之力，马疤子的刀刺不下去了。

“老二，你他妈愣着干嘛，还不快动手！”马疤子回头对刘俊卿叫道。

秀秀不顾一切地用身体护着子鹏，也对刘俊卿叫道：“哥，不要啊！”

刘俊卿几乎是下意识地捡起了那柄餐刀。然而，迎着子鹏与秀秀的目光，刘俊卿举着刀的手却剧烈地颤抖着，怎么也刺不下去。

“不许动……别动……”随着一片怒吼，毛泽东等几十名学生军抄着木枪，冲进了小巷！

当啷两声，马疤子与刘俊卿手中的刀颓然跌落在地……

回到学校，子鹏换上学生军军装，想和毛泽东他们一起去打仗。可毛泽东却一指被反绑了双手蹲在地上的马疤子和刘俊卿，给了他一个同样艰巨的任务：“把这两个俘虏押到学友会办公室，由你负责看管。”

看到子鹏失望的样子，蔡和森告诉他：“俘虏也要人看嘛，这也是重要任务，要让他们跑了，我们那边的戏可就没法唱了。”

子鹏这才高兴地接受了任务。

四

黄昏初起的薄暮中，猴子石的晒谷场上，散乱的满地溃兵东一支西一支点燃了火把，在火把忽闪忽闪的映照下，团长皱着眉头、吃力地辨认着怀表上的时间，嘴里不干不净地骂道："妈拉个巴子，这两个混蛋，到现在还没消息，搞什么名堂？"

一个上年纪的军官斜着眼睛说："不会是给桂军抓去了吧？"

另一个年轻军官骂道："你他妈哪只眼睛看见桂军了？这么久了，鬼影子都没晃出来一个，要我说，现在就进城，冲进去，什么都有了！"

"人不能拿命开玩笑。"上年纪的军官看来要稳重一些。

"屁！真他妈有几万桂军在城里，能到现在一声枪响都听不见？你以为他桂军拿的是烧火棍啊？"年轻军官伸手拔出手枪，冲附近的散兵们吆喝着，"弟兄们，够胆儿的都给我起来，进城发财去！"

不等四周的兵站直，仿佛是为了嘲笑他的嚣张，"砰"的一声"枪"响骤然传来，几个军官吓得全身一弹，随即便听到晒谷场三面的山坡上枪声阵阵。"我们被包围了！我们被包围了！"晒谷场上顿时风声鹤唳、乱成一团。

此时在晒谷场东面的山头上，张昆弟、陈绍休正指挥着一部分学生军，将一串点燃的鞭炮扔进洋油桶；在晒谷场西面的山头上，罗学瓒、李维汉带领的学生军放的鞭炮声同样热烈；而在晒谷场北面的小山坡后，萧三点着了捆成一团的十来颗大雷鸣炮，倒转洋油桶盖住，一屁股坐在桶上，只听轰的一声闷响，一旁的蔡和森配合着他制造的"炮"声，点燃了从鞭炮里拆出的一堆火药，一大团硝烟腾空而起——"枪"声骤停。

毛泽东对着土喇叭喊道："傅良佐部的官兵听着，我们是桂军。"

张昆弟、陈绍休指挥着学生军喊道："你们被包围了。"

罗学瓒、李维汉等指挥的学生军喊道："缴枪活命，赶紧投降！"

喊声中，斯咏、警予、开慧、蔡畅点燃了一支支火把，火把不断传递到男生们手上。一时间，漫山遍野，四面八方，喊杀四起，互相呼应。群山回荡，喊杀声与回音层层重叠，回旋不绝，四面看去，暮色中，但见点点火光逐渐亮成了一片，一时间，数千溃兵仿佛陷入了千军万马的重重包围之中！

"团长，怎么办，怎么办啊……"趴在破墙后，几个军官慌成了一团。

"奶奶的，还能怎么办？冲出去！"那个年轻军官拔出手枪。

团长制止他说："你他妈没长耳朵啊？听听，到处都是他们的人，往哪冲？想让弟兄们送死啊？"

"不行……不行就投降吧？这好汉他不吃眼前亏嘛。"上年纪的军官提议说。

团长觉得这主意不错，探出头来，扯着嗓子朝对面山上吆喝："对面的桂军弟兄，别开枪，有事好商量。”

对面山坡后，影影绰绰的火光、人影中，传来了毛泽东的声音：“只要你们缴枪投降，什么都好商量。”

团长狡猾地要求：“口说无凭，你们得派代表过来谈判，当面答应我们的要求，不然弟兄们不放心。”

两支火把熊熊燃烧，照亮了山坡前的路，也照亮了三个年轻的身影：两袭长衫是飘逸的毛泽东与萧子升，一身学生装，是沉静的蔡和森。一到晒谷场，几十支枪口呼啦一下，就对准了他们。毛泽东的脸上，浮起了一丝嘲讽的微笑，仿佛在耻笑对方的小题大做。

“干什么干什么？都他妈把枪放下！”团长眼睛一瞪，换上笑容，抱拳迎了上来打招呼，“几位，有劳有劳。”

毛泽东大咧咧地瞟了他一眼，问：“你是谁？”

“兄弟傅良佐督军麾下王汝南师第三团团长，哦，这儿也就兄弟军衔最高，几位是……”

子升一一介绍着：“这位是桂军谭浩明司令麾下毛副官，这位是长沙市政府蔡秘书，在下姓萧，是长沙商会的代表。受谭司令和长沙各界委托，我们三人负责今天的谈判。”

“欢迎，欢迎。”团长一脸夸张的笑容，热烈地三人握着手，眼睛却不住地上下打量着三个实在过于年轻的对手。

其他几个军官的目光也都集中毛泽东的身上，他的年轻与一身便装首先已令他们露出了一丝怀疑之色。那个五大三粗的年轻军官看了同伴们一眼，上前一步，一把握住毛泽东的手：“谭司令的副官好年轻啊。”

毛泽东淡淡地：“傅督军的手下也不老嘛。”

年轻军官笑了，手上却突然一紧，狠狠捏了下去。毛泽东微笑着，同样加了把劲。两张笑脸下，两只手无声地、却是狠狠地较开了劲，那个年轻军官的笑容突然僵住，他似乎想极力撑住，但手上巨大的疼痛却令他忍不住嘴角直抽，整张笑脸一阵扭曲，变得滑稽可笑。几个军官盯着二人的较量，原本带着的几分轻视不由得一扫而光。占尽了上风的毛泽东慢慢松开了手，那名年轻军官如蒙大赦，捂着手倒退出了好几步。

团长赶紧打着圆场：“几位，别站在这儿啊，那边请，那边请。”

坐在晒谷场的民居前，双方谈判正式开始。

“局势摆在眼前，”方木桌前，蔡和森正侃侃而谈，“贵部如今已被团团包围，真要打，结局如何，团座及列位心里想必都有数。但不论战局如何，我长沙各界只有一个心愿，不希望看到仗在长沙城边打起来，殃及我千年古城之无辜官民等。因此，只要贵部能深明大义，化干戈为玉帛，护法军谭司令保证，决不伤贵部兄弟一人。毛副官，是这个意思吧。”

毛泽东端起了桌上的粗瓷茶碗，看也不看对面的军官们：“缴枪活命，就是这句话。”

蔡和森继续说：“只要贵部放下武器，尽可自由回乡，一切资遣靡费，均由我长沙商界承担。这一点，商会的萧代表也可以保证。”

子升点点头，慢口答应：“只要不在长沙打仗，钱的事，都好说，都好说。”

团长与几个军官互相看了看，回话道：“这其他的嘛，也还好说，就是这缴枪，没有必要吧？要不这样，桂军先撤围，放弟兄们一条活路，我们保证掉头就走，绝不回头再踏进长沙一步，好不好？”

“双方各撤一步？亏团座想得出来啊。”毛泽东哈哈大笑。

团长小心翼翼地问：“那毛副官的意思是？”

子升赶紧向毛泽东使眼色，但毛泽东全不理睬，反而更加趾高气扬：“我军两万弟兄已将你们重重包围，占尽天时地利，能来跟你谈判，就是给你们面子。留枪不留人，留人不留枪，你们自己看着办！”

那个年轻军官先嚷了起来：“要是我们不交枪呢？”

“乒”的一声，毛泽东把喝干了水的瓷碗一放：“你试试！”

上年纪的军官赶紧打圆场：“谈判嘛，谈判嘛，何必动怒，何必动怒呢？都坐，都坐。”

他提起桌上的农家粗瓷茶壶，殷勤地给毛泽东续着水。毛泽东昂着头，四平八稳坐下了。团长向几个军官一使眼色，几个人随他退往一边角落。

子升再也忍不住了，他站起身，笑着：“毛副官，蔡秘书，借一步说话好吗？”

他们三人也起身，退向另一边角落。看看四周，子升压低了声音：“润之，你这干什么？他们能退出长沙，问题不就解决了吗？何必非逼他们缴枪？”

“你怎么这么糊涂？两万人围住三千人，倒平白无故放他们把枪带走，这可能吗？傻瓜也不会信啊。这种时候，你就得压他一头。真要让他们带走枪，走不出几里路他们肯定会明白，我们这边是个空架子，所以不敢拿他们怎么样。到时候一个回马枪，那才是真的收不了场！”

民居另一边角落里，那个年轻军官一脸的不服气：“要我说，这枪不能交，缴了枪，咱们弟兄还能剩什么？那不成了人家板上的肉？”

“咱们现在已经是板上的肉了。换了是你是我，三千条枪摆在眼前，能不要吗？他要真不要，那倒是不对头了。”上年纪的军官分析得头头是道。

团长一锤定音：“没错，他要真放咱们带枪走，就证明来的桂军不多，可能只是先头部队，他们是在吓唬人。要真是一步也不退，非全交枪不可，那才证明人家一口就能吞了咱们。真要那样，咱们也只有交枪保命了。”

重新回到谈判桌前，火把依然通明，映照着相对而坐的两方代表。团长试探着问：“弟兄们商量的意思，留下三百条枪，就当给桂军的见面礼，你看怎么样？”

毛泽东看也不看他，强硬地回答：“不行！”

“那，五百条？”

“不行！”

“我再退一步，带一半，留一半，这总可以了吧？”

“谭司令的命令，一颗子弹也不能留。这事，不用再商量了！”

“毛副官这样说，那就不好谈了。”团长说着，向几个军官使了个眼色。

年轻军官会意，头一个横起了眼睛：“带一半，留一半，最多这样！”

上年纪的军官：“对对对，弟兄们总还要防防身吧？”

另一个军官口气更凶：“老子本来就不想交，妈的，了不起一拍两散！”

毛泽东：“是吗？”

“没错，怎么样？”

蔡和森向子升使了个眼色：“要是枪的事一时不好谈，那就先谈谈遣散费的事吧？”

子升马上接口：“我们商会的意思，只要贵部弟兄离开长沙，路费嘛，士兵每人七块大洋，班排长以上，每人二十块，连长五十，各位觉得如何？”

上了年纪的军官脱口问道：“那我们营长呢？”话刚出口，他已经意识到自己失言，看看周围几个军官责怪的眼神，他尴尬地坐了下去。

蔡和森与子升换了个心照不宣的眼神，子升居高临下地回答：“营长一百，团长二百。”

几个军官互相看了一眼，事到如今，大家显然都无心再强撑下去了。

团长长叹了口气：“毛副官，弟兄们要真交了枪，谭司令可要保证绝不为难咱们啊。”

带着胜利的姿态，毛泽东昂起了头，大模大样地命令道：“开始吧。”

“是，是。”团长转向士兵们，高声宣布，“都给我听着，把枪放到这边，放完枪，退后一百米外，等候命令！第一排，出列。”

第一排士兵乱糟糟上前，把几十支步枪和子弹、刺刀等扔在了地上。熊熊火堆，映照着一排排交枪的士兵脚步……

悄悄地，子升舒了一口长气。毛泽东泰然自若，端起茶碗喝着水。

五

长沙城里，入夜后的整条整条大街上，全是惊慌的人群，有人被挤倒，亲人拼命地拦着，仍挡不住混乱的脚步践踏。大人叫，孩子哭，乱作一团。混乱声、哭喊声传入警察所，几个青年警察面露愧色，郭亮更是来回焦躁地走动着。终于忍不住了，他一步冲到警目面前，叫道：“长官，长官！你听听，外面现在乱成什么样了？全长沙城的老百姓都在逃命，街上都乱成了一锅粥！多少人都在等着我们这些警察保护？可我们呢，还干坐在这儿！我们是警察，是警察啊！长官！民国的警察条例是怎么写的，你自己平时是怎么要求我们的？警察就要为民当差，警察就要保护民众！现在是谁在保护民众？不是我们，是第一师范的那些手无寸铁的学生！”

“不要再说了！”警目一拳砸在桌子上！仿佛是为了平静或者是掩饰一下心情，他掏出一支烟，然而，划火柴的手却不住地颤抖着，接连几下，也没能划燃，此刻，警目的心情，显然也在受着剧烈的煎熬。响声中，警目刚刚划燃火柴的手一顿，反烫着了自己。

郭亮似乎豁出去了，他猛地站了起来，三两下解开警服上面的扣子，一把将警服脱下、将警帽被狠狠摔在桌上。

“长官，这个警察，我不干了！”郭亮转身冲着警察们，“弟兄们，外面，是我们长沙城的父老乡亲，是跟我们的父母、我们的兄弟姐妹一样的长沙老百姓！为了长沙城，为了我们的父老乡亲，是条汉子的，跟我走！”

几个青年警察一齐站了起来，纷纷脱了警服，跟着郭亮就要往外冲。

“都给我站住！”警目猛地站了起来，微微停了一停，把一串钥匙扔在桌上说，“想空着手去送死吗？枪柜里有十条枪，有枪的，上猴子石，去帮学生军，没枪的，全体上街，维持秩序！”

“弟兄们，走！”脚步匆匆，郭亮带着九名扛枪的警察奔向猴子石。

而在他们前面，还有一个人也正连滚带爬地往猴子石跑，这个人就是才从一师逃跑出来的马疤子。

一个多小时之前，在学友会事务室里，子鹏原本很严密地监视着被反绑着双手的马疤子和刘俊卿，他们两个人正席地坐在墙角。

秀秀看到刘俊卿又饥又渴的样子，就从外面端着一碗水拿了两只麦饼进来，看看刘俊卿反绑的双手，她犹豫了一下，还是蹲了下来，将水碗送到了刘俊卿嘴边。兄妹二人的目光微一接触，秀秀转开了目光。子鹏看到了，心里酸酸的，想起以前和刘俊卿同学的日子，动情地说：“俊卿，喝点吧。”

犹豫了一下，刘俊卿凑上去，一口一口喝起了水。马疤子看见了，也想喝，被子鹏打了一枪托之后，才安分了。

放下水碗，秀秀又拿起了一块麦饼，递到刘俊卿嘴边。刘俊卿却摇了摇头，目光一直盯着妹妹。秀秀站起身，正要走，身后突然传来了刘俊卿的声音：“阿秀，你脸上、手上是怎么了？是不是王家打你了，啊？”

秀秀的身子猛地一震，她这才明白刘俊卿刚才不吃麦饼，是因为看见了她头上、手上那些早已褪得很淡的伤痕。一刹那，眼泪蓦然一下渗出了她的眼眶。她突然转身，在刘俊卿身边蹲下了：“哥，我没事，我……我有件事要告诉你。”

她突然带起了羞涩的样子让刘俊卿有些奇怪：“什么事啊？”

“我和子鹏……我和子鹏要在一起。”

刘俊卿一下没听明白：“你和子鹏？”

因为害羞、也因为不知道怎么才能说清楚，秀秀犹豫着、羞怯地看了看子鹏。子鹏对秀秀笑笑，鼓起勇气对刘俊卿说：“我要娶阿秀，我跟阿秀说好了，我们要结婚。”

“哥，你……你同意吗？”秀秀望着刘俊卿，眼神里充满了渴望。

“我同意吗？”刘俊卿愣了一下，妹妹的话让真切地感觉到他们兄妹间似乎又回到了很久很久之前，那时候多美好啊，妹妹无论遇到了什么事情都要哥哥拿主意。他醒悟过来，一直拒绝承认他的秀秀此刻是在把他当成唯一的亲人，当成家长，请求他对婚事的支持！巨大的激动、巨大的喜悦骤然冲击着刘俊卿的心，一刹那，他激动得全身都禁不住在发抖，狠狠地、狠狠地点着头，连声音都哽咽了：“阿秀，我同意，我同意，我同意！”

刘俊卿说着，一头埋进了秀秀怀里，泣不成声。望着这一幕，子鹏的泪也忍不住了。而一旁的马疤子却狠狠地往地上啐了一口，唾沫落地的时候，马疤子看到了那只放在地上的瓷碗。

“哥是个混蛋，是个人渣！”刘俊卿剧烈地抽泣着，“哥不配，不配你叫一声哥……”

秀秀为刘俊卿擦着满脸的泪水：“哥，别这样，我知道，我知道你其实一直在后悔，知道你一直想为我好。哥，以前的事，都过去了，不管做过什么，你可以重新再来，我要你重新再来。”

“不，我不行，我没有机会的……”刘俊卿使劲地摇着头。

“俊卿，你有机会，我可以去求我姨父，求他原谅上次的事，求他不再追究你，他会答应我的。只要你肯改，就没有什么是不能弥补，没有什么是不能回头的。”

“哥，子鹏说得对，你那么聪明，那么会读书，只要你肯改，有什么做不到？到时候，我和子鹏来想办法，想办法供你上学，供你重新读书，好不好？你以前不是说过吗，你天生就是读书的人，你还那么年轻，又那么聪明，会有好多好多学校抢着要你，你会读出出息的。”

“阿秀……”刘俊卿再次泣不成声。

“哭哭哭，哭什么哭？烦死了！”马疤子突然一脚扫来，“砰”的一声，那只放在地上的瓷碗被他踢得猛撞在墙上，四分五裂！

“你干什么？”子鹏捅了他一枪：“老实点！往后退！”

“不干什么，听他们哭得烦！”往后挪着的马疤子，一条大腿下，悄悄压住了一片尖锐的瓷片。

秀秀将瓷片一片片捡了起来，捧着碎瓷片刚要走，子鹏突然想到了什么，拿起瓷片，拼凑起来，发现拼起的瓷碗缺了一片。看看地上，并没有其他瓷片的影子，子鹏的目光落在了马疤子身上：“你，手上拿了什么？”

“啊？没什么呀？”正在用瓷片割绳子的马疤子吓得一愣。

子鹏抄起了木枪边往马疤子面前走边说："你转过来。"

"我真没拿什么……"

"我叫你转过来！"

眼看马疤子的小动作就要无处可藏，门外突然传来了一阵喊叫声。子鹏与秀秀同时大吃一惊，回头去看，冲进门来的，果然是气喘吁吁的王老板夫妇！

"哎哟子鹏啊，你可让妈好找啊你……"王夫人身子一软，差点没一屁股坐在地上，"我和你爸，是城东找到城西，可就没想到你这时候还敢往城南边跑，你怎么这么不要命啊我的傻儿子？子鹏，走吧，妈求你了，别管那么多，赶紧跟妈逃命啊。"

子鹏很坚决地说："我真的不能走！我们在保卫长沙城，你们知不知道？"

"长沙城是你保得住的吗？"王老板火了，冲上来把子鹏手里的木枪一把抢下，往桌边一搁，拉着他就要走，"凭你们几个学生，就想挡住人家几千兵？你疯了你？跟我走！"

"爸！"子鹏一把甩开了父亲，"我不！"

"老爷，太太，你们就别劝了，子鹏真的不能走呀。"

秀秀想帮子鹏解释，可王夫人一把推开她，骂道："你少啰嗦！都是你这狐狸精！你给我滚开！"

"妈！"看到妈妈一把将秀秀推得倒退了好几步，子鹏心痛了，他拦在秀秀前面，对王夫人说，"我不准你碰阿秀！"

"好哇好哇，为了个狐狸精，你连妈都不要了？子鹏，妈和爸连命都不顾了，跑来找你，你怎么就不明白呢？"

角落边，趁着子鹏他们争吵，马疤子的手，拼命地用瓷片割着绳子，绳子已经被割断大半了。

王老板逼上前来，面如严霜地问子鹏："你到底走不走！"

子鹏一摇头。

"啪。"一个耳光重重打在子鹏脸上，王老板又问："走不走？"

子鹏一个踉跄，那支靠在桌边的木枪被他身子一撞，向地上倒去，就在这时，马疤子猛地挣断了绳子，伸手接住了木枪，砸了过来。

"子鹏！"秀秀吓得一声惊呼，猛扑上来护住子鹏，木枪重重砸在她肩头，将她打翻在地！

"阿秀！"子鹏刚要去抱秀秀，木枪横扫，将他也打倒在地，他腰间那柄餐刀飞出，正好滑到马疤子面前，马疤子捡起刀，向王老板夫妇扑去。

"救命啊……"

呼救与打斗声猝然响起在一师的上空。

马疤子用刀划伤了护着老婆的王老板，王老板抡着板凳倒退着，马疤子一脚踢飞了板凳，挥刀刺来！

"爸!"

"老爷!"

子鹏和秀秀拼命扑上来，同时抱住了马疤子"爸，妈，快跑啊，快跑啊!"

马疤子一把掀翻秀秀，一刀扎在子鹏抱紧秀秀的胳膊上。

"儿子!"王老板大叫着拼命扑上前要救子鹏，却被马疤子当胸一脚，踢得闷倒在地。

抡起刀，马疤子就要刺向子鹏，秀秀惊叫着又扑上来，双手紧紧抓住了刀刃，血，一下子顺着刀流了下来。

她一口咬在马疤子手上。

"臭丫头，我宰了你!"负痛之下，马疤子暴怒地踢倒秀秀，他高举起刀，向秀秀扎下来。

"阿秀!"

说时迟，那时快，一声大吼中，一个身子猛地扑在秀秀身上，刀深深扎进了他的胸膛!

那是还被反绑着双手的刘俊卿!狂吼着，刘俊卿疯了般向马疤子顶去，还握着刀柄的马疤子拼命向前刺，却被他用胸膛顶着踉跄倒退，直退出房门，一跤摔倒。带着那柄直没至柄的刀，刘俊卿屹立在门口，仿佛一尊浴血的门神!

一阵脚步声中，众多老师远远向这边跑来，打头的饶伯斯等人还拎着西洋剑、球棍等。马疤子一看情形不妙，爬起来撒腿就跑，老师们围上前来，他已纵身翻过了围墙。

直到这一刻，站在门口刘俊卿才仿佛耗尽了最后的生命力，突然仰面朝天，倒了下去!

寂静的校园里顿时响起秀秀撕心裂肺的声音："哥!"

六

晒谷场，毛泽东他们正在顺利地收缴武器，突然，马疤子狂叫着向这边奔来："他们是假的!别上当，他们是假的!"

这个变故实在来得太突然，太致命了，子升的身子一震，蔡和森也禁不住眉心狂跳，山坡后，所有人的心更是猛然间悬了起来!

"糟糕!"萧三提枪就要追，却被周世钊一把拉住了，他这才想起手里拿的是不能见人的假枪，不由得狠狠一跺脚。

瞟了一眼跑进火把光照范围的马疤子，毛蔡萧三人显然都认出了他。子升禁不住与蔡和森紧张地对视了一眼。毛泽东的手，也不禁微微一颤，茶碗里的茶溅出少许。趁着众人的目光集中在马疤子身上，他手臂轻轻一带，用衣袖擦去了桌上的茶。

“团座，他们……他们是假的！他们不是桂军！”狠狠擦了一把汗，马疤子气喘吁吁地叫道，“狗屁桂军！城里……城里他妈一个广西兵都没有，我亲眼看见的，全城的人都在逃难！长沙城根本就没兵！”

团长将信将疑地指着毛泽东问：“那他们是什么人？”

“他们是湖南第一师范的学生！”马疤子盯着毛泽东三人，恶狠狠地说，“团座，我说的是真的，他们真的是学生，就他妈一两百个人，我在他们学校门口亲眼看见的，他们连一支枪都没有啊！全他妈一堆洋油桶子里放鞭炮，吓唬人的！”

“他奶奶的，玩老子？”年轻军官噌地拔出了手枪。

团长一把按住了他的手：“先等会儿！”

他看看马疤子，再看看毛蔡萧三人：马疤子的模样狼狈不堪，毛蔡萧三人的神情却都看不出一点慌乱。

他当然不知道，保持着镇定的子升的脖子后，火光映照下，冷汗其实已经打湿了衣领，他下垂的衣袖正在不自觉地微微抖动着。但稳稳地，蔡和森悄悄握住了他的手。毛泽东却笑了，好像看到了一场无比有趣的滑稽戏，正等待着对方往下演。

团长一时明显举棋不定：“马排长，刘文书呢？你不是和他一块儿去的吗？怎么没看见他人？”

“那小子反了水了，我把他宰了！”

“那你怎么去了这么久？”

“我不是……不小心给这帮学生逮住了，我想了不少办法才逃出来的。团座，我真的没骗你，这四周真没有桂军，都是学生。团座，咱们三千弟兄，不能让他们二百来个学生给吓住了啊！”

“哈哈……”毛泽东猛然爆发出一阵仰天大笑！

马疤子：“你……你笑什么笑？你他妈就是学生，第一师范的，我见过你！”

毛泽东抚掌大笑：“有意思，有意思有意思。团座，你这位弟兄是不是跟你有仇啊？要是没仇，怎么这么想害死这三千兄弟，啊？”

几个军官的目光从毛泽东望到马疤子，再从马疤子望到毛泽东：按理马疤子不会骗他们，可毛泽东的样子又实在自信得几乎不容怀疑，让他们一时都糊涂了。

看看几个军官迟疑的表情，马疤子狠狠地一咬牙：“好，团长，营长，你们都不信，都不肯信自家兄弟是吧？我有办法让你们信！”他一把从旁边一个兵手里抢过火把，转身冲前几步，面向小山坡，一拍胸脯：“对面第一师范的学生崽子们，给我马爷听着，你们他妈不是桂军吗？不是他妈机枪大炮吗？来呀，有种往这儿打！只要你们有一杆真枪，有一颗子弹，就往爷这儿打……”

小山坡上，所有的人都急得不知如何是好，眼看马疤子如此嚣张，众人却偏是一点办法都没有。萧三急得一把扔掉了手里不顶事的假枪！斯咏、警予、开慧、蔡畅，四个女生紧张得紧紧拥抱在了一起。

马疤子还在那里叫嚣："你们打呀，打呀！怎么了，马爷送给你们打，怎么不敢打？刚才不是还机枪大炮满天响吗？这会儿怎么不响了？是没枪？还是没子弹？还是又没枪又没子弹？露馅了吧，一帮学生崽子们！"

"毛副官？哼哼，戏演得不错嘛。"望着毛泽东，团长的眼睛狠狠地眯了起来，慢慢掏出了手枪，枪口猛地对准了毛泽东的脑门。枪口的准星里，毛泽东连眼睛都没往枪这边瞄一瞄，却不紧不慢地提起茶壶，给自己喝空了的茶碗里续起水来。

子升、蔡和森的手猛然一紧。

这时候，在山坡后，另一个枪口，另一个准星，瞄准的居然是马疤子。稍一犹豫，枪口突然又从马疤子身上移开，向团长的方向转去……砰！枪声骤响，夜空都仿佛为之一颤！随着枪声，团长头上帽子骤然飞起，吓得他猛一缩脖子！几个军官同样吓得一抖！连蔡和森和子升都是猛的一震！茶碗里的水刚好加满，一滴也没溢出——毛泽东稳稳地放下茶壶，一伸手，正好接住了团长落下的军帽，军帽上留着一个枪眼！

军帽递到了面无人色的团长面前，毛泽东微笑着说："兄弟治军不严，手下弟兄不小心走了火，让团座受惊了，真是对不住。"

接过帽子，团长凶狠狠的目光突然转向了马疤子。马疤子显然也被弄糊涂了，但眼前的危险他却马上醒悟过来："团座，不，我没骗你，我真的没骗你，不，团座，不要——"

"砰。"一颗子弹正中马疤子脑门，他一头栽倒在地。

"奶奶的，差点被你这狗娘养的害死！"团长又是砰砰几枪，打在早已毙命的马疤子身上。转过身，他擦了一把冷汗，将手枪捧到了毛泽东面前："毛副官，我交枪！"

哗啦一阵，溃兵们手中的枪纷纷落地。

欢呼声中，众多学生军四面八方涌上前来。木枪被扔了一地，一双双手，抄起了地上堆放的真枪。胜利的欢呼声响成了一片！远远蹲成一片的溃兵们都给弄糊涂了，一双双眼睛都落在了学生军胳膊上"第一师范学生志愿军"的袖标和满地的木头假枪、洋油桶子、鞭炮碎屑上，几个军官全傻眼了。

团长望着毛泽东，问："你……你到底是什么人？"

"第一师范本科八班学生，毛泽东。"

团长双腿一软，蹲在了地上，狠狠一捶脑袋！

毛泽东转过身，正与提枪而来的郭亮相遇在一起，两个人的手紧紧地握在了一起。

夜幕下的一师，孔昭绶已经接到了猴子石传来的捷报，他打开《第一师范校志》，奋笔如飞地记载下了这次事件。意犹未尽，他又郑重地落下了这样一句话："全校师生皆曰：毛泽东通身是胆。"

七

王子鹏和阿秀结婚了，王家和陶家的婚书被如愿退给了斯咏，陶会长在经历了绑架案和猴子石一役之后，对毛泽东有了新的看法，不再认为那个穷师范生配不上他的女儿，反觉得他非同凡响，他的将来也绝非常人所能预测，希望女儿能跟这样惊世骇俗的人物共度一生。但斯咏却怅然地对父亲说："那个曾经的、虚幻的梦，早已经醒来，我已经想得很清楚了：今生今世，我只会把毛泽东当成最好的朋友。"

1918 年 4 月 14 日，毛泽东还有他们共同的朋友蔡和森、何叔衡、萧子升、萧植蕃、罗章龙、张昆弟等在长沙溁湾镇的刘家台子蔡和森家里，发起成立了湖南近代史上最重要的进步青年团体——以"革新学术，砥砺品行，改良人心风俗"为宗旨的新民学会。

1918 年 6 月，毛泽东自湖南第一师范本科第八班毕业。

同月，杨昌济赴北京大学担任伦理学教授。1920 年 1 月，杨昌济因病逝世于北京，女儿杨开慧与学生毛泽东在病榻前陪伴他走过了人生最后的旅程。临终前，他还在向广州军政府秘书长章士钊写信推荐自己心爱的两名学生：毛泽东与蔡和森。信中说："二子海内人才……君不言救国则已，言救中国，必先重此二子。"

亦是同月，孔昭绶辞去第一师范校长职务，后投身军界，出任国民政府少将参议等职，1929 年病逝于长沙。

第一师范学监主任方维夏于 1924 年加入中国共产党，曾参加北伐战争与南昌起义，历任中华苏维埃共和国总务厅长，江西、湘赣省教育部长、裁判部长等职。红军长征后，奉命留守苏区。1936 年，在艰苦卓绝的游击战中，遭叛徒出卖，牺牲于湖南桂东县。

教育实习主任徐特立于 1927 年加入中国共产党，曾参加南昌起义，是长征中年龄最大的红军战士，历任中华苏维埃共和国、中华人民共和国教育部代部长、中共中央宣传部副部长等职，1968 年病逝于北京。

国文教师袁吉六 20 年代初曾出任湖南省教育司司长，并长期任教于长沙各学校，1936 年病逝于湖南隆回县。中华人民共和国成立后，毛泽东曾长期照顾他的遗孀戴长贞女士。

国文教师易培基 20 年代初曾出任第一师范校长，后曾担任国民政府农矿部长、故宫博物院院长等职。

饶伯斯、费尔廉、黄澍涛、雷明亮、王立庵等第一师范其他教师后均长期从事教育工作。

毛泽东于 1920 年起，被第一师范返聘为教师，先后担任一师附属小学主事

(校长)、本科第二十二班班主任兼国文教师，任教一年半后辞去教职，成为职业革命家。

杨开慧与毛泽东于1920年底在长沙结婚，育有三子。1921年，杨开慧加入中国共产党，成为中共历史上第二位女性党员。1930年，杨开慧在长沙被湖南军阀何键逮捕，遍历酷刑，坚贞不屈，因拒绝以宣布与毛泽东脱离关系为条件换取自由，同年10月14日，牺牲于长沙识字岭刑场，英年28岁。

陶斯咏后长期致力于中国妇女教育，任教于长沙、上海等地，成为著名的女性教育家，曾培养了作家丁玲等大批优秀女性学生。1932年，陶斯咏因病早逝于长沙，享年37岁。终生未婚。

蔡和森与向警予于1920年在法国结婚，二人后均成为早期中国共产党重要领袖。

向警予曾任中共二、三、四大代表，中共中央妇女部长等职，是中国共产党历史上第一位女性中央委员。1928年，向警予在武汉组织工人运动时遭叛徒出卖被捕，5月1日，牺牲于汉口刑场，英年33岁。

蔡和森曾是中国共产主义运动先驱者之一，历任中共二、三、四、五、六大代表，中央政治局委员，中共中央宣传部长等职，1931年，蔡和森在组织广东特委地下工作时，遭叛徒出卖被捕，坚贞不屈，约于6月中旬牺牲于广州军政监狱酷刑之下，英年36岁。

何叔衡后成为中国共产党创始人之一，中共一大代表，历任中央苏维埃监察部长、内务部长、最高法庭主席等职。红军长征后，奉命留守苏区。1935年2月，在福建长汀的游击战中遇敌埋伏，突围失败，因不愿被俘，跳下悬崖壮烈牺牲，享年59岁。

萧子升20世纪30年代曾出任国民政府农矿部次长、故宫博物院监守等职，后离职长期以学者身份旅居国外，任教于各大学。1976年病逝于南美乌拉圭。

张昆弟于1922年加入中国共产党，曾任红五军团政治部主任，与贺龙等一道创建湘鄂西革命根据地。1930年在洪湖地区牺牲于“左”倾肃反运动中。

罗学瓒于1922年加入中国共产党，曾任中共浙江省委书记，1930年牺牲于杭州。

陈章甫于1921年加入中国共产党，曾任中共醴陵县委书记，1930年牺牲于长沙。

郭亮于1921年加入中国共产党，成为著名工人运动领袖，曾任中共湖南、湖北省委书记，1928年3月牺牲于长沙。

蔡畅后成为职业女革命家，长期担任党和国家领导职务，曾任中共中央委员，中华人民共和国全国人大副委员长，全国妇联主席，1990年病逝于北京。

李维汉后成为职业革命家，长期担任党和国家领导职务，曾任中共中央政治局常委，中央组织部长、统战部长、中华人民共和国全国人大副委员长等职，1984

年病逝于北京。

萧三后成为著名作家、翻译家。

罗章龙于 1921 年加入中国共产党，曾任早期中国共产党中央委员，后长期任教于各大学，成为著名经济学家。

周世钊后曾长期担任第一师范校长，中华人民共和国成立后，曾担任湖南省副省长等职。

后 记

记得四年前，我应湖南电视台的要求，创作电视连续剧《恰同学少年》剧本的时候，有不少熟人、朋友曾问起我在写什么，一听说是“毛泽东在第一师范上学的故事”，每一个人都摇头：“这能有什么意思?”——真的，没有一个人看好它。

不用说别人，包括我自己，同样不敢看好这部剧的市场反响，因为剧本出自我笔下，我知道它太过严肃，没有搞笑、戏说、三角恋、婚外情、宫廷阴谋、凶杀大案……这些电视市场通行的娱乐元素，通篇至尾，除了教书育人，就是读书成才，一堆“国家、民族、理想、志向”的大道理，哪怕一样能跟“娱乐性”挂上钩的内容也找不出，所以，我是真不敢期望它的市场反响。

而四年后的今天，这部剧在中央电视台、湖南电视台播出后，却连续创造了极高的收视率，在观众中，尤其是青少年观众中产生了空前强烈的反响，网络上好评如潮，称之为“《恰同学少年》现象”，甚至引起中央高层领导的关注，这样的成功，真是完全出乎我的意料。

回想起来，《恰同学少年》的成功，首先源自湖南电视台欧阳常林台长独到的创意策划，是欧阳台长以高远的眼光和强烈的社会责任感，提出了创作一部以“老师怎样教书育人，学生怎样读书成才”为主题的电视剧作品，也是他最早提出，将选材放在杨昌济先生与毛泽东、蔡和森这一组历史最有名、最成功的师生组合上。可以说，欧阳台长的选题与创意，是《恰同学少年》得以成功的关键。

另外，投资方之一长沙电视台对电视剧《恰同学少年》的大力投入，也是这部电视剧得以成功的不可或缺的因素，著名制片人罗浩先生的独具慧眼，至今令我由衷佩服。

在剧本创作过程中，我的老师、著名编剧盛和煜先生全程参与策划、审稿、统稿，给予了我悉心的指导，另外，导演龚若飞先生作为项目负责人，也全程参与了剧本创作的讨论与执行，我的剧本能够创作成功，同样离不开他们的帮助和指导。

《恰同学少年》播出以后，也得到湖南省委的高度重视，省委宣传部蒋建国部长专门指出要将《恰同学少年》的后续宣传与推广工作做好，并布置了六条具体措施，其中之一，就是及时出版同名小说作品。

现在，这本电视剧同名小说已经面世，小说是在电视剧本的基础上加工完成的，由于时间仓促、水平有限，小说中还存在许多不足，敬请读者谅解。

本书的出版单位湖南人民出版社对这个项目给予了高度重视，成立了专门的工作小组，组织改写、审稿、报批等等工作，这部小说能够这样快与读者见面，跟出版社有关领导与编辑人员加班加点的辛勤工作是分不开的。此外，何晓、张开宏、张雯轩、覃柳平等人也为这本书的改写，做了大量具体的工作，在此也一并表示感谢。

黄晖

2007 年 6 月 30 日